山西文華·著述編

孫傳庭集

第一册

明 孫傳庭 ◎ 著　王增斌 ◎ 箋注

《山西文華》編纂委員會　編

山西出版傳媒集團
山西人民出版社

图书在版编目（CIP）数据

孙传庭集／王增斌笺注．—太原：山西人民出版社，
2018.12
ISBN 978-7-203-10639-5

Ⅰ．①孙… Ⅱ．①王… Ⅲ．①古典诗歌-诗集-中国
-明代②古典散文-散文集-中国-明代 Ⅳ．①I214.82

中国版本图书馆 CIP 数据核字（2018）第 273212 号

孙传庭集

笺　　注：王增斌
责任编辑：阎卫斌
复　　审：贾　娟
终　　审：秦继华
装帧设计：山西天目・王明自
出 版 者：山西出版传媒集团・山西人民出版社
地　　址：太原市建设南路 21 号
邮　　编：030012
发行营销：0351-4922220　4955996　4956039　4922127（传真）
天猫官网：https：//sxrmcbs.tmall.com　电话：0351-4922159
E - mail：sxskcb@ 163.com　发行部
　　　　　sxskcb@ 126.com　总编室
网　　址：www.sxskcb.com

经 销 者：山西出版传媒集团・山西人民出版社
承 印 厂：山西出版传媒集团・山西人民印刷有限责任公司

开　　本：700mm×1000mm　1/16
印　　张：44.25
字　　数：520 千字
印　　数：1—1600 套
版　　次：2018 年 12 月　第 1 版
印　　次：2018 年 12 月　第 1 次印刷
书　　号：ISBN 978-7-203-10639-5
定　　价：178.00 元（全二册）

ISBN 978-7-203-10639-5

出版説明

山西東屏太行，西瀕黄河，北通塞外，南控中原，是中華民族的主要發祥地之一。中華文明輝煌燦爛，三晋文化源遠流長。歷史文獻豐富、文化遺産厚重，形成了兼容並包、積澱深厚、韵味獨特的晋文化。山西省政府決定編纂大型歷史文獻叢書《山西文華》，以彙集三晋文獻、傳承三晋文化、弘揚三晋文明。

《山西文華》力求把握正確方向，尊重歷史原貌，突出山西特色，薈萃文化精華，按照搶救、保護、整理、傳承的原則整理出版圖書。叢書規模大，編纂時間長，參與人員多，特將有關編纂則例簡要説明如下。

一、《山西文華》是有關山西現今地域的大型歷史文獻叢書，分"著述編""史料編""圖録編"。每編之下項目平列；重大系列性項目，按其項目規模特徵，制定合理的編纂方式。

二、"著述編"以 1949 年 10 月 1 日前山西籍作者（含長期在晋之作者）的著述爲主，兼收今人有關山西歷史文化的研究性著述。

三、"史料編"收録 1949 年 10 月 1 日前有關山西的方志、金石、日記、年譜、族譜、檔案、報刊等史料，以影印爲主要整理方式。

四、"圖録編"主要收録 1949 年 10 月 1 日前有關山西的文化遺産精華,包括古代建築、壁畫、彩塑、書畫、民間藝術等,兼收古地圖等大型圖文資料。

五、今人著述采用簡體漢字橫排,古代著述采用繁體漢字橫排。

《山西文華》編纂委員會

失機列為五案祈皇上立伸國憲垂玩逗之大戒以鞏

治安之新圖事臣奉旨實降五級照舊管事臣跪誦明

綸不勝感激不勝惶悚除恭設香案望闕叩頭謝恩外

竊念臣承局雖殘矢心原實第智勇俱困之日殘局委

屬難收列庸襄無似之人實心何能自白負懲殊重伏

罪何辭乃謬蒙廷議曲原特荷聖恩薄創此臣於稽首

稱謝之餘所不禁感激涕零者也惟是應斤獲留臣之

際會誠奇雖生猶死臣之嬰疾最苦乃今不但雖生猶

文淵閣本《四庫全書‧白谷集》書影

白谷集卷二

明　孫傳庭　撰

涇縣　潘錫恩　校

剖明站銀斟酌裒濟疏

題為剖明秦省站銀僅存給驛之數併請斟酌裒濟以禆實用以佐急需事崇禎十年六月初一日准兵部咨該本部等衙門會題為兵餉遵旨熟商事機萬難遲滯等事八月十六日又准兵部咨該山東巡撫顏繼祖題為驛遞倒逃不飭緩急脉絡難通等事俱移咨到臣卷查秦省節裁站銀先該兵部坐派八萬四千一百兩零後據各府報到所屬州縣原開撒數止該八萬三千九百五十二兩零十年分議以三分之二給驛該給驛銀五萬五千九百六十八兩零該部通查本年銀數除督臣洪承疇題留剿餉銀四萬兩又漢中新增兵餉銀一萬二千兩止存給驛銀三萬二千一

孫傳庭生平述略

孫傳庭(1593—1643),字伯雅,又字白谷,代州振武衛(今山西代縣)人。"自父以上,四世舉於鄉。傳庭儀表頎碩,沈毅多籌略。"(《明史·孫傳庭傳》)

一、初仕河南、告歸代州到再次復出

萬曆四十七年(1619)傳庭中進士。"初授河南永城縣知縣,再遷商邱"(清李因篤《明督師兵部尚書孫公傳》)。永、商二地經歷,傳庭有專文《兩邑拙政乞言述》,文章結尾曰:"噫嘻,斯固濫竽兩邑,四載之行略如此……"是知兩地任職時間,至少四年。如以中進士第二年萬曆四十八年(1620)開始任職河南,則其結束河南任期在天啓五年(1625)①。

孫傳庭入京後,做了一年或不到一年的京官,就以"母老子幼"爲名,告歸故里代州。

李因篤《明督師兵部尚書孫公傳》:

> 天啓五年(1625)擢吏部主事,歷陞稽勛司郎中。時逆奄魏忠賢方起搢紳之禍,傳庭念子身孤子,母老子幼,請假歸奉孀母。版輿遊晏,居恒則危坐讀書,若將終身焉。

孫傳庭告歸閑居故鄉代州大概十年之久。其詩《田御宿大參西

---

① 《明史·孫傳庭傳》謂:"萬曆四十七年(1619)成進士,授永城知縣,以才調商邱。天啓初,擢吏部驗封主事,屢遷稽勛郎中。"以《明史》記載,孫在河南經歷只有約一年,天啓元年(1621)進入京城。這個"天啓初",顯然有誤。

歸有日小酌草堂樊淑魯計部同集限韵》曰:"相看欲別復何言,對月堪銷此夜魂。歸客邈心千里去,隱人傲骨十年存。"《留別樊淑魯餉部用韵》:"十年無復聽和鶯,小草殊多此一端。曾羨陶潛能解綬,敢言貢禹愛彈冠。"均可證。

崇禎八年(1635)秋,孫傳庭再次出仕,任驗封郎中。李因篤《明督師兵部尚書孫公傳》:

> 莊烈帝御極,魏奄伏誅,官方清矣,中外用兵迄無勝算。傳庭憂心世故,慷慨談兵,慨然有澄清天下志。崇禎八年,起驗封司郎中……

此後不久,他"超擢"順天府丞。

傳庭"超遷"之因,《明史》本傳未提,李因篤《明督師兵部尚書孫公傳》則謂:"已叙里居時功,曾繕垣犒士,定亂全城,超擢順天府丞。"言其告歸代州時,修整城垣,犒勞士卒,使家鄉得以安寧。觀其集中有《乙亥警》一詩,詩曰:

> 去歲遊兵獵雁門,雄關虎豹自雲屯。請纓漫切書生志,聞鼓偏銷戰士魂。草堞陰風吹白晝,桑幹磷火照黃昏。只今痛定方思痛,又見烟塵滿冀原。

按"乙亥"即崇禎八年,從"又見烟塵"句知"乙亥"爲詩寫之年。"去歲",應爲崇禎七年。"遊兵獵雁門",指軍隊進攻,但未提是民軍還是清軍。按作者另有詩《送田御宿大參歸里》,其序曰:"公治兵雁門,以廉卓樹聲。甲戌,流寇西犯,公於雁門實有全城却賊之功。"據此知,"去歲遊兵獵雁門"或指"甲戌流寇西犯"事。

二、初入陝西,簡募標旅,擒殺高闖

《明史·孫傳庭傳》曰:"陝西巡撫甘學闊不能討賊,秦之士大夫嘩於朝,乃推邊才用傳庭。"崇禎九年(1636)三月,傳庭任陝西巡撫。傳庭由順天府丞一躍爲陝西一省軍政長官,《明史·孫傳庭傳》語焉不詳,李因篤《明督師兵部尚書孫公傳》則有記:

時求人孔亟,官華要者率捫舌避邊才如阱罟;傳庭談論風生,不少遜忌。又謝陞掌吏部,貴倨甚,傳庭常抗不爲下,銜之。屬陝西巡撫闕,遂推傳庭,然傳庭意亦願一當也。

時邊防吃緊,朝廷正缺邊才,官居華要者都避談邊防,有如陷阱。傳庭則議論風生,無所顧忌。掌管吏部的謝陞爲人傲慢,傳庭不爲之卑躬屈膝,謝陞記恨傳庭。正好陝西巡撫員缺,於是推薦傳庭,而傳庭正想一展自己平生之志。

傳庭初任陝西,"簡募標旅,得勝兵三千人,自將之。"三個月後,初試鋒芒,打了個漂亮仗。他俘闖王高迎祥,降"蝎子塊"拓養坤,除掉了民軍中最有勢力的兩支軍馬。

李因篤《明督師兵部尚書孫公傳》:

> 當是時,寇渠之最強者無如高迎祥,其最眾者無如拓養坤,所謂"闖王""蝎子塊"也。傳庭標營甫成軍,而迎祥自漢中取黑水峪出犯西安。傳庭心策賊來遠矣,路險阻,雨滂沱,人馬必憊,扼之於山,可擒也。渡渭迎擊,大敗之。總督洪承疇聞捷報,馳至合兵,明日復進戰,陣獲迎祥,俘獻闕下。帝大悅,爲之告廟行賞。養坤在鳳翔,震懼乞撫,而中懷猶豫。傳庭至鳳翔,以計招來其黨張文耀,養坤亦就降。

《明史》本傳:

> 當是時,賊亂關中,有名字者以十數,高迎祥最強,拓養坤黨最眾,所謂闖王、蝎子塊者也。傳庭設方略,親擊迎祥於盩厔之黑水峪,擒之,及其偽領哨黃龍、總管劉哲,獻俘闕下。錄功,增秩一等。而賊黨自是乃共推李自成爲闖王矣。明年,養坤及其黨張耀文來降。

三、清屯集兵,足餉足軍,免除后顧之憂

明軍作戰,最大的困難是兵與餉:

> 秦兵久驕而習剽,督撫率姑息吞聲。傳庭一裁以法,許

忠、劉世傑等遂颺據藍田。檄刮衛軍備城守，不滿三百。傳庭曰："四衛屯軍額二萬四千，贍軍腴地二萬六千餘頃，地歸豪右，而軍籍遂虛至此，欲不貧寡，得乎？"遂下令清屯：凡健丁一，授田百畝，區地三等，免其租課，量徵軍需。得守兵九千餘人，歲得餉銀一十四萬兩，米麥二萬餘石。疏上，帝褒獎備至，命諸撫以秦爲法。（清李因篤《明督師兵部尚書孫公傳》）

《明史·孫傳庭傳》：

　　　西安四衛，舊有屯軍二萬四千，田二萬餘頃，其後田歸豪右，軍盡虛籍。傳庭釐得軍萬一千有奇，歲收屯課銀十四萬五千餘兩，米麥萬三千五百餘石。帝大喜，增秩，賚銀幣。

孫傳庭有兩道奏疏，可證明其清屯清軍實績。一道是《辭剿餉借充·本疏》，曰：

　　　臣查兵部原派臣應統兵一萬，今臣募練兵數合邊屯計之約一萬五千餘，內邊兵及馬匹月支之餉稍浮於部額，其屯兵則惟選鋒月有加糧，出征日有行糧，支數較邊兵頗少。計自昨歲起，以十年剿餉，及臣所清屯課接支，今歲之餉可無虞匱乏。頃者大寇相繼東突，臣兵往來馳擊，業有成效，似兵亦可無再增。臣思臣兵既足辦賊，臣餉又足支兵，其今歲給臣之餉，臣安敢不照數繳還，以副皇上暫累吾民一年之明旨，且以明臣區區報效之微忱？

另一道是《奏繳督師符驗關防，兼報撫秦存積銀兩疏》，曰：

　　　臣自鎮撫危秦，苦心拮据，措餉則實實使無餉而有餉：只清屯一項，計三年共得折色銀四十五萬餘兩，本色米麥豆約五萬石。措兵則實實使無兵而有兵：清出屯兵一萬二千人，練就邊兵五千人……

四、因兵機戰略不同，得罪樞臣楊嗣昌

傳庭的剿賊方略，與時任兵部尚書的楊嗣昌不同。針對民軍非正規化流動作戰的特點，傳庭主張用精兵戰略。而楊嗣昌則以看起來無懈可擊實則大而無當、華而不實的"四正六隅"戰略取得崇禎的認可。

李因篤《明督師兵部尚書孫公傳》：

> 時楊嗣昌爲司馬，條上方略，分十撫爲四正六隅，計兵十二萬，刻期合剿，剿餉之加派民間者至二百八十萬。兵合之後，期以百日盡殲賊，不則按信守行軍法……傳庭移書力爭，謂用多而不用精，非徒無益，且民竭矣，不堪重困，今但選關寧精騎八千人，屬督理及僕分將之，同心殫力，不數月賊自可滅也。嗣昌得書大忿恚。初部議秦撫當一正面，議兵萬人，給餉二十萬，以商雒一帶爲信守。傳庭知剿功必不成，疏辭曰："臣有屯課贍兵，無需餉也。"嗣昌益銜之。傳庭又綜覈各郡帑積撫屬贖鍰，使鄭加棟、王根子市馬於番，募兵於邊，復調選邊鎮各道將親兵自辦賊，具不用部議。各撫咸疏報募兵已及額，傳庭獨不報。嗣昌恚益甚，上章自劾，謂軍法獨不行於秦撫，請褫其職。傳庭疏辯，謂："使臣僅如各撫束郡邑民兵籍而上之，遂謂及信，百日之限，俱不敢諉。有如賊入臣信而不能追討，則治臣罪以伸部法。如剿功以限成，臣不敢貪；萬一逾限，而賊不滅，誤剿事者必非臣，請存臣疏爲驗。"

> 已而剿限既逾，賊勢不少殺，而傳庭所市之兵與馬先後至，自練自將，得精銳六千人。賊震其威名，卒莫有至其信地者，具如疏言。

五、轉戰千里，安定秦地

崇禎十年（1637）初，馬進忠等部西折入陝，進襲商州、洛南、藍

田等地。孫傳庭率部接連打敗了民軍聖世王、瓜背王、一翅飛、鎮天王等部，關中以南地區趨於平定。

崇禎十一年（1638），過天星、混天星的民軍從徽（今甘肅徽縣）、秦（今甘肅天水市）等地經鳳翔奔澄城，孫傳庭指揮明軍五路合擊，在楊家嶺、黃龍山一帶，捕殺二千餘人，又在鄜州（今陝西富縣）以西、合水以東的方圓三四百里的深溝峽谷內分兵堵截、機動設伏，再敗民軍。再與洪承疇在潼關南原以重兵設伏，李自成部幾全軍覆沒，僅以二十騎兵突圍而走。

李因篤《明督師兵部尚書孫公傳》：

> 傳庭兵既成，會大寇之在秦者，獨闖將與洪督相持，餘如過天星、混天星輩數十部合犯涇陽、三原諸內地，眾數十萬，傳庭親擊之於楊家嶺、黃龍山，大破之，俘斬二千餘，散降且萬人。賊引而北犯延安，傳庭計延地貧而荒，賊眾必不能留，而澄郃之西、三水之東中間三數百里無人烟水草，可以斃賊。於是悉發兵，預布險要，扼賊必走之途。不數日，賊果南返，因大張旗幟，鳴鼓角往迎。賊聞風西避，一日夜趨三百餘里，至職田莊遇伏，敗之；轉走寶鷄，取棧道，再中伏，大敗之；折而走隴州關山道，又爲伏所敗。賊計窮蹙，且心服用兵如神，盡解甲降。闖將亦以勢孤失援，爲承疇殲幾盡，僅以二十餘騎逸入豫。秦賊遂平。

六、遭讒告休，被囚入獄

崇禎十一年（1638）八月，多爾袞等率清兵從墻子嶺（今密雲東北）、青山口（喜峰口東北）入長城。總督盧象昇鉅鹿陣亡，明廷召孫傳庭、洪承疇入援京師，孫傳庭受任兵部右侍郎兼右僉都御史，指揮各路援軍。

傳庭具密疏，請求面見皇帝，言：“年來疆事決裂，總由制之失策，臣請面奏聖明，決定大計。”嗣昌聞之，“謂將傾己而奪其位也，益大詫恨,於是日夜謀殺傳庭矣"。又,傳庭認爲,對付清軍,火器當先,步兵爲上,既受事,他移書嗣昌曰:"事勢異宜,兵形有變,宜用火器,用步兵,用土著,精器械,訓士卒,憑險自保,餉既省而軍法易行。""嗣昌懼其説上聞無以解前罪","謀殺之益急。"(李因篤《明督師兵部尚書孫公傳》)

毫不知兵的首輔劉宇亮出任督察,給了楊嗣昌徹底報復孫傳庭的機會。

會首輔劉宇亮自出督察諸軍,誤糾總兵官劉光祚而復救之,帝大怒,削職需後命。宇亮皇懼不知所出,嗣昌謀諸閣臣薛國觀,令授意曰:"惟速參督師,可以自解。"傳庭遂奉部院勘議之旨。

傳庭候議通州期間,不勝鬱憤,患耳症劇。楊嗣昌日夜偵伺,尋找傳庭的罪過而不得其端。見其且病廢,乃移傳庭總督保定軍務,趣之任。傳庭再次具疏請求陛見皇帝,嗣昌大驚,怒斥齎書者返通州,改傳庭書而上奏崇禎,以激怒崇禎。傳庭終被罷官,再下獄遭囚。

李因篤《明督師兵部尚書孫公傳》:

> 傳庭至保定,念嗣昌方在事,己必不能有爲,引前疾乞骸骨。而嗣昌即以欺罔議革職,且引唐太宗斬盧祖尚事,勸帝亟殺之。帝雖爲嗣昌所動,而心惜傳庭才,因繫獄也。

七、再任陝西,柿園之敗

孫傳庭下獄三年,熊文燦、楊嗣昌鎮壓民軍戰略徹底告敗,二人在與民軍的作戰中先後死去。李自成則在河南打開了局面,擁兵至數十萬。崇禎十五年(1642)二月,李自成二圍開封,崇禎釋孫傳庭之囚,令他率勁旅往援開封。李自成擒殺汪喬年,孫傳庭接替汪喬年出任三邊總督。

五月初一,孫傳庭帶着崇禎帝的密令,在西安處死作戰不力的陝西主將賀人龍,"威奮三邊,日夜治軍爲平賊計"。崇禎皇帝催戰,

傳庭上言："兵新募,不堪用。"崇禎帝不聽,傳庭不得已出師。柿園之戰,傳庭先勝後敗:

> 以九月抵潼關。大雨連旬,自成決馬家口河灌開封。開封已陷,傳庭趨南陽,自成西行逆秦師。傳庭設三覆以待賊:牛成虎將前軍,左勷將左,鄭嘉棟將右,高傑將中軍。成虎陽北以誘賊,賊奔入伏中,成虎還兵而鬥,高傑、董學禮突起翼之,左勷、鄭嘉棟左右橫擊之。賊潰東走,斬首千餘。追三十里,及之郟縣之塚頭,賊棄甲仗軍資於道,秦兵趨利。賊覘我軍囂,反兵乘之,左勷、蕭慎鼎之師潰,諸軍皆潰……是役也,天大雨,糧不至,士卒採青柿以食,凍且餒,故大敗。豫人所謂"柿園之役"也。(《明史·孫傳庭傳》)

柿園之敗後,傳庭扼守潼關,計劃力保陝西,以作拱衛京都屏障。"募勇士,開屯田,繕器,積粟,三家出壯丁一。"鑒於柿園之戰後勤難以保障,"乃益火車載火炮甲仗者三萬輛,戰則驅之拒馬,止則環以自衞。"因"督工苛急,夜以繼日,秦民不能堪"。再加"關中頻歲饑,駐大軍餉乏,士大夫厭苦傳庭所爲,用法嚴,不樂其在秦"。住京的秦籍官員在朝中紛紛散佈謠言:"秦督玩寇矣。"進而恫嚇孫傳庭:"秦督不出關,收者至矣。"

《陝西通志·孫傳庭傳》:

> 帝亦望其亟奏蕩平,晉尚書,鑄督師七省印授之,催戰益急。傳庭頓足歎曰:"吾固知戰未必,然大丈夫豈能再對獄吏乎?"疏報師期,識者危之。

《明史·孫傳庭傳》:

> 明年五月,命兼督河南、四川軍務,尋進兵部尚書,改稱督師,加督山西、湖廣、貴州及江南、北軍務,賜劍。趣戰益急。傳庭頓足歎曰:"奈何乎! 吾固知往而不返也。然大丈夫豈能再對獄吏乎!"頃之,不得已遂再議出師。

八、郟縣決戰,功敗垂成,壯烈殉國

郟縣決戰,傳庭先大勝,曾打得李自成手下"聚族謀降"。李因篤《明督師兵部尚書孫公傳》:

> 傳庭至洛陽,大破賊眾。已連戰俱大捷,賊望見旌旗即引去。追至郟縣,逼其巢。賊畏迫襲,連夜築七堡,中貫以牆,而悉索精銳出戰,復大敗之。賊遁入牆,施火器自保。時寶豐爲賊城守,一鼓而克,不敢出救。賊婦女輜重之屯唐縣者,傳庭以千人走間道搗其虛,所獲牛馬金帛以萬計,紛紛潰入郟。賊大震懼,聚族謀降。李自成曰:"吾屠王焚陵,罪大矣。姑支數日,決一戰;不勝,可殺吾以降。"

由於天降大雨,"大軍時皆露宿與賊持,久雨道濘,糧車不能前",軍糧不繼,傳庭無奈還軍迎糧。軍隊移動,造成混亂,終致大敗。《明史·孫傳庭傳》:

> 雨七日夜不止,後軍嘩於汝州。賊大至,流言四起。不得已還軍迎糧,留陳永福爲後拒。前軍既移,後軍亂,永福斬之不能止。賊追及之南陽,官軍還戰。賊陣五重,饑民處外,次步卒,次馬軍,又次驍騎,老營家口處內。戰破其三重。賊驍騎殊死鬥,我師陣稍動,廣恩軍將火車者呼曰:"師敗矣!"脫挽輅而奔,車傾塞道,馬掛於衡不得前,賊之鐵騎淩而騰之,步賊手白梃遮擊,中者首兜鍪俱碎。自成空壁躡我,一日夜,官兵狂奔四百里,至於孟津,死者四萬餘,失亡兵器輜重數十萬。

軍敗後,傳庭與高傑以數千人走河北,從山西渡河,轉入潼關。民軍隨至,高傑請徑入西安,憑堅城固守。傳庭曰:"賊一入關,則全秦糜沸,秦人尚爲我用乎?"不納。

崇禎十六年(1643)十月六日,李自成攻潼關,傳庭登陴固守。

民軍分兵從南山繞出其背夾攻，官軍大敗，關城遂陷。傳庭躍馬揮刀大呼，衝入敵陣戰死。後數日西安亦陷。

與傳庭同時代的著名詩人吳偉業寫有長詩《雁門尚書行》，對孫傳庭與農民軍的最後一戰中所表現的英雄壯舉予以高度評價。該詩序文對孫傳庭最終失敗原因總結亦很公正："其用秦兵也，將憑岩關爲持久，且固將吏心。秦士大夫弗善也，累檄趣之戰，不得已始出。天淫雨乏糧，師大潰，潼關陷，獨身橫刀衝賊陣以没……""公死而天下事以去，然其敗由趣戰，且大雨絕糧，此固天意，抑本廟謨，未可專以責公也。"

詩中曾寫到孫傳庭死後家人結局："願逐相公忠義死，一門恨血土花斑。故園有子音書絕……"在序中交待較詳："公之出也，自念必死，顧語張夫人，夫人曰：'丈夫報國耳，無憂我。'西安破，率二女六妾沉於井，揮其八歲兒以去。兒逾垣避賊，墮民舍中，有老翁者善衣食之二年。公長子世瑞，重跰入秦，得夫人屍，貌如生。老翁歸以弟，相扶還。見者泣下，蓋公素有德秦人云。"可互相印證。

整理説明

一、歷史上孫傳庭詩文集的五次整理

　　孫傳庭詩文最早的本子，據自稱孫"門人"的代州馮如京所作"序"，謂："己亥之春，余將有東粵之行，孫子世瑞手尊人白谷先生癸未舊刻而問序於余。"這個"癸未舊刻"，應該是孫傳庭集子的最早本子。"癸未舊刻"之癸未，爲明毅宗朱由檢崇禎十六年，公元 1643 年。這年正是孫傳庭潼關失守後戰死之年。或是孫傳庭本人此前已整理過自己的集子？或集子的整理者是他的兒子世瑞。

　　孫集的再次整理並准備刊刻，是"癸未舊刻"十多年後之"己亥"年——清世祖福臨順治十六年，即公元 1659 年。馮如京序的署年是"順治十有七年歲在庚子暮春三月"。可能順治十七年其書正式刊行。

　　孫集的第三次整理，有文獻可證者，爲乾隆二十一年（公元 1756 年，丙子年）。此年閏九月，"寧鄉周碩勛"再次爲孫集作序。時距離第二個集子刊刻已近一百年了。周在序中說："乾隆辛未夏，余來守廉陽，總戎孫君爾桂有賢聲，詢知爲雁門玄孫，一見如舊相識，因出入大司馬全集示余。"又曰："孫氏舊有刻本，歲久漫漶多殘缺。乙亥春，總戎囑余校正而編次之，得奏疏若干卷，《清屯録》並雜著、近體、古體詩若干卷。國朝定《明史》本傳爲內傳，而以行狀、墓誌、賢所記撰爲外傳，合抄而授之矣。丙子秋，余奉調守潮州，計日就道，復屬余序……"按乾隆辛未爲乾隆十六年，即公元 1751 年。乙亥爲乾隆二十年，即公元 1755 年。從孫爾桂贈書於周碩勛，到囑其

"校正而編次"，已是四年光陰。按《四庫全書》開始編寫在乾隆三十八年（1773）。從周碩勛所言"國朝定《明史》本傳爲内傳，而以行狀、墓誌、今昔名賢所記撰爲外傳，合抄而授之矣"，可以確信，周整理的這個本子，就是《四庫全書》採入的本子。因爲《四庫全書總目·孫白谷集》稱："此集自一卷至三卷爲奏疏，卷四爲雜著，卷五爲詩，卷六爲内傳外傳。"（中華書局 1965 年 6 月版 1516 頁）我們一直迷惑於《四庫全書總目》稱《孫白谷集》爲六卷，但實際顯示的是五卷，原來是把作爲第六卷之内、外傳的"《明史》本傳……行狀、墓誌、今昔名賢所記"全部删除後的結果。

孫集的第四次整理，是在咸豐年間。本次爲孫集寫序的是"錢唐後學許乃釗"，他說："公集嘗著録四庫，頗多散失。至公八世孫今權常熟縣豐始編校而匯刊之。其搜輯之勤，久而不倦，尤足嘉云。"

按孫豐本人對這次整理也有一序：

先忠靖公遺集，豐訪求海内藏書家並蒐羅散佚歷數十年，始獲成帙。咸豐丙辰開雕於常熟縣廨。適奏移攝長洲之檄，公私敦迫，汲皇竣事，版藏常邑之城隍廟。未幾，廟祝不戒於火，版毀無存。因在吳門重謀梓行，就正於海寧許珊林觀察。觀察博學嗜古，取是集重加釐定。其間編次未善及繕刻沿僞之處悉爲校正。爰付手民（"民"，原文如此，疑有誤），己未正月，全書告成。於虖，是集初刊，方冀流傳永久，不虞旋遭回禄，實深扼腕。兹復粲然可觀，較舊時刊本愈覺整齊精數，將使忠義大節歷久不磨，不可謂非先忠靖之靈爽有以阿護之也。而豐多年苦志不至墮於垂成，是又小子之幸也夫！

——咸豐九年歲在己未正月既望八世孫豐謹識於蘇臺之樹德誦芬齋

孫傳庭集子的第五次整理，是在民國初。民國版孫集載有
"民國三年歲在甲寅陽曆十二月雁門後學張友桐識"之序，文曰：

> 《孫忠靖集》舊名《白谷集》，牛應徵撰公行狀，周
> 漢杰撰公墓誌銘，皆云所著有《撫秦疏草》《督師奏議》
> 《謀國集》《風雅堂詩稿》藏於家，是必公手訂者矣。順
> 治中，馮憲副如京序公集，言先生有癸未舊刻，又云散佚
> 且八九，殘蠹之餘，勉授剞劂。則公殉難後，公子世瑞所
> 重刊。今其奏疏刊主不見，而詩鈔猶散見鄉邑間，公集傳
> 世自此始。乾隆中公四世孫廉州總戎爾桂再刻之粵中。咸
> 豐中，公八世孫蘭溪司馬復刻之常熟縣署，始稱"忠靖
> 集"。考《四庫全書》所錄分卷，與再刻周序編次同，則
> 採進時即周所校正之本也。蘭溪益加蒐輯，增以《鑒勞》
> 《省罪》二錄，詩亦較舊為備，裒然為完編。第前此所刊
> 皆系家集，載名人傳序、題咏極富，茲□採諸說圲注明史
> 傳中而繁複之篇，稍加刪節，別為附錄，置之卷首。至
> 《乾坤正氣集》彙奏疏雜文為四卷，再刻合內、外傳為六
> 卷，三刻區為十一卷，皆不標分撫秦、督師、謀國等，殊
> 失公本意，今悉為釐正。益以試策數篇於雜著卷內，以見
> 公經濟始末。惜乎《破寇》《擊黨》《清屯》《堵禦》諸
> 疏及崇禎十五六年起復後諸疏皆佚而不傳也。

二、關於民國三年版《孫忠靖公全集》十一卷本

民國三年版《孫忠靖公全集》十一卷本應該是目前較全的孫
傳庭文集。

本書體例：首署"民國三年陽曆十二月冬至後五日同武將軍
閻錫山"之《重印〈孫忠靖公全集〉引言》，其中談到童時即久聞
忠靖公名，而"要以論用兵雄當代"，以不獲其書為憾。再談其
"甲辰秋以陸軍留學日本，究心兵事"，在書肆見"明治初東方學

三

士桑原忱氏輯明孫忠靖公奏疏若干篇，亟購而讀之"。復寫"適孫君雪鷗携其家刻忠靖公集於太原軍幕。錫山即獲瞻全豹，公去今二百餘年，誦其詩讀其書而生氣如新……爰屬同志諸君重加斠定，速爲鉛印。"

按：閻錫山此"引言"，與前所提張友桐之序相表裏，説明此次編寫孫本的實際操作人就是張友桐，而張又是奉閻命而編。按張所言孫傳庭曾編過自己的集子，"牛應徵撰公行狀，周漢杰撰公墓誌銘，皆云所著有《撫秦疏草》《督師奏議》《謀國集》《風雅堂詩稿》藏於家，是必公手訂者矣"，但孫集原面目如何，今已無可考。而張這次却以此爲據，將孫集重新編排，遂成與以往所見完全不同的面目。

本書卷首一卷，正文十卷，共成十一卷。

卷首：1. 像；2. 讚（湘潭後學周系英拜題）；3.《明史》孫傳；4.《陝西通志》孫傳；5. 附録（歷代論輯）；6. 附録（歷代題咏）；7. 引言；8. 初刻序；9. 再刻序；10. 三刻序；11.《四庫全書總目·孫白谷集》；12.《四庫簡明目録·孫白谷詩鈔二卷》；13.《四庫全書提要存目·孫傳庭〈鑒勞録〉一卷》；14.《乾坤正氣集·白谷集四卷》；15. 張友桐《序》。

卷一、卷二、卷三，題名"撫秦疏草"，將四庫本第一卷中後三篇分入第二卷，以《辭加級銀幣疏》爲第二卷開頭。第三卷以原第二卷中《報官兵迎剿獲捷書》作開頭。第四卷以《題出關善後疏》開頭，再"續補"二十篇疏文。

卷五題名"謀國篇"，以《派就壯丁曉示闔城告白》開頭，《清屯示》各文、《答魯王啓》等各類書札。又"續補"二十三篇書札。以下爲"疏稿呈覽"六十篇。

卷六《鑒勞録》，卷七《省罪録》。

卷八《雜著》，增加《明君用人而不自用論》《天生我才供一代之用論》。以下三個"策"，以下"己未試策"五個，以下《以盡群情謝表》。

卷九、卷十爲"風雅堂詩稿"。篇目次序全同四庫本，個別篇目有差。

三、孫傳庭文集的著録情況

《中國叢書綜録》著録的孫傳庭集子有二：一是《四庫全書》"集部別集類"之《白谷集》六卷本；另一是《乾坤正氣集》本《白谷集》四卷本。

目前孫傳庭詩文集現存可尋者如下：

（一）詩集單行本：

1.《白谷山人詩鈔》二卷：（明）馮如京等校，明崇禎十六年（1643）孫世瑞孫世寧刻本，天津圖書館藏。

2.《白谷山人詩鈔》二卷：清順治十七年（1660）刻本，山西省圖書館藏。

3.《白谷山人詩鈔》二卷：清道光二十七年（1847）刻本，國家圖書館、首都圖書館、新疆大學圖書館藏。

4.《白谷山人詩鈔》二卷：清刻本，國家圖書館藏。

5.《白谷山人詩鈔》二卷：清刻本，山西省圖書館藏。

（二）《鑒勞録》單行本：

1.《鑒勞録》一卷：明崇禎自刻本，《四庫存目叢書》。

2.《鑒勞録》一卷：明崇禎十一年（1638）孫傳庭自刻本，國家圖書館藏。

3. 孫傳庭《遺墨》一卷，《鑒勞録》一卷，附《忠節録》一卷：清道光二十七年（1847）刻本，山西省圖書館藏。

（三）總集本：

1.《白谷山人遺稿》：清乾隆刻本，國家圖書館藏。

2.《白谷集》五卷：文淵閣《四庫全書》。

3.《白谷集》四卷：《乾坤正氣集》本（道光刻同治五年、光

4.《白谷集》四卷：清道光潘錫恩刻本，徐州市圖書館藏。

5.《孫忠靖公遺集》八卷加首一卷末一卷：清咸豐六年（1856）孫豐刻本，國家圖書館、山西省圖書館、黑龍江省圖書館藏。

6.《孫忠靖公全集》十一卷本，民國三年版，山西大學圖書館藏。

按：詩集單行本之《白谷山人詩鈔》二卷，題曰"（明）馮如京等校，明崇禎十六年（1643）孫世瑞孫世寧刻本，天津圖書館藏"，實際上是順治十七年版。或後代書商妄改而成，參見前孫集第二次整理。

四、本次整理所據

以四庫本《白谷集》爲主本，以咸豐版《孫忠靖公遺集》八卷參校。1983年，浙江人民出版社曾以《明末清初史料選刊》的形式，出有《孫傳庭疏牘》一書。此書根據咸豐版《孫忠靖公遺集》整理。該書提道："《孫忠靖公遺集》中所收存的奏疏，與孫傳庭原先所上的奏疏之間，在文字上是存在着某些相異之處的。"其書特別舉出一例："《明清史料》乙編中收有《兵科抄出陝西巡撫孫傳庭題本》一件，正是《孫忠靖公遺集》中的《恭報過賊投降疏》，兩相對照，前者有的地方多出的字句頗爲不少。"考慮到這些，我們也把浙江人民社版的咸豐版《孫傳庭疏牘》作爲參校的書目。

五、本集所載孫傳庭詩文

本集所載孫傳庭的文章，除兩部專集《鑒勞錄》與《省罪錄》外，共收各類文章202篇。其中，《四庫全書》所載90篇，民國三年版《孫忠靖公全集》十一卷本續補之佚文（包括各類長短不一書札）共 110 篇，另從《山西通志》輯得佚文 1 篇（附於《雜著》卷之末），從《欽定續通典》卷六《食貨·屯田下》輯得《釐正西安三衛屯糧疏》1 篇（附於卷三《奏疏一》之末）。需要指出的是，以上文章，均爲崇禎十二年六月十二日傳庭被逮入獄以前所作。其出獄後救開封、任督師之作，一概無存，"殆傳庭殉難，全家俱歿，其十五年以後稿本或俱失於兵火歟"（《四庫全書總目·孫白谷集》）。

本集所載孫傳庭的詩歌，各類體裁統計如下：

五言古詩 7 題共 14 首，七言古詩 5 題共 5 首，五言律詩 54 題共 104 首，七言律詩 109 題共 175 首，五言排律詩 3 首，七言排律詩 2 首，五言絕詩 2 題共 10 首，七言絕詩 21 題共 23 首。詩歌總計共 203 題 336 首。其詩大多作於告歸家鄉時，部分作於任官河南和京城時。作於兵間之作極爲少見。或傳庭帶兵打仗，已無暇或沒有閒情逸致吟咏風月？或寫於兵間之詩因傳庭戰死而均亡佚？本次整理，我們將上述詩以五言、七言爲別，區分爲二卷。

目　録

第　一　冊

卷一　五言詩 ………………………………………… 一

五言古 ……………………………………………… 一

鄰翁嘆 …………………………………………… 一

靈邱山中 ………………………………………… 二

玄滁樓 …………………………………………… 三

蕭武子以詩見貽次韵答之 …………………… 五

邂逅李捼陽明府有贈 ………………………… 七

湧泉寺八咏 ……………………………………… 八

謁臺歸逢大雨旋霽 …………………………… 一一

五言律 ……………………………………………… 一二

夏夜獨坐 ……………………………………… 一二

暮春晦夕偶張屏燈同武子飲分韵得來字 …… 一二

送別武子 ……………………………………… 一三

同梁大煦工部飲王宜蘇吏部園亭 ………… 一三

秋夜 …………………………………………… 一四

除夜 …………………………………………… 一五

元日試筆用除夜韵 …………………………… 一五

春郊 …………………………………………… 一六

野宿 …………………………………………… 一六

火樹 …………………………………………… 一七

龐雲濤孝廉至留酌衙齋用韵 …………………… 一八

春雲 …………………………………………… 一八

酒籌 …………………………………………… 一九

喜雨 …………………………………………… 一九

苦雨 …………………………………………… 一九

闈中夜集用李� 陽扇頭韵 …………………… 二〇

同陳玉鉉、張雨蒼小集 ………………………… 二〇

與許亦齡諸丈夜集 ……………………………… 二一

九月七日署中小酌 ……………………………… 二一

伍家集早發 ……………………………………… 二二

春夜 …………………………………………… 二二

對雨次蕭武子韵 ………………………………… 二二

夜坐次武子韵 …………………………………… 二三

携樽飲胡漢涵民部於楊氏園 …………………… 二三

自大梁還署中小酌即事 ………………………… 二四

荷亭飲丁竟豪憲副次韵（二首）………………… 二五

園居 …………………………………………… 二六

初夏小憩映碧園 ………………………………… 二八

西溪舟泛 ………………………………………… 二八

苦熱屏燭 ………………………………………… 三〇

園侶 …………………………………………… 三〇

園課 …………………………………………… 三一

涵虛閣四咏（選三首）………………………… 三一

西園偶成 ………………………………………… 三二

咏松塔二首和田御宿焦涵一作 ………………… 三二

田太液將軍請告西歸賦贈（太液大參御宿弟也）……… 三三

山行 …………………………………………… 三四

峨谷 …………………………………………………… 三五

清凉石與王永泰對弈 ………………………………… 三五

秘魔岩 ………………………………………………… 三六

萬年社（即萬年冰寺） ……………………………… 三六

過觀來石斷愚上人留齋微雨旋霽遂行 ……………… 三七

張文岳吏垣過雁門留酌山園因邀田御宿大參同集 … 三八

送田御宿大參歸里 …………………………………… 三九

雨中小酌讀杜律有作 ………………………………… 四二

己未五月抵舍，甫浹旬而北轅又發矣。浪迹萍踪可勝

　　惆悵，因成一律以志感，尤以道區區將母之私云 … 四三

映碧園產並頭蓮三十首（選十五首） ……………… 四三

答王炳蔜檢討（其二） ……………………………… 四六

留別吳鹿友中丞 ……………………………………… 四七

次馮二瑞韵留別 ……………………………………… 四九

五言排律 ……………………………………………… 五二

陳玉鉉給事入都寄贈十二韵 ………………………… 五二

賦得看劍引杯長十韵 ………………………………… 五三

至日二十韵 …………………………………………… 五四

五言絕 ………………………………………………… 五七

別友 …………………………………………………… 五七

山中雜吟（九首） …………………………………… 五七

卷二　七言詩 ………………………………………… 五九

七言古 ………………………………………………… 五九

丈夫行 ………………………………………………… 五九

秋夜飲貢二山同年醉後漫歌書贈 …………………… 五九

得蕭武子書喜賦 ……………………………………… 六〇

午日西溪讌集歌 ……………………………………… 六一

《嶽蓮篇》壽田御宿大參 …………………………… 六三

七言律 …………………………………………………… 六六

送余德先之任閩中取道雲中省覲 ………………… 六六

春夜同武子聯句 …………………………………… 六六

送別武子有感 ……………………………………… 六七

秋日同謝九如、常振寰二廣文飲三臺閣漫賦 …… 六七

再次前韻 …………………………………………… 六八

送王彭伯先生北上 ………………………………… 六九

閩中與許亦齡、張斗垣二明府夜集 ……………… 七〇

許亦齡持朱允岡吉士扇頭韻索和走筆次之 ……… 七一

飲明遠樓次李夢陽先生壁間韻 …………………… 七一

寓相國寺有懷 ……………………………………… 七二

送友人還里 ………………………………………… 七三

秋夜同楊慕垣、貢二山小集，醉後聞二山誦曹孟德

《短歌》，聲甚悲壯漫賦 …………………… 七三

黃年伯京兆招飲園亭留咏 ………………………… 七三

梁大煦來自白下因言道逢倪武雙致詢出其扇頭次韻詩

次之 ………………………………………… 七五

考績 ………………………………………………… 七六

大梁道中 …………………………………………… 七七

龐雪濤至署中留酌 ………………………………… 七七

宿安平集 …………………………………………… 七八

題竹居宗正園亭 …………………………………… 七八

送友人還里 ………………………………………… 七九

對酌 ………………………………………………… 八〇

歸興 ………………………………………………… 八〇

武子南還賦送 ……………………………………… 八二

送田待溪侍御入都 ………………………………… 八二

雨霽遲月 ……………………………………………………… 八三

秋日同新陽叔飲象風師宅賦謝 ………………………… 八三

小憩東圖書舍 ………………………………………………… 八四

啜冰 …………………………………………………………… 八四

代武子寄內 …………………………………………………… 八五

亳都秋興 ……………………………………………………… 八五

過訪黎爾瞻留飲 ……………………………………………… 八七

侯木庵編修請告賦送 ………………………………………… 八八

同王天初明府、劉遜庵作聖茂才、張肖築太學飲王永泰

　　山亭，次壁間謝晼溪、王華野二先生韻 ……………… 八九

秋日丁竟蒙憲副招飲 ………………………………………… 八九

秋興 …………………………………………………………… 九〇

得吳訥如廉憲書却寄兼束貢二山比部 …………………… 九一

送曲陽令宋玄平入覲兼膺內召 …………………………… 九二

除夕 …………………………………………………………… 九三

朱抱貞參戎擢陽和協鎮賦贈 ……………………………… 九三

答貢二山比部禮闈見懷之作兼致楊慕垣春坊次二山原韻 …… 九四

斥蠅次象風師韻 ……………………………………………… 九五

斥蚊次韻 ……………………………………………………… 九六

又合斥蠅蚊二首 ……………………………………………… 九六

贈苗功甫茂才 ………………………………………………… 九七

咏蓮 …………………………………………………………… 九七

戲贈畫僧 ……………………………………………………… 九八

胡滏陽大參招飲賦謝 ………………………………………… 九九

八月十三夜李念騰餉部招飲鼓樓微雨無月 …………… 九九

壬申中秋夜邀諸友飲風雅堂，月光皎甚，興亦頗佳。歡賞

　　未終，漏下五鼓矣。因憶余自歸里以來，七度中秋四

　　值陰雨，中間愁病相尋。事與心阻，此飲殊未易得也，

感而賦此……………………………………………一〇〇

秋日炳寰王翁携榼相過因邀劉遜庵兄弟同集……一〇一

九日邀諸友同集………………………………………一〇二

咏菊……………………………………………………一〇二

又菊四咏………………………………………………一〇三

紅菊……………………………………………………一〇四

新正十三夜李念騰招飲署中賦謝……………………一〇五

送馮生元瑞赴試………………………………………一〇六

送馮生修隱暨弟宸居、元振赴試……………………一〇七

送馮生益之、劉生琴軒赴試…………………………一〇七

七夕有懷………………………………………………一〇八

邀田御宿、李念騰飲映碧園次御宿韵………………一〇八

田御宿大參携榼飲余映碧園，李念騰計部同約以事阻

未至…………………………………………………一〇九

送李念騰計部東還……………………………………一〇九

春雪喜賦得飛字………………………………………一一〇

張文岳給事典楚試還過雁門留酌兼別………………一一一

次韵答李念騰計部……………………………………一一二

送李欲仙司李内召入都………………………………一一二

吳菊庵將軍以黃玉辰《題圖亭詩》索和走筆次之……一一三

寄宋元平給事…………………………………………一一四

贈馮忝生侍御…………………………………………一一四

王炳蔾簡討以詩刻見寄賦答…………………………一一六

西溪夜泛………………………………………………一一六

謁臺初發………………………………………………一一七

入山……………………………………………………一一八

金閣嶺…………………………………………………一一八

西林寺…………………………………………………一一九

清凉石僧舍同諸丈坐談 ………………………………………… 一二〇

西臺……………………………………………………………… 一二〇

中臺……………………………………………………………… 一二一

北臺……………………………………………………………… 一二一

東臺……………………………………………………………… 一二二

南臺……………………………………………………………… 一二三

永明寺同諸友夜酌，不壞、廣莫二上人啜茗在坐 …… 一二三

塔院寺…………………………………………………………… 一二五

別山……………………………………………………………… 一二五

閏八月初十夜酌樊淑魯為余誦田御宿邀賞望夜之作口占

　　次韵 ………………………………………………………… 一二六

閏中秋夜田御宿大參携樽飲余映碧園 ……………………… 一二七

又月下口占用韵 ……………………………………………… 一二八

樊淑魯以九日燈下作見示次答 ……………………………… 一二八

風雅堂菊為從人髡去田御宿大參以詩見慰次答 ……… 一二九

題馮當之茂才春雪齋次御宿韵 ……………………………… 一二九

挽楊斗玉少參 ………………………………………………… 一三〇

秋興四首用田御宿大參韵 …………………………………… 一三三

秋夜不寐………………………………………………………… 一三四

馮忝生侍御還朝有贈 ………………………………………… 一四〇

焦涵一開府雲中賦贈 ………………………………………… 一四二

留酌焦涵一於映碧園因邀田御宿同集 ……………………… 一四三

冬日田御宿大參邀飲清宴堂，晚復圍爐暢飲，益出內庖

　　佐酒。屬余病嗽却飲，為樊淑魯計部所窘，輒飲至醉

　　即事 ………………………………………………………… 一四四

王樂齋以幕府劄從戎索詩為賦 ……………………………… 一四五

田御宿大參西歸有日，小酌草堂，樊淑魯計部同集

　　限韵………………………………………………………… 一四六

遺病 ……………………………………………………………… 一四六

送張深之歸里省親，深之雅負奇任俠，詩意頗涉規勸，

　知不足當一哂也 ………………………………………… 一四七

賦贈袁臨侯督學 ………………………………………… 一四八

午日偶成 ………………………………………………… 一四九

送盧靖寰大參之任西川 ………………………………… 一四九

乙亥警 …………………………………………………… 一五〇

留別樊淑魯餉部用韻 …………………………………… 一五一

九日同潘升允侍御、薛行塢簡討、宋泗洲驗封集李龍門

　樞部宅漫賦 …………………………………………… 一五二

寧署壁間刻馬端甫公詠竹詩，而竹與人俱不可睹矣，次

　以志感 ………………………………………………… 一五三

七言排律 …………………………………………………… 一五五

至日南郊恭紀同徐嵋雲文選、孫三如考功、黃率行驗封

　限韻 …………………………………………………… 一五五

題《先徽錄》十韻 ……………………………………… 一五七

七言絕 ……………………………………………………… 一六〇

郡城夜眺 ………………………………………………… 一六〇

贈相者 …………………………………………………… 一六〇

送別蕭武子 ……………………………………………… 一六一

白鼻騧 …………………………………………………… 一六一

結客少年場 ……………………………………………… 一六二

郊行有感 ………………………………………………… 一六二

許州道口僕夫偶折牡丹一枝置輿中 …………………… 一六三

蕭生瑤來自西昌訪余商邱十日辭去 …………………… 一六三

聞雁 ……………………………………………………… 一六四

聞笛 ……………………………………………………… 一六四

聞柝 ……………………………………………………… 一六五

聞砧 ……………………………………… 一六五

送張志南再歸雁門 ……………………… 一六五

棲賢社 …………………………………… 一六五

澡浴池戲題口號 ………………………… 一六六

萬年冰 …………………………………… 一六六

竹林寺憶月川上人 ……………………… 一六七

廣宗寺 …………………………………… 一六七

圓照寺 …………………………………… 一六八

羅睺寺 …………………………………… 一六八

閏中秋夜田御宿大參邀飲映碧園，樊淑魯民部以微恙

　未與，書二絶見示，依韵答之 ……… 一六九

卷三　奏疏一 …………………………… 一七〇

疆事十可商疏 …………………………… 一七〇

報甘兵抵鳳並請責成疏 ………………… 一七六

糾參婪贓刑官疏 ………………………… 一八〇

恭報官兵兩戰獲捷疏 …………………… 一八五

降處陳謝並瀝下忱疏 …………………… 一八九

奏報賑過饑民併發牛種銀兩數目疏 …… 一九二

報寶郿剿撫捷功疏 ……………………… 一九五

恭報司務廳練兵並請關防馬匹疏 ……… 二〇四

報降丁掘獲窖銀疏 ……………………… 二〇七

清屯第三疏 ……………………………… 二〇九

題被災地方蠲緩錢糧疏 ………………… 二一三

題按臣錢守廉恤典疏 …………………… 二一七

移鎮商雒派防汛地疏 …………………… 二一九

辭加級銀幣疏 …………………………… 二二六

議蠲漢中錢糧疏 ………………………… 二二八

奏報甘兵廩餉疏 …………………………………… 二三一

釐正西安三衛屯糧疏 ……………………………… 二三三

卷四 奏疏二 ……………………………………… 二三五

剖明站銀斟酌哀濟疏 ……………………………… 二三五

報流寇自蜀返秦疏 ………………………………… 二四一

酌議量蠲民運錢糧疏 ……………………………… 二四六

恭報東西寇警並陳剿禦情形疏 …………………… 二四八

復級謝恩疏 ………………………………………… 二五三

題潼關設險合兵疏 ………………………………… 二五六

報合水捷功疏 ……………………………………… 二五九

報寇孽率眾投撫疏 ………………………………… 二六八

報澄城捷功疏 ……………………………………… 二六九

報官兵迎剿獲捷疏 ………………………………… 二七九

報三水捷功疏 ……………………………………… 二八五

第 二 册

卷五 奏疏三 ……………………………………… 三○一

報漢中官兵獲捷疏 ………………………………… 三○一

糾參貪橫監司疏 …………………………………… 三○二

報收發甘兵晉兵日期疏 …………………………… 三○四

議濬漢江淺灘疏 …………………………………… 三一一

恭報過賊投降疏 …………………………………… 三一三

辭剿餉借充鹽本疏 ………………………………… 三一七

題覆華陰議修磚城疏 ……………………………… 三二○

題犯官任錡等招繇疏 ……………………………… 三二一

題覆扶風協濟平屬站銀疏 ………………………… 三二二

題紫陽縣官老病疏 ……………………………… 三二三

糾參規避疏……………………………………… 三二四

議留道臣疏……………………………………… 三二五

題犯官林應瑞招緣疏 …………………………… 三二七

題出關善後疏 …………………………………… 三二八

辭樞貳疏………………………………………… 三三一

密奏疏…………………………………………… 三三三

督師謝恩疏……………………………………… 三三四

辭保督併謝降級疏 ……………………………… 三三九

附：請陛見原疏 ………………………………… 三四二

官兵苦戰斬獲疏 ………………………………… 三四四

恭聽處分兼瀝血忱疏 …………………………… 三四八

趣赴保任謝恩疏 ………………………………… 三五三

請斥疏…………………………………………… 三五四

再請斥草疏……………………………………… 三五八

奏繳督師符驗關防兼報撫秦存積銀兩疏 ……… 三六〇

奏請查結疏……………………………………… 三六二

卷六 雜著 ………………………………………… 三六五

《鑒勞錄》序 …………………………………… 三六五

《省罪錄》序 …………………………………… 三六六

《朋來草》小序 ………………………………… 三六八

《鑒勞錄》跋 …………………………………… 三六九

吳太孺人乞言述 ………………………………… 三七一

劉太孺人乞言述 ………………………………… 三七五

馮孺人乞言述 …………………………………… 三七六

兩邑拙政乞言述 ………………………………… 三七七

歸德府商邱縣創置養濟院碑記 ………………… 三八〇

派就壯丁曉示闔城告白 ················ 三八一

答樞輔札 ······················· 三八二

致閣部札 ······················· 三八四

致樞輔札 ······················· 三八六

致樞輔札 ······················· 三八八

致樞輔札 ······················· 三八九

致樞輔札 ······················· 三九〇

致閣部札 ······················· 三九〇

答東撫札 ······················· 三九二

又答東撫請援兵札 ················ 三九三

致督察劉 ······················· 三九四

又致督察劉 ····················· 三九五

又致督察劉 ····················· 三九六

委曹鎮領兵擊堵諭四鎮札 ··········· 三九六

答魯王啓 ······················· 三九七

致樞輔札 ······················· 三九八

答兵科張坦公札 ················· 三九八

與樞輔札 ······················· 四〇〇

答閣部將材札 ··················· 四〇一

又回兵部議發陝兵回鎮咨 ··········· 四〇二

報兵部拿獲逃丁正法揭 ············· 四〇四

清屯示 ························· 四〇六

行西安理刑官清屯檄 ·············· 四〇八

行清軍兵備道查各衙門軍役檄 ········ 四一〇

行西安監收官第一次屯田起課檄 ······ 四一一

又行布政司查追喊譟軍人屯田並拿未獲譟軍檄 ··· 四一二

又行各州縣申飭徵收屯糧檄 ········· 四一四

行都司議給各衙門軍役兌支工食檄 ······ 四一四

附：中憲大夫韵衢霍公墓誌銘 …………………… 四一五

卷七　續補奏疏 …………………………………… 四二一

 題報遵旨出關疏 ………………………………… 四二一

 遵旨協剿謝恩疏 ………………………………… 四二三

 敬陳目前機宜疏 ………………………………… 四二四

 又密奏疏 ………………………………………… 四二七

 敬陳現在兵力併餉窘情形疏 …………………… 四二七

 恭報兵至北援疏 ………………………………… 四三〇

 恭報兵至日期併合分緣由疏 …………………… 四三二

 馳報緊急敵情疏 ………………………………… 四三五

 密奏疏 …………………………………………… 四三七

 題督兵南下疏 …………………………………… 四三八

 題參悍令拒兵疏 ………………………………… 四四〇

 題商令悔過納援保城疏 ………………………… 四四二

 題報環濟分防二東已靖疏 ……………………… 四四五

 題到頭一著必宜大做疏 ………………………… 四四八

 奏關防微損疏 …………………………………… 四五一

 題用命宜審疏 …………………………………… 四五一

 奏解欽犯疏 ……………………………………… 四五三

 題報分兵抄截疏 ………………………………… 四五四

 馳報敵情疏 ……………………………………… 四五五

 題報督兵南剿疏 ………………………………… 四五八

卷八　續補書札 …………………………………… 四六一

 答樞輔楊札 ……………………………………… 四六一

 與樞輔楊札 ……………………………………… 四六二

 與閣部楊札 ……………………………………… 四六三

與閣部楊札 …………………………………………………… 四六三

與樞輔楊札 …………………………………………………… 四六四

答樞輔楊札 …………………………………………………… 四六五

與樞輔楊札 …………………………………………………… 四六六

與督察劉札 …………………………………………………… 四六七

答總監高札 …………………………………………………… 四六八

報總監高札 …………………………………………………… 四六八

答東撫顏札 …………………………………………………… 四六九

報總監高札 …………………………………………………… 四六九

與總監高札 …………………………………………………… 四七〇

答總監高札 …………………………………………………… 四七一

答總監高札 …………………………………………………… 四七一

致總監高札 …………………………………………………… 四七二

致總監高札 …………………………………………………… 四七三

答東撫顏札 …………………………………………………… 四七三

與總監高札 …………………………………………………… 四七三

與督察劉札 …………………………………………………… 四七四

與督察劉札 …………………………………………………… 四七五

與樞輔楊札 …………………………………………………… 四七五

致督察劉札 …………………………………………………… 四七六

與閣部劉札 …………………………………………………… 四七七

答淄川張相公請兵札 ………………………………………… 四七七

與樞輔楊札 …………………………………………………… 四七八

答宣督陳札 …………………………………………………… 四七八

與督察劉札 …………………………………………………… 四七九

答督察劉札 …………………………………………………… 四七九

與宣督陳札 …………………………………………………… 四八〇

報督察劉札 …………………………………………………… 四八〇

答督察劉札 …………………………………………… 四八一

答督察劉札 …………………………………………… 四八二

與樞輔楊札 …………………………………………… 四八三

答閣部楊札 …………………………………………… 四八四

與督察劉札 …………………………………………… 四八五

答督察劉札 …………………………………………… 四八五

答總監高札 …………………………………………… 四八六

與督察劉札 …………………………………………… 四八七

趣宣鎮返三屯札 ……………………………………… 四八七

答提督閻札 …………………………………………… 四八八

答督察劉札 …………………………………………… 四八八

答總監高札 …………………………………………… 四八九

答關撫朱請兵分援書 ………………………………… 四九〇

答閻提督商兵事書 …………………………………… 四九〇

答宣督陳札 …………………………………………… 四九一

卷九　咨文與塘報 …………………………………… 四九二

回兵部催由真定截殺咨 ……………………………… 四九二

又回兵部催兵咨 ……………………………………… 四九三

真定敵情塘報 ………………………………………… 四九四

真定告急率兵馳赴塘報 ……………………………… 四九五

率兵馳入真定解圍塘報 ……………………………… 四九五

遵旨赴京已至保定，復接暫專真定之旨，移兵部代題請

　　旨咨 …………………………………………………… 四九八

移兵部聞差官報敵出龍固，仍遵前旨赴京咨 ………… 四九九

回兵部送到糧單咨 …………………………………… 五〇〇

再接部咨仍駐保定移部請旨咨 ……………………… 五〇〇

聞舊督兵潰塘報 ……………………………………… 五〇一

移兵部借陝西功賞充餉咨 ·············· 五〇二

報敵情塘報 ····························· 五〇三

移督察酌定潰兵去留咨 ················ 五〇六

哨探敵情塘報 ·························· 五〇七

赴臨清防守易出監兵剿敵塘報 ········ 五〇八

回總河請兵援省咨 ····················· 五〇九

移户部兑撥鹽課充餉咨 ················ 五〇九

移總監會兵咨 ··························· 五一〇

移督察趣東撫守臨咨 ··················· 五一一

回督察留用鹽課咨 ····················· 五一一

報濟南敵遁塘報 ······················· 五一二

回東撫咨留云兵防濟陽咨 ·············· 五一四

回遵撫催兵赴邊口咨 ··················· 五一五

移督察催買本色咨 ····················· 五一六

回督察查敵拆墻出口咨 ················ 五一六

移督察申飭邊口鎮將誘敵夾擊咨 ······ 五一七

督兵赴建昌塘報 ······················· 五一八

回督察選鋭擊敵咨 ····················· 五一九

回督察催兵赴口咨 ····················· 五二〇

移督察約兵夾剿咨 ····················· 五二〇

又移督察挑選兵馬馳赴豐開邀擊咨 ···· 五二一

回關撫請兵分援咨 ····················· 五二一

又回關撫請兵分援咨 ··················· 五二二

伏兵建昌量率馬兵趨永平防敵闖關塘報 ···· 五二三

卷十 試策與專論 ················ 五二五

戊午試策 ······························· 五二五

己未試策 ······························· 五三四

明君用人而不自用論 ……………………… 五五一

天生人才供一代之用論 ……………………… 五五四

擬永樂五年上與侍臣論民之休戚事之利害必廣詢博訪以
　　盡群情謝表 ……………………… 五五八

卷十一　鑒勞録 ……………………… 五六三

序 ……………………………………………… 五六三

崇禎九年六月 ……………………………… 五六四

七月 ……………………………………………… 五六五

九月 ……………………………………………… 五六五

十二月 ………………………………………… 五六六

十年正月 ……………………………………… 五六七

三月 ……………………………………………… 五六八

四月 ……………………………………………… 五六九

閏四月 ………………………………………… 五六九

五月 ……………………………………………… 五七〇

六月 ……………………………………………… 五七〇

七月 ……………………………………………… 五七〇

八月 ……………………………………………… 五七一

九月 ……………………………………………… 五七一

十月 ……………………………………………… 五七三

十一月 ………………………………………… 五七三

十二月 ………………………………………… 五七四

十一年正月 …………………………………… 五七四

三月 ……………………………………………… 五七五

四月 ……………………………………………… 五七五

五月 ……………………………………………… 五七七

六月 ……………………………………………… 五七九

七月 …………………………………………………… 五八一

八月 …………………………………………………… 五八一

九月 …………………………………………………… 五八二

十月 …………………………………………………… 五八三

十一月 ………………………………………………… 五八四

跋 ……………………………………………………… 五八四

卷十二　省罪録 …………………………………… 五八六

引 ……………………………………………………… 五八八

崇禎十一年十月 ……………………………………… 五八九

十一月 ………………………………………………… 五八九

十二月 ………………………………………………… 五九一

崇禎十二年正月 ……………………………………… 五九三

二月 …………………………………………………… 五九九

三月 …………………………………………………… 六一一

四月 …………………………………………………… 六二二

五月 …………………………………………………… 六二三

六月 …………………………………………………… 六二七

七月 …………………………………………………… 六二七

附録 ………………………………………………… 六三〇

御定資治通鑒綱目・三編卷三十七 ………………… 六三〇

御定資治通鑒綱目・三編卷三十九 ………………… 六三一

欽定四庫全書御批歴代通鑒輯覽・卷一百十五明莊烈帝… 六三三

明督師兵部尚書孫公傳 ……………………………… 六三五

明史・孫傳庭傳 ……………………………………… 六四一

孫傳庭墓誌銘 ………………………………………… 六四六

卷一　五言詩

五言古

鄰翁嘆[一]

鄰翁有三男：長男差膂力，仲也絕怯弱；季尤可矜惻，一身都廢棄，所存惟視息。忽驚遼事非，繕發遍四國。紛紛閭左兒，不能安稼穡。長以力見選，執殳將軍側。王師二十萬，軍容亦既飾。豈知不慣戰，聞鼓皆變色。長男遂死之，全軍盡奔北。司馬復徵兵，倉皇請嚴敕。長令畏譴訶，何敢遲頃刻。又僉仲男往，且稱百夫特[二]。鄰翁前致語，哀鳴聲唧唧。長男且戰亡，仲弱豈辦賊？長令亦信然，材勇不可得。強驅出關去，勍敵何以克。再戰復不利，疆事益叵測。司馬計安施，徵調且倍亟。鄰翁顧季男，恐亦不能匿。出門官使至，復以威令逼。鄰翁慘不言，蒼天曷有極？

【箋證】

[一] 訴官家徵兵之悲。作年不詳。按《明史》卷二十二本紀第二十二《熹宗》："（天啓元年）三月乙卯，大清兵取瀋陽……戊寅，募兵於通州、天津、宣府、大同。甲午，募兵於陝西、河南、山西、浙江。"本詩或作於天啓元年（1621）四月？傳庭其時當在河南永城任職。

[二] 百夫特：百夫之特。語出《詩經·黃鳥》："交交黃鳥，止於棘。誰從穆公？子車奄息。維此奄息，百夫之特。""特"，余冠英《詩經選》解爲"匹"，

譯此句爲"一人能把百人敵"。程俊英《詩經注析》解"特"爲"匹敵",譯爲"才德百人比不上"。

靈邱山中[一]

　　平生耽幽賞,所在恣冥討。偶來此山中,悠然暢懷抱。怪石高插雲,直欲淩蒼昊。霏微小雨來,空蒙山益好。乍看瀑布飛,忽疑天河倒。香霧散新花,錦蘭藉細草。層岩轉深壑,蓊翳悉難考[二]。古來觀空人,往往志蓬島[三]。求之不可得,徒爾滋煩懆。咄咄今日遊[四],頓令俗腸掃。應接自不暇,何必山陰道[五]。

【箋證】

　　[一]或作於天啓五年後告歸閒居家鄉時。李因篤《明督師兵部尚書孫公傳》:"天啓五年擢吏部主事,歷陞稽勛司郎中。時逆奄魏忠賢方起搢紳之禍,傳庭念身孤子,母老子幼,請假歸奉孀母,版輿遊晏,居恒則危坐讀書,若將終身焉。"靈邱:因戰國趙武靈王葬於此而得名,今爲山西大同市屬縣。《明一統志》:"本漢縣屬代郡,因趙武靈王葬此地故名。東漢省,後魏復置,屬靈丘郡。隋初郡罷,以縣屬蔚州;大業初州罷,以縣屬雁門郡。唐復屬蔚州。五代時遼因之。金置成州。元復爲靈邱縣,屬蔚州。本朝因之,編户一十里。"

　　[二]蓊翳:草木茂密貌。元耶律楚材《過濟源和香山居士》:"龍孫十萬竿,蓊翳濃陰厚。"《明史·戚繼光傳》:"山谷仄隘,林薄蓊翳,邊外之形也。"

　　[三]往往志蓬島:言熱衷於求仙。蓬島,相傳仙人居所。《史記·封禪書》:"自威、宣、燕昭使人入海求蓬萊、方丈、瀛洲。此三神山者,其傅在勃海中,去人不遠;患且至,則船風引而去。蓋嘗有至者,諸仙人及不死之藥皆在焉。"

　　[四]咄咄:表感慨。《後漢書·逸民傳·嚴光》:"咄咄子陵,不可相助爲理邪?"晋陸機《東宫》詩:"冉冉逝將老,咄咄奈老何!"

　　[五]何必山陰道:喻景色之美,典出劉義慶《世說新語》:"從山陰道上行,山川自相映發,使人應接不暇。若秋冬之際,尤難爲懷。"山陰,會稽郡山陰縣,今浙江紹興。

玄滌樓

　　余於映碧園構一樓，日處其上，世念都忘。偶劉青岳相公過我[一]，爲題其額曰“玄滌”，且綴以詩。余拜而受教，恍若有會，援筆率和，不復刪削求工，第以答公示我之意，或可比於拈花之微笑乎[二]？

　　緊我構此樓，我意殊有托。得翁名我樓，與我意殊若。我樓倚高峰，我樓環大澤。上可拂丹霄，下可淩廣漠。辟暑接涼臺，飛雲連傑閣。秀木種千章，繁陰深相錯。名花蒔百種，嬌艷競芳萼。累石以爲山，森森翠如削。引泉以爲池，濯濯清可酌。菽麥滿四原，阡陌附城郭。春可眺平疇，秋可省收穫。於此得一名，取義總非薄。翁也不謂然，冥心爲深索。謂余有心人，塵氛早卸却。自能脱軒冕，非徒擅邱壑。玄滌爲我題，豈以示微謔？千古有秘藏，任人自領略。奈何當我輩，此道致淪落。卑者耽世緣，高者恣清樂。詎知性命間，一毫無所著。元不貴豪華，亦不崇寂寞。東山妓堪嫗[三]，北海賓亦惡[四]。陶令無弦琴[五]，亦似涉穿鑿。諄諄五男兒，先生已受縛。繹翁玄滌指，豎儒漫相愕。《太玄》本無玄[六]，當從實地作。

　　欲扣眾妙門[七]，一切非糟粕。揚子謬致疑，毋乃見未擴。如此玄自存，寧復待疏瀹。滌於何處施，愚人難索摸。伎倆日紛紜，神理常渾噩。譬借匠石斤，爲削鼻端堊。譬就良醫鑱，爲割眼中膜。滌盡乃見玄，玄亦於何橐。所以真如性，無病亦無藥。惟余具微慧，雅志在寥廓。盡日此樓上，萬念歸陰鐔。醒坐倦即眠，羹藜而食藿。間亦窺典墳，不效張華博。有僕不裹頭，有婢長赤脚。庭並無懸魚，門安知羅雀。如此而已矣，翁其發一噱。

【箋證】

[一]劉青岳：指劉鴻訓（1565—1634）。劉字默承，號青岳。《明史》卷二五一有傳："萬曆四十一年，鴻訓登第，由庶吉士授編修。……天啓六年冬，起少詹事，忤魏忠賢，斥爲民。莊烈帝即位，拜禮部尚書兼東閣大學士，參預機務，遣行人召之。三辭，不允。崇禎元年四月還朝……"此詩或寫於天啓六年冬劉被"斥爲民"至崇禎元年四月劉"還朝"之間，許是劉鴻訓崇禎元年四月還朝前來雁門拜訪"請假歸奉嫡母"之孫傳庭。

[二]拈花之微笑：佛教界認爲此是禪宗以心傳心的典型案例。《五燈會元·七佛·釋迦牟尼佛》謂："世尊在靈山會上，拈花示眾，是時眾皆默然，唯迦葉尊者破顏微笑。世尊云：'吾有正法眼藏，涅槃妙心，實相無相，微妙法門，不立文字，教外別傳，付囑摩訶迦葉。'"後以此喻人與人之間不言而心會，心心而相印。清李漁《奈何天·巧怖》："伊爲新至我，我是舊來伊，拈花一笑，心是口，不勞詮諦。羨只羨你這乖菩薩，巧阿彌，降魔秘訣授憑誰？"亦省作"拈花"。

[三]東山妓：典出東晉謝安。《世説新語·識鑒》："謝公在東山畜妓，簡文曰：'安石必出。既與人同樂，亦不得不與人同憂。'"南朝梁劉孝標注引宋明帝《文章志》稱謝安："縱心事外，疏略常節，每畜女妓，携持遊肆也。"

[四]北海賓亦惡：北海賓，亦作"北海樽"。典出《後漢書·孔融傳》：漢末孔融爲北海相，好士，喜誘益後進。及退閒職，賓客日盈其門。常嘆曰："坐上客恒滿，尊中酒不空，吾無憂矣。"後以此典喻主人之好客。唐蕭穎士《山莊月夜作》詩："未奏東山妓，先傾北海尊。"孫傳庭這裏則反其意而用之，表達自己杜絕賓客，遺世隱居之意。

[五]陶令無弦琴：無弦琴，没有弦的琴。典出南朝梁蕭統《陶靖節傳》："淵明不解音律，而蓄無弦琴一張，每酒適，輒撫弄以寄其意。"後以此典喻閒適歸隱的生活。唐白居易《夜凉》詩："舞腰歌袖抛何處？唯對無弦琴一張。"

[六]《太玄》本無玄：《太玄》，指揚雄《太玄經》。《漢書·揚雄傳》："哀帝時丁、傅、董賢用事，諸附離之者或起家至二千石。時雄方草《太玄》，有以自守，泊如也。或嘲雄以玄尚白，而雄解之，號曰解嘲。"本無玄，本來没有什麼玄妙之處。按老子《道德經》有"玄之又玄"之語。"玄"在古代是指一種深黑色。老子藉以用來表達幽遠難辯的狀態。作者用"《太玄》本無玄"，暗含否定

揚雄耽於空疏無用之學之意。

[七] 衆妙門：老子《道德經》：“玄之又玄，衆妙之門。”“衆”，指宇宙萬物；“妙”，意含微妙、玄妙之義；“門”，指門徑。老子認爲，“玄”是宇宙萬物之奧妙，之門徑。《北史·隱逸傳·徐則》曰：“夫道得衆妙，法體自然，包涵二儀，混成萬物。”唐李白《大獵賦》曰：“括衆妙而爲師，明無幽而不燭兮。”

蕭武子以詩見貽次韵答之[一]

與君晋陽日，傾蓋結深歡[二]。太行山色古，汾水朝陰寒。陵谷有時變，不渝惟寸丹[三]。咫尺秋風起，君應振羽翰[四]。即蹶君仍在[五]，寧足挂眉端。祖鞭吾先著[六]，翻疑多此官。南州高士榻[七]，信宿尚堪安。世態羞鴟鼠[八]，交情自鳳鸞[九]。男兒重意氣，母悲行路難[十]。士爲知己死，念之發永嘆。

【箋證】

[一] 蕭武子：作者友人，曾長期居太原。詳參下面有關各詩。

[二] 傾蓋：朋友相遇，兩人乘坐的車子上的傘蓋靠在一起。《孔子家語·致思》：“孔子之郯，遭程子於塗，傾蓋而語終日，甚相親。”《史記·魯仲連鄒陽列傳》：“諺曰：‘白頭如新，傾蓋如故。’何則？知與不知也。”司馬貞索隱引《志林》曰：“傾蓋者，道行相遇，軿車對語，兩蓋相切，小欹之，故曰傾。”後或用於初次相逢即成至交，如唐儲光羲《貽袁三拾遺謫作》詩：“傾蓋洛之濱，依然心事親。”

[三] 陵谷有時變，不渝惟寸丹：陵谷，高峰與山谷。有時變，高山變爲深谷，深谷變爲高山。《詩·小雅·十月之交》：“高岸爲谷，深谷爲陵。”毛傳：“言易位也。”鄭玄箋：“易位者，君子居下，小人處上之謂也。”後因以“陵谷”比喻君臣高下易位。《魏書·拓跋淵傳》：“臣以疏滯，遠離京輦，被其構阻，無所不爲。然臣昔不在其後，自此以來，翻成陵谷。”又比喻自然界或世事巨變。唐韓偓《亂後春日途經野塘》詩：“眼看朝市成陵谷，始信昆明是劫灰。”寸丹，一寸丹心的省稱。丹心，赤誠之心。元陳旅《次韵友人京華即事》：“何人只獻《河清頌》，宜向明時瀝寸丹。”

[四] 咫尺秋風起，君應振羽翰：漢武帝劉徹遊汾河時曾寫《秋風辭》，抒發自己的雄放之情：“秋風起兮白雲飛，草木黃落兮雁南歸。蘭有秀兮菊有芳，懷佳人兮不能忘。泛樓船兮濟汾河，橫中流兮揚素波。簫鼓鳴兮發棹歌，歡樂極兮哀情多。少壯幾時兮奈老何！”羽翰：鳥的翅膀，喻指雄飛天下之志。唐孟郊《出門行》之二：“參辰出沒不相待，我欲橫天無羽翰。”這兩句意在勸誡友人拋棄悲傷，振作雄心。

[五] 即躓：顛躓，困頓挫折意。漢桓寬《鹽鐵論·疾貪》：“百姓顛躓而不扶，猶赤子臨井焉，聽其入也。若此，則何以爲民父母？”五代王定保《唐摭言·四凶》：“磻叟雖至顛躓，輒不敢以其道自屈。”

[六] 祖鞭：祖，指祖逖，鞭，馬鞭。《晉書·劉琨傳》：“琨少負志氣，有縱橫之才，善交勝己，而頗浮誇。與范陽祖逖爲友，聞逖被用，與親故書曰：‘吾枕戈待旦，志梟逆虜，常恐祖生先吾著鞭。’其意氣相期如此。”據此，此詩或是勸誡朋友，或是傳庭做重新出仕的準備。

[七] 南州高士榻：高士榻，禮待賢士之典。《後漢書·徐穉傳》：“蕃（陳蕃）在郡不接賓客，唯穉來特設一榻，去則縣之。”北周庾信《園庭》詩：“倒屣迎懸榻，停琴聽解嘲。”本句或表明蕭武子離山西南下，傳庭作安慰語：南邊正有人懸榻待君至，不必沮喪！

[八] 世態羞鵃鼠：羞於世間醉心功名富貴者爲伍。鵃，鵃鴞，指貓頭鷹。羞鵃鼠，典出《莊子·秋水》：“惠子相梁，莊子往見之。或謂惠子曰：‘莊子來，欲代子相。’於是惠子恐，搜於國中三日三夜。莊子往見之，曰：‘南方有鳥，其名爲鵷雛，子知之乎？夫鵷雛發於南海，而飛於北海，非梧桐不止，非練實不食，非醴泉不飲。於是鴟得腐鼠，鵷雛過之，仰而視之曰：嚇！今子欲以子之梁國而嚇我邪？’”——得到一個如同腐鼠的富貴還怕我搶走嗎？後多以此典喻指醉心於功名富貴者。

[九] 鳳鷺：鳳凰之類的神鳥。唐令狐楚《遊義興寺上李逢吉相公》詩：“鳳鷺飛去仙巢在，龍象潛來講席空。”

[十] 行路難：行路艱難，亦比喻處世不易。唐杜甫《宿府》詩：“風塵荏苒音書絕，關塞蕭條行路難。”白居易《太行路》詩：“行路難，不在水，不在山，只在人情反覆間。”

邂逅李捥陽明府有贈[一]

捥陽與張象風師稱同籍，友其先太翁曾倅郡太原。

吾師曲江歸，嘖嘖李瀛海。博碩復魁奇，曠達饒文采。燕趙系相思，余心久屬乃。大梁忽把臂，呼樽澆塊壘[二]。因念別駕翁，雁門甘棠在[三]。顧今二十年，口碑曾未改。君能衍世德，出爲神明宰。惟余骯髒人[四]，落落無可採。如何傾蓋間[五]，兩情足千載。

【箋證】

[一] 李捥陽：從詩序可知，其父曾任官太原。詩題以"明府"稱李捥陽，唯不知任職何處。按"明府"，漢間有以"明府"稱縣令者，《後漢書·吳祐傳》："國家制法，因身犯之。明府雖加哀矜，恩無所施。"王先謙集解曰："縣令爲明府，始見於此。"唐以後多用以縣令之專稱，如唐杜甫《北鄰》詩："明府豈辭滿，藏身方告勞。"詩寫於故籍山西。

[二] 大梁忽把臂，呼樽澆塊壘：大梁，指開封。據此可知，孫傳庭任職河南時曾與李捥陽晤面。塊壘，亦作"塊礨""塊磊"，本指外在鬱積之物。《宋書·五行志五》："宋文帝元嘉二十九年十一月己卯朔，日始出，色赤如血，外生牙，塊礨不圓。"後多用以比喻胸中之愁或鬱憤難消之氣。宋劉弇《莆田雜詩》之十六："賴足樽中物，時將塊磊澆。"

[三] 甘棠：稱頌循吏的美政和遺愛。典出《史記·燕召公世家》："周武王之滅紂，封召公於北燕……召公巡行鄉邑，有棠樹，決獄政事其下，自侯伯至庶人各得其所，無失職者。召公卒，而民人思召公之政，懷棠樹不敢伐，哥咏之，作《甘棠》之詩。"漢王襃《四子講德論》："非有聖智之君，惡有甘棠之臣？"

[四] 骯髒：高亢剛直貌。漢趙壹《疾邪詩》之二："伊優北堂上，骯髒倚門邊。"宋文天祥《得兒女消息》詩："骯髒到頭方是漢，娉婷更欲向何人！"

[五] 傾蓋：參見《蕭武子以詩見貽次韻答之》"傾蓋結深歡"。

卷一 五言詩

七

湧泉寺八咏[一]

疎鐘撞月

疎鐘古刹傳，秋月空山朗。深聽自相聞，如從月得響。素影不
可扣，清籟竟安往。如何林莽間，一一皆鳴爽？

霜林歸鳥

根塵無了息，性真日以深[二]。悟徹無早晚，元始自可尋[三]。
蕭殺滿天地，沈寥秋氣清[四]。有鳥忽歸來，淒然霜滿林。

象塢雲深

誰將大士座[五]，真向山之阿。因以象名塢，猛氣狎烟蘿。塢
上經挂衲[六]，無雨雲自多。我來探靈迹，或恐是龍窩。

仰公春曉

浮生覺如夢[七]，至理色即空[八]。林鶯一聲曙，天地為啓蒙。
名藍存勝迹[九]，新花發故叢。此中有密諦，安能啓仰公[十]？

寒松戛漢[十一]

鬱彼千歲枝，偃蓋寒光映。奇聳龍鶴形，冷具霜雪性。長風拂
漢來，謖謖動清聽[十二]。鏗聲散寥廓，寥廓如相應[十三]。

松落烟蘿

深徑蘿冉冉，彌望烟漠漠。遙聞雞犬聲，知有人居錯。老幼總
無營，第不廢耕作。辟地余有心，此中良不惡。

溪橋晚眺

策杖邅林外，徙倚溪橋晚。静碧飲長虹，夕陽在絶巘。雲歸洞壑幽，倦鳥望林返。悠然縱雙目，神與目俱遠。

雪崦啼猿[十四]

啼猿聲本哀，况復在雪崦。層峰鎖寒色，聽者慘不忺。余亦落漠人，淚下襟袖沾。山寺有老衲，趺坐意自恬[十五]。

【箋證】

[一]　涌泉寺：《大清一統志》卷一百十四《代州》：“涌泉寺在五臺縣東北北、中二臺之間，有涌泉，傳爲文殊盥掌之地。”此“八咏”乃寫家鄉“涌泉寺”附近風物，作於閒居家鄉代州無疑。

[二]　根塵無了息，性真日以深：根塵，佛家謂眼、耳、鼻、舌、身、意爲六根，色、聲、香、味、觸、法爲六塵。色之所依者謂之根，根之所取者謂之塵，合稱根塵。《楞嚴經》卷五：“根塵同源，縛脱無二。”唐王維《能禪師碑》曰：“至於定無所入，慧無所依，大身過於十方，本覺超於三世，根塵不滅，非色滅空，行願無成，即凡成聖。”性真，謂真性，人本具的不妄不變的心體。《楞嚴經》卷一：“此是前塵虚妄相想，惑汝真性。”唐慧能《壇經·般若品》：“一切般若智，皆從自性而生，不從外入，莫錯用意，名爲真性自用。”

[三]　悟徹無早晚，元始自可尋：悟徹，亦作“悟澈”。佛教謂破迷妄、開真智。亦指覺悟得透徹、徹底。元始，起始，開始，萬物之本原。南朝梁蕭統《文選序》：“式觀元始，眇覿玄風。”《隋書·律曆志中》：“四象既陳，八卦成列，此乃造文之元始，創曆之厥初者歟？”《弘明集·正誣論》：“佛故文子之祖宗，衆聖之元始也。”

[四]　沈寥秋氣清：《楚辭·九辯》：“沈寥兮天高而氣清。”王逸注：“沈寥，曠蕩空虚也。或曰，沈寥猶蕭條。蕭條，無云貌。”“沈寥”亦作“沈漻”，天空清朗空曠貌。

[五]　大士：佛教對菩薩的通稱。南朝齊周顒《重答張長史》：“夫大士應世，其體無方，或爲儒林之宗，或爲國師道士，斯經教之成説也。”或特指觀世

音菩薩。《紅樓夢》第五十回："不求大士瓶中露，爲乞嫦娥檻外梅。"有時亦用來敬稱高僧，如宋蘇軾《金山長老寶覺師真贊》："望之儼然，即之也温，是惟寶覺大士之像。"

［六］挂衲：披上僧衣，謂出家爲僧。唐戴叔倫《寄贈翠岩奉上人》詩："挂衲雲林寺，翻經石榻凉。"

［七］浮生覺如夢：浮生，語本《莊子·刻意》："其生若浮，其死若休。"以人生在世，虚浮不定，因稱人生爲"浮生"。南朝宋鮑照有《答客》詩："浮生急馳電，物道險絃絃。"

［八］至理色即空：至理，至真之理。晋葛洪《抱樸子·喻蔽》："言少則至理不備，辭寡即庶事不暢。"色即空，"色即是空，空即是色"之簡，出自《般若波羅蜜多心經》。"色"指有形質的一切萬物，此萬物爲因緣所生，並非本來實有，因此其當體是空——此謂之"色即是空"。而空的表現形式是依附於主觀上心的認識的——此謂之"空即是色"。

［九］名藍：有名的伽藍，即名寺。藍，伽藍，指佛寺。宋陸遊《入蜀記》卷四六："（八月八日）登華嚴羅漢閣……皆極天下之壯麗，雖閩浙名藍，所不能逮。"

［十］此中有密諦，安能啓仰公：密諦，佛教謂微妙而真實的法門，如明屠隆《綵毫記·頒詔雲夢》："奴家歸纔三日，到得廬山，幸遇騰空尊師，他許我道骨可成，人緣未斷，且暫回家，潛修密諦，後會有期。"仰公：待考。

［十一］寒松戛漢：狀松樹之高。戛，戛然長鳴。漢，天漢，指天河。

［十二］長風拂漢來，謖謖動清聽：狀高樹之音。宋蘇軾《西湖壽星院此君軒》詩："卧聽謖謖碎龍鱗，俯看蒼蒼立玉身。"謖謖，風吹之聲。如《初學記》卷三引晋陸機《感時賦》："寒冽冽而寝興，風謖謖而妄作。"

［十三］鏗聲散寥廓，寥廓如相應：謂松樹之聲傳播悠遠，在空中互相回應。寥廓，空曠深遠貌。《楚辭·遠遊》："下崢嶸而無地兮，上寥廓而無天。"洪興祖補注引顏師古曰："寥廓，廣遠也。"又指遼闊的天空。《漢書·司馬相如傳下》："觀者未睹指，聽者未聞音，猶焦朋已翔乎寥廓，而羅者猶視乎藪澤，悲夫！"顏師古注："寥廓，天上寬廣之處。"

［十四］雪崦：雪山。崦，泛指山。李商隱《送從翁從東川弘農尚書幕》："一川虚月魄，萬崦自芝苗。"

［十五］跌坐：盤腿端坐。唐王維《登辨覺寺》詩："軟草承跌坐，長松響

梵聲。”意自恬，恬然自得。

謁臺歸逢大雨旋霽^[一]

入山何晴佳，歸來雨滿道。其初始霢霂^[二]，倏焉勢傾倒。萬壑怒雷奔，彌川漲霪潦^[三]。我馬不能前，僕夫不自保。余謂天胡然，應是山靈惱^[四]。謂子與我期，已在十年早。十年始一來，歸去何草草。雲烟粗領略，深幽未全討。倏爾遽言旋，使我意如擣^[五]。余乃祝山靈，毋因遣客懆^[六]。有約願重遊，勝迹容再考。向平婚嫁畢，尚圖此中老。應言遂清霽，當空日杲杲。

【箋證】

[一] 謁五臺山而作。寫於家鄉閒居時。

[二] 霢霂：指小雨。《詩·小雅·信南山》：“益之以霢霂，既優既渥。”南朝齊謝朓紀晏《閑坐聯句》：“霢霂微雨散，葳蕤蕙草密。”

[三] 霪潦：雨大成澇。《明史·楊最傳》：“一遇霪潦，蕩爲巨浸。”

[四] 山靈：山神。《文選·班固·東都賦》：“山靈護野，屬禦方神。”李善注：“山靈，山神也。”

[五] 意如擣：心中憂愁有如用物擣心。語本《詩·小雅·小弁》：“我心憂傷，怒焉如擣。”（“擣”與“擣”通）形容十分焦急。《三國志·吳志·周魴傳》：“臣曾不能吐奇舉善，上以光贊洪化，下以輸展萬一，憂心如擣，假寐忘寢。”

[六] 毋因遣客懆：遣客，逃跑之客。專指隱士中的逃客——名爲隱士而實醉心功名者。典出南朝孔稚珪諷刺名士周顒之《北山移文》：“昔聞投簪逸海岸，今見解蘭縛塵纓……請迴俗士駕。爲君謝遣客。”懆，懆怒，暴躁、嗔怒。《敦煌變文集·唐太宗入冥記》：“判官懆惡，不敢道名字。”

五言律

夏夜獨坐

獨坐南窗月，悠然欲二更。空庭疎雨歇，小苑淡烟橫。湖海憐多病，乾坤苦用兵。旁皇清不寐，倚劍看欃槍[一]。

【箋證】

[一] 倚劍看欃槍：倚劍，“長劍耿耿倚天外”之簡，喻人之雄心無可限量。語本宋玉《大言賦》（參《全上古三代秦漢三國六朝文·全上古三代文》卷十）：“楚襄王與唐勒、景差、宋玉遊於陽雲之臺。王曰：‘能爲寡人大言者上座。’……至宋玉曰：‘方地爲車，圓天爲蓋。長劍耿耿倚天外。’王曰：‘未也。’玉曰：‘并吞四夷，飲枯河海，跂越九州，無所容止。身大四塞，愁不可長。’”欃槍，彗星的別名。古人認爲是凶星，主不吉。《爾雅·釋天》：“彗星爲欃槍。”郭璞注：“亦謂之孛，言其形孛，孛似掃彗。”《淮南子·俶真訓》：“欃槍衡杓之氣，莫不彌靡而不能爲害。”

暮春晦夕偶張屏燈同武子飲分韵得來字[一]

爲惜春宵盡，紗屏四面開。影搖花欲動，光滿月疑來。客共飛觴興[二]，人稱入洛才[三]。稍聞烽火息，潦倒醉金罍[四]。

【箋證】

[一] 張屏燈：作者之友，不詳待考。武子：傳庭友人，參見前《蕭武子以詩見貽次韵答之》。

[二] 飛觴：指行觴，猶行酒，依次敬酒。《禮記·投壺》：“命酌，曰：‘請行觴。’”唐康駢《劇談録·王侍中題詩》：“眾賓相顧遲疑，將俟行觴舉樂。”

　　［三］入洛才：指西晋左思，字太沖，齊國臨淄人。因其妹左棻入宮來洛陽，構思十年寫成《三都賦》，豪富人家競相傳抄，以致“洛陽紙貴”。

　　［四］金罍：飾金的大型酒器。《詩·周南·卷耳》：“我姑酌彼金罍，維以不永懷。”朱熹集傳：“罍，酒器。刻爲雲雷之象，以黃金飾之。”或泛指酒盞。唐韓愈《憶昨行和張十一》：“青天白日花草麗，玉斝屢舉傾金罍。”

送別武子[一]

　　戎馬愁方劇，那堪送遠人。看雲憐別苦，折柳問歸頻[二]。宦況惟余拙，交情獨爾真。明年十日酒，同對帝城春。

其二

　　痛飲真吾事，其如別恨何。風塵勞歲月，湖海尚干戈。病骨開樽懶，雄心倚劍多。蕭蕭漣水上，千古此悲歌[三]。

【箋證】

　　［一］武子：參見前詩《蕭武子以詩見貽次韵答之》。

　　［二］折柳問歸頻：折柳，指送別。唐人有折柳別友之習。《三輔黃圖》卷六載：“霸橋在長安東，跨水作橋，漢人送客至此橋，折柳贈別。”《開元天寶遺事·銷魂橋》：“長安東灞陵有橋，來迎去送皆至此橋，爲離別之地，故人呼之銷魂橋也。”

　　［三］蕭蕭漣水上，千古此悲歌：借用荆軻易水離別之典表達壯心。《史記·刺客列傳·荆軻》：“太子及賓客知其事者，皆白衣冠以送之。至易水之上，既祖，取道，高漸離擊筑，荆軻和而歌，爲變徵之聲，士皆垂淚涕泣。又前而爲歌曰：‘風蕭蕭兮易水寒，壯士一去兮不復還！’復爲羽聲慷慨，士皆瞋目，髮盡上指冠。”據《明一統志》，漣水有二：一在江蘇淮安府，一在湖南長沙府湘鄉縣。

同梁大煦工部飲王宜蘇吏部園亭[一]

　　城市開佳勝，登臨擬輞川[二]。苺苔新著雨，竹樹晚含烟。水部才誰似[三]，山公興獨偏[四]。何當逃吏事，長此共留連。

其二

莫話風塵事，相憐但酒卮。挑燈花轉艷，倚檻月初垂。衫履追隨雅，天涯聚晤奇。獨憐烽火急，重醉定何期。

【箋證】

[一] 或作於天啓五年任吏部主事時。李因篤《明督師兵部尚書孫公傳》：“天啓五年擢吏部主事，歷陞稽勳司郎中。”梁大煦、王宜蘇，作者友人，時分別任職工部與吏部，其他情況不明待考。

[二] 輞川：狀王宜蘇園亭之美，有如唐王維之輞川別業。《唐國史補》卷上：“王維好釋氏，故字摩詰。立性高致，得宋之問輞川別業，山水絕勝，今清源寺是也。”

[三] 水部才誰似：水部，指南朝梁詩人何遜，因其曾兼任尚書水部郎，後世稱之爲何水部。《南史》卷三十三《何承天傳》附何遜：“遜字仲言，八歲能賦詩，弱冠，州舉秀才。南鄉范雲見其對策，大相稱賞，因結忘年交。自是一文一咏，雲輒嗟賞，謂所親曰：‘頃觀文人，質則過儒，麗則傷俗；其能含清濁，中今古，見之何生矣。’”

[四] 山公興獨偏：山公，晉人山濤的別稱。南朝宋顏延之《五君咏·阮始平》：“郭奕已心醉，山公非虛覯。”《晋書》卷四十三《山濤傳》：“山濤字巨源，河內懷人也。……與宣穆后有中表親，是以見景帝。帝曰：‘呂望欲仕邪？’命司隸舉秀才，除郎中。轉驃騎將軍王昶從事中郎。久之，拜趙國相，遷尚書吏部郎。……及羊祜執政，時人欲危裴秀，濤正色保持之。由是失權臣意，出爲冀州刺史，加寧遠將軍。……興疾歸家。以太康四年薨，時年七十九。”

秋夜

經年長作客，獨夜況逢秋。燭影搖鄉思，砧聲亂旅愁[一]。夢隨鴻北下，心逐火西流[二]。山月今方好，安能載酒酬。

【箋證】

　　〔一〕砧聲：搗衣聲。唐李頎《送魏萬之京》：“關城曙色催寒近，御苑砧聲向晚多。”明劉基《秋日即事》：“雁行却向城頭過，何處砧聲隱隱聞。”

　　〔二〕火西流：大火星西流，天氣轉涼。宋蘇轍《秋後即事》：“苦熟真疑不復涼，火流漸見迫西流。”

除夜[一]

　　邊塞家何處，天涯歲又除。鄉心三載劇，客况此宵餘。看劍心彌壯，謀糈計轉疎[二]。明朝三十一，獨坐嘆居諸[三]。

其二

　　柏酒堪成醉[四]，其如感慨何？風前人一別，客裏歲三過。鴻雁關河遠，烽烟道路多。坐深聊假寐，清夢繞烟蘿。

【箋證】

　　〔一〕除夕夜懷家詩，或作於任職河南時。李因篤《明督師兵部尚書孫公傳》：“萬曆四十七年進士。初授河南永城縣知縣，再遷商邱。”

　　〔二〕看劍心彌壯，謀糈計轉疎：表達作者以武建功心願。糈，精米，古代用以祭神，謀糈，代指文職官員。

　　〔三〕獨坐嘆居諸：居諸，《詩·邶風·柏舟》：“日居月諸，胡迭而微。”孔穎達疏：“居、諸者，語助也。”後用以借指日月、光陰。《北魏元凝妃陸順華墓誌銘》：“居諸迭生，陵谷相賀。”

　　〔四〕柏酒：即柏葉酒。古代習俗，謂春節飲之，可以辟邪。南朝梁宗懍《荊楚歲時記》：“正月一日……長幼悉正衣冠，以次拜賀，進椒、柏酒，飲桃湯。”唐杜審言《守歲侍宴應制》詩：“彈弦奏節梅風入，對局探鈎柏酒傳。”

元日試筆用除夜韵[一]

　　歲從今日首，臘自昨宵除。郡邑驚危後，乾坤戰伐餘。物華人自競，世局我全疎。何似悠悠者，漁樵老孟諸[二]。

【箋證】

[一] 某年元旦作。時地不詳。從“物華人自競，世局我全疎”看，應作於“請假歸奉孀母”居家鄉代州時。“郡邑驚危後，乾坤戰伐餘”，或與家鄉遭遇敵軍入侵騷擾有關。

李因篤《明督師兵部尚書孫公傳》：“已叙里居時功，曾繕垣犒士，定亂全城，超擢順天府丞。”或即寫於這次“定亂全城”之後。

[二] 孟諸：亦作“孟豬”、“孟瀦”。古澤藪名，在今河南商邱東北、虞城西北。《書・禹貢》：“導菏澤，被孟豬。”《左傳・僖公二十八年》：“余賜女孟諸之麋。”杜預注：“孟諸，宋澤藪。”《史記・司馬相如列傳》：“浮渤澥，遊孟諸。”

春郊[一]

蹣履郊西路，愴然思有餘。輕雲揚遠岫，新水湛平湖。別恨縈春柳，新愁長綠蕪。不堪成獨嘯[二]，征雁一聲孤。

【箋證】

[一] 春天郊遊所思所感。由景狀別恨，喻離愁。

[二] 獨嘯：獨自長嘯，以抒胸臆。唐李白《與南陵常贊府遊五松山》詩：“安石（謝安）泛溟渤，獨嘯長風還。”唐白居易《閒居》詩：“獨嘯晚風前，何人知此意。”

野宿[一]

燭影孤村夜，星光獨宿樓。愁隨春野闊，夢逐故山浮。倚枕憐多病，持杯笑浪遊。何時歸計得，嘯咏繞烟洲[二]。

【箋證】

[一] 寫作時地不詳。懷念家國，頗思歸隱。或寫於軍行宿夜時。

[二] 嘯咏：猶歌咏。《晋書・阮孚傳》：“竊以今王茌鎭，威風赫然……正應端拱嘯咏，以樂當年耳。”烟洲：猶烟渚，烟霧環繞之洲渚，多代指隱居之所。南朝梁江淹《蕭被侍中敦勸表》：“臣不能遵烟洲而謝支伯，迎雲山而揖許由。”

火樹[一]

不借東風力，還因劫火新[二]。聯翻天不夜，亂落地皆春。片片霞光幻，枝枝寶色匀。誰云花頃刻，人世總非真。

其二

暖艷圍紅玉[三]，偏宜月下逢。輝煌侵夜色，雕鏤失天工。長養非關雨，飄零豈待風。莫疑枝葉異，玉樹本青葱。

其三

疑是乘春氣，瑩瑩萬朵繁。樓臺靈蜃現，庭院燭龍翻[四]。士女喧良夜，笙歌滿上元。漫矜饒艷麗，桃李本無言[五]。

【箋證】

[一] 或寫於某年元宵慶賞之時。火樹：《全唐詩》卷六十五《正月十五夜》：“火樹銀花合，星橋鐵鎖開。”

[二] 不借東風力，還因劫火新：前句用三國時赤壁破曹之典喻火樹之燦爛。劫火，佛教語，謂壞劫之末所起的大火。《仁王經》：“劫火洞然，大千俱壞。”按“劫”，指劫難。佛教認爲世界有成、住、壞、空四個時期，稱爲“四劫”。到了壞劫時期，就會出現風、水、火三灾，世界歸於毁滅。世界就是如此周而復始的。人們因把天灾人禍等借稱爲“劫”或“劫數”。唐張喬《興善寺貝多樹》詩：“永共終南在，應隨劫火燒。”這裏或泛指火焰。

[三] 暖艷圍紅玉：紅玉，語本《西京雜記》卷一：“趙后體輕腰弱，善行步進退，女弟昭儀不能及也。但昭儀弱骨豐肌，尤工笑語。二人並色如紅玉，爲當時第一，皆擅寵後宫。”這裏以“紅玉”狀火花。

[四] 樓臺靈蜃現，庭院燭龍翻：樓臺靈蜃，謂火樹燦爛有如海市蜃樓。燭

龍：神話中的神名。傳説其張目能照耀天下。《山海經·大荒北經》："西北海之外，赤水之北，有章尾山。有神，人面蛇身而赤，直目正乘，其瞑乃晦，其視乃明，不食不寢不息，風雨是謁。是燭九陰，是謂燭龍。"亦有謂其駕日、銜燭或珠而照耀天下，如《楚辭·天問》："日安不到，燭龍何照？"王逸注："言天之西北有幽冥無日之國，有龍銜燭器而照之也。"

［五］桃李本無言：桃李不言，下自成蹊，典出《史記·李將軍列傳》。司馬遷對悲劇英雄李廣予以高度評價："傳曰'其身正，不令而行；其身不正，雖令不從'，其李將軍之謂？余睹李將軍悛悛如鄙人，口不能道辭。及死之日，天下知與不知，皆爲盡哀。彼其忠實心誠信於士大夫也？諺曰'桃李不言，下自成蹊'。此言雖小，可以諭大也。"唐司馬貞《史記索隱》引"姚氏云"："桃李本不能言，但以華實感物，故人不期而往，其下自成蹊徑也。以喻廣雖不能出辭，能有所感，而忠心信物故也。"

龐雲濤孝廉至留酌衙齋用韵[一]

詞壇久寂寞，割據尚吾曹。把酒分花氣，論文落翠濤[二]。余才原僻傲，汝意故粗豪。千古存深寄，蕭疎在二毛[三]。

【箋證】

［一］龐雲濤：作者友人，生平不詳，待查。孝廉，明清時對舉人的雅稱。從"留酌衙齋"看，詩或寫於天啓五年（1625）前任官河南時。

［二］翠濤：酒名。唐人《河東先生龍城録》（有謂唐柳宗元著）載《魏徵善治酒》謂："魏左相能治酒，有名曰醽醁、翠濤。"這裏泛指酒。

［三］蕭疎在二毛：二毛，謂頭髮斑白。《左傳·僖公二十二年》："君子不重傷，不禽二毛。"杜預注："二毛，頭白有二色。"晋葛洪《抱樸子·遐覽》："二毛告暮，素志衰頽。"又用爲"三十二歲"之典。晋潘岳《秋興賦序》："余春秋三十有二，始見二毛。"北周庾信《哀江南賦序》："信年始二毛，即逢喪亂。"

春雲[一]

春雲如有意，片片下城闉。乍合遥天媚，俄開遠岫新。有情元是幻，浮世總非真。晚景蒼茫色，攸然得所親。

【箋證】

[一] 某年春作，從"片片下城闉"看，或作於某城市。

酒籌

共覓清宵醉，消磨付酒籌[一]。參差分夜月，來往促春甌。愛客宜苛令，撩人喜暗投。漫言探海屋，此飲足千秋。

【箋證】

[一] 酒籌：飲酒時用以記數或行令的籌子。晋嵇含《南方草木狀·越王竹》："越王竹，根生石上，若細荻，高尺餘，南海有之。南人愛其青色，用爲酒籌云。"唐白居易《同李十一醉憶元九》詩："花時同醉破春愁，醉折花枝當酒籌。"

喜雨

已嘆遺黎盡[一]，誰驅旱厲回。一年纔見雨，五月始聞雷。父老扶藜出，兒童跨犢來。欣然如有告，具爐不須哀。

【箋證】

[一] 遺黎：劫後殘留之民。《舊唐書·裴度傳》："度乃約法，唯盜賊鬥殺外，餘盡除之，其往來者，不復以晝夜爲限，於是蔡之遺黎始知有生人之樂。"金王若虛《王氏先塋之碑》："時甫離兵火，遺黎反側未安。"

苦雨

蝗旱愁初歇，重憐雨不休。田廬翻作沼，闤闠可乘舟[一]。索餉追呼急，徵兵羽檄稠。蕭條四野內，不忍豁雙眸。

【箋證】

　　［一］闤闠：街市、街道。《文選·左思〈魏都賦〉》：“班列肆以兼羅，設闤闠以襟帶。”呂向注：“闤闠，市中巷繞市，如衣之襟帶然。”《宋書·後廢帝紀》：“趨步闤闠，酣歌壚肆。”

闈中夜集用李捖陽扇頭韵[一]

　　棘院初鳴柝[二]，繡衣晚散衙[三]。萍分俱是客，星聚即爲家。醉倚床頭月，狂生筆底花。漏深香氣濕，知已落霜華。

【箋證】

　　［一］科舉考場夜作，從“闈中”知。李捖陽，參見《邂逅李捖陽明府有贈》。

　　［二］棘院：科舉試院。古代試士，用棘圍試院，以防止弊端，故稱。《舊五代史·周書·和凝傳》：“貢院舊例，放榜之日，設棘於門及閉院門，以防下第不逞者。”元劉詵《中秋留故居兄弟對月分韵得多字》：“棘院功名風雨過，柴門兄弟月偏多。”

　　［三］繡衣：此或指配合科考的理刑官。《漢書》卷十九上《百官公卿表上》：“侍御史有繡衣直指，出討奸猾，治大獄，武帝所制，不常置。”東漢服虔注：“指事而行，無阿私也。”唐顏師古注：“衣以繡者，尊寵之也。”

同陳玉鉉、張雨蒼小集[一]

　　兩君天下士，與我一鄉人。轟耳才名重，論心臭味真。雌雄驚劍合[二]，慷慨覺情親。咫尺聯青瑣[三]，何勞嘆積薪[四]。

【箋證】

　　［一］當作於做京官時。陳玉鉉、張雨蒼，作者鄉人。孫傳庭另有《陳玉鉉給事入都寄贈十二韵》。從“聯青瑣”知，時二人與傳庭同在京城。

　　〔二〕雌雄驚劍合：用晉雷煥豫章城得劍典故。《晉書·張華傳》載，雷煥於豫章豐城獄屋基下得雙劍。煥留一自佩，另一劍送與張華。後張華被誅，劍失所在。雷煥死後其子雷華持劍行經延平津，劍忽於腰間躍出墮水，會合張華失去的那一劍，化成長達數丈的兩條巨龍而去。

　　〔三〕咫尺聯青瑣：謂同朝做官，相距不遠。青瑣，亦作“青鎖”“青璅”，指裝飾皇宮門窗的青色連環花紋，爲皇家所獨有。《漢書》卷九十八《元后傳》：“曲陽侯根驕奢僭上，赤墀青瑣。”顏師古注引“孟康曰”：“‘以青畫戶邊鏤中，天子之制也。’……青瑣者，刻爲連環文，而青塗之也。”

　　〔四〕何勞嘆積薪：積薪，喻選用人才後來居上。典出《史記·汲鄭列傳》：“始黯列爲九卿，而公孫弘、張湯爲小吏。及弘、湯稍益貴，與黯同位，黯又非毀弘、湯等。已而弘至丞相，封爲侯；湯至御史大夫；故黯時丞相史皆與黯同列，或尊用過之。黯褊心，不能無少望，見上，前言曰：‘陛下用群臣如積薪耳，後來者居上。’”

與許亦齡諸丈夜集

　　知己當今夕，何妨漏幾催。縱譚燈漸短，劇飲月初來。蕭索同官況，悲歌總賦才[一]。西樓漫寥落，歸雁幾聲哀。

【箋證】

　　〔一〕賦才：亦作“賦材”。天賦，才能。宋蘇軾《追和林子中寄文與可》：“賦才有巨細，無異斛與斗。”宋王安石《上運使孫司諫啓》：“顧賦材之艱拙，借容德之庇存。”

九月七日署中小酌[一]

　　小院驚秋老，天涯忽二霜。干戈連五月，風雨近重陽。作賦惟鄉思，當歌任酒狂。巡檐頻感事[二]，叢菊爲誰黃。

【箋證】

　　〔一〕作年地域均不詳。

［二］巡檐：來往於檐前。唐杜甫《舍弟觀赴藍田取妻子到江陵喜寄》詩之二：“巡檐索共梅花笑，冷蘂疎枝半不禁。”元邵亨貞《貞溪初夏次南金韵》：“巡檐燕子掠晴絲，隔塢茶烟出院遲。”

伍家集早發[一]

荒村夜不寐，明發攬征衣。殘月沉高樹，疎星照短帷。鷄聲催曉亂，暝色入晨微。漸覺春寒薄，東林日欲暉。

【箋證】

［一］伍家集：不詳何地。從“明發攬征衣”看，作於軍行途中。寫晨景。

春夜

官署饒幽况，含毫對酒墟。春星臨曉樹，夜色滿平蕪。興劇呼明月，詩成質老奴。盤桓不成寐[一]，清坐未言孤。

【箋證】

［一］盤桓：徘徊；逗留。《文選》載班固《幽通賦》：“承靈訓其虚徐兮，竚盤桓而且俟。”李善注：“盤桓，不進也。”晋李密《陳情事表》：“過蒙拔擢，寵命優渥，豈敢盤桓，有所希冀？”

對雨次蕭武子韵[一]

清署偏宜雨，當墟飲興增。竹窗香霧合，草徑晚烟凝。酒劇蒼頭妬[二]，詩豪白眼憎[三]。狂來無著處，却憶六朝僧[四]。

【箋證】

［一］蕭武子：參見《蕭武子以詩見貽次韵答之》。

［二］蒼頭：指奴僕。《漢書·鮑宣傳》：“使奴從賓客漿酒霍肉，蒼頭盧兒

皆用致富。”顏師古注引孟康曰：“漢名奴爲蒼頭，非純黑，以別於良人也。”前蜀貫休《少年行》：“却捉蒼頭奴，玉鞭打一百。”

　　[三]白眼：用西晉阮籍“青白眼”之典。《晉書·阮籍傳》：“籍又能爲青白眼，見禮俗之士，以白眼對之。”唐王維《與盧員外象過崔處士興宗林亭》詩：“科頭箕踞長松下，白眼看他世上人。”

　　[四]六朝僧：古詩中頗多提及，如晚唐錢珝《江行無題·咫尺愁風雨》：“咫尺愁風雨，匡廬不可登。只疑雲霧窟，猶有六朝僧。”王士禎《池北偶談》：“僧澄瀚，字郢子，濟寧人，工詩，有絶句云：‘昨宵初罷上元燈，又欲看山向秣陵。騎馬乘船都不會，飄然誰識六朝僧。’爲時所稱。”但典實不詳，待考。按六朝僧家多能詩，如支遁、支孝龍、竺僧度、釋慧遠等，其詩多闡發佛理。

夜坐次武子韵[一]

　　無計堪消暑，偏宜趁晚凉。都將愁付酒，不爲病修方。攬鬢憐余短，論心愛女長。賦成聊共質，如覺齒牙香。

【箋證】

　　[一]武子：指蕭武子，參見《蕭武子以詩見貽次韵答之》。傅庭與蕭武子詩頗多，計共十二首。

携樽飲胡漢涵民部於楊氏園[一]

　　愛客晚携樽，開門月滿園。春花初倚檻，翠竹故當軒。畫棟歌聲繞[二]，綺筵舞袖翻。憐君歸思切，執手欲消魂。

其二

　　飛觴同醉月，乘興復登樓。梁苑聞新曲[三]，并州憶舊遊。深談時屏御，久坐數添籌[四]。爲問芒山氣[五]，今仍似昔浮。

【箋證】

〔一〕詩當寫於傳庭任京官時。胡漢涵，作者友人，任職民部。詩中"梁苑聞新曲，并州憶舊遊"，知兩人在河南、山西即已有交情。民部即户部。西漢成帝初置尚書四人，分四曹，民曹爲四曹之一，主吏民上書事。東漢增至六曹，民曹主管繕修功作鹽池園苑等事。魏、晋有左民、右民二曹。唐初因避李世民諱，民部改爲户部。

〔二〕歌聲繞：歌聲迴旋於梁棟間，經久不息，形容美妙動聽。典出《漢武洞冥記》："漢武帝使董謁乘浪霞之輦，以昇壇候王母。王母至與宴，歌奏《春歸》之樂。謁乃聞王母歌聲，而不見其形。歌聲繞梁三匝，乃上旁梁，草樹枝葉皆動，歌之感也。"（引自《太平御覽》卷五七二）

〔三〕梁苑聞新曲：借指河南任職時與胡漢涵的友誼。梁苑，也稱兔園，西漢梁孝王所建園苑，故址在今河南省開封市東南。園林方三百餘里，宮室相連屬，供遊賞馳獵。梁孝王在其中廣納賓客，當時名士司馬相如、枚乘、鄒陽等均爲座上客。事見《史記·梁孝王世家》。

〔四〕數添籌：數，多次、屢次。籌，《說文》："壺矢也。"這裏指投壺遊戲。《禮記·投壺》："投壺者，主人與客燕飲講論才藝之禮也。"把箭向壺裏投，投中多的爲勝，負者照規定的杯數喝酒。歐陽修《醉翁亭記》："射者中，弈者勝，觥籌交錯。"

〔五〕芒山氣：喻英雄之氣。芒山即芒碭山，古稱碭山，位今豫、皖、蘇、魯四省結合部之河南永城縣芒山鎮。傳漢高祖在此斬白蛇起義。

自大梁還署中小酌即事^[一]

燕邸人方至，梁園客亦還^[二]。烟塵頻悵望，樽酒暫開顔。草長空階寂，花開小苑閑。征途新得句，搦管共君删。

【箋證】

〔一〕作於河南任時。大梁：今開封。

〔二〕燕邸人方至，梁園客亦還：燕邸，代指京城。梁園，指汴京，今河南省開封市。宋陳師道《騎驢》詩之二：“獨無錦里驚人句，也得梁園畫作圖。”任淵注：“梁園，指汴京。”

荷亭飲丁竟豪憲副次韵 (二首)^[一]

負郭成溪隱^[二]，閑情合灑然。學耕時省稼，試釣或臨淵。碧柳垂門外，青山繞座前。偶延雙蓋入，光采照池蓮。

其二

小築南洲逈，鳴騶喜賁^[三]然。芰荷迎劍佩，簫鼓振林淵。酒繼平原後^[四]，詩追大曆前^[五]。使君饒藻逸，伯仲見青蓮^[六]。

【箋證】

〔一〕丁竟豪：作者朋友，不詳待考。憲副，都察院副長官左副都御史的別稱，如明趙震元有《爲袁氏祭袁石寓憲副》。

〔二〕負郭：負郭田，指近郊良田。典出《史記·蘇秦列傳》：“蘇秦喟然嘆曰：‘此一人之身，富貴則親戚畏懼之，貧賤則輕易之，況眾人乎！且使我有雒陽負郭田二頃，吾豈能佩六國相印乎！’”司馬貞索隱：“負者，背也，枕也。近城之地，沃潤流澤，最爲膏腴，故曰‘負郭’也。”亦泛指田。

〔三〕鳴騶：指隨從顯貴出行並傳呼喝道的騎卒，或借指高官達貴。南朝齊孔稚圭《北山移文》：“及其鳴騶入谷，鶴書起隴，形馳魄散，志變神動。”唐高適《東平旅遊奉贈薛太守二十四韵》：“歌謠隨舉扇，旌旆逐鳴騶。”

〔四〕酒繼平原後：用戰國秦昭王遺書平原君之典。《史記》卷七十九《范雎蔡澤列傳》：“秦昭王聞魏齊在平原君所，欲爲范雎必報其仇，乃詳爲好書遺平原君曰：‘寡人聞君之高義，願與君爲布衣之友，君幸過寡人，寡人願與君爲十日之飲。’”

〔五〕詩追大曆前：大曆，唐代宗年號。大曆詩歌風格，以大曆十才子李端、盧綸、吉中孚、韓翃、錢起、司空曙、苗發、崔峒、耿湋、夏侯審爲代表。宋嚴羽《滄浪詩話·詩體》：“以時而論，則有……大曆體。”“大曆前”，謂指盛唐李、杜、高、岑、王、孟諸人之作。

園居^[一]

辟地開三徑^[二]，誅茅構一椽。藜羹堪飽食，竹簟任高眠。夾岸千株柳，環溪百畝田。今年穡事好，足了酒家錢。

其二

窺園時縱履，隨地得悠然。曲澗雙橋轉，危崖一徑穿。摘蔬遴嫩菌，試茗汲新泉。憩蔭垂楊下，飄飄意欲仙。

其三

迂僻真成性，終朝靜掩門。就中微有會，此外復何言。種得花千樹，沽來酒一樽。自非庭畔鶴^[三]，不許破苔痕。

其四

不是耽元寂，吾生合隱淪。烟霞支病骨，山水愛閑身。草閣全無暑，花田別有春。祇應成獨往，魚鳥却相親^[四]。

其五

浮名吾自厭，豈與世相違。遠岫孤雲没，空林一鳥歸。屠龍心漫切^[五]，刻鵠事全非^[六]。終計惟深隱，西山蕨正肥^[七]。

其六

清事吾猶懶，況於俗事關。亭空惟貯月，案靜獨延山。作賦羞雕棘，敲碁厭角蠻。評花與選石，尚謂礙餘閑。

其七

交遊近冷落，吾亦拙逢迎。山色當門古，溪光拂座清。平疇開遠眺，曲徑引閑行。老此無餘羨，堪同鹿豕盟。

其八

《離騷》原夙好，齋坐探深幽。哀怨悲今古，文章第一流。高才多放逐，濁世合夷猶^[八]。讀罷餘深感，床頭酒滿甌。

【箋證】

［一］寫於告歸閒居時。李因篤《明督師兵部尚書孫公傳》：“時逆奄魏忠賢方起搢紳之禍，傅庭念子身孤子，母老子幼，請假歸奉孀母，版輿遊晏，居恒則危坐讀書，若將終身焉。”

［二］辟地開三徑：三徑，亦作“三逕”。其典出晋趙岐《三輔決録·逃名》：“蔣詡歸鄉里，荆棘塞門，舍中有三徑，不出，唯求仲、羊仲從之遊。”後因以“三徑”指歸隱者的家園。晋陶潛《歸去來辭》曰：“三徑就荒，松竹猶存。”

［三］庭畔鶴：典出《世說新語·言語》：“支公好鶴。住剡東峁山。有人遺其雙鶴，少時翅長欲飛。支意惜之，乃鎩其翮。鶴軒翥不復能飛，乃反顧翅垂頭，視之如有懊喪意。林曰：‘既有凌霄之姿，何肯為人作耳目近玩！’養令翮成，置使飛去。”

［四］祇應成獨往，魚鳥却相親：化用辛棄疾《有以事來請者偃康節體作詩以答之》“終日閉門無客至，近來魚鳥却相親”兩句詩意。魚鳥，喻山水之樂。常作為隱逸生活的一種象徵。嵇康《與山巨源絕交書》：“遊山澤，觀魚鳥，心甚樂之。”《隋書·隱逸傳序》：“狎玩魚鳥，左右琴書。”

［五］屠龍：典出《莊子·列御寇》：“朱泙漫學屠龍於支離益單千金之家，三年技成，而無所用其巧。”後以指技藝雖高超而無所用。唐張懷瓘《書估》：“聲聞雖美，功業未遒，空有望於屠龍，竟難成於畫虎。”

［六］刻鵠事全非：刻鵠類鶩，喻仿效雖不逼真但還有相似度。《後漢書·馬援傳》：“效伯高不得，猶為謹敕之士，所謂刻鵠不成尚類鶩者也。效季良不得，陷為天下輕薄子，所謂畫虎不成反類狗者也。”宋黃庭堅《與趙伯充書》：“學老杜詩，所謂刻鵠不成尚類鶩也。”亦有比喻仿效失真，適得其反。劉勰《文心雕龍·比興》：“比類雖繁，以切至為貴，若刻鵠類鶩，則無所取焉。”

［七］西山蕨正肥：用伯夷、叔齊不食周食隱居首陽山食蕨爲生之典。《史記·伯夷列傳》："武王已平殷亂，天下宗周，而伯夷、叔齊耻之，義不食周粟，隱於首陽山，采薇而食之。及餓且死，作歌。其辭曰：'登彼西山兮，采其薇矣。以暴易暴兮，不知其非矣。神農、虞、夏忽焉没兮，我安適歸矣？於嗟徂兮，命之衰矣！'遂餓死於首陽山。"唐司馬貞《史記索隱》："薇，蕨也。"

［八］夷猶：從容自得。宋張炎《真珠簾·近雅軒即事》詞："休去，且料理琴書，夷猶今古。"明唐寅《與文徵明書》："寒暑代遷，裘葛可繼，飽則夷猶，飢乃乞食，豈不偉哉。"

初夏小憩映碧園[一]

小憩山園靜，清和四月天。柳飛瓊玉亂，荷散碧錢圓。臘酒鄰翁送，芽茶稚子煎。聲聲布穀鳥，驚破午窗眠。

【箋證】

［一］映碧園：作者天啓年間告歸自建園。《玄滌樓》詩："余於映碧園構一樓，日處其上，世念都忘。"

西溪舟泛[一]

余卜築西溪，七載於兹，壬申之夏偶作小艇，命童子操舵，與二三知友，引胡床據其上。一觴一咏，致甚樂也，因成四律以落之。

曲水饒幽況，閑情寄小艟。杯邀楊柳月，裾引芰荷風。蘭社人同載[二]，桃源路可通[三]。却憐塵世上，勞苦嘆飄蓬。

其二

小泛西溪上，悠然自在流。吾原應縱壑，僕故解操舟。短棹隨花發，輕帆共月浮。忽疑多事客，擊楫欲何求[四]。

其三

三尺平塘水，居然可放舟。新荷迎客艷，細柳拂堤柔。江海雙泡落，乾坤一葉浮。烟波如有意，即此是滄洲[五]。

其四

星漢仙槎杳[六]，扁舟樂意關。自能專一壑，何用訪三山[七]。萬事無過酒，浮名好是閑。漁鷗堪作侶，竟日每忘還。

【箋證】

[一] 詩作於家鄉代州。其序曰"余卜築西溪，七載於茲"。如告歸在天啓六年（1626），下推七年，則其詩或可能寫於崇禎五年（1632）。

[二] 蘭社人同載：蘭社，指西晉王羲之蘭亭會。《晉書》卷八十《王羲之傳》："嘗與同志宴集於會稽山陰之蘭亭，羲之自爲之序以申其志，曰：'永和九年，歲在癸丑，暮春之初，會於會稽山陰之蘭亭，修禊事也……'"

[三] 桃源路可通：桃源路，典出陶淵明《桃花源記》："晉太元中，武陵人捕魚爲業。緣溪行，忘路之遠近，忽逢桃花林，夾岸數百步，中無雜樹。芳草鮮美，落英繽紛……"或指東漢劉晨、阮肇誤入桃源洞事，典出宋劉義慶《幽冥錄》。記劉晨、阮肇到天臺山采藥迷路，誤入桃源洞遇見兩個仙女，被邀至家中成親。半年后回家，子孫已過七代。

[四] 擊楫欲何求：擊楫，用東晉祖逖北伐之典。《晉書·祖逖傳》："時帝方拓定江南，未遑北伐，逖進説曰……帝乃以逖爲奮威將軍、豫州刺史，給千人廩，布三千匹，不給鎧仗，使自招募。仍將本流徙部曲百餘家渡江，中流擊楫而誓曰：'祖逖不能清中原而復濟者，有如大江！'辭色壯烈，眾皆慨嘆……"

[五] 即此是滄洲：滄洲，濱水之地。古常用以稱隱士居處，如三國魏阮籍《爲鄭沖勸晉王箋》："然後臨滄洲而謝支伯，登箕山以揖許由。"南朝齊謝朓《之宣城郡出新林浦向板橋》："既歡懷禄情，復協滄洲趣。"

[六] 星漢仙槎杳：星漢仙槎，用張華《博物志》乘船遊天河之典。其書卷十記："近世有人居海渚者，每年八月有浮槎去來，不失期，人有奇志，立飛閣於槎上，多齎糧、乘槎而去。十餘日中猶觀星月日辰，自後茫茫忽忽亦不覺盡

夜。去十餘月，奄至一處，有城郭狀，屋舍甚嚴。遙望宮中有織婦，見一丈夫牽牛渚次飲之。牽牛人乃驚問曰：‘何由至此？’此人爲説來意，并問此是何處，答云：‘君還至蜀都，訪嚴君平，則知之。’竟不上岸，因還如期。後至蜀，問君平，君平曰：‘某年某月，有客星犯牽牛宿。’計年月，正此人到天河時也。”

　　［七］何用訪三山：三山，海上的三座神山，傳神仙所居。晋王嘉《拾遺記·高辛》：“三壺，則海中三山也。一曰方壺，則方丈也；二曰蓬壺，則蓬萊也；三曰瀛壺，則瀛洲也。”唐駱賓王《代女道士王靈妃贈道士李榮》詩：“玄都五府風塵絶，碧海三山波浪深。”

苦熱屏燭

　　辟暑偏宜夜，帷燈覺可憎。人疑居火宅，吾欲踏層冰。乍可華樽暗，從教堆案仍。呼童亟屏去，照膽有良朋[一]。

【箋證】

　　［一］照膽有良朋：照膽，用《西京雜記》卷三漢高祖入咸陽宮之典：“高祖初入咸陽宮，周行庫府，金玉珍寶不可稱言……有方鏡廣四尺、高五尺九寸、表裏有明，人直來照之影則倒見。以手捫心而來，則見胃五臟歷然無硋。人有疾病在内則掩心而照之，則知病之所在。又女子有邪心，則膽張心動。秦始皇常以照宮人膽張心動者則殺之……”

園侶

　　園居誰是伴，鹿豕總堪群。繞檻皆予美，環池有此君。松陰邀鶴共，蓮沼與鷗分。相對不相厭，朝霞共夕曛[一]。

【箋證】

　　［一］夕曛：落日的餘輝。南朝宋謝靈運《晚出西射堂》詩：“曉霜楓葉丹，夕曛嵐氣陰。”唐戴叔倫《晚望》詩：“山氣碧氤氲，深林帶夕曛。”

園課

園居有密課，早起向前除。花徑隨風掃，藥畦趁雨鋤。閑臨鵝換帖[一]，悶檢蠹留書。琴畫兼詩賦，蕭然雅興餘。

【箋證】

[一] 鵝換帖：用《晋書·王羲之傳》之典："（王羲之）性愛鵝，會稽有孤居姥養一鵝，善鳴，求市未能得，遂携親友命駕就觀。姥聞羲之將至，烹以待之，羲之嘆惜彌日。""又山陰有一道士，養好鵝，羲之往觀焉，意甚悦，固求市之。道士云：'爲寫《道德經》，當舉群相贈耳。'羲之欣然寫畢，籠鵝而歸，甚以爲樂。"

涵虛閣四咏 (選三首)[一]

流觴

流觴溪水曲，雜坐列群仙。籌借新花作，杯憑細浪傳。飛揚塵外客[二]，瀟灑鏡中天。遠憶蘭亭迹，山陰修禊年[三]。

聽泉

眾籟溪邊寂，泉聲枕上通。急來知帶雨，遠至想隨風。宛轉危橋下，清凄亂石中。拂琴聊一曲，流水調堪同。

泛月

蘭橈侵晚蕩，桂影逐人來。舟似珠盤轉，溪如鏡匣開。映波霜欲立，浮瀨雪爲堆。還視涵虛閣，依稀逼玉臺[四]。

【箋證】

　　[一] 涵虛閣：傳庭自建園林中之閣。標題後自注"選三首"三字，知作者生前整理過自己的詩集。

　　[二] 飛揚塵外客：塵外，猶言世外。漢張衡《思玄賦》："遊塵外而瞥天兮，據冥翳而哀鳴。"唐孟浩然《武陵泛舟》詩："坐聽閒猿嘯，彌清塵外心。"

　　[三] 遠憶蘭亭迹，山陰修禊年：《晉書·王羲之傳》載王羲之："雅好服食養性，不樂在京師，初渡浙江，便有終焉之志。會稽有佳山水，名士多居之，謝安未仕時亦居焉。孫綽、李充、許詢、支遁等皆以文義冠世，並築室東土，與羲之同好。嘗與同志宴集於會稽山陰之蘭亭，羲之自爲之序以申其志"，寫下名垂千古的《蘭亭集序》。參見《西溪舟泛》"蘭社人同載"。

　　[四] 玉臺：傳說中天帝所居。《漢書·禮樂志》："天馬徠，龍之媒，遊閶闔，觀玉臺。"顏師古注引應劭曰："閶闔，天門。玉臺，上帝之所居。"《楚辭》載王逸《九思·傷時》："緣天梯兮北上，登太乙兮玉臺。"原注："太乙，天帝所在，以玉爲臺。"

西園偶成

　　世情總如此，吾意復何求。負郭山連水[一]，爲園近且幽。朝來黃鳥喚，晚駐白雲留。因憶陶彭澤[二]，居然達者流。

【箋證】

　　[一] 負郭：參見《荷亭飲丁竟豪憲副次韵》"負郭成溪隱"。

　　[二] 陶彭澤：指陶淵明，曾任彭澤令，故稱。

咏松塔二首和田御宿焦涵一作[一]

　　浮圖耽夙寄[二]，對此意殊饒。細葉攢峰削，高柯累級遥。沸濤仙梵落[三]，掩蓋寶幢摇[四]。舍利應曾貯[五]，君無訝後凋。

其二

別有團欒致，亭亭倚蓋齊。疑搏冰雪造，喜引薜蘿躋[六]。幹直知爲柱，枝垂想作梯。盤桓神骨爽，髣髴過招提[七]。

【箋證】

[一]田御宿：作者友人，傳庭與其唱和之作有十多首。《嶽蓮篇壽田御宿大參》詩稱“使君”，證田曾主政代州。詩中透露此君爲華山人。《送田御宿大參歸里》詩序又稱其“治兵雁門”。焦涵一：作者友人，傳庭集中與焦有關作品另有《留酌焦涵一於映碧園因邀田御宿同集》《焦涵一開府雲中賦贈》等。

[二]浮圖：多寫作“浮屠”，詞含多義。或指佛陀、佛，或指佛教，這裏指佛塔，梵語 Buddha 的音譯。北魏酈道元《水經注·河水一》：“阿育王起浮屠於佛泥洹處，雙樹及塔今無復有也。”宋蘇軾《薦城禪院五百羅漢記》：“且造鐵浮屠十有三級，高百二十尺。”佛塔最初用於供奉佛骨，後亦用於供奉佛像，收藏佛經或保存僧人遺體。

[三]仙梵：佛徒道眾誦經之聲。清黃鷟來《秋曉行阤山值雨訪李庚初煉師》詩：“齋宮仙梵静，花殿幽香閟。”

[四]寶幢：即經幢，刻有佛號或經咒的石柱。金元好問《密公寶章小集》詩：“天東長白大寶幢，天河發源導三江。有木蔽映山朝陽，云誰巢者雛鳳凰。”

[五]舍利：梵語，意譯爲“身骨”。釋迦牟尼佛遺體火化後，成堅硬珠狀物，名舍利子。《魏書·釋老志》：“佛既謝世，香木焚屍。靈骨分碎，大小如粒，擊之不壞，焚亦不燋，或有光明神驗，胡言謂之‘舍利’。弟子收奉，置之寶瓶，竭香花，致敬慕，建宮宇，謂爲‘塔’。”後泛指佛教徒火化後的遺骸。

[六]薜蘿：一年生草本植物。莖細長，卷絡他物而上升。夏季開花，色有紅有白，爲觀賞植物。清戴名世《遊爛柯山記》：“寺門古樟四株中二株尤奇，薜蘿蔓引，苔蘚斑剝。”

[七]招提：音譯爲“拓斗提奢”，省作“拓提”，後誤爲“招提”。其義爲“四方”。北魏太武帝造伽藍，創招提之名，後遂成寺院的別稱。南朝宋謝靈運《答范光禄書》：“即時經始招提，在所住山南。”《舊唐書·武宗紀》：“寺宇招提，莫知紀極，皆雲構藻飾，僭擬宮居。”

田太液將軍請告西歸賦贈 （太液大參御宿弟也）[一]

君歸元自好，吾意惜君歸。四海妖氛劇，三邊將略微。請纓心正切[二]，投筆願何違[三]。麟閣方虛左[四]，寧應問釣磯[五]。

【箋證】

[一] 田太液：生平待考。

[二] 請纓：用西漢終軍之典。《漢書·終軍傳》：“南越與漢和親，乃遣軍使南越，説其王，欲令入朝，比內諸侯。軍自請：‘願受長纓，必羈南越王而致之闕下。’”後以“請纓”指自告奮勇請求殺敵或給予任務。

[三] 投筆：用東漢班超之典。《後漢書·班超傳》：“（班超）家貧，常爲官傭書以供養。久勞苦，嘗輟業投筆嘆曰：‘大丈夫無它志略，猶當效傅介子、張騫立功異域，以取封侯，安能久事筆研間乎？’”終立功西域，封定遠侯。後世以“投筆從戎”爲棄文就武的典故。

[四] 麟閣：麒麟閣，漢代閣名。在未央宮中。漢宣帝時曾圖霍光等十一功臣像於閣上，以表揚其功績。《三輔黃圖》：“麒麟閣，蕭何造，以藏秘書，處賢才也。”後之歷代均有“麒麟閣”。

[五] 釣磯：釣魚時坐的岩石。北周明帝《貽韋居士詩》：“坐石窺仙洞，乘槎下釣磯。”唐趙嘏《曲江春望懷江南故人》詩：“此時愁望情多少，萬里春流遶釣磯。”後世多用以指隱士或隱居之所。

山行 [一]

盡日崎嶇路，登躋意自閑。雲深時有寺，樹密若無山。怪石崚嶒見，奇峰曲折攀。何當歸隱地，長此隔人寰。

其二

行處山俱好，何妨任意遊。草間橫亂石，樹杪落寒流。古洞晴如雨，陰崖夏亦秋。盡知延勝賞，隨地有高樓。

其三

惟恐行將盡，行來境益偏。石林披霧入，翠壁捫蘿穿。徑轉全無路，峰回別有天。漸看日欲暮，愛此且停鞭。

其四

不識五峰路，真遊杳靄間。回巖行欲住，曲徑往疑還。惜馬知僮健，尋僧信客閑。翠微如見許，投老鍵柴關。

【箋證】

　　[一] 遊五峰山而作（見其四"不識五峰路"）。五峰山，據《明一統志》記載，在今山西境內有二：一在今山西原平市，《明一統志》卷十九："在崞縣東二十五里，山頂有文殊堂。"一在今山西渾源縣，《明一統志》卷二十一："在渾源州東，五峰如削。"或這裏五峰指五臺山。

峨谷[一]

　　五峰知不遠，峨谷亦殊佳。水繞明珠曲，山排翠髻了。嵐光銜古寺，樹色吐村家。巖畔尋高隱，忻分羽士茶[二]。

【箋證】

　　[一] 峨谷：在五臺山。雍正《山西通志》卷一百七十七："圭峰寺在峨谷，隋建豹子、熊頭、向陽、育王、望臺、石門六寺，胥在峨谷。"

　　[二] 羽士：道士的別稱。元薩都剌《題玄妙觀玉皇殿》詩："老鶴如人窗下立，閒聽羽士理瑤琴。"

清凉石與王永泰對弈[一]

　　欲證三乘妙，非爭一局強。山中人自靜，石上日偏長。子奪琉璃色，枰分蒼蔔香。豈同賭墅客[三]，定不礙清涼。

【箋證】

[一] 清涼石：雍正《山西通志》卷二十六《五臺縣》："中臺高三十九里，頂周五里，一名翠岩峰……清涼谷南四十里谷中有古清涼寺。清涼石在清涼谷嶺西，厚六尺五寸，圍四丈七尺，面平，正有螺紋，能容衆不爲隘。"王永泰：作者友人，生平待考。

[二] 三乘：佛教語，謂小乘、中乘、大乘，亦泛指佛法。《魏書·釋老志》："初根人爲小乘，行四諦法；中根人爲中乘，受十二因緣；上根人爲大乘，則修六度。雖階三乘，而要由修進萬行，拯度億流，彌歷長遠，乃可登佛境矣。"小乘又名聲聞乘，中乘又名緣覺乘，大乘又名菩薩乘。三者雖淺深不同，但均爲解脫之道。《西遊記》第二回："妙演三乘教，精微萬法全。"

[三] 賭墅客：圍棋賭別墅，用東晋謝安之典。《晋書·謝安傳》載，苻堅率衆百萬，次於淮淝，京師震恐。晋孝武帝加謝安爲征討大都督。"安遂命駕出山墅，親朋畢集，與玄圍棋賭別墅。"後世以此典表示臨危不懼的大將風度。唐孫元晏《晋謝公賭墅》詩："發遣將軍欲去時，略無情撓只貪棋。自從乞與羊曇後，賭墅功成更有誰！"

秘魔岩[一]

夙慕靈岩勝，扶筇共客探。危崖懸佛宇，峭壁嵌僧龕。鶴舞高松健，龍眠古洞酣。幽踪藏絕頂，扳陟獨余堪。

其二

岩前夏日冷，岩上晚雲多。我到真遺世，人傳古秘魔。深林禽鳥息，幽徑虎狼過。老衲饒聞見，其如山鬼何。

【箋證】

[一] 秘魔岩：位山西五臺山之西臺西四十里。雍正《山西通志》卷二十六《五臺縣》："西臺高三十五里，頂周二里，一名掛月峰，上有泉。四十里至繁峙

縣界，臺有魏文帝人馬跡。……秘魔巖在西四十里，天晦有風雨聲，下有龍洞，唐秘魔和尚受法印於江西馬祖，居巖下，因以爲號，常持木叉，後化於此。僧業方亦翹足化巖下。薩埵崖在秘魔巖西，香山在中西二臺間。"

萬年社 (即萬年冰寺)^[一]

合受清凉福，還依雲水僧。到來蓮社寂^[二]，真似玉壺澄。夏日猶飛雪，東風不解冰。家鄉逾百里，三伏苦炎蒸。

【箋證】

[一] 萬年冰寺：在今山西五臺山。雍正《山西通志》卷二十六《五臺縣》："清凉泉在谷北巖清凉寺東，羅漢洞在清凉寺北，清凉橋在臺南溪上。萬年冰在東麓，聖祖仁皇帝御製匾額曰净域。"

[二] 蓮社：晋代廬山東林寺高僧慧遠，與僧俗十八賢結成白蓮社念佛，因寺池有白蓮，故稱。這裏泛指佛寺。

過觀來石斷愚上人留齋微雨旋霽遂行^[一]

靈石知何自，觀來幾歲華。地幽疎履舄，僧韵帶烟霞。香供雷生菌（蕈屬雷震始生），元言雨散花^[二]。陰晴莫遞變，津渡已無差。

其二

歸路臨蘭若^[三]，仍餘攬勝情。雲烟携客至，麋鹿夾僧迎（將至群鹿隨行不去）。經罷龍收雨，齋餘馬趁晴。重來非漫約，諸衲記深盟。

【箋證】

[一] 觀來石：其地不詳，從"歸路臨蘭若，仍餘攬勝情"看，此詩爲遊五

臺返回途中寫。斷愚上人：不詳待考。

　　[二]散花：指天女散花。典故出《維摩詰經·觀衆生品》，記維摩詰大士在丈室中爲説法而“示疾”（故意顯示有病）。時丈室中的天女爲了試探會衆的道行，把花瓣撒向會衆。花瓣飄到菩薩衆面前，紛紛掉落地上；飄到弟子們身上，便緊粘不掉。天女於是對弟子們説：大菩薩花不著身，是因爲他們没有“分別想”；花瓣粘在你們身上，證明你們還有“分別想”。這本是一個很深刻的佛理，但後世之“天女散花”則將其字面化、簡單化，或指拋撒東西，或形容雨雪紛飛。

　　[三]蘭若：“阿蘭若”之略稱，佛教術語，指僧人居處，多指空寂閑静處所。

張文岳吏垣過雁門留酌山園因邀田御宿大參同集[一]

　　雨散陰初斂，園林夕意幽。披襟臨水榭，躧屐上山樓。客興優登眺，主情洽挽留。數峰横宿翠，相對豁吟眸。

其二

　　陰晴日屢易，向晚復新霽。湛露花邊下，繁星柳外迷。十年吾磊塊[二]，四海爾雲霓。況是高陽侣[三]，何妨醉似泥。

【箋證】

　　[一]張文岳：作者友人。吏垣：某官署之吏。垣，官署之代稱。明沈德符《野獲編·佞幸·佞人涕泣》：“二十年而張江陵柄政，給事陳三謨者，本高新鄭入室弟子，以郎署改至吏科都，比丁艱歸，出補，則高已敗，又爲張所愛，復補吏垣。”明李清《三垣筆記自序》：“壬午，蒙恩賜環，補吏垣。”按作者又有《張文岳給事典楚試還過雁門留酌兼別》詩。給事，指給事中，秦始置，歷代職權不同。明代給事中，掌侍從、諫静、補闕、拾遺、審核、封駁詔旨，駁正百司所上奏章，監察六部諸司，彈劾百官，與御史互爲補充。另負責記録編纂詔旨題奏，監督諸司執行情況。鄉試充考試官，會試充同考官，殿試充受卷官。册封宗

室、諸藩或告諭外國時，充正、副使；受理冤訟等。品卑而權重。初定爲正五品，後數改更其品秩。大參：明代省級行政長官布政使下之副職"參政"之俗稱。《明史》卷七十五《職官四》："承宣布政使司。左、右布政使各一人，從二品。左、右參政，從三品。左、右參議，無定員，從四品。參政、參議因事添設，各省不等。""布政使掌一省之政……參政、參議分守各道，及派管糧儲、屯田、清軍、驛傳、水利、撫民等事，併分司協管京畿。兩京不設布、按，無參政，參議、副使、僉事……"

　　[二] 磊塊：鬱積在胸中的不平之氣。宋陸遊《家居自戒》詩之三："世人無奈愁，沃以杯中酒。未能平磊塊，已復生堆阜。"元辛文房《唐才子傳·高蟾》："其胸次磊塊，詩酒能爲消破耳。"

　　[三] 高陽侶：用晋人山簡飲酒之典。《世說新語·任誕》南朝梁劉孝標注引《襄陽記》："漢侍中習鬱於峴山南，依范蠡養魚法作魚池，池邊有高隄，種竹及長楸，芙蓉菱茨覆水，是遊燕名處也。山簡每臨此池，未嘗不大醉而還，曰：'此是我高陽池也！'襄陽小兒歌之。"後世用作酒徒之代稱。

送田御宿大參歸里^[一]

　　公治兵雁門，以廉卓樹聲。甲戌，流寇西犯^[二]，公於雁門實有全城却賊之功。會公西臺時所彈劾某方柄政^[三]，輒苛議中公，竟罷。雁門之人咸爲公侘傺不平，公夷然曰：奉親課子，適吾素願。邀惠修郤之力多矣。傳庭與公千秋共砥，亦頗不以一去爲公訏，然世道人心之感，何能已已。漫成十律，情見乎詞。

　　惜別兼懷感，銜杯意未平^[四]。烽烟歸遠道，雨雪去孤城。罪合邊臣任，功惟野史明。相看餘侘傺，不獨爲交情。

其二

　　已作賢人隱，那禁義士傷。魚還誰矢直，鳥盡爾弓藏^[五]。五岳遊堪壯，千秋氣轉揚。驚看雙鬢短，元不負君王。

其三

　　自抗西臺節，已高北斗名。射埤矜獨力，斥仗忌孤鳴。眾論方紛遝，天心厭治平。故因寇禍構，竟使撤長城。

其四

正切北堂戀[六]，何妨早拂衣。榮名輕節鉞，樂事慕庭闈。況有蘭芽苗[七]，更兼棣萼輝[八]。懸知歸子舍，繞膝共依依。

其五

白雲縈渭水，紫氣動函關。遽遣雙龍失，惟將一鶴還。遺編窺韋絕[九]，初服著萊斑[十]。獨我悲離索，冥鴻不可扳。

其六

舊有蓬蒿徑，新經兵火餘。到家惟四壁，解橐獨群書。自信名心薄，寧嫌生計疎。公歸吾意決，小草欲何如。

其七

圖隱有新寄，懶齋及澹園。數椽蘭作室，十畝竹爲垣。靜有琴樽對，僻無車馬喧。避居非傲物，吾道拙中存。

其八

何物送君去，城頭勾注山[十一]。浮雲連冀野，明月滿秦關。拙宦終成蹶，工詩早得閑。二華几案上，行矣任開顔。

其九

拂袖歸秦隴，囂然故作豪。人情涇水濁，君意華山高。結客懷燕俠，論詩續楚騷。悲歌亦我事，永矢托綈袍[十二]。

其十

吾生常落落，於世總悠悠。龍劍殊難合[十三]，驪珠豈易投[十四]。浮樽分郢唱[十五]，飛鳥共梁遊[十六]。自許生平在，當爲知己酬。

【箋證】

[一] 田御宿：參見前注。

[二] 甲戌，流寇西犯：按甲戌爲崇禎七年（公元 1634），傳庭此年尚在代州家中。

[三] 西臺：或指御史臺。宋陸遊《老學庵筆記》卷六：“唐人本謂御史在長安者爲西臺，言其雄劇，以別分司東都，事見《劇談録》。本朝都汴，謂洛陽爲西京，亦置御史臺，至爲散地。以其在西京，亦號‘西臺’，名同而實異也。”

[四] 銜杯：口含酒杯。多指飲酒，如晉劉伶《酒德頌》：“捧罌承槽，銜杯漱醪。”李白《廣陵贈別》：“繫馬垂楊下，銜盃大道間。”

[五] 鳥盡爾弓藏：用《史記·越王句踐世家》之典：“蜚鳥盡，良弓藏。”又《淮陰侯列傳》載韓信死前語：“高鳥盡，良弓藏。”

[六] 北堂：指母親的居室。語本《詩·衛風·伯兮》：“焉得諼草，言樹之背。”毛傳：“背，北堂也。”宋王禹偁《寄金鄉張贊善》詩：“年少辭榮自古稀，朝衣不著著斑衣。北堂侍膳侵星起，南畝催耕冒雨歸。”後世用以代稱母親。李白《贈曆陽褚司馬》詩：“北堂千萬壽，侍奉有光輝。”

[七] 蘭芽：蘭的嫩芽，常用作子弟優秀的贊語。南朝梁劉孝綽《答何記室》詩：“蘭芽隱陳葉，荻苗抽故叢。”

[八] 棣萼：比喻兄弟。《晉書·孝友傳序》：“夫天倫之重，共氣分形，心睽則葉領荆枝，性合則華承棣萼。”唐杜甫《至後》詩：“梅花一開不自覺，棣萼一別永相望。”仇兆鼇注：“棣萼，以比兄弟也。”

[九] 韋絶：韋編三絶。韋，熟牛皮；韋編，用熟牛皮繩把竹簡編聯起來；三，概數，表示多次；絶，斷也。《史記·孔子世家》記孔子：“讀《易》，韋編三絶。”

[十] 萊斑：老萊斑衣之簡。元代郭居敬輯録《二十四孝》，第二篇爲《戲采娛親》：“周老萊子，至孝，奉二親，極其甘脆，行年七十，言不稱老。常著五色斑斕之衣，爲嬰兒戲於親側。”

[十一] 勾注山：指雁門山，在代州，古又稱陘嶺、西陘。群峰挺拔、地勢險要。

　　[十二] 永矢托綈袍：用戰國魏人范雎之典。范先事魏中大夫須賈，遭其譖謗，笞辱幾死。後逃秦改名張禄，仕秦爲相，權勢顯赫。魏國聞秦將東伐，命須賈使秦，范雎喬裝，敝衣往見。須賈不知，憐其寒而贈一綈袍。迨後知雎即秦相張禄，乃惶恐請罪。雎以賈尚有贈袍念舊之情，終寬釋之。見《史記·范雎蔡澤列傳》。後多用爲眷念故舊之典。唐白居易《醉後狂言酬贈蕭殷二協律》詩：“賓客不見綈袍惠，黎庶未霑襦袴恩。”

　　[十三] 龍劍殊難合：用晉雷焕豫章城得劍典故。《晉書·張華傳》載，晉張華與雷焕登樓仰觀天文。焕謂斗牛之間頗有異氣，是寶劍之精，上徹於天。地在豫章豐城郡。於是華補焕爲豐城令。焕到縣，掘獄屋基，入地四丈餘，得一石函，光氣非常，中有雙劍，一曰龍泉，一曰太阿。焕送一劍與華，留一自佩。其後華誅，失劍所在。焕死，其子持劍行經延平津，劍忽於腰間躍出墮水，會合張華曾失去的一劍，化成長達數丈的兩條巨龍。

　　[十四] 驪珠豈易投：驪珠，典出《莊子·列禦寇》：“河上有家貧恃緯蕭而食者，其子没於淵，得千金之珠。其父謂其子曰：‘取石來鍛之！夫千金之珠，必在九重之淵而驪龍頷下，子能得珠者，必遭其睡也。使驪龍而寤，子尚奚微之有哉！’”後世以“驪珠”喻極珍貴之物，以“探驪得珠”“驪珠得投”，喻應試得第或吟詩作文抓住了最美妙核心之點。

　　[十五] 浮樽分郢唱：本句或指作者與田御宿在楚地的交往。郢唱，典出戰國宋玉。《戰國策》載宋玉《對楚王問》：“客有歌於郢中者，其始曰《下里》《巴人》，國中屬而和者數千人；其爲《陽阿》《薤露》，國中屬而和者數百人；其爲《陽春》《白雪》，國中屬而和者不過數十人；引商刻羽，雜以流徵，國中屬而和者不過數人而已。是其曲彌高，其和彌寡。”唐李周翰注：“《下里》《巴人》，下曲名也；《陽春》《白雪》，高曲名也。”後世“郢唱”多用以比喻格調高雅的詩文，如五代齊己《對雪寄荆幕知己》詩：“郢唱轉高誰敢和，巴歌相顧自銷聲。”

　　[十六] 飛舄共梁遊：本句或指二人在梁地（開封）的交往。飛舄，仙人之鞋，或對賓客的雅稱。舄通鳥。宋楊億《夜宴》詩：“鶴蓋留飛舄，珠喉怨落梅。”明楊柔勝《玉環記·韋皋延賓》：“飛舄遙臨，光賁退諏。”

雨中小酌讀杜律有作

　　一雨來新爽，移樽傍短檐。鄉心愁裏盡，詩思客中添。閱世才難老，驚人句可拈^[一]。偶然披一過，滿座失蒸炎。

【箋證】

[一] 驚人句可拈：化用杜甫《江上值水如海勢聊短述》："爲人性僻耽佳句，語不驚人死不休。"

己未五月抵舍，甫浹旬而北轅又發矣。浪迹萍踪可勝惆悵，因成一律以志感，尤以道區區將母之私云^[一]

越年初返轡，十日又長征。聚散悲塵世，浮沉嘆此生。塞雲縈子舍，官柳促王程。爲語閨中婦，憐予菽水情^[二]。

【箋證】

[一] 己未：萬曆四十七年（1619），此年傳庭中進士。《明史·孫傳庭傳》："自父以上，四世舉於鄉。傳庭儀表顧碩，沈毅多籌略。萬曆四十七年成進士。"詩或爲入京科考別家人之作。

[二] 菽水情：《禮記·檀弓》："子路曰：'傷哉貧也。生無以爲養，死無以爲禮也。'孔子曰：'啜菽飲水，盡其歡，斯之謂孝。斂手足形，還葬而無椁，稱其財。斯之謂禮。'"言孝親之道：不在飲食，而在使長輩盡其歡。

映碧園産並頭蓮三十首 （選十五首）^[一]

一東

驚見嘉蓮湧，真成別樣紅。雙葩霞采異，一幹素心同。並映西溪日，平分十里風。似聞關瑞應，吾欲問玄工^[二]。

二冬

虛心知有約，一窾解相容。馥馥香如和，翩翩影自重。臺簫齊下鳳[三]，津劍並飛龍[四]。混迹污泥裏，忻然得所從。

三江

矯矯風塵外，競芳兩不降。衹因無物並，只許自成雙。湛露分襟挹，炎威合力扛。芙蓉空好妌，冷落向秋江。

四支

清溪標異致，灼爍照漣漪。元以一生兩，翻因偶見奇。季昆疇命玉，伯仲孰操觚。芍藥輕相謔，故因事可離。

五微

解語都無語，因知喻意微。飛揚同翠蓋，綽約並紅衣。幻豈方神女，愁寧托帝妃。獨清憐衆濁，水上自相依。

六魚

奇葩開盛夏，香色兩相如。得氣誰吾閭，吐華不厭餘。淩波聯縞帶，映日綴霞裾。爲謝塵中客，應難附執袪。

七虞

精靈元獨種，瑞采合分敷。自信根心一，誰云生色殊。波流仍獨立，風雨足相扶。莫遣齊諧志[五]，由來德不孤。

十一真

净土根深結，應窺未了因。渾忘爾我相，齊現後前身。不是全空蘊，安能並出塵。妙華寧可説，解到本來真。

二蕭

自是芳心合，清溪如見招。角英高二陸，比艷薄雙喬。偶矣終非蔓，奇哉竟不夭。倚欄頻顧盼，一樣絕塵囂。

三肴

烟水芳菲際，依依不暫抛。日移花互隱，波動影頻交。笑覻雙魚泳，愁防獨燕捎。爲言休隕落，翡翠欲來巢。

六麻

把盞看芳蔕，真如客興奢。疑將雙勸酒，豈合獨開花。居共藐姑射[六]，名同萼綠華[七]。澤癯難應接，次第酌流霞。

八庚

愛爾亭亭者，胡爲並蔕生。臨風香共遠，濯水韵同清。仙子聯肩立，天孫一手成[八]。休將鴛侶擬，原不落凡情。

九青

倚檻延清賞，那禁眼並青[九]。吾方嗟落落，爾自惜惺惺。拂鏡齊生態，紉蘭互襲馨。荷陰堪覆庇，風雨勿飄零。

十三覃

静碧一泓澈，仙葩影並涵。曉搏空翠濕，夜抱水雲酣。南岳雙遺鈿，西池兩墜簪。同妍非互效，相對亦何慚。

十四鹽

俱饒清遠致，相並不相嫌。目豈學魚比，翼非效鳥鶼。總緣頭角異，奚但色香兼。若作芙蓉鍔，應勞紫氣占。

【箋證】

[一] 按作者《玄滌樓》曰："余於映碧園構一樓，日處其上，世念都忘。"

知映碧園爲作者家鄉私家花園。爲園中産並蒂蓮歌咏而作，詩達三十首。從其選作看，多爲嘲咏風月之作，無多可觀之處。

［二］玄工：指自然界的力量。元揭傒斯《雜詩四首寄彭通復》之一：“玄工宰萬物，時至有榮消。”

［三］臺簫齊下鳳：用春秋時蕭史與秦穆公之女弄玉成仙之典。《列仙傳·蕭史》：“蕭史者，秦穆公時人也，善吹簫，能致孔雀白鶴於庭。穆公有女字弄玉，好之。公遂以女妻焉，日數弄玉作鳳鳴，居數年，吹似鳳聲，鳳凰來止其屋。公爲作鳳臺。夫歸止其上，不下數年，一旦皆偕隨鳳凰飛去。”

［四］津劍並飛龍：參見《送田御宿大參歸里》“龍劍殊難合”。

［五］齊諧：《莊子·逍遥遊》：“齊諧者，志怪者也。”“齊諧”有謂人名，有謂書名，説法不一。

［六］居共藐姑射：藐姑射，藐姑射之山，《莊子·逍遥遊》：“藐姑射之山有神人居焉，肌膚若冰雪，綽約若處子。”或謂在今山西省臨汾市西。因爲神人之居，後人或用爲仙女之代稱。

［七］名同萼綠華：萼綠華，自言是九嶷山中得道女子羅鬱。晋穆帝時，夜降羊權家，贈權詩一篇，火澣手巾一方，金玉條脱各一枚。見南朝梁陶弘景《真誥·運象》《太平廣記》卷五十七。唐李商隱《重過聖女祠》詩：“萼綠華來無定所，杜蘭香去未移時。”

［八］天孫：星名，即織女星。《史記·天官書》：“婺女，其北織女。織女，天女孫也。”由此而成傳説中巧於織造的仙女。唐柳宗元《乞巧文》：“下土之臣，竊聞天孫，專巧於天。”

［九］那禁眼並青：眼並青，用西晋阮籍“青白眼”之典。參《對雨次蕭武子韵》“白眼”。

答王炳藜檢討 (其二)[一]

不淺蓬瀛意[二]，由來感慨多。文能傾海市，氣欲挽天河[三]。有客宵占劍，何人夜枕戈。出山余自哂，雲壑未能那[四]。

【箋證】

［一］原詩有兩首，傳庭本人整理時選了第二首，第一首已不存。檢討：宋

始設史館檢討。明屬翰林院，與修撰編修同謂之史官，位次於編修。明馮夢龍《智囊補·捷智一·李文達》："（李文達）乃請於新進士內，選人物俊偉，語言正當，學問優長者，授以檢討之職，分任講讀，遂爲定例。"《清史稿·選舉志二》："大學分科畢業，最優等作爲進士出身，用翰林院編修、檢討。"王炳藜：作者友人，官職不詳。據清白君琳纂修、姜廷銘續纂之乾隆版《保德州志》卷十二《藝文》第十（下）有一篇注名"湖廣人"陳崇德寫的《祭先師王炳藜文》："己卯……孟秋，閱邊至雁代……"按己卯年爲崇禎十二年，此年傳庭正入衛京師後獲罪待查之時，此詩定然不是寫於此時，但此前傳庭已與王炳藜有過交往無疑。

[二] 不淺蓬瀛意：蓬瀛，蓬萊和瀛洲，神山名，相傳爲仙人所居之處，亦泛指仙境。晋葛洪《抱樸子·對俗》："（得道之士）或委華駟而轡蛟龍，或棄神州而宅蓬瀛。"唐許敬宗《遊清都觀尋沉道士得清字》詩："幽人蹈箕穎，方士訪蓬瀛。"

[三] 氣欲挽天河：化用杜甫《洗兵馬》："安得壯士挽天河，净洗甲兵長不用。"

[四] 出山余自哂，雲壑未能那：那，通"挪"，挪動意。按此二句推，王炳藜極可能勸傳庭出山，傳庭未答應，戲言："出山自己都感到可笑，況且屬意於山林野趣生活，雲壑也不可挪動隨我啊！"

留別吳鹿友中丞[一]

自是英雄別，那禁倍黯然。雲霄空道路，天地正風烟。落日干戈外，孤城鼓角邊。此時分手去，不獨悵離筵。

其二

已爲蒼生病，仍成社稷功。伏床親草檄，裹藥自臨戎。羃帳連宵北，袞衣信宿東。峴山碑可續，墮淚古今同[二]。

其三

正切安危倚，胡興歸去情。道看八座淺[三]，官較一邱輕。鶯鳳惟應隱，虎狼未是橫。憐余不解事，叱馭一何營。

其四

自傍西溪隱，蹉跎十載餘^[四]。非能輕好爵，聊以愛吾廬。愁有堪呼酒，窮多未著書。時名誰復問，知己意何如。

【箋證】

[一] 詩寫於崇禎七年（1634）家鄉代州。吳鹿友：明倪元璐《倪文貞集》卷十八有《答吳鹿友姓》一文，知其為吳姓。吳姓字鹿友，晚號柴庵，江蘇興化人，明萬曆四十一年（1613）進士。先後任福建邵武、晉江及山東濰縣知縣。天啓二年（1622），升為御史。後因反對閹黨魏忠賢被削籍革職，罷官歸里。崇禎即位後，官復原職。後出任河南、陝西巡按。崇禎七年任山西巡撫，崇禎十五年任東閣大學士。崇禎十六年，李自成於襄陽建立政權。崇禎命吳姓督師湖廣，但因無兵無餉，難以果行。是年四月，清兵入關，帝命周延儒督師北上。周延儒離京後避敵不戰，虛報戰績。崇禎晉吳姓為太子少保、戶部尚書兼兵部尚書、文淵閣大學士。因逗留不進，被削官，交法司議罪。十一月被遣戍雲南。崇禎十七年五月福王建弘光政權，下旨赦還。對前途無望的吳姓不再出仕，隱居邑中凡二十六年，專事著述，其《柴庵疏集》《安危注》等入清後皆列為禁書。中丞：其官始自漢代。御史大夫下設兩丞，一稱御史丞，一稱御史中丞。中丞主掌管蘭臺圖籍秘書，出外督部刺史，在內則領侍御史，受公卿奏事，舉劾按章。因負責察舉非案，又稱御史中執法。東漢以來，御史大夫轉為大司空，中丞成御史臺實際長官。唐、宋兩代雖有御史大夫，但多缺位，以中丞代行其職。明改御史臺為都察院，都察院副職都御史與前代御史中責權相當。因常以副都御史或僉都御使出任巡撫，故明、清巡撫也時稱中丞。明董其昌《節寰袁公行狀》："中丞臺皇遽無措，檄公（袁可立）往解散。"《五人墓碑記》："是時大中丞撫吳者為魏之私人，周公之逮所由使也。"

[二] 峴山碑可續，墮淚古今同：據《晉書·羊祜傳》，羊祜任襄陽太守，有政績。後人以其常遊峴山，故於峴山立碑紀念，稱"峴山碑"："襄陽百姓於峴山祜平生遊憩之所建碑立廟，歲時饗祭焉。望其碑者莫不流涕，杜預因名為墮淚碑。"

　　[三] 八座：亦作"八坐"。指封建王朝中央政府的八種高級官員。但歷朝制度不一，"八座"指向也有所不同：東漢以六曹尚書並令、僕射爲"八座"，三國魏、南朝宋齊以五曹尚書、二僕射、一令爲"八座"，隋唐以六尚書、左右僕射及令爲"八座"。

　　[四] 自傍西溪隱，蹉跎十載餘：西溪，傳庭所築家園映碧園中，《西溪舟泛》曰："余卜築西溪，七載於兹。"如傳庭天啓六年（1626）告歸，"十載餘"，則此詩或寫於崇禎八年（1635）之後。

次馮二瑞韵留別[一]

　　迂僻殊多感，非耽一壑娱[二]。衣冠猶蹻跖，泉石亦穿窬[三]。聲氣分高士，肝腸托腐儒。相期能不淺，吾世見唐虞。

其二

　　自向青門隱，人情識大都[四]。九疑横地軸[五]，五緯暗天樞[六]。共信飛爲鳥，誰云赤匪狐。曝芹吾欲獻，未卜聖明俞[七]。

其四

　　時趨日以偽，世路總嶔嵛[八]。無處尋昆璧，何由辨碔砆[九]。識途嗟欵段，變色駭於菟[十]。分手深相惜，故園松菊蕪。

【箋證】

　　[一] 馮二瑞：作者友人，生平待考。

　　[二] 迂僻殊多感，非耽一壑娱：迂僻，迂誕怪僻，不合情理。宋司馬光《與吳丞相充書》："光愚戀迂僻，自知於世無所堪可，以是退伏散地，苟竊微禄，以庇身保家而已。"首句作者自謙，謂雖生性迂誕怪僻，但對時事頗多預感。次句則就自己眼前境況表白：儘管身處山林，但立意並不在以丘壑自娱。

　　[三] 衣冠猶蹻跖，泉石亦穿窬：這兩句對應上句，似乎是針對第二句而展開議論：衣冠之士盡成大盜，山林之間，又豈無盜賊踪迹？蹻、跖，指春秋時代的莊蹻與盜跖。按莊蹻，戰國時楚國將軍。《史記·西南夷列傳》："始楚威王時，

使將軍莊蹻將兵循江上，略巴、黔中以西。莊蹻者，故楚莊王苗裔也。蹻至滇池，方三百里，旁平地，肥饒數千里，以兵威定屬楚。欲歸報，會秦擊奪楚巴、黔中郡，道塞不通，因還，以其眾王滇，變服，從其俗，以長之。"盜跖，春秋時著名大盜。《莊子·雜篇·盜跖》："盜跖從卒九千人，橫行天下，侵暴諸侯，穴室樞戶，驅人牛馬，取人婦女，貪得忘親，不顧父母兄弟，不祭先祖。所過之邑，大國守城，小國入保，萬民苦之。"《史記·伯夷列傳》："盜跖日殺不辜，肝人之肉，暴戾恣睢，聚黨數千人橫行天下，竟以壽終。"兩人在後世均被作爲大盜之代稱，如《宋書·顧愷之傳》："爾乃蹻、跖橫行，曾、原竄步。"穿窬，亦作"穿踰"，指挖墙洞與爬墙頭之偷竊行爲，借指盜賊。《論語·陽貨》："色厲而内荏，譬諸小人，其猶穿窬之盜也歟！"何晏集解："穿，穿壁；窬，窬墙。"

[四] 自向青門隱，人情識大都：青門隱，用秦代召平之典。《史記·蕭相國世家》："召平者，故秦東陵侯。秦破，爲布衣，貧，種瓜於長安城東，瓜美，故世俗謂之'東陵瓜'。"因召平隱於長安城附近，故對大都會（指長安）之人情世故亦頗熟悉——兩句實以秦人召平以自喻。

[五] 九疑橫地軸：九疑，或謂指今湖南永州境内之九疑山，但遍查現有文獻，難考其與"地軸"之關聯。竊意"九疑"實爲"疑九"之倒。"九"即"陽九"，謂指灾荒或厄運。《南史·宋本紀上》劉裕討桓玄檄："自我大晋，屢遭陽九，隆安以來，皇家多故。"《舊唐書·代宗紀》："而猶有李靈耀作梗，田承嗣負恩，命將出軍，勞師弊賦者，蓋陽九之未泰，豈君道之過歟！"中國傳統術數學認爲：四千六百一十七歲爲一元。初入元一百零六歲，内有旱灾九年，謂之"陽九"。其餘尚有陰九、陰七、陽七、陰五、陽五、陰三、陽三等。陽爲旱灾，陰爲水灾。從入元至陽三，常歲四千五百六十年，灾歲五十七年，加起來共爲四千六百一十七年，才爲一元之氣終。舉其平均數則每八十年有一灾年——參見《漢書·律曆志上》。"地軸"，泛指大地。《南齊書·樂志三》："義滿天淵，禮昭地軸。"宋范成大《望海亭賦》："送萬折之傾注，艷寒光之迸射；浸地軸以上浮，盪天容而一色。"

[六] 五緯暗天樞：五緯，指金、木、水、火、土五星。《周禮·春官·大宗伯》有"以實柴祀日月星辰"句。漢鄭玄注曰："星謂五緯，辰謂日月。"賈公彥疏曰："五緯，即五星：東方歲星，南方熒惑，西方太白，北方辰星，中央鎮星。言緯者，二十八宿隨天左轉爲經，五星右旋爲緯。"天樞，指北斗第一星。《星經》卷上："北斗星……第一名天樞。"天樞又常用以比喻國家的中央政權。

《後漢書・崔駰傳》："重侯累將，建天樞，執斗柄。"北周庾信《賀平鄴都表》："伏惟皇帝陛下，握天樞，秉地軸。"宋代包拯有《論星變》一文（載《四庫全書》本《包孝肅奏議集》卷二），涉及五緯與國家興亡之關係："掖庭之中簡去幽曠，宦豎之内裁抑重任，發號施令在乎必行，賞德罰罪在乎不濫。振舉綱目，杜絶萌漸，如此則灾異消於上，禍難息於下。五緯循軌，四時和順，召天地之協氣，致邦家於永寧。"

　　[七]　曝芹吾欲獻，未卜聖明俞：曝芹，獻曝與獻芹。謙言所獻微薄，自己的議論微不足道。典出《列子・楊朱》："昔者宋國有田夫，常衣緼黂，僅以過冬。暨春東作，自曝於日，不知天下之有廣廈隩室，綿纊狐貉。顧謂其妻曰：'負日之暄，人莫知者；以獻吾君，將有重賞。'里之富室告之曰：'昔人有美戎菽，甘枲莖芹萍子者，對鄉豪稱之。鄉豪取而嘗之，蜇於口，慘於腹。衆哂而怨之，其人大慚。子，此類也。'"聖明，指天子。唐李翱《再請停率修寺觀錢狀》："閣下去年考制策，其論釋氏之害於人者，尚列爲高等，冀感悟聖明。"俞，應諾之詞。後稱允諾爲"俞允"，多用於君主。《書・堯典》："帝曰：'俞。'"五代何光遠《鑒誡録・語忌誡》："累乞一藩，終不俞允。"宋朱熹《答龔參政書》："萬一未蒙俞允，必至再辭。"

　　[八]　時趨日以偽，世路總嵌嵁：時趨，亦作"時趣"，時勢趨向。嵌嵁，險阻不平。《子華子・執中》："心胸之兩間，其容幾何，然則歷陸嵌嵁，太行、雁門橫塞之。"

　　[九]　無處尋昆璧，何由辨碔砆：昆璧，昆山之璧，指美玉。珷玞，似玉之石。司馬相如《子虚賦》："碝石碔砆。"李善注引張揖曰："碝石、碔砆，皆石之次玉者……碔砆，赤地白采，葱蘢白黑不分。"

　　[十]　識途嗟欵段，變色駭於菟：識途，識途老馬。《韓非子・説林上》："管仲、隰朋從於桓公伐孤竹，春往冬反，迷惑失道。管仲曰：'老馬之智可用也。'乃放老馬而隨之，遂得道。"欵段，同款段，馬行遲緩貌。《後漢書・馬援傳》："士生一世，但取衣食裁足，乘下澤車，御款段馬……斯可矣。"李賢注："款，猶緩也，言形段遲緩也。"（本句似喻指自己本有治國之策，但怕君王急於求成，孫最終結局亦定格於此）於菟，虎的別稱。《左傳・宣公四年》："楚人謂乳穀，謂虎於菟。"

五言排律

陳玉鉉給事入都寄贈十二韵[一]

聖代需鴻碩，天街儼駟驂。雄風空冀北，大業起周南[二]。霄漢孤心映，乾坤只手擔。瑣垣秋冷烈，彩筆夜清酣。氣向豐城識[三]，珠從赤水探[四]。直疑雲可作，懟比黯何慚。猶憶同聯綬，相期自盍簪。解牛知絕伎[五]，捫虱想雄譚[六]。世局今逾變，時賢理未諳。澤鴻方肅肅，嵎虎復眈眈。恤緯余空切，回天爾獨堪。遙聞旋上國，聊此寄心函。

【箋證】

　　[一] 陳玉鉉：作者鄉人，參前《同陳玉鉉、張雨蒼小集》。"給事"，秦代始置"給事中"，後之歷代職權均不同。明代給事中，掌侍從、諫諍、補闕、拾遺、審核、封駁詔旨，或駁正百司所上奏章，監察六部諸司，彈劾百官，受理冤訟等，其職掌有時與御史互爲補充。另尚負責記錄編纂詔旨題奏，監督諸司執行情況；又時充當考官：鄉試充考試官，會試充同考官，殿試充受卷官。更在册封宗室、諸藩或告諭外國時，充正、副使等。初定爲正五品，後數改更其品秩。

　　[二] 周南：《詩經》"十五國風"之一。所收大抵約今陝西、河南、湖北交界之民歌，頌揚周王朝道德教化澤及南方，漢以後被作爲詩教的典范。《左傳·襄公二十九年》："吳公子札來聘……請觀於周樂。使工爲之歌《周南》《召南》。曰：'美哉！始基之矣。'"

　　[三] 氣向豐城識：用晉雷焕在豫章豐城縣得寶劍典故。參見《送田御宿大參歸里》"龍劍殊難合"。後世詩文常用"豐城劍"讚美傑出人才，或謂傑出人才有待識者發現。宋葉適《送孫偉夫》詩："遠尋豐城劍，虛負歷山月；發嫌梅柳催，到恨桃杏歇。"元柳貫《送董侍御由江右赴南臺》詩："螢光下合豐城劍，紫氣中懸執法星。"

　　〔四〕珠從赤水探：赤水，古代神話傳説中的水名。《莊子·天地》：“黄帝遊乎赤水之北，登乎崑崙之丘而南望，還歸遺其玄珠。”《山海經·海外南經》：“三株樹在厭火北，生赤水上，其爲樹如柏，葉皆爲珠。”

　　〔五〕解牛知絶伎：《莊子·養生主》謂有庖丁者善於解牛。後常用爲神妙的技藝的典型。《説郛》卷八十引無名氏《竹林詩評》：“何遜之作，不費氣力，如庖丁解牛，風成於騞然。”清龔自珍《明良論四》：“庖丁之解牛，伯牙之操琴，羿之發羽，僚之弄丸，古之所謂神技。”

　　〔六〕捫虱想雄譚：用東晉王猛見桓温典故。《晉書》卷一百十四《苻堅載記下·王猛》：“桓温入關，猛被褐而詣之，一面談當世之事，捫虱而言，旁若無人。”

賦得看劍引杯長十韻

　　別有臨觴意，非關飲興頻。琴樽徒寂寞，詩酒漫逡巡。狎厭東山妓，喧憎北海賓[一]。胸原饒磊塊，世未息烟塵。何物堪酬主，斯時合致身。龍精驚在握[二]，虎氣喜相親[三]。雷焕占非偶，風胡辨獨真[四]。芙蓉鍔上燦，霜雪匣中新。睥睨懷仇齒，盤桓念蹇屯。連呼盡百斗，此際意誰倫？

【箋證】

　　〔一〕狎厭東山妓，喧憎北海賓：東山妓、北海賓，參見《玄滌樓》“東山妓堪嘔”“北海賓亦惡”。

　　〔二〕龍精驚在握：龍精，指豐城劍。參見《送田御宿大參歸里》“龍劍殊難合”。

　　〔三〕虎氣喜相親：指寶劍的精氣。唐杜甫《蕃劍》詩：“虎氣必騰上，龍身寧久藏。”錢謙益箋注：“《殷芸小説》載《世説》云：王子喬墓在京茂陵。國亂時，有人盜發之，惟有一劍，懸在空中，欲取之，劍便作龍鳴虎吼，俄而飛上天。”

　　〔四〕風胡：風胡子。楚國善相劍者。《越絶書》卷十一：“楚王召風胡子而問之曰：‘寡人聞吳有干將，越有歐冶子，此二人甲世而生，天下未嘗有。精誠上通天，下爲烈士。寡人願齎邦之重寶，皆以奉子，因吳王請此二人作鐵劍，可乎？’風胡子曰：‘善’。於是乃令風胡子之吳，見歐冶子、干將，使之作鐵劍……”

至日二十韵

穀旦迎長至[一]，昌期應大來[二]。復臨三極轉[三]，泰履一陽回[四]。建子周爲曆，《書》云魯有臺[五]。嚴凝初地拆，寥落乍天開。金翼馳南陸[六]，璇衡指北垓。乾坤終不改，日月故相催。廣漠占風遠，元冥識氣該。荔生乘歲亞，梅斂待春魁。真宰殊堪信[七]，浮生漫自哀。有爲皆駢拇[八]，不盡是枯荄[九]。半世吾將老，兩儀爾更孩[十]。齋居探混沌，兀坐辟喧豗[十一]。淡取匏樽酌，寒將爐火煨。忝親多夙夜，報國少涓埃。久分魚鷗侶，都忘鵷鷺陪[十二]。懶疑能惜病，拙敢望憐才。意氣消三鼓[十三]，行藏滯一雷。緒添同繡線，名斷異葭灰[十四]。冰雪余心在，風霜任鬢摧。盡看時輩棄，合付彼蒼裁。

【箋證】

[一] 穀旦：指晴好的早晨。舊時常用爲吉日的代稱。《詩·陳風·東門之枌》：“穀旦於差，南方之原。”孔穎達疏：“見朝日善明，無陰雲風雨，則曰可以相擇而行樂矣。”

[二] 昌期：興隆昌盛時期。《樂府詩集·郊廟歌辭七·周郊祀樂章》：“高明祚德，永致昌期。”宋陸遊《天申節賀表》：“敢即昌期，虔申壽祝。”

[三] 三極：指三才，謂天、地、人。《易·繫辭上》：“六爻之動，三極之道也。”王弼注：“三極，三才也。”孔穎達疏：“六爻遞相推動而生變化，是天、地、人三才至極之道。”劉勰《文心雕龍·宗經》：“三極彝訓，其書言經。”

[四] 泰履一陽回：泰履，《周易》六十四卦第十一卦爲“泰卦”，“泰”爲消息卦的正月卦，相當於天地交泰萬物亨通的安泰時期。《序卦傳》：“履而泰，然後安，故受之以泰，泰者通也。”一陽回，指冬至日。冬至後白天漸長，古人認爲是陽氣初動，故以“一陽生”稱冬至。《易·復》：“後不省方。”孔穎達疏：

“冬至一陽生，是陽動用而陰復於静也。”

[五] 建子周爲曆，《書》云魯有臺：建子，指以夏曆十一月（子月）爲歲首的曆法，屬周正。唐楊炯《公卿以下冕服議》：“夫改正朔者，謂夏后氏建寅，殷人建丑，周人建子。”《書》云魯有臺，謂春秋時代曾記載魯公正月朔日登臺情況。按《左傳·僖公五年》曰：“春，王正月，辛亥朔，日南至。公既視朔，遂登觀臺以望，而書，禮也。凡分、至、啓、閉，必書雲物，爲備故也。”晋杜預注：“分，春秋分也。至，冬、夏至也。啓，立春、立夏。閉，立秋、立冬。雲物，氣色灾變也。”

[六] 金翼：借指鳥。唐韓鄂《歲華紀麗·冬至》：“金翼南飛，玉杓北指。”

[七] 真宰：宇宙的主宰。《莊子·齊物論》：“若有真宰，而特不得其联。”杜甫《遣興》詩之一：“性命苟不存，英雄徒自强。吞聲勿復道，真宰意茫茫。”

[八] 駢拇：謂大拇指與第二指相連合爲一指。見成玄英《莊子》之《駢拇篇》疏。後以比喻多餘無用之物。劉勰《文心雕龍·熔裁》：“駢拇枝指，由侈於性，附贅懸肬，實侈於形。”

[九] 枯荄：乾枯的草根。潘岳《悼亡詩》之三：“落葉委埏側，枯荄帶墳隅。”唐崔損《霜降賦》：“翻繽紛之槁葉，宿蒼莽之枯荄。”

[十] 兩儀：指天地。《易·繫辭上》：“是故易有太極，是生兩儀。”孔穎達疏：“不言天地而言兩儀者，指其物體；下與四象（金、木、水、火）相對，故曰兩儀，謂兩體容儀也。”《晋書·摰虞傳》：“考步兩儀，則天地無所隱其情；準正三辰，則懸象無所容其謬。”

[十一] 喧豗：象聲詞。李白《蜀道難》詩：“飛湍瀑流争喧豗，砯崖轉石萬壑雷。”或指議論雜出，無可適從。明宋濂《濟公塔銘》：“異言喧豗，而莫之適從矣。”宋徐鉉《稽神録·豫章中官》：“聚語喧豗，如前所聞。”

[十二] 久分魚鷗侣，都忘鵷鷺陪：魚鷗侣，與魚鷗爲侣，喻隱居。鵷鷺，喻出仕作官。鵷和鷺飛行有序，常以喻班行有序的朝官。《隋書·音樂志中》：“懷黃綰白，鵷鷺成行。文贊百揆，武鎮四方。”

[十三] 意氣消三鼓：謂意氣消盡。消三鼓，《左傳·莊公十年》：“夫戰，勇氣也。一鼓作氣，再而衰，三而竭。”

[十四] 葭灰：葭莩之灰。古人燒葦膜成灰，置於律管中，放密室内，以占氣候。某一節候到，某律管中葭灰即飛出，示該節候已到。《後漢書·律曆志上》：“候氣之法，爲室三重，户閉，塗釁必周，密佈緹縵。室中以木爲案，每律

各一，内庳外高，從其方位，加律其上，以葭莩灰抑其内端，案曆而候之。氣至者灰動。”宋蘇軾《内中御侍已下賀皇太后冬至詞語》：“伏以候氣葭灰，喜律筒之已應。”

五言絕

別友

一樽風雨至，孤劍暮雲橫[一]。意氣知難老，何妨萬里行。

【箋證】

[一] 孤劍：作者形象自我存照。唐陳子昂《東征答朝臣相送》詩：“孤劍將何託，長謠塞上風。”前蜀韋莊《旅中感遇寄呈李秘書昆仲》詩：“猶喜故人天外至，許將孤劍日邊歸。”

山中雜吟（九首）

人迹真難到，奇花自在生。原皆天女散[一]，安得盡知名。

又

引水遙通竈，裁山曲抱墻。高樓窺樹遠，虛牖納雲長。

又

天畔數聲鐘，聽之清思發。獨起步空階，但見空山月。

又

細路何盤折，重經碧蘚封。鐘鳴知寺近，只隔數重松。

又

樹起不見山，雲生不見樹。來往翠微中，衣濕非關雨。

又

空林寂無人，清言共誰訂。流水澗中鳴，泠然動我聽。

又

一片清涼石，憑余任意眠。歸來倘有意，不用買山錢[二]。

又

留驂僧罷磬，肅客寺敲鐘。迎送能俱廢，願將幽意容。

又

輟卷入山來，搜吟非自苦。好景攜不去，只合倩詩取。

【箋證】

[一] 天女散：參見《過觀來石斷愚上人留齋微雨旋霽遂行》"元言雨散花"。唐代宋之問《設齋嘆佛文》："龍王獻水，噴車馬之埃塵；天女散花，綴山林之草樹。"宋陸遊《夜大雪歌》："初疑天女下散花，復恐麻姑行擲米。"

[二] 不用買山錢：買山錢，爲隱居而購買山林之錢。典出《世說新語·排調》："支道林因人就深公買印山，深公答曰：'未聞巢、由買山而隱。'"唐劉禹錫《酬樂天閑臥見憶》詩："同年未同隱，緣欠買山錢。"

卷二　七言詩

七言古

丈夫行

　　君不見西家生女施巾帨[一]，東鄰生男懸弧矢[二]。男子縱橫天地寬，女子深閨無越趾。吾曹磊落負須眉，顧瞻四方心曷已。若使低眉垂首老一邱，毋乃丈夫而女子。

【箋證】

　　[一] 生女施巾帨：巾帨，指手巾。宋朱熹《訓學齋規》："凡盥面，必以巾帨遮護衣領，捲束兩袖，勿令有濕。"金劉迎《盤山招隱圖》詩："大婦侍巾帨，中婦供庖厨。"施巾帨，從事家務雜事之類。

　　[二] 東鄰生男懸弧矢：懸弧矢，古代風俗尚武，家中生男，則於門左挂弓與箭。《禮記·郊特牲》鄭玄注："男子生而設弧於門左，示有射道而未能也。"宋陸遊《鵝湖夜坐書懷》詩："士生始墮地，弧矢志四方。"

秋夜飲貢二山同年醉後漫歌書贈[一]

　　江南有客狂且清，我一對之爽氣生。見人先乞寬禮數，索筆每能賦秋聲[二]。有時舉杯橫白眼，有時起舞狎青萍[三]。嗟爾長我三十歲，愛我慷慨相結契。醉來執手共唏噓，意氣淋灕輕身世。自言天地總浮漚[四]，醒持一杯醉即休。堪笑豎儒何爾爾，一日長懷千歲憂。

孫傳庭集　第一冊

【箋證】

　　［一］貢二山，作者同年進士。作者另有《答貢二山比部禮闈見懷之作兼致楊慕垣春坊次二山原韵》《得吳訥如廉憲書却寄兼柬貢二山比部》，知貢二山曾任"比部"之官。比部，魏晉時爲尚書列曹之一，職掌稽核簿籍。唐代爲刑部所屬四司之一，明清時爲刑部司官的通稱。

　　［二］賦秋聲：歐陽修有《秋聲賦》，以歐陽修喻其才。

　　［三］青萍：亦作"青蓱"，古劍名。《文選‧陳琳‧答東阿王箋》："君侯體高世之才，秉青蓱、干將之器。"延濟注："青蓱、幹將，皆劍名也。"晉葛洪《抱樸子‧博喻》："青萍、豪曹，剡鋒之精絶也。"

　　［四］浮漚：水面之泡沫。因其易生易滅，以喻變化無常的世事和短暫的生命。宋范成大《石湖中秋二十韵感今懷舊而作》："水天雙對鏡，身世一浮漚。"

得蕭武子書喜賦[一]

　　去歲知君文戰靡，遣使迎君江之沚。那知一往絶音耗，我心忡忡曷其已。縱橫道路滿豺狼，浩淼況隔大江水。呫嗟逾夏復秋冬，屈指殷勤數景曇。疑君昔別語疎狂，羞墮青雲淹鄉里。又思君固饒襟期，豈爲敝貂遂爾爾[二]。云何彭蠡一月期，經年曾不致雙鯉[三]。愁來兩鬢爲君秋，廬嶽嶙峋暮山紫。出門有客揖余言，袖出一函磨折齒。開函驚見君姓名，令我大叫發狂喜。持讀仿佛見顏色，離緒纏繞披滿紙。爲道芒山下榻時，吏隱朋親同蘭芷。問我夢蘭事若何[四]，又道蚌珠新添子[五]。我讀未竟欲起舞，僮僕相吒胡若此。籲嗟武子！我本乾坤落漠人，爲君憂復爲君喜，兩人之情可知矣。

【箋證】

　　［一］蕭武子，作者好友，參見《蕭武子以詩見貽次韵答之》。從詩中得知其

爲江西人，家近廬山。

[二]敝貂：用蘇秦之典。《戰國策·秦策一·蘇秦始將連橫》載蘇秦說秦王不成，狼狽而歸洛陽："黑貂之裘弊，黃金百斤盡，資用乏絕，去秦而歸。"

[三]雙鯉：魚形木板，一底一蓋，古人置書信於其中，常指代書信。唐韓愈《寄盧仝》詩："先生有意許降臨，更遣長鬚致雙鯉。"

[四]夢蘭：女性懷孕之典。《左傳·宣公三年》："鄭文公有賤妾，曰燕姞，夢天使與己蘭……既而文公見之，與之蘭而御之。辭曰：'妾不才，幸而有子，將不信，敢徵蘭乎？'公曰諾。生穆公，名之曰蘭。"

[五]蚌珠：生兒育女之典。《蘇軾詩集》卷十二《虎兒》："舊聞老蚌生明珠，未省老兔生於菟。"

午日西溪讌集歌[一]

五月五日霽色鮮，西溪開宴羅群賢。薰風微動水清漣，寶樹瓊枝紛四筵[二]。王郎善謔至獨先，往往令人發狂顛，雄飲真如吸巨川。髯張意興淩青氈[三]，揮塵能譚秋水篇。曹生雅是青門傳[四]，畏飲却知聽管弦，寶叔願者亦復然。劉家兄弟殊翩翩，伯仲叔季華萼聯，阿侄文采獨披宣。太學馮君任俠偏，一擲能輕百萬錢。弟充落魄愛逃禪，兩郎詞壇何蹁躚。元三時花美女妍，令我一見心誠憐。元瑞奇古薄丹鉛，欲奪蘇韓印獨專。相馬常思九方歅[五]，猶子修隱文行全。朝舞萊衣夕韋編[六]，宸居早著祖逖鞭[七]。群季俊秀皆惠連[八]，獨有六古堪比肩。余家大阮盡招延，新叔揚州跨鶴還，不貪腰無十萬纏[九]。綸叔修飭自娟娟，吉叔臨池筆如椽，常來醉倒習池邊[十]。健叔絕伎擅鳴弦，時向新豐酒家眠[十一]。德叔尤喜酒如泉，經叔（原闕兩字）美且鬈。瑞兒纔知放紙鳶，相與調笑弄潺湲。親知骨肉相周旋，固知此樂屬性天。況復良辰美景駢，少長雜列不問年。登高臨水隨其便，主賓迭進搖畫船。夾岸歌兒唱采蓮，鳴箏摑鼓聲闐闐。柳外新月一鈎穿，長去少留素手牽。更縱蘭橈破暝烟，一曲滄浪意欲仙[十二]。曾聞滄海變桑田[十三]，金谷蘭亭久棄捐[十四]，及時我輩毋拘攣。

【箋證】

[一] 寫於家鄉代州端午節與朋友相聚時，作年不詳。

[二] 寶樹瓊枝：寶樹，喻佳子弟。典出南朝宋劉義慶《世說新語·語言》："謝太傅（謝安）問諸子姪：'子弟亦何預人事？而正欲使其佳。'車騎（謝玄）答曰：'譬如芝蘭玉樹，欲使其生於階庭耳。'瓊枝，喻賢才。唐李德裕《訪韋楚老不遇》詩："今來招隱逸，恨不見瓊枝。"

[三] 青氈："青氈故物"之簡，泛指仕宦之家傳世物。《太平御覽》卷七〇八引晋裴啓《語林》："王子敬在齋中臥，偷人取物，一室之內略盡。子敬臥而不動，偷遂登榻，欲有所覓。子敬因呼曰：'石染青氈是我家舊物，可特置否？'於是群偷置物驚走。"

[四] 青門傳：典意不詳。按青門，指漢長安城東南門：本名霸城門，因其門色青，故俗呼爲"青門"或"青城門"。《三輔黃圖·都城十二門》："長安城東，出南頭第一門曰霸城門。民見門色青，名曰青城門，或曰青門。門外舊出佳瓜，廣陵人召平爲秦東陵侯，秦破，爲布衣，種瓜青門外。"三國魏阮籍《咏懷》之六："昔聞東陵瓜，近在青門外。"

[五] 九方歅：亦作九方皋，春秋時善相馬者。伯樂薦其爲秦穆公外出求馬，他僅觀察馬的内神，而竟不注意毛色與雌雄，終得天下良馬。《列子·説符》："穆公見之，使行求馬。三月而反報曰：'已得之矣，在沙丘。'穆公曰：'何馬也？'對曰：'牝而黃。'使人往取之，牡而驪。穆公不說，召伯樂而謂之曰：'敗矣，子所使求馬者！色物、牝牡尚弗能知，又何馬之能知也？'伯樂喟然太息曰：'一至於此乎？是乃其所以千萬臣而無數者也。若皋之所觀天機也，得其精而忘其麤，在其内而忘其外；見其所見，不見其所不見；視其所視，而遺其所不視。若皋之相者，乃有貴乎馬者也。'馬至，果天下之馬也。"後用以喻善於發現人才者。宋黃庭堅《過平與懷李子先詩》："世上豈無千里馬？人中難得九方皋。"

[六] 朝舞萊衣夕韋編：參見《送田御宿大參歸里》"遺編窺韋絕，初服著萊斑"。

[七] 宸居早著祖逖鞭：參見《蕭武子以詩見貽次韵答之》"祖鞭吾先著"。

[八] 群季俊秀皆惠連：惠連，謂柳下惠與少連，皆古節行超逸之士。《論語·微子》："柳下惠、少連降志辱身矣，言中倫，行中慮，其斯而已矣。"晋左

思《招隱詩》之二：“惠、連非吾屈，首陽非吾仁。”

　　[九] 新叔揚州跨鶴還，不貪腰無十萬纏：跨鶴揚州，典出南朝梁殷蕓《小
説·吳蜀人》：“有客相從，各言所志，或願爲揚州刺史，或願多貲財，或願騎鶴
上升。其一人曰：‘腰纏十萬貫，騎鶴上揚州。’欲兼三者。”後以“跨鶴揚州”
指豪富繁華冶遊之地，如元汪元亨《折桂令·歸隱》：“先世簪纓，舊業箕裘，走
馬章臺，騎鯨滄海，跨鶴揚州，黃金積子孫難守。”

　　[十] 習池：習家池，一名高陽池，位湖北襄陽峴山南。《晋書·山簡傳》
謂：“簡鎮襄陽，諸習氏荆土豪族，有佳園池，簡每出遊嬉，多之池上，置酒輒
醉，名之曰高陽池。”後用以指園池名勝。杜甫《從驛次草堂復至東屯茅屋》詩
之一：“非尋戴安道，似向習家池。”

　　[十一] 新豐酒家：王維《少年行四首》其一：“新豐美酒斗十千，咸陽遊
俠多少年。相逢意氣爲君飲，繫馬高樓垂柳邊。”《元和郡縣圖志》卷一《關内道
·京兆府·昭應縣》：“新豐故城，在縣東十八里，漢新豐縣城也。”

　　[十二] 一曲滄浪意欲仙：滄浪，古水名，有漢水、漢水之別流、漢水之下
流、夏水諸説。《書·禹貢》：“嶓冢導漾，東流爲漢。又東爲滄浪之水。”孔傳：
“別流在荆州。”北魏酈道元《水經注·夏水》：“劉澄之著《永初山川記》云：
‘夏水，古文以爲滄浪，漁父所歌也。’”一曲滄浪，語本《孟子·離婁章句上》：
“有孺子歌曰：‘滄浪之水清兮，可以濯我纓；滄浪之水濁兮，可以濯我足。’孔
子曰：‘小子聽之！清斯濯纓，濁斯濯足矣，自取之也。’”

　　[十三] 曾聞滄海變桑田：晋葛洪《神仙傳·王遠》：“麻姑自説云：‘接侍
以來，已見東海三爲桑田。’”大海變成農田，農田變成大海。後以喻世事變化巨
大。唐儲光羲《獻八舅東歸》：“獨往不可群，滄海成桑田。”

　　[十四] 金谷蘭亭久棄捐：晋石崇曾於洛陽郊區金谷澗中築豪華園館，常在
其中大會賓客，寫《金谷詩序》以記其事。蘭亭，用王羲之之典，參見《涵虛閣
四咏·流觴》“遠憶蘭亭迹，山陰修禊年”。

《嶽蓮篇》 壽田御宿大參[一]

　　我聞華嶽之頂池生千葉蓮[二]，採而服之成神仙。華嶽之名以
此傳，雁門使君神仙者[三]，自幼生長華嶽下。早探玉版嚼金
丹[四]，駕鹿騎龍如走馬。使君咄咄薄霞舉，揮手山中謝毛女[五]。

徜徉陸地漫浮沉，冥搜時共嶽靈語。嶽靈使君相下上，爍爍蓮花開五臟。落腕雄文擘巨靈[六]，山鬼叫號混沌喪[七]。一日聲名動帝閶，夷然束帶向風塵。鳧舄蹁躚聊玩世[八]，驄馬騰驤亦避人。驄馬春明不可留，玉節雄藩領上遊。纔向匡廬觀瀑布[九]，忽依勾注攬斗牛[十]。勾注烟雲接五峰，文殊見後多遐踪[十一]。遍地平鋪金菡萏，倚天高插翠芙蓉。使君静對意何有，紫塞烟銷靖刁斗。掃榻焚香詩思幽，欲喚太華共杯酒。每來訪我荷池邊，如臨玉井意嫣然[十二]。爲言十丈花開處，使我兩腋同飛仙。仲夏六月荷英鮮，恰逢使君開壽筵。我有白雲不堪贈，特爲賦此《嶽蓮篇》。惟願使君如蓮還，如嶽赤英傾日綠陰稠，千秋萬載標卓犖。

【箋證】

[一] 田御宿大參，參見《張文岳吏垣過雁門留酌山園因邀田御宿大參同集》。詩稱"使君"，知此時田正主政代州。

[二] 千葉蓮：傳說中的一種多瓣蓮花。《華山記》："山頂池中生千葉蓮，服之羽化，因名華山也。"《楞嚴經》卷一："於時世尊頂放百寶無畏光明，光中出生千葉寶蓮，有佛化身，結跏趺坐。"

[三] 使君：漢時稱刺史，漢以後用來指稱州郡長官。《玉臺新咏·日出東南隅行》："使君從南來，五馬立踟蹰。"

[四] 早探玉版嚼金丹：玉版，晉王嘉《拾遺記·唐堯》："帝堯在位，盛德光洽，河洛之濱，得玉版方尺，圖天地之形。"謂指上有圖形文字，象徵祥瑞、盛德或預示休咎的玉片。《晉書·慕容儁載記》："石季龍使人探策於華山，得玉版，文曰：'歲在申酉，不絕如綖。歲在壬子，真人乃見。'"金丹，方士所煉之丹藥。晉葛洪《抱樸子·金丹》："夫金丹之爲物，燒之愈久，變化愈妙；黃金入火，百鍊不消，埋之，畢天不朽。服此二物，鍊人身體，故能令人不老不死。"

[五] 毛女：得道於華山的仙女。劉向《列仙傳·毛女》："毛女者，字玉姜，在華陰山中，獵師世世見之，形體生毛，自言秦始皇宮人也，秦壞，流亡入山避難，遇道士穀春，教食松葉，遂不飢寒，身輕如飛，百七十餘年，所止岩中有鼓琴聲云。"唐項斯《送華陰隱者》詩："近來移住處，毛女舊峰前。"

[六] 巨靈：傳說劈開華山的河神。《文選·張衡〈西京賦〉》："綴以二華，

巨靈贔屭，高掌遠跖，以流河曲，厥迹猶存。”薛綜注：“巨靈，河神也……古語云：此本一山當河，水過之而曲行，河之神以手擘開其上，足蹋離其下，中分爲二，以通河流。手足之迹，於今尚在。”唐李白《西嶽雲臺歌送丹丘子》詩：“巨靈咆哮擘兩山，洪波噴流射東海。”

〔七〕山鬼叫號混沌喪：混沌，傳說世界開闢前元氣未分、模糊一團的狀態。《太始經》云：‘昔二儀未分之時，號曰洪源。溟涬濛鴻，如鷄子狀，名曰混沌。’”漢班固《白虎通·天地》：“混沌相連，視之不見，聽之不聞，然後剖判。”混沌喪，《莊子·應帝王》：“南海之帝爲儵，北海之帝爲忽，中央之帝爲渾沌。儵與忽時相與遇於渾沌之地，渾沌待之甚善。儵與忽謀報渾沌之德，曰：‘人皆有七竅，以視聽食息，此獨無有，嘗試鑿之。’日鑿一竅，七日而渾沌死。”

〔八〕鳧舄蹁躚：鳧舄，指仙履。亦常用爲縣令的典實。《後漢書·方術傳上·王喬》：“王喬者，河東人也。顯宗世，爲葉令。喬有神術，每月朔望，常自縣詣臺朝。帝怪其來數，而不見車騎，密令太史伺望之。言其臨至，輒有雙鳧從東南飛來。於是候鳧至，舉羅張之，但得一隻舄焉。乃詔尚方診視，則四年中所賜尚書官屬履也。”唐駱賓王《餞鄭安陽入蜀》詩：“惟有雙鳧舄，飛去復飛來。”

〔九〕匡廬：指廬山。傳殷周之際有匡俗兄弟七人結廬於此，故稱。《後漢書·郡國志四·廬江郡》劉昭注引南朝宋慧遠《廬山記略》：“有匡俗先生者，出殷周之際，隱遁潛居其下，受道於仙人而共嶺，時謂所止爲仙人之廬而命焉。”

〔十〕忽依勾注攬斗牛：勾注，參見《送田御宿大參歸里》“城頭勾注山”。斗牛，二十八宿中的斗宿和牛宿。北周庾信《哀江南賦》：“路已分於湘漢，星猶看於斗牛。”唐賈島《逢博陵故人彭兵曹》詩：“踏雪携琴相就宿，夜深開户斗牛斜。”

〔十一〕五峰：指五臺山。

〔十二〕如臨玉井意嫣然：玉井，玉井蓮，即千葉蓮花。傳華山峰頂玉井所產之蓮。唐韓愈《古意》詩：“太華峰頭玉井蓮，開花十丈藕如船。”錢仲聯集釋引韓醇曰：“《華山記》云：‘山頂有池，生千葉蓮花，服之羽化，因曰華山。’”

七言律

送余德先之任閩中取道雲中省覲^[一]

霜飛木葉亂紛紛，京邸蕭疎此送君。海內不堪多戰伐，天涯偏是惜離群。閩江春色延青旆，冀嶺秋風動白雲。此去相思同萬里，梅花驛路好相聞。

【箋證】

　[一] 作於京城。余德先：作者友人。生平不詳，待考。

春夜同武子聯句

九十春光漸欲殘，客心無事一憑闌（武）。談兵漫灑丁年淚（伯）^[一]，把酒堪消子夜歡。快閣烟霞同汝夢（武），芒山星月好誰看^[二]。愁聽啼鳥聲聲急，一曲燕歌不忍彈（伯）^[三]。

【箋證】

　[一] 丁年：男子成丁之年。漢以男子二十歲爲丁，明清以十六歲爲丁。亦泛指壯年。《文選》載李陵《答蘇武書》：“丁年奉使，皓首而歸。”李善注：“丁年，謂丁壯之年也。”金元好問《燈下梅影》詩：“丁年夜坐眼如魚，老矣而今不讀書。”

　[二] 芒山星月好誰看：芒山，借指漢高祖劉邦，喻英雄之氣。參見《携樽飲胡漢涵民部於楊氏園》“爲問芒山氣”。

　[三] 一曲燕歌不忍彈：燕歌，英雄悲壯之歌。《史記·刺客列傳·荆軻》：“至易水之上，既祖，取道，高漸離擊筑，荆軻和而歌，爲變徵之聲，士皆垂淚涕泣。又前而爲歌曰：‘風蕭蕭兮易水寒，壯士一去兮不復還！’復爲羽聲忼慨，

士皆瞋目，髮盡上指冠。於是荆軻就車而去，終已不顧。”

送別武子有感

看君明日動歸帆，把酒西風淚滿衫。人在關河難作別，時當離亂易逢讒。一龍早起青雲色[一]，雙鯉先飛白苧緘[二]。江上故交如有問，王喬久擬脫囂凡[三]。

其二

此去休悲行路難，高齋樽酒暫留歡。荷香乍度飄官路，榴火新垂照繡鞍。念亂有人爭解綬，懷才我輩始彈冠[四]。秋風咫尺高南浦[五]，明月寧教按劍看。

【箋證】

[一] 一龍：三國時有華歆、邴原、管寧，時人稱三人爲“一龍”。《三國志·魏書·華歆傳》裴松之注引《魏略》：“歆與北海邴原、管寧俱游學，三人相善，時人號三人爲‘一龍’，歆爲龍頭，原爲龍腹，寧爲龍尾。”

[二] 雙鯉：指書信，參見《得蕭武子書喜賦》“經年曾不致雙鯉”。

[三] 王喬久擬脫囂凡：王喬，王子喬，周靈王太子晉。脫囂凡，謂其成仙。劉向《列仙傳·王子喬》：“好吹笙，作鳳鳴。遊伊洛間，道士浮丘公接上嵩山。十餘年後，來於山上，告桓良曰：‘告我家，七月七日待我緱氏山頭。’果乘白鶴駐山顛，望之不得到，舉手謝時人而去。”

[四] 彈冠：彈冠相慶，指互相慶賀，用漢代貢禹之典。《漢書·王吉傳》：“吉與貢禹爲友，世稱‘王陽在位，貢公彈冠’，言其取捨同也。”王吉（王陽）與貢禹是好友。王吉做了官，貢禹於是也做出仕的準備。後多用作貶義。

[五] 南浦：南邊水旁，常用作送別之地代稱。語本《楚辭·九歌·河伯》：“子交手兮東行，送美人兮南浦。”王逸注：“願河伯送己南至江之涯。”南朝梁江淹《別賦》：“春草碧色，春水淥波，送君南浦，傷如之何。”

秋日同謝九如、常振寰二廣文飲三臺閣漫賦[一]

飛閣嵯峨倚太清[二]，憑欄一望失塵纓。西來樹影搖金刹，南下烟光繞石城。邱壑有時歸傲吏，乾坤何地著狂生。坐深月上高臺靜，片片幽芬落酒舷。

其二

宦迹天涯感慨中，登高覽勝解相同。思鄉節候逢流火，玩世行藏任轉蓬。漣水烟飛老子氣，芒山雲起漢王風[三]。細論往事增惆悵，徙倚尊前意不窮。

【箋證】

[一] 詩作於南京。謝九如、常振寰：生平不詳。廣文：唐宋國子監下屬補習性質的學校。唐玄宗天寶九年（750）於國子監置，置博士及助教，掌教國子監習進士課業的生徒。憲宗元和初，西京廣文館定生員六十人，東都廣文館爲十人。宋代亦設廣文館，凡試國子監者，須先補中廣文館生，乃得以牒求試。明清時稱教官爲"廣文"。蒲松齡《聊齋志異·紅玉》："妾前以四金寄廣文，已複名在案。"

[二] 太清：猶言天上。《鶡冠子·度萬》："唯聖人能正其音，調其聲，故其德上及太清，下及太寧，中及萬靈。"陸佃注："太清，天也。"《楚辭》載劉向《九歎·遠遊》："譬若王僑之乘雲兮，載赤霄而淩太清。"王逸注："上淩太清，遊天庭也。"

[三] 芒山雲起漢王風：指漢高祖芒山斬蛇起兵。參見《携樽飲胡漢涵民部於楊氏園》"爲問芒山氣"。

再次前韵

爲愛秋光逼眼清，閑來一笑絶冠纓[一]。黃金徒散三千客[二]，白璧難償十五城[三]。漫把閑愁消短鬢，誰將大藥度長生。與君且盡登臨興，潦倒風前酒數觥。

【箋證】

[一] 絕冠纓：扯斷結冠的帶，謂絕纓之會。漢劉向《說苑·復恩》謂春秋時楚莊王宴群臣，日暮酒酣，燈燭滅，有人引美人之衣。美人絕其冠纓，"以告王，命上火，欲得絕纓之人。" 王不從，令群臣盡 "絕纓而上火"，盡歡而罷。後三年，晉與楚戰，有楚將奮死赴敵，卒勝晉軍。王問之，始知即前之絕纓者。後用作寬厚待人得人報答之典。又見《韓詩外傳》卷七。三國魏曹植《求自試表》："絕纓盜馬之臣赦，楚趙以濟其難。"

[二] 三千客：用戰國春申君之典。《史記·春申君傳》："趙平原君使人於春申君，春申君舍之於上舍。趙使欲夸楚，爲玳瑁簪，刀劍室以珠玉飾之，請命春申君客。春申君客三千餘人，其上客皆躡珠履以見趙使，趙使大慚。"

[三] 白璧難償十五城：用戰國藺相如使秦之典，詳見《史記·廉頗藺相如列傳》。

送王彭伯先生北上[一]

軺車明日問長安[二]，尊酒離筵且盡歡。論將中原豪傑動，談兵午夜斗星寒。新秋早見邊聲急，時政深憐外吏難。聖主久虛前席待[三]，佇成霖雨到江干。

其二

多亂冥鴻不可尋，何來空谷轉傳音[四]。烽烟正想匡時策，霄漢長懸報主心。上國群公疏漫切，強鄰此日禍方深。驅車忽動中朝色，几席相看擊筑吟[五]。

【箋證】

[一] 王彭伯：作者友人，生平不詳待考。

[二] 軺車明日問長安：軺車，朝廷急命宣召之車，亦指代使者。唐王昌齡《送鄭判官》詩："東楚吳山驛樹微，軺車銜命奉恩輝。" 問長安，問長安之遠近。

《世說新語·夙惠》：“晉明帝數歲，坐元帝膝上。有人從長安來，元帝問洛下消息，潸然流涕。明帝問何以致泣？具以東渡意告之。因問明帝：‘汝意謂長安何如日遠？’答曰：‘日遠。不聞人從日邊來，居然可知。’元帝異之。明日集群臣宴會，告以此意，更重問之。乃答曰：‘日近。’元帝失色，曰：‘爾何故異昨日之言邪？’答曰：‘舉目見日，不見長安。’”本句謂指朋友前往京城。

[三] 虛前席：用西漢賈誼之典。《漢書·賈誼傳》：“文帝思賈誼，徵之。至，入見，上方受釐，坐宣室，上因感鬼神事而問鬼神之本。誼具道所以然之故。至夜半，文帝前席。”唐李商隱《賈生》詩：“可憐夜半虛前席，不問蒼生問鬼神。”

[四] 多亂冥鴻不可尋，何來空谷轉傳音：冥鴻，高飛的鴻雁。漢揚雄《法言·問明》：“鴻飛冥冥，弋人何篡焉。”李軌注：“君子潛神重玄之域，世網不能制禦之。”後因以“冥鴻”喻避世隱居之士。明唐順之《登常山山亭次壁間韻》之一：“憂時譏喪狗，逃世托冥鴻。”空谷，空曠幽深的山谷。多指賢者隱居的地方。《詩·小雅·白駒》：“皎皎白駒，在彼空谷。”孔穎達疏：“賢者隱居，必當潛處山谷。”

[五] 擊筑吟：用荊軻易水訣別之典。筑，古絃樂器，似箏，以竹尺擊之，聲音悲壯。《史記·刺客列傳》：“至易水之上，既祖，取道，高漸離擊筑，荊軻和而歌，爲變徵之聲，士皆垂淚涕泣。”後多用以慷慨悲歌或悲歌送別。明張煌言《愁泊》詩：“往事分明堪擊筑，浮生那得數銜杯。”

闈中與許亦齡、張斗垣二明府夜集[一]

銀燭輝煌照素秋，芳樽涼夜對清幽。香飄玉樹風生户，翠拂金莖月滿樓。車馬昔憐燕市別[二]，文章今作兔園遊[三]。酒闌忽漫談時事，萬里邊聲起暮愁。

【箋證】

[一] 闈中：或指科舉闈院。從“文章今作兔園遊”，似作於任官河南時。許亦齡、張斗垣：作者友人，生平待考。明府：參見《邂逅李捝陽明府有贈》。

[二] 燕市別：燕市，戰國時燕國的國都。《史記·刺客列傳》：“荊軻嗜酒，日與狗屠及高漸離飲於燕市。”晉左思《咏史》：“荊軻飲燕市，酒酣氣益震。”

這裏指與朋友曾在京城相會離別。

[三]兔園：園囿名。也稱梁園。在今河南商邱縣東。漢梁孝王劉武所築。爲遊賞與延賓之所。《西京雜記》卷二：“梁孝王好營宮室苑囿之樂，作曜華之宮，築兔園。”南朝宋謝惠連《雪賦》：“梁王不悦，遊於兔園。”

許亦齡持朱允岡吉士扇頭韵索和走筆次之

閑館清言夜更宜，開襟又到酒酣時。尊前白雪生長鋏[一]，樓外青霞落遠陂。梁苑秋光驚過眼[二]，楚天露氣欲沾脾。不知何處寒砧急，銀漢迢遥月轉遲。

【箋證】

[一]長鋏：長劍。鋏，劍柄。用戰國馮諼之典。《戰國策・齊策四》載齊人馮諼貧苦，寄居孟嘗君門下。因食無魚、出無車、無以爲家，三彈其劍鋏，歌曰：“長鋏歸來乎！”後人用作有才之人處境窘困之典。柳宗元《酬婁秀才將之淮南見贈之什》詩：“高冠余肯賦，長鋏子忘貧。”

[二]梁苑：參見上首詩“文章今作兔園遊”。

飲明遠樓次李夢陽先生壁間韵[一]

巉巖飛樓俯夕烟，招携吾黨一開筵。感時客有悲秋賦[二]，攬勝人同入洛年[三]。指點河山分檻外，笑談星斗落檐前。元龍自昔多豪興，應擬身臨尺五天[四]。

【箋證】

[一]李夢陽（1473—1530），字獻吉，號空同，祖籍河南扶溝，出生於慶陽府安化縣（今甘肅省慶城縣）。弘治六年（1493）癸丑科鄉試解元，弘治七年（1494）甲寅科進士。初授户部主事，不畏權勢，直言上書，遭權貴陷害，解職問罪。弘治十八年（1505）進郎中，因替户部尚書韓文寫疏揭發宦官劉瑾，幾成殺身之罪。正德十四年（1519）寧王朱宸濠謀反，被誣爲寧王同黨。後得大學士

楊廷和、刑部尚書林俊等人上書而獲釋，此後退出官場。精於古文詞，倡"文必秦漢，詩必盛唐"，明代中期著名文學家，復古派前七子領袖。

〔二〕悲秋：語本《楚辭·九辯》："悲哉！秋之爲氣也。蕭瑟兮，草木搖落而變衰。"面對蕭瑟秋景而感到悲傷。杜甫《登高》詩："萬里悲秋常作客，百年多病獨登臺。"

〔三〕入洛年：指西晋陸機、陸雲吳亡後入洛陽。《晋書·陸機傳》："至太康末，與弟雲俱入洛，造太常張華。華素重其名，如舊相識，曰：'伐吳之役，利獲二俊。'"

〔四〕元龍自昔多豪興，應擬身臨尺五天：用三國陳登之典。《三國志·魏書·吕布傳》附《陳登傳》載：劉備、許汜與劉表有一天共論天下之士。談到陳登時，許汜頗不以爲然，認爲陳登"驕狂之氣至今猶在"。劉備問許汜有何根據。許汜謂："昔遭亂過下邳，見元龍。元龍無客主之意，久不相與語，自上大床卧，使客卧下床。"劉備説："君有國士之名，今天下大亂，帝主失所，望君憂國忘家，有救世之意，而君求田問舍，言無可採，是元龍所諱也，何緣當與君語？如小人，欲卧百尺樓上，卧君於地，何但上下床之間邪？"

寓相國寺有懷[一]

僧房落葉滿荒苔，小院烟光暝欲開。萬里秋風人入洛，一天夜月客銜杯[二]。疎鐘漸向高樓斷，清梵頻從古殿來。客舍不堪成獨嘯[三]，近鄰疑有謫仙才[四]。

【箋證】

〔一〕作於開封。相國寺，相傳爲戰國時魏公子信陵君故宅，北齊天保六年（555）於此創"建國寺"，後遭水灾火灾而毁。唐初爲歙州司馬鄭景住宅，長安元年（701）慧雲和尚募銀再建寺，延和元年（712）睿宗敕令改名相國寺，昭宗大順年間（890—891）遭火焚毁後重修。宋太祖建隆三年（962）五月遭火灾重建。至道元年（995）擴建，咸平四年（1001）完工。明洪武二年（1396）敕修，永樂四年（1406）、明成化二十年（1484）兩次進行修繕，賜名"崇法寺"。嘉靖三十二年（1553）、萬曆三十五年（1607）再重修。崇禎十五年（1642）黄河泛濫，開封被淹，建築全毁。清順治十八年（1661）重建山門、天王殿、大雄寶殿等，復名相國寺。康熙十年（1671）重修藏經樓，康熙十六年至二十一年增建中殿及左右廡廊。乾隆三十一年（1776）再重修。

　　[二]萬里秋風人入洛，一天夜月客銜杯：人入洛，用陸機入洛之典喻己，參上首詩"入洛年"。銜杯，口含酒杯飲酒。語本晉劉伶《酒德頌》："捧罌承槽，銜杯漱醪。"唐李白《廣陵贈別》詩："繫馬垂楊下，銜杯大道間。"

　　[三]客舍不堪成獨嘯：謂一夜不堪入睡，只能獨自吟嘯。參見《春郊》"不堪成獨嘯"。

　　[四]近鄰疑有謫仙才：謫仙，謂李白。唐孟棨《本事詩·高逸》："李太白初自蜀至京師，舍於逆旅。賀監知章聞其名，首訪之。既奇其姿，復請所爲文。出《蜀道難》以示之。讀未竟，稱嘆者數四，號爲'謫仙'。"

送友人還里[一]

　　正惜天涯聚首難，風塵何故促征鞍。百年兄弟三秋闊，千里關河十月寒。解橐自憐官況薄，開樽常憶故情歡。何時我亦偕歸計，紫塞青山好共看[二]。

【箋證】

　　[一]友人不詳，從結尾句看，兩人當爲同鄉。
　　[二]紫塞青山：《風俗通義·佚文·宮室》：王利器案引《古今注》上："秦所築長城，土色皆紫，漢亦然，故云紫塞也。"

秋夜同楊慕垣、貢二山小集，醉後聞二山誦曹孟德《短歌》，聲甚悲壯漫賦

　　雨餘官署動新涼，縱飲高呼自酒狂。忽憶昔年歌轉嘯，相憐此夜慨當慷。愁聽魏武烏三匝[一]，驚見燕京雁幾行。盡醉不須悲去日，乾坤萬古總蒼茫。

【箋證】

　　[一]魏武烏三匝：曹操《短歌行》："月明星稀，烏鵲南飛。繞樹三匝，何

枝可依？山不厭高，海不厭深。周公吐哺，天下歸心。”

黄年伯京兆招飲園亭留咏[一]

招遊忽漫問名園，把酒偏憐北海樽[二]。花徑芳菲通近沼，竹籬宛轉護高軒。三春澮水烟光遠，一曲芒山夜色繁[三]。盡醉不妨歸去晚，幾將時事坐中論。

其二

廿年幽賞寄邱園，謝傅東山道益尊[四]。楊柳風來春繞砌，梨花雨過夜開軒。坐看蘭玉前庭秀[五]，仰視星河北闕繁。京兆新承明主詔，白門烟月正堪論[六]。

【箋證】

[一] 黄年伯：黄姓年伯，名不詳。明人稱同一年考取進士者爲“同年”，與父輩同一年考上的人爲“年伯”，“年伯”又用以稱“同年”的父親或伯叔，或泛指父輩。從詩中“三春澮水烟光遠”，知此“黄年伯”或爲今山西南部人。

[二] 北海樽：《藝文類聚》卷二十六《人部十·言志》引《張璠漢紀》：“孔融拜太中大夫，雖居家失勢，賓客日滿其門，愛才樂士。常若不足，每嘆曰：‘坐上賓常滿，樽中酒不空，吾無憂矣。’”參見《玄滌樓》“北海賓亦惡”。

[三] 三春澮水烟光遠，一曲芒山夜色繁：澮水，汾河支流。發源於今山西臨汾市與晋城市的南北分界嶺。分北南兩派，匯合後流經臨汾市之翼城、曲沃、侯馬，運城市之新絳縣注入汾河。主要支流有澆底河、翟家河和續魯峪河等。芒山，用漢高祖芒山斬白蛇起兵典故，參見《秋日同謝九如常振寰二廣文飲三臺閣漫賦》“芒山雲起漢王風”。

[四] 謝傅東山：用東晋謝安狎妓遊樂不失國政之典。《世說新語·識鑒》：“謝公在東山畜妓，簡文曰：‘安石必出。既與人同樂，亦不得不與人同憂。’”南朝梁劉孝標注引宋明帝《文章志》曰：“安縱心事外，疎略常節，每畜女妓，携持遊肆也。”參見《玄滌樓》“東山妓堪嘔”。

[五] 蘭玉：芝蘭玉樹，比喻佳子弟。唐顏真卿《祭侄季明文》：“惟爾挺

生，凤標劭德，宗廟瑚璉，階庭蘭玉。"宋蘇軾《書劉君射堂》詩："蘭玉當年刺史家，雙鞬馳射笑穿花。"

[六] 白門烟月：代指南京。六朝皆都建康（南京），其正南門爲宣陽門，俗稱白門。《儒林外史》第三五回："小弟堅卧白門，原無心於仕途。"

梁大煦來自白下因言道逢倪武
雙致詢出其扇頭次韵詩次之^[一]

燕臺一別幾經秋[二]，兄弟天涯尚黑頭[三]。音信漫憑天外雁，行藏都付水中鷗。梁園才子如君幾，南國佳人不可求[四]。二十四橋明月好[五]，不知今夜共誰遊。

【箋證】

[一] 梁大煦：待考。從"梁園才子"句，知此君或爲河南人。倪武雙，不詳待考。白下：指南京。按南京沿江舊有白石陂，晋陶侃於此築白石壘。唐高祖武德元年（618）置金陵縣，築城於白石山下的白下村（在今南京金川門外）；武德九年（626），更金陵縣爲白下縣。貞觀七年（633），移白下縣於青溪上之白下橋（今白下區大中橋）畔，"白下"之名遂成南京之別稱。

[二] 燕臺：故址在今河北省易縣東南，相傳燕昭王於此築臺招納天下賢士，故也稱賢士臺、招賢臺。這裏代指京城。

[三] 黑頭：年青髮黑之頭。宋司馬光《慶文公八十會口號》："黑頭强仕之時，已登廊廟；黄髮老成之日，還賞林泉。"

[四] 南國佳人：語本前蜀韋莊《憶昔》詩："西園公子名無忌，南國佳人號莫愁。"宋梅堯臣《依韵和禁烟近事之什》："西州駿馬頭如剥，南國佳人頸似瑳。"

[五] 二十四橋：唐杜牧《寄揚州韓綽判官》詩："二十四橋明月夜，玉人何處教吹簫？"揚州二十四橋，有兩種説法：一謂指二十四座橋。沈括《夢溪筆談·補筆談》謂指揚州城内茶園橋、大明橋、九曲橋、下馬橋、作坊橋、洗馬橋、南橋、阿師橋、周家橋、小市橋、廣濟橋、新橋、開明橋、顧家橋、通泗橋、太平橋、利園橋、萬歲橋、青園橋、參佐橋、山光橋等二十四座橋，後水道

逐漸淤没。宋元佑時僅存小市、廣濟、開明、通泗、太平、萬歲諸橋。一説“二十四橋”爲一橋之名。清李斗《揚州畫舫録》卷十五：“二十四橋即吳家磚橋，一名紅藥橋，在熙春臺後。”紅藥橋之名又出自姜夔《揚州慢》：“二十四橋仍在，波心蕩，冷月無聲。念橋邊紅藥，年年知爲誰生？”

考績[一]

悠悠兩地忽三年，撫字催科俱惘然。墨綬方慚臣職曠，丹書復荷主恩偏。九邊此日仍多壘[二]，四海何時可息肩。爲語登閎新諫議，蒼生滿眼盡堪憐。

其二

亳都潦倒竟何爲[三]，嚴劇疎庸總不宜。五鳳人爭推漢吏，雙鳧我自愧明時[四]。傳家清白雖無忝，治邑艱辛未有裨。聖主若虛前席待[五]，願將血淚灑彤墀。

【箋證】

[一] 作於商邱時，時間或在天啓二年（1622）。李因篤《明督師兵部尚書孫公傳》言孫傳庭：“初授河南永城縣知縣，再遷商邱。天啓五年（1625）擢吏部主事。”

[二] 九邊：明朝建國，設九大塞，統轄漠南諸衛所。永樂之後漠南諸衛所逐漸廢除或内遷，只剩九個邊鎮。東起鴨緑江，西抵嘉峪關，依次爲遼東鎮、薊州鎮、宣府鎮、大同鎮、太原鎮（也稱山西鎮或三關鎮）、延綏鎮（也稱榆林鎮）、寧夏鎮、固原鎮（也稱陝西鎮）、甘肅鎮，史稱“九邊重鎮”。

[三] 亳都：帝嚳及商朝的都城，故址位今河南省商邱市商邱古城東南四十五里、虞城縣穀熟鎮西南三十五里。

[四] 五鳳人爭推漢吏，雙鳧我自愧明時：五鳳，古樓名。在洛陽，建於唐代，玄宗曾在其下聚飲，命三百里内縣令、刺史帶聲樂參加。梁太祖朱溫廢唐，重建五鳳樓，去地百丈，高入半空，上有五鳳翹翼。見《新唐書·元德秀傳》、宋周翰《五鳳樓賦》。後喻文章巨匠爲造五鳳樓手。雙鳧，用《後漢書》卷八十

二上《方術傳上·王喬》之典，參見《〈嶽蓮篇〉壽田御宿大參》"鳧鳥蹁躚聊玩世"。

　　〔五〕聖主若虛前席待：參見《送王彭伯先生北上》"聖主久虛前席待"。

大梁道中

　　桃花爛漫水潺湲，何事風塵惱客顏。四海幾人堪定亂，百年吾道合投閑。懷中有璧羞逢主[一]，囊裏無錢欲買山[二]。幾度言歸歸未得，夢魂空繞雁門關。

【箋證】

　　〔一〕懷中有璧：喻自藏其才。漢王褒《四子講德論》："幸遭聖主平世而久懷寶，是伯牙去鍾期，而舜禹遁帝堯也。"唐陳子昂《我府君有周居士文林郎陳公墓誌銘》："嗚呼我君，懷寶不試，孰知其深廣兮！"

　　〔二〕無錢欲買山：唐劉禹錫《酬樂天閑臥見憶》詩："同年未同隱，緣欠買山錢。"

麗雪濤至署中留酌[一]

　　思君愁逐太行高，此夕芳尊任我曹。月滿空庭生桂樹，風翻清漏落松濤。百年道義交元古，一載天涯意轉豪。多難獨憐余未已，却因時事慘皮毛。

其二

　　中原寥落總消魂，慷慨猶憐我輩存。舊有奇文傾海舶，今皈禪思叩風旛[二]。深談六月炎蒸失，盡醉三更意態翻。不道梁園俱是客，十年難得此宵論。

【箋證】

　　〔一〕麗雪濤：生平不詳，待考。

［二］風旛：風中的旗幡。《景德傳燈録·慧能大師》：“師寓止廊廡間。暮夜風颭刹幡，聞二僧對論，一云幡動，一云風動，往復醻答，未曾契理。師曰：‘可容俗輩預高論否？直以風幡非動，動自心耳。’”後用爲典實。宋陸遊《示客》詩：“風旛畢竟非心境，瓦礫何妨是道真。”

宿安平集[一]

　　草舍茅檐障短屏，荒村事事總飄零。秋風況是愁中見，夜雨那堪客裏聽。濁酒漫供勞吏醉，鄰鷄頻唤僕夫醒。未明忽又驅車去，踪迹真同泛水萍。

【箋證】

　　［一］作於任官商邱時。安平集：今河南省柘城縣安平鎮，位於柘城縣西南部，素有商邱“西南門户”之稱。相傳，漢末此處逢集，以買賣公平，交易平安，商賈呼稱“安平集”。明朝王家輔墓銘志載：“古爲陳（今淮陽）宋（今商邱）通衢，上官往來，民苦廬舍之役，公與安平集之北隅創蓋官亭。”安平鎮在歷史上曾兩次建置。酈道元《水經注》：“渦水又東經安平縣故城北……”《陳留風俗傳》：“大棘鄉故安平縣也。”

題竹居宗正園亭

　　莫道梁園路已荆，仙宗別館是蓬瀛[一]。樓臺忽向空中見，洞壑偏從絶處生。檻外風來松舞鶴，池邊水至石飛鯨。一邱已擅山河勝，千載應同帶礪盟。

其二

　　小山兀起勢疑傾，面面奇峰削不成。微徑自能藏宛曲，幽岩原不礙空明。登臨此日無三島，開闢當時有五丁[二]。何處忽聞清嘯發，恍從緱嶺聽吹笙[三]。

【箋證】

[一] 仙宗別館是蓬瀛：參見《答王炳藜檢討（其二）》"不淺蓬瀛意"。

[二] 五丁：《藝文類聚》卷七引漢揚雄《蜀王本紀》："天爲蜀王生五丁力士，能獻山，秦王獻美女與蜀王，蜀王遣五丁迎女。見一大虵入山穴中，五丁並引虵，山崩，秦五女皆上山，化爲石。"晋葛洪《抱樸子·論仙》："賁、育、五丁之勇，而咸死者，人理之常。"

[三] 恍從緱嶺聽吹笙：緱嶺吹笙，用王子喬之典。《太平廣記》卷四《神仙四·王子喬》："王子喬者，周靈王太子也，好吹笙作鳳凰鳴，遊伊洛之間。道士浮丘公，接以上嵩山。三十餘年，後求之於山，見桓良曰：'告我家，七月七日待我於緱氏山頭。'果乘白鶴，駐山嶺，望之不到，舉手謝時人，數日而去。後立祠於緱氏及嵩山。"

送友人還里

隋堤春望草離離[一]，愁是天涯惜別時。淪落非關才獨短，迂疎自合衆相疑。風塵世上吾青眼，文酒場中爾白眉[二]。此去故園應有賦，好將雲樹動遐思[三]。

其二

梁園十月共清嬉，愛爾人如玉樹枝[四]。四海論心惟我輩，一時分手又天涯。黃河水接龍門下，大麓雲連雁塞垂。極目關山情共遠，與君重醉定何期。

【箋證】

[一] 隋堤：隋煬帝時沿通濟渠、邗溝河岸修築御道，道旁植楊柳，後人謂之隋堤。唐韓琮《楊柳枝》詩："梁苑隋堤事已空，萬條猶舞舊東風。"

[二] 文酒場中爾白眉：《三國志·蜀志·馬良傳》："馬良，字季常，襄陽宜城人也。兄弟五人，並有才名，鄉里爲之諺曰：'馬氏五常，白眉最良。'良眉中有白毛，故以稱之。"因以喻兄弟或儕輩中之傑出者。唐陳子昂《合州津口別

舍弟》詩："思積芳庭樹，心斷白眉人。"明陶宗儀《輟耕録·妓聰敏》："歌妓順時秀，姓郭氏，性資聰敏，色藝超絶，教坊之白眉也。"

［三］雲樹：語本杜甫《春日憶李白》"渭北春天樹，江東日暮雲"，後以"雲樹"或"雲樹之思"喻朋友闊别後的相思之情。白居易《早春西湖閑遊悵然興懷寄微之》詩："雲樹分三驛，烟波限一津。"明高啓《讀周記室〈荆南集〉》詩："生别猶疑不再逢，楚天雲樹隔重重。"

［四］玉樹枝：用三國魏夏侯玄之典。《世説新語·容止》："魏明帝使后弟毛曾與夏侯玄共坐，時人謂'蒹葭倚玉樹'。"

對酌

天涯同是客夷門[一]，月夕相將共此尊。念我懷才知有意，逢君任俠敢無言。歌殘白苧情猶劇[二]，看罷青萍態欲翻[三]。明日匆匆應話别，飛花疎柳總消魂。

【箋證】

［一］夷門：代指開封。按夷門本爲戰國時魏都城大梁的東門，故址在今開封城内東北隅。因在夷山之上，故名。《史記·魏公子列傳》："魏有隱士曰侯嬴，年七十，家貧，爲大梁夷門監者。"詩作於任職河南時。

［二］歌殘白苧情猶劇：白苧，同"白紵"，古歌舞名。《先秦漢魏晉南北朝詩·宋詩》卷十二有《舞曲歌辭·宋前後舞歌二首·白紵舞歌詩》。

［三］青萍：寶劍，參見《秋夜飲貢二山同年醉後漫歌書贈》。

歸興[一]

風塵事事不堪論，回首雲山斷客魂。四海勞民皮已盡，三年傲吏骨猶存。倦思縮地歸南墅，愁欲呼天賦北門[二]。奄忽故園春又暮，空教青鬢負華樽。

其二

宦况今成寠且貧，艱危世路況愁人。陵陽白璧投偏僞[三]，勾

漏丹砂煉未真[四]。有鐵鑄來俱是錯[五]，無錢擲去可通神[六]。何時
頓却支祁鎖[七]，豐草長林任此身。

【箋證】

[一] 從詩中"三年傲吏"，推知此詩或作於任官河南時。

[二] 愁欲呼天賦北門：北門，《詩·邶風》篇名。序謂："《北門》，刺士不
得志也。"後因用以喻士之不遇。南朝宋劉義慶《世説新語·言語》："李弘度常
嘆不被遇……曰：'《北門》之嘆，久已上聞。窮猿奔林，豈暇擇木！'"唐李白
《宣城送劉副使入秦》詩："斗酒滿四筵，歌嘯宛溪湄。君携東山妓，我咏《北
門》詩。"

[三] 陵陽白璧投偏僞：陵陽，或指陵陽山，或指於此處成仙之陵陽子明。
山在今安徽宣州城内。北魏酈道元《水經注·沔水三》："徑陵陽縣西，爲旋溪
水。昔縣人陵陽子明釣得白龍處，後三年，龍迎子明上陵陽山。山去地千餘丈。"
參閲《元和郡縣志·宣州》、清顧祖禹《讀史方輿紀要·江南十·寧國府》。陵陽
又爲水銀的別稱。晋葛洪《抱樸子·黃白》："凡方書所名藥物，又或與常藥物同
而實非者，如河上姹女，非婦人也；陵陽子明，非男子也。"王明注："陵陽子
明，水銀別稱……《石藥爾雅》云：水銀一名子明，一名陽明子。"白璧投偏僞，
謂白璧暗投，《史記》卷八十三《鄒陽傳》："臣聞明月之珠，夜光之璧，以闇投
人於道路，人無不按劍相眄者，何則？無因而至前也。蟠木根柢，輪囷離詭，而
爲萬乘器者，何則？以左右先爲之容也。故無因至前，雖出隨侯之珠，夜光之
璧，猶結怨而不見德；故有人先談，則以枯木朽株樹功而不忘。"

[四] 勾漏丹砂煉未真：勾漏，亦作"勾扁"，山名，在今廣西北流縣東北。
有山峰聳立如林，溶洞勾曲穿漏，故名。爲道家所傳三十六小洞天之第二十二洞
天，參《雲笈七籤》卷二七。漢在此置勾漏縣，隋廢。《晋書·葛洪傳》："以年
老，欲煉丹以祈遐壽，聞交阯出丹，求爲勾扁令。"唐杜甫《爲農》："遠慚勾漏
令，不得問丹砂。"

[五] 有鐵鑄來俱是錯：錯，本指鑢，一種磋磨骨角銅鐵等使之光滑的工具，
因同音假借爲錯誤之"錯"，如鑄成大錯。或最早典出《資治通鑒·唐昭宗天祐
三年》："全忠留魏半歲，羅紹威供億，所殺牛羊豕近七十萬，資糧稱是，所略遺
又近百萬；比去，蓄積爲之一空。紹威雖去其逼，而魏兵自是衰弱。紹威悔之，
謂人曰：'合六洲四十三縣鐵，不能爲此錯也！'"胡三省注："錯，鑢也，鑄爲

之；又釋錯爲誤。羅以殺牙兵之誤，取鑄錯爲喻。"後人以此指造成重大而又無可挽回的錯誤。宋方岳《舊傳有客謁一士夫題其刺》詩："鑄錯空糜六州鐵，補鞋不似兩錢錐。"

[六] 無錢擲去可通神：錢可通神，形容金錢魔力極大，可買通一切。語出唐張固《幽閒鼓吹》："相國張延賞將判度支。知有一大獄，頗有冤濫，每甚扼腕。及判，使即召獄史嚴誡之，且曰：'此獄已久，旬日須了。'明旦視事，案上有一小帖子曰：'錢三萬貫，乞不問此獄。'公大怒，更促之。明日帖子復來曰：'錢五萬貫。'公益怒，命兩日須畢。明日復見帖子曰：'錢十萬貫。'公曰：'錢至十萬，可通神矣。無不可回之事，吾懼及禍，不得不止。'"

[七] 支祁鎖：支祁，古傳淮水之神，遭大禹關鎖，不得自由。唐李公佐《古嶽瀆經》："（夏禹）乃獲淮渦水神，名無支祁，善應對言語，辨江淮之淺深，原隰之遠近。形若猿猴，縮鼻高額，青軀白首，金目雪牙。頸伸百尺，力踰九象，搏擊騰踔疾奔，輕利倏忽，聞視不可久……頸鑣大索，鼻穿金鈴，徙淮陰之龜山之足下，俾淮水永安流注海。"

武子南還賦送[一]

開樽莫問夜如何，惜別清秋恨轉多。此去秦淮堪寂寞，由來燕趙擅悲歌。天涯執手腸如雪，離亂驚心世欲波。南浦風高須努力[二]，未應伏櫪嘆蹉跎[三]。

【箋證】

[一] 武子，蕭武子，作者友人，參見《蕭武子以詩見貽次韵答之》。

[二] 南浦風高須努力：南浦，南面水邊，常用稱送別之地。參見《送別武子有感》其二"秋風咫尺高南浦"。

[三] 伏櫪：亦作"伏歷"，馬伏槽上，指受人馴養。《漢書·李尋傳》："馬不伏歷，不可以趨道；士不素養，不可以重國。"杜甫《高都護驄馬行》："雄姿未受伏櫪恩，猛氣猶思戰場利。"

送田待溪侍御入都[一]

西園斗酒暫相留，驄馬翩翩識壯遊。烽火幾年勞戰伐，乾坤何日罷誅求。知君剩有憂邊策，愧我殊無報主謀。北望燕京情倍切，榆關一綫使人愁[二]。

【箋證】

[一] 田待溪侍御：作者友人，生平不詳，待考。

[二] 榆關：今山海關。商屬孤竹，漢屬遼西郡，隋開皇三年（583）築關，名臨渝關。古稱渝關、臨榆關、臨渝關，明改爲今名。其地古有渝水，縣與關都以水得名。在今河北省秦皇島市。唐於志寧《中書令昭公崔敦禮碑》：“奉敕往幽州……建節榆關，糜清柳室。”亦泛指北方邊塞。南朝齊謝朓《雩祭歌·白帝歌》：“嘉樹離披，榆關命賓鳥；夜月如霜，金風方裊裊。”北周庾信《周柱國大將軍大都督同州刺史爾綿永神道碑》：“武成二年，有詔進公都督瓜州諸軍事、瓜州刺史。是以名馳梓嶺，聲振榆關。”

雨霽遲月

一雨初回晚霽開，閑庭幽敞共徘徊。水邊凉氣生衣袂，花外新香入酒杯。作客十年人幸健，問天今夜月當來[一]。獨憐故國關山遠，萬里清秋起暮哀。

【箋證】

[一] 問天：謂心有委屈而訴問於天。漢王逸《楚辭·天問序》：“《天問》者，屈原之所作也。何不言問天？天尊不可問，故曰天問也。”唐王維《偶然作》詩之一：“未嘗肯問天，何事須擊壤。”

秋日同新陽叔飲象風師宅賦謝[一]

負笈幾年慚友道[二]，倒尊此夕亦師恩。吾翁自昔曾聯榻，阿叔於今並在門。宿雨翻階秋欲老，春風入座夜疑溫。蒸香燒燭忘更漏，舊賦新詩細討論。

　　[一]　新陽叔：作者長輩。象風師：張象風，作者師，生平待查。

　　[二]　負笈：背著書箱，指遊學外地。《後漢書·李固傳》：“常步行尋師。”李賢注引三國吳謝承《後漢書》：“固改易姓名，杖策驅驢，負笈追師三輔，學‘五經’，積十餘年。”

小憩東園書舍

　　一廬新構水雲隈，文雅清幽亦快哉。小院止應留竹在，短垣特爲放山來。消閑據案頻拈管，破悶推窗獨舉杯。即此鑿坏堪永日[一]，蓬門不許等閑開。

其二

　　多病閑居耽寂寥，却憐清興未全消。溪聲到枕疑相約，山色當門似見招。酌酒每同花竟日，探詩常伴月通宵。吾身自分園林物，不爲《移文》作解嘲[二]。

【箋證】

　　[一]　鑿坏：亦作“鑿培”，謂隱居不仕。語本《淮南子·齊俗訓》：“顔闔，魯君欲相之而不肯，使人以幣先焉，鑿培而遁之。”漢揚雄《解嘲》：“故士或自盛以橐，或鑿坏以遁。”

　　[二]　不爲《移文》作解嘲：《移文》，指《北山移文》，南朝孔稚珪作，文章借北山之神口吻，嘲諷醉心利禄但故作高蹈之行的名士周顒。

啜冰

　　誰將玉斧伐淩陰，片片清凉似客心。頓使當筵無暑氣，寧須到吻失煩襟。月回漢殿金莖淺[一]，天入峨眉白雪深。豈有熱腸消不得，獨餘清興滿瑤琴。

【箋證】

[一] 月回漢殿金莖淺：按，漢武帝曾在長安立金銅仙人承露盤。青龍元年（233）八月，曹魏明帝下詔將金銅仙人承露盤改置洛陽。金莖，用以擎承露盤的銅柱。《文選》載班固《西都賦》：“抗仙掌以承露，擢雙立之金莖。”李善注：“金莖，銅柱也。”唐杜甫《秋興》詩之五：“蓬萊高闕對南山，承露金莖霄漢間。”又指承露盤或盤中的露。明葉憲祖《碧蓮繡符》第五折：“潑陽烏放威剛此時，渴病爭如是。傾將石髓流，勝卻金莖賜。”

代武子寄内

十年無日不天涯，回首春風悵遠離。紅袖獨憐卿任俠，青山自笑我探奇。三秋鴻雁音書杳，千里星霜鬢髮知。江蟹欲肥歸計決[一]，好儲新酒掃東籬[二]。

【箋證】

[一] 江蟹欲肥歸計決：暗用晉張季鷹之典。歸計，回家鄉的打算。《世説新語·識鑒》：“張季鷹辟齊王東曹掾，在洛見秋風起，因思吳中菰菜羹、鱸魚膾，曰：‘人生貴得適意爾，何能羈宦數千里以要名爵！’遂命駕便歸。俄而齊王敗，時人皆謂爲見機。”宋陸游《行在春晚有懷故隱》詩：“歸計已栽千箇竹，殘年合掛兩梁冠。”

[二] 好儲新酒掃東籬：東籬，用晉陶潛歸隱之典。陶潛《飲酒》詩之五：“採菊東籬下，悠然見南山。”唐楊炯《庭菊賦》：“憑南軒以長嘯，坐東籬而盈把。”宋柳永《玉蝴蝶·重陽》詞：“西風吹帽，東籬携酒，共結歡遊。”

亳都秋興[一]

蕭蕭梁苑獨徘徊[二]，客思秋容黯不開。文獻總憐微子去[三]，風流曾識孝王來[四]。戰餘天地仍刁斗，水後田廬半草萊。芒碭數峰垂檻外^[五]，白雲紅樹總堪哀。

其二

十年萍梗嘆浮踪，一篆憂勞滯宋封。久客益工離亂賦，長愁欲失壯遊容。樓頭夜月吹雙鳳^[六]，塞下秋風泣九龍。爲憶故人天極北，何時歸去日相從。（雁門關下有九龍亭。）

其三

山海徒聞尚可支，堪憐一綫系安危。客兵況老三年戍，邊馬偏肥九月時。永夜寒隨霜氣結，窮秋愁聽角聲吹。丸泥不是封關計^[七]，仗劍誰歌出塞詞。

其四

海上神仙十二樓^[八]，珠宮貝闕擁丹邱^[九]。紫雲光泛明河曉，白露清分太液秋。有客逍遙看鶴舞，何人寥落對猿愁。塵遊自笑渾無定，又見長空大火流^[十]。

【箋證】

[一]亳都：帝嚳及商朝的都城，故址位於今河南省商邱市商邱古城東南四十五里、虞城縣穀熟鎮西南三十五里。作於商邱時，時間或爲天啓二年（1622）。

[二]梁苑：梁園，參見《梁大煦來自白下因言道逢倪武雙致詢出其扇頭次韵詩次之》"梁園才子如君幾"。

[三]微子：西周宋國的始祖，名啓，殷紂王的庶兄，封於微（今山東梁山西北）。因見紂淫亂將亡，數諫紂不聽，遂出走。周武王滅商，復其官。周公承成王命誅武庚，乃命微子統率殷族，奉其先祀，封於宋。《尚書》有《微子》篇。《論語·微子》曰："微子去之，箕子爲之奴，比干諫而死。孔子曰：'殷有三仁焉。'"三國魏鍾會《檄蜀文》："是以微子去商，長爲周賓；陳平背項，立功於漢。"

[四]孝王：西漢梁孝王，名劉武（？—西元前144年），漢文帝劉恒嫡次

子，漢景帝劉啓同母弟。公元前 178 年（漢文帝二年）受封代王，前 176 年（漢文帝四年）改封淮陽王。前 168 年（漢文帝十二年）因梁懷王劉揖去世無嗣，劉武繼嗣梁王。七國之亂時，劉武率兵死守梁都睢陽（今河南商邱）抵禦吳楚聯軍，拱衛國都長安有功。受封代王、淮陽王共十一年，爲梁王二十四年。在世時營造梁園並招攬天下人才，形成極具影響的文學群體。參見“梁園”。

[五] 芒碭：即芒碭山又名芒山，梁孝王劉武埋葬處，相傳漢高祖亦在此斬蛇起兵。參見《秋日同謝九如常振寰二廣文飲三臺閣漫賦》“芒山雲起漢王風”。

[六] 樓頭夜月吹雙鳳：用春秋時秦穆公女弄玉與蕭史相愛之典，參見《映碧園產並頭蓮三十首》“臺簫齊下鳳”。

[七] 丸泥不是封關計：丸泥，新莽時曾有王元勸隗囂以兵守函谷關東拒劉秀，佔據關中以西成獨立王國：“元請以一丸泥爲大王東封函谷關，此萬世一時也。”見《後漢書·隗囂傳》。後用爲守險拒敵的典實。宋陸遊《書悲》詩：“何當受詔出，函谷封丸泥。”

[八] 海上神仙十二樓：十二樓，傳說中的仙人居處。《漢書·郊祀志下》“五城十二樓”，顏師古注引應劭曰：“昆侖玄圃五城十二樓，仙人之所常居。”

[九] 珠宮貝闕擁丹邱：丹邱，或作“丹丘”，傳說中神仙居處。《楚辭·遠遊》：“仍羽人於丹丘兮，留不死之舊鄉。”王逸注：“丹丘晝夜常明也。”酈道元《水經注·汳水》：“於是好道之儔自遠方集，或絃琴以歌太一，或覃思以歷丹丘。”

[十] 又見長空大火流：大火流，大火星西流之謂。“火”，指大火星，即心宿二，今指天蝎座 α 星——天蝎座裏最亮的一顆星，因發火紅色的光亮，中國古天文學以“大火”稱之。“大火”每年夏曆五月黃昏時出現在中天，六月以後，漸漸偏西，暑熱開始減退，故稱“流火”。宋蘇轍《秋後即事》詩：“苦熱真疑不復涼，火流漸見迫西方。”

過訪黎爾瞻留飲 [一]

相憐何必嘆沉淪，小酌扳留臭味真。於我正宜寬禮數，如君豈合老風塵。自矜藏酒能供客，更喜移花解傍人。忽爾酩酊翻可愛，當筵起舞倒烏巾 [二]。

【箋證】

　　［一］黎爾瞻：作者友人，生平待考。

　　［二］當筵起舞倒烏巾：烏巾，即烏角巾。南朝宋羊欣《採古來能書人名》：“吴時張弘好學不仕，常著烏巾，時人號爲張烏巾。”唐杜甫《奉陪鄭駙馬韋曲》詩之一：“何時占叢竹，頭戴小烏巾。”仇兆鰲注：“《南史》：‘劉岩隱逸不仕，常著緇衣小烏巾。’”

侯木庵編修請告賦送^[一]

　　此日真成離別難，正逢秋色滿長安。西山泉石開新爽，北闕雲霞散曉寒。世事祇消君拂枕^[二]，風塵猶笑我彈冠^[三]。應知多病不勝感，但去無勞回首看。

【箋證】

　　［一］侯木庵編修：指侯恪（1592—1634）。明河南商邱人，字若木，一字若樸，號木庵，又號遂園。明末清初著名古文家侯方域的叔叔。少有異才，與兄侯恂同讀於范文正公書院，受知於郡守鄭三俊，兄弟二人迭爲冠軍。明萬曆四十四年（1616）與兄侯恂同年中進士，不肯仕，閉門讀書，三年不窺園。萬曆四十七年（1619），侯恪就公車入對，選翰林院庶吉士。此後歷任編修、庶子、諭德（太子署官）、左春坊右庶子兼翰林院侍讀、南京國子監祭酒等職。崇禎三年（1630），侯恪在國子監任上，厘正諸藏書，補其闕遺，積勞致疾。十二月，因病重告歸。崇禎七年（1634）病逝。著有《眠雲閣集》《嚶鳴集》《静竹齋集》《片石軒存稿》《隨史漫録》《歸田草》《遂園詩草》《雍餘草》《館閣試草》諸集。侯恪正直無私，在魏黨權傾朝野時，拒與合作，受天下人敬重。

　　［二］拂枕：謂侍寢。《戰國策·魏策四》：“今以臣之兇惡，而得爲王拂枕席……”

　　［三］彈冠：參見《送別武子有感》“懷才我輩始彈冠”。

同王天初明府、劉遜庵作聖茂才、
張肖築太學飲王永泰山亭，
次壁間謝畹溪、王華野二先生韵[一]

臺館新晴動晚涼，憑虛攬勝引杯長。鳥鳴深樹山逾静[二]，花滿平堤水亦香。作賦何人成往迹，登高有客擅清狂。酒闌興劇仍更酌，枕藉空庭夜欲央。

其二

訪勝重來問舊途，相挤醉眼欲模糊。雲歸林壑全飛動，雨過烟村半有無。席地壺觴花作幕，跨山臺榭石爲衢。主人愛我饒幽况，指點溪前許結廬。

【箋證】

[一] 作於京城時，時間待考。王天初、劉遜庵、張肖築、王華野，唯見於傅庭該詩，其他不詳，資料待考。王永泰，傅庭另有《清凉石與王永泰對奕》一詩。謝畹溪，臺灣《中國佛寺史志彙刊》第079册《清凉山志八卷》（民國釋印光重修）第二卷載謝畹溪詩一首：“三老習禪静，結宇白雲林。户外數峯秀，岩前眾壑深。夕陰連雨足，空翠落庭昏。看取蓮花净，方知不染心。”其他資料不詳。

[二] 鳥鳴深樹山逾静：化用王維詩句“鳥鳴山更幽”。

秋日丁竟蒙憲副招飲[一]

塞下秋高夜色寒，虛亭乘暇共盤桓。一樽風雨重陽近，十載關河此會難。瓶菊似知矜晚節[二]，伶歌未許雜清歡[三]。招携折束休辭數[四]，世法應從我輩寬。

【箋證】

　　〔一〕從"塞上秋高"句，推知此詩，似作於家鄉代州。

　　〔二〕瓶菊似知矜晚節：菊花能傲霜開放，喻人到晚年仍保持高尚的節操。宋韓琦《九日水閣》詩："雖慚老圃秋容淡，且看黄花晚節香。"

　　〔三〕伶歌未許雜清歡：清歡，清雅恬適之樂。唐馮贄《雲仙雜記·少延清歡》："陶淵明得太守送酒，多以春秋水雜投之，曰：'少延清歡數日。'"

　　〔四〕招携折柬休辭數：招携，南朝宋謝惠連《搗衣》詩："美人戒裳服，端飾相招携。"《北齊書·文襄帝紀》："至於才名之士……每山園遊燕，必見招携。"折柬：裁紙寫信。宋郭彖《睽車志》卷五："一日郎官折簡寄妓，與爲私約。"招携折柬，謂招妓。

秋興

　　西風一雁下河洲[一]，客思悠悠獨倚樓。窮塞不堪逢九日，美人何事隔三秋[二]。看萸把酒情無限，對菊搜吟意未休。欲向中原舒望眼，南雲北樹總關愁。

其二

　　烟淒古戍晚楓丹，水咽平沙塞草寒。邊馬正肥生事易，漢師已老撤防難。雄藩自古推三晋，壯略何人繼一韓[三]。聞道聖明宵旰切，封關或可恃泥丸[四]。

【箋證】

　　〔一〕河洲：河中可居之陸地。《淮南子·墜形訓》："宵明燭光在河洲，所照方千里。"

　　〔二〕美人何事隔三秋：化用《詩經·采葛》句："彼采葛兮，一日不見，如三月兮。彼采蕭兮，一日不見，如三秋兮。彼采艾兮，一日不見，如三歲兮。"

　　〔三〕壯略何人繼一韓：一韓，用宋代韓琦守邊之典。《夢溪筆談》卷十五《校證·藝文二》記韓琦："與范仲淹在兵間久，名重一時，人心歸之。朝廷倚以爲重，天下稱"韓、范"。邊人謠曰：'軍中有一韓，西賊聞之心骨寒；軍中有一范，西賊聞之驚破膽。'"

〔四〕封關或可恃泥丸：封關，封鎖關口。泥丸，典出《後漢書·隗囂傳》，參見《亳都秋興》"丸泥不是封關計"。

得吴訥如廉憲書却寄兼柬貢二山比部[一]

玉節東南控上游[二]，喜逢驛使問并州。錦帆橫槊酬新興[三]，碧藕傳杯憶舊遊。晋國河山存巨麗，毗陵文物擅風流[四]。寄言秋署清狂客，莫爲閑愁泣楚囚（時二山有家難）[五]。

【箋證】

〔一〕廉憲：廉訪使的俗稱。《古今小説·陳御史巧勘金釵鈿》："誰知廉憲在任，一病身亡。"吴訥如：作者同僚，其他不詳。貢二山：參見《秋夜飲貢二山同年醉後漫歌書贈》。

〔二〕玉節：玉制的符節，古代天子、王侯的使者持以爲憑。《周禮·地官司徒·掌節》："守邦國者用玉節，守都鄙者用角節。凡邦國之使節：山國用虎節，土國用人節，澤國用龍節。皆金也，以英蕩輔之。門關用符節，貨賄用璽節，道路用旌節。"後用以指持節赴任的官員。宋楊萬里《送吉州趙山父移廣東提刑》詩："嶺上梅花莫遲發，先遣北枝迎玉節。"

〔三〕錦帆橫槊：用三國時吴國名將甘寧之典。寧字興霸，巴郡臨江（今重慶忠縣）人，官至西陵太守，折衝將軍。少年時好遊俠，糾集人馬，持弓弩，在地方上爲非作歹。其身佩鈴鐺，衣著華麗，人稱"錦帆賊"。

〔四〕毗陵：今常州。西漢高祖五年（前202）改延陵爲毗陵，置毗陵縣。王莽當政時改毗壇，東漢建武元年（25）時又復稱毗陵。晋武帝太康二年（281）分吴郡置毗陵郡，領有丹徒、曲阿、武進、延陵、毗陵、無錫、暨陽七縣。晋惠帝永興元年（304）爲避東海王越世子毗諱，改毗陵爲晋陵。晋懷帝永嘉五年（311）徙治丹徒（今丹徒縣東南十八里）。東晋時多次徙治改名，隋大業初廢州置郡，曾復名毗陵郡。

〔五〕莫爲閑愁泣楚囚：楚囚，被俘的楚國人。典出《左傳·成公九年》：

"晋侯觀於軍府，見鍾儀。問之曰：'南冠而縶者，誰也？'有司對曰：'鄭人所獻楚囚也。'"後借指處境窘迫或遭受灾難者。唐王昌齡《箜篌引》："九族分離作楚囚，深溪寂寞絃苦幽。"

送曲陽令宋玄平入覲兼膺内召[一]

種得河陽花滿城[二]，徵車今喜上春明[三]。西山積雪留琴韵[四]，北闕疎星候履聲。治行兩朝重紀異，文章四海舊知名。中興輔佐需公等，霄漢應將隻手擎。

其二

雁南一望思紛紛，遮道遥傳送使君。仙鳥曉縈龍塞柳[五]，御書宵捧鳳墀雲。時艱擊目誰堪濟，民隱關心帝欲聞。應爲并州濡諫草，頻河寇警近方殷。

【箋證】

[一] 爲曲陽令宋玄平入京官而作。宋玄平，生平待考。曲陽：始皇元年（前221）始置曲陽縣，屬鉅鹿郡。漢高帝元年（前206）設恒山郡（後因避文帝劉恒諱改曰常山郡），曲陽縣屬之。因鉅鹿郡有"下曲陽"，文帝元年（前179）加"上"字，始稱"上曲陽"。漢景帝三年（前154）常山郡廢，上曲陽縣屬中山國。新莽時期，恢復常山郡，上曲陽屬之。北魏太平真君七年（446），上曲陽縣併入新市縣。宣武帝景明元年（500）復置上曲陽縣，屬定州中山郡。北齊天寶七年（556）下曲陽改爲槁城、鼓城二縣，上曲陽縣去掉"上"字，再稱曲陽縣，仍屬中山郡。明代，曲陽縣屬定州官轄。

[二] 種得河陽花滿城：用西晋潘岳任官河陽之典。《白氏六帖》卷二十一："潘岳爲河陽令，種桃李花，人號曰：河陽一縣花。"後人據之以"河陽花"或"潘岳花"作典。

[三] 微車今喜上春明：徵車，徵召賢達之車。清方文《送劉孔安北上》詩："大雲起幽墊，徵車來何遲！"春明：原爲古長安城東三門之中門，這裏借指京城。明李東陽《木齋先生將登舟以詩見寄次韵》之二："極目春明門外路，扁舟

明日定天津。”

　　[四]西山積雪留琴韵:西山,亦作“拄笏看山”。典出《世說新語·簡傲》:“王子猷作桓車騎參軍。桓謂王曰:‘卿在府久,比當相料理。’初不答,直高視,以手版拄頰云:‘西山朝來,致有爽氣。’”形容在官清閒悠然自得。宋陳與義《漫郎》詩:“漫郎功業大悠然,拄笏看山了十年。”

　　[五]仙鳧曉縶龍塞柳:仙鳧,用仙人王子晋行踪喻宋玄平。參見《送田御宿大參歸里》“飛鳥共梁遊”。龍塞,龍城,指作者家鄉,亦泛指邊遠地區。南朝梁江淹《蕭驃騎謝甲仗入殿表》:“官騎辰居,羽林天部。瞰城龍塞,言伏鬼方。”

除夕[一]

　　滿城簫鼓沸春烟,欹枕挑燈自黯然。兒女試衣争問夜,妻孥庀食競更年[二]。兩園花竹存詩料,六載漁樵足酒錢。不是野人知節候,偶隨流俗樂林泉。

【箋證】

　　[一]寫於告歸代州之時無疑,按詩中“六載漁樵足酒錢”,寫作時間或爲崇禎四年(1631)除夕。李因篤《明督師兵部尚書孫公傳》謂孫:“天啓五年(1625)擢吏部主事,歷陞稽勛司郎中。時逆奄魏忠賢方起搢紳之禍,傳庭念子身孤子,母老子幼,請假歸奉媚母。”從天啓五年下推六年,正是此年。又,作者有《壬申中秋夜邀諸友飲風雅堂,月光皎甚興亦頗佳。歡賞未終,漏下五鼓矣。因憶余自歸里以來,七度中秋四值陰雨,中間愁病相尋。事與心阻,此飲殊未易得也,感而賦此》。按“七度中秋”爲壬申年(崇禎五年即1632年),此前一年爲崇禎四年,即所謂“六載漁樵足酒錢”時。

　　[二]妻孥庀食競更年:妻孥,妻子兒女。庀食,整治食品,爲過年之用。

朱抱貞參戎擢陽和協鎮賦贈[一]

　　東西戎馬日縱横,誰挽天河洗甲兵。上黨將軍今大樹[二],雁門關塞古長城。親提虎旅新馳捷,曾勒燕然久著名[三]。制府政虚帷幄待，仁看倚劍落欃槍[四]。

【箋證】

　　[一] 爲朱抱貞入軍陞任協鎮而作。朱抱貞：其人不詳。協鎮：或爲鎮將之
副職。《明史·職官志五》：“總鎮一方者爲鎮守，獨鎮一路者爲分守，各守一城
一堡者爲守備，與主將同守一城者爲協守。又有提督、提調、巡視、備禦、領
班、備倭等名。”《明史》卷一百六十《魏源傳》：“帝命黄真、楊洪充左右參將，
協鎮諸將蕭然。”

　　[二] 上黨將軍今大樹：上黨將軍，指東漢馮異，爲人謙讓有德，人多贊之。
《後漢書·馮異傳》謂馮異：“行與諸將相逢，輒引車避道。進止皆有表識，軍中
號爲整齊。每所止舍，諸將並坐論功，異常獨屏樹下，軍中號曰‘大樹將軍’。
及破邯鄲，乃更部分諸將，各有配隸。軍士皆言願屬大樹將軍，光武以此多之。”

　　[三] 曾勒燕然久著名：勒燕然，謂勒銘燕然，建功立業。語本《後漢書·
竇憲傳》：“（竇憲）與北單於戰于稽落山，大破之，虜衆崩潰，單于遁走，追擊
諸部，遂臨私渠比鞮海。……憲、秉遂登燕然山，去塞三千餘里，刻石勒功，紀
漢威德，令班固作銘。”

　　[四] 仁看倚劍落欃槍：倚劍、欃槍，參見《夏夜獨坐》“倚劍看欃槍”。

答貢二山比部禮闈見懷之作兼
致楊慕垣春坊次二山原韵[一]

　　肝膽真堪比素琴[二]，俗交那得此情深。五年秋署人如玉[三]，
二月春城柳似金。文字總關經世業[四]，詩篇不改歲寒心[五]。草
《玄》尚有揚雄在[六]，漫向風塵覓賞音。

【箋證】

　　[一] 貢二山：參見《秋夜飲貢二山同年醉後漫歌書贈》。楊慕垣：參見
《秋夜同楊慕垣貢二山小集醉後聞二山誦曹孟德〈短歌〉聲甚悲壯漫賦》。春坊：
北齊東宮官署有門下坊與典書坊。唐改門下坊爲左春坊，掌侍從贊相，駁正啟
奏。設左庶子、中允、司議郎、左諭德、左贊善大夫等官，轄崇文館及司經、典

膳、藥藏、内直、典設、宮門六局。改典書坊爲右春坊，掌侍從、獻納、啓奏。設右庶子、中舍人、太子舍人、通事舍人、右諭德、右贊善大夫等官。明左右春坊各有大學士、庶子、諭德、中允、贊善、司直郎、清紀郎、司諫，名前各加左右。明代“春坊”官接近唐制，但無附屬機構，今人考實際成爲翰林官遷轉之階。

　　[二]　素琴：不加裝飾之琴。漢秦嘉《留郡贈婦詩》之三：“芳香去垢穢，素琴有清聲。”《晋書・隱逸傳・陶潜》：“（陶潜）性不能音，而蓄素琴一張，弦徽不具。”

　　[三]　人如玉：喻人之品德高潔，典出《詩・小雅・鴻雁之什・白駒》：“皎皎白駒，在彼空谷。生芻一束，其人如玉。”漢鄭玄箋：“此戒之也。女行所舍主人之餼雖薄，要就賢人，其德如玉然。”唐孔穎達疏：“當得其人如玉者而就之，不可以貪餼而棄賢也。”

　　[四]　經世：治理國事。《後漢書・西羌傳論》：“貪其暫安之埶，信其馴服之情；計日用之權宜，忘經世之遠略，豈夫識微者之爲乎？”

　　[五]　歲寒心：經歷大磨難方能顯人心之謂。《論語・子罕》：“歲寒，然後知松柏之後彫也。”三國魏何晏集解：“大寒之歲，眾木皆死，然後知松柏小彫傷，平歲則眾木亦有不死者，故須歲寒而後別之。喻凡人處治世亦能自脩整，與君子同在濁世，然後知君子之正不苟容。”

　　[六]　草《玄》尚有揚雄在：謂淡泊於名利，不爲功名富貴所動。《漢書・揚雄傳下》：“哀帝時，丁、傅、董賢用事，諸附離之者或起家至二千石。時雄方草《太玄》，有以自守，泊如也。”後因以“草《玄》”謂淡於勢利者潜心著述。唐杜甫《酬高使君相贈》詩：“草《玄》吾豈敢，賦或似相如。”

斥蠅次象風師韵[一]

　　炎日偏宜爾輩生，翩翩緝緝欲何營[二]？呼朋引類群難涣，逐氣尋羶性不更。稍歷冰霜知匿影，纔逢熏灼便凝情。點污最是關公憤，變白那論璧與珩。

【箋證】

　　[一]　咏物之作，斥蒼蠅。和其師張象風（生平待查）。按作者涉及“象風”

詩作，尚有《秋日同新陽叔飲象風師宅賦謝》，另《邂逅李挽陽明府有贈》序謂：
"挽陽與張象風師稱同籍友，其先太翁曾倅郡太原。"

〔二〕翩翩緝緝欲何營：翩翩，狀蠅之飛；緝緝，狀蠅之聲。按"緝緝"，狀附耳私語聲，多用作貶義。《魏書·陽固傳》："予實無罪，騁汝詭言。番番緝緝，讒言側入。"明徐渭《與柳生書》："凡有傳筌蹄緝緝者，非説謊則好我者也，大不足信。"

斥蚊次韵^{〔一〕}

利吻輕身何處來，那堪聚處若聞雷。止憎善遁追難獲，漫恃多援逐不開。有隙因緣能入幕，無端團結欲成堆。市朝自合逢辛螫，恨殺窺人遍草萊。

【箋證】

〔一〕咏物之作，斥蚊蟲。

又合斥蠅蚊二首^{〔一〕}

二醜苦人庭業，應象風師檄分擊之，而忿猶未已，復合誅二律以其同惡相濟，必對鞫伏罪並付藁街，庶貪殘永戢耳！

日下青蟲何攘攘，晚來白鳥復營營。乾坤未合吾高枕，晝夜偏教爾遞更。拔劍空餘豪客忿，集帷殊負寡君情。天生穢惡真無忌，曾喋貞媛點白珩。

其二

貪殘相濟逐炎來，奮擊何當假迅雷。綺席聞香先客至，紗幬抵隙伺人開。青衣集似蟻爲陣，素羽飛疑絮作堆。獨有遊仙堪去汝，知難高逐向蓬萊。

【箋證】

[一] 咏物詩，合斥蠅、蚊，應和其師張象風，遊戲之作。或是早年戲筆。

贈苗功甫茂才[一]

文雅風流爾擅長，更饒意興獨清狂。時名藉甚蜚三晋，書法居然逼二王[二]。作客關山多寇盜，還家廬舍久荒凉。猶能自恃舌無恙[三]，過我溪亭日舉觴。

【箋證】

[一] 爲苗功甫秀才作。茂才，即秀才，東漢爲避光武帝諱而改。明、清時經過院試，得到入學資格的“生員”的俗稱。

[二] 二王：晋書法家王羲之、王獻之父子。北齊顏之推《顏氏家訓·雜藝》：“梁氏秘閣散逸以來，吾見二王真草多矣。”

[三] 舌無恙：用戰國時張儀遊説之典。《史記·張儀傳》：“張儀已學遊説諸侯。嘗從楚相飲，已而楚相亡璧，門下意張儀，曰：‘儀貧無行，必此盜相君之璧。’共執張儀，掠笞數百，不服，釋之。其妻曰：‘嘻！子毋讀書遊説，安得此辱乎？’張儀謂其妻曰：‘視吾舌尚在不？’其妻笑曰：‘舌在也。’儀曰：‘足矣。’”

咏蓮

倚欄清興滿滄浪[一]，静把荷風度遠香。君子元爲花上品，伊人宛在水中央[二]。芙蓉秋老空零落，桃李春歸幾艷陽。華實誰能雙擅美，亭亭九夏日偏長。

【箋證】

[一] 滄浪：參見《午日西溪燕集歌》“一曲滄浪意欲仙”。又，《楚辭·漁父》：“漁父莞爾而笑，鼓枻而去。乃歌曰：‘滄浪之水清兮，可以濯吾纓；滄浪

之水濁兮，可以濯吾足。'"唐李白《笑歌行》："君不見滄浪老人歌一曲，還道滄浪濯吾足。"

〔二〕伊人宛在水中央：化用《詩經·國風·秦風·蒹葭》詩句："所謂伊人，在水一方。溯洄從之，道阻且長。溯游從之，宛在水中央。"

戲贈畫僧

悟得菩提色即空[一]，冥然意象畫圖中。閑臨竹石知禪在[二]，靜寫昆蟲見性同[三]。不是毫端藏佛解，安能腕下奪天工。偶成净土蓮花瓣[四]，却與人間一樣同。

【箋證】

〔一〕菩提：梵文 Bodhi 的音譯，意譯爲"覺""智""道"等，佛教用以指豁然徹悟的境界，又指覺悟的智慧和覺悟的途徑。《百喻經·駝甕俱失喻》："凡夫愚人，亦復如是，希心菩提，志求三乘。"明陳汝元《金蓮記·郊遇》："堪笑世人懵懂，不識菩提路徑。"色即空：佛教用語。"色"與"空"，謂物質的形相及其虛幻的本性。王維《謁璿上人》詩序："色空無礙，不物物也；嘿語無際，不言言也。"清吳偉業《清凉山贊佛詩》："色空兩不住，收拾宗風裏。"色即空，佛教謂一切事物皆由因緣所生，虛幻不實。參《湧泉寺八咏·仰公春曉》"至理色即空"。

〔二〕閑臨竹石知禪在：禪，梵文"禪那"的略稱，意譯爲"靜慮""思維修""棄惡"等，佛教普遍採用的一種修習方法。大致爲：在生活中靜靜過濾自己的意念，修正錯誤思維，拋棄一切惡念。制御意志、靜坐調心、超越喜憂，以達"梵"境。佛教認爲，人生煩惱都是自找，當心靈變得博大，就會空靈無物，猶如倒空了煩惱的杯子，恬淡安静。擁有一顆平常心，回歸本真，便是參透人生，便是禪。

〔三〕靜寫昆蟲見性同：見性，即明心見性。明心，發現自己的真心；見性，見到自己本來的真性。見到自己本來的真性了，就是直指本心。明本心，見不生不滅的本性，乃禪宗悟道之境界。世間一切生命心性皆同，是謂"見性同"。

〔四〕净土蓮花瓣：佛教中指佛所居住的無塵世污染的清净世界，亦名佛土，多指西方阿彌陀佛净土。南朝宋謝靈運《净土咏》:"净土一何妙,來者皆菁英。"白居易《畫西方幀記》:"有世界號極樂,以無八苦四惡道故也。其國號净土,以無三毒五濁業故也。"明高濂《玉簪記·譚經》:"禪機玄妙,法流净土,一似蓮開朵朵。"

胡滏陽大參招飲賦謝^[一]

新秋爽氣動邊城,把酒相看意欲傾。貔虎有如公輩出^[二],豺狼敢似向時橫。階前露下杯堪挹,匣裏霜飛劍欲鳴。爲指天河須早挽^[三],東西今苦十年兵。

其二

使君豪邁更難儔,何物山癯喜見收。塞外驍騰驚壯略,天中耕餉想循猷。敢分元賞來春徑,欲挹雄風上晚樓。我自應消平世福,行看王化到遐陬^[四]。

【箋證】

[一] 胡滏陽:作者友人,生平待考。大參:參見《張文岳吏垣過雁門留酌山園因邀田御宿大參同集》。

[二] 貔虎:比喻勇猛的將士。《後漢書·光武帝紀贊》:"尋邑百萬,貔虎爲群。"南朝梁劉孝標《辯命論》:"驅貔虎,奮尺劍,入紫微,升帝道。"

[三] 爲指天河須早挽:化用杜甫《洗兵馬》"安得壯士挽天河,净洗甲兵長不用"詩句。

[四] 行看王化到遐陬:王化,天子的教化。《詩大序》:"《周南》《召南》,正始之道,王化之基。"遐陬,邊遠之一隅。《宋書·謝靈運傳》:"內匡寰表,外清遐陬。"宋陸遊《會慶節賀表》:"臣迹滯遐陬,心馳魏闕。"

八月十三夜李念騰餉部招飲鼓樓微雨無月^[一]

何事中秋景不賒,先期約客意空奢。月華應欲遲三夕,雨色

堪憐滿萬家。臺上高樓生暮角，城邊古戍斷霜笳。相看酒既餘深
欸，小集重圖讌晚衙。

【箋證】

　　［一］寫作時地不詳，從"城上高樓""城邊古戍"考，或寫於軍中。李念
騰：作者友人，曾在餉部任職，餘不詳。按餉部，專負軍餉之籌集、運送、分發
之部門，或在崇禎朝因剿滅農民軍而設？《四庫全書》本《江南通志》卷一百三
《職官志》"池安道"："崇禎初年設，十年六月設立餉部，駐池安道衙門。改池
安道爲池太道，駐蕪湖縣。"明倪元璐《倪文貞奏疏》卷八有《餉部事宜疏》：
"近設總督剿寇糧餉侍郎轄餉三百萬，凡東南勸餉多經解會此……"

壬申中秋夜邀諸友飲風雅堂，月光皎甚，興亦頗佳。歡賞未終，漏下五鼓矣。因憶余自歸里以來，七度中秋四值陰雨，中間愁病相尋。事與心阻，此飲殊未易得也，感而賦此[一]

　　林間七歲度中秋，强半陰雲興未酬。況復文園偏善病[二]，更
兼漆室本多憂[三]。月華特爲今宵勝，風雅誰如爾輩優。酣飲何妨
更欲盡，主人未倦且淹留。

【箋證】

　　［一］寫於崇禎五年（1632）壬申年，時在代州告歸閑居已七年。"林間七
歲度中秋"句知傳庭天啓五年（1625）中秋前即已告歸代州。
　　［二］況復文園偏善病：用漢司馬相如之典自喻。司馬相如曾任孝文帝園令，
"常有消渴疾"，因此稱病閑居。見《史記·司馬相如列傳》。後遂以"文園病"
指消渴病，或指因病閑居。明唐順之《贈宜興張醫》詩之二："獨抱文園病，逢
君試一談。"

［三］更兼漆室本多憂：漆室多憂，憂國之謂。用《列女傳·仁智傳·魯漆室女》之典："漆室女者，魯漆室邑之女也。過時未適人。當穆公時，君老，太子幼。女倚柱而嘯，旁人聞之，莫不爲之慘者。其鄰人婦從之遊，謂曰：'何嘯之悲也？子欲嫁耶？吾爲子求偶。'漆室女曰：'嗟乎！始吾以子爲有知，今無識也。吾豈爲不嫁不樂而悲哉！吾憂魯君老，太子幼。'鄰婦笑曰：'此乃魯大夫之憂，婦人何與焉！'漆室女曰：'不然，非子所知也。昔晉客舍吾家，繫馬園中。馬佚馳走，踐吾葵，使我終歲不食葵。鄰人女奔隨人亡，其家倩吾兄行追之。逢霖水出，溺流而死。令吾終身無兄。吾聞河潤九里，漸洳三百步。今魯君老悖，太子少愚，愚僞日起。夫魯國有患者，君臣父子皆被其辱，禍及眾庶，婦人獨安所避乎！吾甚憂之。子乃曰婦人無與者，何哉！'鄰婦謝曰：'子之所慮，非妾所及。'三年，魯果亂，齊楚攻之，魯連有寇。男子戰鬥，婦人轉輸不得休息。君子曰：'遠矣漆室女之思也！'……"

秋日炳寰王翁携櫳相過因邀劉遜庵兄弟同集[一]

高飲誰堪繼鹿門[二]，多翁風尚晚逾敦。耆年雅興猶詩社，暇日清歡但酒樽。有客悲吟同宋玉[三]，何人起舞似劉琨[四]。相逢惟問奚囊物[五]，舊賦新詩與細論。

【箋證】

［一］炳寰王翁：生平不詳。劉遜庵：作者友人。按作者另有《同王天初明府、劉遜庵作聖茂才、張肖築太學飲王永泰山亭，次壁間謝畹溪、王華野二先生韻》詩。從"劉遜庵作聖茂才"看，劉遜庵兄弟或名劉作聖。

［二］高飲誰堪繼鹿門：鹿門，用漢末龐公拒劉表之請隱居鹿門山之典。晉皇甫謐《高士傳》卷下："龐公者，南郡襄陽人也，居峴山之南，未嘗入城府，夫妻相敬如賓。荊州刺史劉表延請不能屈，乃就候之曰：'夫保全一身，孰若保全天下乎？'龐公笑曰：'鴻鵠巢於高林之上，暮而得所栖；黿鼉穴於深淵之下，夕而得所宿。夫趣舍行止，亦人之巢穴也，且各得其栖宿而已，天下非所保也。'因釋耕於壟上，而妻子耘於前。表指而問曰：'先生苦居畎畝，而不肯官禄，後世何以遺子孫乎？'龐公曰：'世人皆遺之以危，今獨遺之以安，雖所遺不同，未

爲無所遺也。’表嘆息而去。後遂其妻子登鹿門山，因採藥不反。”

　　〔三〕有客悲吟同宋玉：宋玉《楚辭·九辯》：“悲哉秋之爲氣也！蕭瑟兮草木搖落而變衰，憭慄兮若在遠行，登山臨水兮送將歸……”

　　〔四〕起舞似劉琨：用劉琨聞鷄起舞之典以自比。《晋書·祖逖傳》謂祖逖：“與司空劉琨俱爲司州主簿，情好綢繆，共被同寢。中夜聞荒鷄鳴，蹴琨覺曰：‘此非惡聲也。’因起舞。逖、琨並有英氣，每語世事，或中宵起坐，相謂曰：‘若四海鼎沸，豪傑並起，吾與足下當相避於中原耳。’”

　　〔五〕相逢惟問奚囊物：奚囊，謂作詩，用唐李賀之典。李商隱《李賀小傳》謂李賀：“恒從小奚奴，騎距驢，背一古破錦囊，遇有所得，即書投囊中。”（《四庫》本《李義山文集箋注》卷十）後因稱詩囊爲“奚囊”。宋樓鑰《山陰道中》詩：“奚囊莫怪新篇少，應接山川不暇詩。”

九日邀諸友同集

　　招携素友共清嬉，傾倒高齋九日期。應節茱萸看自好，經秋菡萏訝全衰。乾坤此會人同健，風雨連宵酒更宜。酩酊不禁狂態發，偶然落帽未爲奇[一]。

其二

　　霜天搖落動清哀，詞客相將自快哉。雅興不隨楓葉落，芳樽好共菊花開。百年勝日登高會，四座雄風作賦才。新釀正饒看菊飲，門前不用白衣來[二]。

【箋證】

　　〔一〕落帽：重九登高的典故。《晋書·孟嘉傳》：“（嘉）後爲征西桓溫參軍，溫甚重之。九月九日，溫燕龍山，寮佐畢集。時佐吏並著戎服，有風至，吹嘉帽墮落，嘉不之覺。溫使左右勿言，欲觀其舉止。嘉良久如厠，溫令取還之，命孫盛作文嘲嘉，著嘉坐處。嘉還見，即答之，其文甚美，四坐嗟嘆。”唐韓鄂《歲時紀麗·重陽》：“授衣之月，落帽之辰。”唐錢起《九日閒居寄登高數子》詩：“今朝落帽客，幾處管弦留。”

　　〔二〕白衣：古代平民服，因即指平民，亦指無官職功名之士。《史記·儒林傳序》：“及竇太后崩，武安侯田蚡爲丞相，絀黄老刑名百家之言，延文學儒者數百人，而公孫弘以《春秋》白衣爲天子三公，封以平津侯。”

咏菊

　　園林搖落盡堪傷，惟見階前菊有香。豈是孤芳偏傲物，祇因群卉不禁霜[一]。葉雕寒玉深凝碧，花嵌精金密覆黄。我亦清幽堪作侣，朝朝把酒醉君傍。

【箋證】

　　〔一〕松與菊不畏霜寒，因以喻堅貞節操或具有堅貞節操的人。晋陶潛《歸去來兮辭》：“三徑就荒，松菊猶存。”唐劉禹錫《酬令狐相公贈别》詩：“田園松菊今迷路，霄漢鴛鴻久絶群。”

又菊四咏

醉楊妃

　　宿酒沉沉困未抛，猶餘醉態倚香苞。真同妃子柔無骨，殊異先生懶折腰。妝罷豈容飛燕似[一]，睡來不數海棠嬌。凌霜晚節胡如此，堪與傾城作解嘲[二]。

老僧衣

　　飛錫籬邊日欲斜[三]，遺將破衲冷霜華。遠公舊在淵明社[四]，釋氏應拈隱逸花。不分禪心常寂寞，故教秋色滿袈裟。何當收向維摩室[五]，笑指諸天落晚霞。

舊朝服

　　孤芳無分侍東皇[六]，慘淡堪憐委徑旁。羞傍曉星迎劍佩，故教秋露冷衣裳。自知應著寒籬色，誰謂猶携滿袖香。遥憶上林紅共紫，每陪春賞沐恩光。

萬卷書

耻作空齋老蠹魚，携樽籬畔興偏餘。我方欲縱千觴酒，爾却先開萬卷書。求解自知元亮懶，欲眠誰道孝先疎[七]。坐看蓓蕾愁咕嘟，一任西風仔細茹。

【箋證】

[一] 妝罷豈容飛燕似：贊美菊花勝過牡丹。咏牡丹典借李白《清平調·其二》"借問漢宮誰得似，可憐飛燕倚新妝"。

[二] 堪與傾城作解嘲：傾城，誇寫女子之美。《漢書·外戚傳上·李夫人》："（李）延年侍上起舞，歌曰：'北方有佳人，絕世而獨立，一顧傾人城，再顧傾人國。寧不知傾城與傾國，佳人難再得！'"

[三] 飛錫：稱譽得道高僧。唐戎昱《送僧法和》："不知飛錫后，何處是恒沙？"

[四] 遠公：指慧遠（334—416）。俗姓賈氏，雁門郡樓煩縣人，據考出生地爲今山西原平大芳鄉。佛教净土宗開山祖師，廬山白蓮社創始者。著有《大智論要略》二十卷（亦名《釋論要鈔》）、《問大乘中深義十八科（並羅什答)》三卷，《不敬王者論》《大智論序》等。

[五] 何當收向維摩室：維摩，維摩詰的省稱，佛經中人名。《維摩詰經》中說他和釋迦牟尼同時，是毗耶離城中的一位大乘居士。嘗以稱病爲由，向釋迦遣來問訊的舍利弗和文殊師利等宣揚教義。爲佛典中現身説法、辯才無礙的代表人物，後常用以泛指修大乘佛法的居士。唐李商隱《酬崔八早梅有贈兼示之作》詩："維摩一室雖多病，亦要天花作道場。"

[六] 東皇：指司春之神。唐戴叔倫《暮春感懷》詩："東皇去後韶華在，老圃寒香别有秋。"宋姜夔《卜算子·梅花八咏》詞："長信昨來看，憶共東皇醉。此樹婆娑一惘然，苔蘚生春意。"

[七] 欲眠誰道孝先疎：孝先，指東漢邊韶（字孝先）。《後漢書》卷八十上《文苑傳上·邊韶》："以文章知名，教授數百人……曾晝日假卧，弟子私嘲之曰：

'邊孝先，腹便便。懶讀書，但欲眠。'詔潛聞之，應時對曰：'邊爲姓，孝爲字。腹便便，五經笥。但欲眠，思經事。寐與周公通夢，静與孔子同意。師而可嘲，出何典記？'嘲者大慚……"

紅菊

爲愛秋容淡似余，誰令雲錦爛吾廬。一從嬌殿千花後，老圃春回九月餘。豈待先生披絳帳[一]，疑征晚節被丹書[二]。海棠亦有秋時種，香色元來總不如。

【箋證】

[一] 豈待先生披絳帳：絳帳，以美女喻花，用東漢馬融之典。《後漢書·馬融傳》："融才高博洽，爲世通儒，教養諸生，常有千數……居宇器服，多存侈飾。常坐高堂，施絳紗帳，前授生徒，後列女樂，弟子以次相傳，鮮有入其室者。"

[二] 疑征晚節被丹書：晚節，指菊花淩霜而開，不與群花争先的品格。宋韓琦《九日水閣》詩："隨慚老圃秋容淡，且看寒花晚節香。"

新正十三夜李念騰招飲署中賦謝[一]

良宵清宴酒如澠[二]，劇飲酣歌逸興增。我欲問天宜有月[三]，君堪照夜不關燈[四]。慨慷元自空三輔[五]，裘馬何妨似五陵[六]。玉樹臨風殊皎皎[七]，階前火樹漫相矜。

其二

當筵誰似度支郎，酌酒論詩總擅長。文雅不存才子色，風流曾入少年場。龍門舊識家聲重[八]，雁塞新承使節光。愛我粗豪差脱俗，中堂小集任疎狂。

〔一〕李念騰：作者友人，參見《八月十三夜李念騰餉部招飲鼓樓微雨無月》。

〔二〕酒如澠：言酒頗多，不妨痛飲。典出《左傳·昭公十二年》："齊侯舉矢曰：'有酒如澠，有肉如陵。寡人中此，與君代興。'"晉·杜預注："澠水出齊國臨淄縣北，入時水。陵，大阜也。"

〔三〕我欲問天宜有月：化用蘇軾《水調歌頭》詞："明月幾時有，把酒問青天"。

〔四〕照夜：誇友人才學非凡，有如明珠照夜。蘇軾《送歐陽推官赴華州監酒》詩："我觀文忠公，四子皆超越。仲也珠徑寸，照夜光如月。"

〔五〕三輔：西漢治理京畿地區的三個職官的合稱，亦指其所轄地區。漢初京畿官稱內史，景帝二年分置左、右內史，與主爵中尉（後改都尉）合稱三輔。武帝太初元年更名主爵都尉爲右扶風，右內史爲京兆尹，左內史爲左馮翊，治所皆在長安城中。

〔六〕五陵：長陵、安陵、陽陵、茂陵、平陵五縣的合稱，均在渭水北岸今陝西咸陽市附近，爲西漢五個皇帝陵墓所在地。漢元帝以前，每立陵墓，輒遷徙四方富豪及外戚於此居住，令供奉園陵，稱爲陵縣。《漢書·遊俠傳·原涉》："郡國諸豪及長安五陵諸爲氣節者，皆歸慕之。"

〔七〕玉樹臨風殊皎皎：玉樹，蒹葭玉樹，誇友人，自謙己之不堪。劉義慶《世說新語·容止》："魏明帝使後弟毛曾與夏侯玄共坐，時人謂'蒹葭依玉樹'。"蒹葭，指毛曾；玉樹，指夏侯玄。謂兩個品貌極不相稱。後以"蒹葭玉樹"表示地位低的人仰攀、依附地位高貴者，亦常用作謙辭。明陳汝元《金蓮記·小星》："雲屏初列，彩絲新戀，袖映屏山雲艷，蒹葭玉樹，低回笑攬芳年。"

〔八〕龍門舊識家聲重：誇贊友人之祖。東漢學者李膺爲人清廉，聲望極高，被太學生稱爲天下楷模。《後漢書·黨錮傳·李膺》："膺獨持風裁，以聲名自高。士有被其容接者，名爲登龍門。"

送馮生元瑞赴試 〔一〕

與子深期在此行，開尊不是悵離情。高文欲擅千秋業，弱冠先操十載盟。燕趙淒涼歌調迥，井參燦爛劍光橫^[二]。忻聞主者饒元賞，藝苑司南久著名^[三]。

【箋證】

　　[一] 馮生元瑞：按下兩首詩《送馮生修隱暨弟宸居、元振赴試》《送馮生益之、劉生琴軒赴試》，涉及諸人如馮生元瑞、馮生修隱、宸居、元振、馮生益之、劉生琴軒，或均爲傅庭同鄉之人。又《送馮生益之、劉生琴軒赴試》詩首句"同驅秋色下河汾"，詩作於代州家鄉無疑。

　　[二] 井參燦爛劍光橫：井參，井宿與參宿，喻秦晋之地，井爲雍州的分野，參爲晋地之分野（又爲蜀地分野）。《左傳》上載："昔高辛氏有二子，伯曰閼伯，季曰實沈，居於曠林，不相能也。日尋干戈，以相征討。後帝不臧，遷閼伯於商邱，主辰。商人是因，故辰爲商星。遷實沈於大夏，主參。"

　　[三] 司南：喻行事準則。《鬼谷子·謀篇》："夫度材量能揣情者亦事之司南也。"唐李商隱《會昌一品集序》："爲九流之華蓋，作百度之司南。"

送馮生修隱暨弟宸居、元振赴試

　　相看意興總縱橫，入夜星文照舉觥。累代文章重振響，一時兄弟盡知名。無衣合爲吾儕賦^[一]，有酒當同爾輩傾。留酌莫辭持共醉，階前明月正多情。

【箋證】

　　[一] 無衣：喻兄弟。《詩·秦風·無衣》："豈曰無衣？與子同袍。"

送馮生益之、劉生琴軒赴試

　　同驅秋色下河汾，南浦扳留酒欲醺。豈但文章堪脫穎^[一]，即論肝膈亦空群^[二]。離亭劍影連霄動，會省雞聲入曉聞。爲屬聯鑣須努力，廣寒仙蕚好平分^[三]。

[一]豈但文章堪脱穎：脱穎，喻人的才能突然全部顯露。語出《史記·平原君虞卿列傳》：“平原君曰：‘夫賢士之處世也，譬若錐之處囊中，其末立見……’毛遂曰：‘臣乃今日請處囊中耳。使遂蚤得處囊中，乃穎脱而出，非特其末見而已。’”

[二]肝膈：亦作肝鬲，比喻内心，猶言肺腑。曹操《讓縣自明本志令》：“孤此言皆肝鬲之要也。”《三國志·吳志·周魴傳》：“拳拳輸情，陳露肝膈。”

[三]廣寒仙蕣好平分：謂二人均當“月中折桂”科考高中。廣寒，謂月；仙蕣，謂月中之桂樹。《酉陽雜俎》卷一：“舊言月中有桂，有蟾蜍。故異書言，月桂高五丈，下有一人，常斫之，樹創隨合……”又《晋書·邵詵傳》：“武帝於東堂會送，問詵曰：‘卿自以爲何如？’詵對曰：‘臣舉賢良對策，爲天下第一，猶桂林之一枝，崑山之片玉。’”後人將月中之桂之典與邵詵之語牽合爲一，遂以“蟾宫折桂”謂科舉應試及第。

七夕有懷

長空雨霽月初波，恍見靈妃駕鵲過[一]。對景不禁人去遠，舉觴無奈客愁何。乾坤七夕元無盡，今古雙星會已多。聞道橋邊猶悵别，此情吾欲問明河。

【箋證】

[一]靈妃駕鵲：牛郎、織女分居天河兩岸，每年七夕，喜鵲飛臨天河，彙聚成橋，使之相會。事見《歲華紀麗·七夕》注引漢應劭《風俗通》。後因以“駕鵲”爲七夕之典實。宋吴儆《虞美人·七夕》詞：“飛橋駕鵲天津闊，雲馭看看發。”靈妃，指織女。

邀田御宿、李念騰飲映碧園次御宿韵[一]

辟疆環水跨山隅，上客登臨意興殊。似喜一邱能獨擅，更憐三徑未全蕪[二]。新荷拂座香風度,細柳縈堤翠浪鋪。潯暑不知當六月,兩君丰致總冰壺[三]。

其二

愛我城南近水臺,招携此亦勝遊哉。拈樽坐上飛元屑,縱屐花間破碧苔。爽氣忽來風乍入,烟光欲散雨初回。漸看溪月涵清影,既醉何妨更一杯。

【箋證】

[一] 田御宿:參見《張文岳吏垣過雁門留酌山園因邀田御宿大參同集》。李念騰:參見《八月十三夜李念騰餉部招飲鼓樓微雨無月》。

[二] 三徑:參見《園居》"辟地開三徑"。

[三] 冰壺:喻高潔清廉。南朝宋鮑照《代白頭吟》:"直如朱絲繩,清如玉壺冰。"唐王昌齡《芙蓉樓送辛漸》:"洛陽親友如相問,一片冰心在玉壺。"

田御宿大參携榼飲余映碧園,
李念騰計部同約以事阻未至

壺觴就我河之濱,雅興高情事事真。看竹不知誰是主[一],愛蓮其謂此何人[二]。遊岩本是耽泉石,思邈從來志隱淪[三]。獨怪長源虛此會[四],空齋應悵月華新。

【箋證】

[一] 看竹不知誰是主:看竹,典出南朝宋劉義慶《世説新語·簡傲》:"晉王徽之愛竹,曾過吳中,見一士大夫家有好竹,肩輿徑造竹下,諷嘯良久,遂欲出門。主人令左右閉門不聽出,乃留坐,盡歡而去。"後以"看竹"狀名士不拘禮法之作爲。

[二] 愛蓮其謂此何人:北宋周敦頤作《愛蓮説》,讚美象徵"君子"的蓮

花，感嘆世上缺少隱者而多愛富貴者，歌頌"蓮之出淤泥而不染"的高潔品質，寄託作者潔身自愛的情懷。

[三] 思邈從來志隱淪：思邈，指孫思邈（581—682），唐京兆華原人。少因病學醫，并博涉經史百家，善言老莊，兼通佛典。隋文帝嘗以國子博士召，不拜。唐太宗時召詣京師，年已老，欲官之，不受。高宗顯慶中復召見，拜諫議大夫，上元元年稱疾還山。他采藥爲人治病，不論貧富貴賤，一視同仁。在傳統中醫界地位頗高，後世稱爲"藥王"。

[四] 長源：指李念騰。

送李念騰計部東還

秋高木落大河濱，惜別無由挽去輪。斗北群情方御李[一]，江東孤興忽思蓴[二]。故家閥閱推司馬[三]，宿老文章屬舍人。公論久知勞績在，拂衣漫謂任閑身。

其二

我本乾坤落漠人，與君傾蓋即情親[四]。唱酬漸覺詩盈帙，歡賞頻驚酒向晨。此去東山原有約[五]，由來北海自多賓[六]。相憐漫訂春明約[七]，懶嫚那堪溷陌塵。

【箋證】

[一] 御李：東漢李膺有賢名，士大夫被他接見，身價提高，被稱作登龍門。荀爽拜訪，並爲之駕御車馬，回家後對人誇説："今日乃得御李君矣！"見《後漢書·李膺傳》。後以"御李"謂得以親近賢者。

[二] 思蓴：亦作"思鱸膾""思蒓鱸"，用晉張翰秋日思家之典。宋劉義慶《世説新語·識鑒》："張季鷹辟齊王東曹掾，在洛，見秋風起，因思吳中菰菜羹、鱸魚膾，曰：'人生貴得適意爾，何能羈宦數千里以要名爵？'遂命駕便歸。"唐鄭谷《舟行》："季鷹可是思鱸膾，引退知時自古難。"

[三] 閥閱：祖先有功業的世家、巨室。漢王符《潛夫論·交際》："虛談則知以德義爲賢，貢薦則必閥閱爲前。"

[四] 與君傾蓋即情親：傾蓋，參見《蕭武子以詩見貽次韵答之》"傾蓋結深歡"。

[五] 此去東山原有約：東山，用東晉謝安之典，參見《玄滌樓》"東山妓堪嘔"。唐李白《送梁四歸東平》："莫學東山臥，參差老謝安。"

[六] 北海自多賓：參見《玄滌樓》"北海賓亦惡"。

[七] 春明，唐都長安春明門，指代京都。清顧炎武《與蘇易公》："即至春明，料必上陳情之表。"

春雪喜賦得飛字

塞上春寒春事微，却憐玉蕊競芳菲。隴梅欲發花先落，岸柳纔舒絮已飛。登眺正宜浮白醉[一]，招遊不信踏青歸。吟成謾訝多奇句，郢曲由來和者稀[二]。

【箋證】

[一] 登眺正宜浮白醉：浮白，罰飲一滿杯酒。語本漢劉向《説苑·善説》："魏文侯與大夫飲酒，使公乘不仁爲觴政，曰：'飲不釂者，浮以大白。'"後稱滿飲或暢懷飲酒。南朝梁沈約《郊居賦》："或升降有序，或浮白無算。"

[二] 郢曲由來和者稀：郢曲，典出宋玉《對楚王問》："客有歌於郢中者，其始曰《下里》《巴人》，國中屬而和者數千人；其爲《陽阿》《薤露》，國中屬而和者數百人；其爲《陽春》《白雪》，國中屬而和者不過數十人；引商刻羽，雜以流徵，而和者數人而已。"後成"曲高和寡"之典。

張文岳給事典楚試還過雁門留酌兼別[一]

兄弟天涯此會難，爲君似覺酒腸寬[二]。曾憐采葛三秋別[三]，可乏平原十日歡[四]。座上文章飛郢雪[五]，樽前氣味襲湘蘭[六]。簡書獨畏催行急，一曲驪歌不忍彈[七]。

【箋證】

[一] 張文岳：作者友人，參見《張文岳吏垣過雁門留酌山園因邀田御宿大

參同集》。給事，指給事中，參見《陳玉鉉給事入都寄贈十二韵》。典楚試，主持楚地之考試。

　　[二] 酒腸，代指酒量。唐孟郊韓愈《同宿聯句》：“爲君開酒腸，顛倒舞相飲。”

　　[三] 采葛：《詩·王風》篇名。詩中有“一日不見，如三月兮”“一日不見，如三秋兮”“一日不見，如三歲兮”之句，後世用爲懷人之典。明何景明《將雪有懷》：“已動尋梅興，空成采葛詩。”

　　[四] 可乏平原十日歡：十日歡，或作“十日飲”。《史記·范雎蔡澤列傳》：“（秦昭王）乃詳爲好書遺平原君曰：‘寡人聞君之高義，願與君爲布衣之友，君幸過寡人，寡人願與君爲十日之飲。’”後世以之喻朋友連日歡聚。南朝齊陸厥《奉答内兄希叔》詩：“平原十日飲，中散千里遊。”

　　[五] 郢雪：即郢曲，參見前詩“郢曲由來和者稀”。

　　[六] 湘蘭：沅芷澧蘭之簡，《楚辭·九歌·湘夫人》：“沅有芷兮澧有蘭。”王逸注：“言沅水之中有盛茂之芷，澧水之内有芬芳之蘭，異於衆草。”芷，一本作“茝”，澧，一本作“醴”。本指生於沅、澧兩岸的芳草，後用以比喻高潔的人或事物。清方文《酬鄒師可見投之作》詩：“沅芷湘蘭昔所聞，十年今始覩群芬。”

　　[七] 驪歌：告別之歌。出《漢書·儒林列傳·王式》，唐顔師古注引服虔曰：“逸詩篇名也，見大戴禮。客欲去歌之。”又引文穎曰：“其辭云‘驪駒在門，僕夫具存；驪駒在路，僕夫整駕’也。”唐李縠《浙東罷府西歸酬別張廣文皮先輩陸秀才》詩：“相逢只恨相知晚，一曲驪歌又幾年。”

次韵答李念騰計部[一]

　　新柳垂垂翠欲牽，旗亭握別已經年[二]。三春懷想燕雲阻，千里音書郢雪傳。去就爾猶餘古道，浮沉我自遜時賢。寄言近日西溪上，蘿月松風倍可憐。

【箋證】

　　[一] 李念騰：參見《八月十三夜李念騰餉部招飲鼓樓微雨無月》。

　　[二]旗亭：酒樓，懸旗爲酒招，故稱。唐劉禹錫《武陵觀火》詩："花縣與琴焦，旗亭無酒濡。"宋周邦彦《瑣窗寒·寒食》詞："旗亭喚酒，付與高陽儔侶。"按此"旗亭"或指作者當年任職之河南開封一帶。

送李欲仙司李內召入都[一]

　　近來無事快人情，獨喜公膺內召行。楊柳接天孤劍往，桃花映日玉驄鳴。平明久著虞庭績[二]，保障同推晉國城[三]。況是御屏曾記姓，掖垣虛左合誰迎[四]。

【箋證】

　　[一]李欲仙：作者之友，清初彭孫遹《松桂堂全集》卷三有《春暮得李欲仙同門書因寄回使》一詩，其中有"憶昔高寒入夜分，清歌燕市更逢君。西山共踏千尋雪，北雁空停萬里雲"等句。清初田雯《古懽堂集》卷五有長詩《送李欲仙之官蘄水》，首曰："李子通籍十六年，文章鬱怒詩才敏。清襟雅量有態度，哆口疎眉無畦畛……"其具體行迹待考。司李：即司理。司李爲明至清初對掌獄訟之推官的習稱，亦有推府、爻史、推知等稱。明代順天、應天二府推官爲從六品，其餘各府推官爲正七品。明李清《三垣筆記》："崇禎丁丑，予以司李內召入京，其明年戊寅，蒙毅宗烈皇帝親策，簡入刑垣。"內召，被皇帝召見。

　　[二]虞庭：亦作"虞廷"。虞舜爲古代的聖明之主，故亦以"虞庭"或"虞廷"爲"聖朝"的代稱。明李東陽《揭曉後次韵答何穆之等》："極知君命如山重，親向虞廷拜往哉。"

　　[三]保障同推晉國城：國城，國之干城。干，盾牌。《詩經·周南·兔罝》："赳赳武夫，公侯干城。"孔穎達疏："言以武夫自固，爲捍蔽如盾，爲防守如城然。"

　　[四]掖垣虛左合誰迎：掖垣，皇宫的旁垣，代指皇宫。杜甫《春宿左省》詩："花隱掖垣暮，啾啾棲鳥過。"虛左，空著左邊的位置，古代以左爲尊，虛左表示對賓客的尊敬。《史記·魏公子列傳》："公子於是乃置酒大會賓客。坐定，公子從車騎，虛左，自迎夷門侯生。"

吳菊庵將軍以黃玉辰《題園亭詩》索和走筆次之[一]

十年孤興寄山阿，小築城隅足笑歌。石磊數拳擎翠壁，池開一鑒落明河。階前日報新花發，檐外時聽好鳥歌。最喜歸來殊未晚[二]，況兼能逐魯陽戈[三]。

【箋證】

[一] 吳菊庵、黃玉辰，作者友人，生平待考。從"十年孤興"語，知詩寫於崇禎八年。傳庭天啓五年（1625）"請假歸奉孀母"，"崇禎八年（1635），起驗封司郎中"（清李因篤《明督師兵部尚書孫公傳》），正是十年光景。

[二] 最喜歸來殊未晚：化用陶淵明《歸去來兮辭》"悟已往之不諫，知來者之可追。實迷途其未遠，覺今是而昨非。"

[三] 魯陽戈：喻日。《淮南子·覽冥訓》："魯陽公與韓搆難，戰酣日暮，援戈而撝之，日爲之反三舍。"後世或以"魯陽戈"謂力挽危局的手段或力量，這裏實含隨波逐流，閒度歲月之意。南朝梁蕭紀《同蕭長史看妓》詩："想君愁日暮，應羨魯陽戈。"

寄宋元平給事[一]

十年踪迹任浮沉，知己相期意轉深。無我一邱誰作癖，有君四海盡爲霖。雪腸尚在終堪矢，霜鬢何來欲見侵。筆上舊遊如訊問，澤癯分老碧雲岑[二]。

【箋證】

[一] 宋元平：作者友人，生平待考。

[二] 澤癯分老碧雲岑：澤癯，指宋代柴元彪，字炳中，號澤癯居士，衢州江山（今屬浙江）人。度宗咸淳四年（1268）進士，官察推。宋亡，與兄望、隨亨、元亨俱隱，世稱柴氏四隱。有《襪綫稿》，明萬曆中十一世孫復貞等輯入

《柴氏四隱集》。碧雲岑，碧雲縈繞之高山，代指歸隱。

贈馮忝生侍御[一]

蜚英吳下久無倫[二]，攬轡今驅塞上塵。驚世文章歸諫草，補天事業屬才臣[三]。霜搖勾注千峰動，雨灑滹沱萬樹新[四]。怪底澤癯承惠渥[五]，詞壇十載舊情親。

其二

聖朝使節重乘驄[六]，況復艱危滿晉中。被寇遺黎仍苦旱，殺良諸將總多功。此時正藉車前雨[七]，近日誰高柱下風[八]。繡斧忽來輿望洽[九]，咸云何幸得吾公。

【箋證】

［一］作者另有《馮忝生侍御還朝有贈》詩。馮忝生：作者友人，從“蜚英吳下”句，知其爲江南人，以侍御身份到山西。其他不詳。侍御：秦置，漢沿設。受命御史中丞，接受公卿奏事，舉劾非法；有時受命執行辦案，號爲“繡衣直指”。宣帝曾召侍御史二人治書，分掌令曹、印曹、供曹、尉馬曹、乘曹。唐侍御史掌糾舉百官、入閣承詔、知推（推鞫）、彈（彈舉）、公廨（知公廨事）及他雜事（御史臺中其他各事）。明清設監察御史，隸都察院，另有派遣監察御史巡察地方者。此詩應寫於家鄉代州。

［二］蜚英：揚名，馳名。明李東陽《祭陸鼎儀文》：“振饗乎文藝之場，蜚英乎霄漢之上。”

［三］補天：《淮南子·覽冥訓》：“往古之時，四極廢，九州裂，天不兼覆，地不周載……於是女媧鍊五色石以補蒼天，斷鼇足以立四極。”後常以喻挽回世運。南朝梁陸倕《新漏刻銘》：“業類補天，功均柱地。”

［四］滹沱：滹沱河。出今山西省繁峙縣東之泰戲山，穿割太行山，東流入河北平原，在獻縣和滏陽河匯合爲子牙河，至今天津市會北運河入海。

［五］澤癯：參見《寄宋元平給事》。

［六］乘驄：指侍御史。典出《後漢書·桓典傳》：“（典）辟司徒袁隗府，

舉高第，拜侍御史。是時宦官秉權，典執政無所回避。常乘驄馬，京師畏憚，爲之語曰：'行行且止，避驄馬御史。'"

[七]車前雨：謂爲政清明，能致及時之雨。典出《後漢書·鄭弘傳》唐李賢引三國吳謝承《後漢書》："弘消息繇賦，政不煩苛。行春天旱，隨車致雨。"亦作"隨車甘雨""隨車夏雨"。清楊潮觀《東萊郡暮夜卻金》："攬轡清風，隨車甘雨，免他供頓徒勞。"

[八]柱下：周秦時有官柱下史，後因以爲御史的代稱。《漢書·張蒼傳》："（張蒼）秦時爲御史，主柱下方書。"顏師古注："柱下，居殿柱之下，若今侍立御史矣。"

[九]繡斧：漢武帝天漢二年遣直指使者暴勝之等衣繡衣，仗斧持節，至各地巡捕群盜。見《漢書·武帝紀》。後以"繡斧"指皇帝特派的執法大員。宋楊萬里《送周元吉顯謨左司將漕湖北》詩之一："繡斧光華誰不羨，一賢去國欠人留。"

王炳藜簡討以詩刻見寄賦答[一]

漫憐踪迹滯林邱，忽誦題函破我愁。鳳閣早傳新姓字[二]，雁門遥憶舊交遊。曲中高調驚山鳥，局外閑情笑海鷗。早晚升平君可致，澤癯坐享復何求[三]。

其二

一蟄俄驚十載過，故人且莫問蹉跎。雲霄北望星辰遠，道路東來雨雪多。較獵揚雄元有賦[四]，飯牛寧戚豈無歌[五]。報書欲遂彈冠意[六]，懶嫚其如近狀何。

【箋證】

[一]見前《答王炳藜檢討》。詩寫於家鄉代州。

[二]鳳閣早傳新姓字：鳳閣，唐武則天光宅元年（684年）改中書省爲鳳閣，後遂用爲中書省的別稱。又泛指中央官邸。唐白居易《咏懷》："昔爲鳳閣郎，今爲二千石。"

[三]　澤癯：參見《寄宋元平給事》"澤癯分老碧雲岑"。

[四]　較獵揚雄元有賦：指揚雄寫較獵之《羽獵賦》。揚雄（前53—18）字子雲，著名詞賦家，西漢蜀郡成都人，其《甘泉》《羽獵》《河東》《長楊》四賦，有名於時。年四十餘遊京師長安，以文見召。成帝時任給事黃門郎。王莽時任大夫，校書天禄閣。詳見《漢書》卷八十七、八十八《揚雄傳》。

[五]　飯牛寧戚豈無歌：寧戚，春秋衛人，齊大夫。《楚辭·離騷》："寧戚之謳歌兮，齊桓聞以該輔。"王逸注："寧戚修德不用，退而商賈，宿齊東門外。桓公夜出，寧戚方飯牛，叩角而商歌。桓公聞之，知其賢，舉用爲客卿，備輔佐也。"晋葛洪《抱樸子·接疏》："若積素行乃託政，則寧戚不顯於齊矣。"

[六]　彈冠：參見《送別武子有感》"懷才我輩始彈冠"。

西溪夜泛 [一]

浮舟歡賞畫樓西，烟樹微茫夜欲迷。辟暑堪同河朔飲 [二]，遊仙漫問武陵溪 [三]。澗泉響逐歌聲遠，山月光隨舞袖低。既醉難傾今夕意，笑余潦倒有新題。

其二

向夕芳樽傍水開，最憐知己共銜杯。詩成警處難爲和，飲到酣時不用催。池上涼風交翠竹，亭前新月照高槐。吾生此地應閑懶，漫訝明時有棄才 [四]。

【箋證】

[一]　作於代州家鄉。

[二]　河朔飲：借指夏日避暑之飲或酣暢淋漓之飲。典出曹丕《典論》："大駕都許，使光禄大夫劉松北鎮袁紹軍，與紹子弟日共宴飲，常以三伏之際，晝夜酣飲，極醉，至於無知。云以避一時之暑，故河朔有避暑飲。"（《初學記》卷三引）後因以"河朔飲"指夏日避暑之飲或酣飲。南朝梁何遜《苦熱》詩："實無河朔飲，空有臨淄汗。"北周庚信《聘齊秋晚館中飲酒》詩："欣兹河朔飲，對此洛陽才。"

［三］武陵溪：亦作“武陵源”。典出晉陶潛《桃花源記》，記晉太元中，武陵漁人誤入桃花源，見其屋舍儼然，有良田美池，阡陌交通，雞犬相聞，男女老少怡然自樂。村人自稱先世避秦時亂，率妻子邑人來此，遂與外界隔絶。後漁人復尋其處，“迷不復得”。後借指避世隱居之地。唐宋之問《宿清遠峽山寺》詩：“寥寥隔塵事，何異武陵源。”

［四］棄才：被遺棄的人才。《淮南子·主術訓》：“毋小大脩短，各得其宜，則天下一齊，無以相過也。聖人兼而用之，故無棄才。”

謁臺初發

炎天城市畏喧豗，特覓清涼謁五臺[一]。暑潦恍從兹日去，山靈應道此人來[二]。驅車翠巘排空出，卷幔新花夾路開。爲語奚囊休索莫[三]，儘教領取入詩裁。

【箋證】

［一］五臺：《清一統志》一百十四：“五臺山在五臺縣東北一百八十里，西北距繁峙縣一百三十里。水經注，山五巒巍然，故謂之五臺。其中南臺去中臺八十里，臺高三十里，頂周二里。金蓮日菊佛鉢華燦發如錦，亦名錦繡峰，世傳文殊菩薩示現之處。《華嚴經》疏曰：‘清涼山者，即代州雁門五臺山也。’”

［二］山靈，山神。《文選》載班固《東都賦》：“山靈護野，屬禦方神。”李善注：“山靈，山神也。”又，南朝宋孔稚珪《北山移文》：“鍾山之英，草堂之靈；馳烟驛路，勒移山庭。夫以耿介拔俗之標，蕭灑出塵之想；度白雪以方絜，干青雲而直上。”

［三］奚囊：用唐李賀之典，參見《秋日炳寰王翁携榼相過因邀劉遜庵兄弟同集》“相逢惟問奚囊物”。

入山

纔到山前已絶塵，馬蹄隨意看嶙峋。瞻依五頂心同遠，懷想十年願始伸。翠岫開顔如見迓，白雲傾蓋即相親[一]。不辭幽險須遊遍，漫向歸樵問路頻。

【箋證】

[一] 白雲傾蓋即相親：謂白雲有如蓋。傾蓋，車上的傘蓋靠在一起。《史記·魯仲連鄒陽列傳》："諺曰：'白頭如新，傾蓋如故。'何則？知與不知也。"司馬貞索隱引《志林》曰："傾蓋者，道行相遇，軿車對語，兩蓋相切，小欹之，故曰傾。"

金閣嶺[一]

寶刹崔嵬俯夕陰，何人曾此布黃金。嶺頭風雨來天地，閣上浮雲變古今。正好憑虛生遠眺，何妨攬勝入孤吟。詩成却自嫌饒舌，欲證菩提不染心[二]。

【箋證】

[一] 金閣嶺：在五臺山中臺與南臺之間，海拔 1900 米，因其上金閣寺而得名。金閣寺始建於唐代宗時，由印度來華的三藏法師不空主持，修成後爲不空法師開講密宗的道場。銅鑄爲瓦，瓦上塗金，寺廟金光燦爛。因與佛教密宗關係而享高譽。共有殿堂 160 多間，現存的建築塑像爲明以後復修。

[二] 菩提：梵文 Bodhi 的音譯，參《戲贈畫僧》。

西林寺[一]

寺經寇火，惟聖水一樓歸然靈光。他如二聖對譚殿、七寶樹[二]，皆諸山未有之勝，無復存者。即石上獅踪[三]，亦俱焚裂，僅能於灰燼中辨識耳。

八水空憐翠欲浮[四]，西林勝概委荒邱。鷲宮半没祥光杳[五]，獅迹徒存猛氣收。遊客無緣瞻寶樹，寺僧猶自説靈湫[六]。豈因二聖譚鋒盡，只合同歸一默休。

【箋證】

　　〔一〕西林寺：多地均有。五臺山之西林寺，明末時破壞，寺院今已不存。

　　〔二〕二聖對譚殿、七寶樹：按今五臺之西臺頂有“二聖對談石”，據傳唐代有人見文殊菩薩和金粟如來化身坐談石上。七寶樹，指七重行道樹，佛教極樂世界之寶樹。《佛説阿彌陀經》：“極樂國土，七重欄楯，七重羅網，七重行樹，皆是四寶周匝圍繞，是故彼國名爲極樂。”七寶樹另有一説：七寶爲指一樹，非爲七重寶樹，因以黄金、紫金、白銀、瑪瑙、珊瑚、白玉、真珠七重寶爲根莖華果，故名。見唐代善導大師《觀經四帖疏·定善義》。

　　〔三〕石上獅踪：今五臺山西臺北面“二聖對談石”上有“獅子踪”，傳説爲文殊菩薩的坐騎獅子遺迹。

　　〔四〕八水：即八功德水，今西臺北面的溪流，取意於佛經西方極樂世界八功德池中的聖水。據説飲之能長養諸根，增益佛性。明人李北沙《八功德水》詩：”臺山聞自昔，今日見青冥。翠抹千尋壁，祥著五色屏。雲籠七寶樹，水繞作功亭。散落天花夜，清音送客聽。”

　　〔五〕鷲宫：靈鷲之宫，當爲西林寺之主要建築。按靈鷲，山名，位古印度摩揭陀國王舍城之東北，梵名耆闍崛。山中多鷲，故名，或云山形像鷲頭而得名。如來曾在此講《法華》等經，故佛教以爲聖地，又簡稱靈山或鷲峰。

　　〔六〕靈湫：深潭，大水池。古時以爲大池中往往多靈物，故稱。唐王度《古鏡記》：“此靈湫耳，村閭每八節祭之，以祈福祐。”

清凉石僧舍同諸丈坐談[一]

　　落落襟期總出塵，看山况復盡閑身。世情齪齪惟兒女，我輩蕭疎自主賓。掬得青霞同作帔[二]，藉來碧草共爲茵。相憐欲問清凉隱，孰是人生未了因。

【箋證】

　　〔一〕清凉石：位今中臺南瓦廠村東北的清凉谷，距臺懷鎮約三十里，傳文殊菩薩曾於清凉石上講經説法，因此也稱“曼殊床”。清凉寺因此而建，是清凉寺的象徵。

[二]青霞同作帔：以雲霞爲服。帔，帔肩。唐孫逖《賀鑄天尊表》：“金姿玉色，不假琢磨；霞帔霓裳，非因藻繪。”前蜀韋莊《信州西仙人城下月岩山》詩：“常娥曳霞帔，引我同攀躋。”

西臺[一]

臺寺爲寇火焚毀殆盡，一望瓦礫。諸佛鐵像數尊悉委叢草中。

縈過八水上西臺，瞻眺那堪重客哀。佛解固應藏瓦礫，法身豈合委蒿萊。金蓮火後花彌發（金蓮花惟臺山産，各頂尤盛），寶炬燃時影自開（臺頂時放金燈）。莫訝諸僧悲愴甚，祇餘法象未全灰。

【箋證】

[一]西臺：《清一統志》：“西臺去中臺四里，去北臺三十五里，臺高三十五里，周二里，舊名栲栳山，後改名挂月峰。疊嶂連延，北有秘魔岩，東南有清涼嶺，西北有八功德水。”

中臺[一]

中峰清勝俯諸天，六月登臨倍爽然。泉迸都從絕頂出，雷鳴還自下方傳。經樓騁望群峰列（寺有經樓，登其上五峰俱見），佛塔投誠一炬燃（寺有文殊髮塔，僧言遊人虔誠則金燈現）。衲子似憐塵夢苦[二]，梵聲徹夜醒人眠。

【箋證】

[一]中臺：《清一統志》：“五臺者一曰中臺，在北臺之南三十里。臺高三十九里，頂平廣周五里，一名翠岩峰。峰右有甘露泉……東南爲靈鷲峰今名菩薩頂，別出五峰之外，若屏障然。而其最高者曰大螺頂，亦曰黛羅頂，盤旋險仄，登者絕少……東麓有萬年冰，九夏不消桃李生冰隙……城東三十里内梵仙山亦曰

飯仙山，山東南三里有玉華池亦曰雨花池……旁有三珠泉，自此以南則爲九龍岡，西南爲獅窩，西北則爲太華池，北四十里有萬聖澡浴池。”

　　〔二〕衲子：出家人。宋黄庭堅《送密老住五峰》：“水邊林下逢衲子，南北東西古道場。”

北臺[一]

　　獨雄五頂撼清虛[二]（《清凉志》惟北頂最高），策杖登臨眼界殊。五夜每驚凌斗柄[三]，萬年常見拱宸居。俯環雁塞烽皆息，平倚恒峰嶽可如[四]。指點滄溟真一勺，圖南漫效化鯤魚[五]。

【箋證】

　　〔一〕北臺：《清一統志》：“北臺去中臺十三里，臺高四十里，周四里，一名叫斗峰，亦曰掖斗峰。臺頂有黑龍池，即天井也……南下二十里有白水池，與天井通。其麓有七佛池，南有飲牛池，東北有寶陀峰。又有黑龍洞……詳山之形勢，北臺最高。南臺去中臺最遠，爲入山必由之路，而東西中三臺，皆偏近於北。周遭如城垣狀拱抱，天成其山。巔風甚烈，不可居。古寺皆藏谷中。自唐大中以來殆以什百計。”

　　〔二〕獨雄五頂撼清虛：五頂：謂東、南、西、北、中五臺。清虛，太空；天空。晋葛洪《抱樸子·勖學》：“令抱翼之鳳，奮翮於清虛。”

　　〔三〕五夜每驚凌斗柄：五夜，即五更。《文選》載陸倕《新刻漏銘》：“六日不辨，五夜不分。”李善注引衛宏《漢舊儀》：“五夜者，甲夜、乙夜、丙夜、丁夜、戊夜也。”斗柄，北斗柄，指北斗的第五至第七星，即衡、開泰、搖光。北斗第一至第四星象斗，第五至第七星象柄。《國語·周語下》：“日在析木之津，辰在斗柄。”

　　〔四〕俯環雁塞烽皆息，平倚恒峰嶽可如：雁塞，指雁門關；恒峰，指北岳恒山。

　　〔五〕圖南漫效化鯤魚：化用《莊子·逍遥遊》寓言：“北冥有魚，其名爲鯤。鯤之大，不知其幾千里也。化而爲鳥，其名爲鵬。鵬之背，不知其幾千里也；怒而飛，其翼若垂天之雲。是鳥也，海運則將徙於南冥。”

東臺[一]

東頂嵯峨不易攀，平看渤澥漫驚顏[二]。須知觀海難爲水（峰名觀海）[三]，乃信登臺始是山。蜃市樓臺縹緲外，蓬萊宮闕有無間。奮飛欲塞雙丸窟[四]，莫遣居諸速往還[五]。

【箋證】

[一] 東臺：《清一統志》：“東臺去中臺四十二里，去北臺略相等，其東爲龍泉岡路。臺高三十八里，頂周三里，一名望海峰，其上可觀日出，滄瀛在目猶陂澤焉……東有那羅延洞，又東爲樓觀谷，谷內有習觀岩，西北十五里有華岩嶺，東南二十里爲明月池。”

[二] 東頂嵯峨不易攀，平看渤澥漫驚顏：嵯峨，山高峻貌。漢淮南小山《招隱士》：“山氣嶐嵷兮石嵯峨，谿谷嶄岩兮水曾波。”渤澥，即渤海。司馬相如《子虛賦》：“浮渤澥，游孟諸。”

[三] 須知觀海難爲水：化用元稹《離思五首》其四“曾經滄海難爲水”句。

[四] 雙丸：指日月。元朱德潤《題陳直卿一碧萬頃》詩：“日月雙丸吐，江山萬古愁。”

[五] 居諸：《詩·邶風·柏舟》：“日居月諸，胡迭而微。”孔穎達疏：“居、諸者，語助也。”後用以借指日月、光陰。《北魏元凝妃陸順華墓誌銘》：“居諸迭生，陵谷相賀。”

南臺[一]

離方孤峙鬱巑岏[二]，森秀真如錦繡攢（峰名錦繡）。金閣曉霞環翡翠[三]，竹林晴日擁琅玕[四]。老人星近堪齊壽，大士潮鄰足縱觀[五]。欲與山靈爭巨麗，漫將好句挂林巒。

【箋證】

[一] 南臺：《清一統志》：“南臺去中臺八十餘里，臺高三十五，頂周二里，

金蓮日菊佛鉢花燦然如錦，亦名錦繡峰，世傳文殊示現之處。西北有千佛洞；東有聖鐘山，狀如覆鐘。西南有三賢岩，亦名七佛岩；南七十里則爲聖僧岩。”

〔二〕巉屼：山高鋭貌。南朝宋鮑照《登廬山望石門》詩：“嶄絶類虎牙，巉屼象熊耳。”

〔三〕金閣：指金閣寺，位於五臺山南臺之北，中臺之南。

〔四〕琅玕：形容竹之青翠。杜甫《鄭駙馬宅宴洞中》詩：“主家陰洞細烟霧，留客夏簟青琅玕。”仇兆鼇注：“青琅玕，比竹簟之蒼翠。”

〔五〕老人星近堪齊壽，大士潮鄰足縱觀：老人星，省稱“老人”，南部天空一顆光度較亮的二等星。古人認爲它象徵長壽，故又名“壽星”。《史記·天官書》：“狼比地有大星，曰南極老人。老人見，治安；不見，兵起。”“大士潮”，典不詳，待考。

永明寺同諸友夜酌，不壞、廣莫二上人啜茗在坐[一]

此日真堪號最閑，忻隨暝色扣禪關。祇園宫闕凌霄構[二]，鷲嶺烟巒入夜攀[三]。僧爲談深偕看月，客因遊倦拒登山（諸友倦遊頗撓登山之興）。坐來我倍饒清興，一路新詩取次删。

其二

閑心元與白雲親，此際尤疑失幻身。月滿琳宫晴若洗[四]，風清玉宇净無塵。偶逢禪侣知詩妄，忽悟玄宗覺酒真[五]。我欲醉中窺秘密，傳言護法莫深嗔。

【箋證】

〔一〕永明寺：今多通稱顯通寺。又有大顯通寺、大孚靈鷲寺、花園寺、大華岩寺、大吉祥顯通寺、大護國聖光永明寺等稱。位五臺山中心區的臺懷鎮北側，爲五臺山第一大寺，中國最早的佛寺之一。始建於漢明帝永平年間，初名大孚靈鷲寺；清康熙二十六年（1687）改名爲大顯通寺。有水陸殿、大文殊殿、大雄寶殿、無量殿、千鉢文殊殿、銅殿和後高殿七座殿宇。銅殿鑄於明萬曆三十八年（1610），共用銅十萬斤。不壞、廣莫：其人不詳。

〔二〕祇園："祇樹給孤獨園"的簡稱，印度佛教聖地之一。相傳釋迦牟尼成道後，憍薩羅國的給孤獨長者用大量黃金購置舍衛城南祇陀太子園地，建築精舍，請釋迦説法。祇陀太子也奉獻了園内的樹木，故以二人名字命名。玄奘去印度時，祇園已毀。後用爲佛寺的代稱。唐王勃《益州德陽縣善寂寺碑》："祇園興板蕩之悲，沙界積淪胥之痛。"

〔三〕鷲嶺：鷲山。北周庾信《陝州弘農郡五張寺經藏碑》："雪山羅漢之論，鷲嶺菩提之法，本無極際，何可勝言。"倪璠注："鷲嶺在王舍城，梵云耆闍崛山是也。"借指佛寺。宋蘇軾《海會殿上梁文》："庶幾鷲嶺之雄，豈特鵝湖之冠。"

〔四〕琳宮：仙宮，亦爲道觀、殿堂之美稱。《初學記》卷二三引《空洞靈章經》："衆聖集琳宫，金母命清歌。"唐吳筠《遊仙》詩之二十："上元降玉闥，王母開琳宫。"

〔五〕忽悟玄宗覺酒真：玄宗，指佛教的深奧旨意。晋僧肇《注〈維摩詰經〉序》："而恨支竺所出，理滯於文，常懼玄宗，墜於譯人。"唐王勃《廣州寶莊嚴寺舍利塔碑》："大弘緇侣法師至誠幽感，獨步玄宗。"

塔院寺[一]

名藍薄暮挹新晴[二]，雲構天開象外清。月色半空浮塔影，松濤滿谷帶鐘聲。千年功德揚先後，萬聖莊嚴佑我明。瞻禮不禁心地肅，欲從檀越悟三生[三]。

【箋證】

〔一〕塔院寺：位於五臺山佛教中心區臺懷鎮，原是大華嚴寺的塔，明成祖永樂五年（1407）擴充建寺，改用今名，成五臺山五大禪林之一、青廟十大寺之一。塔院寺坐北朝南，由横列的殿院和禪堂僧舍組成。中軸綫上的建築有影壁、牌坊、石階、過門、山門、鐘鼓樓、天王殿、大慈延壽寶殿、塔殿藏經閣，以及山海樓、文殊寺塔等建築，有殿堂樓房130餘間，占地面積15000平方米。寺前有木牌坊三間，明萬曆年間所築。寺内有釋迦牟尼舍利塔和文殊髮塔。藏經閣内木制轉輪藏二十層，各層擺放藏經，供信士禮拜僧侶頌誦。舍利塔基座正方形，藏式，總高約 60 米，全部用米漿混合石灰砌築而成。塔刹、露盤、寶珠爲銅鑄，塔腰及露盤四周各懸風鐸，風來叮噹作響。

　　〔二〕名藍：著名的伽藍，即名寺。藍，伽藍，指佛寺。宋陸遊《入蜀記》卷四六：“登華嚴羅漢閣 …… 皆極天下之壯麗，雖閩浙名藍，所不能逮。”

　　〔三〕檀越：梵語音譯，意爲施主。晋陶潛《搜神後記》卷二：“晋大司馬桓溫，字元子，末年忽有一比邱尼，失其名，來自遠方，投溫爲檀越。”南朝梁沈約《齊禪林寺尼净秀行狀》：“及至就講，乃得七十檀越，設供果，食皆精。”三生：佛教指前生、今生、來生。唐牟融《送僧》詩：“三生塵夢醒，一錫衲衣輕。”

別山^[一]

看山殊慰十年盟，隱計猶憐尚未成。到日雲霞如有意，歸時猿鶴豈無情。丹崖翠壁皆留咏，瑤草琪花半識名。此去清凉應笑我，勞勞城市欲何營。

其二

又驅匹馬向風塵，回首名山漫愴神。身類向平終有屬^[二]，宅如謝朓久爲鄰^[三]。林巒此會成知己，杖履重來是故人。躡磴探蘿仍有日，攢峰列巘莫相嗔^[四]。

【箋證】

　　〔一〕從詩題及首句“看山殊慰十年盟”，知寫於告歸家鄉再次出仕之時，時間或爲崇禎八年（1635）。

　　〔二〕身類向平終有屬：自比東漢向長，以隱居自適。按《後漢書》卷八十三《逸民傳·向長》記曰：“向長字子平，河内朝歌人也。隱居不仕，性尚中和，好通老、易。貧無資食，好事者更饋焉，受之取足而反其餘。王莽大司空王邑辟之，連年乃至，欲薦之於莽，固辭乃止。潛隱於家。讀易至損、益卦，喟然嘆曰：‘吾已知富不如貧，貴不如賤，但未知死何如生耳。’建武中，男女娶嫁既畢，敕斷家事勿相關，當如我死也。於是遂肆意，與同好北海禽慶俱遊五嶽名山，竟不知所終。”

[三] 宅如謝朓久爲鄰：李白有《題東谿公幽居》詩：“杜陵賢人清且廉，東谿卜築歲將淹。宅近青山同謝朓，門垂碧柳似陶潛。”應爲本句所本。

[四] 躡磴探蘿仍有日，攢峰列巘莫相嗔：言己隱居之志。前句言山居生活來日方長，後句化用孔稚珪《北山移文》嘲諷周顒之句：“南岳獻嘲，比壟騰笑。列壑爭譏，攢峰竦誚……叢條瞋膽，疊穎怒魄。”

閏八月初十夜酌樊淑魯爲余誦田御宿邀賞望夜之作口占次韵[一]

天涯知己共清時，濟勝招携喜未遲[二]。三五況當明月夜，尋常已是菊花期。塵銷北塞偏宜酒，興續南樓倍可詩[三]。雅會幾能逢此夕，須教盡醉莫輕辭。

【箋證】

[一] 傳庭集中涉及樊淑魯之詩共五首，從《冬日田御宿……爲樊淑魯計部所窨，輒飲至醉即事》《田御宿大參西歸有日小酌草堂樊淑魯計部同集限韵》《留別樊淑魯餉部用韵》三首詩題，知樊曾在“計部”即户部（參《八月十三夜李念騰餉部招飲鼓樓微雨無月》）任職，又曾在“餉部”（參見同上）任職。又其《冬日田御宿……爲樊淑魯計部所窨，輒飲至醉即事》“酒人獨有夜郎横”下注“淑魯黔人”，知樊爲今貴州人。

[二] 濟勝：攀登勝境。清趙翼《偕孫淵如汪春田兩觀察遊牛首山》詩：“衰老自憐難濟勝，層椒臨眺亦忘還。”招携：招邀偕行。南朝宋謝惠連《搗衣》詩：“美人戒裳服，端飾相招携。”《北齊書·文襄帝紀》：“至於才名之士……每山園遊燕，必見招携。”

[三] 興續南樓倍可詩：用東晉庾亮不拘行迹之典。《晉書·庾亮傳》：“亮在武昌，諸佐史殷浩之徒，乘秋夜往共登南樓，俄而不覺亮至，諸人將起避之。亮徐曰：‘諸君少住，老子於此處興復不淺。’便據胡床與浩等談咏竟坐……”

閩中秋夜田御宿大參携樽飲余映碧園

又見長空好月來，明河如洗净無埃。天開霽景重飛鏡[一]，人聚芳筵再舉杯。鐵騎銷氛清朔漠，銀蟾瀉影静樓臺。扳留未盡登臨意，明日還應醉一回。

其二

瑶臺此夕望彌新，漫欲高飛問玉輪。天與山園留颯爽，月隨好客振精神。衣沾桂氣香逾遠，盞落蟾光影更真[二]。忽憶前朝登眺處，邊雲滿目正愁人。

【箋證】

[一] 飛鏡：喻明月。唐李白《把酒問月》詩：“皎如飛鏡臨丹闕，緑烟滅盡清輝發。”

[二] 衣沾桂氣香逾遠，盞落蟾光影更真：桂氣，月桂之氣。傳説月中有桂樹，“月桂”亦常借指月亮。南朝梁元帝《刻漏銘》：“宮槐晚合，月桂宵暉。”蟾光，月色、月光。傳説月中有蟾，故稱。南朝梁蕭統《錦帶書十二月啓·太簇正月》：“飄飄餘雪，入簫管以成歌；皎潔輕冰，對蟾光而寫鏡。”

又月下口占用韵

綺席重臨玉鑒開，良宵寧厭此徘徊。桂枝不共黄楊縮[一]，菊令仍分皓魄來[二]。賦月客應重授簡[三]，問天我合更停杯[四]。爲憐前夕成虚度，枕藉空庭醉不回。

【箋證】

[一] 黄楊縮：舊時傳説黄楊難長，遇閏年不僅不長，反要縮短，因以“黄楊厄閏”比喻境遇困難。蘇軾《監洞霄宮俞康直郎中所居四咏·退圃》：“園中草

木春無數，只有黄楊厄閏年。”自注：“俗説，黄楊一歲長一寸，遇閏退三寸。”

［二］菊令：菊花盛開時節。

［三］授簡：給予簡劄，謂囑人寫作。語出南朝宋謝惠連《雪賦》：“梁王不悦，遊於兔園……授簡於司馬大夫曰：‘抽子秘思，騁子妍辭，侔色揣稱，爲寡人賦之。’”

［四］問天我合更停杯：化用蘇軾《水調歌頭》“明月幾時有，把酒問青天”句。

樊淑魯以九日燈下作見示次答[一]

冷署棲遲意不違，更逢佳節與詩宜。斗星錯落驚新賦，風雨蕭疎憶故籬。吟罷襟懷還自放，狂來鬢髮豈羞吹。登高有約成虛負，獨傍孤燈却語誰。

其二

九日偏憐得句奇，詩情惟許素秋知。風塵落落誰青眼，文采翩翩爾白眉[二]。閑品霜枝飛玉屑，清分露氣倒瓊飴。遥驚夜半揮毫處，筆陣猶嫌刻漏遲。

【箋證】

［一］從詩中“冷署”“風雨蕭疎憶故籬”等描寫，推測本詩或作於崇禎八年再出仕任京官時。

［二］白眉：用馬良之典，源出《三國志·蜀志·馬良傳》，參見《送友人還里》。

風雅堂菊爲從人髡去田御宿大參以詩見慰次答

忻分玉蕊帶霜來，清艷元宜曲徑栽。色映圖書堪寂寞，香生几席足徘徊。披心有客頻邀賞[一]，摩頂何人苦見催[二]。豈是使君一顧後，漫將花事等閑開。

【箋證】

[一] 披心：敞開心扉之謂。三國魏曹植《當墙欲高行》："憒憒俗間，不辨偽真，願欲披心自說陳。"唐錢起《瑪瑙杯歌》："瑶溪碧岸生奇寶，剖質披心出文藻。"

[二] 摩頂何人苦見催：摩頂，對應詩題，指菊花被人掐頂。

題馮當之茂才春雪齋次御宿韵^[一]

春滿高齋雪未闌^[二]，蕭然一榻此中安^[三]。吳鈎拂拭分朝霽^[四]，鄴架抽翻映夜寒^[五]。人是瑶林呈積素^[六]，詩成玉潤湧飛湍。漫因郢曲憐孤調^[七]，並奏於今有二難^[八]。

其二

春雪霏霏覆畫闌，美人幽況足相安。文章堪與春爭麗，氣韵原同雪並寒。太液池邊浮瑞靄，峨眉山半落清湍。馮君收入空齋裏，愧我留題得句難。

【箋證】

[一] 馮當之茂才：生平待考。御宿：指田御宿。

[二] 高齋：高雅的書齋，常用作對他人屋舍的敬稱。唐孟浩然《宴張別駕新齋》詩："高齋徵學問，虛薄濫先登。"

[三] 蕭然一榻：喻簡陋，謂除一榻外別無他物。

[四] 吳鈎：形似劍而曲。春秋吳人善鑄鈎，故稱，後也泛指利劍。晋左思《吳都賦》："軍容蓄用，器械兼儲；吳鈎越棘，純鈎湛盧。"

[五] 鄴架：用唐李泌之典。韓愈《送諸葛覺往隨州讀書》："鄴侯家多書，插架三萬軸。"鄴侯，即李泌。後因以"鄴架"喻藏書。

[六] 人是瑶林呈積素：瑶林，喻資質優異、品格高潔者。宋陳師道《送法寶禪師》詩："晚始識其子，瑶林一枝秀。"積素，積雪——對應馮當之"春雪齋"。謝惠連《雪賦》："積素未虧，白日朝鮮。"

　　[七] 郢曲：參見《春雪喜賦得飛字》"郢曲由來和者稀"。

　　[八] 二難：典出《世説新語·德行》："陳元方子長文，有英才，與季方子孝先，各論其父功德，争之不能決，咨於太丘。太丘曰：'元方難爲兄，季方難爲弟。'"

挽楊斗玉少參[一]

　　蒿里幽沉掩夕陽[二]，隴雲愁抱海天長。賜帷自切明君惠，裹革徒深義士傷[三]。血灑江氛終化碧[四]，骨埋冀野舊飛黄[五]。招魂欲賦重搔首，風雨瀟瀟下白楊[六]。

其二

　　一柱天南正倚君[七]，俄驚地下促修文[八]。無人不欲歌黄鳥[九]，有母那堪舍白雲[十]。歷盡艱辛惟遠道，到來愁慘獨孤墳。關河摇落逢秋暮，滿目松楸對夕曛[十一]。

其三

　　尋常死别已難禁，况復知交感倍深。郢曲昔曾先我賦，楚詞今爲吊君吟[十二]。春風共啖紅綾餅[十三]，流水誰聽緑綺琴[十四]。一往頓成千載恨，幾回清淚欲沾襟。

其四

　　愁瞻素旐下荒原，執紼傷心不可言[十五]。梁獄上書應有恨，楚臣作賦本多冤[十六]。河山斗北千年氣，風雨滇南萬里魂。有友如余殊任俠，安能爲爾叫天閽[十七]。

【箋證】

　　[一] 爲楊斗玉所作挽詩。楊斗玉，不詳待查。依組詩看，或戰死在隴地或雲南？少參：明改元代"行中書省"爲"承宣布政使司"，長官爲布政使，掌民

政和財政。於各布政使下置參政、參議。參議分左、右，從四品，無定員，分守各道，並分管糧儲、屯田、清軍、驛傳、水利等事。時稱參政爲大參，參議爲少參。明吳國倫有《送徐行父少參赴關內》詩。按詩中有"春風共唻紅綾餅"，或傳庭與楊斗玉爲同年進士？

[二] 蒿里：晉崔豹《古今注·音樂》："《薤露》《蒿里》，並喪歌也。出田橫門人。橫自殺，門人傷之，爲之悲歌，言人命如薤上之露，易晞滅也；亦謂人死魂魄歸於蒿里……至孝武時，李延年乃分爲二曲，《薤露》送王公貴人，《蒿里》送士大夫庶人，使挽柩者歌之，世呼爲挽歌。"

[三] 賜帷自切明君惠，裹革徒深義士傷：賜帷，謂受賜於天子之命。裹革，馬革裹尸，典出《後漢書·馬援傳》："援曰：'方今匈奴、烏桓尚擾北邊，欲自請擊之。男兒要當死於邊野，以馬革裹屍還葬耳，何能强床上在兒女子手中邪？'冀曰：'諒爲烈士，當如此矣。'"

[四] 血灑江氛終化碧：化碧，鮮血化作碧玉，用以稱頌忠臣志士。《莊子·外物》："萇弘死於蜀，藏其血，三年而化爲碧。"

[五] 飛黃：指古代勇士飛廉與中黃伯。《文選》載張協《七命》："於是飛黃奮銳，賁石逞技。"李周翰注："飛，飛廉；黃，中黃。"

[六] 風雨瀟瀟下白楊：喻楊斗玉之死。《古詩十九首》其十三："驅車上東門，遙望郭北墓。白楊何蕭蕭，松柏夾廣路。"唐李善注："《白虎通》曰：庶人無墳，樹以楊柳。"

[七] 一柱天南：《全唐文》卷八百十四載樂朋龜《賜陳敬瑄太尉鐵券文》，其中有"五山鎮地，一柱擎天"句，是其所本。

[八] 修文：修文郎。《太平廣記》卷三一九引晉王隱《晉書》，謂晉人蘇韶死後現形，對他的兄弟說："顏淵、卜商，今見在爲修文郎，修文郎凡有八人，鬼之聖者。"後世以"修文"指文人之死。唐杜甫《哭李常侍嶧》詩之一："一代風流盡，修文地下深。"

[九] 黃鳥：《詩經·秦風》篇名，惜良才者死之。《左傳·文公六年》："秦伯任好卒，以子車氏之三子奄息、仲行、鍼虎爲殉，皆秦之良也。國人哀之，爲之賦《黃鳥》。"三國魏曹植《三良》詩："黃鳥爲悲鳴，哀哉傷肺肝。"

[十] 白雲：用狄仁傑懷親之典。《舊唐書·狄仁傑傳》："其親在河陽別業，仁傑赴并州，登太行山，南望見白雲孤飛，謂左右曰：'吾親所居，在此雲下。'瞻望伫立久之，雲移乃行。"後成"白雲親舍"典故。明金鑾《醉太平·送葉泮

西内臺》套曲:"青燈旅館添歸夢,白雲親舍覓征鴻。"

[十一] 松楸:松樹與楸樹。墓地多植,因以代稱墳墓。南朝齊謝朓《齊敬皇后哀策文》:"陳象設於園寢兮,映輿鍐於松楸。"

[十二] 郢曲昔曾先我賦,楚詞今爲吊君吟:郢曲,參見《春雪喜賦得飛字》"郢曲由來和者稀"。楚詞,指賈誼《吊屈原賦》。

[十三] 春風共啖紅綾餅:紅綾餅,唐賜科舉高中宴會之餅,以紅綾裹之,故名。宋葉夢得《避暑錄話》卷下:"唐御膳以紅綾餅餤爲重。昭宗光化中,放進士榜,得裴格等二十八人,以爲得人。會燕曲江,乃令太官特作二十八餅餤賜之。"

[十四] 流水誰聽綠綺琴:以高山流水喻二人之交情。綠綺琴,用司馬相如之典。傳司馬相如作《玉如意賦》,梁王悦之,賜以綠綺琴。晉張載《擬四愁詩》:"佳人遺我綠綺琴,何以贈之雙南金。"

[十五] 愁瞻素旐下荒原,執紼傷心不可言:素旐,引魂幡。紼,出殯時拉棺材用的大繩。執紼,指送殯。

[十六] 梁獄上書應有恨,楚臣作賦本多冤:梁獄,漢鄒陽受誣陷繫獄,自獄中上書梁孝王,終獲釋。事見《史記·魯仲連鄒陽列傳》。後以"梁獄"代指冤獄。楚臣作賦,指屈原作《離騷》。《史記·屈原賈生列傳》:"離騷者,猶離憂也……屈平之作《離騷》,蓋自怨生也。"

[十七] 天閽:天帝的守門人。《楚辭·遠遊》:"命天閽其開關兮,排閶闔而望予。"

秋興四首用田御宿大參韵

落木蕭蕭葉漸稀,客閑猶厭岫雲飛。三秋臥病逢迎少,十載爲郎踪迹微。兵火自餘松菊徑,風霜不礙薜蘿衣。故人漫切彈冠望,爲語西山蕨正肥[一]。

又

塞下悲風九月來,亂餘天地不勝哀。桑田漫訝成滄海[二],池水曾聞是劫灰[三]。感奮有人應擊楫[四],疎慵如我合銜杯[五]。祇憐病骨逢多難，蒲柳那禁秋又催[六]。

又

伏枕頻聽秋漏殘，轉思長夜正漫漫。風雷未合飛龍劍[七]，烟雨何妨滯鶡冠[八]。縱酒劇憐三徑寂，探詩清愛五峰寒[九]。即今高臥仍多感，一似崎嶇世路難。

又

清閒深荷主恩遺，況是東籬菊綻時[十]。最喜陶君能任俠[十一]，翻疑楚客獨多悲[十二]。一邱久擅情堪放，十畝粗安命未畸。因憶承明趨侍者，緋衣博得鬢絲絲[十三]。

【箋證】

[一] 故人漫切彈冠望，爲語西山蕨正肥：彈冠，典出《漢書》卷七十二《王貢兩龔鮑傳》，參見《送別武子有感》“懷才我輩始彈冠”。西山蕨正肥，用伯夷、叔齊不食周粟隱居西山食蕨爲生之典。

[二] 桑田漫訝成滄海：參見《午日西溪燕集歌》“曾聞蒼海變桑田”。

[三] 池水曾聞是劫灰：劫灰，劫火的餘灰。典出南朝梁慧皎《高僧傳·譯經上·竺法蘭》：“昔漢武穿昆明池底，得黑灰，問東方朔。朔云：‘不知，可問西域胡人。’後法蘭既至，眾人追以問之，蘭云：‘世界終盡，劫火洞燒，此灰是也。’”後喻戰亂或大火毀壞後的殘迹。陸遊《數年不至城府丁巳火後始見》詩：“陳迹關心已自悲，劫灰滿眼更增欷。”

[四] 擊楫：參見《西溪舟泛》“擊楫欲何求”。

[五] 銜杯：參見《送田御宿大參歸里》“銜杯意未平”。

[六] 蒲柳：典出《世說新語·言語》：“顧悅與簡文同年，而髮蚤白。簡文曰：‘卿何以先白？’對曰：‘蒲柳之姿，望秋而落；松柏之質，經霜彌茂。’”

[七] 飛龍劍：參見《送田御宿大參歸里》“龍劍殊難合”。

[八] 烟雨何妨滯鶡冠：鶡冠：一謂武者之冠，以鶡羽爲飾。《後漢書·輿服志下》：“武冠，俗謂之大冠，環纓無蕤，以青系爲緄，加雙鶡尾，豎左右，爲鶡冠云。五官、左右虎賁、羽林、五中郎將、羽林左右監皆冠鶡冠，紗縠單衣。”

唐柳宗元《送邠寧獨孤書記赴辟命序》：“（楊朝晟）沉斷壯勇，專志武力，出麾下，取主公之節鉞而代之位，鶡冠者仰而榮之。”一謂隱士之冠。劉孝標《辯命論》：“至於鶡冠甕牖，必以懸天有期。”李善注：“《七略》鶡冠子者，蓋楚人也，常居深山，以鶡爲冠，故曰鶡冠。”唐杜甫《小寒食舟中作》詩：“佳辰强飲食猶寒，隱几蕭條戴鶡冠。”這裏取第二義。

　　［九］縱酒劇憐三徑寂，探詩清愛五峰寒：三徑，參見《園居》“辟地開三徑”。五峰，指五臺山。

　　［十］東籬菊綻：參見《代武子寄內》“好儲新酒掃東籬”。

　　［十一］最喜陶君能任俠：陶君任俠，謂陶淵明亦有英雄任俠之氣。按陶有《讀山海經》詩：“精衛銜微木，將以填滄海。刑天舞干戚，猛志固常在。同物既無慮，化去不復悔。徒設在昔心，良辰詎可待！”

　　［十二］翻疑楚客獨多悲：楚客，指屈原；或指“悲秋”之宋玉。

　　［十三］因憶承明趨侍者，緋衣博得鬢絲絲：承明，漢之承明廬。《漢書·翼奉傳》：“未央宮又無高門、武臺、麒麟、鳳皇、白虎、玉堂、金華之殿，獨有前殿、曲臺、漸臺、宣室、承明耳。”這裏代指朝廷。緋衣，朝官的紅色品服。《新唐書·薛蘋傳》：“所衣綠袍，更十年至緋衣，乃易。”宋吳曾《能改齋漫錄·記事二》：“未幾，除秘書少監，賜緋衣、銀魚、象笏。”

秋夜不寐[一]

　　勞攘憑將一枕休，却驚長夜轉多憂。微霜鬢裏秋先到，大火心頭曉尚流。有我楚臣非獨醒，何人天姥與同遊[二]。謾言世事如蕉鹿[三]，好夢憐今無處求。

又

　　不寐愁看秋夜冥，幾回强起步空庭。短檠特與心相照，孤榻堪令眼獨青[四]。天有奇方常夢夢，我饒慵病却惺惺。無勞蛩語窗前聒，殘漏清淒已足聽。

又

　　欲倚寒窗半榻休，深宵客緒正關憂。銅爐火燼茶烟冷，紙帳香銷燭影流。月落不堪把盞問，河橫未許泛槎遊[五]。豈因久斷長安夢，一覺黃粱不可求[六]。

又

怯眠欹枕嘆沉冥，露冷風淒葉滿庭。客在窮途雙眼白，家餘故物一氈青。自驚病後同秋老，誰遣愁來似月惺。鄰舍不知長夜苦，頻將歌管惱人聽。

又

秋暮愁心入夜偏，呼樽覓醉浪逃禪。五峰烟月餘詩料，百畝桑麻足酒錢。葉墜空階同我落，霜添短髮合誰先。不禁憑檻增惆悵，徙倚明河欲曙天。

又

獨寐惟余意久恬，比來衾影自相嫌。捸人已厭揮玄草[七]，逸我安能入黑甜[八]。月色可憐霜色似，柝聲無賴葉聲兼。不禁倚劍生悲壯，斗下頻將紫氣占。

又

頑愚長笑賦余偏，秋思翻成默照禪。涼夜强斟求醉酒，清風虛送買眠錢。目光漫擬夏侯隱，腹笥寧同邊孝先[九]。感激幸生明盛世，華胥無夢愧堯天[十]。

又

薜蘿自分此生休，何事偏銜楚客憂。多病却憐饒暮氣，獨醒豈敢附清流。百年只合焚香坐，四壁那堪秉燭遊。欲賦悲秋爲遣悶，愁腸佳句苦難求。

又

幽思真疑入杳冥，兀然中夜坐閑庭。菊樽漫對陶顔緑，藜火空迎阮睫青[十一]。十載行藏嗟落落，三秋懷抱恨惺惺。撩人何處來羌管，哽咽隨風斷續聽。

又

輾轉寧關意未恬，自憐明發轉生嫌。和丸敢昧從前苦，啖蔗徒思向後甜。椿樹有懷霜露並，蓼莪空賦蔚菁兼[十二]。祇疑光顯非吾事，爲望熊羆有夢占[十三]。

又

高卧從矜林壑偏，秋來不寐似枯禪。搜吟豈是耽詩癖，却飲非關乏酒錢[十四]。興至清芬憐菊晚，病來零落懼蒲先[十五]。坐深漸覺殘更盡，幾點疎星淡遠天。

又

中夜怦怦意未休，不堪秋氣攪離憂。澆腸渴欲吞宵露，洗耳清思枕上流[十六]。浣沐棲遲成小隱，招提潦草負前遊。空餘遠志羈塵網，期向莊周夢裏求[十七]。

又

泉石追尋任晦冥，幾看落葉舞閑庭。風霜容易侵頭黑，歲月艱難滯汗青[十八]。養拙一邱人共棄，息機午夜我常惺。晨鐘暮鼓休相聒，向日承明已厭聽。

又

惟餘我與我相恬，近狀支離我亦嫌。時訝蛩鳴因甚苦，每嗤蜂

釀爲誰甜。笑啼豈合逢人易，醉醒那堪涉世兼。俯仰祇應歸獨覺，
茫茫岐路總難占。

又

清宵爽氣小齋偏，一榻蕭閑可悟禪。歡賞幾虛遊野屐，幽尋漫
貸買山錢。徵書不就高思邈，博物無能愧茂先。客況真同秋意索，
祇應搔首問青天。

又

歸臥真拚與世恬，秋宵淒冷未須嫌。有愁自覺風霜苦，申旦安
知睡夢甜。世上滄桑俄頃易，古來仕隱幾人兼。江湖魏闕俱多碍，
獨把行藏夜夜占。

又

草堂竹簟自堪休，豈爲傷秋未解憂。星影靜窺書幌入，霜華清
傍客衣流。琴樽自負千秋意，杖履行追五嶽遊。永夜不眠緣底事，
區區於世總無求。

又

兩眼驚秋不可冥，起隨竹影步前庭。關山月照千門白，河漢天
回萬里青。最是人間今夜靜，却思林下竟誰惺。夜來秋憲傳新唱，
流水高山未易聽。

又

歸來魂夢久相恬，困倚孤幃漫自嫌。頸厭鶴長難學短，味諳茶
苦反疑甜。人情冷與秋風並，世路蒙如夜色兼。怪殺屈原原未醒，
卜居何用拂龜占。

【箋證】

　　［一］作於家鄉代州，詩中有"十載行藏嗟落落，三秋懷抱恨惺惺"可證，時間或爲崇禎八年（1635）。作者正爲是否繼續閑居家鄉還是再次出仕而猶豫彷徨："世上滄桑俄頃易，古來仕隱幾人兼。江湖魏闕俱多得，獨把行藏夜夜占。"詩中表達情意複雜，充滿矛盾心理。身家安全與天下責任交織在一起，是終老山林，還是揚名史册？"泉石追尋任晦冥，幾看落葉舞閑庭。風霜容易侵頭黑，歲月艱難滯汗青"，就是傅庭此時的心態表現。

　　［二］有我楚臣非獨醒，何人天姥與同遊：前句謂屈原，後句指李白。《楚辭·漁父》屈原曰："舉世皆濁我獨清，眾人皆醉我獨醒。"李白有《夢遊天姥吟留別》。是做屈原，還是做李白？透露作者矛盾心態。

　　［三］謾言世事如蕉鹿：謂世事真假難分。蕉鹿，《列子·周穆王》："鄭人有薪於野者，遇駭鹿，禦而擊之，斃之。恐人見之也，遽而藏諸隍中，覆之以蕉，不勝其喜。俄而遺其所藏之處，遂以爲夢焉。"蕉，通"樵"。元貢師泰《寄靜庵上人》詩："世事同蕉鹿，人心類棘猴。"

　　［四］孤榻堪令眼獨青：眼獨青，用晋代阮籍青白眼之典。

　　［五］河橫未許泛槎遊：泛槎，亦作"泛查"。晋張華《博物志》卷三載，天河通海，有居海渚者見每年八月海上有木筏來，因登木筏直達天河，見到牛郎織女。後因以"泛槎"指乘木筏登天。唐李嶠《同賦山居七夕》詩："石類支機影，池似泛槎流。"

　　［六］豈因久斷長安夢，一覺黃粱不可求：長安，喻指京城。一覺黃粱，唐人沈既濟《枕中記》寫有盧生在邯鄲旅店住宿，入睡後做了一場享盡一生榮華富貴的好夢。醒來的時候小米飯還没有熟，因有所悟。爲"黃粱夢"或"邯鄲夢"之出典。

　　［七］揮玄草：參見《答貢二山比部禮闈見懷之作兼致楊慕垣春坊次二山原韵》"草玄尚有揚雄在"。

　　［八］黑甜：酣睡。宋蘇軾《發廣州》詩："三杯軟飽後，一枕黑甜餘。"自注："俗謂睡爲黑甜。"

　　［九］目光漫擬夏侯隱，腹笥寧同邊孝先：謂頗羨慕夏侯隱、邊孝先之爲。夏侯隱，《太平手！廣記》卷四十二："夏侯隱者不知何許人也。大中末遊茅山、天臺間，常携布囊竹杖而已，飲食同常人，而獨居一室，不雜於眾。或露宿壇中

草間樹下，人窺覘之，但見雲氣翁鬱，不見其身。每遊三十五十里，登山渡水，而閉目善睡。同行者聞其鼻鼾之聲，而步不差跌，足無蹶礙，至所止即覺，時號作睡仙。後不知所終。"邊孝先，參見《又菊四咏》"欲眠誰道孝先疎"。

[十]華胥無夢愧堯天：華胥，《列子·黃帝》："（黃帝）晝寢而夢，遊於華胥氏之國。華胥氏之國在弇州之西，臺州之北，不知斯齊國幾千萬里；蓋非舟車足力之所及，神遊而已。"後因稱一場幻夢爲"一夢華胥"。元范子安《竹葉舟》第一折："你本待挾三策，作公孫應舉；眼見的不及第，學淵明歸去。怎知道這兩椿兒都則是一夢華胥。"華胥無夢，以難做華胥之夢而感到遺憾。堯天，借指帝王盛德以喻太平盛世。《論語·泰伯》："巍巍乎，唯天爲大，唯堯則之。"謂堯能法天而行教化。唐杜審言《蓬萊三殿侍宴奉敕咏終南山應制》："小臣持獻壽，長此戴堯天。"

[十一]菊樽漫對陶顏綠，藜火空迎阮睫青：陶，指陶淵明。陶顏，指菊。阮睫青，用阮籍青白眼之典。

[十二]蓼莪：《詩·小雅》篇名，表達子女追慕雙親撫養之德，後以"蓼莪"指對亡親的悼念。《後漢書·清河孝王劉慶傳》："（諸王）常有《蓼莪》《凱風》之哀。"

[十三]爲望熊羆有夢占：《詩·小雅·斯干》："吉夢維何？維熊維羆。"古人謂夢中見熊羆爲生男的徵兆。鄭玄箋："熊羆在山，陽之祥也，故爲生男。"唐劉禹錫《蘇州白舍人寄新詩有嘆早白無兒之句因以贈之》詩："幸免如新分非淺，祝君長咏夢熊詩。"

[十四]搜吟豈是耽詩癖，却飲非關乏酒錢：搜吟，尋覓詩句。唐姚揆《晚步》詩："遲迴從此搜吟久，待得溪頭月上還。"宋林逋《淮甸南遊》詩："幽勝程程擬遍尋，不妨淮楚入搜吟。"酒錢，用西晉阮修之典。《晉書》卷四十九《阮籍傳》附從子阮修："常步行，以百錢挂杖頭，至酒店，便獨酣暢。雖當世富貴而不肯顧，家無儋石之儲，宴如也。與兄弟同志，常自得於林皋之間。"

[十五]蒲先：參見《秋興四首用田御宿大參韵》"蒲柳那禁秋又催"。

[十六]洗耳：用許由隱居之典。晉皇甫謐《高士傳·許由》："堯讓天下於許由……由於是遁耕於中嶽潁水之陽，箕山之下，終身無經天下色。堯又召爲九州長，由不欲聞之，洗耳於潁水濱。"

[十七]莊周夢：《莊子·齊物論》："昔者莊周夢爲蝴蝶，栩栩然蝴蝶也。自喻適志與，不知周也。俄然覺，則蘧蘧然周也。不知周之夢爲蝴蝶與，蝴蝶之

夢爲周與？周與蝴蝶，則必有分矣。此之謂物化。"

[十八] 汗青：借指史册。宋文天祥《過零丁洋》詩："人生自古誰無死，留取丹心照汗青。"

馮忝生侍御還朝有贈[一]

繡衣使者有殊庸[二]，攬轡今看報九重。驄出吳門非眾馬（侍御吳人），劍來豐獄是真龍[三]。皂囊已吐臺中氣[四]，白羽還銷塞上烽。開府竚應承寵渥，還將雨露灑堯封[五]。

又

氣節文章世兩難，真宜才子作言官。時英爭睹囊中草[六]，大吏猶欽柱後冠[七]。按晋河山殊借色，趨朝霜雪正生寒（時方十月）。共知足副澄清志，不忝鳴陽一鳳看[八]。

【箋證】

[一] 馮忝生，作者友人。參見《贈馮忝生侍御》。

[二] 繡衣使者：官名。漢武帝天漢年間，民間起事者眾，地方官員督捕不力，因派直指使者衣繡衣，持斧仗節，興兵鎮壓，刺史郡守以下督捕不力者亦皆伏誅。後因稱此等特派官員爲"繡衣直指"。繡衣，表示地位尊貴；直指，謂處事無私。繡衣直指本由侍御史充任，故亦稱"繡衣御史"，王莽時改稱"繡衣執法"，見《漢書·百官公卿表上》，《武帝紀》《元後傳》《後漢書·伏湛傳》亦有記。唐劉知幾《史通·辨職》："雖地處禁中，而人同方外。可以養拙，可以藏愚，繡衣直指所不能繩，强項申威所不能及。"《北史·高道穆傳》："臣雖愚短，守不假器，繡衣所指，冀以清肅。"唐杜牧《許七侍御棄官東歸瀟灑江南頗聞自適高秋企望題詩寄贈十韵》："天子繡衣吏，東吳美退居。"亦省稱"繡衣""繡衣吏"。

[三] 劍來豐獄是真龍：參見《送田御宿大參歸里》"龍劍殊難合"。

[四] 皂囊已吐臺中氣：皂囊，黑綢口袋。漢制，群臣上章奏，如事涉秘密，則以皂囊封之。《後漢書·蔡邕傳》："以邕經學深奥，故密特稽問，宜披露失得，

指陳政要，勿有依違，自生疑諱。具對經術，以皂囊封上。”李賢注引應劭《漢官儀》：“凡章表皆启封，其言密事得皂囊也。”劉勰《文心雕龍·奏启》：“自漢置八儀，密奏陰陽，皂囊封板，故曰封事。”

[五] 還將雨露灑堯封：堯封，泛指疆域。傳說堯時命舜巡視天下，劃爲十二州，並在十二座大山上封土爲壇，以作祭祀。《書·舜典》：“肇有十二州，封十有二山。”後以“堯封”稱中國的疆域。

[六] 囊中草：或指“皂囊”；或謂用李賀“奚囊”之典。參見《秋日炳寰王翁携楫相過因邀劉遜庵兄弟同集》“相逢惟問奚囊物”。明徐熥《幔亭集》卷七《哭李惟實孝廉》其二：“自是關門多虎豹，總緣歲序在龍蛇。詩餘長吉囊中草，夢絕文通筆裏花。”

[七] 大吏猶欽柱後冠：柱後冠，執法者之冠，宋聶崇義《三禮圖集注》卷三：“法冠：《後漢志》：‘一曰柱後冠，高五寸，以纚爲之，展筩以鐵爲卷取其直而不橈也。”這裏指官居侍御的馮忝生。

[八] 不忝鳴陽一鳳看：鳴陽一鳳，賢臣遇明君之典。《詩·大雅·卷阿》：“鳳皇鳴矣，於彼高岡。梧桐生矣，於彼朝陽。”鄭玄箋：“鳳皇鳴於山脊之上者，居高視下，觀可集止，喻賢者待禮乃行，翔而後集。梧桐者，猶明君出也。生於朝陽者，被温仁之氣，亦君德也。”宋范成大《劉德修少卿避暑惠山因便寄贈》詩：“鳴鳳朝陽尺五天，匆匆忽過白鷗邊。”宋孔平仲《續世説·直諫》：“自褚遂良、韓瑗之死，中外以言爲諱，幾二十年。及善感始諫，天下皆喜，謂之鳴鳳朝陽。”

焦涵一開府雲中賦贈[一]

名高台鼎風流詘，藻奪雲霞竹帛難。天使文章兼事業，君能才子復尊官。行當自勒燕然石[二]，更有誰登漢將壇。節鉞非榮君可貴，范韓揚馬一時看[三]。

又

雲中舊是瀕戎地，警息新當出塞時。宵旰九重思鎖鑰[四]，瘡痍萬姓望旌旗。交河躍馬鯨鯢戢[五]，廣野陳兵虎豹馳。竚奏膚功膺簡畀，願將鐃吹入歌詩[六]。

【箋證】

[一] 焦涵一：作者友人。傳庭與焦交往之作，另有《咏松塔二首和田御宿焦涵一作》《留酌焦涵一於映碧園因邀田御宿同集》。開府：允許高官建立府署並自選僚屬。漢三公、大將軍可以開府。魏、晉諸州刺史兼管軍事帶將軍銜者即可開府。明末布政司參政袁樞曾得在家開府的特例："特命爲本省布政司右參政，分守大梁道，治睢州，即其宅開府，鄉黨以爲榮。"（清田蘭芳《逸德軒文集·袁太學傳》）。雲中：歷代指稱地域有別。《清一統志》："古雲中，在陰山之南、黃河自西來折南流之處，即今歸化城以西托克托城地，漢時雲中郡治雲中縣，定襄郡治成樂縣，兩地東西相距止八十里，初不相混也。後漢始以成樂、定襄等縣屬雲中。及後魏初都盛樂，號雲中，於是定襄有雲中之名。至隋以雲中置定襄郡大利縣，而雲中有定襄之名，然相去不遠，猶近故地。"唐始在今山西大同一帶置雲州，後改曰雲中郡（但旋復爲雲州）。宋稱雲中府，遼改爲大同府，同上《清一統志》："自唐以馬邑郡雲内之恒安鎮置雲州、雲中郡及雲中縣，又於忻州置定襄郡定襄縣，於是雲中定襄之名，移於古雁門太原二郡，去故地始遠。今謂大同爲雲中，又太原府有定襄縣，皆唐以後所名雲中郡也。"

[二] 行當自勒燕然石：燕然石，用東漢竇憲破北匈奴之典。燕然山，今蒙古國境内的杭愛山。參見《朱抱貞參戎擢陽和協鎮賦贈》"曾勒燕然久著名"。

[三] 范韓揚馬：謂友人文武全才。范韓，范仲淹、韓琦，《夢溪筆談》卷十五《校證·藝文二》："韓琦，宋安陽人，國華子，字稚圭，自號贛叟，天聖中舉進士，方唱名，太史奏五色雲見。初授將作監丞。趙元昊反，進樞密直學士，歷官陝西經略安撫招討使，與范仲淹在兵間久，名重一時，人心歸之。朝廷倚以爲重，天下稱'韓、范'。邊人謠曰：'軍中有一韓，西賊聞之心骨寒；軍中有一范，西賊聞之驚破膽。'"揚馬，揚雄、司馬相如。

[四] 宵旰九重思鎖鑰：宵旰，"宵衣旰食"，借指帝王。宋王禹偁《爲兵部向侍郎謝恩表》："自非抱訏謨之業，有變通之才，上可以啓沃四聰，下可以贊成三事，則何以副搢紳之佇望，塞宵旰之虛懷。"鎖鑰，喻防守。唐劉寬夫《邠州節度使院新建食堂記》："鎖鑰郊圻，將帥得人，則虜馬不敢東向而牧。"明尹耕《上谷歌》："向日北門嚴鎖鑰，於今南牧盛風烟。"

[五] 交河躍馬鯨鯢戢：交河躍馬，狀勇士武功。交河，故城位在吐魯番市

以西約三十里的亞爾鄉，公元前 2 世紀至 5 世紀由西域三十六國之一車師前國人建造，南北朝到唐達到鼎盛。9 至 14 世紀由於連年戰火逐漸衰落，最終毀棄。鯨鯢，喻兇惡的敵人。《左傳·宣公十二年》："古者明王伐不敬，取其鯨鯢而封之，以爲大戮。"杜預注："鯨鯢，大魚名，以喻不義之人吞食小國。"

[六] 鐃吹：即鐃歌。軍中樂歌，爲鼓吹樂的一部。所用樂器有笛、觱篥、簫、笳、鐃、鼓等。南朝梁簡文帝《旦出興業寺講詩》："羽旗承去影，鐃吹雜還風。"

留酌焦涵一於映碧園因邀田御宿同集[一]

風雅寥寥我輩存，頻年河漢漫銷魂。懷中明月寒相照[二]，匣裏清霜晚共論[三]。大白浮杯臨水榭[四]，太元題宇署山軒（涵一為余題太元別境）。高牙獨訝催行急[五]，一曲溪前夜色繁。

又

溪水溪雲凍欲連，空庭酌酒劇相憐。春風十憶金門柳（自乙丑相晤都門今經十載），朔雪雙看玉井蓮（晚步荷池又二公皆秦人）[六]。並有襟期存世外，何妨意興滿樽前。却疑鼎足非吾事，幾傍雌雄劍惘然。

【箋證】

[一] 第二首作者有夾注："自乙丑相晤都門今經十載"，按乙丑年爲天啓五年（1625），下推十年，詩或寫於崇禎八年（1635）。

[二] 懷中明月寒相照：謂己懷藏治國韜略。明月，指寶珠，《史記》卷八十三《鄒陽列傳》："臣聞明月之珠，夜光之璧，以闇投人於道路，人無不按劍相眄者。何則？無因而至前也。"這裏借喻治國韜略。

[三] 匣裏清霜晚共論：清霜，閃著寒光的寶劍，這裏亦爲喻指。

[四] 大白浮杯：參見《春雪喜賦得飛字》"登眺正宜浮白醉"。

[五] 高牙：大將的牙旗，宋歐陽修《相州晝錦堂記》："然則高牙大纛，不足爲公榮；桓圭袞冕，不足爲公貴。"清方文《左子正歸自京師》詩："高牙大纛

千人指，底事臺垣無片言。”

[六] 朔雪雙看玉井蓮：玉井蓮，參見《〈嶽蓮篇〉壽田御宿大參》“如臨玉井意嫣然”。

冬日田御宿大參邀飲清宴堂，晚復圍壚暢飲，益出内庖佐酒。屬余病嗽却飲，為樊淑魯計部所窘，輒飲至醉即事[一]

霜清紫塞罷談兵[二]，月滿空庭照舉觥。詞客都忘天使重（監視某在坐），酒人獨有夜郎横（淑魯黔人）。偶拈勝句吟懷爽，忽得梟盧醉眼明[三]。縱飲那能寬病骨，狂來吾亦渺浮生。

又

盡捐苛禮叙從容，雅集何妨命酌重。蘭室晚携人似玉，戟門初挂月如弓。坐深徐榻殊堪下[四]，飲劇郇厨不厭供[五]。解道春風生滿席，故教此夜失嚴冬。

【箋證】

[一] 田御宿、樊淑魯，作者友人，詳見前。

[二] 霜清紫塞罷談兵：紫塞，泛指北方邊塞。晋崔豹《古今注·都邑》：“秦築長城，土色皆紫，漢塞亦然，故稱紫塞焉。”南朝宋鮑照《蕪城賦》：“南馳蒼梧漲海，北走紫塞雁門。”詩作於代州家鄉。

[三] 梟盧：古代博戲樗蒲的兩種勝彩名。么爲梟，最勝；六爲盧，次之。杜甫《今夕行》：“馮陵大叫呼五白，袒跣不肯成梟盧。”陸遊《樓上醉書》詩：“酒酣博簺爲歡娛，信手梟盧喝成采。”

[四] 坐深徐榻殊堪下：徐榻，徐穉榻，參見《蕭武子以詩見貽次韵答之》“南州高士榻”。唐許渾《將爲南行陪尚書崔公宴海榴堂》詩：“賓館盡開徐穉榻，客帆空戀李膺舟。”

[五] 飲劇郇厨不厭供：郇厨，唐人韋陟之厨，用爲飲食精美之典。唐馮贄

《雲仙雜記》卷三："韋陟厨中，飲食之香錯雜，人人其中，多飽飫而歸。語曰：'人欲不飯筋骨舒，夤緣須入郇公厨。'"韋陟襲封郇國公，故稱。《新唐書·韋陟傳》亦謂韋陟"性侈縱，窮治饌羞，厨中多美味佳餚"。亦作"郇國厨"。

王樂齋以幕府劄從戎索詩為賦[一]

文雅風流已足觀，援弓上馬亦桓桓[二]。不因有意麒麟閣，安得無端鵔鸃冠[三]。匕首久從燕趙把[四]，刀頭莫向斗牛看[五]。自驚儒服兵機見，知爾應登大將壇[六]。

【箋證】

[一] 王樂齋：作者友人，唯見於傳庭集中，生平待考。

[二] 援弓上馬亦桓桓：桓桓，勇武貌。《書·牧誓》："勖哉夫子！尚桓桓。"孔傳："桓桓，武貌。"晋陶潛《命子》詩："桓桓長沙，伊勳伊德。"

[三] 不因有意麒麟閣，安得無端鵔鸃冠：麒麟閣，參見《田太液將軍請告西歸賦贈》"麟閣方虛左"。鵔鸃冠，飾鵔鸃羽之冠。秦漢之初以爲侍中冠。《說文義證·鳥部》"鸃"引北齊劉晝《新論·從化》："趙武靈王好鵔翿，國人咸冠鸃冠。"今本《新論》作"鵔冠"。

[四] 匕首久從燕趙把：以荆軻勇刺秦王視死如歸爲喻。《戰國策·燕策三·燕太子丹質於秦亡歸》："於是，太子預求天下之利匕首，得趙人徐夫人之匕首，取之百金，使工以藥淬之，以試人，血濡縷，人無不立死者。乃爲裝遣荆軻。"韓愈《送董邵南序》："燕趙古稱多感慨悲歌之士。"

[五] 刀頭莫向斗牛看：斗牛，疑用《晋書·張華傳》晋雷煥豫章城得劍典故。參見《送田御宿大參歸里》"龍劍殊難合"。

[六] 大將壇：以韓信被拜大將爲喻，指其前途無量。《史記·淮陰侯列傳》："王欲召信拜之。何曰：'王素慢無禮，今拜大將如呼小兒耳，此乃信所以去也。王必欲拜之，擇良日，齋戒，設壇場，具禮，乃可耳。'王許之。諸將皆喜，人人各自以爲得大將。至拜大將，乃韓信也，一軍皆驚。"

田御宿大參西歸有日，小酌草堂，樊淑魯計部同集限韵

相看欲別復何言，對月堪銷此夜魂。歸客遐心千里去，隱人傲骨十年存[一]。雁行把酒悲燕市[二]，龍塞談詩憶兔園[三]。南北天涯同努力，重圖執手問華樽。

【箋證】

[一] 隱人傲骨十年存：傅庭自喻。詩寫於家鄉代州，時間或崇禎八年（1635）。傲骨，宋戴埴《鼠璞》卷上：“唐人言李白不能屈身，以腰間有傲骨。”

[二] 雁行把酒悲燕市：以荆軻之交，喻朋友之意，抒惺惺相惜之情。《史記》卷八十六《刺客列傳·荆軻》：“荆軻既至燕，愛燕之狗屠及善擊筑者高漸離。荆軻嗜酒，日與狗屠及高漸離飲於燕市，酒酣以往，高漸離擊筑，荆軻和而歌於市中，相樂也，已而相泣，旁若無人者。”

[三] 龍塞談詩憶兔園：龍塞，指代地。兔園，參見《闌中與許亦齡張斗垣二明府夜集》“文章今作兔園遊”。

遣病

病來不訝世緣奇，久病翻知病却宜。天上神仙如不病，月中靈藥欲何爲[一]。姓名已落時人忌，詩句還生真宰疑[二]。伏枕儘教儒雅廢，漸還懵懂覺堪支[三]。

【箋證】

[一] 月中靈藥欲何爲：靈藥，仙草之謂，傳嫦娥偷食長生仙草而奔月。唐李商隱《常娥》詩：“常娥應悔偷靈藥，碧海青天夜夜心。”

[二] 真宰：宇宙之主宰。《莊子·齊物論》：“若有真宰，而特不得其眹。”唐杜甫《遣興》詩之一：“性命苟不存，英雄徒自强。吞聲勿復道，真宰意茫茫。”

　　[三] 漸還懵懂覺堪支：懵懂，亦作"懵董"，糊塗、迷糊意。宋許月卿《上程丞相元鳳書》："人望頓輕，明主增喟，懵董之號，道傍揶揄。"

送張深之歸里省親，深之雅負奇任俠，詩意頗涉規勸，知不足當一哂也^[一]

　　北風吹冷透征裘，河水凝愁凍不流。雲繞高都瞻大麓^[二]，雪夢上館憶并州。藏身莫遣千秋失，有母須教七尺留。我意獨嫌君任俠，等閑未可試吳鈎。

【箋證】

　　[一] 張深之：作者友人，或爲同鄉人。從題目看，深之對傳庭有所諫勸；傳庭殊不以爲然。從首句看或作於軍中？

　　[二] 雲繞高都瞻大麓：高都，或爲地名？古稱垂、垂棘、垂都等，位今山西晉城。《戰國策》載，其地曾爲夏桀之都："夏履癸曰桀，居天門，商湯伐夏桀，桀始遷於垂。"晉獻公假道伐虢時，曾獻垂棘之璧與虞國。春秋末，始有高都邑之名。秦滅六國，置高都縣，屬上黨郡。又，高都或爲水名？清畢沅《關中勝迹圖志》卷三："潏水在長安縣南二十里……《括地志》一作沈水……《水經注》沈水上承皇子陂於樊川西北流入渭，一名高都水。"大麓，地名。或謂在陝西。清畢沅《關中勝迹圖志》："秦寧公墓……《帝王世紀》寧公葬西山大麓，故號秦陵山。"或謂在今河北：宋王應麟《通鑒地理通釋》卷二《沙丘鉅鹿》引《吕氏春秋》"九藪，趙之鉅鹿"下"注"曰："……《地理志》鉅鹿縣大陸澤在北斜，所作沙臺在東北七十里。應劭曰：'鹿林之大者。《十三州志》唐虞時大麓之地。'"

賦贈袁臨侯督學^[一]

　　柏臺磊落振孤踪^[二]，直道終應聖主容。殿上昔驚人是虎^[三]，斗間今識劍爲龍^[四]。文章自係千秋業^[五]，禮樂原推一代宗。吾黨相期殊不淺，河汾佳士正雲從。

【箋證】

[一] 詩或寫於崇禎八年（1635）。袁臨侯：即袁繼咸（1593—1646），字季通，號臨侯。宜春（今江西宜春）人。天啓五年（1625）進士，授行人。崇禎三年（1630）任御史，監考會試，因舉人作弊，貶官南京行人司副，遷主客員外郎。崇禎七年（1634）任山西提學僉事。得山西巡撫吴姓舉薦，但被巡按御史張孫振誣告入牢。山西生員百餘人追隨入京，散發揭貼爲之辯誣，轟動京城。袁官復原職，張孫振貶官戍邊。崇禎十年（1637）任湖廣參議，分守武昌，平定水賊於興國，擊敗老回回、革裏眼等起義軍七大部。崇禎十二年（1639）調任淮陽，得罪宦官楊顯名，官降兩級。崇禎十三年（1640）升右僉都御史，巡撫鄖陽。因襄陽失守，謫戍貴州。崇禎十五年（1642）出任兵部右侍郎兼右僉都御史，駐節九江，總督江西、湖廣、安慶、應天（南京）等處軍務。弘光元年（1645），被左夢庚誘入軍中軟禁。左夢庚降清，獻袁繼咸以邀功。袁繼咸拒降，順治三年（1646）六月就義。其民族氣節有類文天祥、謝枋得，與二人並稱爲“江右三山”。按清稅曾筠《明生員傅先生山傳》記傅山：“年十四，督學文太清拔入庠。袁臨侯繼咸一見深器之……崇禎丙子（1636）繼咸爲直指張孫振誣詆下獄。山徒步走千里外，伏闕訟冤。孫振怒，大索山。山敝衣襤褸，轉徙自匿，百折不回，繼咸冤得白……”按袁繼咸崇禎七年入山西，九年被誣入獄，該詩或寫於崇禎八年。

[二] 柏臺磊落振孤踪：喻其文才動天子。柏臺，《三輔黃圖》卷五《臺榭》：“柏梁臺，武帝元鼎二年春起。此臺在長安城中北闕内。《三輔舊事》云：‘以香柏爲梁也，帝嘗置酒其上，詔群臣和詩，能七言詩者乃得上。’”

[三] 殿上昔驚人是虎：言其敢於直諫。殿上虎，用宋諫議大夫劉安世之典。《宋史·劉安世傳》：“（劉安世）在職累歲，正色立朝，扶持公道。其面折廷争，或帝盛怒，則執簡却，伺怒稍解，復前抗辭。旁侍者遠觀，蓄縮悚汗，目之曰‘殿上虎’。”後用以稱頌敢於抗争的諫官。亦省作“殿虎”。清黄遵憲《鐵漢樓歌》：“自許稷契君唐虞，英名卓卓驚殿虎。”

[四] 斗間今識劍爲龍：用《晉書·張華傳》晉雷焕豫章城得劍典故。參見《送田御宿大參歸里》“龍劍殊難合”。

[五] 文章自係千秋業：曹丕《典論·論文》：“蓋文章，經國之大業，不朽之盛事。年壽有時而盡，榮樂止乎其身，二者必至之常期，未若文章之無窮。”

午日偶成

爲逢午日集園亭，遣興持杯杯轉停。病後傷時思艾畜[一]，愁來覽物感蒲零[二]。彩絲疑效腸如縷[三]，紈扇應憐鬢欲星[四]。浩渺忽看溪上水，汨羅千載恨猶醒。

【箋證】

[一]艾畜：避邪之謂。古俗五月端午用艾蒿扎草人懸門上，以除邪氣。南朝梁宗懍《荊楚歲時記》：“五月五日……採艾以爲人，懸門户上，以禳毒氣。”宋蘇軾《元祐三年端午貼子詞·皇太妃閣》之五：“仁孝自應禳百沴，艾人桃印本無功。”

[二]蒲零：參見《秋興四首用田御宿大參韵》“蒲柳那禁秋又催”。

[三]彩絲：《太平御覽》卷三十一《時序部十六·五月五日》引《風俗通》曰：“五月五日以五彩絲繫臂者，辟兵及鬼，令人不病温。”又曰：“亦因屈原，名長命縷，一名續命縷，一名辟兵繒，一名五色縷，一名朱索。”

[四]紈扇：《昭明文選》卷二十七載班婕妤《怨歌行》：“新裂齊紈素，鮮潔如霜雪。裁爲合歡扇，團團似明月。出入君懷袖，動摇微風發。常恐秋節至，涼風奪炎熱。棄捐篋笥中，恩情中道絶。”

送盧靖寰大參之任西川[一]

雄風萬里動雙旌[二]，酌酒相看壯此行。花發錦江明馹路[三]，雲浮玉壘度山城。文翁舊化風應好[四]，漢檄新傳寇未平。到日定知經緯裕，草堂遺老漫怦怦[五]。

【箋證】

[一]盧靖寰：作者友人，生平不詳，待考。

[二]雙旌：泛指高官之儀仗。李商隱《爲懷州李中丞謝上表》：“賜以竹符之重，遂使霍氏固辭之第，早建雙旌。”徐炯注：“雙旌唯節度領刺史者有之，諸

州不與焉。今則通用爲太守之故事矣。”

[三] 馹路：指驛路。《孔叢子·問軍禮》：“若不幸軍敗，則馹騎赴告於天子。”唐元稹《授牛元翼深冀州節度使制》：“羽書三奏，馹騎四馳。”

[四] 文翁舊化：用西漢文翁治蜀典故。《漢書》卷八十九《循吏列傳·文翁》：“文翁，廬江舒人也。少好學，通春秋，以郡縣吏察舉。景帝末，爲蜀郡守，仁愛好教化。見蜀地辟陋有蠻夷風，文翁欲誘進之，乃選郡縣小吏開敏有材者張叔等十餘人親自飭厲，遣詣京師，受業博士，或學律令。減省少府用度，買刀布蜀物，齎計吏以遺博士。數歲，蜀生皆成就還歸，文翁以爲右職，用次察舉，官有至郡守刺史者。又修起學官於成都市中，招下縣子弟以爲學官弟子，爲除更繇，高者以補郡縣吏，次爲孝弟力田。常選學官僮子，使在便坐受事。每出行縣，益從學官諸生明經飭行者與俱，使傳教令，出入閨閤。縣邑吏民見而榮之，數年，爭欲爲學官弟子，富人至出錢以求之。繇是大化，蜀地學於京師者比齊魯焉。至武帝時，乃令天下郡國皆立學校官，自文翁爲之始云。文翁終於蜀，吏民爲立祠堂，歲時祭祀不絕。至今巴蜀好文雅，文翁之化也。”

[五] 草堂：指杜甫草堂，又稱浣花草堂。杜甫流寓成都時所居。在今四川省成都市西郊浣花溪畔。內有工部祠、詩史堂等建築和杜甫石刻像等遺迹。明楊慎《泛舟浣花東皋》詩：“揚雄玄閣不寂寞，杜甫草堂天下稀。”

乙亥警[一]

去歲游兵獵雁門[二]，雄關虎豹自雲屯。請纓漫切書生志，聞鼓偏銷戰士魂。草垛陰風吹白晝，桑幹磷火照黃昏[三]。只今痛定方思痛，又見烟塵滿冀原。

又

頻年戎馬任縱橫，此日長驅氣轉盈。兩鎮元戎爭料敵，一時健旅盡嬰城。樓煩磧外朝鳴角[四]，石嶺峰頭夜合營[五]。燕壁晉藩俱咫尺，令人擊目淚如傾。

【箋證】

[一] 寫於崇禎“乙亥”年（崇禎八年，1635）。

〔二〕去歲游兵獵雁門：去歲，應爲崇禎七年。游兵獵雁門，指軍隊進攻，但未知是民軍還是清軍。考作者另有詩《送田御宿大參歸里》，序曰："公治兵雁門，以廉卓樹聲。甲戌，流寇西犯，公於雁門實有全城却賊之功。"甲戌，即崇禎七年。據此知，"去歲游兵獵雁門"即指"甲戌流寇西犯"事，此"游兵"爲農民軍無疑。

〔三〕桑乾磷火：桑乾河邊的鬼火。指戰場尸骨。唐陳陶《隴西行》四首其二："可憐無定河邊骨，猶是春閨夢里人"。此處化用。

〔四〕樓煩：春秋時位今山西的古部族。《史記·匈奴列傳》："秦穆公得由余，西戎八國服於秦……而晉北有林胡、樓煩之戎，燕北有東胡、山戎。各分散居谿谷，自有君長，往往而聚者百有餘戎，然莫能相一。"大致范圍在今山西寧武一帶。戰國時，趙武靈王在此置樓煩關，以防匈奴。秦漢爲樓煩縣地，今寧武縣南的寧化村，傳爲古樓煩關南口，縣北的陽方口爲樓煩關北口。北魏時先後於此建廣寧、神武二郡。唐取廣寧、神武二郡尾字而置寧武郡，今有忻州寧武縣。

〔五〕石嶺峰：在今太原，有石嶺關城，太原三大關之一（其他兩個爲天門關、赤塘關）。

留別樊淑魯餉部用韵[一]

十年無復聽和鸞[二]，小草殊多此一端。曾羨陶潛能解綬，敢言貢禹愛彈冠[三]。天高北闕風雲遠，地迥西溪雨雪安。强起不知緣底事，馬頭秋色正餘寒。

【箋證】

〔一〕樊淑魯：參見《閏八月初十夜酌樊淑魯爲余誦田御宿邀賞望夜之作口占次韵》。

〔二〕十年無復聽和鸞：謂十年未接觸官場之人。詩或寫於崇禎八年，作者閒居家鄉代州已十年。和鸞，本指古代車上的鈴鐺，挂在車前橫木上稱"和"，挂在軾首或車架上稱"鸞"。《詩·小雅·蓼蕭》："和鸞雝雝，萬福攸同。"毛傳："在軾曰和，在鑣曰鸞。"《漢書·五行志上》："故行步有佩玉之度，登車有和鸞之節。"這裏代指官場。

[三]曾羡陶潜能解綬，敢言貢禹愛彈冠：陶潜解綬，謂陶淵明不爲五斗折腰，辭官歸里。貢禹彈冠，參見《送別武子有感》"懷才我輩始彈冠"。

九日同潘升允侍御、薛行塢簡討、
宋泗洲驗封集李龍門樞部宅漫賦[一]

帝城佳節足追陪，良晤何妨結駟來[二]。千里一堂今把袂，百年九日此銜杯。龍山客好仍同健[三]，燕市花寒却早開。拚醉盡忘歸去晚，迢迢清漏漫頻催。

又

登高作賦本吾儔[四]，閑館清歡亦勝遊。天入幽燕瞻上國，地連豫晉憶并州（李潘薛三公皆宦晉，余亦曾令中土）。從教月色開新爽，莫遣邊聲起暮愁。回首關河勞夢寐，南雲北樹幾悠悠。

【箋證】

[一]作於任京官時。但不知是自商邱任後還是崇禎八年再次出仕後。九日，重陽節九月九日。潘升允，作者友人。侍御，參見《贈馮忝生侍御》。薛行塢，按清李清馥《閩中理學淵源考》卷七十八《進士李在明先生光龍》："癸未登進士第後，爲本房薛行塢所蘊推重。"知薛行塢名"所蘊"。薛所蘊（1600—1667），崇禎元年進士，累官至國子監司業。福王時，以曾附李自成，定入從賊案。復降清，授原官，累官禮部左侍郎。爲高爾儼所劾，乞休歸。工詩文，有《桺庵集》《澹友軒集》等。薛此時官爲"簡討"，亦作"檢討"，參見《答王炳藜檢討（其二）》。宋泗洲，不詳待考。驗封，明清時期吏部下設有"驗封清吏司"，主掌文職官員之封爵、議恤、褒贈、土官世職及任用吏員等事。其職官有郎中、員外郎、主事等。李龍門：待考。樞部，指兵部。

[二]結駟：一車並駕四馬。《楚辭·招魂》："青驪結駟兮齊千乘，懸火延起兮玄顏烝。"王逸注："結，連也。四馬爲駟。"《文選·張衡〈西京賦〉》："旗不脫扃，結駟方蘄。"薛綜注："結駕駟馬，方行而入也。"

[三]龍山客：指龍山會，《晉書·孟嘉傳》載，九月九日，桓温曾大聚佐僚

於龍山。後遂以"龍山會"稱重陽登高聚會。唐朱灣《九日登青山》詩："想見龍山會，良辰亦似今。"唐趙嘏《重陽日寄韋舍人》詩："不知是日龍山會，誰是風流落帽人。"

〔四〕登高作賦本吾儕：登高作賦，古代士大夫必備的九種才能之一。《詩·鄘風·定之方中》"卜云其吉"毛傳："建邦能命龜，田能施命，作器能銘，使能造命，升高能賦，師旅能誓，山川能説，喪紀能誄，祭祀能語，君子能此九者，可謂有德音，可以爲大夫。"《舊唐書·魏玄同傳》："今使百行九能，折之於一面，具僚庶品；專斷於一司，不亦難矣。"王勃《滕王閣序》："臨別贈言，幸承恩於偉餞；登高作賦，是所望於群公。"

寧署壁間刻馬端甫公咏竹詩，
而竹與人俱不可睹矣，次以志感[一]

偶從題咏想琅玕[二]，春老空亭客夢寒。渭水千竿何處挹，沱陽三徑幾時看。殘枝未許喧烏雀，遺韵猶堪下鳳鸞。惆悵此君不可作，惟餘汗簡照心丹[三]。

【箋證】

〔一〕寧署：寧地官署，地名待考。馬端甫：詩中出現"沱陽"，今代縣城東十五公里有沱陽村，馬端甫或爲作者鄉人。詩寫於任官秦地時。

〔二〕琅玕：指竹。唐杜甫《鄭駙馬宅宴洞中》詩："主家陰洞細烟霧，留客夏簟青琅玕。"仇兆鼇注："青琅玕，比竹簟之蒼翠。"清吳偉業《又題董君畫扇》詩之二："湘君浥淚染琅玕，骨細輕勻二八年。"

〔三〕汗簡：借指史册、典籍。《晋書·王湛傳論》："雖崇勳懋績有闕於旂常，素德清規足傳於汗簡矣。"《舊五代史·晋書》趙在禮等傳"史臣曰"："自温琪而下，皆服冕乘軒，苴茅壽土，垂名汗簡，諒亦宜焉。"

七言排律

至日南郊恭紀同徐嵋雲文選、孫三如
考功、黃率行驗封限韵^[一]

　　祇天大禮三先甲^[二]，馨地精誠七閱辰^[三]。正屋殷憂連下土，
轉思至德合穹旻^[四]。望靈夙戒勤將享，奉贊親臨宓祀裡^[五]。雲繞
郊宮華似蓋，月依輦路碧如輪。儒臣履舄聯雙佩，衛士兜鍪挽六
鈞^[六]。氣肅牲牷登豆列^[七]，光浮玉帛鼓鐘陳。厓樽馨馥初將酒，
燎火輝煌不盡薪。暖入管灰宵動玉^[八]，漏催宮箭晚傳銀^[九]。紫烟
輕拂仙韶遠，黃道重旋御仗新。肅駕梟趨環左掖，慶成嵩祝徹中
宸。忭歡自叶迎陽義，摶挽知回造物仁^[十]。九塞無虞烽盡息^[十一]，
萬年有道福長臻。

【箋證】

　　[一] 至日郊祀祭天典禮而作，時在京城。南郊，在城南行郊天禮。《禮記·
郊特牲》："周之始郊日以至。"唐李邕《賀加天寶尊號表》："加號所以發祥，郊
天所以昭報。"徐嵋雲、孫三如、黃率行，生平均不詳。文選，官名，全稱"吏
部文選司郎中"。主管選拔文官之吏部文選司的長官。考功，官名。三國魏尚書
有考功、定課二曹，隋置考功郎，屬吏部，掌官吏考課之事，歷代因之，清末
廢。明王鐸《太子少保兵部尚書節寰袁公神道碑》："考功蘇繼歐覆疏讎公（袁可
立），得馳驛。後加太子少保，公辭。"驗封，參見《九日同潘升允侍御、薛行塢
簡討、宋泗洲驗封集李龍門樞部宅漫賦》。

　　[二] 三先甲：《周易注》卷二論蠱卦："蠱：元亨，利涉大川。先甲三日，
後甲三日。《象》曰：蠱，剛上而柔下，巽而止蠱。'蠱，元亨'，而天下治也。
'利涉大川'，往有事也。'先甲三日，後甲三日'，終則有始，天行也。"《周易》
蠱卦第十八解讀："蠱"，陳穀所生的蟲，比喻事物腐敗變質所生的病害，泛指國

家政治敗壞所生的弊端事故。"蠱，元亨"，是說在"蠱"中蘊含著治蠱之道，可以振衰除弊，撥亂反正，達到天下大治，其發展的前景至爲亨通。治蠱之道：蠱卦由巽下艮上組成，艮剛居上，巽柔居下，剛上而柔下。又從卦之六爻分析：三個柔爻均居三個剛爻之下，也是剛上而柔下。巽爲順，艮爲止，下巽順而上蓄止，這就是巽而止。這種卦爻結構意味著上剛可以斷制，下柔可以施令，上令下行，而又止於柔順，以柔順之道治蠱，自然能夠理順各種關係，至爲亨通。就人事的操作而言，應該發揚剛健有爲的精神，充分利用有利條件，不畏艱難險阻，奮勇向前，所以說"利涉大川，往有事也"。至於頒佈政令，推行措施，還必須周密計畫，審慎考量，做到"先甲三日，後甲三日"，遵循事物發展終則有始的自然規律。按"先甲三日"，指甲日的前三天，即辛日。"後甲三日"指甲日的後三天，即丁日。甲日是政令的正式施行期，要提前三天頒佈政令使人民廣爲知曉，延後三天觀察政令所取得的實效，通過實效來檢驗政令是否正確恰當。鄭康成注："先甲三日，後甲三日者，造作新令之日先之三日而用辛也，欲取改過自新之義。後之三日而用丁也，取其丁寧之意。"

〔三〕罄地精誠七閱辰：七辰，指日、月及五星。宋范仲淹《易兼三材賦》："璿璣測象，括運動於七辰；玉琯候時，含慘舒於四氣。"

〔四〕正廑殷憂連下土，轉思至德合穹旻：廑，同"勤"。殷憂，憂傷。南朝宋謝靈運《歲暮》詩："殷憂不能寐，苦此夜難頹。"穹旻，謂天。宋王禹偁《和楊遂賀雨》："稚老無所訴，嗷嗷望穹旻。"

〔五〕毖祀禋：毖，恭謹貌。祀禋，燒柴升烟以祭天，《周禮·春官宗伯第三》："以禋祀祀昊天上帝。"

〔六〕兜鍪挽六鈞：指全副武裝的武士。兜鍪，頭盔。六鈞，喻勇士。《左傳·定公八年》："士皆坐列，曰：'顏高之弓六鈞。'皆取而傳觀之。"杜預注："顏高，魯人。三十斤爲鈞，六鈞百八十斤。古稱重，故以爲異强。"謂張滿弓用力六鈞，後因以指强弓。漢應瑒《馳射賦》："顧摧月支，須紆六鈞，口彎七規。"

〔七〕氣肅牲牷登豆列：牲牷，古代祭祀用的純色全牲。《左傳·桓公六年》："吾牲牷肥腯，粢盛豐備。"杜預注："牲，牛羊豕也；牷，純色完全也。"豆列，排列整齊的祭盤。

〔八〕暖入管灰宵動玉：古代將葭灰置於律管內測定節氣。新節氣至，灰則自行由相應律管內飛出，見《後漢書·律曆志上》。後遂以吹灰表示節氣變換。唐韓愈《憶昨行和張十一》詩："憶昨夾鐘之呂初吹灰，上公禮罷元侯迴。"

　　［九］漏催宫箭晚傳銀：漏催宫箭，王維《奉和賈至舍人早朝大明宫》：“五夜漏聲催曉箭，九重春色醉仙桃。”古代計時器漏壺下用箭以指示時刻。傳銀，傳銀箭。銀箭，指漏壺之箭爲銀制。明程敏政《篁墩文集》卷八十一《十六夜南郊看牲有作》曰：“龍漏下傳銀箭急，牲房分送絳紗明。歸來玉樹題封事，坐視宫花曉奏名。”

　　［十］摶捖知回造物仁：摶捖，揉團打摩意。摶，圜聚之也。捖，摋刮之也。明徐光啓《大贊詩》：“摶捖衆有，以資人靈。無然方命，忝爾所生。”造物，造物者，特指創造萬物之神。《莊子・大宗師》：“偉哉，夫造物者將以予爲此拘拘也。”唐柳宗元《始得西山宴遊記》：“洋洋乎與造物者遊，而不知其所窮。”

　　［十一］九塞無虞烽盡息：九塞，九個險阻之處。《吕氏春秋・有始》：“山有九塞……何謂九塞？大汾、冥阨、荆阮、方城、殽、井陘、令疵、句注、居庸。”這裏爲泛指。

題《先徽録》十韵^[一]

　　石瑶符鄉丈以《先徽録》索詩，余雅善瑶符且韙其事，爲賦七言近體十韵。未及登册，遽聞先慈之變^[二]，遂成逋負。越一年，瑶符以近遣行，猶申前請。因感其意不可已，輒取原草，雪涕泚毫。書已殆不能還視。益知古人蓼莪廢讀^[三]，同此至情，余於瑶符深矣。

　　漢代君家盛絕倫^[四]，明時奕葉遠逾新。一完白璧生庭玉，兩獲元珠擅席珍。出應禎祥同鳳覽，誕緜仁厚並麟振。積書早信兒能讀，斷織嘗愁母見嗔^[五]。弓冶相承蒙澤永^[六]，塤篪迭奏此情真^[七]。衡鱣座上儒風古^[八]，擾雉田間吏術淳^[九]。即墨不封翻是罪，原思何病但宜貧^[十]。瞻雲灑淚悲空壘，傾日懷丹嘆獲薪。邱壑尚堪容故我，耕樵總不愧前人。天心倘在偏衡慮，世路難知漫愴神。

【箋證】

　　［一］《先徽録》：疑家譜之類書。

　　〔二〕先慈：稱亡母。清陳夢雷《絕交書》：“先慈恐不孝激烈難堪，遣人呼入家。”

　　〔三〕益知古人蓼莪廢讀：蓼莪，喻孝子之情。《詩經·小雅·蓼莪》：“蓼蓼者莪，匪莪伊蒿。哀哀父母，生我劬勞。”《序》：“《蓼莪》，刺幽王也。民人勞苦，孝子不得終養爾。”

　　〔四〕漢代君家盛絕倫：漢代石姓著名人物有石奮、石慶。石奮（？—前124），字天威，號萬石君，河內溫（今河南衮縣西南）人。初爲小吏，侍高祖。帝愛其恭敬，召其姊爲美人。以奮爲中涓。文帝時官至太中大夫。景帝即位，列爲九卿，身爲二千石，四子皆官至二千石，號爲萬石君。以上大夫祿養老歸家。石慶，西漢丞相，萬石君石奮之子。

　　〔五〕斷織：傳孟軻少時，廢學歸家，孟母方績，因引刀斷其機織，曰：“子之廢學，若吾斷斯織也。”軻因勤學自奮，師事子思，遂成大儒。事見漢劉向《列女傳·鄒孟軻母》。後遂用爲母親督子勤學的典故。唐駱賓王《上衮州張司馬啓》：“加以承斷織之慈訓，得銳志於書林；奉過庭之嚴規，遂容情於義圃。”

　　〔六〕弓冶相承蒙澤永：謂父子世代相傳的事業。語本《禮記·學記》：“良冶之子，必學爲裘；良弓之子，必學爲箕。”唐陳子昂《臨邛縣令封君遺愛碑》：“陳其弓冶，戴其簪纓。”

　　〔七〕塤箎：亦作“塤篪”“塤箎”。塤與箎，皆古代樂器，二者合奏時聲音相應和，常比喻兄弟親密和睦。《詩·小雅·何人斯》：“伯氏吹塤，仲氏吹箎。”毛傳：“土曰塤，竹曰箎。”鄭玄箋：“伯仲，喻兄弟也。我與女恩如兄弟，其相應和如塤箎，以言俱爲王臣，宜相親愛。”

　　〔八〕銜鱣座上儒風古：用楊震好學晚得好報之典。《後漢書》卷五十四《楊震傳》：“震少好學，受歐陽尚書於太常桓鬱，明經博覽，無不窮究。諸儒爲之語曰：‘關西孔子楊伯起。’常客居於湖，不答州郡禮命數十年，眾人謂之晚暮，而震志愈篤。後有冠雀銜三鱣魚，飛集講堂前，都講取魚進曰：‘蛇鱣者，卿大夫服之象也。數三者，法三臺也。先生自此升矣。’年五十，乃始仕州郡。”

　　〔九〕擾雉田間吏術淳：疑用晉蕭芝之典表風俗淳厚。《藝文類聚》卷九十引晉蕭廣濟《孝子傳》：“蕭芝至孝，除尚書郎，有雉數十頭，飲啄宿止。當上直，送至歧路；下直入門，飛鳴車側。”

　　〔十〕即墨不封翻是罪，原思何病但宜貧：即墨封，典源未詳，疑用田單即墨火牛陣破燕之典。原思何病，用孔子弟子原憲居貧之典。《莊子·雜篇·讓王》："原憲居魯，環堵之室，茨以生草，蓬户不完，桑以爲樞而甕牖，二室，褐以爲塞，上漏下溼，匡坐而弦。子貢乘大馬，中紺而表素，軒車不容巷，往見原憲。原憲華冠縰履，杖藜而應門。子貢曰：'嘻！先生何病?'原憲應之曰：'憲聞之：無財謂之貧，學而不能行謂之病。今憲，貧也，非病也。'子貢逡巡而有愧色。原憲笑曰：'夫希世而行，比周而友，學以爲人，教以爲己，仁義之慝，輿馬之飾，憲不忍爲也。'"

七言絶

郡城夜眺^[一]

立馬城頭月未闌，樓臺新霽暮空寒。客心此際真悲壯，指點
欃槍仔細看^[二]。

【箋證】

〔一〕軍中之作。未詳何地。

〔二〕欃槍：喻指動亂。《漢書·天文志》："槍、欃、梧、彗異狀，其殃一
也，必有破國亂君，伏死其辜，餘殃不盡，爲旱、凶、飢、暴疾……孝文後二年
正月壬寅，天欃夕出西南。占曰：'爲兵喪亂。'其六年十一月，匈奴入上郡、雲
中，漢起三軍以衛京師。"

贈相者

誰將姑布動公卿^[一]，洛下原來舊有聲。一領青衣雙碧眼，教
人到處説髯生。

其二

曾聞早歲遇奇人，知汝傳來骨法真^[二]。不爲千金輕一決，偏
將物色到風塵。

【箋證】

〔一〕姑布，春秋時晉國大夫。曾相趙鞅諸子，認爲其妾所生子毋卹必貴。
後趙鞅試之，毋卹最賢，立爲太子。

〔二〕知汝傳來骨法真：骨法，所謂稱骨算命之法。出生不同年、月、日、

時者都有固定的重量，綜合相加，就是一個人的"骨重"。對應相應的解釋，形成一個人的命相。宋玉《神女賦》："骨法多奇，應君之相。"李周翰注："骨法殊異，正合侍君也。"《史記·淮陰侯列傳》："韓信曰：'先生相人何如?'（蒯通）對曰：'貴賤在於骨法，憂喜在於容色，成敗在於決斷。'"

送別蕭武子

寶劍黃金贈遠人[一]，雄風萬里動車塵。却憐一雨添離恨，愁殺長亭酒數巡。

【箋證】

[一] 寶劍贈人：用延陵季子贈徐君寶劍之典。劉向《新序·節士第七》："延陵季子將西聘晋，帶寶劍以過徐君，徐君觀劍，不言而色欲之。延陵季子爲有上國之使，未獻也，然其心許之矣。使於晋，顧反，則徐君死於楚，於是脫劍致之嗣君。從者止之曰：'此吳國之寶，非所以贈也。'延陵季子曰：'吾非贈之也，先日吾來，徐君觀吾劍，不言而其色欲之，吾爲上國之使，未獻也。雖然，吾心許之矣。今死而不進，是欺心也。愛劍偽心，廉者不爲也。'遂脫劍致之嗣君。嗣君曰：'先君無命，孤不敢受劍。'於是季子以劍帶徐君墓即去。徐人嘉而歌之曰：'延陵季子兮不忘故，脫千金之劍兮帶丘墓。'"

白鼻騧

何處馳來白鼻騧[一]，銀鞍金勒總豪華。笑看紅袖飄飄處，道是垂楊第幾家。

【箋證】

[一] 咏白鼻黑喙的黃馬。唐李白《白鼻騧》詩："銀鞍白鼻騧，綠地障泥錦。"宋梅堯臣《和端式上人咏·垂崖鞭》："崖竹出石壁，根瘦懸青蛇……少年莫剪去，騎殺白鼻騧。"

結客少年場[一]

　　長袖翩翩白皙郎，紫騮斜控綠絲繮[二]。等閑來往青齊近[三]，爲訪何人是孟嘗[四]。

【箋證】

　　[一] 結客少年場行，古樂府詩體。郭茂倩《樂府詩集》卷六十六《雜曲歌辭》六：“《後漢書》曰：‘祭遵嘗爲部吏所侵，結客殺人。’曹植《結客篇》曰：‘結客少年場，報怨洛北邙。’《樂府解題》曰：‘《結客少年場行》，言輕生重義，慷慨以立功名也。’《廣題》曰：‘漢長安少年殺吏，受財報仇，相與探丸爲彈，探得赤丸斫武吏，探得黑丸殺文吏。尹賞爲長安令，盡捕之。長安中爲之歌曰：何處求子死，桓東少年場。生時諒不謹，枯骨復何葬。按結客少年場，言少年時結任俠之客，爲遊樂之場，終而無成，故作此曲也。’”

　　[二] 紫騮：古駿馬名。《南史·羊侃傳》：“帝因賜侃河南國紫騮，令試之。侃執矟上馬，左右擊刺，特盡其妙。”

　　[三] 等閑來往青齊近：青齊，“青州有齊郡”之簡，言今山東。典出《世說新語·術解》：“桓公有主簿善別酒，有酒輒令先嘗。好者謂‘青州從事’，惡者謂‘平原督郵’。青州有齊郡，平原有鬲縣。‘從事’言‘到臍’，‘督郵’言在‘鬲上住’。”

　　[四] 孟嘗：孟嘗君，即田文，戰國四公子之一。出身齊貴族，封於薛（今山東滕縣南），稱薛公，號孟嘗君，以善養士著稱。一度入秦，秦昭王要害他，賴門客中擅長狗盜鷄鳴者的幫助而逃歸。後卒於薛。

郊行有感

　　澗底凍陰猶漠漠，岸頭草色已芊芊[一]。祇緣物理分高下[二]，不是春光有後先。

【箋證】

[一] 芊芊：《宋玉・高唐賦》：“仰視山巔，肅何芊芊。”一本作“千千”。李善注：“千千，青也。千、芊古字通。”李周翰注：“芊芊，山色也。”宋范成大《勞畬耕》詩：“麥穗黄剪剪，豆苗緑芊芊。”

許州道口僕夫偶折牡丹一枝置輿中[一]

輿中忽見一枝春，帶雨含烟自可人。正是洛陽饒富貴[二]，窮途也得借花神。

【箋證】

[一] 許州：今河南許昌。唐堯時昆吾族部落的首領許由率眾耕牧於此，故名“許”。周代稱許國，秦置許縣。魏文帝曹丕廢漢立魏後，因“漢亡於許，魏基昌於許”，改許縣爲許昌，爲曹魏五都之一。南北朝時設許昌郡，治長社（今許昌市魏都區）。統領陽翟、潁川、許昌三郡。隋大業三年（607）改許州爲潁川郡，轄 14 縣。唐代在“許州”“潁川”間多次改名。宋元豐三年（1080 年）升許州爲潁昌府，隸京西北路。金許州隸南京路。元許州隸河南江北行中書省汴梁路。明洪武元年（1368 年）許州隸開封府。

[二] 正是洛陽饒富貴：牡丹以洛陽最有名。歐陽修《洛陽牡丹圖》：“洛陽地脉花最宜，牡丹尤爲天下奇。”宋周敦頤《愛蓮説》：“菊，花之隱逸者也；牡丹，花之富貴者也。”

蕭生瑶來自西昌訪余商邱十日辭去[一]

十載交遊感慨中，清樽涼夜意何窮。送行冷署仍前度，猶有榴花似火紅。

其二

匹馬匆匆出宋城，主人相愛轉相驚。知君欲續平原約[二]，十日追隨又遠行。

【箋證】

[一] 送朋友蕭生作，於河南商邱任上。按西昌，歷史上曾有二，一在今江西：東漢建安四年（199）置西昌縣，爲廬陵郡治。故城在今江西泰和縣城西。晋太康元年（280），廬陵郡治遷石陽（今吉水縣東北 10 公里），西昌爲屬縣。南朝陳時，省西昌縣。隋朝開皇九年（589），在廬陵郡復置西昌縣。開皇十年廢西昌，並東昌、遂興、廣興、永新等地置安豐縣。一在今四川：唐朝永淳元年（682），在益昌縣故城（今四川安縣花荄鎮）置西昌縣，屬綿州。五代時建置隸屬均無變化。北宋熙寧五年（1072）併入龍安縣。

[二] 平原約：用戰國秦昭王遺書平原君之典。《史記》卷七十九《范雎蔡澤列傳》：“秦昭王聞魏齊在平原君所，欲爲范雎必報其仇，乃詳爲好書遺平原君曰：‘寡人聞君之高義，願與君爲布衣之友，君幸過寡人，寡人願與君爲十日之飲。’”

聞雁[一]

秋滿長空月滿湖，忽聽征雁一聲孤。遠來應解傳書信，曾到雁門關下無？

【箋證】

[一] 憶念家鄉之作。或作於軍中。

聞笛

關山楊柳盡飄零，遠客含愁夜獨醒。何處風前三弄笛[一]，泠然清韻滿空庭。

【箋證】

[一] 何處風前三弄笛：三弄笛，用東晋桓伊爲王徽之奏“梅花三弄”之典。

《世説新語・任誕》："王子猷出都，尚在渚下。舊聞桓子野善吹笛，而不相識。遇桓於岸上過，王在船中，客有識之者云："是桓子野。"王便令人與相聞云：'聞君善吹笛，試爲我一奏。'桓時已貴顯，素聞王名，即便回下車，踞胡床，爲作三調。弄畢，便上車去。客主不交一言。"桓伊，字叔夏，小字子野（一作野王）。東晋著名將領、音樂家，鎮南將軍桓宣族子。王子猷，王徽之（338—386），字子猷，書聖王羲之第五子。曾任車騎參軍、大司馬參軍、黄門侍郎等。

聞柝[一]

凉夜孤燈客思焦，柝聲和雨度寒宵。荒村不是嚴更鼓，爲伴陰蟲送寂寥。

【箋證】

[一] 從"孤燈""柝聲"知其似作於軍中。

聞砧[一]

日落孤城秋氣深，西風入夜轉蕭森。飄來一片寒砧急，敲碎離人萬里心。

【箋證】

[一] 從"孤城""離人"知其似作於投身戎伍時。

送張志南再歸雁門[一]

去年四月送君歸，楊柳花飛點客衣。今日送君春正早，雪花却似柳花飛。

【箋證】

[一] 張志南爲作者鄉人。寫作時地不詳。

棲賢社

十里青松一徑烟，嵩陽老衲此安禪^[一]。寬余許似淵明否，賢社何妨繼白蓮^[二]。

【箋證】

[一] 嵩陽：寺觀名。在河南省登封縣太室山下，北魏太和年間建。初名嵩陽寺，唐改名嵩陽觀，宋改名天封觀，元改名嵩陽宫。宫前有唐徐浩書《嵩陽觀聖德感應頌》石刻，觀内有古柏三株，傳爲漢武帝登嵩山時所封。

[二] 賢社何妨繼白蓮：白蓮，指白蓮社。東晉釋慧遠於廬山東林寺，同慧永、慧持和劉遺民、雷次宗等結社精修念佛三昧，誓願往生西方净土，又掘池植白蓮，稱白蓮社。見晉無名氏《蓮社高賢傳》。宋陳舜俞《廬山記·山北》："遠公（慧遠）與慧永……十八人者，同修净土之法，因號白蓮社十八賢。"

澡浴池戲題口號^[一]

聖水誰將澡浴名，不知智慧幾人生。日來劫火名山遍^[二]，安得靈泉一洗清。

【箋證】

[一] 澡浴池，或指五臺山"萬聖澡浴池"。四庫本《山西通志》卷二六："萬聖澡浴池在中北二臺間，一名涌泉，相傳文殊菩薩盥掌地，遊人多拭巾投之，後浚鑿構亭清凉之谷，澡浴之地跳珠噴玉，乃醒心地也。"

[二] 劫火：佛教語，謂壞劫之末所起的大火。《仁王經》："劫火洞然，大千俱壞。"唐張喬《興善寺貝多樹》詩："永共終南在，應隨劫火燒。"宋李綱《次韵丹霞録示羅疇老唱和詩》："刼火洞燒時，自有安身處。"

萬年冰

誰斧凌陰結玉虹，炎天赤日總難融。緣何不與夏蟲語^[一]，此地縣來無夏蟲。

【箋證】

　　［一］夏蟲：典出《莊子・外篇・秋水》：“井蛙不可以語於海者，拘於虛也；夏蟲不可以語於冰者，篤於時也；曲士不可以語於道者，束於教也。今爾出於崖涘，觀於大海，乃知爾醜，爾將可與語大理矣。”

竹林寺憶月川上人[一]

　　高衲曾聞隱竹林，應憐空翠似禪心。一從寂後荒凉甚，明月川前自古今。

【箋證】

　　［一］竹林寺：四庫本《山西通志》卷一百七十一《寺觀四・五臺縣》：“竹林寺在中臺南三十里。唐大曆五年釋法照止佛光寺，白光起北谷，照即依光行東北里許，澗下有石門，童子出曰：“來何遲也！”引度溪橋，文殊示以念佛三昧，命布人間。照方欣開眼，聖境皆失。世謂悟入化竹林，因創寺志之。”月川上人：不詳待考。

廣宗寺[一]

　　靈鷲峰南半麓高[二]，護持曾此荷宸褒。殘碑漫訝沈苔蘚，功德元逾銅瓦牢。

【箋證】

　　［一］廣宗寺位今臺懷鎮營坊村山腰、菩薩頂的下方，始建於明正德二年（1507），清代重修。《清凉山志》：“正德初，上爲生民祈福，遣中相韋敏建寺。鑄銅爲瓦，今稱銅瓦殿，賜印，並護持。命秋崖等十高僧住。”寺內正殿背後立有明正德三年石碑，對創建廣宗寺有描述。

[二]靈鷲：峰名。在五臺山中臺之東南，亦稱菩薩頂。峰有真容院，黃教喇嘛剳薩克居此。清陳夢雷《擬遊五臺山不果》詩："勢控太行蟠巨鎮，派分靈鷲落曇花。"

圓照寺[一]

圓照旌幢望欲遮，我來空自問袈裟。旃檀寂寞香花冷[二]，幾杵疏鐘撞晚霞。

【箋證】

[一]圓照寺，在五臺山。古稱普寧寺，明永樂年間建。四庫本《山西通志》卷一百七十一《寺觀四·五臺縣》："大圓照寺在顯通之左，古稱普寧寺。明永樂初印土僧室利沙者來，送居顯通寺，宣德初示寂。敕依法荼毗分舍利爲二：分一於都城建寺曰真覺，一於臺山普寧寺基建寺曰圓照。正德間設都綱司。"

[二]旃檀：亦作"旃檀"，即檀香，梵語 Chandana 的省稱。玄應《一切經音義》："旃檀那，外國香木也，有赤、白、紫等數種。"貫休《遊金華山禪院》："茲地曾棲菩薩僧，旃檀樓殿瀑崩騰。"

羅睺寺[一]

一路尋僧苦寂寥，羅睺寺裏漫相招。番僧貌古言難曉，一語都無意較饒。

【箋證】

[一]羅睺寺：《大清一統志》卷一百十四《代州》："羅睺寺在五臺縣東北五臺山，有蓮花莊。宋元祐中建。張商英嘗見神燈茲寺中。"按：羅睺，同羅睺，印度占星術名詞。印度天文學把黃道和白道的降交點叫羅睺，升交點叫計都。同日、月和水、火、木、金、土五星合稱九曜。因日月蝕現象發生在黃白二道的交點附近，故又把羅睺當作（蝕）神。遼代希麟《續一切經音義》卷六："羅睺即梵語也，或云攞護，此云暗障，能障日月之光，即暗曜也。"宋沈括《夢溪筆

談·象數一》："故西天法：羅睺、計都皆逆步之，乃今之交道也。交初謂之羅睺。"又，"摩睺羅"或"摩羅睺"的省稱。梵語 mahoraga，本爲八部衆中人首蛇身之神。民間借用此語稱一種土木制的玩偶。明張煌言《七夕微雨》詩："故鄉風物空回首，誰買羅睺戲綵樓?"

閏中秋夜田御宿大參邀飲映碧園，樊淑魯民部以微恙未與，書二絶見示，依韵答之[一]

銀漢重看拂素盤[二]，依然清影繞闌干。如何不共春風坐，露冷風凄覺夜寒。

【箋證】

[一] 閏月中秋與友人田御宿相聚，寫於代州家中。田御宿大參、樊淑魯民部，均見前注。

[二] 銀漢重看拂素盤：化用宋蘇軾《陽關詞·中秋月》："暮雲收盡溢清寒，銀漢無聲轉玉盤。"

卷三　奏疏一

疆事十可商疏[一]

題“爲廟筹當一無不逮[二]，疆事尚十有可商，敬抒愚見，恭請聖裁事”。

自流氛煽亂殆閱十年[三]。發難之初，賊勢甚小，我兵日剿而賊勢益大。今用樞臣楊嗣昌之議①，復措餉二百八十萬，集兵十二萬，付之督理及臣等各撫臣[四]，以圖大創，謂滅賊在此一舉矣[五]。儻任事諸臣繇今之道迄無變計，臣恐今之措餉二百八十萬，豈多於向者已費之幾百十萬哉！今之集兵一十二萬且不逮向者見調之九萬矣。廟堂苦心而籌，豈可再供一番嘗試？而天下事又尚堪再誤乎？臣不爲臣等身家慮，而爲朝廷封疆慮。蓋事之可商者有十焉：

一曰商兵。夫剿賊須兵，此必然之理也。然兵必覈實爲我用，

---

① 楊嗣昌（1588—1641），字文弱，一字子微，自號肥翁、肥居士，晚年號苦庵，湖廣武陵（今湖南常德）人。萬曆三十八年（1610）進士，崇禎十年（1637）出任兵部尚書。楊嗣昌主張對後金議和，對民軍則提出“四正六隅、十面張網”之策鎮壓。最終計劃未成。崇禎十二年（1639）以“督師輔臣”的身份前往湖廣圍剿農軍。曾在四川瑪瑙山大敗張獻忠，但隨後失敗。崇禎十四年（1641）張獻忠破襄陽，殺襄王朱翊銘，已患重病之楊嗣昌聞知驚懼而死（一説自殺）。

否則紙上空談，有兵亦與無兵等。今各邊之精銳以屢調盡空，即欲照部議集兵不可得矣。如使可得，皇上但據督臣所奏兵數一細按之，似督臣之所以應大剿者，竟未有加於前也。且榆鎮以聞警淹留，寧鎮以被衄歸息[六]，皆不能即至。夫兵力如故迅掃何期？又況可憂不獨在無兵乎？此其可商者一也。

一曰商餉。夫未籌兵先籌餉，士馬所以貴飽騰也，然必餉圖可繼，餉始不窘。今海内之脂膏已竭澤欲盡，雖欲照部議征餉，未必如數矣。即能如數，皇上但據督臣所奏餉數一細覆之，似兩部之所議，以供兵三萬者必不能供二萬也。且兵合於何日？餉足於何期？見支猶虞掣肘，補欠更需時日。調兵原期大剿，餉將困於坐食。又況可憂不獨在餉之難繼乎！此其可商者二也。

一曰商地。夫用兵全在地利，地利者我之所利而賊之所不利也。向來賊勢張則四出，困則歸秦，賊之地利在秦明矣。乃我又若惟恐賊之不得地利，始則合督理之力而驅之於秦，繼則盡一督之力而守之於秦。環秦皆山也，賊既據山爲巢，兵又視山爲阱。賊自安閒於山内，兵殆坐困於山外。賊掠糧而兵不能斷賊之糧道，兵屯日久所需米豆日益騰貴，至不能支，是逼賊於山不能窘賊，反以自窘。此剿賊之大病也。樞臣四面六隅之議[七]，毋亦欲我殺賊有地，賊逃生無地耳。若竟如此，賊將踞全秦爲窟穴，而四面六隅幾爲空張之網矣。此其可商者三也。

一曰商時。滅賊須審天時，天時者我當其時則可勝，賊當其時則可圖也。賊夏秋則橫，冬春稍戢，賊之時不在冬春明矣。乃我若偏憐賊之窘於冬春，而不肯乘機者，無兵每嘆於冬初，兵集已至於春杪，屢值冬春，我既無兵乘賊，賊更乘我無兵不戰，而賊愈鴟張強戰。而兵或敗衄，繇是賊益肆而我愈無如賊何。兵無能爲，而賊所垂涎之城堡日任其攻劫，竟付之不能問矣。夫有圖賊之時，我既錯過，賊反狂逞，此剿賊之大患也。部臣計餉一年，毋亦謂我之殺賊在此一年，而賊之滅亡在此一年耳。若竟如此，雖再易年亦無望獲醜報訊。而年復一年，竟成不了之局矣。此其可商者四也。

一曰商賊。剿賊必需知賊，而後賊可圖也。賊動稱十萬，動稱數十萬，而老本精賊畢竟無幾。今豫楚江北雖皆報有多賊，乃賊之強者悉在秦。然秦賊自闖王被擒，蝎子塊、張妙手就撫，惟過天星、闖將、混天星三賊略略稱悍肆，而三股精賊亦自寥寥無多也。今我如畢智竭力，日夜惟三賊是圖，第能於三賊了當一二股，而秦賊便成破竹。秦賊平而豫楚江北之賊便可傳檄定矣。如不握定要領，早從大頭顱處下手，而泛泛從事，賊必不可滅也。夫賊雖無他志，然原非善類，未有竟不滅而竟無他志者。臣不能不深憂其卒也。此其可商者五也。

一曰商我。圖賊宜先知我。我之滅賊非更有可待也，地方破殘凡幾，人民殺戮凡幾，猶可徐竢修復。乃上下人心渙散，黠卒窮民到處思亂，是吾之可憂者不獨在賊。蓋自廿載供邊，十年備寇以來，已悉索敝賦矣，茲復議餉二百八十萬，兵十二萬，措辦之難為何如？此番兵餉豈可輕於一擲耶！當如臥薪嘗膽，痛念此番兵餉非易，使此番之兵餉不又似從前之虛擲，而我之力尚可少舒。我力舒而後來再有征繕，猶可勉強供應也。如不深維根本而悠悠如故，後來之事益難矣。夫我之元氣久索，尚爾克削不已，寧有不危者乎？臣又不忍深思其卒也。此其可商者六也。

一曰商剿。覰定一股剿完一股，此剿賊之要訣也。今計不出此，迎擊既畏賊鋒，合圍又苦兵弱，遂不得不殺零截尾以掩飾目前，而剿不成剿矣。不思賊即眾強，自可設計以圖之。蓋賊無城郭，自固原日日寄命於我，驅之於必困之途，取之於垂死之日，王師所以有征無戰也。如第一彼一此，爭勝負於矢石之間，即勝亦無關於蕩平，況未必勝乎？專剿之責在督理之臣，各撫臣止可協心參贊，必不能隨賊遠逐也。此其可商者七也。

一曰商撫。懷之以德，懾之以威，此撫賊之要著也。向之歸命未必假，我既有誘殺之嫌；今之投戈未必真，我已無堅拒之力，遂不得不遷就籠絡，而撫不成撫矣。不思賊即真誠無他，我亦須張威以待。蓋賊已窮極思返，我惟有以懾服之，則狐疑狙伺，失其故智，又乘其欲盡之勢，迫以難犯之鋒，乃可永消反側也。如已恩窮威頓，始望懷來，於狡詐之輩即來，亦難保其有終，況必不來乎？第行撫尚責之各撫臣，而督理惟宜一意剿殺，庶不啓賊以輕視也。此其可商者八也。

一曰商將。制勝之機在於擇將。總鎮偏裨皆剿賊之將也，乃能實實剿賊者幾人？即左光先、曹變蛟二帥[八]，一則頗能詳慎，一則頗能勇往。然久歷行間，究未能獨奏膚功，而此外之庸碌者尚多也。臣謂曹、左暫堪驅策，其餘亟宜裁汰，失律者亟宜按以軍法以警衰惰。即如臨洮總兵孫顯祖[九]，年暮無功，斷難姑容。則凡如顯祖者，均宜次第甄別。此事之可商者九也。

一曰商人。戡亂之任在於得人。督理巡撫皆辦寇之人也，乃能實實辦寇者幾人？惟督理二人，一則勞著征流自可券諸已往，一則功成靖邊尤可信其將來。其餘尸位，應不乏人也。臣謂督理並膺倚任，其有不能辦寇者，似宜亟行更易。如臣傳庭心徒切而命實乖，今且貽累督臣，一事無成。即或憐非禍，始亦宜重加罪斥。則凡似臣者，皆不敢貪戀；勝臣者亦不敢推諉矣。此事之可商者十也。

以上十事，伏祈穆然深思，毅然獨斷。於一切事情宜廟堂裁決者，即行裁決。宜該部申飭者，即行申飭。於文武諸臣宜照舊留用者，仍行留用。宜復議斥處者，即行斥處。懲前毖後，改故圖新，封疆之事或有瘳乎？臣身在局中，實見情形如此，用敢備疏，請裁期於在事諸臣。力圖共濟，非徒以條議塞責。伏祈聖明，全覽施行。

崇禎十年七月二十日具題。

八月二十七日奉旨："該部看議具奏。"

　　[一] 對民軍作戰全面戰略的體現，從兵、餉、地、時、賊、我、剿、撫、將、人十個方面，分析彼我形勢。對樞臣楊嗣昌“四正六隅”戰略，其措餉、集兵之法，頗有微詞，認爲徒具富麗之表而不切實用，平定民軍之關鍵，在於如何解決上項十個問題。

　　[二] 廟籌當一無不惕：謂朝廷的方略是正確的，沒有什麽需要戒懼警惕的。“廟籌”，同“廟算”，指朝廷或帝王對戰事進行的謀劃。《孫子·計》：“夫未戰而廟算勝者，得算多也；未戰而廟算不勝者，得算少也。”張預注：“古者興師命將，必致齋於朝，授以成算，然後遣之，故謂之廟算。”惕，謹慎戒懼。如懲前惕後——接受過去失敗的教訓，以後小心不重犯。

　　[三] 流氛煽亂殆閱十年：明末流民動亂，起於崇禎元年。明末彭孫貽《流寇志》卷一記曰：“崇禎元年戊辰陝西薦飢。七月，白水盜王二等聚眾掠蒲州韓城境。十一月。府谷民王嘉胤率其黨楊六、不沾泥等群掠富家粟。有司捕之急，聚爲盜。米脂李自成、張獻忠往從之。獻忠狡黠多智。自成少爲驛卒，驍杰善走，工騎射……”又，明末農民軍之興，且日益壯大，學界多謂與崇禎裁撤各地驛站、大批驛夫失業有關。上書同卷又記曰：“烈皇帝初登大寶，軍事屢興，每憂餉匱……兵科給事中劉懋、御史毛羽健請更驛遞，足國用……自燕趙迤西直、秦、晉輪蹄孔道，遊手之民執鞭逐馬走，多仰食驛糈。驛累既蘇，輪鞅漸稀，驛丁車徒數千，歲儉無所得食，相聚爲盜……給事中倪嘉慶私論曰：‘驛遞之設，貧民不得自食者賴之，裁之太過，將鋌而走險，此盜生之始也。’俄而李自成果以驛卒被裁，走入高迎祥隊中，後遂以亡明。朝野咸服其先見……”

　　[四] 付之督理及臣等各撫臣：督、理，督臣、理臣。督臣，本階段多指洪承疇。如《報甘兵抵鳳並請責成疏》：“隨經移咨督臣洪承疇會議去後，已經督臣另疏具題外，臣一面移咨督臣督發，仍一面屢次移文王國靖催調。”理臣，本階段謂指熊文燦。如《題出關善後疏》：“今曹變蛟已奉旨調赴理臣熊文燦軍前。”撫臣，指傳庭自任之陝西巡撫及各省巡撫，如《降處陳謝並瀝下忱疏》：“正宜調發兵將，救焚拯溺，乃督臣洪承疇、撫臣孫傳庭二臣，均膺討賊之任，坐視城陷，置赤子於淪亡，咎將誰諉。”

　　[五] 復措餉二百八十萬，集兵十二萬……謂滅賊在此一舉矣：按《明史·楊嗣昌傳》對此有記：“福建巡撫熊文燦者，討海賊有功，大言自詭足辦賊；嗣

昌聞而善之。會總督洪承疇、王家楨分駐陝西、河南，家楨故庸材，不足任；嗣昌乃薦文燦代之，因議增兵十二萬、增餉二百八十萬，其措餉之策有四：曰因糧、曰溢地、曰事例、曰驛遞。因糧者，因舊額之糧，量爲加派。畝輸糧六合，石折銀八錢，傷地不與；歲得銀百九十二萬九千有奇。溢地者，民間土田溢原額者，覈實輸賦；歲得銀四十萬六千有奇。事例者，富民輸資爲監生，一歲而止。驛遞者，前此郵驛裁省之銀，以二十萬充餉……"

[六] 且榆鎮以聞警淹留，寧鎮以被衄歸息：榆鎮，指山海關。古稱榆關，又稱渝關、臨榆關、臨渝關、臨閭關。明代徐達將關城移至現山海關處，建關設衛，因其倚山面海，故名山海關。寧鎮，指寧夏鎮，明代九邊之一。《九邊圖論·寧夏》："寧夏鎮城所據，賀蘭山環其西北，黃河在東南，險固可守。黃河繞其東，賀蘭聳其西，西北以山爲固，東南以河爲險。"

[七] 樞臣四面六隅之議：按"四正六隅"定策於崇禎十年三月。《明史·楊嗣昌傳》："九年秋，兵部尚書張鳳翼卒。帝顧廷臣，無可任者，即家起嗣昌。三疏辭，不許。明年三月，抵京，召對……帝與語，大信愛之……嗣昌乃議大舉平賊。""四正六隅"之具體方略，《明史·楊嗣昌傳》載謂："請以陝西、河南、湖廣、江北爲四正，四巡撫分剿而專防；以延綏、山西、山東、江南、江西、四川爲六隅，六巡撫分防而協剿：是謂十面之網。而總督、總理二臣隨賊所向，專往討"——將民軍重點活躍的陝西、河南、湖廣、鳳陽作爲"四正"，"四正"處之巡撫對民軍以剿爲主，以防爲輔；"四正"周邊的延綏、山西、山東、應天、江西、四川爲"六隅"，"六隅"處之巡撫對民軍以防爲主、以剿爲輔。"四正六隅"合爲"十面網"，民軍在"四正"任一地區出現，都必有"六隅"之地之六個巡撫張網以圍困之。五省之總督、總理則負責機動剿殺。

[八] 左光先、曹變蛟二帥：參見《報寶雞剿撫捷功疏》。

[九] 臨洮總兵孫顯祖：臨洮，古稱狄道，今甘肅省定西市臨洮縣。春秋時秦獻公，滅西戎部族狄，設置狄道縣。秦昭王二十七年（前280）設隴西郡，郡治爲狄道。唐初置臨州，後置狄道郡。唐肅宗寶應元年（762）陷於吐蕃。北宋神宗熙寧四年（1071）爲鎮洮軍，後升爲熙州。金、元、明、清均置臨洮府，府治狄道。清乾隆五年（1740）遷府治於蘭州，建狄道州。總兵，鎮守一地的最高軍事長官。明代總兵始設於洪武二年（1369）。建文二年（1400），命李景隆爲平燕將軍，充總官。明成祖即位，命何福佩征虜將軍印，充總兵官。總兵官的設立，形成事權專一的局面，有利於提高軍隊的戰鬥力，但也存在著總兵稱霸一

方、擁兵自重的可能。爲維護中央集權，再有戰争時，朝廷又要往下派員，稱爲巡撫，參與軍隊管理，削弱總兵官的權力。開始巡撫只爲臨時性的工作，後來成定職，常駐地方。原來的都指揮使司、布政使司、按察使司並總兵官均須受巡撫節制指揮。總兵職權逐步降低。孫顯祖，《崇禎實録》卷九崇禎九年正月兵科給事中常自裕上言中提到過其人："流寇數十萬，最强無過闖王……在承疇，以孫顯祖、王承恩邊兵川兵等二萬出關……"孫傳庭文《報實郿剿撫捷功疏》亦提到"而以臨洮總兵孫顯祖及副將賀人龍之兵待此賊於徽、鳳之間掩擊"。按，此時顯祖或已老邁，故傳庭稱其"年暮無功"。

報甘兵抵鳳並請責成疏

題"爲恭報甘兵抵鳳，臣遵旨調度，並請防擊一定之責成，以便遵守事"。

崇禎十年六月初一日，准兵部咨爲塘報成、階剿賊級功等事[一]，該本部覆題奉旨："是這川兵應量撤量留，著該督撫會商妥確速奏。西、鳳留王國靖兵專聽撫臣調度[二]，及川兵回日分别賞擢等事宜，俱依議標旅屯軍，並著該撫上緊募練，務濟緩急，不得遲延。欽此欽遵。"

抄出到部，移咨前來，隨經移咨督臣洪承疇會議去後[三]，除川兵撤發回蜀，已經督臣另疏具題外，其甘兵奉旨給臣調度。臣一面移咨督臣督發，仍一面屢次移文王國靖催調。

今於七月十五日，准督臣咨稱：

原任總兵王國靖，統領甘肅官兵二千八百餘員名，馬騾一千八百餘匹頭，於五月二十五日自禮縣離營回鎮，將選留實在官兵二千七十九員名，馬一千三百二十八匹，騾五十四頭，俱交付甘肅原任副將盛略統領，於七月初八日自秦州啓行，前赴鳳翔、西安聽貴院調度。其官兵應支廩糧馬騾料草，自六月二十日以前俱於本部院軍前餉銀動給。自六月二十一日起至七月初十日止，共該廩糧料草銀四千五百八十八兩七錢六分，已行布政司於收貯八九兩年新裁公費銀內支給。其自七月十一日起，應支廩糧料草則例：總統副將一員盛略，日支銀五錢；見任甘肅鎮夷遊擊一員趙用彬[四]，日支銀三錢；甘肅總兵標下坐營都司一員葛勇，日支銀二錢五分；甘肅總兵標下旗鼓守備一員鄧萬鍾[五]，日支銀一錢八分；加銜遊擊見任大平堡守備一員王萬策，日支銀二錢五分；加銜守備楊奎光等三員，每員日支銀一錢六分；千總曹撒賴等二十一員，每員日支銀一錢四分；把總孫登魁等四十員，每員日支銀一錢；材官紅旗張六等一百一十一員名，每員名日支銀八分；百總管隊大旗陳能等一百一十名，每名日支銀七分；軍丁一千七百八十九名，每名日支銀六分；馬一千三百二十八匹，每匹日支料草銀八分；騾五十四頭，每頭日支料草銀五分。以後聽貴院給發。

　等因到臣。該臣看得甘肅之兵奉旨屬臣調度，臣催取再四，今始束來。適寶雞屢報賊警[六]，臣即檄令屯駐鳳翔剿禦此兵，共計二千七十九員名，並馬騾月費餉七千二百餘兩，計一年即該費銀八萬七千餘兩。臣不得不照督臣原支則例按月支給。

　督臣通計剿兵，猶欲將甘鎮續調之兵併以予臣。第督臣會移臣手書，謂甘兵非賊敵手。臣查此兵隨征半載，功級寥寥，塘報可稽。臣受防剿一面之寄，安能全領非賊敵手之兵以圖僥倖於萬一？查有部調鎮臣王威親統延兵南下。威以宿將臨戎，威聲紀律自與偏裨不同，乞敕督臣將威兵留之西鳳，佐臣防擊，又可兼顧本鎮。其甘鎮見到，各兵內其中有應汰者，臣清屯事竣，刻下即親詣鳳翔逐名選驗，分別去留，約或可得千餘名。臣聞延鎮整搠待調之旅亦僅千餘，以此二兵合，臣見在標兵並各防兵與臣所遣官市募者陸續齊集，共可得馬步戰兵六千餘名，臣必能於分防協擊，勉圖報効。臣於此竊有請焉。

朝廷馭邊臣之法必責成分明，然後賞罰畫一。臣職任鎮撫，奉皇上分防協擊之命，東西皆當兼顧，勢不容騖東而遺西騖西而遺東。理臣剿賊於東者也如理臣追賊近陝，臣即應分防協擊於潼關；督臣剿賊於西者也如督臣追賊過隴，臣即應分防協擊於鳳翔。儻東西防擊各無隄越，則臣可幸叨不譴。如東西防擊或有不效，則皇上治臣之罪以爲督撫戒，臣甘心焉。此外不特潼關之東，臣不能越境東出，即秦隴之西業有督臣大兵，臣亦不能舍却根本，與督臣盡聚西偏。如今歲春夏間，督臣提五鎮之兵剿賊於隴右，臣居守省會西鳳郡邑，幸得晏然，即有零騎窺逞，臣檄偏師一擊賊即踉蹌西遁。數月以來臣雖苦無兵，實未誤事。邇奉嚴旨與督臣一併議處，恩威出自朝廷，臣子豈敢飾避？然犬馬微忱，亦欲仰邀天鑒。竢有處分部咨另疏剖陳外，臣思地方之責成，若不分明，則廟堂之賞罰何以畫一？伏祈敕部復議分別責成。除漢興商雒，臣已前疏籲請復設郎撫專轄外，自今以往，如令臣遵奉屢旨於潼關西鳳之間調度兼應，即以調度之效不效定臣之功罪。惟命抑或念督臣久勞行間，宜令督臣彈壓於潼關西鳳之間，使臣提分防協擊之孤旅，隨賊專剿，臣亦不敢不惟命。總期於責成分明，賞罰畫一，臣非敢擇便，非敢避難，惟有竭智畢能，以求仰分聖憂於萬一而已。若似今者，督臣提五鎮之兵剿賊於西，臣在省防守，近省千里內毫未有失，一旦並干聖怒，使臣惶惑無措，則此後臣將何以自免也？統祈聖明鑒裁施行。

崇禎十年七月二十六日具題，八月二十七日奉旨："該撫親統甘兵協剿已有旨了，這延兵留鳳事宜及分別責成以定功罪，該部看議速奏。"

【箋證】

［一］塘報成、階剿賊級功等事：塘報，又稱《提塘報》《驛報》，明朝的新聞傳播工具，類似於宋代的《省探》，用於向內閣反映戰情，向朝廷傳達捷報，

請求增援等。明清自京至省，驛站設有塘兵，沿途接替遞送。亦指專職傳遞緊急軍情報告的人。明朱國禎《湧幢小品·塘報》："今軍情緊急走報者，國初有刻期百戶所，後改曰塘報。"清孔尚任《桃花扇·誓師》："忽接塘報，本月二十一日北兵已入淮境。"或指類後世報紙之邸報。明張居正《奉諭擬遼東賞功疏》："該同官大學士呂調陽等，錄示閣中題稿，並該鎮塘報，傳奉聖意，欲臣議擬處分。"成、階，指成縣與階州，兩地明代均屬陝西鞏昌府。《明一統志》"鞏昌府"："東至鳳翔府隴州界五百五十里，西至臨洮府渭源縣界七十五里，南至漢中府鳳縣界一千三百里，北至平涼府固原州界六百里。自府治至京師三千六百二十里。至南京三千六百三十里，糧十五萬九千石零。"成縣爲鞏昌府十四縣之一，今屬甘肅隴南市。《明一統志》卷三十五："成縣在府城東南六百里，古西戎地。戰國時白馬羌居之，秦屬隴西郡，漢爲武都郡下辨道地，東漢、晉皆爲郡治，後魏置仇池郡，梁改郡爲南秦州，西魏改爲成州，隋改爲漢陽郡，唐復改爲成州。天寶初改同谷郡，乾元初復爲成州，後沒於吐蕃。咸通中仍置成州，徙治同谷縣。五代梁改汶州，唐復爲成州，宋因之。寶慶初陞同慶府。元仍爲成州，以附郭、同谷縣及天水縣省入。本朝改州爲縣，編戶五里。"階州，鞏昌府三州之一，中心爲今甘肅隴南市武都區。《明一統志》："在府城南八百里。戰國白馬氏所居，漢武以其地爲武都郡，後魏置武都鎮，西魏置武階郡，又置武州。後周爲武都郡，又改永都郡。隋復置武都郡。唐復爲武州，天寶初改武都郡，乾元初復爲武州，景福初改曰階州。宋初隸秦鳳路，後隸利州路。元移椶樹城，以福津、將利二縣省入。本朝因之。編戶一十三里，領縣一（文縣）。"

　　[二] 西、鳳留王國靖兵專聽撫臣調度：西、鳳，西安、鳳翔兩府之簡稱。明代之西安府，"東至山西蒲州黃河界三百五十里，西至鳳翔府扶風縣界二百四十里，南至漢中府金州界六百八十里，北至延安府宜君縣界三百五十里"（《明一統志》卷三十二）。明代之鳳翔府，今爲寶雞市鳳翔縣。古稱雍，華夏九州之一。是周秦發祥之地、嬴秦創霸之區。相傳秦穆公之女弄玉善於吹笛，引來善於吹簫的華山隱士蕭史，知音相遇，終成眷屬，兩人後乘鳳凰飛翔而去。唐時取其意更名鳳翔。"東至西安府武功縣界一百五十五里，西至鞏昌府清水縣界三百一十里，南至漢中府鳳縣界二百里，北至平涼府靈臺縣界二百二十里"（《明一統志》卷三十四）。王國靖，參見《報收發甘兵晉兵日期疏》。撫臣，指孫傳庭。

　　[三] 隨經移咨督臣洪承疇會議去後：洪承疇（1593—1665），字彥演，號亨九，福建泉州南安英都（今英都鎮良山村）人。萬曆四十四年（1616）進士，累

官至陝西布政使參政，崇禎時官至兵部尚書、薊遼總督。松錦之戰戰敗後被清朝俘虜，後投降成爲清朝漢人大學士。順治元年（1644）四月，隨清軍入關。抵京後以太子太保、兵部尚書兼右副都御史銜，列內院佐理機務。順治十年（1653）受命經略湖廣、廣東、廣西、雲南、貴州等處，總督軍務兼理糧餉。順治十六年（1659）督清軍攻佔雲南後回北京。順治十八年（1661）自請致仕。康熙四年（1665）逝世，謚文襄。崇禎四年（1631年），三邊總督楊鶴罷官入獄，洪承疇繼任陝西三邊總督。改楊鶴的“邊剿邊撫”，實行“以剿堅撫，先剿後撫”方針，頗見成效。崇禎七年（1634年）十二月，洪承疇加太子太保、兵部尚書銜，總督河南、山西、陝西、湖廣、四川五省軍務，成明廷與民軍作戰的主要統帥。

[四] 見任甘肅鎮夷遊擊一員趙用彬：遊擊，漢武帝時置遊擊將軍，統兵專征，職權頗重。東漢至唐沿置，唐、宋武散官中亦有遊擊將軍。明沿邊與要地駐軍之遊擊將軍，無定員，位次參將，統率邊軍一營三千餘人以爲遊兵，主野戰，秩武官正五品。其下有千總、把總、百總等官。

[五] 甘肅總兵標下旗鼓守備一員鄧萬鍾：守備，明代守備之設，或主要爲鎮守城防。後成爲總兵下之軍官。《明文海》載於慎行《新建平番堡城記》曰：“於是堡遂城焉，城周三百六十丈，高二丈五尺。爲樓者、爲櫓者，四爲敵臺者八。奏設守備一人，奉璽書行事。戍兵三千五百人。”依本文看，其職銜較“游擊”爲低。

[六] 寶雞，今陝西寶雞市。明爲陝西行省鳳翔府七屬縣之一。《明一統志》卷三十四：“寶雞縣在府城西南九十里，本秦陳倉縣。漢屬右扶風，三國魏爲重鎮，晉末縣廢，苻秦時於縣界置苑川縣，後魏移苑川治陳倉，復爲陳倉縣。後周於此置顯州，未幾州縣皆廢。隋復置陳倉縣，屬岐州。唐至德初，因秦文公獲石雞之改寶雞縣。宋金元仍舊，本朝因之。編户四十九里。”

〔評〕

成、階剿賊之後甘兵與川兵的去留問題。涉及甘兵廩糧料草的支給與交接，夾雜孫傳庭對甘兵戰鬥力的認識、對甘兵佈防的安排，並及王威親統的“延兵”納入自己指揮之申請等。“若似今者，督臣提五鎮之兵剿賊於西，臣在省防守，近省千里內毫未有失，一旦並干聖怒，使臣惶惑無措，則此後臣將何以自免也？”“四正六隅”戰略實施以來的辛勞自不待説，其時刻戰戰兢兢待罪之心理昭然。

糾參婪贓刑官疏

題“爲刑官委署婪贓，遵敕先行挐問事”。

臣惟：剿寇必先安民，而安民尤在察吏。臣備員秦撫，每於詰戎討寇之餘晷，益厪察吏安民之本圖。故屢飭所屬郡邑，凡問理詞訟，不許濫贖加罰；征收錢糧，不許勒收羨耗；日用買辦，不許虧累行戶。榜示諭禁再三嚴切，尤於署篆各官，諄諄加意，詎有貪黷恣肆如署涇陽縣事慶陽府推官何守謙其人者！

涇陽一邑爲三秦富庶之區[一]，前任知縣王珵①，先經臣備察論劾。臣慎重此缺，不敢輕率擬補。而西安丞倅寥寥無可委署，藩司因議借才鄰郡以守謙調委[二]。臣據詳批允，謂本官必知刻勵自愛，或不至染指膻地。臣以邇來吏治日污，秦中尤甚，恐徵收索羨錮弊難除，密諭守巡兩道單騎親往挐櫃拆驗[三]。隨據分守關內道李虞夔揭報：親至涇陽抽驗各里收完在櫃糧銀，每櫃抽驗二封。每兩除正數外，有加收羨耗三四分，有五六分者；有原收數少者却於流水簿並封袋捏寫數多者。其餘在櫃銀兩尚未盡拆等因。又據稟稱②：自本月初七日以前收者，何推官拆訖無可查考，惟自初八日以後者，貯櫃無幾，抽挐數封秤兌，每兩正數之外，餘者多寡不一。至少不下三分，至多不過六分，另單呈覽。中有一櫃，係收書作弊，簿封與銀數不符，見發糧廳究擬另報。

臣又訪得本官婪肆多端，復將單欵事迹，並被害證佐姓名，開發該道就近秉公親審，明確呈報。一面令該道先將收完在櫃糧銀，公同教官逐封秤兌通完總算。原該正數若干？外加羨耗若干？並

---

① 王珵：咸豐版《孫忠靖公遺集》《孫傳庭疏牘》（浙江人民出版社1983年10月版）作“王程先”。

② 又據稟稱：《四庫》本“又”誤作“父”，據咸豐版《孫忠靖公遺集》《孫傳庭疏牘》。

將收糧原戥及拆驗之戥嚴追封解去後①，隨據該道呈報，該本道公同西安府通判余昌祿、該縣教官李連芳等親詣該縣堂②，將前抽驗銀封驗明本道原判朱封，即追原收銀戥三把③，將各里銀櫃共一十一個逐一拆驗秤兌。正數銀二百八十九兩五分一厘八毫，外加羨耗銀一十四兩五錢二分，總計每兩外加耗銀五分。屢經申飭之後，尚有此數，就此計算，本官任內共收銀二萬三千七百四十二兩二錢零，共外加羨餘銀一千一百八十七兩一錢一分。其前收過銀兩已經起解，恐所加之數尚不止此。今將收銀吏趙參、張光顯、田國璽原收銀戥三把固封呈解④。拆驗之戥係民間私戥⑤，恐與天平不合，請乞本院查審，將三戥發布政司較合等因⑥。

臣面審趙參，供稱：何推官原定戥子每兩比民間重三分⑦，秤時又高抬六七分，大約每兩重一錢。先因百谷里花户成光德納銀六錢八分，拆銀輕少，責二十板，枷號二日，身死是實。又據張光顯供稱：何推官平素火耗原有加一，今回慶陽，因本院告示嚴禁，令户房吏分付上糧花户，從今秤平些，是實。又據田國璽供稱：何推官自枷死花户成光德後，因火耗輕少，又挐三櫃、四櫃、九櫃、十櫃、十一櫃花户羅安等約十餘人，各責二十板十五板不等。

---

① 並將收糧原戥及拆驗之戥嚴追封解去後：兩“戥”字，《四庫》本作“等”，從咸豐版《孫忠靖公遺集》《孫傳庭疏牘》。

② 該本道公同西安府通判余昌祿、該縣教官李連芳等親詣該縣堂：“公同”，《四庫》本作“共同”，據咸豐版《孫忠靖公遺集》《孫傳庭疏牘》。

③ 即追原收銀戥三把：“戥”，《四庫》本作“等”，從咸豐版《孫忠靖公遺集》《孫傳庭疏牘》。

④ 收銀戥三把固封呈解：“戥”，《四庫》本作“等”，從咸豐版《孫忠靖公遺集》《孫傳庭疏牘》。

⑤ 拆驗之戥係民間私戥：“戥”，《四庫》本作“等”，從咸豐版《孫忠靖公遺集》《孫傳庭疏牘》。

⑥ 將三戥發布政司較合等因：“戥”，《四庫》本作“等”，從咸豐版《孫忠靖公遺集》《孫傳庭疏牘》。

⑦ 原定戥子每兩比民間重三分：“戥”，《四庫》本作“等”，從咸豐版《孫忠靖公遺集》《孫傳庭疏牘》。

將十一櫃、九櫃、十櫃各問有力杖罪六人。自此以後，花戶俱加火耗，每兩以民間戥子在加一以外①，以降發法馬，每兩約加六七分。又封銀不論多少，俱要成錠，因此百姓所費逐多②。又供：秤銀若是平了，何推官便說，就是買賣也沒有這樣平秤之理等情，各供明白。及將解到原戥③，與布政司法馬較兌所差無幾，恐此等猶非收糧原戥④。並將各吏所供火耗輕少，拘拏花戶枷號斃命，及納銀無論多寡，俱要傾銷成錠情節，並行該道。與原發單欵一併審明確報去後，今據該道將臣原發單欵（計十四欵）逐一審明登答呈報前來，並粘連已故知縣王光翰妻曹氏、武生樊聖謨、當鋪行王周、斗行張萬庫告狀四紙，同審明犯證申解到臣⑤，臣復行親審無異。

該臣看得秦吏至今日，固稱數摘之瓜，而秦民至今日，更無可剜之肉。連歲均輸助餉，派遍九州，皇上獨俯聽臣言：特免陝西者，誠以十載兵荒之殘黎，實有旦夕難保之勢，不得不稍留一息，以養將來回蘇之脉。如聽不肖有司腹削吞噬而莫之問，則皇上破格所免，與微臣痛哭所請者，不且毫無及於小民，而止飽此輩之囊橐耶。

慶陽府推官何守謙[四]，司理既有察吏之權，握篆更受保民之寄，乃不聞潔已，惟知溪壑是盈；且加以殘民，豈但簠簋不飭。憑

---

① 每兩以民間戥子在加一以外："戥"，《四庫》本作"等"，從咸豐版《孫忠靖公遺集》《孫傳庭疏牘》。

② 百姓所費逐多："逐"，咸豐版《孫忠靖公遺集》《孫傳庭疏牘》作"遂"。

③ 及將解到原戥："戥"，《四庫》本作"等"，從咸豐版《孫忠靖公遺集》《孫傳庭疏牘》。

④ 恐此等猶非收糧原戥："戥"，《四庫》本作"等"，從咸豐版《孫忠靖公遺集》《孫傳庭疏牘》。

⑤ 同審明犯證申解到臣："臣"，咸豐版《孫忠靖公遺集》《孫傳庭疏牘》作"司"。

奸僧爲綫索①，賄賂潛通；視民命如草菅，枷責立斃。尤可異者，以縣令之妻、忠將之母，煢煢孀嫠，望八垂死，而本官無端掿指，慘目傷心，又何有於武生樊聖謨之橫加責罰也？本官酷以濟貪，斷難逃於三尺。除遵奉敕諭，一面先行挐問外，謹將審寔事欵備列糾參。其慶陽推官員缺，敕下吏部速選，嚴限到任。臣謹會同按臣謝秉謙合詞具題。

　　崇禎十年七月二十六日具題②。八月二十七日奉旨：“何守謙即盡法追擬具奏，員缺速補。該部知道。”

【箋證】

　　[一] 涇陽一邑：涇陽，西安府屬縣之一。《明一統志》卷三二：“涇陽縣在府城北七十里，本秦舊縣，故城在平涼府界，以居涇水之北故名。漢初屬安定郡，惠帝改池陽縣，屬左馮翊。後魏徙咸陽郡治。此後周省縣，隋罷郡，復置涇陽縣，屬雍州。唐屬鼎州，尋復屬雍州。宋金仍舊。元省入高陵縣，尋復置。本朝因之。編戶四十四里。”

　　[二] 而丞倅寥寥無可委署，藩司因議借才鄰郡以守謙調委：丞倅，指副職，丞與倅，皆佐貳之官。清王韜《淞濱瑣話·金玉蟾》：“君果欲官，妾能謀之。然丞倅府縣，分位太卑。”西安丞倅，西安府的副職。藩司，承宣布政使司長官之簡稱。按明朝承宣布政使司本爲國家一級行政區，其行政長官爲承宣布政使，簡稱布政使司、布政司、藩司，負責一省的民事事務。但自實行中央下派軍民總管的巡撫外，布政使權力大大下降。

　　[三] 密諭守巡兩道單騎親往掣櫃拆驗：守巡兩道，指分守道與分巡道。明朝在各省設立三司：左、右布政使各一，是本省的最高行政長官；提刑按察使一人，負責司法之事；都指揮使一人，負責軍事。巡撫常駐省首府之後，布政司成爲虛職，不再負責省一級行政。除布政使繼續留在首府充門面外，參政、參議等

---

　　① 憑奸僧爲綫索：“奸僧”，咸豐版《孫忠靖公遺集》《孫傳庭疏牘》作“奸儈”。

　　② 崇禎十年七月二十六日具題：咸豐版《孫忠靖公遺集》《孫傳庭疏牘》無此句。

副官下放地方，管理各府，即爲分守道。同樣，原來的提刑按察司亦成虛職，除按察使繼續留在首府充門面外，按察副使或僉事等副官下放地方，負責各府監察事務，是爲分巡道。

[四] 慶陽府推官何守謙：慶陽府，《明一統志》卷三六："東至延安府鄜州界二百五十里，南至西安府邠州界五百里，西至平凉府鎮原縣界一百五十里，北至古鹽州七百里。自府治至京師三千七十里，至南京三千六百里。糧十三萬石零。"推官，府之屬官，"理刑名贊計典"，"洪武三年始設"。（《明史》卷七十五）何守謙，史無載，待考。

〔評〕

糾彈貪贓枉法官員。貪污事實詳明，證據確鑿。貪官盤剥百姓，殘民以遂其私，手段奇多，爲達目的無所不用其極。"酷以濟貪，斷難逃於三尺"。傳庭以嚴法治貪，行事果敢，值得後人借鑒。

恭報官兵兩戰獲捷疏[一]

題"爲恭報官兵兩戰聯捷事"。

據分守關西道李公門塘報：大天王、合陵雁等賊塘馬，逼犯寶鷄地方，請兵援剿。適甘兵奉調東來，已至岐山[二]。臣隨飛檄副將盛略速返鳳翔，偵賊剿殺。臣亦即親提標兵前往調度，乃以天雨連綿，至八月初二日，臣統兵西發。本日，據副將盛略塘報：七月二十四日，官兵至寶鷄渭河迤南八廟、天王村、伐峪，與賊大天王、賽闖王等對敵①，斬獲首級九十八顆等因到臣。臣復諭令該將：乘勝鼓勵，務期盡殲賊眾。旋聞賊被創之後，猶屯渭河南伐峪、八廟等處。臣思賊在河南，宜從盩、鄠進兵[三]。且賊方堤防河北，正可掩其無備，首尾夾擊，一鼓剪滅。臣隨提標下馬步官兵一千八百餘員名，介馬星馳。又檄監紀同知張京[四]，督内丁二

---

①　與賊大天王、賽闖王等對敵："王"，《四庫》本誤作"枉"，從咸豐版《孫忠靖公遺集》《孫傳庭疏牘》。

百名，並咸陽駐防參將尤捷、都司賀英、守備馬虎官兵七百一十六員名^[五]，悉赴盩、鄠協剿。至初三日，俱抵盩厔。臣隨發隨征守備薛見龍從盩厔渡河，與副將盛略約期夾攻^[六]。去後，至初五日卯時，臣督兵行至鄠縣，聞盛略已於初四日殺賊獲功。隨據該將報稱：八月初四日，官兵至賈家村，與賊鏖戰，斬獲首級二百三顆等因到臣。又節據分守關西道副使李公門塘報相同：該臣看得大天王等賊，從徽、秦東犯，逼近寶鷄。督臣洪承疇大兵方扼闖、過等賊於階、成，臣檄甘兵剿擊，一戰得捷。臣復悉索標下馬步，從盩、鄠而西迎賊之前，期會甘將，以圖夾擊。乃師方次鄠，而甘兵再戰，復捷之報已至。賊兩創之後，竄伏山峪，似欲西奔。臣馳渡鳳翔，調度官兵，兩路搜討。儻奔軼不遠，更無別股賊黨爲之聲援，則此賊必落縠中矣。甘兵久在隴右，未立功績，一入鳳而兩戰兩捷，雖賊僅數千，亦以新來之氣可鼓耳。副將盛略、都司葛勇，並應叙録。而葛勇斬臨陣退縮一卒，遂使軍氣大振，功尤足多。隨征參將趙用彬、加衙遊擊王萬策、旗鼓守備鄧萬鍾、加衙守備楊奎光、中軍祁功偉、千總盛胤昌等均應彙叙①。獲功軍丁臣即照例賞給，用示鼓勸。

臣繕疏將發，九月初九日晚，據都司葛勇差塘丁口報：本日早，該將遵臣屢檄，期約標兵，從顧川一帶偵探大天王等賊。會剿間，忽見南山有馬賊無數，執打大旗絡繹出峪，循渭河南岸東走。有賊營走出一人，因販椒被擄，乘空逃出，稱出峪之賊，係闖將、過天星、混天星、賽闖王、四隊、六隊、八隊、小紅狼等十數大股合力東來②。賊自寅至酉，尚未走盡，東西寬約四十餘里，聲

---

①　千總盛胤昌等均應彙叙：“胤昌”，咸豐版《孫忠靖公遺集》《孫傳庭疏牘》作“允昌”。

②　係闖將、過天星、混天星、賽闖王、四隊、六隊、八隊、小紅狼等十數大股合力東來：《四庫》本“賽闖王”作“賽闖枉”，從咸豐版《孫忠靖公遺集》《孫傳庭疏牘》。

勢甚猛。次日酉時，又據守備薛見龍報稱：徽秦東來大賊，於初九日三鼓從東石家嘴探河口。看賊之向往，從東路行。又於初十日寅時，從益門鎮出來之賊俱往東行，兩日尚未走儘等情，臣於數日前即聞督臣督左、曹兩帥大兵駐劄禮縣，賊日近縣城索戰，若大兵不勝，賊必倒東直犯涇三內地①。今賊果東矣，大兵消息尚未知何如。臣惟闖、過等賊與大兵相持於階、成山中者七八月，氣焰風聲並非昔比②。各賊固多有借之以為名者，此東來出峪之賊，亦未必即係闖、過。然據報兩日之間自寅至酉尚未走盡，其眾可知。憶去冬今春，賊盡聚西、鳳，即闖、過等賊，其眾亦未至此。當其從咸陽東窺涇三，闖、過糾諸股之賊合力狂逞，臣提寥寥標旅，猶能扼之使西，使此賊即闖、過也，則是賊勢未嘗少減，而尤少增；使此賊非闖、過也，則闖、過之勢又不知若何？而賊眾之猖獗，愈不可言矣。且聞西、禮之賊，尚有未盡東者③。如此，賊之來，竟無剿兵尾其後。督臣止分臣甘兵二千，晉、蜀之餉尚未解到分文，臣新增之兵，雖竭蹶募練，焉能一蹴就緒？乃欲以獨力支此猖獗之寇，豈易易也？且初八、九等日，節據潼關道稟：混十萬、老回回等賊已至陝州，塘馬撒至閿鄉，有河南王都院陸兵道督兵追剿，勢必入秦。儻東西之賊合謀並犯更可寒心。除臣馳檄西、鳳州縣固守城池，並行潼關道督關門及韓部防兵，贊畫司務廳陳繼泰督鄉兵馳赴堵禦外，臣惟有酌量緩急，往來調度。謹先馳報上聞，伏乞垂鑒。

崇禎十年八月十一日具題。

---

①　賊必倒東直犯涇三內地："倒"，咸豐版《孫忠靖公遺集》《孫傳庭疏牘》作"到"，從《四庫》本。

②　氣焰風聲並非昔比："並"，咸豐版《孫忠靖公遺集》《孫傳庭疏牘》作"益"，從《四庫》本。

③　且聞西、禮之賊，尚有未盡東者："禮"，咸豐版《孫忠靖公遺集》《孫傳庭疏牘》作"鳳"，從《四庫》本。

九月二十一日奉旨："據報甘兵再捷，闖、過、混十萬等賊東西交遑，俱有旨了。該撫須嚴加稧厲，相賊形勢，與督、理二臣協力夾剿，畫奏蕩平，不得藉口弛卸。該部知道。"

【箋證】

［一］按孫傳庭《鑒勞錄》記崇禎十年事："八月，總督洪承疇以題允甘兵二千餘名咨送臣標調度。適報巨寇大天王等賊過犯寶雞。臣飛檄副將盛略等，馳赴迅擊，兩戰皆捷。十一日，臣具題《爲恭報甘兵兩戰獲捷事》。"

［二］岐山：指岐山縣，今屬陝西寶雞市，建縣於隋開皇十六年（596），以境內有岐山而得名。黃帝時代，有岐伯居於岐山之下。商末，周部族由彬縣、旬邑一帶遷至岐山。周滅崇（今西安市鄠邑區境內）後，周文王姬昌遷都於豐（今西安），岐地東部爲周公旦所轄，西部爲召公奭所轄。北魏太和十一年（487）設岐州（州治在今鳳翔縣南），西魏大統四年（538），改平秦郡爲岐山郡。隋改岐山郡爲扶風郡，移三龍縣治於西四十里（今鳳鳴鎮）改名岐山縣。唐撤扶風郡設關內道鳳翔府，岐山爲其所屬。五代十國到宋、金、元、明，岐山均屬鳳翔府。

［三］宜從盩、郿進兵：盩，盩厔縣，今陝西省周至縣。明代爲西安府三十縣之一。《明一統志》卷三十二："在府城西南一百六十里，本漢舊縣，屬右扶風。山曲曰盩，水曲曰厔，故以名縣。東漢省，晉復置。後周徙縣於鄠縣西北，而於此置恒州，後置周南郡。隋廢郡，以縣屬京兆。唐改宜壽縣，至德初復爲盩厔縣，天復初屬鳳翔府。宋因之，金置恒州，元省州以縣屬安西路。本朝因之編戶四十里。"郿，郿縣，今改眉縣，屬陝西省寶雞市。古稱"眉塢"，位於秦嶺主峰太白山脚下，北跨渭河。西周文化的發祥地之一。明代爲鳳翔府屬七縣之一。《明一統志》卷三十四："郿縣在府城東南一百四十里，本秦縣，漢屬右扶風，後魏改平陽縣。西魏改郿城縣，尋廢入周城縣。隋置郿城郡；唐改郡爲郇州，尋廢州爲郿縣，屬魏州，後改屬鳳翔府。宋因之，金初屬恒州，後屬京兆府路。元初陞爲郿州，至元初復爲縣，屬安西路。本朝改今屬，編戶一十八里。"

［四］監紀同知：或爲負責一府之監察官。《大清一統志》卷一百十一記明末"郭之麟"："威遠衛人。崇禎中知真寧縣。時流賊猖獗，之麟練鄉勇守禦，卒保孤城。尋陞九江府監紀同知，殉節死。本朝乾隆四十一年賜謚節愍。"《江南通志》卷一百四十八："督師洪承疇以國棟久經行陣，奏補遼東前屯分練監紀同知，守禦松山，中流矢卒，贈山東按察司副使。"

　　〔五〕並咸陽駐防參將尤捷、都司賀英、守備馬虎官兵七百一十六員名：參將，明朝首設。《明熹宗實錄》："天啓二年十二月二十日辛巳，援遼總兵毛文龍以登撫（袁可立）所遣管運參將黃胤恩、推官孟養志等發到糧餉並布疋軍器火藥等物……"明孔貞運《明資政大夫兵部尚書節寰袁公墓誌銘》："公（袁可立）於皇城島請設參將、守備各一員，練兵三千，以爲登萊外藩。"都司：都指揮使司。本爲一省之最高軍事機構，負責管理所轄區內衛、所及與軍事有關的各項事務，分別隸屬於中央的五軍都督府，並聽命於兵部。都指揮使司設曾設正二品的都指揮使，從二品之都指揮同知二人，正三品的都指揮僉事四人，其他名目眾多。明後期實行巡撫制後，都司職權大大降低。這裏的"都司"或爲軍職之一，或指聽命於巡撫的都司衙門內之辦事人員。

　　〔六〕與副將盛略約期夾攻：副將，品級不詳。《明史·職官志》："嘉靖二十九年，革團營官廳，仍併三大營，改三千曰神樞，設副、參、遊、佐、坐營、號頭、中軍、千把總等官。五軍營：戰兵一營，左副將一；戰兵二營，練勇參將一……"

降處陳謝並瀝下忱疏[一]

　　奏"爲臣罪蒙恩降處，恭陳謝悃並瀝下忱事"。

　　崇禎十年八月初六日，准吏部咨：爲馳報平、鳳、商雒賊情[二]，暨聞石、漢二邑賊寇入城事。准兵部咨：該巡按陝西監察御史謝秉謙題前事等，因奉旨："據奏：賊突涇鎮[三]，南窺西屬。又，商雒紛告軼入石、漢[四]，不聞疾救。玩延流毒，殊可痛恨。該督撫身膺巨任，遵限蕩平何在？俱著議處。仍一面嚴飭鎮將互援分討，窮搜盡殲，速底廓清，如再僨誤，諸將定立置憲典不宥！其興安傳報情形，該撫還確查馳奏該部知道，欽此欽遵。"

　　移咨到臣，該本部覆題：

　　看得流賊橫軼漢中，時日不爲不久，攻克石泉，因而圍困漢陰，民命旦夕。正宜調發兵將，救焚拯溺，乃督臣洪承疇、撫臣孫傳庭二臣，均膺討賊之任，坐視城陷，置赤子於淪亡，咎將誰諉？相應各降二級，照舊戴罪剿賊自贖等因。奉旨，洪承疇、孫傳庭著各降二級，照舊戴罪，剿賊自贖，欽此欽遵。

抄出到部，移咨到臣，臣不勝感激，不勝惶悚，除恭設香案望闕叩頭謝恩外，臣竊惟：秦事當壞亂之極，實微臣受事之初。臣自銜命入關，所見所聞皆堪浩嘆。臣已自分有必得之罪，然私意挽回補救。雖非臣力所及，而頂踵捐糜，臣所素矢。逾歲以來，率一旅標師，東援西擊，恨不立奏蕩平。其僥倖所成，往往出於臣力之外，臣不敢老師也。皇上給臣餉銀六萬兩，臣直欲當幾百十萬之用支用，經年猶未告匱。此外，剿餉未嘗分費錙銖，臣不敢糜餉也。鞏、漢所屬雖失事屢聞，第非在大兵行剿之地，即係撫治分轄之區。他如西、鳳、平、慶等府幸皆保全寧謐，臣不敢貽誤地方也。凡此皆皇上所素鑒，舉朝所共知。惟是藍田之變兵叛標下，就中委曲，臣茹苦難明，實臣之罪。乃蒙皇上矜其乖蹇，特賜寬宥。自此以外，臣竊謂可幸無罪矣。頃因按臣謝秉謙有馳報平鳳賊情一疏，臣奉有議處之旨，臣皇皇莫知所措。續接部咨：因賊攻克石泉，圍困漢陰，將臣與督臣洪承疇併議，各降二級，戴罪剿賊自贖。覆奉俞旨，其涇鎮西屬之有無失事，商雒之曾否軼入，該部並未議及，想已知之悉矣。惟是石泉、漢陰之攻陷，俱在大兵入漢之後，爾時臣止慮彼中米貴餉絶，特促布政司那借餉銀七千兩，於標兵數百名內選撥二百名，徒步分携，從黑水峪解漢接濟。至於大兵救沔後，奔亡之賊猶能攻陷兩邑，與夫民命之旦夕，咫尺大兵猶待臣迅發將領馳赴，此豈臣意料之所及也？如所云均膺討賊之任，臣敢謂非臣之任？第討賊之所必需有三：曰兵也，餉也，權也。委付均則責成亦均，臣之均與不均，不待臣言之喋喋，固盡在聖明鑒照中矣。況即委付原均，而東西遠近必有區別，寧臣之敢於坐視乎①？爲法受過，臣所甘心，故臣初奉嚴旨，

---

① 寧臣之敢於坐視乎："寧"，咸豐版《孫忠靖公遺集》《孫傳庭疏牘》作"豈"，從《四庫》本。

即有寧重無輕，寧斷無疑之請。第該部擬議之際，權衡微覺未審，恐罰臣不足以示後來之警，則臣之所重惜也。若夫不即褫斥，仍許臣剿賊自贖，此實皇上鼓勵之洪仁，臣雖駑劣，不敢不竭蹶從事。其能逭過與否，臣莫能自必，惟恃聖明在上，無微不燭①。樸忠鯁念，終當仰荷憐詧也。爲此謹奏。

崇禎十年八月初九日具奏。九月二十一日奉旨：地方功罪，督撫均屬一體。孫傳庭著同心共濟，力圖殘剿，毋得諉卸，該部知道。

【箋證】

[一] 據文中，因"賊突涇鎮，南窺西屬"，"商雒紛告軼入石、漢"，巡按陝西監察御史謝秉謙認爲是孫傳庭等作戰不力，上書彈劾。崇禎帝旨命嚴屬："如再債誤，諸將定置憲典不宥。"孫傳庭則爲自己的行爲辯護。按謝秉謙，傳庭文中曾多次出現，如《糾參婪贓刑官疏》："臣謹會同按臣謝秉謙合詞具題。"《奏報賑過饑民併發牛種銀兩數目疏》："臣同監臣李應忠、按臣謝秉謙，仰遵明旨……"《報寶雞剿撫捷功疏》："臣亦即於十一日移文督臣並按臣謝秉謙，會調大兵東來合剿。"其生平參見《報流寇自蜀返秦疏》。

[二] 爲馳報平、鳳、商雒賊情：平、鳳，指平涼府、鳳翔府。平涼府，《明一統志》卷三五："東至西安府邠州界二百二十里，南至鳳翔府隴州界二百四十里，西至鞏昌府寧縣界四百一十里，北至慶陽府環縣界二百九十里。自府治至京師三千四百里，至南京三千一百八十里。糧一十五萬石。"鳳翔府，參見《報甘兵抵鳳並請責成疏》。商雒，《明一統志》卷三十二"商州"："商州在府城東南二百六十里。本契始封地，周爲豫州之境，春秋屬晉，後屬秦。漢於此置上洛縣，屬弘農郡。晉置上洛郡，後魏置洛州。後周改洛州爲商州，取古商於地爲名。隋復爲上洛郡，唐初復爲商州。天寶初爲上洛郡，乾元初復爲商州，屬關內道。宋屬永興軍路，元屬安西路。本朝改州爲縣，尋復陞爲州。編户二十八里，領縣四。"按商州所領四縣：鎮安、雒南、山陽、商南。"商雒"或爲商州地區

---

① 無微不燭："燭"，《四庫》本作"矚"，從咸豐版《孫忠靖公遺集》《孫傳庭疏牘》。

統稱。

　　〔三〕涇鎮：參見《糾參婪贓刑官疏》"涇陽"。

　　〔四〕商雒紛告軼入石、漢：石、漢，指石泉縣和漢陰縣。石泉縣，明屬漢中府興安州，《明一統志》卷三四："在州西八十里。本南齊永樂縣，及置晋昌郡。西魏改郡曰永昌，改縣曰石泉。後周省，隋復置，屬西城郡。唐改武安縣，神龍初復爲石泉，大曆中省入漢陰縣，貞元初復置。宋仍舊，元省入金州。本朝復置，編戶八里。"漢陰縣，與石泉縣同屬漢中府興安州。《明一統志》卷三四："在州西一百五十里。本漢安陽縣，屬漢中郡。晋改安康縣，屬魏興郡。南齊屬安康郡，隋屬西城郡，唐置西安州。貞觀初州廢屬金州，至德初改爲漢陰縣。宋因之，紹興初徙治新店。元省入金州，本朝復置，編戶七里。"

奏報賑過饑民併發牛種銀兩數目疏^{〔一〕}

　　奏"爲遵旨行賑已竣，謹會疏奏報事"。

　　崇禎十年二月初三日，准户部咨：該臣題"爲秦民窮困已極，相率走險可虞，懇特沛殊恩奠安危疆事"。該本部覆題：

　　本年正月初十日奉旨："覽奏秦省灾荒至極，民不聊生，深惻朕懷。亟宜賑恤。但目今部庫匱詘，兹特發御前銀三萬兩，再著太僕寺發銀二萬兩，光禄寺發銀一萬兩，該部撥給車騾①。著忠勇營中軍李應忠星夜押解，會同該撫按，相度緩急，設法救濟。務令饑民得沾實惠。事完報銷，如奉行不善及乘機作弊者，據實參奏。仍查灾重之處，停徵錢糧。並飭地方有司，實心拊循，不得虚應故事。欽此欽遵。"

　　移咨前來，臣即檄行陝西布政司^{〔二〕}，督令被灾州縣，確查應賑饑民户口。三月初四日，欽使賫銀六萬兩到省，暫停布政司，聽候分發。臣同監臣李應忠、按臣謝秉謙，仰遵明旨，會同商確，除慶陽、臨洮二府屬州縣，兵荒未若西安等府州縣之甚者，不遍

---

　　① 該部撥給車騾：據《四庫》本，咸豐版《孫忠靖公遺集》《孫傳庭疏牘》"騾"誤作"羸"。

賑外，將西安、鳳翔、延安、平涼、興安、漢中、鞏昌六府一州所屬兵荒州縣，逐一詳酌，分別應賑量賑。先以里甲之多寡、州縣之大小擬注銀數。及取冊已到，復爲哀益。其在鞏昌府屬者，臣等與甘肅按臣黃希憲一體移會。緣流寇擾害，道路多梗，齎冊發銀勢難齊一。有從山谷間道陸續投冊者，臣等即陸續會議銀數。一面行布政司分撥解發，一面行各該道府，委廉幹官員，公同監臣分遣把牌。併該州縣掌印官，分釐包封，逐名點散。有臨時不到或別有事故者，即扣銀繳還，毋容混冒。至秦、韓兩藩貧宗，與衛所牧監窮軍，亦皆報冊求賑。蓋罹災實與民同，往例原皆併賑，是以臣等亦酌議量賑。其荒殘最甚州縣，貧民無力耕種者，仍各酌給牛種，令每十人同領銀一十五兩，俟其收獲二年後，止照原數還官收貯，仍備賑貸之用。今事已報竣，總計賑濟過極次貧宗、貧生、貧民、貧軍共九萬八千一百三十九人。共散過賑濟銀五萬六千四百八十四兩三錢①，共給過牛種銀三千六百五十八兩六錢七分，二項共用銀六萬一百四十二兩九錢七分，內一百四十二兩九錢七分係秤兌多餘之數。臣惟三秦荒盜頻仍，哀此下民，非死於賊即死於歲，其顱顑未盡而僅延視息者，蓋已無幾矣。不惟含皷非其故，即耕鑿亦鮮其人。郡邑集鎮强半邱墟，阡陌田園，祇餘蓁莽。一二孑遺，皆竄伏於土穴山洞之中，掘草根剝樹皮以果腹，甚至有人相食者。各省災祲困苦未有若斯之極！仰蒙皇上特允臣等之請，沛發多金②，遣使遙臨，渙綸遠播，鳩形鵠面咸戴皇恩，山谷水濱盡沾聖澤。人心賴以維繫，即天意亦賴以挽回。蓋自欽賑既頒之後，西、鳳近地遂得風雨無愆，來年有獲。此實皇上軫

---

①　共散過賑濟銀五萬六千四百八十四兩三錢："賑濟"，《四庫》本作"賑饑"，從咸豐版《孫忠靖公遺集》《孫傳庭疏牘》。

②　仰蒙皇上特允臣等之請，沛發多金：據《四庫》本，咸豐版《孫忠靖公遺集》《孫傳庭疏牘》"仰蒙"後有"我"字，"沛發"作"沛孫"。

恤灾黎感格天心之所致也。其十年分灾甚之處①，如漢中、興安與羣屬數處，寇擾最久，斗米價至兩餘，所有應蠲應緩錢糧，已經兩按臣疏請，奉旨止酌量蠲緩存留。然漢中、興安及羣昌兵荒最甚之處，一切錢糧俱萬難催徵。至西安、鳳翔、平涼所屬之商、雒、隴、扶、涇、崇等處，殘破已極，遽難望荒蕪於有秋。近按臣謝秉謙，復以商雒五屬軍餉賦役，全書生員優免三項具題矣。其餘應免錢糧並延安旱災雹災，俱俟西成之後勘確重輕分數，同漢、興、羣昌。臣等通行酌議題請外，今將賑過人數銀數及發過牛種，臣謹會同監臣李應忠、按臣謝秉謙、黄希憲合疏具奏。至臣等於欽賑未至之先，按臣曾發倉穀分賑。臣於山陽、鎮安、藍田三縣，行司府措給過賑銀共一千兩，然爲數涓滴，未敢溷列上聞。爲此謹奏。

崇禎十年九月初四日具奏。本月二十六日奉旨："已有旨了，該部知道。"

【箋證】

[一] 奏報朝廷四萬兩賑災銀子的發放結果。《明史·莊烈帝一》："十年春正月辛丑朔，日有食之。丙午，老回回諸賊趨江北，張獻忠、羅汝才自襄陽犯安慶，南京大震……三月辛亥，振陝西災。"

[二] 陝西布政使司：明洪武二年在元代奉元路基礎上設立。範圍廣闊，包括今之陝西、甘肅、寧夏等地區。明代李賢等《明一統志》卷三十二"陝西布政司"："陝西古雍州地，漢都於此……本朝置陝西等處承宣布政使司，領西安、鳳翔、平涼、慶陽、延安、羣昌、臨洮、漢中八府，置陝西都指揮使司，領西安左、西安前、西安後。固原、平涼、慶陽、延安、綏德、榆林、羣昌、臨洮、漢中、秦州、蘭州、洮州、岷州、河州、寧夏、寧夏中、寧夏前、寧夏後、寧夏左屯、寧夏右屯、寧夏中屯、寧羌二十五衛，鳳翔、金州、靈州、鎮羌四千戶所。

① 其十年分灾甚之處：據《四庫》本，咸豐版《孫忠靖公遺集》《孫傳庭疏牘》"甚"作"重"。

又置陝西行都指揮使司，領甘州、左甘州、右甘州、中甘州、前甘州、後肅州、山丹、永昌、涼州、鎮番、莊浪、西寧十二衛及鎮夷、古浪二千戶所。置陝西等處按察司，分關內、二關南、隴右、西寧、河西六道，兼察諸府州衛所三司，並治西安。而行都司則分治甘州，以控制邊境云。"

報寶郿剿撫捷功疏

題"爲恭報大捷事"。

先是大天王等賊從徽、秦東掠鳳、寶，我兵兩戰兩捷，斬三百餘級，賊敗入顧川山谷。臣抵鳳翔，仍督標兵與甘兵兩路搜討。間又有棧道出峪之賊，從寶雞渭河南岸東犯，又潼關道報混十萬等賊已近閿鄉，勢將西闖關門。臣酌量東西，緩急調度，堵禦情繇，已於八月初一日具疏奏聞①。隨准督臣洪承疇手書，謂：東犯之賊系小紅狼、蝎子塊餘黨。及臣詢差官李明，謂：闖、過、混諸賊亦俱東犯。臣亦即於十一日移文督臣並按臣謝秉謙，會調大兵東來合剿。隨據統領甘兵都司葛勇報稱：出棧諸賊選精兵渡渭②，窺探虛實。都司即率蕃漢兵丁擒獲活賊一名來山虎③，縛解到臣，臣面審。據供：出棧之賊系猛虎、中斗星、關索、一練鷹、闖事王、奎木狼、黃巢、闖將等股，欲繇盩鄠渭華一帶徑下河南。臣諭來山虎：爾賊頭闖王等已就戮，蝎子塊等已就撫，今放爾回去，宣佈恩威：有能改邪歸正者，皆待以不死；若有好漢，准隨營殺賊，有功一體給賞。如執迷不悟，本院督大兵盡行剿滅，不直殺爾一人。釋放去後十二日午時，據原發寶雞探賊塘撥守備薛見龍

① 已於八月初一日具疏奏聞：咸豐版《孫忠靖公遺集》《孫傳庭疏牘》"初"作"十"。

② 出棧諸賊選精兵渡渭：咸豐版《孫忠靖公遺集》《孫傳庭疏牘》"精兵"作"精賊"。

③ 都司即率蕃漢兵丁擒獲活賊一名來山虎：咸豐版《孫忠靖公遺集》《孫傳庭疏牘》無"即"字，"蕃漢"作"漢土"。

報稱：本日寅時，賊到高店蔡家坡放火等因。據此，臣見賊漸東犯，如過省南，則鄠藍臨渭一帶震驚；如渡渭北，則興咸涇三等處可憂。因一面檄行監紀同知張京，督同參將尤捷等，統延兵於寶鷄，堵扼賊後。臣提標甘二兵，從岐、扶渡蓋屋，馳抄賊前迎剿。以蓋屋地稍平衍，便於衝擊。本日酉時，師次岐山。當夜有中斗星領步賊哨頭草上飛的名揚威來投，稟稱：來山虎蒙本院不殺放歸，故小的捨妻子來降。又供各賊欲東犯河南等情。十三日，臣行次扶風，據鳳翔府通判陳元勳、推官張鳳鳴，差役押被擄難民杜孝孝賚猛虎等八頭目乞撫。稟帖到臣，臣一面給示開諭，一面鼓勵兵將赴武功渡河衝殺。十四日臣至武功，報賊復西退二三十里。十五日臣復移咨督臣催發剿兵，從鳳寶東下與臣東西夾擊。至十六日，又據原發郿縣探賊、塘撥守備薛見龍報稱[一]：從賊營投來頭目翻山鷂等一十四名，並帶男婦六十四名口，馬騾驢八十匹頭。查翻山鷂係前賊闖王舅子。臣審明收撫，隨差千總張世強前去猛虎等營招諭。十七日張世強回稱：行至河上，與賊宣佈招撫德意，見各賊雖口稱願降，仍行搶劫，似有潛往東行消息等情。是日，又據潼關道報稱：混十萬等賊仍在閿靈一帶屯紮等因。十八日寅時，又據塘撥守備薛見龍報：稱賊在高店等處圍攻堡寨甚急等因。臣自至武功，大雨三日。是日少晴，臣即提兵渡蓋屋進剿。途中又據監紀同知張京報稱：大天王等賊從楊家河出口捉住鄉民盤問，猛虎等賊今在何處？要去合營。卑職即於十七日發內丁並延兵前去衝殺，斬獲首級一十五顆，生擒二名。日晡賊始逃奔上山等因。臣於十九日五鼓提兵，從蓋屋馳至郿縣東三十里槐芽鎮遇賊。我兵奮勇衝殺，賊敗西返，日暮收兵。次早，臣至郿縣。據分巡關內監軍道僉事王文清塘報：斬獲強壯賊首四顆，生擒一名，射死無數，收獲強賊九名等因。臣慮賊仍東潰，一面檄潼關道丁啓睿併標下贊畫司務陳繼泰，從藍田一帶差塘撥遠探，如賊潰敗或賊有從東路奔逃者，該道即督關門防兵，該廳即督民屯等兵設伏堵賊。一面督官兵於二十一日進攻。賊據阻不出。二十二日賊頭關索、一練鷹復具稟，令難民張義投臣乞撫。臣仍給告示，差鄉導趙士學等往諭，並偵賊頭住址及賊中虛實。二十三日，賊復遣書寫岑彭等二名賷稟赴臣投見，臣察彭願撫最真，授計於彭，使構賊相圖。去後二十四日，賊遣精兵近縣窺探①，臣發馬兵數隊馳殺，陣斬二級，活擒馬賊三名，審明梟斬。是夜，岑彭約同賊精兵數十人潛驅馬騾出營來投②，臣即於二十五日發兵，分四路進剿。賊憑高瞭見，先發老營入峪，留精兵③。賊倚山待敵，我兵馬步並進，奮勇仰攻，鎗炮齊發。賊不能支，敗退上山，我兵奪嶺，大戰獲捷。據監軍道王文清塘報：共斬强壯馬賊五十二顆，生擒一十三名。塘報間，又據降丁翻山鷂赴本院稟稱：鷂先年隨闖賊時，曾在扶風、醴泉地方埋銀二處，醴泉埋銀處所記識不真，扶風城下埋銀處所，至今猶能記憶。乞行差人押赴該縣掘取等情。蒙本院差官郭鳴鳳、李國艾，押同鷂並行。令扶風縣印官同赴原埋銀處所，眼同鷂等掘取去後，本月二十七日隨據該縣申稱：卑職同差官及降丁、街民掘出銀四大錠二百兩，碎錠六百九十三兩，共銀八百九十三兩。同眾秤兌包封④，解赴軍前等因。蒙本院驗明，給賞翻山鷂等各降丁銀一百兩，餘銀發監收廳貯庫充餉訖等因。

　　復探賊自殺敗，狼狽已極，循山西遁。臣又星夜移文督按二臣會催剿兵，從西面堵擊，使賊進退無路。至二十八日二鼓有，臣先後差役李玘均等，同督臣差役賷督臣回文到臣，臣閱督臣密字，

---

　　①　賊遣精兵近縣窺探："精兵"，咸豐版《孫忠靖公遺集》《孫傳庭疏牘》作"精健"。

　　②　岑彭約同賊精兵數十人潛驅馬騾出營來投："精兵"，咸豐版《孫忠靖公遺集》《孫傳庭疏牘》作"精健"。

　　③　留精兵："精兵"，咸豐版《孫忠靖公遺集》《孫傳庭疏牘》作"精健"。

　　④　同眾秤兌包封：《四庫》本"秤兌"作"稱兌"。

謂親提左、曹等兵於二十八日早至寶雞。據報猛虎、中斗星、大天王三賊合營，俱屯聚寶雞以東楊家店。本日辰刻，具函會兵間，傳聞賊已向西行走，未知何如。賊情變幻，時刻不定，若果向西逼近寶雞二三十里，官兵勢又不容等待，延遲不速剿，以至失此機會。希即傳齊官兵，先量發馬步各兵若干，執火器速赴斜峪山口鳴炮扼堵。再督大兵從東往西擊殺，若左、曹等兵一殺，則各賊勢必東竄，正所謂東西夾剿，可必成功。如或今二十八日午未時以後，賊苗頭未盡向西來，未甚迫近寶雞，則此中官兵必不先動，必以今夜二更發兵，二十九日黎明到賊處剿殺。本院官兵亦即於今晚定更時發行。次日黎明同到賊所，東西夾剿等因。臣當即傳齊各將，掌號發兵，西馳合剿。去後，據監軍道王文清塘報到臣，又據監紀同知張京報稱：二十九日進剿各營，共斬賊級八百餘顆，生擒一百餘名。又招投降上天虎等賊五百名，內精賊一百五六十名，俱到鳳翔關厢住宿等因。又據總兵左光先、曹變蛟差人口稱相同[二]。除左光先、曹變蛟等營，斬獲功級聽督臣具題外，九月初一日，又據潼關道塘報：八月二十五日，探得豫中之賊老營仍在地名中原、西留、東留、魯山等村屯紮，塘馬到秦村傷人八口，復至永泉鎮，離閿鄉止二十里等因到臣。該臣看得臣之振旅而出也，為大天王一股也，其眾僅數千。臣擬調度標、甘二兵夾擊盡殲，乃臣提標兵方出，甘兵已遵臣先檄。兩戰獲捷，斬首三百有奇，故臣抵郿，而賊已西。臣遂渡渭入鳳，欲另畫攻圍之計以盡賊。而忽報大賊出棧，蓋即猛虎、中斗星等賊也。各賊哨目頗多，猛虎則代蝎子塊，中斗星則代闖王，統其黨眾，以稱老掌盤子者也。賊出棧即遣賊撥渡河，直瞰寶雞。甘營都司葛勇率親丁生擒其領撥之來山虎，解臣訊之，知賊欲繇盩、鄠歷渭、華徑犯河南。臣釋之，使復還賊營，宣佈朝廷恩威，以開其來歸之路，而攜其死戰之心。臣一面提師東旋，從武功渡河，於盩厔川中迎擊。比來山虎去，而草上飛隨投。未幾，賊目翻山鷂亦以來山虎之言，率其精兵併男女六十餘人繼至①。翻山鷂乃與俘賊闖王相伯仲，而久以驍雄敢戰聞者也。當小紅狼投降之後，衆議欲以山鷂統其衆，因闖將總掌各賊之盤，惡其勇力儕己，乃以中斗星統之。此賊歸而中斗星之衆皆不能自保矣。賊復具稟求撫，臣亦佯應之，而惟決計以圖盝屋迎擊之舉。及臣武功阻雨三日，賊猶逡巡寶、鄠之間。又報攻尅堡寨，臣恐秋禾遍野，賊或據險久屯。臣遂於十八日渡河，十九日從盝赴鄠。忽遇賊於槐芽鎮，賊之塘馬與我之塘馬方見，而賊之老營即隨其後。官兵奮力撲賊，賊護老營，各輸死鬥。苦戰半日，僅斬賊數級。賊老營漸登山，賊乃引去，官兵亦以日暮收營。是夜，臣與監軍道臣王文清率官兵露宿本鎮。臣復懸賞遣奇兵姚敬、邢公夜入賊營，借撫行間。而賊目孟絶海又率其妻孥隨姚敬等來投：絶海乃蝎子塊營中之錚錚出色者，當張鎮被陷時，賊得其蟒甲三領。蝎子塊與存孝及絶海各分其一，今絶海猶披之，其勇力可知。此賊歸而猛虎之衆亦莫不相顧震悚。次日，報賊西折，臣督官兵至鄠偵剿，而賊屯鄠之南山下，西踞五丈原，東接洪河，南倚斜峪關各山口，北則石河稻畦圍繞其前。臣於二十一日發兵誘戰，賊恃險不出，我兵空返。臣復諮度地形，密籌用間用奇之著。使鄉導趙士學往復賊所，盡得賊中情形及賊首居停之所。二十三日晚，賊復遣其書寫岑彭等，叩臣乞撫，而岑彭盡輸賊情於臣，願爲臣用。臣密授彭意，彭唯唯而去。次日賊遣精騎近城窺探，臣發馬兵數隊，縛斬五人，甲馬併獲。是夜，彭遂率其同謀歸正之、唐守玘等驅賊馬騾偕來，而賊頭關索之戰馬在焉。彭至，言賊甚窘畏，各頭目共議出山，而群賊憚險不從。臣於是日晚，分派標、甘等兵，於二十五日之五鼓四路並進。賊方日夜懼臣進剿，每至夜半即發老營入山，精

---

① 精兵併男女六十餘人繼至："精兵"，咸豐版《孫忠靖公遺集》《孫傳庭疏牘》作"精健"。

賊轊馬待戰。兵方出郿，賊已偵覺，狡伏兩翼，從中迎敵。勝則肆彼長驅，敗則誘我入伏。不意臣兵分路而往，埋伏之賊計無所施，只得分頭接戰。官兵奮勇披殺，立斬其哨隊精銳數十級，敗遁上山。我兵亦乘勝攻山，追歷數嶺，賊之滾崖落澗者紛紛無數，轊馬驟悉爲我得①，自行砍傷與推入崖澗者無算。我兵爭欲乘勝窮追，而山徑益險不可踰，不得不收兵回營。

賊自是東犯之謀寢，而西折之形見。乘夜起，發老營循山而徙，營於寶雞之南山。精賊找搭窩鋪狙伏山頭以防臣躡其後。時尤捷之兵雖駐防寶雞，而爲數不多，不能出奇制勝。臣屢咨督臣，請兵夾擊。督臣慎密，東來禁絕行旅，即臣請兵之差役亦慮其漏泄，不肯先發。於二十七日之夜至寶雞，次日近午裁書約臣於二十九日黎明夾剿。賊距郿遠而寶近，故督臣期臣兵於定更時發，左、曹等兵於二鼓發，乃差使不能飛馳，書至時已二鼓。臣得之，固知臣即發兵已遲，然喜賊之必可大創也，不覺從榻中躍起，蓋竭賊之力止防東邊，若西邊則不惟不及防②，且不及知，出其不意，大捷必矣。急傳各將掌號啓行③，諭以即不能依期馳至賊所，但能扼賊東奔之路。併嚴防諸峪，使賊毋軼出。俾左、曹得以趲盡殺絕，亦即各將之功。比兵行則已三更矣，途中復有石河稻田，各兵將纔歷崎嶇，復行沮洳，心徒急而不能前也。辰時至釣魚臺，則見賊已登山，左、曹大兵已擒斬近千，收兵紮營。甘營都司葛勇憤無賊可殺，見山頭有賊，堅欲攻山。匹馬先登，樵徑狹仄，馬實難行，徒步往從者數人而已。勇之夷丁擠擁山下④，方尋路急

① 轊馬驟悉爲我得："轊馬"，《四庫》本作"慮馬"，疑誤。
② 若西邊則不惟不及防："則不惟"，咸豐版《孫忠靖公遺集》《孫傳庭疏牘》作"無不惟"。
③ 急傳各將掌號啓行：咸豐版《孫忠靖公遺集》《孫傳庭疏牘》"各將"後有"之兵"二字。
④ 勇之夷丁擠擁山下："夷丁"，咸豐版《孫忠靖公遺集》《孫傳庭疏牘》作"土丁"。

進，而勇已中林莽伏賊之矢，落馬殞生。各丁痛恨搜林，斬獲六級，負勇回營。各兵收紮山下，總兵曹變蛟聞各兵至，亦領兵四隊至山前，與盛略等相見而返。略等本日統兵回鄜。是夜賊從山內奔竄，次日發塘出哨，並無一賊。復差步撥乘夜入峪哨探，行百里外無所見。意此賊初出益門鎮時[1]，氣焰風聲不可向邇，旁觀者皆以眾寡不敵爲臣危之。即督臣寓書於臣，亦言此賊若與大天王合[2]，則甘肅等兵迎敵宜慎。臣擒獲來山虎訊賊之情，言將犯省會，闖關門東去中州。臣爲髮豎皆裂，陳師鞠旅，迎頭苦戰。臣每曉諭各兵將：以迎頭之與截尾，苦戰之與掩襲，其難易懸絕，人所共知，然蕩平之功，必應從迎頭苦戰做起。則各兵將之有志功名者，亦必應從迎頭苦戰做起。各將兵但能迎頭苦戰，即斬馘無多，亦必從優敘錄。故各將鼓銳，諸兵奮勇，槐芽鎮之役力過潰決，使不得東下。臣復於就中用間設奇，頗費籌畫，幸賴皇上威靈，屢發皆中。賊之戰馬歸我營廄，賊之積金歸我帑藏，賊之心腹爪牙歸我部曲。且各兵將殱銳逐北，不避險阻，使賊膽落西折，逼賊之老營於西，牽賊之精兵於東，以成左、曹數月來未有之大捷。遠則河南之郡邑無虞，近則盩、鄠、華、渭之禾稼可保。目前滿籌滿車，轉盼即千倉萬箱，諸將之功不可沒也。使賊從峪徑狼狽西出，督臣復發偏師，遄往扼擊於徽鳳要險之處，此賊其無噍類矣。臣已移咨督臣：謂當以左、曹大兵仍偵闖、過各賊所在，馳赴圖剿。而以臨洮總兵孫顯祖及副將賀人龍之兵待此賊於徽、鳳之間掩擊，度督臣必有定畫。

臣因西賊既敗遁，而豫賊之在閿、靈者猶眈眈西窺未已，督臣大兵見在鳳翔，鄜縣斗城，兵難久駐，遂令監軍道王文清督甘兵

---

① 意此賊初出益門鎮時：《四庫》本"意"作"憶"，從咸豐版《孫忠靖公遺集》《孫傳庭疏牘》。

② 此賊若與大天王合：咸豐版《孫忠靖公遺集》《孫傳庭疏牘》"若"作"如"。

駐盩厔，留標兵駐鄠縣，臣暫回省彈壓，兼料理關門之防。如此賊仍出峪東窺，臣仍介馬星馳赴盩厔調度，一日可至。

所有迎頭苦戰屢捷之諸將，如甘營統兵副將盛略，遊擊趙用彬，旗鼓守備鄧萬鍾，加銜遊擊王萬策，加銜守備楊奎光、崔朝印、王宗義，中軍祁功偉，千總盛允昌、盛允祥①、葛衛國、卜言兔、張士英，標下統兵調征參將王永祥，隨征原任參將解文英，統兵後左營實授都司僉書李國政、郝光顯，實授守備張文耀，調征守備李遇春、王世惠，督陣守備千把總郭鳴鳳、王加福、魯自友，知事錢士芳，參謀武清周，中軍千把總實授守備黨威、楊豹、李文奎，監軍道中軍鍾鳴豐，俱應從優議叙。內李國政剿賊最久，上歲十二月，華渭潼閿剿混十萬等，屢著捷功。今歲正月，以孤兵入山，解商雒之危，剿撫皆有成效。此番聯絡將士，督陣衝鋒，又居中策應，得本官之力最多。臣標下別無大將，獨恃有本官，宜量加遊擊銜以示鼓勵。至陣亡都司葛勇，臨敵身先士卒，且晃峪之戰，手刃退縮之大旗軍丁馬尚德。而諸兵奮戰獲捷，又親縛賊撥之來山虎。臣特破格旌賞，勇益銳意當先②，遂欲攻大帥不攻之山，躍馬巉岩，隕命鋒鏑，殊爲可惜。除臣賞棺收殮親行致祭，仍應題請優恤，以慰忠魂，伏乞聖鑒施行。爲此具本謹題。

崇禎十年九月初四日具題。本月二十六日奉旨："據報鄜寶合捷，具見督、撫同心調度，將士戮力行間。著乘勝極力夾剿，净此賊氛，毋氣盈弛懈，復縱他逸。兵部馬上馳諭，其有功陣亡兵弁，著察議具奏。"

【箋證】

[一] 又據原發鄜縣探賊、塘撥守備薛見龍報稱：鄜縣，參見《恭報官兵兩

---

① 盛允昌、盛允祥："允"，《四庫》本作"胤"，爲避諱而改字。從咸豐版《孫忠靖公遺集》《孫傳庭疏牘》。

② 勇益銳意當先：咸豐版《孫忠靖公遺集》《孫傳庭疏牘》無"意"字。

戰獲捷疏》。探賊、塘撥，探賊兵與塘撥兵，明代兵種。前者類今之偵察兵，後者情況複雜，涉及明清之提塘制度。明清提塘制，明人的資料不多，據《清會典》（中華書局 1990 年影印）卷五十一：清人除驛站外，特設軍塘，"每塘設有軍塘夫以司接遞；都司一人，督率稽查。夫馬錢糧歸文員奏銷。"明清的提塘，主要起防守和傳遞資訊作用。劉文鵬《清代提塘考》（《清史研究》2007 年第 4期）謂："通常軍隊的駐紮都以地理形勢和軍事需要來定，大多地方偏遠。爲方便調度，各提督、總兵等都在自己的防地內安設塘兵，接遞軍營文報以及本章等其他公文。"

　　[二] 總兵左光先、曹變蛟：左光先，生年不詳，明末著名將領。以驍勇聞名，從諸督師與流寇戰，功最多。曾隨洪承疇松山抗清。後隨孫傳庭於潼關大戰李自成，孫傳庭戰没後投降李自成。一片石大戰後李自成撤退，率軍殿后。李自成敗死於九宮山，被清軍擒殺。《明史·曹文詔傳》較早記錄左光先事迹，其時身份爲"遊擊"："文詔乃與遊擊左光先、崔宗廕、李國奇分剿綏德、宜君、清澗、米脂賊，戰懷寧川、黑泉峪、封家溝、綿湖峪，皆大捷……"如其隨曹文詔時年三十歲，其生年約在公元 1595—1600 年之間。左光先崇禎七年（1634 年）任總兵官，《明史·曹變蛟傳》："（崇禎）七年……與總兵左光先敗迎祥乾州。迎祥中箭走，斬首三百五十餘級。"如此時他年約四十歲，則與洪承疇年齡相仿佛（洪承疇生於 1593 年）。此後左光先屢立功勳，成爲農民軍的勁敵。《明史·流寇傳》："（崇禎七年）迎祥、自成遂入鞏昌、平凉、臨洮、鳳翔諸府數十州縣。敗賀人龍、張天禮軍……承疇檄總兵左光先與人龍合擊，大破之。""（崇禎九年）諸將左光先、曹變蛟破之，自成走環縣。"《明史·孫傳庭傳》："遣左光先、曹變蛟追走之渭南，降其渠一條龍，招還脅從。"崇禎十二年（1639 年），左光先隨洪承疇率軍"入衛"京師。十三年始，與清兵在松山等地激戰。《明史·曹變蛟傳》："十三年五月，錦州告急。從總督承疇出關，駐寧遠。七月與援剿總兵左光先、山海總兵馬科、寧遠總兵吳三桂、遼東總兵劉肇基，遇大清兵於黃土臺及松山、杏山，互有殺傷。大清兵退屯義州。承疇議遣變蛟、光先、科之兵入關養鋭，留三桂、肇基於松、杏間，佯示進兵狀。又請解肇基任，代以王廷臣；遣光先西歸，代以白廣恩。"李自成破潼關，孫傳庭戰死，左光先與白廣恩投降。左光先傳記附於《明史·唐通傳》後，寥寥三十餘字："光先，梟將也，與賊角陝西，功最多。自遼左遣還，廢不用。後聞廣恩從賊，亦詣賊降。"左光先最終結局，《明史·流寇傳》："自成至定州，我兵追之，與戰，斬毅可成，左光先傷

足，賊負而逃。""（清順治二年）又獲僞汝侯劉宗敏、僞總兵左光先、僞軍師宋獻策。於是斬自成從父及宗敏於軍。"左光先是否也一起被殺，文中未提。曹變蛟（1609—1642），山西大同人，名將曹文詔之侄。幼從文詔積軍功至遊擊。崇禎四年從復河曲。第二年連破紅軍友等於張麻村、隴安、水落城、唐毛山，又破劉道江等於銅川橋，勇冠諸軍。以御史吳甡薦，進參將。崇禎七年，南征湖廣農民軍。曹文詔失事論戍，變蛟亦以疾歸。崇禎八年，曹文詔起復，變蛟以故官從。大捷金嶺川，鏖戰真寧之湫頭鎮，皆爲軍鋒。曹文詔戰歿，變蛟收潰卒，復成一軍。總督洪承疇薦爲副總兵，置麾下，與高傑破農民軍於關山鎮，逐北三十餘里。又與副將尤翟文、遊擊孫守法追闖王高迎祥，與戰鳳翔官亭，斬首七百餘級。與總兵左光先敗高迎祥於乾州。迎祥中箭走，斬首三百五十餘級。崇禎九年破闖將於澄城，偕光先等追至靖虜衛，轉戰安定、會寧，抵靜寧、固寧。其秋又追混天星等軍，敗混於蒲城。"承疇、傳庭共矢滅賊。傳庭戰於東，承疇戰於西，東賊幾盡。賊在西者，復由階、成出西和、禮縣"，因事出突然，諸將皆無功，獨"變蛟降小紅狼，餘賊竄走徽州、兩當、成、鳳間，不敢大逞"（《明史·曹變蛟傳》）。農民軍"睏蜀中虛，陷寧羌州，分三道，連陷三十餘州縣"，洪承疇與曹變蛟等由沔縣歷寧羌，過七盤、朝天二關。山高道狹，士馬饑疲，歲暮抵廣元，賊已走還秦。變蛟等回軍邀擊，斬首五百餘級。崇禎十一年十一月，京師戒嚴，召洪承疇入衛，曹變蛟與左光先從之。十三年五月，錦州告急。從總督承疇出關，駐寧遠。崇禎十五年於松錦大戰中兵敗被俘，不屈而死。此役，明軍大部崩潰，唯變蛟親率部下衝後金軍大陣，直抵皇太極中軍，箭射後金大纛，敵酋中軍後退里許。惜大勢難擋，勢孤力窮，被俘不屈遭殘殺。

恭報司務廳練兵並請關防馬匹疏[一]

題"爲請關防馬匹事"。

准兵部咨遵奉明旨，行據標下贊畫司務陳繼泰呈詳到臣[二]。該臣看得：用兵莫善於土著，莫不善於遠調，臣童而知之。自入秦疆，疚心寇患而兵單餉匱，無力驅除，恨不仿古人寓兵於農之意，以握根本之圖，而收蕩平之效。惟是邇來之寇狂逞多年，精強慣戰，實不易與。每思標本兼舉之計，方議募調邊兵，以資目

前之摧陷。而又清練屯兵，徐圖自強，臣實非敢薄土著而貿貿遠
求也。臣查司務陳繼泰請纓一疏，不禁稱快。繼准部咨，以繼泰
充臣標下贊畫，俾其募練土著三千，隨臣征剿。臣既幸於無兵之
日得兵，又幸臣所有志而未逮者，可於本官見之施行。准部議云：
西安州縣募有自守之兵，一縣三四百名，歲費銀六七千兩，故臣
於本官未至之先，行司議，將近省州縣民兵摘取二千名，即以原
有工食充餉。各州縣工食，每兵每日有三分四分五分之不等，臣
令一遵部議，悉准五分，聽本官至日選練支給。如所取民兵不能
如本官之意，即聽其汰回，令扣解工食，候本官另募。則在各州
縣不徒養無用之兵，在本官自可得見在之餉。其挑揀教訓，又一
任本官爲之，臣惟樂觀厥成，並不掣本官之肘。此外，臣有清出
屯軍所給鎗銃炮藥一一精備，正當分營團練之時，撥給本官一千
名，與民兵合練，俾成勁旅三千，以裨征剿。兹時將三月，臣有鳳
翔之行，臣尚恐簡訓或有未周，不肯輕試其銳，留防省城。後恐
豫賊西犯，秦賊東逸，惟令本官於潼藍之間張聲設疑，乘敝擊惰，
戒勿輕與接戰。蓋臣方期本官以大用，而不敢令其汲汲漫爲也。
今蒙行查，據本官申報，選收各州縣解到民兵九百六十名。本官
自募官生材勇九百七十名，並臣所發屯軍九百六十二名。計數幾
於三千，不爲不多。閲日已過八十，不爲不久。又謂訓以百日之
功，可効半臂之力。臣謂本官既從實地做實事，即百日之期亦可
無限①。本官肝膽意氣勃勃無前，皇上惟執本官之言，以責本官之
效，苟能裨補廓清，即稍需時日非遲也。乃本官又以茶馬、關防、
功賞三事爲請[三]，臣惟衝突須馬，故剿兵皆以馬三步七爲率。本
官銳意殺賊，不欲以尋常鄉兵自格。且云所選官生兵丁並屯兵内，
熟練弓矢，精通劍戟，善於馬上技藝者，屈指千餘。皇上於本官

---

① 即百日之期亦可無限：據《四庫》本，咸豐版《孫忠靖公遺集》《孫傳
庭疏牘》"亦"作"不"。

既不惜破格鼓舞，將爲各省練用土著之倡，豈靳此茶馬千匹，使本官詘於前鋒而安於後應也？臣所那湊遠市西馬千餘匹，見在募到邊丁數百虛策以待。其未到而需馬者猶多，本官亦知臣馬無幾，不能分給，故特求茶馬。應請敕下兵部將本年解京茶馬二千匹内撥給本官一千匹，以展其才。此一千匹之路費草料該銀三千五百兩，亦祈併給本官，以充數十日草料之費。其以後不足者，臣即以剿餉動給。至於本官文移，動關錢糧兵馬，須有關防，應請敕下禮部鑄頒。若夫功賞銀兩，臣標下原無額設。本官之兵，但能立功，豈患乏賞？臣請於剿餉内一體那給，似不必另請專設也。再照本官原請募兵三千，今三千内有臣發屯軍一千名，臣祇以屯軍亦皆土著，又不煩措餉，而其人之年貌勇力不讓募兵，且器械精備似尤過之，臣故發令並用①。如目下臨敵剿禦，募兵果遠勝於屯兵，臣願爲本官另行措餉，使其募足三千之數。且不但三千，即盡皇上所給之剿餉，臣悉倚本官俱募土著，以速奏蕩平，用力逸而收功大，又不至釀釁貽憂，臣何憚而不爲也？至於因用民兵，扣取其原有工食，臣祇以既有此民兵，有此工食，即其兵不若本官自募之兵，而其工食豈不可爲本官自募之餉？莫非地方之物力，莫非朝廷之錢糧，何必剿餉始爲餉，而付此項於虛縻也？此實臣區區節縮苦心，然亦本部文私鬥公戰之意而行之耳，統祈聖明鑒裁施行。謹奏。

　　崇禎十年九月初六日奏。十月初一日奉旨："該部看議具奏。"

【箋證】

　　［一］司務廳：明代各部均設，相當今之辦公廳、辦公室。掌管本衙門的抄目、文書收發、呈遞拆件、保管監督使用印信等内部雜務。明制，司務爲從九

① 臣故發令並用：據咸豐版《孫忠靖公遺集》《孫傳庭疏牘》，《四庫》本"發"作"撥"。

品，清初沿明制。乾隆三十年升爲正八品，相當於縣丞（正八品）的品級。關防：官印的一種，多爲長方形。明初，各布政司與六部常以預印的空白印紙作弊，明太祖發覺後，改用半印，以便拼合驗對，取其“關防嚴密”之意，故名關防，其形長方。其後不作勘合之用，而形制未變，用以頒給臨時設置之官，雖總督、巡撫、總兵官亦然。清沿明制，正規官員使用正方形官印稱“印”，有金、鍍金、銀、銅之不同，臨時派遣官員則用關防，分別以銀、銅鑄造。印用朱紅印泥，關防用紫紅色水，俗稱紫花大印。

　　[二] 行據標下贊畫司務陳繼泰呈詳到臣：贊畫司務，或受開府撫督之臣召請之官，相當於軍府參謀之類官，具體職級待考。陳繼泰，傳庭集中多次提及。《恭報官兵兩戰獲捷疏》：“除臣馳檄西、鳳州縣固守城池，並行潼關道督關門及韓部防兵，贊畫司務廳陳繼泰督鄉兵馳赴堵禦外，臣惟有酌量緩急，往來調度。”《報寶郿剿撫捷功疏》：“臣慮賊仍東潰，一面檄潼關道丁啓睿並標下贊畫司務陳繼泰，從藍田一帶差塘撥遠探。”等等。

　　[三] 乃本官又以茶馬、關防、功賞三事爲請：茶馬，指“茶馬互市”，以茶易馬或以馬換茶。研究者有謂起源於公元 5 世紀南北朝時期。最初在西部漢藏民族間進行。唐時逐漸形成了規則，宋朝時進一步完善，設置專門管理茶馬交易的機構“檢舉茶監司”。明朝沿襲宋朝的做法，在交易的地方設置“茶馬司”。《明史·食貨四》：“洪武初，定令：凡賣茶之地，令宣課司三十取一。四年，戶部言：‘陝西漢中、金州、石泉、漢陰、平利、西鄉諸縣，茶園四十五頃，茶八十六萬餘株。四川巴茶三百十五頃，茶二百三十八萬餘株。宜定令每十株官取其一。無主茶園，令軍士薅採，十取其八，以易番馬。’從之。於是諸產茶地設茶課司，定稅額，陝西二萬六千斤有奇，四川一百萬斤。設茶馬司於秦、洮、河、雅諸州，自碉門、黎、雅抵朵甘、烏思藏，行茶之地五千餘里。山後歸德諸州，西方諸部落，無不以馬售者。”

報降丁掘獲窖銀疏

　　題 “爲續報降丁掘獲窖銀事”。

　　臣昨提兵於郿寶間，擊剿出棧諸賊，收獲降丁翻山鷂等①。據

---

　　① 收獲降丁翻山鷂等：據《四庫》本，咸豐版《孫忠靖公遺集》《孫傳庭疏牘》“翻山鷂”作“番山鷂”。

翻山鷂供①：先年隨闖賊時，曾在扶風、醴泉地方埋銀二處[一]。醴泉埋銀處所記識不真，扶風城外埋銀處所至今猶能記憶，乞行差人押赴該縣掘取等情。隨經臣差官，押翻山鷂至扶風②，同該縣知縣宋之傑，掘獲銀八百九十三兩，解至軍前。臣給賞各降丁一百兩，餘銀七百九十三兩發監收廳收貯充餉。業經臣於報捷疏中附奏在案。續據翻山鷂稟稱③：醴泉埋銀處所雖記識不真，若至彼相度形勢④，尚可掘挖等情。據此，臣票委參謀武清周押同前往醴泉縣，同該縣印官掘取去後，今據該縣知縣韓景芳申稱：蒙委武清周押降丁翻山鷂等到縣，卑職即同委官並降丁翻山鷂等至窖銀處所⑤，掘出原窖銀兩，眼同秤兌，共二千九百一十三兩九錢，封裹貯庫等因。據此，臣行令於內，給賞翻山鷂併眾降丁劉君槐等三百五十兩⑥，俾製買甲馬，隨征報效，其所餘二千五百六十三兩九錢貯庫爲照。降丁翻山鷂的名拓攀高，乃前俘賊闖王高迎祥心腹至戚，而其智力亦與迎祥相頡頏者也。迎祥於八年九月屯擾西鳳，其所劫掠之賞捆載不盡者，悉穴藏於扶、醴空闊之地，諸賊皆不與知，惟令攀高知之。迨迎祥成擒於盩厔，而攀高遠遁於漢南，今始從棧道出峪，感臣不殺其夥賊來山虎之恩，率眾來歸，遂舉

①　據翻山鷂供：據《四庫》本，咸豐版《孫忠靖公遺集》《孫傳庭疏牘》"翻山鷂"作"番山鷂"。

②　押翻山鷂至扶風：據《四庫》本，咸豐版《孫忠靖公遺集》《孫傳庭疏牘》"翻山鷂"作"番山鷂"。

③　續據翻山鷂稟稱：據《四庫》本，咸豐版《孫忠靖公遺集》《孫傳庭疏牘》"翻山鷂"作"番山鷂"。

④　若至彼相度形勢：據《四庫》本，咸豐版《孫忠靖公遺集》《孫傳庭疏牘》"形勢"作"形迹"。

⑤　蒙委武清周押降丁翻山鷂等到縣，卑職即同委官並降丁翻山鷂等至窖銀處所：據《四庫》本，咸豐版《孫忠靖公遺集》《孫傳庭疏牘》"翻山鷂"作"番山鷂"。

⑥　給賞翻山鷂併眾降丁劉君槐等三百五十兩：據《四庫》本，咸豐版《孫忠靖公遺集》《孫傳庭疏牘》"翻山鷂"無"翻"字。

迎祥所瘞之金，一一首出掘獲。查窖銀處所，於扶則在郊關之外，於醴則在園野之間，乃攀高等記憶既真，不敢私起，頗能守法輸誠，臣用敢即動原銀，從優給賞，俾製買甲馬，隨征効用，由此或能格面格心，得其死力爲我用，亦未可定。除給賞各丁外，先後二次共存銀三千三百五十六兩九錢，俱應充餉，或作軍前功賞之需，統俟事完，同兵餉彙冊報銷。謹題。

崇禎十年九月十三日具題。

十月初八日奉旨："知道了。先後掘獲銀兩，著充兵餉賞功等用，彙冊報銷，該部知道。"

【箋證】

［一］扶風、醴泉：明之扶風縣，屬鳳翔府（按鳳翔府本即爲古扶風地）。《明一統志》卷三十四：明代鳳翔府屬之"扶風縣"，"在府城東一百一十里，周爲岐陽鎮，漢爲美陽縣地，後周於此置燕州，以美陽縣省入。隋末州廢，唐初析岐山縣地置湋川縣，貞觀中改爲扶風縣，五代宋金元並仍舊，本朝因之。編户二十九里。"醴泉，明屬西安府乾州。《明一統志》卷三二："在州城東七十五里。本漢左馮翊谷口縣地。東漢及晋爲池陽縣，後魏改寧夷縣，隋改醴泉縣，因後周醴泉宮爲名。唐初析置温秀縣，後省入醴泉。宋割屬醴州，金元仍屬乾州，本朝因之。編户一十八里。"

清屯第三疏 [一]

奏"爲微臣清屯事竣，三秦永利已興，彙報前後清出實在兵糧數目事"。

竊惟清屯之舉，臣不揣譾劣，謬欲修舉祖宗久湮之成法，於患貧患寡之時，爲足食足兵之計。矢志殊迂，用力匪易，今幸邀寵靈，克副愚忱，竟臻成效。

以兵，則向欲爲省會四門各索乘障之三百人而不可得，今則於前、後、左三衞，清出實在營軍九千三百三十八名。於右護衞，除旗軍校尉七百八十名外^[二]，清出實在修工軍二千五百一十七名，悉年力精壯。營軍已分六營團練，修工軍已撥令增築省會三關矣。此臣清出實在之兵數也。

以餉，則向盡四衛之歲入，支都司衛所廩俸雜費，及標下家丁二百月餉，奇兵千人加糧而猶虞不足，今則於前、後、左三衛清出課銀一十四萬五千二百四十二兩零；於右護衛清出本色麥米豆一萬三千五百五十六石零。今夏課銀已將完，而本色亦見行徵收，至原兌各軍未起課之地，應納丁條草馬等銀共四千五百八十一兩零，猶不在內。此臣清出實在之糧數也。

是役也，兵不煩募徵，第稽之斷殘之尺籍，遂得萬二千餘。修我戈矛，事乃畚鍤，在將來終不敢謂戰則不足，在今日已可謂守則有餘。餉不假掊扒，第復自奸宄之橐囊，遂得一十五六萬兩石。金盈於帑，粟充於庚，在目前可支繁亟之軍興，在後日可裨富强之永計矣。至於酌其便於人情，留其餘於地力，故當經畫之初已無難於慮始。即經撓亂之後，竟無害於觀成。蓋臣籌度逾年，確有主見，經營數月，斷在必行，遂使二百載相沿之弊竇，掊滌無餘；億萬年不涸之利源，流通罔既。臣於是益信天下無不可為之事，而自今以往，凡有心為朝廷任事者，亦不至以臣之多事無成為戒矣。

然其所以成始而成終者，非臣一手一足之力所能辦。除原任西安府推官今行取王鼎鎮，當臣初舉此意，本官即力贊其可行，及奉臣檄，則直窮蠹壞之根，不避群小之忌，精心擘畫，定力擔當，始事之功，獨居其最。臣已於第一次清屯疏內題敘，奉有准與優敘之旨聽部考選。外如分守關內道副使李虞夔，接管清理不徇情面，至於軍戶、地戶爭訟之案，情偽百出，剖斷公明。至各衛之冊籍繁多，每衛輒至十餘本。而分郡分邑縷析於三十六州縣者，每本輒經數造而續清續發，每州縣又輒至數番，紛紜浩繁。本官必經手經目，勞績鮮儔，敘酬宜厚。此外，督徵州縣，當屯政修明之始，能加意奉行，有裨軍國大計，與尋常歲額遵例催辦者不同，應照完課次第並行甄敘。內如長安縣知縣賈鶴年，清操軼俗，催徵有法。首先報完夏課，以爲諸有司之倡。咸寧縣知縣宋屺，留心督催，夏課遵限報完。鄠縣降級知縣張宗孟，悉心調劑，使軍佃悉得其平，不急爭一日之早完，獨深圖長久之至計，而夏課報完亦不落後。渭南縣署印西安府同知王明福，奉文之初，有一二奸徒妄思延抗。本官擒首惡枷責示警，旬日之內，遂報完三千餘兩。蒲城縣知縣田臣，正項錢糧不逾夏而徵完六分，於屯課尤竭蹶從事，遵限及額。同州知州羅燦，守潔才練，使梗頑頓化，課額能完。華州知州鄧承藩，本州額課雖數僅五百七十餘兩，而夏季遂完解八分，亦見勤敏。興平縣知縣閭堯章，額解亦僅數百，而鼓舞軍佃有方，使人皆知納課之便。臨潼縣知縣張鼎，課額頗多，完將及數。以上各官，均請議敘，以示鼓勵者也。

其餘州縣，或解數僅多，而准之原額尚不及半；或解雖及額，而按之銀數，原自無多；又或解將及額，銀數亦多，而始則奉行不力，近於怠緩，繼復肯綮未得，涉於張皇，臣俱不敢濫舉。

所有清出軍糧，臣謹造冊奏報。再清出屯課銀粟共十六萬餘，數固不爲不多，然較國初尚不敷原額。秦方兵餉兩絀，臣搜剔有此。自茲以往庶幾經理有方，侵牟永絕，以秦兵衛秦地，即以秦餉養秦兵。凡遇軍興不至動煩呼籲，可永寬聖明西顧之慮。若此項銀粟，則必不宜別有挹注也。蓋四衛軍糧，各有定數，有一軍即應有一糧，有一糧即應補一軍。必軍糧漸如原額，乃能漸復先朝富強之盛。內且有額支丁條草馬司衛雜費等項。又營軍加糧軍役工食，與夫延寧各邊班價，俱於此中取給。又向蒙聖明，准臣設標兵三千，除當年給臣帑金裁站新餉六萬兩之外，以後着臣自行設處。臣凜奉明旨，至今未敢另有陳瀆，亦應以此項接支。頃戶、兵兩部計議，會剿兵餉該給臣餉銀二十三萬四千兩，止撥給臣本省裁站並晉蜀均溢銀一十八萬七千餘兩，尚不敷銀四萬六千有奇。以臣見抽屯餉緩議。昨臣通計剿兵，原列標兵在內，亦自應以此項通融湊抵。

又省會重地，南北西俱無關城，東關有城，亦低薄不堪。臣見行分守道，督咸、長兩縣分工修築。夫役即用右衛軍丁，而鹽菜等費亦於此項支給。又打造軍器獲捷賞功，臣衙門并無額設，亦應於此項那用。

則此屯課，自各項支銷外，無多贏餘，即欲招補額軍，已不能不需之異日。況軍佃良頑不一，未必一一通完，臣若不預爲陳明，當茲司農仰屋之時，或取臣所清出之課，另充別項酌濟，則不但使秦地空虛如故，且並有名無實之原額亦永不可問。是臣徒費一番苦心，於秦無益而反害之矣。

至於十面合剿之舉，仰借皇上天威，諸臣謀力，果能刻期蕩平，則自崇禎十年以後秦與各省之剿餉，俱不煩戶部撥給。即或餘孽猶存，尚費驅殲，臣有此兵有此餉，臣爲悉心料理，自可支撐防擊。臣亦必自崇禎十年以後，再不敢仰求接濟於戶部，此則臣之所可自任而敢昌言於聖明之前者也。統祈鑒照施行。謹奏。

崇禎十年九月十三日具奏，十月初八日奉旨：“據奏清屯既竣，裕餉足兵，孫傳庭具見實心任事，該部看議具奏。”

【箋證】

[一] 按清屯，爲孫傳庭任秦撫第一要務，其功巨大，是其足餉足兵，造就一支敢戰能戰武裝的基礎。清李因篤《明督師兵部尚書孫公傳》：“秦兵久驕而習剽，督撫率姑息吞聲。傳庭……遂下令清屯：凡健丁一，授田百畝，區地三等，免其租課，量征軍需。得守兵九千餘人，歲得餉銀一十四萬兩，米麥二萬餘石。疏上，帝褒獎備至，命諸撫以秦爲法。”按明代軍制最主要的特點是全國實行衛所制，而衛所制又與軍隊的屯田制緊密結合：全國設立衛所屯田。邊地軍丁三分守城，七分屯種；內地軍丁二分守城，八分屯種。每軍丁授田一份，官府供給耕牛、農具和種子，軍丁世代相繼，給養仰賴屯田。初期不徵稅。后按份征糧。洪武六年（1373）各地軍屯月糧自給有餘，朱元璋大喜，謂：“吾京師養兵百萬，

要令不費百姓一粒米"。洪武二十二年（1389），凉州等十一衛有屯軍 33500 人，屯地 16300 餘頃。明成祖繼位後，繼續實行屯田。永樂二年（1404），再公佈屯田法："守城軍士視其地之夷險要僻，以量人之屯守爲多寡。臨邊而險要者則守多於屯，在内而夷僻者則屯多於守。地雖險要而運輸難至者，屯亦多於守。"洪武至永樂年間，全國軍屯約有八九十萬頃。但宣德以後，屯田制逐漸廢壞，屯糧作爲軍糧的作用越來越小，軍餉開始靠户部庫銀支給。嘉靖時，屯軍多破産流亡，荒廢嚴重。大臣建議："荒蕪屯田，不拘軍民僧道之家，聽其量力開耕，待成熟之後照舊納糧，令永遠管業，不許補役復業者争告。"最終導致屯田被權豪勢要侵佔，屯田制名存實亡，軍餉成爲國家最大負擔。

［二］旗軍：有謂指專司漕運的軍隊。明代海瑞《革募兵疏》："我祖宗初設旗軍，繼後復設民壯。"《明史·兵志一》："四衛營者…… 弘治末，勇士萬一千七百八十人，旗軍三萬一百七十人。"明張瀚《松窗夢語·漕運紀》："選補旗軍，修造船只。"明張瀚《松窗夢語·漕運紀》："船屢傾覆，不惟飄失糧米，往往淹溺旗軍。"旗軍校尉，或爲明軍中具有級别的軍人。《大明會典》卷之四十："凡各衛所隻身旗軍校尉、巡營、守門鋪、養馬、看倉、看草、老幼久病殘疾、復役未及三年逃軍，及瀋陽中護衛、平陽潞州衛、沁州汾州千户所、正軍校尉、並旗手等衛調去入伍軍匠、俱各綿布二疋、綿花一斤八兩。"

題被灾地方蠲緩錢糧疏^{［一］}

題"爲遵旨查明灾重地方，仰請蠲緩事卷"：

查崇禎十年二月初三日，准户部咨。該臣題"爲秦民窮困已極，相率走險可虞，懇特沛殊恩奠安危疆事"，該本部覆題：本年正月初十日奉旨："覽奏，秦省灾荒至極，民不聊生，深惻朕懷，亟宜賑恤。但目今庫部匱詘，兹特發御前銀三萬兩，再著太僕寺發銀二萬兩，光禄寺發銀一萬兩，該部撥給車騾①，著忠勇營中軍李應忠星夜押解，會同該撫按相度緩急，設法救濟，務令饑民得

---

① 該部撥給車騾：據《四庫》本，咸豐版《孫忠靖公遺集》《孫傳庭疏牘》"騾"誤作"贏"。

沾實惠，事完報銷。如奉行不善，及乘機作弊者，據實參奏。仍查災重之處，停征錢糧，並飭地方有司，實心拊循，不得虛應故事。欽此欽遵。"

移咨前來，除監臣李應忠齎到賑銀，臣等會議散賑，並分發牛種，先後事竣。前已造册具疏奏聞外，其十年分災重之處，臣等仰遵明旨，檄行布政司分行各府道確勘去後，節據分巡關南、關西、河西、商雒、潼關各道並西安、漢中、平涼、鳳翔、鞏昌等府及興安州。各申報所屬州縣災傷，有值亢旱，夏麥無收，秋禾未種者；有雖佈種成苗被冰雹打傷者；有人民被寇殺擄逃散未能佈種荒蕪者；有苗秀將成被寇殘毀者，或請賑恤，或請蠲緩等情到臣。臣復批行布政司覆勘彙報。去後十月十六日，准户部咨，該監臣李應忠奏爲微臣賑秦事竣，恭報散過銀數，並查蠲緩錢糧，仰祈聖鑒事。

九月十七日奉旨："據報賑濟秦省饑民六十二處，已盡沾實惠，並節存改助牛種，蠲緩勘明續奏，知道了。內稱印官有棲身無地俸薪全無者，該撫按確查廉善，分別勸勉，俾得堅心愛民，以昭朝廷體羣臣至意。該部知道。欽此欽遵。"

抄出到部移咨前來，已經備行遵照。

去後，今於十一月二十八日①，據該司呈詳到臣，該臣會同按臣謝秉謙、黃希憲，議得軍旅饑荒，乃從來偶值之變，而秦則歲以爲常。臣等拯救無能，乃蒙聖明注念危疆軫存遺子，大沛恩膏，既使野殍溝瘠咸荷更生②，猶慮災重地方窮民應輸錢糧不能辦納，令臣等查明停徵。雖古聖人如傷在抱，何以加諸？臣等祇奉明綸，分行踏勘：

---

① 今於十一月二十八日：據《四庫》本，咸豐版《孫忠靖公遺集》《孫傳庭疏牘》"八"作"二"。

② 既使野殍溝瘠咸荷更生：據咸豐版《孫忠靖公遺集》《孫傳庭疏牘》，《四庫》本"既"作"即"。

如商雒之累歲荒盜，漢中之斗粟兩餘，鞏昌之罹寇最久，與興安之岩邑兩陷。臣等先後疏報，俱在御前。自應併以災重邀恩。其他西鳳平延各州縣，或殘破之極，一望邱墟；或殺戮之餘，呻吟遍野；或民逃寇踞，東作未興；或夏旱秋雹，西成罔獲。臣等查覈分別奏聞。除西安屬地有寇警稍息，二麥頗登，惟夏末稍旱；併臨洮府屬，雖經寇擾被災未甚，與凡稍可徵輸州縣，俱不敢概議蠲緩外，查得屢經寇殘地方，與夫旱雹災傷最甚之處，如西安之山陽、鎮安、商州、商南、雒南，漢中之南鄭、洋縣、城固、西鄉、沔縣、褒城、略陽、鳳縣，鞏昌之階州、文縣、兩當、成縣、西和、漳縣、秦安，平涼之涇州、崇信、華亭，鳳翔之隴州、麟遊，興安並所屬之白河、紫陽、洵陽、平利，以上三十州縣，或屢被寇殘，或酷遭旱荒，被災一等，應將十年分存留錢糧，並新舊軍餉及雜項公費、羊價、料價、匠價，並衛所屯派軍餉，俱蠲五分，緩五分。

鞏昌之隴西、寧遠、伏羌、秦州、禮縣、清水、徽州，並洮、岷西、固城三衛所，平涼之靈臺、隆德、鎮原、平涼、莊浪，鳳翔之扶風、汧陽，延安之安塞、保安、延長、甘泉、宜川①、延川，慶陽之寧州、真寧、安化、合水，以上二十四州縣並衛所營堡，曾經寇掠，民多逃竄，地多荒蕪，即間有耕種，又罹旱雹，被災二等，應將十年分存留錢糧并新舊軍餉及雜項公費、羊價、料價、匠價，俱蠲三分緩二分徵五分。

西安之耀州、同官、永壽、長武、三水、淳化、同州、藍田、朝邑、韓城、蒲城、郃陽、澄城，鳳翔之寶雞、郿縣、岐山，鞏昌之通渭、安定，平涼之固原、靜寧，慶陽之環縣，延安之鄜州、膚施、中部、宜君、雒川、綏德、安定、清澗、米脂、葭州、神木、

① 宜川：據《四庫》本，咸豐版《孫忠靖公遺集》《孫傳庭疏牘》作“宜州”。

府谷、吳堡。以上三十四州縣並各衛所營堡，亦經寇擾民殘地荒，又值夏旱秋成甚薄，被災三等，應將十年分存留錢糧并新舊軍餉及雜項公費、羊價、料價、匠價俱蠲二分徵八分。

至於石泉、漢陰、寧羌三州縣，俱新經寇陷，百姓殘傷已極，十年分存留錢糧並新舊軍餉，及雜項公費、羊價、料價、匠價，俱應盡蠲。

以上所議蠲緩，止及存留錢糧與新舊軍餉，雜項公費、羊價、料價、匠價數項。此外有禄糧，爲宗藩急需，民運爲邊軍急需，站價爲驛遞急需，豫征軍餉爲剿兵急需，俱未敢概議蠲緩。

至監臣疏稱：印官有棲身無地俸薪全無者，蒙旨著臣等確查廉善，分別勸勉。臣等查得西安府鎮安縣知縣秦來侯，力捍空城，賊逼境内，猶能出奇斬馘，已經兵部叙録。先因薪俸無給，至家口不免嗷嗷，臣曾括金四十兩以贍之。鳳翔府隴州知州文應麟，受事該州，當屢經殘破之後，無復州治，該本府知府熊應元條議修復，督臣洪承疇發兵鎮守。一時在事諸臣各有捐助，臣亦搜捐贓贖二百餘金以佐工料。今城工報竣而拮据綢繆，賴該州之力居多。扶風縣知縣宋之傑，委署之初，該邑官舍民廬無復存者。本官代庖數月，勞來有方，未幾而百堵具興，市肆如故，邑治漸有可觀，臣因以本官題陞該縣，以償其前勞，且以鼓其後効。平涼府靈臺縣知縣敖泫貞，方履任時，賊猶踞城内。本官受事於城外之南堡，及賊漸引去，本官招集居民，繕茸城垣，置備守具，殫竭心力。厥後大寇屢犯其境，竟能固守。崇信縣知縣高斗垣，歷殘邑二載，卧薪嘗膽，形神俱瘁。今城已修復，廢墜可徐俟興舉，而本官以憂去。之數官者，艱難困苦，既已備嘗，黽勉勤劬，復能自効，與廉善二字有當，用當遵旨勸勉。内高斗垣雖以憂去，而勞不可没，故並列以聞。至於見在各官，倘能初志不渝，末路愈振，以廉善始復以廉善終，是在各官之無棄爾勞矣。此外，凡城經殘破之處，官之俸薪未盡無給，而棲身實苦無地者，尚有山陽、永壽、華亭、麟遊、涇州、褒城、漳縣、秦安、成縣、階州、文縣、兩當、石泉、寧羌、漢陰等處。第其官或經參處，或久缺未任，或新任而廉善未能自見。臣等所以分別勸勉者，亦不能不徐俟其後。而官廨俸薪等項，現飭各道府從長計議，另疏題報。爲此謹題。

崇禎十年十二月初十日具題，十一年正月二十六日奉旨："該部看議覆奏。"

【箋證】

［一］關於陝西旱、雹、兵灾的調查賑濟情況的報告，要求對陝省上交錢糧據受灾程度分别蠲、緩。從疏文看，陝地官員頗能體國之艱，爲平内亂不惜犧牲自我。按本次陝省被灾，當爲崇禎九年事。但遍查《四庫全書》及其他有關文件，陝西這次灾荒少有記録。《明史・莊烈帝一》記録了崇禎九年山西、寧夏灾荒，唯難尋陝西灾荒的記録。對崇禎十年陝西的救灾，《明史・莊烈帝一》只有短短八個字："三月辛亥，振陝西灾。"也未提及灾荒的具體情況。但孫傳庭奏疏看，這次陝西灾荒極其嚴重，且范圍極廣，幾涉今陝、甘、寧全境。

題按臣錢守廉恤典疏[一]

題"爲勵勞臣以光大典事"。

准吏部咨，遵奉明旨行。據陝西布政司呈詳到臣爲照，臣忠莫大於致身主恩，特優於死事，若其勞在邊疆，尤宜上邀殊典。該臣看得：前巡按陝西監察御史錢守廉，立朝著謇諤之風[二]，報國矢捐糜之志[三]，有懷慷慨，匡扶豈異人爲[四]！殫力澄清，髮膚總非我有。入關值寇盗擾攘之日，縱横盡封豕長蛇[五]，按部際近邑殘破之餘①，來往悉青磷白骨，乃守廉罔辭險阻，備極辛勞，既巨細靡不身親，復安危引爲己任。籌兵籌餉，拮蓄而肌骨爲銷；議

① 按部際近邑殘破之餘：據《四庫》本，咸豐版《孫忠靖公遺集》《孫傳庭疏牘》"際"作"除"。

撫議徵，擘畫而心神幾瘁。憤將士之驕玩成習，直欲以繡斧代尚方[六]；痛我師之延誤罔功，恨不以駑馬當汗血[七]。故擒闖酋於蟄屋，實守廉畫策於火攻；收滿寇於延安，又守廉自受以戎索。此守廉勞績昭昭在人耳目，俱有塘報可稽。然守廉致病致死之繇不專在是也。兼任三年之巡閱，勞旦晝於簡伍稽儲；親覹兩鎮之邊防，歷馳驅於衝寒冒暑。故郇宜之轍未返，馬上血傾數升；比榆固之役方周，榻間食惟幾箸。迨勉竣掄才之典棘甫撤[八]，而守廉遂不起矣。按臣謝秉謙接任，謂守廉以死勤事，實不敢沒其成勞①，亦臣所真知灼見。若非破格優恤，非所以勵臣節而昭國典。至守廉生平才品，與夫察吏安民、觀風問俗諸善狀，爲巡方職業之所應盡者，臣不敢一一縷數也。查得《大明會典》一欵：凡在京出外文武官員，不拘品級，其以死勤事者，恤典取自上裁。今守廉功在秦疆，臣謹會同按臣謝秉謙合詞具題，伏乞敕部議覆施行。謹題。

　　崇禎十年十二月初十日具題，十一年正月三十日奉旨："該部查例覆奏。"

【箋證】

　　[一] 爲錢守廉盡瘁而亡，請求朝廷獎賞撫恤。錢守廉，《明史·左良玉傳》載："御史錢守廉劾（鄧）玘剿賊羅山，殺良冒功，命總督洪承疇覈之。"此處錢守廉，或即文中"巡按陝西監察御史錢守廉"。

　　[二] 立朝著謇諤之風：謇諤，亦作"謇鄂""謇愕"，指正直敢言。《後漢書·陳蕃傳》："忠孝之美，德冠本朝；謇愕之操，華首彌固。"唐閻濟美《下第獻座主張謂》詩："謇諤王臣直，文明雅量全。"

　　[三] 報國矢捐縻之志：捐縻，謂棄食。猶犧牲。明張居正《謝賜粥米食品疏》："一息尚存，矢捐縻而罔惜。"明屠隆《綵毫記·誓死不從》："我李白素懷

---

　　① 實不敢沒其成勞：據《四庫》本，咸豐版《孫忠靖公遺集》《孫傳庭疏牘》"實不敢"作"誠不忍"。

忠義……常思捐麋七尺，以報國恩，豈從汝反乎？"

　　［四］有懷慷慨，匡扶豈異人爲：慷慨，情緒激昂。司馬相如《長門賦》：
"貫歷覽其中操兮，意慷慨而自卬。"李善注引如淳曰："激厲抗揚之意也。"匡
扶，匡正扶持。唐司空圖《太尉瑯玡王公河中生祠碑》："志切匡扶，義唯尊戴，
每承詔命，若覲天顏。"明梁辰魚《浣沙記·死忠》："孤身百戰存，盡功兒將社
稷匡扶。"

　　［五］封豕長蛇：亦作"封豨脩蛇"。大豬與長蛇，喻貪暴者。《左傳·定公
四年》："吳爲封豕長蛇，以薦食上國，虐始於楚。"杜預注："言吳貪害如蛇豕。"
《淮南子·脩務訓》："吳爲封豨脩蛇，蠶食上國。"

　　［六］直欲以繡斧代尚方：繡斧，漢武帝天漢二年遣直指使者暴勝之等衣繡
衣，杖斧持節，至各地巡捕群盜。見《漢書·武帝紀》。後遂以"繡斧"指皇帝
特派的執法大員。宋楊萬里《送周元吉顯謨左司將漕湖北》詩之一："繡斧光華
誰不羨，一賢去國欠人留。"尚方，尚方寶劍。

　　［七］恨不以驄馬當汗血：驄馬，青白色相雜的馬，又特指御史所乘之馬或
借指御史。唐李白《贈韋侍御黃裳》詩之二："見君乘驄馬，知上太行道。"唐
丘爲《湖中寄王侍御》詩："驄馬真傲史，脩然無所求。"汗血，汗血馬，古代西
域駿馬名。流汗如血，故稱。後多以指駿馬。《漢書·武帝紀》："四年春，貳師
將軍廣利斬大宛王首，獲汗血馬來。"顏師古注引應劭曰："大宛舊有天馬種，蹋
石汗血，汗從前肩髆出，如血。號一日千里。"

　　［八］迨勉竣掄才之典棘甫撤：掄才，選拔人才。唐劉禹錫《史公神道碑》：
"元和中，太尉怨爲魏帥，下令掄才於轅門。"《舊唐書·劉迺傳》："今夫文部，
既始之以掄材，終之以授位。"宋葉紹翁《四朝聞見錄·趙忠定掄才》："此先公
掄才報國之一端也。"

移鎮商雒派防汛地疏[一]

　　題"爲微臣遵旨督兵，斷截商雒，恭報到汛派防情形，仰祈
聖鑒事"。

　　照得流寇煽禍十載，勢益披猖，臣實不勝痛憤。於十一月初十
日具有《微臣素負癡腸》一疏[二]，以秦寇適去，臣兵少集，輒自
請出關剿賊，方在候旨。本月三十日，准兵部咨，爲請旨責成剿

賊第一事，令臣兵斷截商雒。十二月初三日，又准兵部咨，爲緊急軍情事，令臣速赴所派地方。臣一面咨覆兵部，一面厲兵秣馬，發撥遠探豫楚各賊西向情形①。間本月二十一日，又准兵部咨，謂《兵機介在毫髮，賊勢急於奔湍，申令扼剿謹具題達事》②。内云：

賊既自南而北，勢必自東而西，或涉南陽走内、浙[三]，則商南受其衝；或過汝州走永、盧[四]，則雒南受其衝。苟一入商雒而萬山環之，岐徑錯出，出藍田則通鄠、杜[五]，出山陽則達鄖、房[六]，出興安則奔蜀漢[七]，而我官兵追之不及，截之不能，又散漫而無可如何。故臣前議陝撫堵商雒，實當賊首衝。而潼關一路，有晋兵橫截陝、靈[八]，即諸賊不敢正視，此形格勢禁用兵之理[九]，有不可易者也。本月初三日，接得陝撫孫傳庭《微臣素負癡腸》之揭，自請出潼關殺賊，而欲令監軍道張京領王洪、祖大弼之兵別出鄖西。此或拜疏在未見責成之前可耳，若既見明旨責成，該撫宜急趨商雒豫堵賊衝等因移咨前來。

准此，臣於二十四日親督官兵繇藍田赴商雒。議以後左營都司李國政，統領馬步官兵九百一十三員名，屯兵炮手四百四十四名。署中軍事旗鼓都司王國棟，統領馬步官兵一百七十員名，奇兵炮手四百二十名，直抵商南，以堵内浙之衝。以甘營副將盛略，統領馬步官兵一千五百八十八員名，屯駐雒南以堵永盧之衝。以原任副將遣戍趙大允所統馬步官兵六百八十八員名③，併原任副將王

---

① 發撥遠探豫楚各賊西向情形：據《四庫》本，咸豐版《孫忠靖公遺集》《孫傳庭疏牘》"豫楚"誤爲"豫處"。

② 謂《兵機介在毫髮，賊勢急於奔湍，申令扼剿謹具題達事》：據《四庫》本，咸豐版《孫忠靖公遺集》《孫傳庭疏牘》"謂"作"爲"。

③ 以原任副將遣戍趙大允所統馬步官兵六百八十八員名：據咸豐版《孫忠靖公遺集》《孫傳庭疏牘》，《四庫》本"趙大允"作"趙大胤"。

根子所統蕃漢官丁一百八十四員名①，原任參將解文英所統馬步官兵五百九十六員名，守備張文耀所統馬步官兵一百四十二員名，操司孫枝繡所統馬步官兵四百二十二員名②，俱駐商州居中四應。

及臣至藍田，據前發河南及鄖西塘撥報：豫楚各賊，尚未有西犯情事。臣因念商雒米糧騰貴，臣前發商雒道屯課銀三千兩，所買糧料不能濟多兵駐防之用，臣因暫駐藍田二日。又發屯課銀，令該縣糴買料豆，令旗鼓都司王國棟同奇兵千總董朝薦分派騾軍轉運。查臣原買運騾僅二百餘頭，計程運至商州，六日一轉，每次運豆一百五十石，以供千馬六日之料，尚爾不足。其兵士所需糧米，臣先行藍田糴買，並屯課折納在倉者約千餘石，俱不及運。臣因令趙大允等兵於藍田暫駐③，其盛略甘兵見在潼關，臣亦行令暫駐關上。俟發李國政、王國棟各兵赴商南之後，即調趙大允等兵齊赴商州④。盛略兵亦俟臣另檄至即赴雒南。臣親提李國政、王國棟各兵於二十七日自藍田入山，從七盤坡攀援而上。側身一望，萬山如簇，行旅久絕，草木蓊蘙，併所謂羊腸鳥道不可辨識。臣棄馬而徒同官兵披荊捫石，蹕雪淩冰，下窄坡關，經藍田，每至險滑不能定足之處，左右爭掖臣。臣不欲使各兵將窺臣之憊，輒皆麾去。

行數十里，所過村落廬舍無一存者。晚露宿牧護關，磷火生於寢處，馬溺時濺襟裾，軍中踐更之卒，於數武外，喧傳虎過者至再。臣擁裘與隨征健丁十數輩危坐達曙，呼早炊無所具，僅脫粟

---

① 併原任副將王根子所統蕃漢官丁一百八十四員名：據《四庫》本，咸豐版《孫忠靖公遺集》《孫傳庭疏牘》"蕃漢"作"漢土"。

② 操司孫枝繡所統馬步官兵四百二十二員名：據《四庫》本，咸豐版《孫忠靖公遺集》《孫傳庭疏牘》"四百二十二"作"四百四十二"。

③ 臣因令趙大允等兵於藍田暫駐：據咸豐版《孫忠靖公遺集》《孫傳庭疏牘》，《四庫》本"趙大允"作"趙大胤"。

④ 即調趙大允等兵齊赴商州：據咸豐版《孫忠靖公遺集》《孫傳庭疏牘》，《四庫》本"趙大允"作"趙大胤"。

一盂，鹽蔬數莖。其諸將士枕戈懸釜之苦固可知已①。洎涉秦嶺，道枕南岩積陰險滑更甚，臣雙足蹣跚欲蹈者幾再，臣益賈餘勇以示諸將之稍懈者。

再行竟日，近商州僅一舍，尚杳人烟②。比及郊關，亦以賊火成墟，始見三五老稚行立道左，然皆疾首蹙額，似畏多兵之至不能相容者。既抵州，詢商南城內居民約僅百家，難以駐兵。查有商雒鎮、龍駒寨兩處，居商州、商南之中，距州百里，猶可運糧接濟。臣因將李國政、王國棟所領兵馬分屯兩地，擇賊焚餘之屋稍存椽瓦者居之。俾於鄖、豫兩路遠差哨探，如商南以東但有賊耗，李國政等兵即馳詣商南截剿，一日可至。其趙大允等兵與盛略之兵③，亦俟賊警稍西，大允等兵即從藍田徑馳商州④；盛略兵即從潼關徑馳雒南，俱兩日可至。兵在內而賊在外，兵在近而賊在遠。汛地已經派明，聞警即可遄赴，庶於扼堵既無誤，而亦不自致窘困。若關門重地，雖陝靈已有晉兵，我兵猶宜設防。臣行令原派防韓部參將王永祥，統領馬步官兵四百二十七員名，仍與潼關守兵協防。至漢南大寇雖遁入川中，而遺孽尚多，與土寇相倚為崇。如略陽、階州、城固、洵陽、白河之間，或報千百甚或報萬餘。臣雖行各該道相機剿撫，度難盡滅⑤。且漢中米糧騰貴，尤甚商雒。見今雲棧猶梗，販運難通。臣行令贊畫司務陳繼泰統民兵二千名，

---

① 其諸將士枕戈懸釜之苦固可知已：據《四庫》本，咸豐版《孫忠靖公遺集》《孫傳庭疏牘》"枕戈懸釜"作"枕戈懸斧"。

② 尚杳人烟：據《四庫》本，咸豐版《孫忠靖公遺集》《孫傳庭疏牘》"尚杳人烟"作"尚有人烟"。

③ 其趙大允等兵與盛略之兵：據咸豐版《孫忠靖公遺集》《孫傳庭疏牘》，《四庫》本"趙大允"作"趙大胤"。

④ 大允等兵即從藍田徑馳商州：據咸豐版《孫忠靖公遺集》《孫傳庭疏牘》，《四庫》本"大允"作"大胤"。

⑤ 度難盡滅：據《四庫》本，咸豐版《孫忠靖公遺集》《孫傳庭疏牘》"度"作"卒"。

疏通棧道，給以三月餉銀共九千兩，即作糴本，販運米糧入漢接濟外，有原任參將田時升所統馬步官兵八十九員名，並所督練屯兵一營及司務廳屯兵九百六十二員名，與各營屯兵俱留防省城。臣到汛派防已定，謹具疏馳報。至臣斷截之方略請豫陳焉。

　　方臣未至商雒而商雒之情形在臣意中，及臣既至商雒而商雒之情形在臣目中。其在臣意中者，賊無處不可入，我無處可防，故臣謂惟有困賊於山之外，擊賊於山之內而已。其在臣目中者，賊無處不可入，我無處可防如。故而臣所以算賊者，則似更進一籌。固即該部所謂臣先入伏兵待賊，毋令狡賊先入爲伏待兵之説也。蓋商山之險阻荒苦，我與賊共之。臣既提兵先入，則以逸待勞以靜待動之勢猶在我，較扼賊而困之山外取效捷，與索賊而擊之山內用力易。故或賊繇永盧入雒南，或繇內淅入商南，臣必能迎頭擊堵。即或繇永盧內淅各山峪紛出之岐徑，奔竄於不商不雒之間，然未有竟不商而突興漢，竟不雒而越藍鄂。竭臣之愚，即不能滅此朝食，乃如部議所云：務必驅之東出，俾禁旅理臣與豫晋之兵，收功一戰，臣不敢不惟力是視。第賊眾我寡賊合我分，故該部復議，調督臣洪承疇兵，與臣兵合勢斷截。倘督臣旦夕果至，計乃萬全。然今川事決裂，督臣或不能翛然東返，而臣亦不敢以單薄自諉，乃臣所慮者陝靈橫截之兵，未必能代臣塞崤函之罅漏。臣以在人者不敢恃①，故臣仍以韓郃之兵與潼兵協防關門。臣所無可奈何者，郇防之南竹房等處，接壤興、洵，臣鞭長難及不能並騖。賊或自楚地從彼中闌入，在臣即可卸責；而藩郡震驚又在所不免。然此自有治臣郇、襄之汛兵扼之於前，督臣漢興之剿兵殲之於後，臣猶不能不鰓鰓過計，則臣爲封疆無已之私衷也。至於此中駐兵無地，運糧最難，臣惟望天心悔禍，速滅此賊，臣何敢妄冀立功？

① 臣以在人者不敢恃：據咸豐版《孫忠靖公遺集》《孫傳庭疏牘》，《四庫》本"臣"作"誠"。

不然則望大兵星馳電掣，速驅各賊早至荒山，臣得以未疲之力與之一決，可僥倖寸豎，仰報聖明，亦臣之所願也。伏乞垂鑒，爲此謹題。

崇禎十年十二月三十日具題，十一年正月二十二日奉旨："據奏到汛派防情形，知道了。所陳方略，孫傳庭著即相機扼賊，毋致狂突。仍飭督治諸臣，力遏鄖襄以障藩郡。如玩誤諉卸，一併重治。該部知道。"

【箋證】

［一］奏報遵照兵部指令前往商雒地方佈防情況。根據兵部文，孫傳庭須"於二十四日親督官兵縣藍田赴商雒"。但傳庭至藍田後未繼續前進。其逗留理由："因念商雒米糧騰貴，臣前發商雒道屯課銀三千兩，所買糧料不能濟多兵駐防之用，臣因暫駐藍田二日"。但實際上是對兵部的作戰方略有異議："乃臣所慮者陝靈橫截之兵，未必能代臣塞崤函之罅漏。"商雒，參《降處陳謝並瀝下忱疏》。

［二］於十一月初十日具有《微臣素負癡腸》一疏：此疏原集已不存，待查。

［三］或涉南陽走內淅：南陽，古稱宛，今河南省轄市，位於河南省西南部、豫鄂陝三省交界地帶，因地處伏牛山以南，漢水以北而得名。內淅，內鄉縣與淅川縣。內鄉縣，河南省南陽市下轄縣，位於河南省西南部，南陽盆地西緣。東接鎮平，南連鄧州、西鄰淅川、西峽、北依嵩縣、南召。自古有"守八百里伏牛之門户，扼秦楚交通之要津"之説。古屬酈地，春秋爲邑，秦代設縣，隋文帝開皇三年（西元 583 年），改名爲菊潭縣，後幾經更名，到公元 956 年定名爲內鄉縣。淅川縣，河南省南陽市下轄縣，位於豫西南邊陲，豫、鄂、陝三省交界，因淅水縱貫境內形成百里沖積平川而得名。古稱丹陽，春秋時爲楚國始都，楚國 800 多年歷史中有 300 多年定都丹陽。淅川地勢險要，古戰亂時期易守難攻，有"中原未戰，淅境兵動"之稱。

［四］或過汝州走永、盧：汝州，今爲河南省直管縣級市。豫西南區域性中心城市。位河南省中西部，北靠嵩山，南依伏牛山，西臨洛陽，東望黃淮平原，北汝河自西向東貫穿全境。永，不詳所指。盧，指盧氏縣，今屬河南。北鄰靈寶，東連洛寧、欒川，南接西峽，西南與陝西省的洛南、丹鳳、商南三縣接壤，

屬秦巴山系的秦嶺餘脈。西漢元鼎四年（前 113）建縣，二千多年來縣名未改，城址未移，爲數不多的"雙千年"古縣。

[五] 出藍田則通鄠、杜：藍田，周封弭氏於藍田地，故稱"弭"，爲宗周之畿内地。春秋秦寧公十二年（前 704），秦寧公滅蕩氏，弭改隸秦國，稱"藍"。戰國時秦獻公六年（前 379）置藍田縣。明屬西安府。鄠，指鄠縣，今爲西安市鄠邑區。建國後曾改名户縣。位於西安市西南部，南依秦嶺，北臨渭河，距西安主城區十八公里。漢初置鄠縣，二千多年來縣名縣制相沿未改。杜，指杜縣，在今西安市内。故地曾爲周杜伯國（杜國）。公元前 714 年秦憲公滅杜國，秦霸西戎。秦武公十一年（前 687）置杜縣。漢屬京兆尹，宣帝元康元年（前 65）改杜縣爲杜陵縣。魏改杜縣，晋曰杜城縣。北魏仍杜縣。北周併入萬年縣。

[六] 出山陽則達鄖、房：山陽縣位今陝西東南部商洛市，地處秦嶺南麓。因縣域北有流嶺、中有鵑嶺、南有鄖嶺，遂有"三山夾兩川"之稱。東與丹鳳、商南爲鄰，西與鎮安、柞水交界，南與湖北省鄖西縣毗鄰，北與商州區接壤。西晋置豐陽縣，宋朝置山陽縣，縣城地處商山之南，故名。建縣距今 1700 餘年。鄖，今爲湖北省十堰市鄖陽區，2014 年撤銷鄖縣，設立十堰市鄖陽區。房，指房縣，位於湖北省西北部、十堰市南部，東連保康、穀城縣，東北交丹江口市，南臨神農架林區，西與竹山縣毗鄰。古稱"房陵"，以"縱橫千里、山林四塞、其固高陵、如有房屋"得名。西周以前爲彭、房等部落小國。戰國爲房陵，屬楚。秦置房陵縣，屬漢中郡。東漢末爲房陵郡治，改屬荆州。三國魏黃初元年（220）合房陵、上庸兩郡爲新城郡，房陵爲新城郡治。元爲房州治，隸湖廣中書省襄陽路。至正二年（1342）省房陵縣入房州。明洪武十年（1377）降州爲縣，始稱房縣，屬湖廣布政使司襄陽府。成化十二年（1476），房縣改屬鄖陽府轄。

[七] 出興安則奔蜀漢：興安，不確，明之興安縣，在廣西，但顯然非指。考《四庫全書》本《四川通志》，廣元縣有"興安故城"："在縣東，本漢葭萌縣地，晋置興安縣，屬晋壽郡。梁大同中改曰黎州，大寶初，氐首楊法琛襲據黎州，益州刺史武陵王紀遣將楊乾運等討平之。及紀僭號，以席嶷爲黎州刺史。嶷至州，屬西魏，改曰利州。後周大象二年，益州總管王謙舉兵討楊堅，遣將達奚堪攻利州，堰嘉陵江水灌之。利州總管豆盧勣固守，不能克。隋始改州，治興安縣曰綿谷，尋又改爲義城郡治。唐仍爲利州治。宋置利州路，元改爲廣元路。明洪武中降爲州，省綿谷縣入之，尋又降爲縣。"

[八] 有晋兵橫截陝、靈：陝，指陝縣，今爲河南省三門峽市陝州區，位於

三門峽市西部，東與澠池縣交界，西與靈寶市接壤，南依甘山與洛寧縣毗鄰，北臨黄河與山西省平陸縣隔岸相望，東西南三面環抱三門峽市區和湖濱區。靈，指靈寶縣，今爲河南三門峽市下轄縣級市。天寶元年（742）更名虢州，領弘農、閿鄉、湖城、朱陽、玉城、盧氏六縣。同年因於函谷關尹喜故宅掘得“靈符”，改桃林縣爲靈寶縣，屬陝州。至元三年（1266）省靈寶入陝縣。至元八年（1271）復置靈寶屬陝州。至元十年（1273）靈寶地域有靈、閿兩縣，屬河南路陝州。明代靈寶、閿鄉屬河南府，繼改屬陝州。

　　［九］此形格勢禁用兵之理：形格勢禁，亦作“形禁勢格”“形劫勢禁”。謂受形勢的阻礙或限制。《史記·孫子吴起列傳》：“夫解雜亂紛糾者不控捲，救鬥者不搏撠，批亢擣虚，形格勢禁，則自爲解耳。”司馬貞索隱：“謂若批其相亢，擊擣彼虚，則是事形相格而其勢自禁止，則彼自爲解兵也。”宋蘇轍《唐論》：“有周秦之利而無周秦之害，形格勢禁，内之不敢爲變，而外之不敢爲亂，未有如唐制之得者也。”

辭加級銀幣疏[一]

　　奏“爲異數殊恩萬難祇受事”。

　　崇禎十一年正月初五日，准户部咨。

　　該臣奏：

　　微臣清屯事竣，三秦永利已興，彙報前後清出實在兵糧數目事一疏。該本部覆題：十年十一月初六日奉聖旨：“李虞夔加一級，賈鶴年等俱紀録。孫傳庭清屯充餉，勞怨不辭，著加一級，仍賞銀三十兩，紵絲二表裏，用昭激勸。今後各撫務以秦撫真心實事爲法，不得自狃匱詘，徒煩仰請，欽此欽遵。”

　　抄出到部，移咨到臣，臣跪誦明綸，不勝惶感。伏念臣至謭劣，誤蒙皇上簡擢，鎮撫秦中①，今幾二載。方臣叱馭入關時，秦遍地皆寇，而問兵無兵，問餉無餉。臣惟照臣所請設兵數，招集

---

　　① 鎮撫秦中：據咸豐版《孫忠靖公遺集》《孫傳庭疏牘》，《四庫》本“鎮”作“填”。

訓練，即以所請囤寺軍站等銀六萬兩①，催解支給。東援西剿，亦累奏微功，然兵力既單，餉且虞斷。寇氛方劇，迅掃難期。臣日夜展轉，恨不折肢爲兵，糜骨作餉，以遄靖狂飆，早紓宸慮。且以振弱濟虛，俾百二重關可永恃無虞[三]。臣因查西安前、後、左三衛併右護一衛，有軍如許，固一一可勾。每軍有贍田一頃，固一一可覈。臣竊嘆國家兵餉莫大於是，乃日疾首攢眉憂兵憂餉耶？用是多方稽討，一力擔承，溯流窮源，循名責實。幸藉皇上寵靈，一時道府州縣諸臣靡不協心共濟，得成厥功。雖於兵食大計不無裨補，然爲國家應有之利，臣子應盡之職，乃蒙皇上嘉許過甚，寵賚非常。謂臣清屯充餉，勞怨不辭，加臣一級，仍賞銀三十兩，紵絲二表裏，用昭激勸，且俾各省撫臣以臣真心實事爲法。

臣聞命自天，措躬無地。夫以軍衛民，以屯養軍，原祖宗富强永圖，祇以法久弊滋，盡歸隱占，致難究詰。臣受封疆重寄，何得悠忽瞻徇？不一清釐，即獨勞衆怨，皆臣所甘。況自有此舉，在臣既幸展布有資，不苦襟捉肘露，在地方之人亦以緩急足恃，謂可席慶蒙安，臣且一勞永逸，有德無怨矣。而更以勞怨厪聖慈之矜憐，叨明庭之晉錫，則於臣誼涉欺罔，而於君恩爲逾格。

況臣自受命撫秦之初，曾蒙召對平臺，親承真心實意之聖訓，茲即以區區樸誠，荷皇上之洞鑒。昨於臣奏報之疏，既嘉臣以實心任事；今於戶部敍覆之疏，又嘉臣以真心實事，且俾各省撫臣以臣爲法。臣何人斯！蒙皇上知遇至此？臣生既非虛，死且不朽！況臣撫秦無狀，叢愆實多。日者漢陰之失，不即加臣以斧鉞，僅薄示降罰；若復以負罪之身，冒茲寵異，雖聖明固有不測之恩，而臣愚實凜非分之懼！伏乞收回成命，准臣辭免，使臣心稍安，臣罪稍逭。臣無任激切屏營待命之至。爲此謹奏。

---

①　即以所請囤寺軍站等銀六萬兩：據咸豐版《孫忠靖公遺集》《孫傳庭疏牘》，《四庫》本"軍"作"遼"。

崇禎十一年正月初九日具奏。二月初十日奉旨："孫傳庭清屯著勞，叙賚已有成，命不必辭。該部知道。"

【箋證】

[一] 對朝廷獎賞予以辭讓，雖不專意炫功，其興奮激切之情溢於文外。

[二] 即以所請冏寺軍站等銀六萬兩：冏寺：指太僕寺，明代主掌輿馬及馬政。《明史·王家彥傳》："南寺歲徵銀二十二萬，北寺五十一萬，銀入冏寺而馬政日弛。"明趙振元《爲袁氏祭袁石寓憲副》："肆以騙驓無聞，則捐金市駿，而冏寺馳聲。"

[三] 俾百二重關可永恃無虞：百二重關，言憑地勢之險，二萬軍可當二百萬軍。典出《史記·高祖本紀》。田肯賀，因説高祖曰：'陛下得韓信，又治秦中。秦，形勝之國，帶河山之險，縣隔千里，持戟百萬，秦得百二焉。地埶便利，其以下兵於諸侯，譬猶居高屋之上建瓴水也。夫齊，東有琅邪、即墨之饒，南有泰山之固，西有濁河之限，北有勃海之利。地方二千里，持戟百萬，縣隔千里之外，齊得十二焉。故此東西秦也。非親子弟，莫可使王齊矣。'高祖曰：'善。'賜黃金五百斤。"南朝宋裴駰《史記集解》引蘇林曰："得百中之二焉。秦地險固，二萬人足當諸侯百萬人也。"唐司馬貞《史記索隱》引虞喜云："百二者，得百之二。言諸侯持戟百萬，秦地險固，一倍於天下，故云得百二焉，言倍之也，蓋言秦兵當二百萬也。'齊得十二'亦如之，故爲東西秦，言勢相敵，但立文相避，故云十二。言餘諸侯十萬，齊地形勝亦倍於他國，當二十萬人也。"

議蠲漢中錢糧疏

題"爲漢郡復值災荒，亟請拯救事"。

照得漢中親藩重地[一]，無歲不罹寇患，而凶荒亦因之。去歲之春斗米八錢，窮民饑餓死者不知凡幾。仰賴我皇上發帑賑饑一二，未儘孑遺幸得少延旦夕，以冀天運之轉移。不意入夏旱魃爲虐，二麥俱枯。及夏末得雨，稍種穀黍，晚田幾幸薄收。乃八月間，闖將、過天星等九股大寇復遭蹂躪，迨十月去蜀，西成已過，顆粒未登。兼以棧道久梗，販運阻絶，即今斗米價至一兩，且無

處糴買。臣每詢之彼中差來官役，僉云在城在野，殍殣相望，白
骨成邱。臣心如割，無計可援，幾擬再懇皇慈，發帑賑濟，又思聖
澤即可頻邀，而涸鮒亦難久待[二]。展轉再四，惟有疏棧通糴一策
尚可以濟燃眉。適臣標下贊畫司務陳繼泰，扼腕時艱，條畫具申，
欲以疏棧通糴爲己任。臣即據本官詳議，令統領官兵二千名，疏
通棧道。臣仍檄布政司轉行西安府，借動屯課，預給本官三個月
餉銀九千兩，内以四千五百兩給散各兵充餉，以四千五百兩作糴
本，易買米糧驢頭販運接濟。臣又念棧道屢經流寇奔突，人烟斷
絶，各兵應用器具俱宜自行携帶。仍檄西安府動屯課銀二百兩給
賞各兵，以爲製辦之資，鼓勵迤往，令於棧道挨程屯駐，更班轉
運。兼令設法招勸附近民人，給與糴本，同各兵往來負販。除糴
本之外，得有利息，即給各軍民自潤，使樂於從事。本官已於十
年十二月二十六日於西安府領銀，督各兵從涇、咸取齊前往。

　　至十一年正月初五日，又接按臣謝秉謙手本，議再借銀數千
兩，易買米糧，兼買騾驢，另行委官設法販運。臣念彼中饑荒至
極，增本廣運，多多益善，又行布政司復湊銀四千兩，行分守關
西道李公門轉發鳳寶岐郿等縣易買米糧，仍令該道移駐鳳縣。令
鳳翔府通判陳元勛移駐寶鷄，催督各縣將買完米糧運交鳳縣署印
官收貯①。該道即設法雇募騾驢，或募夫轉運。並令漢中道府急速
設法給文，貸價前來接運，或鼓勸士民自行販運至漢，報數在官，
聽該道府仍即酌定出糴之價。除原本之外，營出利息，亦聽販運
軍民自潤。

　　然此兩運糴本，若即分給漢民作賑，勢難遍及，故臣責成官爲
買糧，督兵接運，又招致民人負販，俾其絡繹周轉源源不斷，則
所濟於漢民自多。至於彼中一切錢糧，已萬難催徵，業據布政司

---

　　①　催督各縣將買完米糧運交鳳縣署印官收貯：據《四庫》本，咸豐版《孫
忠靖公遺集》《孫傳庭疏牘》“交”誤爲“文”。

申詳，已俱有遵旨查明灾重地方一疏①，議將漢屬各州縣本年各項存留，併新舊軍餉及雜項公費、羊價、料價、匠價分別蠲緩。内議寧羌州盡數蠲停，南鄭、洋縣、城固、西鄉、沔縣、褒城、略陽、鳳縣俱蠲五分緩五分。其存留軍餉等銀外，尚有禄糧，民運站價俱未議及。今該處凶荒至此，臣恐所緩之五分，與禄糧民運站價，即不議蠲，亦難望其完納，似應全數蠲免之爲愈也。臣謹會同按臣謝秉謙合疏具題，伏乞敕下該部復議施行。爲此謹題。

　　崇禎十一年正月二十五日具題。二月十七日奉旨：“據奏疏棧通羅，招勸賑濟，知道了。所請蠲緩事宜，該部看議速奏。”

【箋證】

　　[一]漢中親藩重地：指漢中府南鄭縣。按漢中爲明神宗朱翊鈞第五子瑞王朱常浩封地。朱常浩（1591—1644），明光宗朱常洛異母弟，母周端妃，受封瑞王，封地在南鄭。明末被張獻忠殺於重慶。《明史》卷一百二十列傳第八：“瑞王常浩，神宗第五子。初，太子未立，有三王並封之旨，蓋謂光宗、福王及常浩也。……天啓七年之籓漢中。崇禎時，流寇劇，封地當賊衝。……及寇逼秦中，將吏不能救，乞師於蜀。總兵官侯良柱援之，遂奔重慶。隴西士大夫多挈家以從。十七年，張獻忠陷重慶，被執，遇害。時天無雲而雷者三，從死者甚眾。”清初人李柏《槲葉集》記載其遊南鄭所見：“余入漢中，過瑞王遺宮，一望瓦礫彌漫，自甲申（明崇禎十七年，1644）至今（清康熙三十三年，1694）五十年，府城内外，百萬人家，其墻壁、階砌、道路、坑塹、園圃、樊壟、佛刹、道觀、官衙、吏舍，皆瑞府材木、瓦磚，他可知矣！”

　　[二]而涸鮒亦難久待：涸鮒，“涸轍之鮒”之省。典出《莊子·外物》：“莊周家貧，故往貸粟於監河侯。監河侯曰：‘諾。我將得邑金，將貸子三百金，可乎？’莊周忿然作色曰：‘周昨來，有中道而呼者。周顧視車轍中，有鮒魚焉。周問之曰：鮒魚來！子何爲者邪？對曰：我，東海之波臣也。君豈有斗升之水而活我哉？周曰：諾。我且南遊吳越之王，激西江之水而迎子，可乎？鮒魚忿然作

---

　　① 已俱有遵旨查明灾重地方一疏：據咸豐版《孫忠靖公遺集》《孫傳庭疏牘》，《四庫》本“俱”作“具”。

色曰：吾失我常與，我無所處。吾得斗升之水然活耳，君乃言此，曾不如早索我於枯魚之肆！’”後因以“涸轍之鮒”比喻處於困境、急待援助的人。

奏報甘兵廩餉疏[一]

奏“爲甘兵廩餉久有成額，微臣接管委難釐正，謹具疏奏聞，以祈聖鑒事”。

崇禎十年十月初八日，准兵部咨。該臣題“爲恭報甘兵抵鳳臣遵旨調度並請防擊一定之責成以便遵守事”，該本部覆題，本年九月初八日奉旨：“督撫功罪一體，協力夾剿，屢旨申飭孫傳庭①，著與洪承疇等彼此同心，隨賊東西殲堵，早奏蕩平，豈得分別，以滋規卸？若失時僨事，國憲具存。甘兵仍聽孫傳庭調度，毋容又更。甘兵廩餉事宜，作速釐正。欽此欽遵。”

抄出到部，移咨到臣。除臣與督臣洪承疇協力同心，隨賊殲堵，不得分別規卸，及臣調度甘兵，祇遵明旨外，臣隨將甘兵廩餉事宜，移咨督臣會議。去後，至十一月十六日，准督臣回咨，內稱：甘肅官兵，本部院原定則例，係二月間調到之初，即在臨、鞏、階、文、洮、岷、徽、成地方，米豆價騰，自應照各營事例，一體支給。今各官兵既改聽貴院調處，皆駐在西安、潼關、渭、華、涇、三、鳳翔地方，往來不過二三百里，力不苦於奔疲，且地方米豆價賤，糧餉自可節省，以勞逸饑飽遠近之勢較之，自不能以相同。所有甘兵與各官目酌量釐正等項，應聽貴院裁酌，相時隨地，先爲釐正，另行會題等因。

准此，該臣看得甘兵乃督臣三邊四鎮所統轄之兵，而臣則隔鎮之撫軍也。彼自督臣軍前發臣標下，其所應支廩餉，臣即未准督咨，亦不便岐視。況督臣曾以則例移臣，臣安得不照督臣則例支

---

① 屢旨申飭孫傳庭：據《四庫》本，咸豐版《孫忠靖公遺集》《孫傳庭疏牘》“屢旨”作“即”。

給？今該部據臣奏報，覆請釐正，奉有明旨。臣當束手憂餉之時，苟可以酌盈濟虛，豈非臣之至願？第揆之情理，釐正之舉，臣實未可冒昧，故臣遵部咨，移咨督臣會議。及得督臣回咨，調甘肅官兵。二月間調到之初，在臨鞏等處，米豆價騰，應照督臣各營事例，一體支給。今聽臣調度，皆在西安、潼關、渭、華、涇、三、鳳翔地方，米豆價賤，自可節省，應聽臣酌量釐正。

夫去歲春初，臨鞏米豆價猶減於西、鳳，後因大兵久駐，價始日騰，恐臨、鞏貴而西、鳳賤之説，實非定論。即以勞逸饑飽遠近爲言，臣奉命措兵，亦思滅此朝食[二]，倘遇赴湯蹈火，各兵豈得不往？即使解衣推食①[三]，在臣豈容少靳？若任其逸，不妨聽之饑而第知減餉；俟其勞，方可許之飽而始爲增餉，又鰓鰓焉較量於遠近，以爲之衰損，其何以使各兵樂爲臣用，而得其死力乎？且各兵之在西、鳳，距甘鎮不較在臨、鞏倍遠乎？又隨臣斷截商雒②，非即向來官兵所裹足不前之地乎？其勞逸饑飽遠近之處又何如耶？況從來軍餉，由少得多，則以爲固然；由多得少，則以爲駭然。臣即慳吝存心，刻薄成性，實未敢以三軍之怨讟爲可嘗試，輒貿貿然輕議釐正也。至於臣之所釐正，亦不少矣。各兵初屬臣調度時，每月應支餉銀七千二百五十餘兩，臣於鄠縣親點一過復，行監軍道王文清，同總統副將盛略，逐一揀選，汰去官目三十一員，兵丁四百一十四名，馬騾七十四頭，每月共減支銀一千五百六十餘兩，是臣之所釐正也。至臣約束各兵，不得擾民間一米一蔬，各兵洗心滌慮，以奉令惟謹，是亦莫非臣之所釐正也？且樞部計議兵餉，督臣之兵與臣之兵原無等差。今臣標兵廩餉，不敢概拘督臣則例，而甘兵廩餉似不得不仍如督臣則例支給矣。至臣

---

① 即使解衣推食：據《四庫》，咸豐版《孫忠靖公遺集》《孫傳庭疏牘》“使”作“便”。

② 又隨臣斷截商雒：據咸豐版《孫忠靖公遺集》《孫傳庭疏牘》，《四庫》本“又”作“又今”。

之兵數，原應一萬，今計臣見在兵數，即除去甘兵，尚在一萬之外。刻下臣即以臣練就兵馬營制及分營將領詳列奏報，稍俟二月合剿後，臣擬將甘兵繳還督臣。如督臣不用，則應發回甘鎮。臣已移督臣咨會矣。伏乞聖明垂鑒。爲此具奏。

崇禎十一年二月初二日具奏。三月初三日奉旨："該部看議具奏。"

【箋證】

[一] 對聖旨"甘兵廩餉事宜作速釐正"的答復，顯示孫傳庭與洪承疇微妙複雜的矛盾。"甘兵乃督臣三邊四鎮所統轄之兵"，"彼自督臣軍前發臣標下"。先有洪承疇的上疏，然後才有皇帝要求孫傳庭的"釐正甘兵廩餉"之旨。所謂"釐正"甘兵廩餉，就是要根據新的環境實行新的標準。依洪承疇意："在臨、鞏、階、文、洮、岷、徽、成地方，米豆價騰，自應照各營事例，一體支給。今各官兵……皆駐在西安、潼關、渭、華、涇、三、鳳翔地方，往來不過二三百里，力不苦於奔疲，且地方米豆價賤，糧餉自可節省……"故所謂"釐正"，就是要"減餉"。官兵軍餉，本有定數，包括軍隊運輸之馬牛驢騾，日支費用概有成文規定，詳見前《報甘兵抵鳳並請責成疏》。現在要求減掉一支爲自己衝殺戰場出生入死的軍隊的廩餉？提此建議者用意，孫傳庭自然明白。

[二] 亦思滅此朝食：滅此朝食，語本《左傳·成公二年》："餘姑翦滅此而朝食。"消滅掉敵人再吃早飯。形容鬥志堅決，要求立即消滅敵人。《明史·王直傳》："期滅此朝食，以雪不共戴天之恥。"

[三] 即使解衣推食：解衣推食，語出《史記·淮陰侯列傳》："漢王授我上將軍印，予我數萬眾，解衣衣我，推食食我，言聽計用，故吾得以至於此。"慷慨贈人衣食。謂施惠於人。《陳書·華皎傳》："時兵荒之後，百姓饑饉，皎解衣推食，多少必均，因稍擢爲暨陽、山陽二縣令。"

釐正西安三衛屯糧疏[一]

洪武時，每軍額地一頃，歲徵正糧十二石，餘糧十二石，盡行收貯屯倉。以正糧按月支給本軍，以餘糧支給官軍。糧俸餉不煩轉輸，而倉廩充實；兵不煩召募，而士卒精强，法至善也。至永樂二十年，奉詔減免餘糧六石，然正餘一十八石，猶然交倉，按支法尚未壞也。至正統二年，以正糧十二石，兑給本軍充餉，免納免交；止徵餘米六石入倉，而屯法大壞矣。至後復將餘糧六石，改爲正糧，一併充軍免納，而屯糧既不入倉，屯地幾爲私産，莫可究詰矣。陝西省下舊四衛，因檄行西安府推官王鼎鎮，清查除右護衛名隸秦府外，先將左、前、後三衛各地查明，推情定法，按地起課，即責辦於見今。承種之人，每上地一頃，徵糧十八石；中地量免三石；下地又免三石。每石折銀七錢，總計三衛起課地三千二十七頃零，徵銀三萬五千餘兩。寬平易從，無不翕然相安。不呼籲以窘大農，不加派以厲孑遺。

【箋證】

［一］本文原集無，從《欽定續通典》卷六《食貨・屯田下》輯佚録入。前有文謂："莊烈帝崇禎九年，總督宣、大山西軍務盧象昇大興屯政，積粟二十餘萬，諭九邊皆式之。十年，陝西巡撫孫傳庭，釐正西安三衛屯糧，疏言……"

卷四　奏疏二

剖明站銀斟酌哀濟疏

題“爲剖明秦省站銀僅存給驛之數，並請斟酌哀濟以裨實用，以佐急需事”。

崇禎十年六月初一日，准兵部咨，該本部等衙門會題，爲兵餉遵旨熟商，事機萬難遲滯等事。八月十六日，又准兵部咨，該山東巡撫顏繼祖題“爲驛遞倒逃，不飭緩急，脉絡難通等事”[一]，俱移咨到臣。卷查秦省節裁站銀[二]，先該兵部坐派八萬四千一十二兩零，後據各府報到所屬州縣原開撤數，止該八萬三千九百五十二兩零。十年分議以三分之二給驛，該給驛銀五萬五千九百六十八兩零。該部通查本年銀數，除督臣洪承疇題留剿餉銀四萬兩，又漢中新增兵餉銀一萬二千兩，止存給驛銀三萬二千一十二兩零。及臣覆查，本年銀內又應除前撫臣甘學闊題允俟事平始撤兵餉銀一萬兩[三]，並前州縣原開撤數少銀五十九兩零，止存銀二萬一千九百五十二兩零。又漢中新增兵餉銀一萬二千兩，布政司原議以漢中所屬寧南九州縣裁站銀八千三百二十餘兩兌給，及查該府所屬州縣殘破幾半，又值異常饑荒，此項站銀萬難催徵，微臣已行該司另以應存站銀補給①，則又當除去銀八千三百二十餘兩，止存銀一萬三千六百三十二兩零。乃漢中而外，又如鞏昌之階州、文縣、漳縣、成縣、兩當、西和、秦安，及西延平慶鳳興所屬各殘破地方，應徵錢糧，無論已未題免，悉催納不前，站銀豈能獨完？故即督臣原留之四萬，尚多借解；漢中原留之一萬二千，亦臣以屯餉借給。見今嚴催該司抵補。該司若不能措，又安所得一萬三千六百三十二兩給驛之銀也？則此給驛之銀，自應從十一年始。及查十一年站銀，照該部原議，以二分給驛，該銀五萬五千九百六十八兩零；以一分報部，該銀二萬七千九百八十四兩零。其報部銀內，又應除寇平始撤兵餉銀一萬兩、漢中新兵銀一萬二千兩，尚該銀五千九百八十四兩零。乃十一年之民力，豈遽加於十年？即給驛之二分，與事平始撤及漢中新留之兵餉，亦斷不能盡完無欠，又寧有贏餘可以報部乎？此臣所謂秦中站銀僅存給驛之數，其報部之一分，自應仰懇天恩，敕該部即爲除免。至於給驛之數，無論完多完少，俱應給驛。

乃臣又請爲之斟酌哀濟者，查兵部原議：陝西用兵所在驛遞，數倍艱難，徑免三分之二，仍給各驛。是該部原因秦之用兵，而念其艱難，因秦之艱難，而始爲給驛也。乃秦之驛遞固艱難，而驛遞之艱難實不一。且秦之艱難又不盡在驛遞，而更有甚於驛遞者。臣身任秦事，第欲使此徑免之二分，實足以濟秦之艱難，以仰副聖明之德意，以不虛兵部爲秦請命之苦心。則於給驛之中，既不容混施；於給驛之外，又不得不兼顧矣。

查得秦中驛遞，向因各衙門差遣繁多，夫馬苦累，臣於入關之初，設法嚴禁，置立號票，非係傳報緊急軍情、部解京邊錢糧，與夫取辦軍器等項，例應用勘合火牌者，不得用驛遞一夫一馬。於

---

① 微臣已行該司另以應存站銀補給：咸豐版《孫忠靖公遺集》《孫傳庭疏牘》無"微"字。

是濫差盡杜，應付遂減。臣又查近省各州縣驛遞，如咸寧、長安、臨潼、渭南、華州、華陰、潼關、高陵、富平、三原、岐山、鳳翔等處驛遞，向皆僉募馬戶，多有市棍包攬，借口衝繁，攀害里甲。每馬里甲幫貼銀八九十兩，甚有百五十兩二百兩者。臣盡革市棍，仍訪其奸弊之甚者，嚴拏勘問。時尚未有兵部官養馬匹雖是美意實非良法之議。臣行令各該州縣以原額站銀官買馬騾①，於公所攢槽餵養走遞，其馬騾間有倒斃，仍詳申臣衙門批動站銀買補，於官無累，於民無擾。即不敢保後來永遵無斁，而見今行已逾年，頗有成效，故臣接部咨之後，於未經官養者，固行令照舊；於已經官養者，亦未敢更改。

節據咸寧、長安、岐山、潼關等處開報，該驛站銀自官養以來②，各有省剩不等，今如棨行給驛，欲給民則民未應差，欲給官則見在已有省剩，此項之給不幾付之虛擲乎？是此十餘處官養之驛遞，固可以無給矣。此十餘處乃本省有數衝繁之地，經臣釐飭調停，既支撐容易。其諸次衝而少僻者，自可類推。即其中道路遠近不一，原額多寡相懸，亦可以無棨給矣。又有向來雖稱衝繁，近因前路梗阻，差使罕至，如鳳翔之寶雞，西安之武功、興平等處，走遞既減，即宜量示優恤，亦可以無全給矣。臣何敢以朝廷軫恤艱難之賜，而漫為市恩也。至有昔稱簡僻，今較衝繁，如沔縣、略陽、徽州、秦州、清水、隴州、汧陽等處，自棧道梗阻，漢興一帶差使俱改繇此路。其臣禁裁偽濫之所減，亦不勝此道路歸併之所增③，自應遵照部議，以三分之二徑給。又有殘破驛遞，無

① 臣行令各該州縣以原額站銀官買馬騾：據《四庫全書》本，咸豐版《孫忠靖公遺集》《孫傳庭疏牘》"以原額站銀"誤作"銀原額站以"。

② 該驛站銀自官養以來：據《四庫全書》本，咸豐版《孫忠靖公遺集》《孫傳庭疏牘》無"該"字。

③ 亦不勝此道路歸併之所增：據《四庫全書》本，咸豐版《孫忠靖公遺集》《孫傳庭疏牘》"增"作"遵"。

論夫馬全無，即驛舍民居皆被火燬，如草凉、三岔、松林、安山、武關、青橋、馬道、開山等處，俱宜另議修復。工費不貲，雖儘此原給之二分，或再於二分之外更加一二倍，猶不能濟事。故前撫臣練國事曾請有修復站銀二萬[四]，竟未敢輕舉。昨臣已借動買馬，今剿威大振，賊滅有期，凡各倒廢驛遞，皆應次第整理，似不得舍此項而別請經費。自應挪各驛可以無給①，與可以無概給，及可以無全給之銀，以充修復之用。故敢以斟酌哀濟，仰請明旨。

乃秦之艱難更有不在驛遞，而甚於驛遞者，無如防餉是矣。查得韓城、合（郃）陽、馬蘭、潼關等處防兵，先年題准每年支用兵荒銀一萬九千五百六十兩七錢，商稅銀二萬九百九十四兩。初時計口授食，無虞虧缺，嗣因寇勢披猖，兵數日增，餉額不敷，俱於題留剿餉內湊支。至崇禎八年，部議將兵荒銀改充韓藩宗禄[五]，其應支防餉，於本省軍餉內，照兵荒銀數撥抵，其防餉不敷者，亦應仍以剿餉湊支。乃本年因調到剿兵眾多，題留剿餉且不能支剿兵之用，故不能湊支防兵。節經前撫臣李喬、甘學闊批行布政司措給。除正項外，剿兵及防兵共長支過軍餉銀五萬四千五百六十六兩零，曾經前撫臣甘學闊題請開銷。部議以未題先支未准，仍將前長支銀，令每年設補一萬九千餘兩②，即准作撥抵兵荒之數。

自九年起，防餉益無着落。今查九年防餉支過銀三萬六千九百餘兩，原額商稅銀止收完八千六百有奇。十年防餉支過銀三萬六千一百餘兩，原額商稅銀止收完一萬一千八百有奇。其餘不敷之

① 自應挪各驛可以無給：據咸豐版《孫忠靖公遺集》《孫傳庭疏牘》，《四庫全書》本“挪”作“那”。

② 令每年設補一萬九千餘兩：據咸豐版《孫忠靖公遺集》《孫傳庭疏牘》，《四庫全書》本“每”作“毋”。

數，皆於司庫挪借湊支①，以至於今，挪無可挪②，借無可借。除
臣於稍緩處節次裁去兵約一百七十餘名，馬約三十餘匹，而實支
月餉歲費，尚約需三萬三千餘兩，此在户部自知爲應支之數。且
該部既以原支之兵荒銀撥抵韓藩宗禄，題明以軍餉撥補，乃因前
撫臣於額外各有長支，遂悋惜刜予。自臣接管，併額内應支之一
萬九千餘兩，亦不准支，故臣不得不行該司委曲借給。今所借日
多，該司日申詳促臣請補，臣以時值空匱，聖明宵旰方殷，逡巡
不敢瀆陳。頃臣清有屯課銀兩，除支三衛官俸軍糧，解給班價及
修關軍丁鹽菜與夫造器充賞之外，尚可湊補此項。但户部因臣見
抽屯課，已將應給臣剿餉扣短四萬六千餘兩。又臣自崇禎十年該
部撥臣剿餉一十八萬之外，以後即臣兵不能遽撤，其所需之餉，
臣矢不取給於該部。臣已於《清屯事竣疏》中明白入告矣。是臣
所期以屯課濟朝廷之用者，固不能一樹幾剥，以應各項之需也。
幸此裁站銀兩，兵部已題允給驛，合無容臣通融支用，除應給之
驛遞與應修理之驛遞，臣酌量徑給及通融動用外，餘有若干，即
湊給防兵餉銀。總此給秦之物，一衰濟間，而於彼既不致虚糜，
於此亦不患匱乏，計蓋無便於此者。至給過銀數，布政司於年終
分析造册，報部銷筭。

其户部抵過宗禄原撥防餉兵荒銀一萬九千餘兩，止照原數，以
軍餉撥臣抵補。其九年十年用過防餉，除每年應支軍餉一萬九千
餘兩併稅銀外，九年長支過銀八千六百餘兩，十年長支過銀四千
七百餘兩，令該司照數補完。其前撫臣八年長支銀五萬四千餘兩，
候事平，水陸路通，商筏稅銀足額，陸續扣還，庶透支永杜而正
項亦永清矣。

---

① 皆於司庫挪借湊支：據咸豐版《孫忠靖公遺集》《孫傳庭疏牘》，《四庫
全書》本"挪"作"那"。

② 挪無可挪：據咸豐版《孫忠靖公遺集》《孫傳庭疏牘》，《四庫全書》本
"挪"作"那"。

再照站銀雖屬在兵部，防餉雖屬在戶部，然兩部協心體國，豈分彼此？且此銀業已給秦矣，又用以餉兵，兵部豈有靳焉？至該部原議以十年分站銀給驛三分之二，未及十年以後，乃秦雕劫至極，非邀皇上厚澤深仁，徐爲培養，元氣何能遽復？則皇上之所以濡沫而噢咻之者，豈忍自十年遂已？即臣之所以仰懇再造者，亦非直以秦十年之自處其窘、未獲實霑浩蕩輒敢喋喋也。統祈敕部施行，爲此謹題。

崇禎十一年二月初二日具題，三月初三日奉旨："該部知道。"

【箋證】

〔一〕山東巡撫顏繼祖題"爲驛遞倒逃，不飭緩急，脉絡難通等事"：顏繼祖，漳州人。萬曆四十七年進士，官終山東巡撫。崇禎十二年（1639）因濟南失陷被崇禎論罪問斬。但史籍文獻對其評價尚可。《明史·顏繼祖傳》載，他曾在崇禎元年（1628）正月論工部冗員及三殿叙功之濫，汰去加秩寄俸二百餘人。又極論魏黨李魯生、霍維華罪狀。崇禎三年（1630），顏繼祖奉命巡視京城十六門濠塹，上疏列陳八事，彈劾監督主事方應明曠職誤事，方應明受到廷杖責罰。崇禎八年（1635）丁憂期滿起復原職後，他上疏建言："六部之政筦於尚書，諸司之務握之正郎，而侍郎及副郎、主事止陪列畫題，政事安得不廢？"得崇禎帝贊同，擢升太常少卿，以右僉都御史巡撫山東。崇禎十一年（1638）清兵南下，顏繼祖奉兵部尚書楊嗣昌之命，帶領三千人馬移駐德州。楊嗣昌亂指揮，50天內顏被調防3次，原防地濟南由此空虛。崇禎十二年（1639）正月清兵攻克濟南，德王朱由樞被俘。朝臣交章抨擊，繼祖歸咎嗣昌指揮錯誤，自請撤職，但終遭逮捕入獄棄市。"終崇禎世，巡撫被戮者十有一人"，他是其中之一。

〔二〕卷查秦省節裁站銀：按明末裁撤驛站爲崇禎朝一大事。崇禎二年，御史毛羽健上書謂："驛遞一事，最爲民害。"再有大臣劉懋上書："當今天下州縣困於驛站者十七八矣，臣世居衝途，兩令衝縣，備悉其弊……""而驛站用於公務者僅十分之二，用之私者十分之八。"（《崇禎長編》卷二十）崇禎帝詢大臣韓爌，韓爌稱："汰兵止當清占冒及增設冗兵爾。衝地額兵不可汰也。"（《明史》卷二百四十《韓爌傳》）崇禎二年五月正式議裁，劉懋改任兵科給事中，專管驛遞整頓事務。此舉招致極大反彈，劉懋不久上疏："遊滑不得料理里甲也，則怨；

驛所官吏不得索長例也，則怨；各衙門承捨不得勒占馬匹也，則怨；州縣吏不得私折夫馬也，則怨；道府廳不得擅用濫用也，則怨；即按撫與臣同事者不得私差多差也，則怨。所不怨者獨里中農民耳！”崇禎四年（1631 年）二月上報，節銀六十八萬五千餘兩。一般認爲，裁驛有害於明朝政權的穩定，《明季北略》曰：“祖宗設立驛站，所以籠絡强有力之人，使之肩挑背負，耗其精力，銷其歲月，糊其口腹，使不敢爲非，原有妙用。”楊士聰説：“天生此食力之民，往來道路，博分文以給朝夕。一旦無所施其力，不去爲賊，將安所得乎？後有自秦，晋、中州來者，言所擒之賊，多系驛遞夫役，其肩有痕，易辨也。”

［三］前撫臣甘學闊題允俟事平始撤兵餉銀一萬兩：甘學闊，字用廣，號元宏，四川鄰水縣人。萬曆四十七年（1619）己未科會試第 59 名，殿試三甲第 83 名進士。崇禎年間，授雲南巡按監察御史，後改浙江道監察御史。崇禎八年，以右僉都御史銜，任陝西巡撫。

［四］故前撫臣練國事曾請有修復站銀二萬：練國事（1582—1645），字君豫，永城人，萬曆四十四年（1616）進士。天啓二年（1622）授官御史。崇禎元年（1628）爲太僕少卿，晋右僉都御史，巡撫陝西。崇禎四年（1631）正月，民軍神一魁攻陷保安。練國事派遣賀虎臣支援延安，自己率領副將張全昌在中部、郃陽、韓城接連打敗點燈子，又在宜君、雒川打敗多部民軍，降伏民軍首領李應龘。崇禎九年（1636 年）正月，因陳奇瑜案連累遣戍廣西。崇禎十六年（1643）赦還。崇禎十七年（1644）任户部左侍郎，不久改任兵部左侍郎，加尚書。弘光元年（1645）二月因病去職，三月卒。

［五］部議將兵荒銀改充韓藩宗禄：韓藩，明韓王封國，在陝西平涼府，今甘肅平涼市。第一代韓王爲朱元璋第二十子朱松。朱松原封遼東開元，因接近邊陲，未就位，永樂五年（407）死於南京，得謚爲韓憲王。其子於宣德五年（1430）正式赴平涼就藩。韓王共傳十一世。除朱松死於南京，其餘十世都世居平涼。崇禎十六年（1643），李自成將領賀錦攻破平涼，十一世韓王朱亶塉被俘，後不知所終。

報流寇自蜀返秦疏[一]

題“爲微臣遵旨東截，剿兵邀賊北返，謹馳奏上聞；並報微臣回省調度，相機防擊以竭臣愚事”。

　　臣遵奉明旨，親督官兵在於商雒斷截，已經具奏併節具塘報外[二]，今於二月十一日，據西慶平鳳監軍道僉事張京塘報[三]，同日又准按臣謝秉謙手本到臣[四]。案照先於二月初五日，據漢羌營遊擊韓進忠塘報，同日又據分巡關南道劉宇揚塘報各到臣[五]。今據前因，該臣看得自闖、過等賊入蜀，而秦之西南半壁，亦並無大寇之迹矣。督臣洪承疇復提固原總兵左光先、臨洮總兵曹變蛟及副將馬科、賀人龍、趙光遠等勁兵盈萬[六]，入蜀遠討，而又馳調延鎮總兵王洪及寧帥祖大弼之兵[七]，厚集於漢、略、徽、秦之間，首尾聯絡，以防賊之奔逸，而備我之堵擊。臣謂盡賊在此一舉矣，故臣奉聖明，斷截商雒之責成，臣亦不敢望督臣分一鎮之兵以佐臣之單弱。即樞臣楊嗣昌低回籌度，亦似穆然於臣力之難支，而臣迄不敢稍萌諉卸。且有督臣不能恝然東返之奏，以決我兵入蜀之行，臣之區區，惟日望大兵滅賊於蜀，使一騎不還，則蜀之危解，而秦西南之患亦可以永絕矣。縱臣汛守之地，或以力綿僨誤，致干斧鉞，臣甘之已。不謂自臣入山①，豫楚之寇反徘徊未敢突犯商雒，及入蜀之寇忽又盡報還秦②，老營已紮西禮，塘馬已至秦州矣。

　　查各賊自至蜀中三閱月，皆盤旋於川西一帶，在白水江西，故所失城池亦俱係江西地方。川西西阻羌番，東南俱阻大江，川兵亦盡聚於東南，故賊不能東出夔門，南走叙瀘，設使我兵即從川西進發，川兵扼堵於前，秦兵馳擊於後，賊逃死無路，勢成釜魚。不謂兵從川北南下，賊遂從川西乘罅而北矣。此實秦之劫運未已，臣之蹇劣應值此厄，夫復何言？據報左、曹兩帥似皆在賊後，王帥已赴漢中，倘祖帥又不能拒堵於西禮，則西、鳳、平、慶勢復岌

---

　　①　不謂自臣入山：據《四庫全書》本，咸豐版《孫忠靖公遺集》《孫傳庭疏牘》“不謂”作“不顧”。

　　②　及入蜀之寇忽又盡報還秦：據《四庫全書》本，咸豐版《孫忠靖公遺集》《孫傳庭疏牘》“及”作“而”。

炭。臣見防商雒、豫、楚諸賊，如八大王等股，猶鷙伏於穀城。而葉縣、舞陽亦報有大寇擾掠，瓦背餘孽復出於嵩永之間。臣原不敢遽離商雒，第西鳳內地尤宜急顧。

查原任總兵張天禮[八]，領有馬兵一百餘名，步兵三百餘名，先奉督臣檄駐咸陽。臣已移文促令馳赴鳳翔防禦，然爲力幾何恐不足恃，臣不得不馳還省城，適中調度。如西賊突犯鳳寶，恐商雒駐防官兵遠調不及，亦應預檄赴省以備發剿。俟臣至省，酌量緩急調取。謹先據報奏聞，伏乞聖明垂鑒。

至臣母老子獨，迎養則水土不宜，送還則倚閭難禁。臣方欲俟大剿期畢，陳乞終養，而今不敢請矣。賊既返秦，此臣報君之日，非臣報母之日。臣所練就兵將，儘堪一試。臣惟有捐糜頂踵，矢不與賊俱生，以盡臣戮力封疆之義。倘徼天之倖，稍有寸効，可以稱塞萬一，臣乃敢披瀝血誠，萬懇聖恩，以還臣身於臣母，俾臣母未盡之餘年，得以少延。臣今年方四十有六，竭萬死以報聖明固有日也。臣無任悚息待命之至。

臣草疏甫畢，據商雒道副使邊崙塘報[九]：本月十二日酉時，據本道原差往內鄉探賊舍役趙自旭等報，稱年前赳了鄧州[十]，裹去難民一百有餘，蒙郾縣給票各回本地。從穀城來[十一]，正月三十日到州。州官審問難民，說八大王、長判子二營，安穀城縣內一半爲民，一半跟隨郾院，招成兵馬，他要剿賊①。又有鎮平縣差人在內鄉縣探報賊情：二月初二日，據報縣官說，四大營賊闖塌天、老回回、掃地王、興世王俱在裕州、唐縣、泌陽縣，後有河南撫按兩院統領祖、左二將官兵馬，俱在裕州駐紮跟剿。其四營賊並不殺人放火，俱在裕州討招安，不知眞假等情。據此，則豫楚賊情俱緩，臣斷截商雒之兵，益應預發還省，無容再計。

---

①　他要剿賊：據《四庫全書》本，咸豐版《孫忠靖公遺集》《孫傳庭疏牘》"他"後有"俱"。

爲此謹題。

崇禎十一年二月十三日具題，三月初三日奉旨："據奏蜀賊返秦，孫傳庭馳還適中調度，並駐防商雒官兵檄令赴省備剿，知道了。督兵必繇川北始達川西，這所奏即從川西進發。取道何路？還著查明具奏。"

【箋證】

[一] 根據新的軍情變化向皇帝陳述自己的兵機戰略：自己固不能暫離商雒，但隨時作回省準備以相機指揮全秦剿務。

[二] 已經具奏並節具塘報外：見第一卷"崇禎十年十二月三十日具題，十一年正月二十二日奉旨"之《移鎮商雒派防汛地疏》（題"爲微臣遵旨督兵斷截商雒恭報到汛派防情形仰祈聖鑒事"）。

[三] 據西慶平鳳監軍道僉事張京塘報：監軍道，《明史》卷七十五《職官四》："監軍道，因事不常設。"僉事，明代省級監察機構官員，《明史》卷七十五《職官四》："提刑按察使司。按察使一人，正三品。副使，正四品。僉事無定員。正五品。詳見諸道……按察使，掌一省刑名按劾之事。糾官邪，戢奸暴，平獄訟，雪冤抑，以振揚風紀，而澄清其吏治。大者暨都、布二司會議，告撫、按，以聽於部、院。凡朝覲慶弔之禮，具如布政司。副使、僉事，分道巡察……""兩京不設布、按，無參政、參議、副使、僉事，故於旁近布、按分司帶管，詳見各道。"張京，《陝西通志》卷五十二《名宦三・敕使》："張京，字士將，漢陽人，舉人。天啓中扶風知縣，清約恬淡，以文學飾。吏治不用行户不取贖鍰，禮賢愛士，一意拊循。嘗有武弁暨司掾騷擾驛站，即按治如法。值歲祲盜起，設方略殲渠魁，四郊晏然。又多方拯濟，全活甚衆。"

[四] 同日又準按臣謝秉謙手本到臣：按謝秉謙，字益之，號克齋，浙江餘姚泗門人。天啓壬戌（1622）進士，官福建建陽知縣。欽取南京、福建道御史，轉北京、湖廣道御史，巡按陝西，閱視三邊，加敕監軍剿虜，叙功賞賚加俸，分守京城西直事。崇禎十一年（1638），清兵分路入關，殉難於濟南。《明清檔案》載陝西巡按謝秉謙的一件題本："各屬皆荒歉，兼錢法變亂、糶糴稀疏。此時人情真有折骸而炊、易子而食者！"反映了明末水旱災荒連年，人民無以爲生慘景。

[五] 又據分巡關南道劉宇揚塘報各到臣：劉宇揚，《陝西通志》卷五十二

《名宦三》："劉宇揚，四川綿竹人，舉人，崇禎時以戶部郎中任關南道。時漢中巨寇群起，兼以饑饉，宇揚辦餉辦賑，晝夜乘城督守者一年，危疆獲安。兵荒後多方撫懷，以勞卒於官，恤贈太僕寺卿。柩歸，百姓哭泣走送者十日。"

[六] 總兵左光先、臨洮總兵曹變蛟及副將馬科、賀人龍、趙光遠等勁兵盈萬：左光先、曹變蛟，參《報寶郿剿撫捷功疏》。總兵馬科，據有關史料，馬科崇禎初即從李卑平流寇，後歸洪承疇麾下。李自成欲入川，馬科與曹變蛟敗之，並窮追李自成至潼關。再參與潼關南原大戰，大破李自成軍。旋任山海關總兵，從洪承疇援錦州，與王樸等潰歸。最終下落難查。賀人龍（？—1642），陝西米脂人，萬曆年間武進士。初以守備官隸於延綏鎮巡撫洪承疇。崇禎年間，參與鎮壓農民軍，作戰悍勇，人呼"賀瘋子"。崇禎四年（1631），受命洪承疇，酒宴間以伏兵誘殺投降的民軍將士三百餘人。後又從陝西巡撫陳奇瑜、孫傳庭及總督楊嗣昌，在山西、陝西、甘肅、安徽、四川與農民軍作戰，由都司僉事升任參將、副總兵、總兵。崇禎十三年（1640），隨陝西三邊總督鄭崇儉圍剿張獻忠，在瑪瑙山與左良玉擊敗義軍。總督楊嗣昌事前曾許他功成後爲平賊將軍，但後將此銜授左良玉。他大爲不滿，此後便自保實力，避免與義軍作戰。崇禎十四年（1641）總督傅宗龍戰死新蔡，崇禎十五年（1642）總督汪喬年被李自成斬於襄城，都與他消極避戰有關。孫傳庭出獄被重新起用後，崇禎密令孫殺之於西安。其本傳載《明史·左良玉傳》後附。趙光遠，陝西膚施人（膚施，今陝西延安，參《四庫全書》本《陝西通志》卷三十三《選舉四武科》），任官漢中總兵。《明史紀事本末》卷七十七載："十月壬戌，獻忠、汝才陷劍州。甲子，過劍閣，趨廣元，直走陽平關，從間道別出百丈山，將入漢中。總兵趙光遠守陽平甚嚴，賀人龍、李國奇復整兵而東，賊乃踰昭化走西川。"趙光遠後來投降了李自成。《明史》卷三百九列傳第一百九十七《流賊》記曰："自成歸西安，復遣賊陷漢中，降總兵趙光遠，進略保寧。時獻忠以兵拒之，乃還。"《明史李夢辰傳》謂李夢辰上言："將驕軍悍，鄧玘、張外嘉之兵弒主而叛；曹文詔、艾萬年之兵望賊而奔；尤世威、徐來朝之兵離汛而遁。今者張全昌、趙光遠之兵且倒戈爲亂矣。"

[七] 延鎮總兵王洪及寧帥祖大弼之兵：延鎮，即延綏鎮，又稱榆林鎮，總兵府駐榆林城。據有關資料，延鎮管轄地域：東起府谷縣北清水營黃河岸，經神木、榆林、橫山、靖邊、定邊諸縣，西達今寧夏鹽池縣東境之花馬池界，長一千二百餘里。長城沿綫劃爲東、中、西三路，共轄三十多座城堡。其中以東路的神木、孤山、清水諸營堡，中路的榆林、魚河、清平等堡，西路的安邊、定邊等堡

最爲重要。王洪，待考。祖大弼，參《報三水捷功疏》。

　　［八］原任總兵張天禮：張天禮，資料不詳，唯《御批歷代通覽輯覽》卷一
百十四《明莊烈帝》中略有記載：“賊聚陝西，至二十餘萬。高迎祥、李自成蹂
躪鞏昌、平凉、臨洮、鳳翔諸府數十州縣，敗賀人龍、張天禮軍。”《陝西通志》卷
三十三《選舉四・武科》謂：“張天禮，保安人，歷三屯營總兵。”

　　［九］商雒道副使邊崳塘報：邊崳，曾任河南衛輝府知府。《河南通志》卷四
十二《學校上・衛輝府》：“衛輝府儒學舊在府治東南隅，元初知州王昌齡建，後
爲兵燹所毀。明洪武三年，同知吳鼎重建……崇禎八年知府邊崳以形家言遷於西
關衛河之北岸，用舊都院行署。”其他不詳。

　　［十］稱年前赶了鄧州：鄧州，古稱“鄧”或“穰”。夏、商、西周、春秋
早期爲諸侯國鄧國的國都。公元前678年（楚文王十二年）被楚國所滅，楚在此
設置“穰邑”。公元前312年（楚懷王十七年）韓國襲楚，奪取穰邑。公元前
296年復被秦國奪取。秦昭王三十五年（前272）設置南陽郡（治宛），下設穰
縣、山都縣和鄧縣。明代鄧州屬河南布政使司南陽府。今爲河南南陽市轄縣
級市。

　　［十一］從穀城來：穀城縣，今屬湖北襄陽市，地處襄陽西部，漢江中游西
岸，武當山脉東南麓。南依荆山，西偎武當，東臨漢水，南北二河夾縣城東流匯
入漢江，西北、西南三面群山環抱。

酌議量蠲民運錢糧疏

　　題“爲蠲緩已奉明綸查酌萬難需待事”。

　　崇禎十一年二月初三日，據陝西布政司呈詳到臣。該臣看得秦
中被寇，殘破州縣及兵荒最甚地方，崇禎六、七、八年存留課程
等項錢糧，凡拖欠在民者，業荷聖恩蠲免矣。至於民運一項，係
供延、寧、甘、固四鎮軍需[一]，盡蠲則邊餉虧缺可慮；不蠲則灾
黎輸納不前；另議抵補則公私匱竭，從何取辦？臣仰遵明旨，從
長確議：除臨、鞏二府屬州縣，九年以前起存錢糧，已經前按臣
黄希憲具題[二]，分別蠲免。又漢陰、石泉二縣，九年以前起存錢
糧，已經按臣謝秉謙具題全蠲，俱經部覆，奉有俞旨。又漢中府

屬九州縣十年以前各項錢糧，昨臣已疏請全蠲，茲不再贅。今復將其餘州縣，酌被災之重輕，議蠲征之等差。如西安府屬之山陽、鎮安、同官、永壽、澄城、藍田、商州、商南、雒南九州縣，鳳翔府屬之隴州、麟遊、扶風、汧陽四州縣，與平涼府屬之涇、崇等十州縣，慶陽府屬之寧、安等五州縣，延安府屬之鄜、膚等十九州縣，並興安州及所屬白河、洵陽、平利、紫陽四縣，應將所欠六、七、八年民運錢糧全蠲。如鳳翔府屬之鳳翔、寶鷄、岐山、郿縣四縣，應將所欠民運錢糧在六、七兩年者全蠲，在八年者量蠲五分帶徵五分。如西安府屬之咸陽、耀州、韓城、邠州、長武、三水、淳化、乾州、白水、富平、華州、華陰、郃陽、蒲城十四州縣，應將所欠六、七、八年民運錢糧，量蠲五分帶徵五分。如西安府屬之鄠縣、盩厔、長安、三原、臨潼、同州六州縣，應將所欠六、七、八年民運錢糧量蠲二分帶徵八分。總之，原議蠲之數，原皆不能徵者也，祇緣民力已殫。在議徵之數，亦未始非可蠲者也，祇緣軍需難缺，正該司所謂萬不得已之情，無可奈何之勢也。除將蠲免過存留課程等銀，遵旨造冊報部外，臣謹會同按臣謝秉謙、周一敬合詞具題，伏乞敕部覆議施行。爲此謹題。

崇禎十一年三月初六日具題，四月初一日奉旨：「該部知道。」

【箋證】

[一] 至於民運一項，係供延、寧、甘、固四鎮軍需：所謂“民運”，與明代軍糧軍餉制度緊密相關。明代對各軍、兵種（包括軍鹽）的軍糧供應，均有嚴格的規定。如《明史》卷八十二《食貨志六》載：“天下衛所軍士月糧，洪武中，令京外衛馬軍月支米二石，步軍總旗一石五斗，小旗一石二斗，軍一石。城守者如數給，屯田者半之。民匠充軍者八斗，牧馬千戶所一石，民丁編軍操練者一石，江陰橫海水軍稍班、碇手一石五斗。陣亡病故軍給喪費一石，在營病故者半之。籍沒免死充軍者謂之恩軍。家四口以上一石，三口以下六斗，無家口者四斗。又給軍士月鹽，有家口者二斤，無者一斤，在外衛所軍士以鈔準。”明代軍糧的供應，由於地處位置及各地特殊情況，亦分不同類型。“凡各鎮兵餉，有屯

糧，有民運，有鹽引，有京運，有主兵年例，有客兵年例。屯糧者，明初，各鎮皆有屯田，一軍之田，足贍一軍之用，衛所官吏俸糧皆取給焉。民運者，屯糧不足，加以民糧。麥、米、豆、草、布、鈔、花絨運給戍卒，故謂之民運，後多議折銀。鹽引者，召商入粟開中，商屯出糧，與軍屯相表裏。其後納銀運司，名存而實亡。京運，始自正統中。後屯糧、鹽糧多廢，而京運日益矣……"（同上）明代"民運"軍糧，主要運往"諸邊及近京鎮兵餉"。據《明史·食貨志六·諸邊及近京鎮兵餉》，共十四處，即：宣府、大同、山西、延綏、寧夏、甘肅、固原、遼東、薊州、永平、密雲、昌平、易州、井陘。陝西巡撫管轄范圍内之民運軍糧，主要是"延、寧、甘、固四鎮"。四鎮具體供應兵糧數如下："延綏：主兵，屯糧五萬六千餘石，地畝銀一千餘兩，民運糧料九萬七千餘石，折色銀十九萬七千餘兩，屯田及民運草六萬九千餘束，淮、浙鹽引銀六萬七千餘兩，京運年例銀三十五萬七千餘兩；客兵，淮、浙鹽引銀二萬九千餘兩，京運年例銀二萬餘兩。寧夏：主兵，屯糧料十四萬八千餘石，折色銀一千餘兩，地畝銀一千餘兩，民運本色糧千餘石，折色銀十萬八千餘兩，屯田及民運草一百八十三萬餘束，淮、浙鹽引銀八萬一千餘兩，京運年例銀二萬五千兩；客兵，京運年例銀萬兩。甘肅：屯糧料二十三萬二千餘石，草四百三十餘萬束，折草銀二千餘兩，民運糧布折銀二十九萬四千餘兩，京運銀五萬一千餘兩，淮、浙鹽引銀十萬二千餘兩。固原：屯糧料三十一萬九千餘石，折色糧料草銀四萬一千餘兩，地畝牛具銀七千一百餘兩，民運本色糧料四萬五千餘石，折色糧料草布花銀二十七萬九千餘兩，屯田及民運草二十萬八千餘束，淮、浙鹽引銀二萬五千餘兩，京運銀六萬三千餘兩，犒賞銀一百九十餘兩。"（同上。）

[二] 已經前按臣黃希憲具題：黃希憲，據《浙江通志》卷一百五十《名宦五·嘉興府》："黃希憲，舊《嘉興府志》：'金谿人，進士。萬曆間知嘉興府，以清白自矢，置《天鑒簿》登記，贖鍰毫不自私，聽訟必情理相參。有欺罔者按以三尺不少貸。又勤於課士，爲論俗文以諷戒小民，水旱步禱輒應。'"《浙江通志》卷八十《漕運上》又引《江南通志》謂："崇禎十六年，應天巡撫黃希憲請改運白糧。"並全文載其《請改運白糧疏》。按"金谿"今爲江西撫州市下轄縣。知黃爲今江西人，曾任嘉興知府和應天（今南京）巡撫。

恭報東西寇警並陳剿禦情形疏[一]

題"爲恭報東西寇警並陳剿禦情形，仰祈聖鑒事"。

節據分巡關西、分守河西、守巡隴右並固原、洮岷、商雒^[二]，及分巡關內、臨鞏、漢興監軍各道所報東西賊情，臣已塘報閣部訖。

三月初三日，據潼關道按察司丁啓睿塘報^[三]；初四日，又據邠州知州鄧元復塘報^[四]；又據西安府同知管三水縣事孔宏巒塘報^[五]；同日又據西慶平鳳監軍道僉事張京塘報^[六]，各到臣。該臣看得，自入蜀大寇復返階文，臣慮其飽而愈橫，且有左、曹等兵逐之於後，恐賊即出我不意，疾走西鳳。故臣從商雒還省內顧，然猶不敢遽撤商雒斷截之兵者，誠以屢旨責成甚嚴，又臣荒山久戍之苦辛，不忍自棄耳。及嵩盧之小醜宵奔，平固之警聞復迫，臣方欲移緩就急，盡臣所有之兵悉索西援，乃河南按臣忽有傳帖，馳約夾剿，情事甚急，且有一刻千金之囑。而靈陝之晉兵，又因期畢渡河，臣何敢以西援廢東顧？故臣先將盛略之兵調至臨潼，又將李國政之兵調至省城，其趙大允及王萬策之兵①^[七]，亦擬併調出山，發之使西，而今不敢盡調矣。

乃六隊、大天王、混天王諸賊^[八]，已從平固分道而來。左、曹之兵俱落賊後。又兩帥相倚，仍與闖、過相持，不能分圖此賊。祖、王之兵雖在賊前，或緣道左相失，今亦俱落賊後，遂聽其爰爰東奔。據各處塘報，此賊分合無常飄忽不定，眾寡之勢似猶未確。及得監軍道張京之報：該道哨探最真，此賊儘非小弱。督臣洪承疇已摘發一旅付該道分提尾逐，轉瞬之間此賊便當越平慶，突邠邡，瞰淳三矣。臣朝夕摩厲，與賊一決正在此候，其又何敢藉口於商雒之斷截，奉有畫一之責成，而遂任此賊鴟張內地，剽掠惟意乎？

第臣之兵，合之差堪自強，分之未免見弱，然臣不敢以弱自諉

---

① 其趙大允及王萬策之兵："趙大允"，據《四庫全書》本，咸豐版《孫忠靖公遺集》《孫傳庭疏牘》"趙大允"作"趙大胤"。

也。臣且將總兵張天禮之兵，移令與該道合力逼賊，又嚴檄該道，謂賊在東而兵在西，且賊塘已至鎮寧，該道惟逐賊使東，勿縱賊復西，即該道之功。若夫迎頭堵擊，設奇殲剿，臣當惟力是視，成敗利鈍，悉臣任之。

臣今將李國政、王根子、張文耀之兵[九]，檄淼耀、淳、邠、乾之間，隨西賊所向，奮力迎擊。而發參將解文英之兵與王萬策兵，分駐商雒，偵探東賊，以應河南之夾剿。潼關有韓郃參將王永祥兵併關兵馬步千名，堪與王萬策、解文英兵犄角聲援。其趙大允兵暫更回省，併副將盛略兵、中軍鄭嘉棟新兵，亦俱屯駐近省，聽臣酌量東西緩急，檄發策應，此臣目前調度之大略也。爲此謹題。

崇禎十一年三月初六日具題，四月初一日奉旨："兵部知道。"

【箋證】

［一］根據新的戰況向皇帝匯報最近調動兵將情況。將帥在外指揮作戰，需要詳細地向皇帝作出匯報？崇禎之遙控指揮可見一斑。

［二］節據分巡關西、分守河西、守巡隴右並固原、洮岷、商雒：分巡、分守、守巡，明朝在各省設立負責行政的通宣布政使司，負責監察的提刑按察使司，負責軍事的都指揮使司。布政使下派之官爲分守，提刑按察使下派之官爲分巡，同時代表布政使與提刑按察使下派之官就是所謂的"守巡"。固原，今屬寧夏。明朝置固原州和固原衛，明正統十年（1445）置固原巡檢司，以"故原州"之名，"諱故而改固"得名。成化五年（1469）爲固原衛治；弘治十五年（1502）爲固原州治，又爲固原鎮治。清朝置甘肅省，固原州曾劃屬甘肅省。洮岷，今甘肅泯縣。《史記·秦始皇本紀》謂秦朝的疆域"西至臨洮羌中"，爲今岷縣境内設縣之始。漢代爲隴西郡下轄的臨洮縣。魏文帝大統十年（544），因境内有岷山，始設岷州。明洪武十一年（1378）在今岷縣設岷州衛，領西固城守禦千户所。統屬於陝西都指揮使司。

［三］潼關道按察使丁啓睿：關於"道"的設置。與元代一樣，明朝的行省轄區廣闊，省之下有直轄府（州），如湖廣行省，下轄28個直屬行政府、州、司（宣慰司設於少數民族地區）。行省長官每年一次的巡察難以實現，於是在行省之

下劃分若干“道”，以布政使和按察使的佐官分司，督理稅務、監察府縣、整飭軍事，分別稱爲分守道、分巡道和兵備道。如今天的湖南有下湖南道和上江防道。下湖南道轄長沙、寶慶二府，分守道駐寶慶。上江防道爲軍事區劃，轄武昌、沔陽、岳州、常德、長沙，兵備道駐岳州。“潼關道”轄區待考。丁啓睿（1595—1647），字性如，號聖臨，河南永城（今河南永城市馬牧鄉）人。萬曆四十八年（1620）進士，歷任南京兵部主事、兵部郎中、太原知府、山東按察使右參政等職。因罪被貶爲陝西副使。崇禎九年（1636）寧夏兵變，丁啓睿帶兵逮捕處死爲首的王楫等六人，軍心安定，因功陞任右布政使，分守河南，跟隨巡撫孫傳庭鎮壓農民軍。崇禎十一年（1638）冬陞任右僉都御史，代孫傳庭巡撫陝西。崇禎十三年（1640）得督師楊嗣昌薦，升任兵部右侍郎，代鄭崇儉總督陝西三邊軍務。崇禎十四年（1641）楊嗣昌去世，丁啓睿升任兵部尚書，總督湖廣、河南、四川及長江南北諸軍，仍兼總督陝西三邊軍務。崇禎帝賜其尚方劍、飛魚服及印信。丁啓睿受命出潼關，赴荆州接管楊嗣昌的軍隊。湖廣巡按汪承詔將漢水船隻藏匿，拒絕交兵。丁啓睿不得渡江，轉鄧州，鄧州亦閉門不納；丁再去內鄉，內鄉長吏斷其軍糧，丁軍靠殺戰馬與野草充饑。李自成聚眾七十萬圍攻開封，丁啓睿不敢援開封，轉而攻打豫州張獻忠之一部，發檄文令左良玉破麻城，斬首一千二百人。開封告急，丁啓睿以與張獻忠戰推阻。傅宗龍入潼關督秦師，丁啓睿請崇禎更敕書，命傅宗龍攻打李自成。傅宗龍敗死於項城，李自成陷南陽，殺唐王。崇禎十四年十二月，李自成再圍開封，丁啓睿丟下許昌給起義軍，奔赴開封。崇禎十五年（1642）四月，李自成第三次圍攻開封，丁啓睿調集左良玉、虎大威、方國安及保定總督楊文嶽等部援救開封。七月各部在朱仙鎮會師，丁啓睿不聽左良玉敵軍鋒芒正旺不能攻打勸告，明軍數戰不利。左良玉違令帶軍夜奔襄陽，丁啓睿與楊文嶽逃奔汝寧，李自成部隊狂追四百餘里，明軍死傷無數，丁啓睿的敕書、尚方劍、印綬全部丟失。崇禎大怒，將其革職待命。崇禎帝死，福王朱由崧南京即位。丁啓睿攀緣閹黨馬士英，總督河南。因擒斬李自成任命的歸德府官員，官拜兵部尚書，加封太子太保。南明亡後，丁啓睿投降清朝。順治四年（1647）因捲入“京師王道士案”被殺。丁啓睿傳記載《明史》卷二百六十。

[四] 據邠州知州鄧元復塘報：邠州，現陝西省彬縣。始稱豳，周人之祖公劉立國於此，辟洪拓荒，教民稼穡。商初，周之太王古公亶父率彬人遷往岐山。秦時爲漆縣，東漢時設置新平郡，北魏時改爲白土縣，西魏時設豳州。唐開元十

三年（725）改豳州爲邠州。治所在新平（今彬縣），轄境相當於今陝西彬縣、長武、旬邑、永壽四縣地。隋、唐、宋、元時設有州縣兩級政權。明代邠州屬西安府，領三水、淳化、長武三縣。《四庫》本《陝西通志》卷三《建置第二·陝西布政司》："邠州：明邠州隸西安府領三縣，國初因之。雍正三年以邠州直隸陝西布政司，仍領縣三……開元中，以豳與幽字相涉，改爲邠字。"又，《大明一統志》謂：陝西布政使司西安府邠州領縣二，爲淳化、三水。查《大明一統志》成書於天順五年（1461 年）四月，而長武縣爲"萬曆初置，取縣西長武故城爲名"，故《大明一統志》未載。民國初年裁州設縣，邠州改爲邠縣。1964 年改縣名邠縣爲彬縣。鄧元復，不詳待考。

　　［五］西安府同知管三水縣事孔宏爕塘報：同知，知府的副職，正五品，因事而設，每府設一二人，無定員。分掌地方鹽、糧、捕盜、江防、海疆、河工、水利以及清理軍籍、撫綏軍夷等事務，同知辦事衙署稱"廳"。另有知州的副職稱爲州同知，從六品，無定員，分掌本州內諸事務。三水，屬陝西布政使司西安府邠州，曾並歸淳化縣，後復置爲三水縣。《明史·地理三》於"三水"注說："成化十三年（1477）九月，析淳化縣地置"。《陝西通志·建置第三》："成化十三年始割淳化十六里置此邑。"《創修城池記》："成化丁酉（十三年），居民思復故邑，上陳制下，仍立三水爲縣。"知成化十三年前，三水曾併入淳化；成化十三年，和淳化分置，三水復爲縣。

　　［六］又據西慶平鳳監軍道僉事張京塘報：參見《報流寇自蜀返秦疏》。

　　［七］趙大允及王萬策之兵：趙大允，或作"趙大胤"。《明史紀事本末》卷七十五《中原群盜》："九月山西賊入河北，犯濟源……盜獨頭虎、滿天星、一丈青、上天猴等五部恣掠宜雒，副總兵趙大胤在韓城，去賊營二十里，不敢出戰。土人強之，出報斬五十級，驗之則率婦女首也。給事中魏呈潤劾，大胤落職。"《明史》卷二百三十九《張臣傳》附子承廕，孫應昌、全昌傳："全昌由廕叙，歷官靈州參將。崇禎四年，與同官趙大允擊點燈子於中部，連戰郃陽、韓城，首功功多，巡撫練國事請加二將副將衘。大允駐耀州、富平間，扼賊西路。全昌駐韓城、郃陽間，扼賊東路。"王萬策，《報甘兵抵鳳並請責成疏》："加衘遊擊見任大平堡守備一員王萬策，日支銀二錢五分。"《報合水捷功疏》："又調參將解文英、遊擊王萬策俱赴臣軍協剿。"《報澄城捷功疏》："甘營遊擊王萬策所部官兵斬獲賊級五十八顆"；"原任太平堡守備加衘遊擊王萬策，緣商雒遠至，兵不及食息，馬不及飼秣，即毅然隨剿，而獲級差多"；"王萬策新經甘肅按臣糾參，奉旨

提問，應照從輕量擬，俾殺賊自贖。”

　[八] 六隊、大天王、混天王諸賊：三位農民軍首領。傳庭集中曾屢屢提及。六隊，不詳。大天王，《明史紀事本末》卷七五“中原群盜”：“是冬（按指崇禎十三年冬），闖賊困於崤、函，蝎子塊既死，群賊滿天星、張玄少子、邢家米及闖賊部將大天王、鎮天王、一條龍、小紅狼、九梁星相繼請降。闖賊潰圍而出。”混天王，《明史紀事本末》卷七五“中原群盜”：“（崇禎三年）十一月……大盜混天王等掠延川、米脂、青澗等縣，起前總兵杜文焕剿之……（崇禎五年）十二月……時賊首亂世王與紫金梁爭一掠婦，構小隙，遣其弟混天王來歸。廷議方督進討，諸將諱言受降，權辭謝之，約得紫金梁頭，始爲請於朝。混天王唯唯，泣涕而去……”

　[九] 臣今將李國政、王根子、張文耀之兵：李國政，傳庭集中多次提到。如《報寶鄳剿撫捷功疏》：“統兵後左營實授都司僉書李國政”，“內李國政剿賊最久”；《移鎮商雒派防汛地疏》：“議以後左營都司李國政，統領馬步官兵九百一十三員名、屯兵炮手四百四十四名”，“李國政等兵即馳詣商南截剿，一日可至”；《報合水捷功疏》：“稟擊李國政標下守備李文奎等斬獲强壯賊首級八顆”。但其他文獻難考。按《大清一統志》卷一百九十《同州府二·古迹》記“三仁君祠”：“在郃陽縣城北街。《縣志祠》：‘范志懋、李國政、秦鏡三人，皆保全郃民者。’”此處李國政或與本文中李國政爲同一人。王根子，參《報合水捷功疏》“臣提標下副將王根子等兵”。張文耀，傳庭集中亦多次提到，如《移鎮商雒派防汛地疏》：“守備張文耀所統馬步官兵一百四十二員名”；《報合水捷功疏》：“都司張文耀等斬獲上天虎、不著地、小鷂子首級各一顆”，“都司張文耀素懷忠義，復經樞部叙陞，期以死報，與兩將聯鑣同進……”其他文獻中的張文耀均與之難符。

復級謝恩疏^[一]

　奏“爲恭謝天恩事”。

　崇禎十一年三月初六日，准吏部咨，該臣奏“爲微臣清屯充餉，雖効微勞，過蒙異數殊恩，萬難祗受，謹披瀝控辭仰祈聖鑒事”^[二]。

　奉聖旨：“孫傳庭清屯著勞叙賚，已有成命，不必辭。該部知道。欽此欽遵。"

抄出到部移咨前來。同日，又准吏部咨"爲微臣清屯事竣，三秦永利已興謹彙報前後清出實在兵糧數目等事"[三]一疏，該户部覆題，奉旨："李虞夔加一級，賈鶴年等俱紀録[四]。孫傳庭清屯充餉，勞怨不辭，著加一級，仍賞銀三十兩，紵絲二表裏，用昭激勸。今後各撫務以秦撫真心實事爲法，不得自狃匿訕，徒煩仰請，欽此。"

該吏部覆題：

> 查得見任巡撫陝西等處地方贊理軍務、都察院右僉都御史加從三品服俸降二級戴罪孫傳庭，加一級應加從三品。查部院無從三品職級，合無將本官原降二級俯准開復仍免戴罪等因。

奉聖旨："是。欽此欽遵。"

移咨到臣，卷查先該兵部覈叙擒闖功次①。奉聖旨："洪承疇、孫傳庭著各加一級，仍俟事平彙叙。欽此。"

該吏部覆題：

> 查得見任總督陝西三邊兼攝總督河南、山西、陝西、湖廣、保定等處軍務兼理糧餉兵部尚書兼都察院右副都御史洪承疇，係正二品，今加一級，該從一品，合加官銜，伏候聖裁。見任巡撫陝西等處地方贊理軍務都察院右僉都御史孫傳庭，係正四品，加一級，該從三品。查部院無從三品職銜，合無擬加從三品服俸等因。

奉聖旨："洪承疇著加太子太保，孫傳庭加從三品服俸，欽此。"

臣連疏控辭，兩奉"叙陞已有成命，著即祇受，不必遜辭"

---

① 卷查先該兵部覈叙擒闖功次：據《四庫全書》本，咸豐版《孫忠靖公遺集》《孫傳庭疏牘》"覈"作"覆"。

之旨。臣具疏謝恩，祇受訖。

嗣因大兵入漢剿賊，賊攻陷石、漢，按臣謝秉謙具題，吏部覆奉聖旨："洪承疇、孫傳庭著各降二級[五]，照舊戴罪剿賊自贖，欽此欽遵。"

移咨到臣，欽遵在卷。今准前因，伏念臣有懷報主，無術匡時，頃以力尋濟否之方，輒爾勉爲清屯之役，祇甘勞怨，敢冀寵榮！乃叠荷褒嘉，更渥邀叙賚。雖勞微賞重，式蛙市駿，朝廷自有機權；然器小受盈，濡鵜續貂，臣子宜揆涯量！用是特求辭免，以慊愚忱。何期未賜矜原，更叨温汗，幸藉司衡之裁酌，適協引分之籲陳。即臣秩之原無可加，知君恩之益未有極，剜戴華袞而逭斧鉞，僥倖已多。又曳文綺而橐精繆，冒叨復甚。臣惟有追前愆以省過，矢竭捐糜；勵後効以酬恩，永圖稱塞而已。臣無任瞻依感戴激切屏營之至。爲此謹奏謝以聞。

崇禎十一年三月二十五日具奏，四月二十九日奉旨："該部知道。"

【箋證】

[一] 此疏綜合三個奏疏、兵部咨文與聖旨向皇帝上疏：兩次因重大戰績而得表揚陞遷，一次因民軍陷城而前功盡奪。掩抑多少難言之隱，無可奈何之情自可想見。

[二]《微臣清屯充餉，雖効微勞，過蒙異數殊恩，萬難祇受，謹披瀝控辭仰祈聖鑒事》：參見《辭加級銀幣疏》。

[三]《微臣清屯事竣，三秦永利已興謹彙報前後清出實在兵糧數目等事》：參見《清屯第三疏》。

[四] 李虞夔加一級，賈鶴年等俱紀録：李虞夔，參《糾參婪贓刑官疏》："隨據分守關內道李虞夔揭報……"《清屯第三疏》："外如分守關內道副使李虞夔，接管清理不徇情面，至於軍户、地户爭訟之案，情僞百出，剖斷公明。"李字一甫，平陸人，天啓壬戌（1622）進士，曾知耀州，歷兵部郎中、陝西參議、寧夏巡撫，累官右僉都御史。因閹宦當道，朝政腐敗，棄官歸田。永曆二年

（1648）春，姜瓖在大同起兵反清，李虞夔散盡家財招募義勇軍參戰，收復潼關及蒲、解二州。清軍反攻，兒子李弘戰敗投崖死，虞夔奔陝西。永曆四年（1650）被查獲，不屈遇害。賈鶴年，《清屯第三疏》載曰："内如長安縣知縣賈鶴年，清操軼俗，催徵有法。首先報完夏課，以爲諸有司之倡。"其他不詳。

　　[五] 洪承疇、孫傳庭著各降二級：清谷應泰《明史紀事本末》卷七十五《中原群盜》："（崇禎十一年）四月丙申，奪總督洪承疇尚書爵，仍以侍郎總督總兵。左光先、曹變蛟並奪五級，限五月盡賊。"《明史·孫傳庭》："傳庭兩奉詔進秩，當加部銜，嗣昌抑弗奏。十一年春，賊破漢陰、石泉，則坐傳庭失援，削其所加秩。"

題潼關設險合兵疏

　　題 "爲設險乃能據險，合兵即以增兵，謹請留用工軍，改移營將，以固岩關以明責成事"。

　　崇禎十一年二月初八日，據潼關兵備道按察使丁啓睿呈詳到臣。卷查十年十一月三十日，准兵部咨，該臣奏爲遵旨查奏事。該本部覆題：十月三十日奉旨："李燁然專轄地方①，任賊闌入，漫無扼禦，豈得以不繇潼關輒議調用，著革職。賊出入既不必繇關，以後堵禦作何？責成該督撫詳查確議具奏，不得朦涸。欽此欽遵。"

　　抄出到部，移咨前來，已經備行潼關道查議去後。十二月十二日，據該道呈詳，隨即移咨督臣會議去後，今准咨復前來。

　　該臣看得潼關夙稱天險[一]，比來賊騎衝突惟意，豈河山形勝忽異？則以控扼需人，今不古若耳。查關城之南，有平野四十里，直抵南山之麓，爲南原，與豫之閿鄉壤地相錯[二]，寥闊漫衍，實賊往來孔道。賊入秦出豫，率從此奔竄。此外，依山傍塹，有徑可

---

　　① 李燁然專轄地方：據《四庫全書》本，咸豐版《孫忠靖公遺集》《孫傳庭疏牘》"李燁然"作"李煜然"。

行者謂之峪，豫、秦處處爲鄰，而處處皆山，處處皆峪。然繇豫入秦之峪，其通商雜道地方者，紛紜不可指數。其通潼關道地方者，則惟葱峪、甕峪、蒲峪、潼峪、蒿岔五峪通華陰；峒峪、喬峪、構峪、石堤四峪通華州[三]。第使南原四十里之罅漏一塞，則陰華之九峪俱有一夫當關之勢，而關門一帶節節皆成難踰之險矣。臣又查南原四十里，俱下臨禁溝，深峻可憑，故臣與潼關道臣丁啓睿籌畫經年，議於原上建三堡，堡與堡相距約十里，各屯步兵二百名扼守聲援。又置一十五墩，墩與墩相距不三里，各宿火器手二十名，俾憑高擊打，火炮之力彼此相及。其堡若墩，俱傍禁溝築建，又將溝旁樵牧小徑剗削壁立。但堡墩先完，各於前數置兵於內，賊即有十萬之眾，必不敢迫近溝下。此臣所謂設險乃能據險也。今墩已修完八座，臣又發屯課三百兩，檄該道嚴督夫役併工修築，刻日可以通完。

惟是三堡之創工費頗多，該臣議將潼關衛本年應撥延寧鄜州班軍一千二百一十八名暫留一年，以自爲計。在延寧不過免催一年逋欠之班價，而可使全省咽喉之地金湯永固。想延寧共濟有心，或亦必許留不靳也。至設險既周固，可無需多兵。然此堡兵六百，墩兵三百，在不可少。除墩兵即以衛卒撥用，其堡兵六百專令伏險邀擊，非邊丁不可。查關門有見在夷漢丁僅五百名①，即盡充堡兵。尚少一百名，又自堡兵而外，如別無一兵，非所以建威消萌，故臣欲共設兵一千二百名，原不爲多。

然當此單虛匱竭之時，縱兵可另募，餉從何出？臣查先年因寇起延北，設有韓部營兵。除先撥關門三百即在今五百之內，又因防餉不敷，陸續逃亡調用者未行招補，今止存三百二十名。又馬蘭防兵亦因備禦延寇而設，俱系邊丁，除逃亡調用外，尚存一百

---

① 查關門有見在夷漢丁僅五百名：據《四庫全書》本，咸豐版《孫忠靖公遺集》《孫傳庭疏牘》“見”作“現”，“夷漢”作“漢土”。

名；今延北寧息①，兩地又俱非重地，臣於馬蘭且另撥有屯兵往守。此兩地之兵俱應歸併關門，合之關門夷漢丁共九百二十名②，再於潼關衛兵内撥炮手二百八十名，共足一千二百名，以馬兵六百當關，步兵六百居堡，俱付王永祥統領，以其營改爲潼關營，以該將改爲潼關營參將，則不煩增兵而關門自不患兵寡矣。此臣所謂合兵即以增兵也。

查王永祥原銜係以遊擊署參將[四]，該將資俸已深，勤能練達，屢有戰功，應改爲實授參將，則該將感恩圖報，凡可爲岩關効竭者，當益無不殫之力矣。夫如是則天險以人謀增勝，非徒有山河百二之名。兵威以地利益雄，居然成虎豹當關之勢。自今而後，賊乃不敢正視關門。倘或更有窺逞，該道將自當併力堵禦，務令匹馬不得闌入。脱致疎虞，該道將不能辭其責。然或賊從内出，則難概爲苛求。蓋我據溝設險險俱在外不在内也。

凡内出之賊，必先據南原，非墩堡所能禦。且賊衆動稱數萬，亦非墩堡之軍所能格。又各峪之徑自内抱堵固易爲力，若賊原在内，我即有百十戍守之卒，站立且難，尚望其扼堵乎？若該道將能出奇擊剿，即當據功論叙。至道臣丁啓睿締造籌畫，爲重地永遠計，尤備極苦心，應俟堡工通完，查覈優叙。至於商雒賊入之路，不啻萬徑千蹊，實窮於扼堵無方，則所以責成商雒道者，惟有預偵早報，嚴守城池，以待援兵之至而已。臣謹會同督臣洪承疇合詞具題，伏乞垂鑒。爲此謹題。

崇禎十一年三月二十九日奉旨："該部看議具奏。"

---

① 今延北寧息：據《四庫全書》本，咸豐版《孫忠靖公遺集》《孫傳庭疏牘》"寧"作"靖"。

② 合之關門夷漢丁共九百二十名：據《四庫全書》本，咸豐版《孫忠靖公遺集》《孫傳庭疏牘》"夷漢"作"漢土"。

【箋證】

[一] 潼關夙稱天險：潼關，古稱桃林塞。東漢時設潼關，故址在今陝西省潼關縣東南，處陝西、山西、河南三省要衝，素稱險要。北魏酈道元《水經注・河水四》："河在關內，南流，潼激關山，因謂之潼關。"唐杜甫《北征》詩："潼關百萬師，往者散何卒。"

[二] 與豫之閿鄉壤地相錯：閿鄉，今河南靈寶縣有閿鄉村。秦初爲胡關地。西漢置胡縣，武帝建元元年（前140）更名湖，屬京兆尹（在今西安市）。東漢建武十五年（39）屬弘農郡。三國、魏、晉仍舊。北周明帝二年（558）在原湖城縣舊址置閿鄉郡。隋開皇三年（583），廢閿鄉郡。唐武德元年（618），改鳳林郡（原弘農郡）爲鼎城移治閿鄉。明洪武元年（1368）閿鄉屬河南府，繼改屬陝州，移治於唐湖城縣舊址。民國閿鄉初屬豫西道。1954年6月，閿鄉合併於靈寶。1959年黃河三門峽水庫攔洪蓄水，閿鄉人一支移民敦煌，一支移至關東，留下者移至今地閿鄉村。

[三] 華州：今陝西省渭南市華州區及周邊地區，因州內有華山而得名，轄境屢有變化。華州前據華山，後臨涇渭，左控潼關，右阻藍田關，歷來爲關中軍事重地。

[四] 查王永祥原銜係以遊擊署參將：王永祥，傳庭集中屢見。其他文獻少見。唯《陝西通志》卷八十二《紀事第七》提到："（崇禎八年）夏四月洪承疇督兵入關討賊……五月甲寅曹文詔夜至五峪……劉成功及遊擊王永祥往東南，遏其北走。賊夜渡河走郿縣。"

報合水捷功疏[一]

題"爲官兵出奇扼要恭報捷音事"。

臣提標下副將王根子等兵[二]，馳赴慶陽征剿六隊等賊，先檄監軍僉事張京督遊擊崔重亨、吳國偉兵從西緊躡賊後，又檄監軍僉事王文清督副將盛略、趙大允兵赴中郞埋伏於前[1]，檄定邊副將柳汝橒從北面堵截夾剿[三]。三月十七日夜，臣抵慶陽。據報賊老營奔東北水飯臺，吳旗營賊撥精兵尚在馬嶺潘家寺。臣傳令各兵秣馬，的於十九日平明進兵。十八日，據副使鞠思讓報稱：監軍道督崔重亨、吳國偉二將尚在萬安監。是夜臣率各兵肅隊前往，約四鼓將近阜城，又據報：賊營已移閻家嶺。臣恐我兵疲勞勢難追擊，又以崔、吳二將尚在萬安監，距曲子驛二百餘里，不能遽至，因將兵馬撤伏阜城歇息，擬俟二十日進剿[2]。十九日卯時，據曲子驛稟報：崔、吳二將兵馬於十八日二鼓抵曲子驛，十九日進兵。臣即督副將王根子、參將鄭嘉棟、遊擊李國政等兵馳赴夾擊。我兵窮追六十里，賊奔東北訖。臣將步兵屯阜城，二十日帶馬兵至慶陽探賊所向，另圖進剿。

二十二日，據監軍張京塘報：本職奉總督軍門牌委監遊擊崔重亨、吳國偉，統領馬步官兵一千三百餘員名，於二月二十六日，自禮縣起程，赴平固追剿六隊等賊。三月十二日，師次鎮原，嚴督崔、吳二將兵馬扼險設伏，驅賊東奔，毋使西折，以便大兵就近夾剿。職思賊在曲子驛，若我兵直抵府城，則賊必西奔。遂於十四日改繇萬安監接。據慶陽府塘報內稱：賊在環縣地方曲子驛馬嶺河攻堡搶糧，久屯不去等情，職思該監離賊營尚二百餘里，路險溝深不宜趨利，遂與二將等商議，令於十八日五鼓起行，直抵賊營。十九日平明交鋒，賊精健五六百騎倚險迎敵，鏖戰多時。賊且戰且却，誘我深入。官兵已追殺三十餘里，恐墮賊計，乃始收營。當陣斬賊首級，奪獲大旗盔甲馬匹。賊本日即東奔柔遠川等情，臣度賊雖東遁，東邊一帶人烟斷絕，無可搶掠，恐賊乘我

---

① 又檄監軍僉事王文清督副將盛略、趙大允兵赴中郞埋伏於前：據《四庫全書》本，咸豐版《孫忠靖公遺集》《孫傳庭疏牘》"趙大允"作"趙大胤"。

② 擬俟二十日進剿：據《四庫全書》本，咸豐版《孫忠靖公遺集》《孫傳庭疏牘》無"進"字。

官兵在西，或南奔合水，出犯三、淳。遂一面發參將鄭嘉棟統兵馳赴華池襄樂堵截，一面發參將王根子、遊擊李國政、都司張文耀各統兵馳赴合水擊剿。

二十四日至合水青岡原，遇賊大戰。賊敗東奔，臣一面檄令副將盛略、趙大允兵迎頭截殺①，一面檄李國政、王根子等兵尾賊緊促窮追。

二十六日，忽報過天星、混天星等賊自階文透出成徽，突至寶雞。臣聞警即調李國政、王根子、鄭嘉棟俱撤兵馳赴鳳寶截剿，又調參將解文英、遊擊王萬策俱赴臣軍協剿。其六隊之賊，仍檄崔、吳二將兵從西尾追。又檄盛、趙二將兵從東堵禦。臣於二十七日自慶陽，繇華池先統鄭嘉棟兵南發，復檄李國政、王根子星馳赴援，臣已塘報閣部，併合水捷功附報大略訖。本日，據報三月十九日追賊遠遁，死賊忽東忽西②，各處竄奔。

二十四日巳時，官兵至合水縣[四]，隨據鄉民報稱：賊從羊圈溝蜂擁前來，前隊已過黃家崖窯，離縣城二十餘里。馬兵從旁抄撲，三路齊攻，死賊大潰③。各路官兵追殺二十餘里，至青岡原龍王廟，當斬獲賊級、生擒活賊、奪獲盔甲戰馬。隨有賊數千接戰，迭相迎殺，自午至酉，我兵奮勇戰經百合。群賊調聚各山精悍，設伏誘敵，我兵鼓勇直前，當陣砍殺馬上精賊數人，旗幟盔甲弓刀馬匹全獲，死賊披靡④。我兵乘勝又追十餘里，夷漢兵丁追砍射

---

① 盛略、趙大允兵迎頭截殺：據《四庫全書》本，咸豐版《孫忠靖公遺集》《孫傳庭疏牘》"趙大允"作"趙大胤"。

② 死賊忽東忽西：據《四庫全書》本，咸豐版《孫忠靖公遺集》《孫傳庭疏牘》"死賊"作"賊衆"。

③ 死賊大潰：據《四庫全書》本，咸豐版《孫忠靖公遺集》《孫傳庭疏牘》"死賊"作"賊衆"。

④ 死賊披靡：據《四庫全書》本，咸豐版《孫忠靖公遺集》《孫傳庭疏牘》"死賊"作"賊衆"。

賊落馬者數十①，當陣斬獲首級無算。前後一日五陣，追殺三十餘里，我兵全勝收兵回營，於戌時回至合水縣。查得都司孫鑒等斬獲老營隊賊混名三隻手等首級六顆，新營副將王根子標下守備張大成斬獲小頭目飛山龍首級一顆，中哨都司趙祥斬獲上天虎首級一顆，千把總王加棟等一十九員各斬獲強壯賊首級一顆，夷丁毛哥則等斬獲老管隊、黑虎賊、混世龍、小天神、二天王首級各一顆，紅藍旗材官夷丁明罕等一十五名各斬獲強壯賊首級一顆②，新營副將王根子標下都司趙祥等奪獲大天王長子雷神保年十二歲，次子三家保年五歲，奪獲賊婦盧氏、常氏、劉氏、張氏。遊擊李國政標下守備李文奎等斬獲強壯賊首級八顆，把總吳養純等斬獲管隊賊飛龍、賊頭鑽天龍、老夜不收、張飛等首級各一顆，隨征都司守備路哱囉等二十一員各斬強壯賊級一顆，監營遊擊張承烈標下親丁張應太等五名各斬強壯賊級一顆，都司張文耀等斬獲上天虎、不着地、小鷂子首級各一顆，周永圖等一十八名各斬獲強壯賊首級一顆，材官范廣等擒獲活賊三名，李敬等奪獲賊婦陳氏、王氏。

以上各營官兵，斬獲有名賊頭首級並強壯精賊首級共一百五顆，生擒活賊三名，賊婦六口，賊子二名，俱押送合水縣查驗明確，取有印結在卷，所獲鐵盔甲二十二頂副，綿盔甲六十一頂副，弓箭刀共四百二十件，驗明仍付原獲兵丁收執。各營共獲馬騾三百餘匹，分別給賞有功員役各等情到臣。

三十日，臣行次邠州，據報過、混等賊已過興咸，臣先因標下贊畫司務陳繼泰統兵漢南疏棧報歸，即檄本官統民兵二千名赴口

---

① 夷漢兵丁追砍射賊落馬者數十：據《四庫全書》本，咸豐版《孫忠靖公遺集》《孫傳庭疏牘》“夷漢”作“漢土”。

② 夷丁毛哥則等斬獲老管隊、黑虎賊、混世龍、小天神、二天王首級各一顆，紅藍旗材官夷丁明罕等一十五名各斬獲強壯賊首級一顆：據《四庫全書》本，咸豐版《孫忠靖公遺集》《孫傳庭疏牘》以上兩處“夷丁”均作“土丁”。

子鎮扼防六隊等賊出犯涇、三。嗣因各賊殺敗東遁，臣復檄本官
統兵赴涇河上下渡口堵截。混、過各賊去後，續據各縣報賊已至
涇、三。時王根子兵次政平，李國政兵次寧州，臣令鄭嘉棟之兵
改繇淳化截徑，於四月初一日先赴三原。臣催王根子兵亦繇淳化，
於初四日抵三原。

　　據陳繼泰塘報：三月二十九日丑時，探至南原，有賊騎二百
餘，已到涇陽縣之南渡。職親督官兵截之於信和堡，與賊相遇，
當陣斬獲强壯首級七顆，活擒一名，奪獲婦女二口，馬騾驢一十
六匹，頭盔甲一副，弓刀十三件，箭刀銃炮所傷無數等因。又據
各縣報：賊從高富東奔，臣先於沿途一面檄催參將解文英、遊擊
王萬策從商雒作速前來，一面調原任參將朱國棟、田時升統在省
銃炮手一千五百名赴軍前，俟各兵齊集，即隨賊所向合圖大剿。

　　該臣看得六隊、大天王、混天王、爭管王等賊，與闖將、過天
星、混天星等賊自秦入蜀，飽掠同歸。而六隊自負精强，惡爲闖
將所軋，因先度陽平、走略陽、歷禮伏、越平固，直抵慶陽，將爲
久屯之計：以其地有糧可因，且險足踞也。臣自聞賊東犯，即申
約道將，分汛責成，誓圖剿滅。比東西兩川之聚結，報探稍真，臣
一面檄監軍張京督遊擊崔重亨、吳國偉兵，又擇總兵張天禮所部
精銳益之，俾從鎮原一帶張勢東逐。一面檄監軍王文清統副將盛
略、趙大允兵①，俾從中宜一帶鼓銳西截。又一面檄定邊營副將柳
汝橒率該營精銳塞其北遁之路，臣親督中軍鄭嘉棟、遊擊李國政、
原任副將王根子、都司張文耀等兵，出淳、三、寧、真徑撲慶陽迎
擊。臣於十七日夜四鼓，率各兵入慶陽府城。於十八日傍晚發兵，
約十九日早可至賊所剿殺。及行逾夜半，將近皁城，而守弁郝光
顯報稱：賊營又北徙三十里。臣念各兵遠涉已勞，若趨利於百三

――――――――――

　　①　盛略、趙大允兵：據《四庫全書》本，咸豐版《孫忠靖公遺集》《孫傳
庭疏牘》"趙大允"作"趙大胤"。

十里外，恐犯兵家之忌。又崔、吳兩兵不能齊集，因撤各兵暫憩皁城。不意崔、吳二遊擊是日於二百里馳至，突逼賊壘，遂與接戰。臣迅發各兵應援，乃兵未至，而賊已望塵奔矣。僅二遊擊斬賊二十七級，稍挫其鋒，猶未大創。賊奔之後，據險不出，累據偵役，報賊精兵猶出没西川，而老營則已密移東川。臣慮賊欲賺我兵於西，却繇東川疾走三、淳，乘隙剽掠。臣遂檄監軍道張京仍督崔、吳厲兵以毖西邊之防，而以鄭嘉棟兵發華池，以李國政、王根子兵發合水，偵賊南向，即縱兵截擊。比李國政等兵方至合水，忽報賊果結隊而南矣。兩將能謀善戰，決機迅敏，當即申嚴軍令，奮臂先登。而都司張文耀素懷忠義，復經樞部敘陞，期以死報，與兩將聯鑣同進，又各率所畜夷降丁健①，驍勇絕倫，故能迎頭苦戰，冒險窮追，殲對壘之窮兇，執渠魁之孽子。雖功級僅百餘，然皆馬上精賊，較襲零尾後，掩殺被擄脅從，豈但一可當十！至所獲二孽，俱皆賊首大天王之愛子，乃悉爲我俘，則我師之勇奮，與賊眾之狼狽，固可知已。夫賊當掠蜀新歸，兇鋒烈焰不可嚮邇，諸將之捷，使我氣振而賊魄奪，即內地風鶴之人心，亦有所恃以無恐。其有造於風雨漂搖之危秦，殊非淺鮮！衡功論敘，似不宜較量於功級之多寡矣！王根子善用蕃丁，此戰尤最得蕃丁之力②。所擒大天王二子皆其部下官兵，厥功居首，本官曾經題參擬戍，尚未部覆，後以擒闖功，奉旨另案酌議，今應行免議，量與湔除。李國政瀝血誓眾，殫力殫心，且此戰之分合有法，始終不懈，實賴有國政爲之指麾，相應優敘。張文耀率偏師一枝，能與二將分路齊驅，勇氣無前，亦應並敘。其原獲雷神保之趙祥、胡椒大王之孫成才，與督陣當先衝鋒斬級之兵部差官施應堂、都

---

①　又各率所畜夷降丁健：據《四庫全書》本，咸豐版《孫忠靖公遺集》《孫傳庭疏牘》"夷"作"土"。

②　王根子善用蕃丁，此戰尤最得蕃丁之力：據《四庫全書》本，咸豐版《孫忠靖公遺集》《孫傳庭疏牘》以上兩處"蕃丁"均作"土丁"。

司守備孫鑒、郭鳴鳳、崔應舉、任國柱、王加福等，各營守備千把總張大成、李文奎、李秀、張鵬翼、李國愛、苗大勝、劉友元、賀登第、吳養純、范廣、許成光等，蕃漢兵丁毛哥則、卜桑、顧高遷、孫世才、卜卜户、白光明等，亦應並叙①。至遊擊崔重亨、吳國偉星馳赴敵，突爾一戰，實爲各將之前驅。中軍鄭嘉棟、都司張一貴與隨征都司李世春，派伏南路，雖未與戰，勞不可泯，亦應紀録。監軍道臣張京，度賊去向如在目中，而往來邀擊，宵征露處，備極勞苦，併應紀録示勸。定邊副將柳汝檟曾經檄調未到，或因道梗。至都司郝光顯，始雖探賊未確，繼能親尾賊後，得賊情形，不時馳報，俱應免議。其獲功官兵與對陣被傷兵丁，容臣動屯課銀兩，逕行賞恤。至賊既東竄，臣查邵莊、隆益一帶荒苦至甚，毫無可掠，隨檄李國政與王根子裹五日糧緊促賊後。臣又預設盛略、趙大允兩兵於鄜、延，候賊夾擊。臣私計此賊業入穀中，或即其應滅之時。臣忽以鳳、寶告警，牽臣以不得不顧之内地，無奈撤兵而東。

鳳、寶之賊爲過天星、混天星兩大股及邢家米、闖將兩小枝，乘臣在慶，即星夜奔突，徑越涇、三，今且渡雒河犯同澄。蓋及臣未至，欲先據黃龍山爲逃死地。臣隨飛檄司務廳陳繼泰扼守涇河，毋縱賊渡。第賊風馳雨驟，又眾寡相懸未易截堵，尚在可原。臣草疏已畢，又據監軍道王文清塘報：六隊、大天王、爭管王等賊圍攻甘泉縣，盛、趙二將統兵馳援，至甄家灣與賊對敵。把總王萬虎斬獲首級一顆，塘馬守備張守艾等又生擒賊塘一名抓地虎，中哨守備張登朝生擒爭管王兒子小黃鷹，餘賊奔潰，立解縣圍。又招出領哨賊頭一名滿山紅，管隊一名小黑鷹，救獲被擄難民張

---

① 蕃漢兵丁毛哥則、卜桑、顧高遷、孫世才、卜卜户、白光明等，亦應並叙：據《四庫全書》本，咸豐版《孫忠靖公遺集》《孫傳庭疏牘》“蕃漢”作“漢土”。

希春等一十五名。查賊因鄜東有兵，遂從西原遠走。及聞鳳、寶告警，追兵撤赴內地，賊徑圍甘泉，旋被官兵衝擊北遁等情。又據監軍道張京塘報稱：賊見在鄜州、西原，知鳳、寶有警，本院大兵調回，惟趙、盛兵在鄜州。賊准備打仗，職兵自西，賊不堤防，機會可乘，擬不至鄜州，俟至張村，若有路可抵賊營，則密會王監軍訂期夾剿等情。臣仍檄該二道相機期會夾剿。去後又據延安府報稱：大天王的名高見，係延長縣人，於四月初一日到雒河地方。卑職將王副將擒獲大天王兒子二名情繇，寫帖招諭。去後，隨據大天王稟稱：小的因饑寒所迫，求生無路，今王副將將小的嬰兒收住：一名雷神保，一名三家保，未知存亡。既然有命，懇乞本府轉報，將小的兒子送出一個來，相見一面，必然就撫等情。臣相機操縱，如果渠寇大天王悔罪輸誠，實心乞命，即准收撫。陣擒孽子給渠收養，再照臣計前後東犯之賊約十之八九，其未東者獨八隊闖將一股，及闖王餘孽中斗星一股，此外無可指數之寇。夫此寇非即破蜀郡邑之寇乎？今獨以臣當之，臣兵自甘兵而外，未嘗另分邊鎮一旅。臣餉户部原議短給臣四萬，而蜀餉又毫未解至，乃臣之兵尚堪支賊，臣之餉尚堪支兵。臣在昔或屬空言，今一一皆可明試。臣惟有殫竭臣愚，以盡臣仰報天恩於萬一耳①。

再敢冒陳者：臣之兵分防協擊者也，乃使之兼防獨擊，豈臣所敢諉却？倘旦夕各總鎮念臣孤危，鼓義東援，乃臣之至願。然而必不能遽至也，即一二月內或至，而兵又疲，賊又遁矣。向臣請與督臣分地分兵，東西分剿，度兵力賊情必應如此。時樞臣楊嗣昌迫欲滅賊，以西安無賊，恐臣意在規避。其所舉以責備臣者，實疆臣之通病。且臣奉有不得分畛畫疆之諭旨，固未敢更有瀆陳。今賊之大勢八九在東，止闖將一股在西，以四總鎮及各副將參遊

---

① 以盡臣仰報天恩於萬一耳：據《四庫全書》本，咸豐版《孫忠靖公遺集》《孫傳庭疏牘》"盡臣"作"勉圖"。

之全力圖之，自應刻期殄滅。其東邊之賊紛紜正甚，殲除量非易易。臣今復申前請，自與規却無涉，伏乞聖明速敕該部覆議。賊勢雖盡在東，督臣剿滅闖賊之後，不必盡發各總兵於東，臣止願分一鎮，携原食剿餉東援，其餘兵將盡在西暫時休息，俟臣將各賊驅剿西逭，督臣即督西兵迎頭急擊。即不能使賊盡滅，又必驅之使東。倘賊復東折，臣仍以臣兵及一總鎮之兵迎擊於東，即不能使賊盡滅，仍必逼之使西。而督臣仍以西兵迎擊，如是則我静賊動，我逸賊勞，我飽賊饑，往還數次，使賊疲於奔突，而自不可支矣。至應分汛地，或即照臣前疏區畫。或樞部另爲酌議，其應分東援之鎮，必應於曹、左兩鎮擇撥一鎮。以兩鎮之汛地兵馬皆與臣尚相關涉，臣調度爲便也。臣向以尾賊，亦可滅賊。第視尾賊者如何人耳。今尾賊諸將官，且忽失賊之處，賊何能滅也？故臣又謂滅賊要着必應如此，如第與賊俱鶩，臣不知奏效何日矣。伏乞聖鑒施行，爲此具本謹題。

　　崇禎十一年四月初七日具題，五月初二日奉旨："該部看議速奏。"

【箋證】

　　［一］崇禎十一年二月到三月剿寇情況的報告，主要涉及三場戰事：三月十九日之慶陽曲子驛之戰，二十四日青岡原之捷，二十九日涇陽信和堡之戰。

　　［二］臣提標下副將王根子等兵：按王根子，孫傳庭手下標將。吳偉業《綏寇紀略》卷三《真寧恨》："秦故有承疇所留兵五千人，左光先、艾萬年、靳桂香、吳弘器、趙光遠備他郡。而王錫命王根子（原注："根子係撫臣標將"）專駐西安。"孫傳庭敗死後，李自成破潼關，再攻西安。王根子獻城投降。《明史馮師孔傳》："無何，傳庭敗績於南陽，賊遂乘勝破潼關，大隊長驅，勢如破竹。師孔整衆守西安，人或咎師孔趣師致敗也。賊至，守將王根子開門入之。十月十一日城陷，師孔投井死。"

　　［三］檄定邊副將柳汝檁從北面堵截夾剿：定邊，今屬陝西榆林市，位其最西端，陝甘寧蒙四省（區）七縣（旗）交界處，"東接榆延，西通甘涼，南鄰環

慶，北枕沙漠，土廣邊長，三秦要塞”。明初在定邊地區設立軍政合一的衛所，隸屬陝西布政司延安府和慶陽衛。明中葉，定邊屬延綏鎮，定邊營駐參將，領永濟等十三營堡爲西路，嘉靖四十二年（1562）置延綏鎮西協副總兵，駐定邊營城。主要爲抵禦蒙古族侵擾。清雍正九年（1731）置定邊縣，安邊設州同，隸屬榆林府。柳汝標，不詳待考。

[四]官兵至合水縣：合水縣，今屬甘肅省慶陽市，位於甘肅省東部。東鄰陝西省富縣，西與西峰區、慶城縣相連，南與寧縣接壤，北靠華池縣及陝西省志丹縣。隋開皇十六年（596）設合水縣（治在今慶城）；仁壽二年（602）設華池縣；義寧元年（617）設樂蟠縣。唐武德六年（624）增設蟠交縣；天寶元年（742）改蟠交縣爲合水縣。宋熙寧四年（1071），廢樂蟠，地域歸合水。金、元、明、清皆歸慶陽府轄。

報寇孼率眾投撫疏[一]

題“爲寇孼率眾投撫，謹報解散安插確數，以祈聖鑒事”。

先於二月二十九日，據監軍道僉事王文清塘報[二]：賊首一朵雲等四名率眾投撫等情。據此，臣一面檄行監軍商、雒二道，仍行山陽縣審察[三]。如投撫果真，即令解散安插。已於三月初三日塘報閣部訖。今於四月初五日，據山陽縣知縣常吉申報，又據商雒道副使邊侖塘報各到臣①。該臣看得山陽地方與上津接壤，一朵雲等盤踞上津六郎關一帶[四]，出沒肆掠，於商、雒爲卧榻之賊。一爲官兵追迫，輒遁入商、雒，其視商、雒又逋逃藪也。自秦兵駐防商、雒，賊營窟之計已窮，而遊釜之勢日促，故其化豺狼爲鴻雁，易牛犢以劍刀，豈真悔罪慕義？蓋實無可奈何，此正樞臣楊嗣昌所謂形格勢禁之明效也。第恨荒山兵難久處，又秦寇殊多，臣以有數之兵隨賊四應，不能逐日守山，然有此五百人之投戈，則我兵數月之苦守，非徒然矣。今據該縣册報招撫過共五百一十

---

① 又據商雒道副使邊侖塘報各到臣：據《四庫全書》本，咸豐版《孫忠靖公遺集》《孫傳庭疏牘》無“塘”字。

九名，內解散歸各原籍者一百九十七名，見在該縣給田耕種者三百二十二名，造具姓名籍貫清册前來，固可無虞反側，永保輯寧矣。其在事監軍道王文清、商雒道邊僉、山陽縣知縣常吉，應請議叙。其差委員役小王虎、劉應祥、史邦遂、楊世重、張秀等，臣酌量給賞外，伏乞聖鑒，敕部施行。爲此具本謹題。

　　崇禎十一年四月初七日具題，五月初四日奉旨："該部知道。"

【箋證】

　　［一］對民軍"一朵雲"部五百餘人投誠者的安排情況，及對有關人員的獎賞請求。

　　［二］監軍道僉事王文清塘報：《陝西通志》卷二十三《職官三》："王文清：山西永寧人，潼關兵備道。"《明史·孫傳庭傳》："明日擐甲而出，得文燦檄於途中曰：'毋妬吾撫功。'又進，得本兵嗣昌手書亦云。傳庭快快撤兵還。然賊迄不就撫，移眽商雒。文燦悔期，傳庭夾擊，屬吏王文清等三戰三敗之。賊奔內鄉、淅川而去。"

　　［三］仍行山陽縣審察：山陽縣，參《移鎮商雒派防汛地疏》"出山陽則達鄖、房"。

　　［四］一朵雲等盤踞上津六郎關一帶：上津，今湖北鄖西縣上津鎮。南朝梁大同四年（538），建上津縣，屬上津郡。唐朝武德元年（618）改郡爲州，上津縣改屬商州。北宋以錫義山之西爲上津縣，隸商州，屬永興軍路，以東爲鄖鄉，隸京西南路。南宋劃上津歸金州，屬利州路。元代省上津縣爲上津鎮，隸商州。明洪武八年（1375）復置上津縣，屬襄陽府。清順治十六年（1659）省上津入鄖西，屬鄖陽府。今湖北鄖西縣上津鎮內有上津古城遺址，建於明洪武初年，嘉慶七年（1802）復修。六郎關，明萬曆《鄖陽府志》卷二十："楊六郎關，（上津）縣南六十里。"卷十七："六郎關渡，（上津）縣南六十里。"卷六："上津縣，觀軍嶺，縣南十五里，楊六郎與蠻王對壘，在此觀軍。"

報澄城捷功疏[一]

　　題"爲大寇合股東犯，官兵齊力奮剿，仰仗天威，恭報奇捷事”。

照得大寇過天星等自鳳、寶東犯[二]，直越涇、三、富、同，在澄城縣地方搶掠[三]。臣先於慶陽聞警，馳回追剿。料賊欲倚黃龍山盤踞爲害[四]，臣親提官兵夜渡雒河，馳至澄城，分兵五路，按期進發，於四月十三日在楊家嶺、虎兒田、馮原等處大戰獲捷[五]，斬級千餘，生擒活賊及奪獲男婦盔甲器械馬騾無筭。先於陣前差報部科訖。

今於本月十九日，據潼關兵備道丁啓睿、監軍道王文清塘報，准副參遊都鄭嘉棟等牒報：三月二十六日，過天星等大夥自蜀入秦，突犯鳳翔。蒙撫院與按院檄，令監軍道督副將趙大允、盛略兩營官兵從間道南下①，一面督率鄭嘉棟、李國政、王根子、張文耀等營各官兵，前往鳳翔迎頭截殺，兼程馳至邠州。據報賊已過涇、三；一面檄調原任參將解文英、遊擊王萬策各統駐防商雒之兵，同管餉西安撫民同知王明福前來合剿。撫院復繇三水、淳化至蒲城，賊已繇同州地方晉城渡雒河，意欲盤踞黃龍山一帶搶掠。賊倚北山爲營，須於東西兩面併正南一路會兵齊進，方可制勝。隨檄監軍道督甘兵自中部宜君，繇白水徑抄黃龍山，先據險要以扼賊路。復檄潼關道督潼關精勇營，自朝邑馳赴澄城合剿。令原調商雒駐防遊擊王萬策統領甘兵，併原任參將朱國梁統領屯兵，星夜馳赴黃龍山，與監軍道所統趙、盛二副將合兵。檄令贊畫司務陳繼泰統兵扼雒河，管餉同知王明福督參將解文英及田時升駐蒲、白，以防賊潰。撫院隨於初十日酉時，督領副參遊都鄭嘉棟等兵，自蒲赴澄，三更至雒河。蒙撫院不避危險，策馬先渡，各官兵聯絡過河，五更入澄城，兵馬盡伏城内，不許一人出入，以泄兵機。

---

①　令監軍道督副將趙大允、盛略兩營官兵從間道南下：據《四庫全書》本，咸豐版《孫忠靖公遺集》《孫傳庭疏牘》“趙大允”作“趙大胤”。

　　密探賊營住縣北沿山一帶馮原、劉家凹、劉家圪老、南北趙莊、上下彌家村、黨家莊、虎兒田等二十餘村①，首尾七八十里，烟火相望聯絡不絕，離澄城縣七十餘里。隨准監軍道移會鄭嘉棟等，併督趙大允、盛略兵繇白水趲行一百八十里②，亦於十一日寅時到黃龍山屯兵夾剿，約以鳴炮爲號。隨蒙撫院繪圖分兵四路，其黃龍山之兵專堵黃龍山一路，各照派定村莊，一齊剿殺。隨分馬步官兵八百七十員名，炮手五百，向東路剿殺武安村、高原村、雷村、寺莊之賊；分馬步官兵一千一百一十八員名，炮手二百四十有三，赴西路剿殺密石、南北趙莊、上下彌家村、黨家莊、溝西上下村之賊；又分馬步家丁八百二十一員名，炮手五百，分中路剿殺何家莊、羅家凹、楊家嶺、虎兒田、喬莊之賊；又分夷漢馬兵四百餘員名③，赴河西剿殺馮原、劉家凹之賊，督家丁一千五百八十三員名，從黃龍山約會夾剿。於十二日黎明，潛至賊所，申明號令。賊已知覺，將老營打發起身，惟留精兵迎敵④。職各官兵照依派定汛路村莊，一擁齊衝。死賊遁走，官兵乘勢追砍：參將鄭嘉棟，都司張一貴、李世春等從東抄殺，遊擊李國政、都司張文耀等從西路殺入，副將王根子、守備胡安等從中路殺入⑤，參將王

---

　　① 密探賊營住縣北沿山一帶馮原、劉家凹、劉家圪老、南北趙莊、上下彌家村、黨家莊、虎兒田等二十餘村：據咸豐版《孫忠靖公遺集》《孫傳庭疏牘》，《四庫全書》本“密探”前有“人”字。

　　② 併督趙大允、盛略兵繇白水趲行一百八十里：據《四庫全書》本，咸豐版《孫忠靖公遺集》《孫傳庭疏牘》“趙大允”作“趙大胤”。

　　③ 又分夷漢馬兵四百餘員名：據《四庫全書》本，咸豐版《孫忠靖公遺集》《孫傳庭疏牘》“夷漢”作“漢土”。

　　④ 惟留精兵迎敵：據《四庫全書》本，咸豐版《孫忠靖公遺集》《孫傳庭疏牘》“精兵”作“精健”。

　　⑤ 副將王根子、守備胡安等從中路殺入：據《四庫全書》本，咸豐版《孫忠靖公遺集》《孫傳庭疏牘》“中路”作“北路”。

永祥從河西馮原一路追殺。官兵力戰，死賊大敗①，官兵窮追逼賊老營。賊護老營益拚命死鬥，官兵齊力圍攻，當將賊老營衝開。副將王根子家丁池化受，將過天星親姊張氏擒獲，其餘擒斬射傷砍殺及落澗墮崖死者不計其數。

賊潰，徑向黃龍山奔遁，塵土障天。監軍道督副將趙大允、盛略、郭鳴鳳等同王萬策塘馬哨見塵起②，知大兵從東南殺來，即於馬上傳諭諸將士，務要勇往接殺。各官兵無不踴躍，直從黃龍山殺下，信炮相接。趙大允、盛略領官兵奮勇撲砍③。死賊驚見我兵從山頭殺下④，復向東奔。趙大允親執白旗領衝鋒官丁⑤，同盛略一齊赴殺，與李國政領李文奎、李國愛等兵會合一處，衝殺愈勇。死賊棄馬滾溝⑥，陣前喊稱：我過天星、混天星從來未喫此虧！乃復將各哨精兵傳合一處⑦，拚命抵當。

時已過午，各路又將新造白甲官兵直撲賊中砍殺，賊愈不能支，遂奔石堡川，又上射公山。五路官兵齊力趕殺，仰面上攻鏖戰。時已至申，遊擊李國政謂此戰必須穿攪賊營方可盡殲，即領

----

① 死賊大敗：據《四庫全書》本，咸豐版《孫忠靖公遺集》《孫傳庭疏牘》“死賊”作“賊衆”。

② 監軍道督副將趙大允、盛略、郭鳴鳳等同王萬策塘馬哨見塵起：據《四庫全書》本，咸豐版《孫忠靖公遺集》《孫傳庭疏牘》“趙大允”作“趙大胤”。

③ 趙大允、盛略領官兵奮勇撲砍：據《四庫全書》本，咸豐版《孫忠靖公遺集》《孫傳庭疏牘》“趙大允”作“趙大胤”。

④ 死賊驚見我兵從山頭殺下：據《四庫全書》本，咸豐版《孫忠靖公遺集》《孫傳庭疏牘》“死賊”作“賊衆”。

⑤ 趙大允親執白旗領衝鋒官丁：據《四庫全書》本，咸豐版《孫忠靖公遺集》《孫傳庭疏牘》“趙大允”作“趙大胤”。

⑥ 死賊棄馬滾溝：據《四庫全書》本，咸豐版《孫忠靖公遺集》《孫傳庭疏牘》“死賊”作“賊衆”。

⑦ 乃復將各哨精兵傳合一處：據《四庫全書》本，咸豐版《孫忠靖公遺集》《孫傳庭疏牘》“精兵”作“精賊”。

本官内丁二隊喊殺直入賊中，射殺穿紅蟒甲賊頭一名，死賊大潰①。時已至酉，鹹斬死賊千餘，滾跌及帶傷死者無算，餘賊哭泣逃奔，有不入大營，四散落草者亦不計其數。天色漸晚，乃鳴金收營。監軍道仍督趙大允等兵回黃龍山②，防賊暗竄白、富。各營收兵回營。

查得中軍參將鄭嘉棟所部官兵斬獲強壯賊級一百八十四顆，生擒活賊五十六名，奪獲馬騾五十五匹頭，婦女八口，鐵盔甲三十六頂副，綿盔甲一十九頂副，弓箭刀共六千一百三十五件。陣亡家丁宋學孔等四名，重傷家丁張英等九名，輕傷家丁王天柱、寧有德二名。

後左營遊擊李國政所部官兵斬獲賊級二百八顆，內官丁李文奎等斬賊頭目領哨老管隊一撮風等首級二十二顆，強壯賊級一百八十六顆，生擒活賊八十名，婦女十口。奪獲馬騾三百二十七匹頭，鐵盔甲四十二頂副，綿盔甲七十三頂副，弓箭刀一千二百一十四件。陣亡隨征把總一員王國武，夷丁一名薩奇勒③。

新營副將王根子所部官兵斬獲賊級二百二十九顆，內官丁王建都等斬賊頭目領哨老管隊虎頭大王等首級二十八顆，強壯賊級二百一顆，生擒活賊四十一名，婦女二十二口，奪獲馬騾三百二十匹頭，鐵綿盔甲一百五十頂副，弓箭刀三千四十件，陣亡夷丁阿桑等二名④，重傷官丁張一鳳等九員名，輕傷家丁一名。

中營都司張文耀官丁斬獲賊級六十二顆，內官丁范廣等斬領哨

---

① 死賊大潰：據《四庫全書》本，咸豐版《孫忠靖公遺集》《孫傳庭疏牘》"死賊"作"賊衆"。

② 監軍道仍督趙大允等兵回黃龍山：據《四庫全書》本，咸豐版《孫忠靖公遺集》《孫傳庭疏牘》"趙大允"作"趙大胤"。

③ 夷丁一名薩奇勒：據《四庫全書》本，咸豐版《孫忠靖公遺集》《孫傳庭疏牘》"夷丁"作"土丁"，"薩奇勒"作"撒兒計"。

④ 陣亡夷丁阿桑等二名：據《四庫全書》本，咸豐版《孫忠靖公遺集》《孫傳庭疏牘》"夷丁"作"土丁"，"二名"作"三名"。

老管隊青背狼等首級八顆，強壯賊級五十四顆，生擒活賊一十二名，婦女四名，奪獲馬騾七十三匹頭，大旗一杆，鐵綿盔甲五十五頂副①，弓箭刀一千四百六十件，鐵鞭一十一根。

潼關營參將王永祥所部官兵斬獲賊級一百二十七顆，內官丁艾登舉等斬賊領哨老管隊紅狼等首級九顆，強壯賊級一百一十八顆，生擒活賊三十一名，奪獲馬騾三十一匹頭，盔甲弓刀器械共三千三百一件。重傷官丁馬蛟麟等九員名，輕傷家丁李賢等七名。

澄城縣鄉兵斬獲賊級三十五顆。前右營副將趙大允所部官兵斬獲賊級八十二顆②，內官丁郭鳴鳳等斬賊頭目管隊明樓等三十顆。內守備趙完英斬級一顆，面刺"大王"二字。據生擒活賊黑鷹認識，係混天星哨頭，領三千人。強壯賊級五十二顆，生擒活賊二十四名，婦女八口。奪獲馬騾二百五匹頭，盔甲五十三頂副，弓箭刀撒袋共二千二百一十二件。重傷官兵張我耀等二名。

甘營副將盛略所部官兵斬獲賊級三十二顆。內官丁辛土、谷赤等斬賊頭目新天王等首級一十一顆，強壯賊級二十一顆。奪獲婦女二口，馬騾一百六十一匹頭，盔甲三十六頂副，弓箭刀器械俱全。陣亡家丁劉尚仁等六名。

甘營遊擊王萬策所部官兵斬獲賊級五十八顆。內官丁劉建勳等斬賊頭目下山虎等首級二十二顆，強壯賊級三十六顆。奪獲馬騾一十八匹頭，陣亡千總一員葛衛國，家丁一名李進。

監軍道守備朱貢瑞等斬級五顆，生擒活賊一名。奪獲馬騾九匹頭。

黃龍山守備賈奇珍內丁袁汝欽等斬獲首級一顆，生擒活賊一名。

① 鐵綿盔甲五十五頂副：原文爲"棉"，疑誤，似應同前後文作"綿"。
② 前右營副將趙大允所部官兵斬獲賊級八十二顆：據《四庫全書》本，咸豐版《孫忠靖公遺集》《孫傳庭疏牘》"趙大允"作"趙大胤"。

守備呂承誥斬級一顆，丘加遇斬級一顆。

以上各營通共斬級一千二十五顆。內據生擒活賊來虎、黑鷹等併賊婦認出：各營官丁李文奎等斬獲有名賊頭目領哨老管隊一撮風等首級一百三十顆，強壯賊級八百九十五顆。生擒活賊二百四十六名，俱當陣乞降。解驗審明，各給免死票，發回原籍。奪獲婦女五十四口，俱發澄城縣招諭親屬認領。其所獲功級驗明，發該廳縣收貯，仍取印結附卷訖。

各營奪獲馬騾一千一百九十九匹頭，馬匹堪用者，給兵丁准自備入營騎征。騾頭堪用者留營給價充官運糧。其馬、騾併驢不堪者，分賞有功併原獲及同隊同伍兵丁。各營共奪獲鐵綿盔甲四百六十四頂副，大旗一杆，鐵鞭一十一根，弓箭刀撒袋共一萬六千三百六十二件，仍令原獲兵丁收執，隨營應用。

陣亡後左營把總一員王國武，甘營千總一員葛衛國，各營蕃漢兵丁宋學孔等一十四名①。陣失併射死各營官馬三十一匹，自馬一十五匹，重傷官丁徐成等四十員名，輕傷官丁岳友才等十員名。重傷官馬一十八匹，自馬一匹；輕傷官馬六匹。等因塘報到臣。

該臣看得過、混兩寇眾盛精強，並稱雄於諸大寇之中，烈焰兇鋒，不可向邇。八年之覆曹帥，九年之陷俞帥，十年之衂祖帥，皆兩寇之爲也。今復掠蜀飽還，聲勢益橫，又有邢家米闖將等諸小股爲之羽翼②，乘徽秦夾剿之稍疏，遂繼六隊、大天王、爭管王、混天王之後分道東窺。知臣有事慶陽，輒直抵涇、三，及臣未返西安，遂飛越同、郃，屯紮澄城，將倚黃龍山爲負嵎地。臣聞警馳追，算賊倖中，以我兵先發據山，使彼眾計窮營窟。臣復提旅親征，銜枚密進，河山難渡，臣即率眾投鞭。曙色未分，兵已入城息

---

①　各營蕃漢兵丁宋學孔等一十四名：據《四庫全書》本，咸豐版《孫忠靖公遺集》《孫傳庭疏牘》"蕃漢"作"土漢"。

②　又有邢家米闖將等諸小股爲之羽翼：據《四庫全書》本，咸豐版《孫忠靖公遺集》《孫傳庭疏牘》"有"作"用"。

鼓。乃爲精選嚮導，細畫地形，分兵分寨，期於一網兼收①。爲衝爲援，毋令針芒或漏。嚴門禁以防預泄，得奸諜而破狡謀。二鼓出師，五路向賊。平原萬隊，既若輸地以來；高嶺一軍，又已從天而下。賊驚駭莫測，應接不遑，加以士卒盡選練之驍雄，號令遵申明之約束，故能奏功一鼓，斬首千餘，擒降累百，死傷潰散及所獲甲馬器械不可勝記。過、混二賊僅以身免，此實秦中剿賊以來未有之大捷也。非賴皇上聖武旁昭，神謀遠運，及朝臣計畫周詳，樞部指授盡變，與夫督臣同心共濟，按臣新任協恭，豈臣之區區所能辦也？臣受寄岩疆，奄及二載，無裨戡定，臣罪實深，臣不敢借此自贖②。至於在事道將，與行間材武，如不爲破格優異，恐無以作奮新之氣，而鼓樂効之心。故臣不得不以賞不逾時之曠典，仰懇皇上立沛恩綸，敕部甄叙。

如潼關道臣丁啓睿、分巡關內監軍道王文清俱應優叙。臣標下中軍參將鄭嘉棟，往來策應，所獲功級累累。後左營遊擊李國政，奮銳先登，誓以死圖報，身中七矢而鏖戰益力，且部下所獲功級最多。新營原任副總兵王根子，衝鋒破陣，功級獨多於各營。且合水之役俘獲大天王之二子，今又俘獲過天星親姊張氏。查張氏有夫混名二虎，子混名大星宿，俱以慣戰得名賊中，過賊倚之如左右手。張氏既獲，則過賊氣奪，而二賊皆可間之，使爲我用。

前右營原任副總兵趙大允設伏山上③，進兵悉如期會。潼關營參將王永祥，率關兵馳至獨分溝西，一路掩擊得勝，逼賊使就我夾擊，而獲級且多。

----

① 分兵分寨，期於一網兼收：據《四庫全書》本，咸豐版《孫忠靖公遺集》《孫傳庭疏牘》"分寨"作"分路"。

② 臣不敢借此自贖：據《四庫全書》本，咸豐版《孫忠靖公遺集》《孫傳庭疏牘》"自贖"作"自免"。

③ 前右營原任副總兵趙大允設伏山上：據《四庫全書》本，咸豐版《孫忠靖公遺集》《孫傳庭疏牘》"趙大允"作"趙大胤"。

中營都司僉書張文耀，所部降丁僅一百四十，而每戰必扼要爭奇。都司僉書張一貴擐甲臨戎，能使千人自廢。甘營副將盛略，提甘營馬步一千，雖獲級較少，然與趙大允聯鑣並進①，能無失夾剿之期。原任太平堡守備加銜遊擊王萬策，縣商雒遠至，兵不及食息，馬不及飼秣，即毅然隨剿，而獲級差多。

以上各將均應優叙。內王根子原任薊鎮馬蘭副總兵都督僉事，降三級，又因陝西剿賊題參擬戍，尚未部覆，前以擒闖功，奉旨另案酌議，昨合水捷功，臣已題請量與湔除。趙大允以原任陝西流曲副總兵②，題參遣戍，前以殲蝎功，部題奉旨戍案量與湔除。以上二員俱應量予復職。王萬策新經甘肅按臣糾參，奉旨提問，應照從輕量擬，俾殺賊自贖。張一貴前因藍田兵叛，奉旨戴罪剿賊自贖，應免戴罪。督陣兵部差官施應堂標下旗鼓都司王國棟，隨征都司孫鑒、郭鳴鳳，守備胡安、崔應舉，原任參將郭清，原任遊擊張承烈，分營督戰，鼓勇直前。內施應堂、王國棟、孫鑒、郭鳴鳳、胡安、崔應舉六員，應各加一級。郭清以原任寧塞參將被劾，奉旨提問擬徒，相應論功末減。張承烈以原任紅德城遊擊被劾，奉旨革任回衛，相應論功叙用。中營中軍李毓椿，千總劉吉、明臣，把總馬負圖③，後左營守備張鵬翼、李文奎，千總李國受、苗大勝、吳養純，前右營中軍守備黨威，千總李遇春、郭永壽、武大定、拓應卿，新營中軍王建都，實授都司趙祥，千總張大成，潼關營千總馬蛟麟，以上十八員，躍馬當先，摧鋒斬銳，俱應加一級。中營隨征都司李世春，千總楊王庭，把總魯典、魯宗用、陳自

---

① 然與趙大允聯鑣並進：據《四庫全書》本，咸豐版《孫忠靖公遺集》《孫傳庭疏牘》"趙大允"作"趙大胤"。

② 趙大允以原任陝西流曲副總兵：據《四庫全書》本，咸豐版《孫忠靖公遺集》《孫傳庭疏牘》"趙大允"作"趙大胤"。

③ 把總馬負圖：據《四庫全書》本，咸豐版《孫忠靖公遺集》《孫傳庭疏牘》"馬負圖"作"馬頁圖"。

興，後左營中軍守備李秀、守備楊豹、路哼囉、路著太，千總羅國用，把總賀登第、劉友元，隨征守備楊成，材官王友蒼，前右營千總趙完瑛，新營千總杜成祿，中營張文耀下千總范廣、把總牛希才，潼關營中軍艾登舉，把總劉福祿，監軍道下中軍守備鍾鳴豐、把總孔珠，甘營盛略下守備楊奎光，甘營王萬策下千總席大卿，黃龍山駐防加銜守備賈奇珍。以上二十五員戮力苦戰，鹹斬功多，併應紀錄。

原任參將解文英、田時升，從商州調剿，兵馬急趨奔疲，臣因令伏兵蒲城以防賊潰，雖未交鋒，勞不可泯，應俟彙叙。

駐紮黃龍山西延捕盜同知徐文泌，管餉西安撫民同知王明福，澄城縣知縣傅應鳳，蒲城縣知縣田臣，管餉咸寧縣縣丞喻品、參謀武清周、雷鳴時，或撥防兵隨營協剿，或選嚮導審察地利，或轉運糧餉備辦軍需，併應叙錄。內武清周以原任知縣被劾遣戍，臣稔其素有才幹，故以參謀委用，今本官隨征已久，頗多勞績。至自募丁健殺賊立功，所騎戰馬亦皆本官自備，費殊不貲，亦應量與湔除。

其各營斬獲首級，應請照兵部題頒新例，每顆給銀五兩，用示鼓勸。臣查有臣前題降丁拓攀高，兩次掘獲窖銀三千三百餘兩，堪以動用，除即先照向來舊例每顆賞銀三兩，俟欽賞頒到，仍照新例補足。其陣亡後左營把總王國武、甘營千總葛衛國，均應議恤。內王國武以所乘戰馬付之主將，步戰殞身，尤宜厚贈以旌忠義。至標下贊畫司務陳繼泰，虛怯無當，本官倚借京銜，鴟張於桑梓之地，官民上下罔不側目，錢糧出入亦不清楚。伏乞聖明敕部察議，爲此謹題。

崇禎十一年四月二十二日具題，五月二十日奉旨："奏內有功及陣亡員役，該部覈議叙恤，欽賞銀兩，著即給發。陳繼泰併即察議速奏。"

【箋證】

[一] 此疏所載或即《明史》本傳所記楊家嶺、黃龍山之戰：“傳庭出扼商、雒。大天王等犯慶陽、寶鷄，還軍戰合水，破走之，獲其二子，追擊之延安。過天星、混天星等從徼、秦趨鳳翔，逼澄城。傳庭分兵五道擊之楊家嶺、黃龍山，大破之，斬首二千餘級。”李因篤《明督師兵部尚書孫公傳》：“傳庭兵既成，會大寇之在秦者，獨闖將與洪督相持，餘如過天星、混天星輩數十部合犯涇陽、三原諸内地，衆數十萬，傳庭親擊之於楊家嶺、黃龍山，大破之，俘斬二千餘，散降且萬人。”

[二] 照得大寇過天星等自鳳、寶東犯：過天星，其人真實名字，説法不一。或謂本名張天琳，人稱張五；或謂“過天星”名梁時政；或曰“過天星”名惠登相（或惠登祥）。有關文獻中，“過天星”與“混天星”常常並提。有人猜想，“混天星”可能就是惠登祥，而“過天星”極有可能是張天琳。此外，尚有人認爲另有一個“過天星”。

[三] 在澄城縣地方搶掠：澄城縣，今屬於陝西渭南市，位於陝西關中盆地東部。北魏太平真君七年（446）設立澄城郡，轄澄城、五泉、三門三縣。孝文帝十年（486），郡内增設宮城、南五泉兩縣。太和十一年（487），澄城郡改屬華州。隋代撤銷澄城郡，澄城縣改屬馮翊郡。唐至五代歸屬不一，但縣始終存在。北宋元豐末年（1085），屬永興軍路同州。金皇統二年（1142），屬京兆府路。元代先後屬陝西行中書省之安西路、奉元路。明洪武九年（1376）屬陝西省行省之西安府同州。

[四] 料賊欲倚黃龍山盤踞爲害：陝西境内之黃龍山，古稱“梁山”，位今陝西黃龍縣、韓城市、宜川縣交界處。最高點海拔1788米，山地森林茂盛。

[五] 於四月十三日在楊家嶺、虎兒田、馮原等處大戰獲捷：楊家嶺，位於陝西省延安市西北約3公里的楊家嶺村。馮原，今澄城縣城西北32公里處有馮原鎮，北依黃龍山與延安市黃龍縣相連，南瀕洛河水與蒲城縣相接，西臨馬村河、孔走河與白水縣毗鄰。

報官兵迎剿獲捷疏[一]

題“爲狡賊聞風先遁，我兵迎剿獲捷，恭報調度期會情形，仰祈聖鑒事"。

照得流寇過天星、混天星等自澄城大創後，與六隊、爭世王等俱奔竄延安地方。臣因西安麥秋未畢，將標下官兵分佈白、蒲、富、耀等處扼防。五月初四日，據分巡關內監軍道僉事王文清塘報：延賊苗頭已向鄜州地方。臣即檄調派防白、蒲、富、耀各官兵俱赴中宜堵擊，並移會總兵左光先統兵自鳳翔馳赴慶陽夾剿。臣亦於即日赴中宜調度，歷三原、耀州行次同官縣，欲候兵齊即從中宜進剿。

初七日，據宜君縣塘報：賊於初六日三更發老營奔馬蘭等處，精兵天明亦去等情①。臣因賊勢西奔，恐兵從中宜尾追，不能殲掃，且慮賊從馬蘭突犯涇、三。一面督發遊擊李國政統兵自同官馳赴中宜，從東防擊；臣仍返耀州，督發中軍參將鄭嘉棟、原任副將趙大允②、參將解文英等兵馳赴三水扼堵[二]，並移會總兵左光先自慶陽截剿。去後初八日，又據塘報：昨初七日探賊老營奔西北，今仍折回店頭、蘇家險等處等情。臣查賊屯店頭等處，驚疑不定，官兵一至，賊非西奔慶寧，必南犯三水。我兵宜三面約期緊促，使賊遁逃無處。隨檄監軍王文清，監督副將參遊鄭嘉棟、趙大允、解文英、王萬策等兵③，從三水、真寧扼剿，以防賊潰。臣親提副將王根子、都司張文耀等兵赴中宜，與李國政之兵，約於十四日從中宜進剿。復移會該總兵亦於十四日馳赴隆坊進擊。賊潰勢必南奔三、真，彼中有鄭嘉棟等兵扼堵，店頭隆坊之兵創賊之後即乘勝追擊。第慮賊情瞬息變幻，兵機遙度為難，仍宜隨

---

① 精兵天明亦去等情：據《四庫全書》本，咸豐版《孫忠靖公遺集》《孫傳庭疏牘》"精兵"作"精健"。

② 原任副將趙大允：據《四庫全書》本，咸豐版《孫忠靖公遺集》《孫傳庭疏牘》"趙大允"作"趙大胤"。

③ 監督副將參遊鄭嘉棟、趙大允、解文英、王萬策等兵：據《四庫全書》本，咸豐版《孫忠靖公遺集》《孫傳庭疏牘》"趙大允"作"趙大胤"。

機應變。俟兵至隆坊、店頭，該總兵與臣彼此移會進剿的期。如東西各有可乘之機，期會可以無拘，即隨便圖之。

去後，十一日，臣抵宜君，據報賊知官兵至，老營已奔老山，惟過天星等精兵在於隆坊西北侯村河、李家凹、太平原等處打糧①。十二日臣抵中部縣②，議於十四日發王根子、李國政等兵從隆坊進剿。十三日卯時，准左總兵手本回稱：“本鎮從合水、邵隆進剿，則寧州、西華池無兵，賊乘空逸出，我兵返殲不及。昨蒙軍門手札[三]，內云：曹、祖兩總兵初四日自秦州起身，走固原，計十四日可到慶陽。若賊轉向張村、邵隆，北路自有曹、祖兩總兵堵截。本鎮准於十四日至賊駐之處剿殺，請乞貴院提兵北進，使賊同時兩面受敵，首尾難顧，可藉運籌而成大功。期會固如此議約，但賊情變幻，若早晚離店頭，西犯保安、蘆保，則本鎮兵近，貴院兵遠，應遵憲檄所云：東西各有可乘之機，不拘期會，隨便而圖之矣”等因。又據李國政塘報：“太平原之賊於十二日夜從猿猴神嶺入山奔竄，距官兵已遠，難以窮追。”臣隨查此山人煙斷絕，不惟官兵未易深入，即賊亦難久居，勢必出山奔突，非西逗合、慶、環、固，必南犯真、寧、三、水。臣復移會總兵左光先，督兵從西，視賊所向：如西奔合、慶，則該鎮就近迎頭截擊；如從合、水北竄環縣、固原，則該鎮急移曹、祖二總鎮於彼處，極力扼剿；如南奔真、三，則有臣預發鄭嘉棟等兵足資堵殲，使賊不得西奔、南竄，務逼東折③。臣督兵從東扼擊，賊一再往返，掠糧不得，困餓待斃，可以盡殲。

---

① 惟過天星等精兵：據《四庫全書》本，咸豐版《孫忠靖公遺集》《孫傳庭疏牘》“精兵”作“精健”。

② 十二日臣抵中部縣：據咸豐版《孫忠靖公遺集》《孫傳庭疏牘》，《四庫全書》本“中部縣”作“中宜部”。

③ 務逼東折：據《四庫全書》本，咸豐版《孫忠靖公遺集》《孫傳庭疏牘》“逼”作“必”。

移會該鎮並咨督臣去後，十四日，又據王根子、李國政等報：過天星等知官兵於十二日到中部縣[四]，賊於本日夜二更俱起營西奔，繇猿猴神嶺、柏樹店大山犯慶、寧、合、水等處去訖等因。十五日，據監軍王文清探報：十二日左總兵在羅山鎮打仗得功，賊已大敗，奔駱駝巷，往東南中部地方等情。臣查過天星之賊，十二日二鼓方始西遁，該鎮所殺之賊必係混天星一股，且各賊自聞兵西遁，並未東折，恐賊從西奔竄，復移左總兵會查堵剿。去後十六日，准該鎮手本移稱："本月初十日，准貴院手本，過、混等賊折回店頭、蘇家險等處，約會十四日彼此進兵，以期夾剿等因到鎮。准此，本鎮隨遵照指授啓行。間忽於本日申時，據報初九日賊塘數十騎出駱駝巷，徑往蘆保兒嶺①。看路情形亦具報矣。十一日寅時，復據報：賊於初十日卯時經過駱駝巷，徑往蘆保嶺、羅山阜去②。本鎮即日取道襄樂秣馬，午時蕭兵潛進。十二日黎明，馳至羅山阜，賊已起營，追至羅保嶺。官兵奮勇力戰，斬首二百七十顆，生擒五十六名。審據活賊口供：西來者係混天星、新天王、張妙手三家之賊，畏怕貴院雄旅迫剿，故奔西躲避。其過天星之賊走張村、邵莊、隆益至合水相合。又有言駐縈隆坊求討招安，其混賊被殺之後，或奔合過賊亦不可定。本鎮列營羅山阜，分投差撥嚴探，看犯某路，即行緊追。至於過天星，未知果約去合水，抑尚駐隆坊請受招安？如去合水，本鎮自應追殺；如駐隆坊，另聽調度等因。"

准此，查臣十一日據報：賊知官兵至，遂發老營已奔老山。止

① 徑往蘆保兒嶺：據咸豐版《孫忠靖公遺集》《孫傳庭疏牘》，《四庫全書》本無"徑"字。

② 徑往蘆保嶺、羅山阜去：據《四庫全書》本，咸豐版《孫忠靖公遺集》《孫傳庭疏牘》無"徑"字。

有過天星精兵在隆坊西北太平原等處打糧①。是晚，臣督王根子、張文耀兵駐宜君。因過天星投稟赴臣乞撫，臣以我兵不能即至賊所，故給與諭帖，以緩其遁，令其悔罪自決。及十二日，臣抵中部，各賊遂於是夜西遁，非過賊假撫探兵，則知混賊被創急遁合營。除臣復移該鎮，賊如西奔合慶，該鎮就近迎擊；賊如北竄環縣、固原，該鎮急移曹、祖二鎮扼剿；如南遁真寧、三水，有臣預發鄭嘉棟等兵堵殲；賊如東折，臣從鄜中之間督兵扼擊，使賊往返延慶荒山中，掠食無所，逃生無路，即可盡殲外，該臣看得過、混等賊，自澄城被創北奔，蹲伏延安一帶惕息不敢南下者半月餘矣。茲以延地荒苦，無糧可掠，乃從甘、鄜遠出，分突中宜，恐臣之標旅又忽飆馳迅擊，驚棲不定，到處窺探。臣甫次同官，而彼已西奔；臣復返耀州，而彼又折還。比臣提師再進，而彼益聞風急走。雖臣許撫以緩之，亦不能使之少需，故競乘夜奔逃矣②。幸臣三方之佈置頗預，累次之申約已明，混賊先奔一日，至羅山阜，適與鎮臣左光先及副將馬科兵遇，迎頭一擊，斬級二百七十顆，生擒五十六名，賊遂大潰。

賊以東、南俱有官兵，故未敢折鄜中，瞰三淳，度必馳合過賊併突慶陽。據左鎮移文稱：曹、祖兩鎮於五月初四日自秦州啓行③，計十四日可至。曹鎮素爲賊憚，又有祖鎮佐之以併力，此路賊自不能爰爰逸去也。臣查鄜州百里之西、合水數十里之東、真寧百里之北、慶陽東川之南，橫豎約三四百里，彌望荒山，掠食無所。賊藩觸此中，萬難久處，非西突合水，走寧、邠、鎮、涇，

---

① 止有過天星精兵在隆坊西北太平原等處打糧：據《四庫全書》本，咸豐版《孫忠靖公遺集》《孫傳庭疏牘》"精兵"作"精健"。

② 故競乘夜奔逃矣：據《四庫全書》本，咸豐版《孫忠靖公遺集》《孫傳庭疏牘》"競"作"竟"。

③ 曹、祖兩鎮於五月初四日自秦州啓行：據《四庫全書》本，咸豐版《孫忠靖公遺集》《孫傳庭疏牘》"啓行"作"起行"。

則東返鄜州，折甘、延、中、宜；非南下真、寧，突三、淳、涇、三，則北越慶陽，奔環縣、固原。第使臣兵能扼之於東南，各鎮兵能堵之於西北，各勿縱令賊逸，並斷其出掠之路，賊窘促坐困，殺食牲畜一盡，惟有束手就死而已。樞臣所謂雖有十萬之眾，難禁三日之饑，正此地此時滅賊之要著也。至延北之賊惟六隊、爭管王二股，蓋自合水賊衄，混天王以潰散失群西遁。頃報自環、慶折還，必已附入過、混之營。大天王因二子被擒，已經投撫，止餘六隊、爭管王，彼中悉索鎮堡官兵自能辦之。若漢中，雖報闖將復鯠略沔犯寧羌，然據各鎮塘報：闖將自河洮屢創之後，所餘無幾，自難復振。倘徼天幸，過、混旦夕就殄，餘賊次第可滅，三秦庶有蕩平之期矣。除臣移咨督臣，併移會左鎮，及申飭臣標下各將鄭嘉棟等，各嚴加堵扼，及左鎮捷功，俟查明題敘外，爲此謹題。

　　崇禎十一年五月十七日具題，六月十四日奉旨："知道了，該部知道。"

【箋證】

　　［一］李因篤《明督師兵部尚書孫公傳》："賊引而北犯延安，傳庭計延地貧而荒，賊眾必不能留，而澄郃之西、三水之東中間三數百里無人烟水草，可以斃賊。於是悉發兵，預布險要，扼賊必走之途。不數日，賊果南返，因大張旗幟，鳴鼓角往迎。賊聞風西避，一日夜趨三百餘里，至職田莊遇伏，敗之；轉走寶鷄，取棧道，再中伏，大敗之；折而走隴州關山道，又爲伏所敗。賊計窮蹙，且心服用兵如神，盡解甲降。闖將亦以勢孤失援，爲承疇殲幾盡，僅以二十餘騎逸入豫，秦賊遂平。"

　　［二］督發中軍參將鄭嘉棟、原任副將趙大允、參將解文英等兵馳赴三水扼堵：鄭嘉棟，隨從傳庭作戰，戰功頗多，其最終結局，明代諸文獻未載。《皇朝文獻通考》卷二百五十四《封建考九·異姓封爵五·漢軍》有一則記載："三等阿思哈尼哈番鄭嘉棟，漢軍鑲白旗人，順治五年八月歸順，封。鄭仁瑞，鄭嘉棟子，順治十六年三月襲。鄭佩蘭，鄭仁瑞子，康熙二十一年十一月襲。後無襲。"

是知鄭後投降清人，得爵並世襲其子孫。趙大允，參前。解文英，跟隨孫傳庭出生入死的將軍。傳庭敗後，守延安。城破被囚，後被殺。《甘肅通志》卷三十七《忠節》：“解文英，寧夏人，以副將守延安府。李自成據關中，遣兵至延安，文英率衆死守。及城破，賊授以官，文英罵不絶口。因於獄，又於獄中約榆林總兵尤世威等舉義圖恢復。賊怒支解之。”三水，參《恭報東西寇警並陳剿禦情形疏》“西安府同知管三水縣事孔宏變塘報”。

[三] 昨蒙軍門手札：軍門，這裏指孫傳庭。軍門在明代用來稱呼總督、巡撫，清代則作爲對一省最高緑營長官——提督的稱呼。

[四] 過天星等知官兵於十二日到中部縣：中部縣，今陝西黃陵縣。東晋時後秦在此置中部郡，故治在今陝西黃陵縣侯莊鄉故城村，後廢。北魏正平元年（451）在今黃陵縣城區南城村復置中部縣，爲北雍州中部郡治。隋開皇元年（581）因避諱文帝父楊忠之名，改中部縣爲内部縣。大業三年（607）縣治移於今黃陵縣城區。唐武德二年（619）復名中部縣，爲坊州州治所在。天寶元年（742）改坊州再設中部郡。乾元元年（758）再改中部郡爲坊州。元至元二年（1265）廢坊州，中部縣改屬鄜州。民國二年（1913）中部縣屬榆林道。1927年廢道後直屬陝西省。1944年因軒轅黃帝陵寢所在，中部縣呈請國民政府，更名爲黃陵縣。

報三水捷功疏[一]

題“爲馳報捷功，以紓聖明西顧之憂事”。

照得混天星、過天星、米闖將等各股大寇，繇延安折犯中、宜，臣馳約剿師，與臣標兵四面圍賊，以標兵分任東南二面，臣親督遊擊李國政、原任副將王根子等兵於東面逼賊，以臣中軍參將鄭嘉棟、原任韓部參將解文英、原任副將趙大允①，甘營原任遊擊王萬策於南面候剿。賊從合水突出，總兵左光先、曹變蛟等從慶陽馳追。賊折三水、邠州、馬蘭等處，鄭嘉棟、解文英、趙大

---

① 原任副將趙大允：據《四庫全書》本，咸豐版《孫忠靖公遺集》《孫傳庭疏牘》“趙大允”作“趙大胤”。

允、王萬策等兩日三捷①，擒斬約一千名顆，投降男婦六百。臣復介馬親督王根子等兵，縣中部、宜君趙和尚寺、馬蘭[二]，一日夜行二百五十里，入山搜剿。又收降大掌盤子混天星、邢家米闖將、火焰斑、就地飛、劉秉義等，並過天星領哨通天柱、尖兒手等，及各營領哨管隊精兵②，與隨從男婦約二千五百餘人，潰散無算，先於五月二十一日差官報部科訖。

今於本月二十四日，據監軍道王文清塘報：准標下中軍副將參遊鄭嘉棟、解文英、趙大允、王萬策塘報③：混天星、過天星、邢家米闖將等賊，縣涇、三東犯至澄城地方。四月十二日，我兵擒斬一千二百餘名顆，已經塘報訖。死賊狼狽北遁延安④，蒙撫院以西安二麥正值收穫，恐賊復南下，縣東必犯韓、郃、白、蒲，縣西必犯同、耀、淳、三，仍宜分佈扼防。隨令監軍道親督參將鄭嘉棟、原任副將趙大允扼防白、蒲⑤，東援韓、郃。遊擊李國政、原任副將王根子、都司張文耀，扼防富、耀，西援淳、三。又蒙移會延綏撫鎮發兵，從延北剿殺。

於五月初三日，據報：混、過等賊自雒奔鄜，苗頭西向中、宜，本職等極力堵剿。又蒙監軍道調取派防白、蒲、富、耀及藍田駐防原任參將解文英、雒南駐防遊擊王萬策各官兵，俱赴中宜堵擊。並移會左總鎮統兵自鳳翔馳赴慶陽夾剿，本院亦於即日縣三

---

① 鄭嘉棟、解文英、趙大允、王萬策等兩日三捷：據《四庫全書》本，咸豐版《孫忠靖公遺集》《孫傳庭疏牘》"趙大允"作"趙大胤"；王萬策後無"等"字。

② 及各營領哨管隊精兵：據《四庫全書》本，咸豐版《孫忠靖公遺集》《孫傳庭疏牘》"精兵"作"精賊"。

③ 准標下中軍副將參遊鄭嘉棟、解文英、趙大允、王萬策塘報：據《四庫全書》本，咸豐版《孫忠靖公遺集》《孫傳庭疏牘》"趙大允"作"趙大胤"。

④ 死賊狼狽北遁延安：據《四庫全書》本，咸豐版《孫忠靖公遺集》《孫傳庭疏牘》"死賊"作"賊眾"。

⑤ 原任副將趙大允扼防白、蒲：據《四庫全書》本，咸豐版《孫忠靖公遺集》《孫傳庭疏牘》"趙大允"作"趙大胤"。

原抵耀州[三]，先提遊擊李國政、原任副將王根子官兵。行次同官縣[四]，欲候兵齊，即從中宜進剿。

初七日，據宜君縣塘報：賊探知官兵將至，於初六日三更，將老營先奔馬蘭等處，精兵天明亦去①。蒙本院因賊勢西奔，恐兵從中宜尾追不能殲掃，且慮賊從馬蘭突犯涇、三，一面督發遊擊李國政統兵自同、官馳赴中、宜，從東防擊，本院仍返耀州。初八日又報賊仍折回店頭、蘇家險等處，蒙本院檄，因查賊屯店頭驚疑不定，官兵不至，賊非西奔慶、寧，必南犯三、水，我兵宜三面約期緊促，使賊逃遁無所。其中、宜一路，本院親督進剿，無用多兵。除量提遊擊李國政、副將王根子官兵，及都司張文耀家丁，先赴中宜，從東進剿，其餘四營官兵應赴真、三截剿。並移會左總鎮督兵自慶陽馳赴隆坊，從西進擊。然賊情瞬息變幻，兵機遙度爲難，仍宜隨機應變。如東西各有可乘之機，期會可以無拘，即隨便圖之。該監軍道親督中軍參將鄭嘉棟、原任副將趙大允②、參將解文英、甘營遊擊王萬策各官兵，馳赴真、三，分佈設伏，扼防南奔。仍急督四將遠行偵探，極力堵剿，務期一鼓殲掃，萬勿致賊遁逸。蒙此監軍道即移會本職等，俱要仰遵撫按兩院憲檄，鼓銳出奇，擒渠掃黨，滅此朝食。

准此偵剿間，十一日，本院兵至宜君。據報賊知兵至，遂將老營發奔老山，止有過天星等精賊在隆坊西北太平原等處打糧。是晚過天星等投稟，遣小賊管來子赴院乞撫③。本院以我兵不能即至賊所，因給與諭帖，以緩賊遁，令其悔罪自決。及本院抵中部，據

---

①　精兵天明亦去：據《四庫全書》本，咸豐版《孫忠靖公遺集》《孫傳庭疏牘》"精兵"作"精賊"。

②　原任副將趙大允：據《四庫全書》本，咸豐版《孫忠靖公遺集》《孫傳庭疏牘》"趙大允"作"趙大胤"。

③　遣小賊管來子赴院乞撫：據《四庫全書》本，咸豐版《孫忠靖公遺集》《孫傳庭疏牘》"遣"後有"令"字。

報各賊遂於是夜西遁。蒙本院檄云：十三日准左總鎮手本，覆稱：本鎮從合水、邵隆進剿，則寧州西華池無兵。昨蒙軍門札開，曹、祖兩總兵初四日自秦州起身，計十四日可到慶陽。若賊轉向張村、邵隆，北路自有曹、祖兩總兵堵截。本鎮准於十四日至賊駐之處剿殺，請乞貴院提兵北進。期會固如此議約，但賊情變幻，若早晚西犯①，本鎮兵近，貴院兵遠，應遵憲檄所云：東西各有可乘之機，不拘期會，隨便圖之。准此，查賊已西遁，本院復移該鎮：賊如西奔合、慶，該鎮就近迎擊。賊如北竄環、固，該鎮急移曹、祖二鎮扼剿。賊如南遁真寧、三水，有本院預發鄭嘉棟等兵堵殲。賊如東折，本院從鄜中之間督兵扼擊②，使賊奔突無路，掠糧不得，困餓待斃，即可盡殄。除移該鎮查照督兵堵剿，並移會軍門及按院外，該道速督各將遠偵堵剿，務期殲掃，不得疏縱。蒙此，本道即移會各將遵照。

十三日據報：十二日左總兵在羅山皁打仗，賊敗奔駱駝巷，往東南中部地方。蒙本院於十五日接報，查賊聞兵西遁，並未東折，中部地方亦未報有賊警，恐賊從西奔竄。復一面移文左總鎮會查堵剿，一面檄監軍道即督各將確探堵剿，俾賊不得遁逸。蒙此，即移各將嚴加偵剿。

又蒙本院令箭傳諭：慶、寧一帶已有左、曹等鎮兵馬，足能堵剿，各將宜駐三水、馬蘭防剿等因。該本職鄭嘉棟、解文英駐防三水，趙大允、王萬策駐防馬蘭③，各督士卒偵剿。

間本月十八日午時，據賊頭哨已至漱頭原一帶，直奔西南等

---

① 若早晚西犯：據《四庫全書》本，咸豐版《孫忠靖公遺集》《孫傳庭疏牘》"早晚"後有"來"字。

② 本院從鄜中之間督兵扼擊：據《四庫全書》本，咸豐版《孫忠靖公遺集》《孫傳庭疏牘》"鄜中"作"鄜州"。

③ 趙大允、王萬策駐防馬蘭：據《四庫全書》本，咸豐版《孫忠靖公遺集》《孫傳庭疏牘》"趙大允"作"趙大胤"。

情，該本職與解文英會議：過、混等賊素稱狡悍，我兵當分兩路夾擊，出奇制勝，使賊前後受敵。當即飛移趙大允等知會①。

十九日，本院中軍參將鄭嘉棟統領該營都司張一貴等官兵八百餘員名，本院參將解文英等統領官兵八百餘員名，並會同西安府同知孔宏燮，發該縣鄉兵五百名，繇三水地方迎頭進剿。本院監營原任參將郭清等官兵七百六員名，並監軍道中軍守備鍾鳴豐隨征家丁五十名，甘營遊擊王萬策統領官兵四百九十餘員名，俱從馬蘭赴邠州地方，當先邀擊，並飛報撫院訖。

本日寅時，賊果漫山塞野蜂擁而來②，本職等以逸待勞，預佈官兵，扼險設伏，更番迎敵。賊率精兵撲戰，我兵奮勇鏖戰。我之伏兵冲出，賈勇砍殺，賊不能支。鄭嘉棟所部官兵當陣斬獲賊級一百五十七顆，生擒活賊一百一十二名，婦女二十口，奪獲馬騾一百六十七匹頭，弓刀箭五百六十件，鐵綿盔甲八十五頂副。餘賊披靡奔竄，我兵馳追。有掌盤子劉秉義等率領男婦約四百名口跪伏馬前乞命，職等遵檄准收投撫③。參將解文英所部官兵斬獲賊級一百六十五顆，生擒活賊七十名，婦女二十三口，奪獲馬騾一百六十一匹頭，鐵綿盔甲七十二頂副，弓箭刀一百五十二件。三水縣鄉兵加銜守備陳登盈等斬獲賊級四十二顆。

餘賊分為兩股：混天星一股奔去馬蘭宜中，赴撫院軍前投撫。本職等即飛報本院發兵馳赴馬蘭剿撫。過天星一股奔去西南史家店地方，知彼處已有趙、王二將官兵在前截剿，正中本院分路截擊。本職等仍催兵向前追殺，使賊不知前有伏兵一意奔竄。該副

---

① 當即飛移趙大允等知會：據《四庫全書》本，咸豐版《孫忠靖公遺集》《孫傳庭疏牘》"趙大允"作"趙大胤"。

② 賊果漫山塞野蜂擁而來：據《四庫全書》本，咸豐版《孫忠靖公遺集》《孫傳庭疏牘》"蜂擁"作"領擁"。

③ 職等遵檄准收投撫：據《四庫全書》本，咸豐版《孫忠靖公遺集》《孫傳庭疏牘》"收"後無"投"字。

將趙大允、遊擊王萬策哨賊已至①，遂於前途披殺。賊且戰且走，我兵賈勇撲砍，賊皆潰竄。我兵追殺四十餘里，副將趙大允所部官兵當陣斬獲賊級四十二顆②，生擒活賊五十二名，奪獲馬騾一百六十五匹頭，撒袋二十一副，弓箭、刀五百六十四件。王萬策所部官兵斬獲賊級一十二顆，生擒活賊一名，奪獲馬騾九匹頭，紬綿鐵甲一副，弓箭、刀四件副。賊之滾溝落崖者不計其數。時天晚不便前追，收兵暫屯南河村。

甫二鼓，趙大允等傳令③：兵貴神速，急宜乘勝追剿。各兵裹糧已畢，有賊一股潰折三水炭店溝地方，二將復督各兵連夜馳追。於二十日寅時，賊仍出死力回敵，我兵一齊衝殺，賊不能支，拚命從邠州地方奔西。我兵因連戰兩日，又兼大溝阻隔，收營。查得趙大允所部官兵④，當陣斬獲賊級八十七顆，生擒活賊八十一名，當陣乞降混天猴、通天柱等男婦二百名口，奪獲馬騾一百三十匹頭，弓箭刀二百四十件，綿盔甲一十八頂副。遊擊王萬策所部官兵斬獲賊級一百一十一顆，生擒活賊六十四名，奪獲馬騾九十四匹頭，弓箭五十七副，刀三十五把，綿甲九副。監軍道標中軍守備鍾鳴豐等，斬獲賊級七顆，奪獲弓箭刀一十七件，騾一頭。

是日本院據西路塘撥傳報：趙大允等統兵已赴邠州地方截剿⑤，恐賊西邊被殺奔突馬蘭。一面檄令遊擊李國政統該營官兵仍

---

① 該副將趙大允、遊擊王萬策哨賊已至：據《四庫全書》本，咸豐版《孫忠靖公遺集》《孫傳庭疏牘》"趙大允"作"趙大胤"。

② 副將趙大允所部官兵當陣斬獲賊級四十二顆：據《四庫全書》本，咸豐版《孫忠靖公遺集》《孫傳庭疏牘》"趙大允"作"趙大胤"。

③ 趙大允等傳令：據《四庫全書》本，咸豐版《孫忠靖公遺集》《孫傳庭疏牘》"趙大允"作"趙大胤"。

④ 查得趙大允所部官兵：據《四庫全書》本，咸豐版《孫忠靖公遺集》《孫傳庭疏牘》"趙大允"作"趙大胤"。

⑤ 趙大允等統兵已赴邠州地方截剿：據《四庫全書》本，咸豐版《孫忠靖公遺集》《孫傳庭疏牘》"趙大允"作"趙大胤"。

在中宜地方扼賊北奔，一面親督副將王根子、中軍王建都等自中部馳赴宜君。先令蕃丁飛赴馬蘭哨探①，入山搜剿。

比有賊頭大掌盤子混天星的名郭汝盤，邢家米闖將的名米進善，被各兵追殺窘迫，欲赴軍前投撫。行至馬蘭山後劉家店，各賊以本院駐節中部，相距窵遠，復懷疑畏。及前哨塘撥哨見王副將塘馬夷丁回報②：前途又有黃帽達子截剿③，混天星等驚惕無措，遂率夥眾約二千人奔赴馬蘭城下，具稟投降。隨諭各降丁赴趙和尚寺空堡內藏駐，候撫院明示裁奪。適本院差官至彼，混天星與米闖將隨具稟帖，內稱：小的等原係良民，因連遭荒旱，逼在迷途，萬死難贖。小的等前在中部，有乞撫之心，但眾口難調，今幸陳把總說撫院奉旨招安，小的等眾情願投生等情。蒙本院令副將王根子馳馬止兵，暫退於玉華二十里，本院單騎至趙和尚寺，抓山虎等率眾羅拜馬前，哭聲震天，叩頭乞撫。蒙本院宣諭朝廷恩威，俱俯首傾心乞命，俱准收降。

又有小掌盤子、火焰斑、就地飛等原領約五百人逃匿山內，亦即出山投降，俱一體准收。

本院仍即起馬，日馳二百五十里，三更復抵三水。仍令將混、闖等賊營男婦約二千五百人俱赴三水縣點名安插。

查得各營官兵通共斬級六百二十三顆，在邠州地方所斬者，該州驗明收貯；在三水地方所斬者，俱擺列通衢，蒙本院並監軍道飭三水縣驗明收貯，取有印結附卷。共生擒三百八十名，奪獲婦女四十三口，共收降三千五十名口。內大掌盤子混天星的名郭汝

---

① 先令蕃丁飛赴馬蘭哨探：據《四庫全書》本，咸豐版《孫忠靖公遺集》《孫傳庭疏牘》“蕃丁”作“土丁”。

② 及前哨塘撥哨見王副將塘馬夷丁回報：據《四庫全書》本，咸豐版《孫忠靖公遺集》《孫傳庭疏牘》“夷丁”作“土丁”。

③ 前途又有黃帽達子截剿：據《四庫全書》本，咸豐版《孫忠靖公遺集》《孫傳庭疏牘》“黃帽達子”作“黃帽官兵”。

盤一股，領哨抓山虎的名李玉傑，走山虎的名郭應春，王龍的名李望升，普天飛的名孫養教，惠傑管隊一條龍的名張玉，正江虎的名高政，過天飛的名劉將，過天王的名王守信，飛龍的名李安，猛虎的名楊秀頭，翻山虎的名田一秀，飛虎的名張希雲，劉輩的名曹丙英，二點油的名楊君祿，永長的名任之才，隨虎的名李二，惠國孝、惠文英、惠國順、李有才、白其金、黃希全、張有良、李有士、王進禄、高靈、線一龍①，並率領男婦一千一百二十名口，獻出馬騾一千二百一十匹頭。

大掌盤子米闖將的名米進善一股，領哨走山虎的名景友倉②，跟虎的名薛孟秋，一盞燈的名蘇孟秋，三刀毛的名王一節，賀守亨管隊，搜山虎的名楊守禮，三要子的名高自卓，增虎的名劉望軒③，存孝的名馮守瑞，笑虎的名張士英，宋虎的名王景玉，飛浪的名高明，跟虎的名李可元，喬應高、飛鵪子、劉二、張新虎、閻明、朱朝貴、小答子，並率領男婦七百三十名口，獻出馬騾七百二十一匹頭。

小掌盤子火焰斑的名高仁美一股，領哨隨虎的名白養奇，跑山虎的名黨丙友，高宜普、閻五管隊，奎木狼的名王小則，趙五、劉成、張聚寶、王玉、周之才、梁長閣、王尚禮、劉大利、高中兒、趙玉、李撓絲、梁初志、趙龍，並率領男婦二百八十三名口，獻出馬騾二百二十三匹頭。

小掌盤子就地飛的名白坤一股④，領哨草上飛的名封養正，劉

① 李有士、王進禄、高靈、線一龍：據《四庫全書》本，咸豐版《孫忠靖公遺集》《孫傳庭疏牘》"李有士"作"李友士"。

② 領哨走山虎的名景友倉：據《四庫全書》本，咸豐版《孫忠靖公遺集》《孫傳庭疏牘》"走山虎"作"走口虎"。

③ 增虎的名劉望軒：據《四庫全書》本，咸豐版《孫忠靖公遺集》《孫傳庭疏牘》"劉望軒"作"劉望斬"。

④ 小掌盤子就地飛的名白坤一股：據《四庫全書》本，咸豐版《孫忠靖公遺集》《孫傳庭疏牘》"就地飛"作"統地飛"。

世安、郭俊管隊，走虎的名賀養浩，俊龍的名王佐，偏虎的名折邦俊，過天龍的名薛方成，一根蔥的名劉昇，曹養玉①、曹養正、劉光友、趙守全、蘇宗儒、任國宗、周瓜子、鄧一山，並率領男婦二百一十名口，獻出馬騾二百三十匹頭。

大哨番山鷹的名劉四禮，管隊擴地虎的名宋尚遷，並率領男婦四十一名口，獻出馬騾三十二匹頭。

次掌盤子劉秉義一股，領哨新虎的名張國能，魔羅的名白邦英，馬上飛的名馬守伏，管隊張虎的名張應庫，三條龍的名王汝升，馬漢的名景彥，一斗金的名周希貴，來虎的名馮希才，飛山的名高進賢，來軍的名石立，旗牌的名李自顯，隨虎的名趙文耀，沙將官的名李國寵，騙過海的名趙應選，並率領男婦三百一十二名口，獻出馬騾二百六十九匹頭。

混天星下大哨頭李三，管隊韓來選，並率領男婦四十名口，獻出馬騾二十九匹頭。過天星下大哨頭尖兒手的名高英，領哨四隻手的名張一科，雲裏燕的名黃建恩，管隊馮成、劉福安、崔友亮、周彥奇、王汝正、閻自聰②，並率領男婦一百一十四名口，獻出馬騾一百五十四匹頭。

大哨頭通天柱的名韓宗位，領哨馮萬油，管隊琉璃猾的名王世倫，新燕青的名麗文升，並率領男婦一百三名口，獻出馬騾七十七匹頭。大哨頭混天猴的名路三讓，領哨迫天飛的名吳養世，秦明的名趙可秀，管隊北飛的名路川③，雙花的名位能，八虎的名位養道，並率領男婦九十七名口，獻出馬騾七十五匹頭，俱行監軍

① 曹養玉：據咸豐版《孫忠靖公遺集》《孫傳庭疏牘》，《四庫全書》本作"曹養王"。

② 閻自聰：據《四庫全書》本，咸豐版《孫忠靖公遺集》《孫傳庭疏牘》"閻自聰"作"閻目聰"。

③ 管隊北飛的名路川：據《四庫全書》本，咸豐版《孫忠靖公遺集》《孫傳庭疏牘》"路川"作"路州"。

道同三水縣點查收訖。

內願隨征者收營隨征，願回籍者給免死票發回原籍，其各賊逃散及爲鄉民所殺未驗者不可勝算。

各營當陣奪獲馬騾共七百二十七匹頭，馬堪騎征者給兵丁，准自備入營騎征；騾堪用者留營給價，以充官用馱糧，不堪者分賞各有功兵丁。各營奪獲鐵綿盔甲共一百八十五頂副，弓刀箭撒袋共一千六百五十二件，俱給各原獲兵丁備征。

陣亡兵丁張贇等七名，傷斃各營官馬三十五匹，自馬一十二匹。重傷官丁寫令等二十六員名，輕傷官丁馮在京等四十八員名。等因到道，塘報到臣。

又據陝西監軍道右參政樊一蘅塘報，准固原總兵左光先塘報：本鎮於五月十二日在羅山阜殺混天星等賊，斬獲首級二百七十顆，生擒五十七名。已另具塘報訖。

混賊被殺之後，復東遁郎中地方。本鎮十五日轉慶陽備辦糧糗，同日曹總鎮統兵亦至。十六日報賊走合水南山向西北。撥隨獲一賊子，訊，據供稱：混、過兩賊又合營一處，往西路搶糧，即知會曹總鎮迎頭攔殺，本鎮追尾殲剿。

十八日至真寧縣地方三河原，大戰，斬獲首級七十五顆，生擒二十六名。十九日至三水縣地方，斬首級一百六十五顆，生擒五十八名，收降二百四名，奪獲馬騾六十四匹頭等因。

又據該道塘報，准臨洮總兵曹變蛟塘報：本鎮十五日至慶陽，據報賊從合水南原徑奔黑水河。本鎮會同左總鎮，同副將馬科提兵，從合水大路追躡賊尾。本鎮同副將賀人龍提兵從華池間道以截賊頭，即連夜越寧州，至早社。十八日晚，據報賊在湫頭原。本鎮督統官兵，連夜前進至真寧。又報賊於二更起營，奔回邠州。本鎮縣大廟捷路馳至金村原，適遇混、過前哨精賊，本鎮嚴督各將兵努力惡砍，賊悉敗奔，查得當陣斬首二百八十顆，生擒五十名，奪獲婦女一百六十口，馬騾五百六匹頭等因。

又准寧夏總兵祖大弼塘報[五]：本鎮十六日抵邠州，即差官各路偵探，十八日酉時，據報有賊數千從三水逸出，本鎮即統官兵出城。

十九日黎明，至赤荼坡，與賊對敵，斬獲首級二百三十八顆，生擒一十八名，收降一百一十七名，奪獲馬騾一千餘匹頭等因，各報到臣。

查秦中大寇自闖擒蠍殲而後，則必首稱混、過，混天星固大寇中之最雄者也，若邢家米闖將，雖不及混天星，然亦自領一營，與混同驅並逐。火焰斑、就地飛雖所領止二三哨，然皆不附混、過等營，而各爲一營。至劉秉義，則又全領張妙手之遺孽，以錚錚於諸賊之中，故皆得以掌盤子稱也。各寇猖獗十年，蔓延七省，決裂至於今日，我之元氣爲之銷索殆盡。

臣秉鉞三秦，兩年碌碌，竊以憤惋有心，揮霍無具。去歲樞臣楊嗣昌畫策大剿，分餉措兵，臣亦與有專責。臣徬徨審顧，拮据數月，粗有可觀。及大天王與爭世王、混世王、爭管王突犯平慶，臣嚴申道將，務逼使東。臣報警之疏，亦可覆按。比合水一戰，賊直走鄜、延，就我夾剿，我師緊促其后，勢在垂剪，而混天星、米闖將與火焰斑、就地飛、劉秉義及今僅以身免，狼狽西遁之。過天星、新天王等，又復越鳳、寶而東，牽臣以不得不內顧之勢。臣分身無術，兼顧實難，用是竊竊憂之。然臣耿念癡腸，不敢不以東邊剿賊自任，重申前請，明區區之愚忱，已備載合水報捷一疏。第臣矢願雖奢，才疎識黯，幸荷皇上威靈，楊家嶺之役，使賊膽落魂銷。比賊遠折中、宜，驚棲不定，臣詳察地形，變窮賊計，馳約剿帥，分布標兵。又合督臣西來之師，三月之內，大小七戰，總計此賊幾減十分之八。據臣標各將，探得死賊隨過賊西奔者①，大

---

① 探得死賊隨過賊西奔者：據《四庫全書》本，咸豐版《孫忠靖公遺集》《孫傳庭疏牘》"死賊"作"賊匪"。

約不及千人，内精兵不及一百①。比臣晤督臣洪承疇云：西奔之賊，尚有二千，精兵尚有二三百②。臣已密行賊所經過州縣，確查具報。

該臣看得混天星等藪澤兇頑，乾坤沴戾，或頡頏頑過，狎主梟獍之盟；或合隊分營，並張虎狼之勢。蔓延七省，罔非流毒之區；烽積十年，尚歰銷烟之日。金鷄之赦累下，全無颸作其悔心；鐵馬之征不休，迄莫能戢其逆志。恩威兩頓，剿撫俱窮。頃復掠蜀飽還，輒爾躪秦深入。欺内地之單弱，恃賊夥之衆强，將謂我如彼何？豈知今非昔比，臣禀責成於樞部，磨勵已閱三時；荷特達於聖明，報稱惟期一日。擬嗣凱旋於黑水，遂賀戰勝於黄山。酉魄早殰，軍聲大振。洎北奔延鎮，賊得緩死三旬；比西遠宜郊，我遂出師五月。迹其驚棲不定之狀，度其潰奔必出之途。千里合圍，九軍齊奮。既雲屯而霧列，或一地二營，或兩地三營；亦電擊而飆馳，或兩日三戰，或三日四戰。在賊傷弓之後，寧堪萬弩環張？在我投網之餘，肯使一目或漏？故報捷之騎方絡繹而來，乃傳飭之符猶聯翩以往。遂使金魚檻獸，馘首而膏斧鉞者，前後三千；澤蜮山猛，革心而入緜緤者，大小五股。收渠散黨，一朝幾致蕩平；懷德畏威，指日可期底定。蓋過寇僅以身免，虎無翼而難飛；殘餘夥罔不心寒，鴟有音而可格。此實聖天子中興之烈，亦惟師武臣大創之功。欲鼓敵愾之忠，宜渙酬庸之典。若臣猥逢多事，抒丹敢謂臣勞；謬有積忱，垂白嘗思母老。幸我圉之無恙，庶親闈之可依。此屬至情，別無他冀。

除督臣標下及各總鎮功聽督臣題叙外，臣標下中軍參將鄭嘉棟、原任參將解文英，功實居首。鄭嘉棟前以澄城捷功題叙加級，

---

① 内精兵不及一百：據《四庫全書》本，咸豐版《孫忠靖公遺集》《孫傳庭疏牘》"精兵"作"精賊"。

② 精兵尚有二三百：據《四庫全書》本，咸豐版《孫忠靖公遺集》《孫傳庭疏牘》"精兵"作"精賊"。

今請再加一級。在解文英澄城之戰前已彙叙，今請加一級。本官先任韓郃參將，因病回籍調理。後陝西按臣奉旨彙叙秦中剿功，議加本官一級，給有副總兵部札，今請以副總兵加級征剿。原任副將趙大允①、甘營遊擊王萬策，伏兵馬蘭，聞警西馳，一戰再戰，兩日連捷。趙大允前以殲蝎功②，奉旨成案量與湔除，又以黃龍山捷功題叙復職，今應同前功通叙。新營副將王根子，皷率夷丁③，所向無前。屯營玉華，懾賊歸命。後左營遊擊李國政，扼險隆防原，獨當東西，逼賊入網。王根子先經題參擬戍未覆，以擒闖功，奉旨另案酌議。昨合水捷功已經題叙，量與湔除。又澄城捷功已經題叙復職，李國政前以澄城捷功已經題叙加級，俱請同前功通叙。中營都司僉書張一貴、李世春，每戰當先，千人辟易。旗皷都司王國棟、都司僉書張文耀、新營中軍王建都，戮力行間，屢有成效。張一貴前因藍田兵叛，奉旨戴罪，剿賊自贖，昨以澄城捷功免罪。李世春前以澄城捷功，已議紀錄。王國棟、張文耀、王建都前以澄城捷功，已議加級。原任參將李當瑞、田時升、郭清，監營守備署指揮同知郭鳴鳳，千總盧自友、雷世英、樊學仁，臨陣督戰，指麾嚴明。郭鳴鳳前以澄城捷功，議加一級。郭清前因參劾提問擬徒，昨以澄城之捷論功未減，今均請一體議叙。

中營中軍李毓椿，千總明臣、楊王庭、萬流芳、梅永高[六]，把總魯典、魯宗周、趙光遠、陳自興、馬負圖[七]，鋒營中軍守備劉夢鯤，中哨千總解文學，把總趙希貴，守備張進忠、江奇華，前右營中軍黨威，三哨守備張登朝、李遇春、郭永壽，守備武大定，

---

① 原任副將趙大允：據《四庫全書》本，咸豐版《孫忠靖公遺集》《孫傳庭疏牘》“趙大允”作“趙大胤”。

② 趙大允前以殲蝎功：據《四庫全書》本，咸豐版《孫忠靖公遺集》《孫傳庭疏牘》“趙大允”作“趙大胤”。

③ 皷率夷丁：據《四庫全書》本，咸豐版《孫忠靖公遺集》《孫傳庭疏牘》“夷丁”作“土丁”。

甘營守備葛士英，千總劉建勲，當先勇戰，擒斬功多。内李毓椿、明臣、馬負圖、黨威、李遇春、郭永壽、武大定，前以澄城捷功，各加一級。楊王庭、魯典、魯宗周、陳自興，前以澄城捷功已叙紀録，今請并前功各加一級。萬流芳、楊永高、趙光遠、張登朝、劉夢鯤、解文學、趙希貴、張希忠①、江奇華、葛士英、劉建勛，俱請量陞一級。馬蘭把總陳我志，收降宣力，應與塘撥百户王明德并叙。分巡關内監軍道僉事王文清，前以黄龍山捷功優叙，因誤傳賊信，今應停其議叙。參謀原任知州雷鳴時，隨營畫策，多合機宜，經前撫臣糾參，節經督按諸臣審明，部覆奉旨降調，澄城功已經叙録在案，今請復還原職。

　　管三水縣事西安府同知孔宏燮，自兵屯該縣，措辦糧芻無誤，且所練鄉勇隨兵協剿，又多馘斬之功，請與優叙。統領鄉兵守備陳登盈等，請給加銜部劄。布政司經歷劉文濟，隨營管餉，輓運收支各數明晰。前叙澄城捷功未經列名，昨於寇渠投撫疏中補叙，今請前後一併優叙。

　　以上有功文武各官，仍俟寇平日，照部頒新例彙題，分别再議。其應給功賞銀兩，臣先動餉銀墊給，俟部發大賞到日還項。

　　臣草疏已畢，頃據長武縣報：十九日有賊千餘騎，自本縣東北地方來至城北，將欲紥營，仍復散往西南去訖。

　　是晚三更，有過天星下頭隊四虎，及六隊郭應聘等男婦三百餘名口，復回城下乞降。又據鳳翔府報稱：有過天星下頭目王永吉等七人，率領男婦一百一十四名，業赴府投降，各等因。據此，則知賊勢瓦解。過天星之黨存者亦實無幾，除臣已行該府縣點查解驗審明，一體遣散安插外，統祈聖明敕部施行。

　　爲此謹題。

---

　　① 張希忠：據《四庫全書》本，咸豐版《孫忠靖公遺集》《孫傳庭疏牘》作“張進忠”。

崇禎十一年五月二十六日具題。

六月十四日奉旨："這剿降各股大寇，允稱奇捷，孫傳庭具見方略，勤勞並有功。各官俱先行叙陞，仍俟寇平彙叙。應賞者准動餉銀，軍前立賞，該部作速解補。敗遁者乘勝盡殲，已降者務安插得所。該部知道。"

【箋證】

［一］與前疏所報爲同一戰事，主要報告戰果，祈對有功人員予以鼓勵獎賞。

［二］縣中部、宜君趙和尚寺、馬蘭：宜君，今爲陝西省銅川市屬縣，位陝西省中部，銅川市北部，關中平原與陝北黃土高原的結合部。縣城南距省會西安120公里，北距軒轅黃帝陵27公里。苻秦永興二年（358）於此設宜君護軍（因縣西川有宜君水——今耀縣沮河，故名）。北魏太平真君七年（446）罷護軍，置宜君縣，屬雍州北地郡。永安元年（528），分北地郡置宜君郡，宜君縣屬之，兼設郡治。唐武德元年（618）改郡爲州。五代和北宋，宜君縣屬延安府坊州。元至元六年（1269）至明，宜君縣屬延安府鄜州。

［三］本院亦於即日縣三原抵耀州：三原，今屬陝西省咸陽市，古稱"池陽"，位陝西關中平原中部，因境内有孟侯原、豐原、白鹿原而得名。前秦苻堅於縣西北今淳化縣固賢置三原護軍。北魏太平真君七年（446）設置三原縣，永安元年（528）三原縣治由今淳化縣固賢遷今城關鎮西北三十里之清水谷。元至元二十四年（1287）移龍橋鎮，即今三原縣治。耀州，古稱耀縣，今爲陝西省銅川市下轄區（2002年10月撤縣設區）。地處陝西中部渭北高原南緣，是關中通向陝北的門户，"北山鎖鑰""關輔襟喉"。唐天祐元年（904），鳳翔節度使李茂貞於縣置茂州，旋改耀州，建義勝軍節度，轄華原一縣。耀州之名，即始於此。明仍爲耀州。萬曆前，轄同官、富平、三原、宜君四縣；萬曆後只轄同官一縣。清雍正三年（1725）升爲直隸州，轄同官、白水二縣。十三年（1735）降爲散州（無轄縣），改屬西安府。

［四］行次同官縣：同官縣，今屬陝西省銅川市。北魏太平真君七年（446）設置銅官縣，隸屬雍州北地郡。北周建德四年（575），銅官縣改名同官縣，隸屬宜州。此後，隋、唐、宋、金、元均設同官縣。明代同官縣隸屬陝西布政使司關内道西安府耀州。

［五］准寧夏總兵祖大弼塘報：祖大弼，明將，遼東（今遼寧遼陽）人，祖大壽之弟。作戰驍勇，有“祖二瘋子”之稱。松錦之戰明軍敗没後，與祖大壽降清。

［六］千總明臣、楊王庭、萬流芳、梅永高：據《明史·職官志五》：千總，明初京軍三大營置把總，嘉靖中增置千總，統率千名戰兵。皆以功臣擔任。以後職權日輕，位次於守備。“嘉靖二十九年，革團營官廳，仍併三大營，改三千曰神樞，設副、參、遊、佐、坐營、號頭、中軍、千、把總等官。”“監鎗號頭官一，中軍官十一，隨征千總四，隨營千總二十，選鋒把總八，把總一百三十八。已上俱營推。”

［七］把總魯典、魯宗周、趙光遠、陳自興、馬負圖：把總，明代京營、邊軍系統官名，秩比正七品，次於軍中統率千名戰兵之千總，麾下約有戰兵四百四十人。明駐守京師兵，分三大營，統兵官中有此官；各地總兵屬下軍官亦有此官。明初多以功臣、外戚充任。後職位日輕。《明史·職官志五》：“永樂二十二年，置三大營，曰五軍營，曰神機營，曰三千營。五軍、神機各設中軍、左右哨、左右掖；五軍、三千各設五司。每營俱選勛臣二人提督之。其諸營管哨、掖官，曰坐營，曰坐司。各哨、掖官，亦率以勛臣爲之。又設把總、把司、把牌等官。”

《山西文華》編纂委員會　編

山西文華·著述編

孫傳庭集

明　孫傳庭　◎　著　王增斌　◎　箋注

第二冊

山西出版傳媒集團
山西人民出版社

卷五　奏疏三

報漢中官兵獲捷疏[一]

題“爲漢中流孽突逞，官兵奮勇獲捷，謹據報奏聞事”。

本年五月初十日，據漢中副將趙光遠、遊擊韓進忠塘報到臣[二]。該臣看得漢南流寇遺孽糾合土賊饑民，藏伏南山，不時出掠。臣嚴檄副將趙光遠督兵偵剿，俾毋養癰貽患。四月間，賊繇棧道南犯黃沙，該副將督率遊擊韓進忠，與同參將鄒宗武官兵及漢中府知府姚一麟親丁[三]，合力截擊，斬級一百四十餘顆，且擒獲首賊一名，殺死首賊一名。除藩郡切近之憂，絕賊夥滋蔓之勢，擬合恭疏報聞。爲此謹題。

崇禎十一年六月初二日具題，本月二十九日奉旨：“兵部知道。”

【箋證】

[一] 爲漢中副將趙光遠等率兵進剿流竄漢南民軍餘部獲勝而上奏。

[二] 據漢中副將趙光遠、遊擊韓進忠塘報到臣：趙光遠，參《報流寇自蜀返秦疏》。韓進忠，傳庭集中《報流寇自蜀返秦疏》謂：“據漢羌營遊擊韓進忠塘報。”《鑑勞録》記崇禎九年六月：“漢中因大寇連年逋逞，遺有零孽，糾合土寇饑民藏伏南山，不時出擾。臣嚴檄副將趙光遠、參將鄒宗武、遊擊韓進忠合力截

擊，斬獲頗多。"按韓進忠，其他資料不詳。《河南通志》卷三十九"陳州營守備"之職有一韓進忠，謂："福建人，將材。康熙二十八年任。"顯然與本處之"韓進忠"無涉。

　　[三]與同參將鄒宗武官兵及漢中府知府姚一麟親丁：鄒宗武，除同上韓進忠引《鑑勞録》記崇禎九年六月一則外，其他資料不詳。姚一麟，《四庫》本《山西通志》卷一百七《人物七·太原府·明》有其簡單傳記："姚一麟，陽曲人。萬曆乙卯舉人，授陝西中部知縣。值崇禎初饑饉頻仍，賊踞城内，兵圍城外，廬舍灰燼，民僅孑遺。一麟極意軫恤，撫殘黎，復縣治，漸有甦機。嚴明果斷，吏無舵法，民獲寧宇。歷陞漢中知府。"

糾參貪橫監司疏[一]

　　題"爲監司貪橫已極，謹據實糾參，以肅憲紀事"。

　　比來察吏之法不及於監司，在賢者固不因以弛防，在不肖者遂至敢於敗檢①，於是有恣饕餮以營私橐[二]，而攫取勝於盜行；縱狐鼠以剥民膏[三]，致科派多於額賦。且憑播弄以行其顛倒，法紀全無；借傾險以肆其把持，善良側目。以至虧行濫訟，鬻士買官，批問輒下及中軍，關説敢旁干學政，誠不容一日姑容。

　　如分守關西道副使李公門[四]，特爲我皇上臚列陳之（計事迹共十七欵）。該臣參看得本官：慾如谿壑難盈，情比山川尤險。指能障目，遂謂天日可欺；膽欲包身，寧復神明是畏②！罄竹莫窮其穢迹，鑠金更饒有讒謀[五]；廉吏視之如讎，民瘼置之罔恤。最可恨者，徇劣令則一縣之錢糧侵混，至一萬有餘，竟欲使知府不敢揭參；庇積役則兩地之幫貼科派，至二萬餘金，幾欲使按臣不得

_____

　　①　在不肖者遂至敢於敗檢：據《四庫全書》本，咸豐版《孫忠靖公遺集》《孫傳庭疏牘》"在"作"而"。
　　②　寧復神明是畏：據《四庫全書》本，咸豐版《孫忠靖公遺集》《孫傳庭疏牘》"寧"作"詎"。

過問。衹緣利令智昏，詎惜身敗名裂①？況於文較武試，亦欲居奇，而請托公行，即聖明累飭之功令，曾不足以動其顧慮。其他塗面昧心，寡廉鮮恥之事，於本官又何責焉？若不重加斥處，則大之不法，安望小廉？前之不懲，何有後警？秦之吏治，臣殆不知所底矣！

再照：驛遞私派一事，抗不裁革。知府熊應元、鳳翔知縣楊大勛[六]，幾欲請損，亦竟不能力爭。蓋本官儼然監司，本官既為群役所用，雖於臣之檄禁面叱，尚恬不為意，各官亦何能為！至若知府熊應元，一清若水，徒以本官驅除異己，竟罹盆冤，貪人固善為下石之謀，廉吏豈竟杳撥雲之日？是非難泯，故微臣不能無復楚之心；袞鉞有靈，惟明主乃能為烹阿之事。伏祈敕下該部，將李公門嚴加議處，庶官邪知警，而憲紀可肅。

臣謹會同按臣王僉合詞具題。

崇禎十一年六月初二日具題，本月二十九日奉旨："該部嚴察速奏。"

【箋證】

[一]為參劾分守關西副使李公門貪殘瀆職事而上。除其貪殘事羅列外，特別指出其罪証：侵混一縣錢糧一萬有餘，貪污兩地幫貼科派二萬餘金。驛遞私派，抗不裁割。且有人命在身："知府熊應元一清如水，徒以本官驅除異己，竟罹盆冤。"

[二]恣饕餮以營私橐：饕餮，本指傳說中的一種貪殘的怪物，古代鐘鼎彝器上多刻其頭形以為裝飾。《呂氏春秋·先識》："周鼎著饕餮，有首無身，食人未咽，害及其身，以言報更也。"後用指貪得無厭。《舊唐書·文苑傳下·劉蕡》："居上無清惠之政，而有饕餮之害；居下無忠誠之節，而有奸欺之罪。"

[三]縱狐鼠以剝民膏：狐鼠，城狐社鼠之謂：城墻上的狐狸，社廟裏的老

---

① 衹緣利令智昏，詎惜身敗名裂：據咸豐版《孫忠靖公遺集》《孫傳庭疏牘》，《四庫全書》本無"衹"，"詎"作"寧"。

鼠。《晏子春秋·内篇·問上第三》：“夫社，束木而塗之，鼠因而托焉。熏之則恐燒其木；灌木則恐敗其塗。此鼠所以不可得殺者，以社故也。”宋洪邁《容齋四筆·城狐社鼠》：“城狐不灌，社鼠不熏。謂其所棲穴者得所憑依，此古語也。故議論者率指人君左右近習爲城狐社鼠。”

[四] 分守關西道副使：陝西布政使司下派分守關西道的副長官。布政使下派之官爲分守，提刑按察使下派之官爲分巡。同時代表布政使與提刑按察使下派之官就是所謂的“守巡”。參見《恭報東西寇警並陳剿禦情形疏》。

[五] 鑠金更饒有讒謀：鑠金，衆口鑠金，衆人的言論能夠熔化金屬，比喻輿論影響的强大。亦喻衆口同聲可混淆視聽。《國語·周語下》韋昭注：“鑠，消也，衆口所毁，雖金石猶可消也。”

[六] 知府熊應元、鳳翔知縣楊大勛：熊應元，《江西通志》卷五十五《選舉七》明“萬曆四十六年戊午鄉試”中舉名單有“熊應元”，下記曰：“南昌人，湖廣中式，鳳翔知府。”《陝西通志》卷十四《城池·鳳翔府（鳳翔縣附郭）》謂：“府城唐末節度使李茂貞建。鳳凰泉水繞城，四圍周一十二里三分，高二丈五尺。”后記明代歷任知府重修或增修。最後記曰：“崇禎末，知府熊應元繕葺。”又《陝西通志》卷二十七《學校·鳳翔府》記鳳翔府府學歷代建、毁情況，特提“岐陽書院”：“崇禎九年，知府熊應元、鳳翔縣知縣楊大勛增修。”據本文，熊應元是受李公門迫害而死。但具體案因未提。

報收發甘兵晋兵日期疏[一]

題“爲甘兵歸還督臣，晋兵還駐晋地，謹將收發兵數日期恭報上聞事”。

照得甘兵先隨督臣洪承疇軍前征剿，崇禎十年六月内奉旨屬臣調度，七月十五日准督臣咨送副將盛略、遊擊趙用彬、王萬策等，所統實在官兵二千七十九員名，馬騾一千三百八十二匹頭，赴臣標下[二]。隨於鳳寶截剿，屢獲捷功，節經臣題叙在案。其官兵内有患病，馬騾内有瘦弱者，臣於郿縣親行點驗，汰退官目三十一員，兵丁四百一十四名，馬騾七十匹頭，令趙用彬帶領回鎮。止留堪戰兵馬，令盛略、王萬策等統領。向在潼華商雒駐防，先准兵部咨，以官目數多，移臣將甘兵廩餉釐正^[三]。臣查甘兵自督臣軍前發臣標下，其應支廩餉不便異同。且又查部派臣應統兵一萬，臣遵旨選募，除甘兵外，馬步已逾一萬，足資防剿。故臣於釐正廩餉疏中，議將甘兵仍還督臣。如督臣不用，發回該鎮。臣於今歲正月二十九日移咨督臣會議去後，三月初六日准督臣回稱：本部院時下亟圖滅賊，正苦兵單，宜照來咨，留甘兵於本部院軍前，即令就近聽西慶平鳳監軍道監同崔、吳兩遊擊官兵，合營於平慶西鳳地方，專剿六隊裡之賊等因。

准此，適報六隊各賊逼犯平固，欲從慶陽逸出耀、淳。又潼關道報抄河南按院張任學手札^[四]，內云：曹操等寇欲入秦^[五]，令秦兵一出函關截賊於盧靈，一繇商州截賊於商雒。臣東西兼顧，時各鎮大兵又無一鎮東援者，臣遂一面發標下副將王根子、參將鄭嘉棟、遊擊李國政等兵，視平慶之賊隨向堵剿；一面發王萬策甘兵五百，同臣標下參將解文英官兵分防商雒，以堵豫寇。令盛略甘兵一千暫駐臨潼，聽臣酌量緩急調發東西援剿。俟東賊稍緩，商雒撤防，發甘兵赴督臣軍前。

復移咨督臣去後，隨報六隊各賊已至慶陽。臣即親督王根子等兵擊剿，一面令盛略同臣標下副將趙大胤各統兵赴中鄜扼剿。臣至慶陽，提王根子等兵於合水，大戰獲捷，馘斬百餘級，陣擒大天王二孽子。賊敗東奔，我兵正乘勝追剿，忽報混天星、過天星等賊透出寶、鳳，東犯同、澄。臣聞警急督標下各兵返顧內地^①，併於中鄜調盛略等，於商雒調王萬策等，俱赴黃龍山截剿。臣督各兵於楊家嶺等處大戰獲捷，擒斬一千二百餘名顆。賊敗奔延北，與六隊各賊合。臣隨將盛略甘兵除選汰及陣傷外，點驗見在官兵九百五十二員名，發隨西慶平鳳監軍道張京，合剿六隊各賊。其

---

①　臣聞警急督標下各兵返顧內地：據《四庫全書》本，咸豐版《孫忠靖公遺集》《孫傳庭疏牘》無"警"字。

王萬策官兵四百九十四員名，臣因報混十萬賊逼犯朱陽關[六]，仍發本官雒南防剿，未同盛略併發。

嗣報混、過折犯中宜，臣提王根子、李國政等兵赴中宜，從東擊剿。一面調發鄭嘉棟、解文英、趙大胤、王萬策之兵預伏馬蘭、三水之間，防賊南犯；一面移會總兵左光先等，於慶寧進剿，扼賊西奔。及臣赴中宜，賊聞兵至，起營西移。因左光先等就糧慶陽，賊從合水南奔，鄭嘉棟等四營官兵於三水等處迎頭敵戰，兩日三捷，擒斬千餘。渠魁混天星等五股、過天星下三哨共三千餘人勢窘投降。又總兵左光先、曹變蛟、祖大弼，共報擒斬九百有奇，收降三百餘人。過天星僅以身免，所餘殘孽無幾，遁入秦隴山中。督臣令曹變蛟及副將賀人龍等兵，急趨入棧扼截。并令副將馬科統兵緊促追剿，潰敗零孽無難剪滅。至六隊各賊，聞諸大股剿撫殆盡，勢孤膽寒，亦繇慶陽西北遠遁。督臣令左光先、祖大弼等兵追剿，可期盡殲。

頃准督臣咨稱：甘兵若合全營，猶可收一臂之用；若將一營分爲兩處，未免俱屬單薄。希將盛略、王萬策所統全營官兵俱送本部院，庶兵合力厚，便於成功等因。准此，臣遂撤王萬策，從鳳汧回省。找給餉銀移送間，六月初五日，准兵部咨，該臣題“爲官兵出奇扼要鹹斬當陣精賊俘獲寇渠二子恭報捷音事”，該本部覆題，奉旨：“是，即著猛如虎與秦撫合兵奮擊，共圖蕩寇。奏内有功將士，著監軍御史作速勘報，兵丁軍前立賞。欽此欽遵。”抄出到部，移咨到臣。

隨據副將猛如虎禀報：統領官兵一千員名，馬騾駝六百八匹頭，已於本月初二日渡河入秦。至初八日，該將統兵至臣標下，臣將王萬策甘兵查點①：除事故陣傷外，見在官丁四百七十七員

---

① 臣將王萬策甘兵查點：據《四庫全書》本，咸豐版《孫忠靖公遺集》《孫傳庭疏牘》“甘兵”作“官兵”。

名，馬騾五百三十七匹頭，已於十一日咨送督臣訖。

臣因賊孼遁入西山，諸帥搜剿可盡，暫留晉兵駐省。十一日，據猛如虎稟稱：初十日，蒙山西撫院憲牌准兵部咨：竊照秦賊東奔，虞其衝出潼關，非晉兵不能就近遏之也。今自陝撫澄城一戰，賊折而西而北，大掠延安。秦將吳國偉戰死[七]，則眈眈之勢不在潼關，而在延東。盈盈衣帶與晉緊鄰，該撫宋賢前者大聲疾呼[八]，謂兵單不堪他調。該將猛如虎呈報，領安犒啓程，僅兵一千，則未足以當大敵也。合行晉撫，斟酌所向，就近延東一帶，河狹水淺，凡可偷渡之處，嚴斷賊衝。如可乘機截殺，不妨出奇暗渡，破賊成功，不必拘於前議。繇陝入關，空勞士卒，而不與賊相值可也。若偵賊遠遁在晉，近河駐防，不得疲我兵馬，聽調防邊等因。該將備録原牌稟報到臣，除行該副將遵照部文刻日啓行回晉外，該臣看得，殺賊需兵，然必真能殺賊，而始謂之有，故鶴立成隊非有也。惟不能殺賊則謂之無。即尺籍森列皆無也。臣雖不知兵事，然自役秦中，於兵之利鈍，用兵之得失，窺之頗稔。故臣謂無兵，臣必實見其無兵，乃不敢謬以爲有。雖樞部曾以川兵、延兵予臣，而臣亦不敢受。蓋此二兵無論強脆若何，而臣不能用，則臣不敢倚之以爲有也。及臣遵照部派之數自行募練，漸有可觀，臣又何敢諱以爲無？故秦賊入蜀，臣輒自請出關；蜀賊返秦，臣輒願圖一當。至因甘兵廩糧不便，自臣釐正，併欲將甘兵繳還，亦以臣兵亦可不靠甘兵，非徒以其釐正之難而遂敢因噎廢食也。乃未幾，蜀賊之還秦者相繼東突①，又無一鎮剿兵尾其後。豫寇混十萬窺關逼雒，且同時見告。臣東西馳騖，兼顧恐難。又臣兵自募練之後，未曾一試，臣亦不能不竊竊憂之。故於續報緊急賊情疏中，謂臣本非利器，而盤錯已甚。臣之私憂過計，不得不爾。比

---

①　蜀賊之還秦者相繼東突：據《四庫全書》本，咸豐版《孫忠靖公遺集》《孫傳庭疏牘》“還”作“入”。

臣展轉揣度，謂爲其事而無其功，乃淳于髠之所未睹。臣挑簡各兵，蓋無一兵之弓矢技藝不經臣躬親試驗者。挑簡之後，凡如何進剿，如何接應，如何收營，無一不經臣窮思極慮，務求一當。爲各兵耳提面命，三令五申者也。賊即衆多，即不乏精銳，其能如臣所挑簡訓練之兵？諒必無幾。故臣恐懼之餘，又不禁鼓奮。即初報六隊等賊冡突慶陽，臣且申嚴道將務逼使東，即臣曾致書樞臣，亦惟願大兵逼賊使東。比賊盡東，大兵未至，臣又敢以獨力往來馳擊，使賊大潰喪。比大兵既至，三水之役，臣復敢以孤標，與各鎮兵分任東西，迄今無一賊潰而在東者①，則以臣誓不與賊俱生之一念，有以奪賊之氣而褫其魄。又臣所挑簡訓練之兵，稍稍爲賊所憚耳。

今賊減不止七八。據塘報：過天星之賊零星鼠竄，勢必不能復振。其哨目見存者已無多人。内有臣所擒張氏之夫二虎，子大星宿，皆彼最得力之人，雖以彼日夜緊防，不能脫離，然已皆繫心於我，旦晚之間，此賊非滅即降。止餘六隊各賊，又安能孤立於秦？而臣兵則猶如故，且非復昔之未曾一試矣。臣差可恃以無恐。甘兵除臣先將盛略所統馬步一千移送督臣外，其王萬策兵五百，臣因其久駐雒南，習熟雒南地利，欲留以備彼中緩急。督臣謂與盛略所統之兵，分之恐俱單弱，臣遂併送督臣。

至山西副將猛如虎之兵，將最勇，而兵頗單，且臣鄉自鎮臣虎大威而外[九]，所恃惟該將之兵，故臣鄉撫臣宋賢謂兵單不堪他調。而樞臣覆議亦謂不必繇陝入關，若偵賊遠遁在晉，近河駐防聽調防邊，臣又安敢虛拘該將於秦中？故隨檄該將如部議遵行矣。

至若與督臣同心共濟，以臣自揣亦似無有如臣者。無論累當賊禍決裂，欽限嚴切之際，臣於剿事，每能累効一臂，聖明知之，中

---

① 迄今無一賊潰而在東者：據《四庫全書》本，咸豐版《孫忠靖公遺集》《孫傳庭疏牘》“迄今”作“今迄”。

外知之，即督臣亦知之。第以用兵一節，陝撫之有固原、臨洮兩鎮，猶甘撫之有甘鎮，延撫之有延鎮，寧撫之有寧鎮也。臣奉皇上之命，併有剿賊之責，於固、臨兩鎮之兵，分一鎮以隸臣，豈不較他兵得力？乃兩鎮皆在督臣軍前，督臣方左右手倚之，臣故從不敢爭執請討。寧自募兵，寧以隔鎮之兵屬臣，一切調停駕馭，較本鎮原有之兵未免費手，臣豈樂彼而惡此？則以督臣惟恃此兩兵，而臣如分其一，是欲督臣失左右手之倚，臣故不敢出也。今又以甘兵還督臣，併王萬策之五百亦唯督臣之命，未留一人，即此亦可想臣與督臣同心共濟之一端矣。徒以臣曉曉多口，未免取罪督臣，致滋中外之疑，反似臣與督臣不能同心者。臣之曉曉，豈臣得已？即督臣亦未嘗不諒臣也。夫賊之如何滅，如何不滅，臣亦既知之已。滅，則秦之土地人民與秦之藩封俱安，而臣與督臣之身家性命俱可無恙；不滅，則秦之土地人民與秦之藩封俱危，而臣與督臣之身家性命皆不可保，而且皆爲萬世之罪人。如是，而欲臣之不曉曉得乎？臣原非崖異褊急之人，第因處禍亂危急之中，迫圖共濟，而致滋中外之疑，故臣之區區不得不望於中外之平心一觀也。然臣之始終止知爲朝廷濟事而已，他非所知，則臣之此言又曉曉已。臣無任惶悚之至，爲此謹題。

崇禎十一年六月十二日具題，七月初四日奉旨：“據奏收發各兵事宜，知道了。孫傳庭以實心任事，同力協剿，朕所素知，不必剖陳。該部知道。”

【箋證】

　　［一］爲向督臣洪承疇交還甘兵而上疏崇禎皇帝。按孫傳庭清屯清軍、自辦武裝，訓練出一支能征慣戰的軍隊，已足支陝西省內防禦民軍的作戰，故有此疏。

　　［二］照得甘兵……准督臣咨送副將盛略、遊擊趙用彬、王萬策等……赴臣標下：參見卷三《報甘兵抵鳳並請責成疏》。盛略，任甘兵“總統副將”（《報甘

兵抵鳳並請責成疏》"總統副將一員盛略，日支銀五錢"）。自隨孫傳庭後，屢建功勳。趙用彬，任甘兵"鎮夷遊擊"（同上《報甘兵抵鳳並請責成疏》"見任甘肅鎮夷遊擊一員趙用彬，日支銀三錢"），隨傳庭征戰的甘兵將領，傳庭集中多與盛略同時出現。

〔三〕移臣將甘兵廩餉釐正：見卷一《奏報甘兵廩餉疏》（奏"爲甘兵廩餉久有成額微臣接管委難釐正謹具疏奏聞以祈聖鑒事"）。

〔四〕又潼關道報抄河南按院張任學手札：張任學，安岳人（今屬四川資陽），《山西通志》卷八十七《名宦五·太原府》載："天啓五年進士，授太原知縣。以才調榆次，崇禎四年舉治行卓異，入爲御史。"國家多難之際，張任學自請以文官改任武職。《大清一統志》卷三百八《潼川府》記："崇禎四年巡按河南。時群盜縱橫，任學慨然，請換武階執干戈。帝壯之，授署都督僉事，爲河南總兵官。"張且頗不認同楊嗣昌、熊文燦平定民軍之亂所採取的主撫政策："先是張獻忠已降，任學謂總理熊文燦曰：'此賊終爲國患，不如出其不意滅之。'不聽，後果如其言。"《四川通志》卷九上："崇禎間以廉能擢雲南道御史，屢有建白，懷宗嘉納之，書其名於御屏，遂命巡按兩淮。""時賊遍河南，推臺臣監軍，皆不欲往。任學毅然受命，且憤諸鎮養寇，疏請改總兵職銜討賊。拔罪弁羅岱爲中軍，運籌分布，有羅山、襄承、隨棗、汝許諸捷。"張任學最終結局，《四川通志》謂："會有忌功者，遂解組歸，菽水承歡，蕭然寒素。崇禎末，仍以直指起之，而任學已卒。"

〔五〕曹操等寇欲入秦：曹操，名羅汝才（？—1642年），陝西延安人，明末農軍首領之一，因爲人狡詐多謀，反復無常，故得此別號。崇禎初率眾起義，後成民軍三十六營主要首領。崇禎十一年（1638）詐降熊文燦，割據鄖陽、均州一帶，與穀城詐降的張獻忠遙爲聲援。第二年與張獻忠再次反叛，轉戰四川、湖廣、河南等地。後與張獻忠產生矛盾，崇禎十四年北上會師李自成。崇禎十六年自稱"代天撫民威德大將軍"，與李自成漸生不和，被李自成襲殺。

〔六〕臣因報混十萬賊逼犯朱陽關：朱陽關，《新唐書·地理志》："盧氏，武德元年置，南有朱陽關，武德八年廢。"《大清一統志》："朱陽關，在盧氏縣西南五十里，有巡司。"今河南省盧氏縣境東南部有朱陽關鎮，距縣城六十多公里。

〔七〕秦將吳國偉戰死：《陝西通志》卷六十一《人物七》："衛人吳國偉以副將戰死商州。"

〔八〕該撫宋賢前者大聲疾呼：宋賢，浙江建德人，明末曾任山西巡撫，官終兵部侍郎。《浙江通志》卷一百七十四《人物四·武功四·嚴州府》引《建德縣志》記曰："宋賢，字又希，天啓進士。授常熟令，民有'前楊漣後宋賢'之謠。擢御史，掌河南道，大計黜陟，一切書儀峻拒不受。進太僕卿。會山西巡撫缺人，當召對。帝曰：'若非掌河南道不受書儀者耶？'遂命往山西，爲神京右臂。劇寇交訌，賢增坿、濬隍、蓄糧、置砲，擒賊首過山龍、番天鷂等。乞歸，加兵部侍郎。予告癸未冬金華土寇竊發，賢與知府胡崇德，遏寇黨王麒生。加葺雉堞，設法剿禦，民賴安堵。卒於家。"

[九] 至山西副將猛如虎之兵……自鎮臣虎大威而外：猛如虎與虎大威，明末對民軍作戰的勇將。其籍貫，《陝西通志》卷三十三《選舉四·武科》記："猛如虎，榆林人，歷三屯營總兵。虎大威，榆林人，歷總兵。"《大清一統志》卷一百八十七《榆林府·人物》載二人簡要傳記，二人最終均戰死沙場，其生平頗爲感人。猛如虎傳云："猛如虎，本塞外降人，家榆林，驍果善戰，與虎大威齊名。崇禎八年，以參將剿平山西賊，巡撫吳甡薦加副總兵，擢薊鎮中協總兵官。坐事落職，督師楊嗣昌請於朝，令從入蜀爲正總統。追賊於巴州，所將止六百餘騎，皆左良玉部兵，素優閒不戰。張獻忠窺官軍無後斷，密抽壯騎乘之。參將劉士杰與如虎之子先捷戰死，如虎力戰決圍出，收殘卒，下荊州，扼德安黃州。會疽發背，不能戰，移駐南陽。李自成來攻，如虎殺賊數千，已而城破，如虎持短刀巷戰，大呼衝擊。血盈袍袖，過王唐門，北面叩頭謝上，自稱力竭。爲賊搠死。"虎大威傳云："虎大威，本塞外降卒，居榆林。勇敢嫻將略，積戰功官山西參將。崇禎中剿賊陵川、潞安、陽城、沁水，連勝之。從擊賊介休，殲其魁九條龍。移守平陽，巡撫吳甡察諸將中惟大威與猛如虎沈毅可屬兵事，委任之。高加計據岢嵐，馬上舞挺，不可當，大威射殺之，餘黨悉平。進副總兵，尋擢山西總兵官。從總督盧象昇統兵入衛，轉戰至鉅鹿賈莊，被圍數匝。象昇死，大威潰圍出，坐解職，令從軍辦賊。從總督楊岳破賊於鳴皋於鄧州，又敗之郾城。後攻汝寧賊寨，中砲死。大威爲偏裨，最有聲，及爲大帥，值賊勢益張，所將止數千人，身經數十戰，卒死王事，論者賢之。本朝乾隆四十一年賜謚忠烈。"猛如虎與虎大威，《明史》有傳，載列傳卷一百五十七。

議濬漢江淺灘疏^[一]

題"爲臣職當竭其力，報國猶有苦心，極慮禦防，捐資製造，以壯軍威以固根本事"。

　　崇禎十一年三月初四日，據陝西布政司呈蒙撫按兩院案驗，准工部咨，該南京守備司禮監太監孫象賢題前事等因[二]，十年四月初九日奉旨："留都餹備宜周。據奏捐資製砲等項，具見急公，併寄貯改造事宜①，俱依議。完日，開報覆銷。其湖廣、漢中灘峽淤淺宜濬，著該撫按看議速奏。該部知道。欽此欽遵。"

　　抄出到部，移咨前來，備行到司。准守巡關南二道查議到司②，呈詳到臣。該臣會同按臣王僉[三]，看得漢江發源秦地，故江流在漢興猶淺[四]，如能挑濬，胥成巨浸，使賊衆望洋自失，寧非至願③！第查洋縣之金峽灘等處[五]，尚可挑濬，已經該道行該府州所屬地方④，督率鄉勇合力濬深。若洵、白之間，淺處皆係沙灘，旋濬旋淤，工無所施，故該州申議：遇警則撥鄉兵，用舟載砲防堵。蓋險阻不足恃者，仍須以人力扼守耳。既經該司查報前來，相應題覆。爲此謹題。

　　崇禎十一年六月十二日具題，七月初六日奉旨："該部知道⑤。"

【箋證】

　　[一] 依疏奏文意，孫傳庭前曾上疏，爲南京守備捐資製砲，並請求疏浚漢江，以阻擋民軍的往來。此疏是對朝廷批准疏浚漢江的回復，具體報告疏濬的主

---

　　① 併寄貯改造事宜：據《四庫全書》本，咸豐版《孫忠靖公遺集》《孫傳庭疏牘》"貯"作"儲"。

　　② 准守巡關南二道查議到司：據《四庫全書》本，咸豐版《孫忠靖公遺集》《孫傳庭疏牘》"二道"作"三道"。

　　③ 寧非至願：據《四庫全書》本，咸豐版《孫忠靖公遺集》《孫傳庭疏牘》"寧"作"豈"。

　　④ 尚可挑濬，已經該道行該府州所屬地方：據《四庫全書》本，咸豐版《孫忠靖公遺集》《孫傳庭疏牘》"尚"作"向"，"該道"作"該部道"。

　　⑤ 該部知道：據《四庫全書》本，咸豐版《孫忠靖公遺集》《孫傳庭疏牘》此句下有"欽此"二字。

要位置。

[二] 該南京守備司禮監太監孫象賢題前事等因：孫象賢，《明史紀事本末》卷七十四《宦侍誤國》："（崇禎九年）九月我大清兵從建昌冷口還，守將崔秉德請率兵遏歸路，總監高起潛不敢進……四日，起潛始進石門山，報斬三級。司禮監太監孫象賢調南京，同張彝憲守備。"

[三] 會同按臣王僎：王僎，《陝西通志》卷二十二《職官三》"巡按陝西御史"一職有王僎之名，但僅介紹："河南商城人。"又卷五十一《名宦二·節鎮下》之末謂："按節鎮當國家重寄，非宏才碩望莫膺斯任。其賢者各具專傳，次則勛庸未著，亦詳其姓氏，而爵里亦附見焉。"其中有王僎之名，但僅記其籍貫"商城人"三字。是知王僎在《陝西通志》編者眼中顯然屬於"勛庸未著"者。

[四] 故江流在漢興猶淺：漢興，地名有二，一在今福建省，據《明一統志》，浦城縣東漢建安時曾名"漢興"，顯然非本文所指。查《四川通志》卷二十六《古迹》"開縣"有"西流廢縣"："在縣西北一百五十里，後魏置漢興縣，西魏改曰西流，後周屬周安郡，隋開皇三年罷周安郡，以縣屬開州……"但開縣在今重慶市，亦與本文不合。待考。

[五] 第查洋縣之金峽灘等處：洋縣，今屬陝西漢中市，位於陝西西南部，漢中盆地東緣，北依秦嶺，南靠巴山，東接佛坪、石泉縣，南鄰西鄉縣，西毗城固縣，北界留壩、太白縣。西魏廢帝二年（553），分梁州、直州地置洋州，爲洋縣開始之年。歷經隋、唐、宋、元，均爲洋州地。明太祖洪武三年（1370）大將軍徐達率師西進，改興元路爲漢中府，降洋州爲洋縣。九年，縣屬陝西承宣布政使司漢中府轄；十年，並洋縣入西鄉縣，旋復。清初，縣地由李自成部將賀珍率軍駐守。順治三年（1646）五月肅親王豪格遣軍入漢中，洋縣歸清。

恭報過賊投降疏[一]

題"爲恭報過賊投降事"。

六月十六日，據陝西監軍道右參政樊一蘅、西慶平鳳監軍道僉事張京塘報：案照過天星一股大賊，蒙總督軍門、陝西撫院分布各官兵於三水縣、邠州等處剿殺，大敗勢窮逃走。復蒙總督軍門分布總兵曹變蛟、副將賀人龍、馬科等官兵分頭追剿，又於本月初七日發遊擊崔重亨等於東河堵截，間初八日有邢家掌盤子勇將等，先赴寶雞，於軍門軍前投降。初九日有過賊親侄大黃鷹等亦至寶雞投降。初十日有過賊親兄張二等至寶雞投降。十一日辰時，有大掌盤子過天星併王吏目等俱至寶雞投降。蒙總督軍門准降，安插南關訖。除各賊大小頭目男婦馬騾數目查明另報外，理合塘報，等因到臣。

　該臣看得平寇之策，惟剿惟撫。然必有真剿，乃有真撫。故剿有剿之著：臣向疏所謂驅之於必困之途，取之於垂死之日，此剿著之不易者也，則三水等處之剿是也①。撫有撫之著：臣向疏所謂乘其欲盡之興，迫以難犯之勢，此撫著之不易者也，則三水等處剿後之撫是也②。前據累報過天星之賊零星鼠竄，勢必不能復振，非滅即降，臣於疏報中業已屢悉。今據監軍道樊一蘅、張京塘報：過天星等賊果從寶雞山中陸續出山投降。此賊降後，則秦中西奔之賊止餘六隊等一夥，似難孤立久存③。且當混天星等初降之日，臣馳諭遣使分投賊營招安，六隊等曾以一稟付臣原□□□自□④，回報語甚哀切。第猶疑混寇之未降⑤，內有云：如各股來投，縱分屍斬首亦甘心樂輸。今過賊又投降矣，則彼之歸命，亦在可必。倘闖將之賊竄入漢南者，果大狼狽。或即渡江遠遁，秦賊之蕩平

---

① 此剿著之不易者也，則三水等處之剿是也：據《孫傳庭疏牘》，《四庫全書》本、咸豐版《孫忠靖公遺集》無“則三水等處之剿是也”句。

② 此撫著之不易者也，則三水等處剿後之撫是也：據《孫傳庭疏牘》，《四庫全書》本、咸豐版《孫忠靖公遺集》無“則三水等處剿後之撫是也”。

③ 似難孤立久存：據《四庫全書》本，咸豐版《孫忠靖公遺集》《孫傳庭疏牘》“似難”作“其何能”。

④ 六隊等曾以一稟付臣原□□□自□：據《孫傳庭疏牘》，咸豐版《孫忠靖公遺集》《四庫全書》本無“曾以一稟付臣原□□□自□”。

⑤ 第猶疑混寇之未降：據咸豐版《孫忠靖公遺集》《孫傳庭疏牘》，《四庫全書》本“猶疑”作“有疑”。

只在旦晚矣①。再臣前遣招安官任國柱至山②，新天王尚領賊黨約三四百餘③，見國柱一人馳至，即盡棄馬騾登山。賊之窘蹙已極④，故其相繼投降。豈其得已？然彼既束身歸命，臣等自當推廣皇恩，待以不死⑤。第中有必不可赦者，則吏目王賜袞是矣⑥。彼以職官從逆作惡，尤踰於諸寇，故人人切齒。即諸寇亦無不謂賜袞之宜誅者，若賜袞不即正法，凡投降諸寇，必且相顧猜疑，謂朝廷之招撫若真⑦，豈有併賜袞而不殺者？恐反側自此起矣⑧。況二虎、大星宿等，前在隆坊，原曾屬任國柱稟臣，謂王吏目與伊等不同，自無併赦之理。伊等願縛賜袞以自贖，併求貸張氏死⑨。豈可令賜袞倖逃法網，概徼寬典，以致國法盡廢手□若今姑舍之，而後再殺之，則萬萬不可。我之大信一傷，彼等之順逆皆不知所據，害

---

① 秦賊之蕩平只在旦晚矣：據《四庫全書》本，咸豐版《孫忠靖公遺集》《孫傳庭疏牘》“只”作“的”。

② 再臣前遣招安官任國柱至山：據《四庫全書》本，咸豐版《孫忠靖公遺集》《孫傳庭疏牘》作“照方臣安官任國柱之至山”。

③ 新天王尚領賊黨約三四百餘：據《四庫全書》本，咸豐版《孫忠靖公遺集》《孫傳庭疏牘》無“黨”字。

④ 賊之窘蹙已極：據《四庫全書》本，咸豐版《孫忠靖公遺集》《孫傳庭疏牘》“已極”作“極矣”。

⑤ 故其相繼投降，豈其得已？然彼既束身歸命，臣等自當推廣皇恩，待以不死：據《孫傳庭疏牘》，咸豐版《孫忠靖公遺集》《四庫全書》本“故”後無“其”字，“相繼投降”後無“豈其得已”“然彼既”七字。

⑥ 則吏目王賜袞是矣：據《四庫全書》本，咸豐版《孫忠靖公遺集》《孫傳庭疏牘》無“則”字。

⑦ 謂朝廷之招撫若真：據《四庫全書》本，咸豐版《孫忠靖公遺集》《孫傳庭疏牘》“謂”後有“曰”。

⑧ 恐反側自此起矣：據《四庫全書》本，咸豐版《孫忠靖公遺集》《孫傳庭疏牘》無“恐”字。

⑨ 伊等願縛賜袞以自贖，併求貸張氏死：據《孫傳庭疏牘》，咸豐版《孫忠靖公遺集》《四庫全書》本無“併求貸張氏死”一句。

事殊非小也①！臣已移咨督臣洪承疇，遣任國柱與投降各丁面質，即將叛官王賜衮於軍前斬決梟示②，另疏題報③。除收降大小頭目併安插事宜④，與招降有功官丁俱聽督臣彙題外，爲此謹題。

崇禎十一年六月十七日，具題七月初八日奉旨："該部知道。"

【箋證】

[一] 爲過天星等人投降事而上。傳庭力主："平寇之策，惟剿惟撫。然必有真剿，乃有真撫。故剿有剿之著……撫有撫之著……"此疏又涉及對投降之人的安排意見，特別提到：諸人皆可赦，唯不可赦者："則吏目王賜衮是矣"。因王"以職官從逆作惡，尤踰於諸寇……"王賜衮，資料不詳。

[二] 陝西監軍道右參政樊一蘅：樊一蘅，字君帶，四川宜賓人。天啓元年自安義調補建昌縣令，崇禎三年秋遷榆林兵備參議。榆林任上，撫創殘，修戎備，討斬申在庭、馬丙貴，平不沾泥。勞績頗著，因遷監軍副使。再遷右參政，分巡關南。陝西自總兵曹文詔敗歿，群賊迫西安。總督洪承疇令一蘅監左光先、張應昌軍，連破賊，擊走混天星。賊逼漢中，瑞王告急，一蘅偕副將羅尚文往救，進按察使。一蘅偕副將馬科、賀人龍屢挫祁總管於漢中，終使其投降。崇禎十二年，擢右僉都御史，代鄭崇儉巡撫寧夏，被劾罷歸。十六年冬，以薦再起兵部右侍郎，總督川、陝軍務，因道阻，命不達。崇禎殉國，福王立於南京，復申前命。時張獻忠已據全蜀，惟遵義未陷。一蘅既拜命，檄諸郡舊將會師大舉，爲收復蜀地而戰。順治八年三月，清兵南征，一蘅避山中。至九月，遘疾死。其文

---

① 豈可令賜衮倖逃法網，概徹寬典，以致國法盡廢手口若今姑舍之，而後再殺之，則萬萬不可。我之大信一傷，彼等之順逆皆不知所據，害事殊非小也：據《孫傳庭疏牘》，咸豐版《孫忠靖公遺集》《四庫全書》本無"概徹寬典，以致國法盡廢手口若今姑舍之，而後再殺之，則萬萬不可。我之大信一傷，彼等之順逆皆不知所據，害事殊非小也"數句。

② 即將叛官王賜衮於軍前斬決梟示：據《四庫全書》本，咸豐版《孫忠靖公遺集》《孫傳庭疏牘》本句作"即使賜衮伏法而衆心帖然斯善耳"。

③ 另疏題報：據《四庫全書》本，咸豐版《孫忠靖公遺集》《孫傳庭疏牘》無此四字。

④ 除收降大小頭目併安插事宜：據《四庫全書》本，咸豐版《孫忠靖公遺集》《孫傳庭疏牘》"頭目"作"數目"。

武將吏亦盡亡。《四川通志》卷八《人物》謂其“精史學及周、程、張、邵之書筮。仕襄陽令，有聲，召入銓部，人不敢干以私。後爲寧夏巡撫，歸里，值蜀亂，諸鎮將跋扈。一薌正色責之，咸懾服。年七十八卒。”其本傳見《明史》卷一一九。

辭剿餉借充鹽本疏^[一]

題“爲聖明原諭暫累吾民一年，微臣不敢再累，謹辭今歲剿餉一十三萬還之户部，併議借充鹽本裕國濟邊事”。

竊惟朝廷恤民以禦寇，每屢念於痌瘝；乃疆吏糜餉以老師，竟甘心於延誤。貽宵旰之憂於至尊，際全盛之時而無策。臣雖譾劣，恥之恨之！

自流寇蔓延十年，披猖七省，皇上既從樞臣楊嗣昌之請，厚集師徒，大張撻伐，又慮軍需難措，重困閭閻，渙發德音^[二]，如不得已。臣三復暫累吾民一年之天語，輒慚憤欲死，謂誰任封疆，縱寇流毒，以致聖衷憂惕至此！聖諭婉摯至此！臣輩庸碌，玩泄之罪真不容誅。

時臣方有清屯之役，臣計其課入，儘足養兵。養兵既成，自可辦寇。臣恨不即將户部派給臣餉繳還該部，體皇上之心，以恤皇上之民，併聖諭所云暫累一年者，臣亦不累，實臣至願。第臣屯在初興，恐數難取盈，又兵亦新設，諸費繁多。且户部派給臣餉該二十三萬四千兩，因有清屯之舉，隨短給臣餉銀四萬六千兩。故臣遵照派數催解接支，其撥在四川者距秦窵遠，難以遽至，臣仍以本省預徵軍餉兑抵^①。其兑抵未盡者，臣復一面檄行布政司措給，一面咨部扣抵。至於令歲剿餉，臣矢不仰給户部，臣已屢疏自認。昨准部咨，因剿局未結，重煩聖慮，復諭該部量徵均輸一

---

① 臣仍以本省預徵軍餉兑抵：據《四庫全書》本，咸豐版《孫忠靖公遺集》《孫傳庭疏牘》“仍”後有“題”字，“軍餉”作“遼銀”。

半以濟急需。且諭該部即行撫按，嚴飭有司仰體朝廷爲民除殘萬不得已之心，大書榜示，多方勸勉。臣跪讀聖諭之婉摯，較前有加；仰窺聖衷之憂勤，較前彌切，臣爲感激泣下。又續准部咨，內開陝西巡撫十年分撥給餉銀一十八萬七千四百八十六兩零，今約派十分之七，計銀一十三萬兩，已奉有先將見數分派支用之俞旨。臣查兵部原派臣應統兵一萬，今臣募練兵數合邊屯計之約一萬五千餘，內邊兵及馬匹月支之餉稍浮於部額，其屯兵則惟選鋒月有加糧，出征日有行糧，支數較邊兵頗少。計自昨歲起，以十年剿餉，及臣所清屯課接支，今歲之餉可無虞匱乏。頃者大寇相繼東突，臣兵往來馳擊，業有成效，似兵亦可無再增。臣思臣兵既足辦賊，臣餉又足支兵，其今歲給臣之餉，臣安敢不照數繳還，以副皇上暫累吾民一年之明旨，且以明臣區區報效之微忱？若戶部原給臣十年之餉，以臣清屯，比應給之數扣短四萬六千，是臣於皇上之民，亦未敢全累一年也。至臣之屯課①，業已抵支剿餉，自不堪一樹幾剝。有秦中原額防餉，舊取足於兵荒及商稅銀兩，戶部先以兵荒銀一萬九千五百六十兩七錢撥充韓藩宗禄[三]，議以新餉撥抵，今欲取足於屯課。又因慶藩疏奏，該部覆議，將商稅銀一萬二千七百七十七兩七錢撥抵慶藩宗禄[四]，亦應以新餉照數撥抵，今亦欲取足於屯課。臣屯課止有此數，實難勉從，非臣敢慳吝也。至此剿餉，臣既繳還戶部，即爲戶部之餉，臣又欲借充鹽本者何也？

臣嘗考國家大利，自屯田之外，無如鹽法。鹽法邊支海支②，其支之海者，臣未敢遙議，其支之邊者，爲各倉口鹽糧，向係商人辦納，徒有其名。若官備鹽本，改商納爲官納，一轉移間，第就

---

① 至臣之屯課：據《四庫全書》本，咸豐版《孫忠靖公遺集》《孫傳庭疏牘》“臣”作“民”。

② 邊支海支：據咸豐版《孫忠靖公遺集》《孫傳庭疏牘》，《四庫全書》本“邊支”作“邊中”。

秦之三邊論，可以歲增戶部本色十萬，又可使邊兵多得一倍之利。且收其餘息，可以備秦省兵凶緩急之需，其有裨軍國，視臣所清屯課尤多。臣已移文延、寧、甘肅巡撫及檄各道，取三鎮節年鹽糧清數，以憑酌議。今延、寧兩鎮册已賫到，惟候甘鎮册到，臣即另疏奏聞。倘事在可行，伏乞敕部，即以臣所辭剿餉借作鹽本，不足者臣另行布政司設法那湊。計一年所增戶部本色之數。即可與此剿餉相當，況此剿餉終在，不致懸宕也。統祈聖明敕部議覆施行。爲此謹題。

　　崇禎十一年六月二十一日具題。七月十七日奉旨："該部即速議奏。"

【箋證】

　　[一] 名義上是繳回朝廷的軍餉，實際上是對楊嗣昌"四正六隅"剿匪戰略的否定。"朝廷恤民以禦寇，每厪念於痌瘝；乃疆吏糜餉以老師，竟甘心於延誤。貽宵旰之憂於至尊，際全盛之時而無策。"糜費國家財政，牽累全國百姓，實效全然未見。陝西一省，採取清屯清軍，兵精餉足，無煩國家財政，對比何其強烈！"臣三復暫累吾民一年之天語，輒慚憤欲死，謂誰任封疆，縱寇流毒，以致聖衷憂惕至此！"歷舉皇帝向全國民眾道歉之語，似乎是表達對皇帝的憂慮感同身受之情，實際是對楊嗣昌的痛斥！楊之法，是將災難轉嫁於全國百姓，孫傳庭的清屯，針對的是霸佔屯田的富豪勢要！孫傳庭的清屯之法未能在全國推行，是崇禎皇帝過於信任楊嗣昌，還是地方缺少如孫傳庭之類的人才？如清屯法推行全國，歷史也許會是另一景象！傳庭文中另一層意：請求皇帝批准自己的鹽法改革——在國家財政吃緊的情況下，要求改鹽法商納爲官納："改商納爲官納，一轉移間，第就秦之三邊論，可以歲增戶部本色十萬，又可使邊兵多得一倍之利。且收其餘息，可以備秦省兵凶緩急之需，其有裨軍國，視臣所清屯課尤多。"

　　[二] 皇上既從樞臣楊嗣昌之請……渙發德音：據《明史》卷二五二《楊嗣昌傳》："福建巡撫熊文燦者，討海賊有功，大言自詭足辦賊；嗣昌聞而善之。會總督洪承疇、王家楨分駐陝西、河南，家楨故庸材，不足任，嗣昌乃薦文燦代之，因議增兵十二萬、增餉二百八十萬。其措餉之策有四：曰因糧、曰溢地、曰事例、曰驛遞……議上，帝乃傳諭：'流寇延蔓，生民塗炭。不集兵，無以平寇；

不增賦，無以餉兵。勉從廷議，暫累吾民一年，除此腹心大患……'"

[三] 户部先以兵荒銀一萬九千五百六十兩七錢撥充韓藩宗禄：韓藩宗禄，參見《剖明站銀斟酌哀濟疏》"部議將兵荒銀改充韓藩宗禄"。

[四] 將商税銀一萬二千七百七十七兩七錢撥抵慶藩宗禄：慶藩，指明代慶王藩國。始封王慶靖王朱㮵（1378—1438），朱元璋的第十六子，母親余貴人。洪武二十四年（1391）册封，初封地慶陽（今甘肅慶陽市慶城縣）。洪武二十六年（1393）之國當年，即奉命自慶陽徙居韋州。"居之九年"後，洪武三十四年（1401），再奉命移居寧夏（今寧夏銀川市）。正統二十三年（1438）病逝，葬於韋州羅山。其後代襲封慶王爵位，共傳十世。慶王府在寧夏共歷二百五十餘年。

題覆華陰議修磚城疏[一]

題 "爲賊勢横據秦中，民力彫敝已極，懇乞聖明發銀倡義，以救殘黎，以保危疆事"。

崇禎十一年三月初二日，據陝西布政司呈蒙撫按兩院案驗，准工部咨，該掌河南道事浙江道監察御史王之良題前事：崇禎八年十一月初四日奉聖旨："紳民好義散財，協力城守，着一體叙録，已有旨了。華陰築城事宜，該撫按酌議速奏，該部知道。欽此欽遵。"抄出到部，移咨前來，案行該司，行據西安府查議呈詳通詳到臣。

該臣會同按臣王僉[二]，看得華陰彈丸之區，城係土築，鄉官王之良因寇氛未靖，議易土城爲磚城，此誠一勞永逸之計。無奈工費浩繁，措辦非易，捐助之舉，自一二鄉紳而外，未可多望之編氓。前任知縣崔大任，方集衆通議，致愚民夜譟，經臣題參議處在案。

繼委華州判官李如楠署印，鼓勸官僚紳士，於城外增築圍墙，於城上修葺舊垛，今俱報竣，尚堪固守。至磚包大城，宜俟年歲豐稔，民力有餘，另議舉行。既經該司呈詳前來，相應具題，伏乞聖明垂鑒。爲此謹題。

崇禎十一年六月二十三日具題。七月二十二日奉旨："該部知道。"

【箋證】

［一］掌河南道事浙江道監察御史王之良提及自己專爲華陰縣城牆改造的一筆捐款，且已得崇禎八年十一月初四日聖旨，工程一直未開，請求有個説法。傳庭因上此疏作答。文中之意：土城變磚城有助防守，爲一勞永逸之功。但因工程浩大，民力彫敝之際，難以完成。前任知縣曾爲此集衆商議，竟引起"愚民夜譟"。現今華陰城牆，已經署印縣官李如楠"於城外增築圍牆，於城上修葺舊垛，今俱報竣，尚堪固守"。磚包大城，有待"年歲豐稔，民力有餘，另議舉行"。華陰，今屬陝西省渭南市，因境内的西嶽華山而得名。位關中平原東部，秦晉豫三省結合地帶，東起潼關，西鄰渭南市華州區，南依秦嶺，北臨渭水。春秋設邑，戰國置縣，自古有"三秦要道、八省通衢"之稱，是中原通往西北的必經之地。1990 年 12 月准撤縣設市。

［二］該臣會同按臣王僉：王僉，參見本卷《議濬漢江淺灘疏》"會同按臣王僉。"

題犯官任錡等招繇疏[一]

題"爲微臣殫力清屯，群奸多方撓法，謹將續清軍課實數，併處分事宜據實報聞，以祈聖鑒事"。

准戶部咨，遵奉明旨，行據陝西按察司呈報勘問過犯弁任錡等情罪，招繇到臣。該臣看得任錡視軍紀若弁髦，居營務爲奇貨。賣間空伍，工剥削以充囊；鑚委撓屯，肆奸欺而蠹國。多贓狼藉，衆怨沸騰。欲正王章，宜投邊戍。張彪按時且久，包月復同，第效尤之罪可輕，又飲恨之人較少，似應衡情末減，合准照例立功。既經該司勘明具招前來相應具題，伏乞敕下該部覆議施行。爲此謹題。

崇禎十一年六月二十三日具題。七月二十日奉旨："該部嚴擬具奏。”

【箋證】

[一] 清屯過程中發現嚴重犯罪者任锜等，報請皇帝予以刑處。

題覆扶風協濟平屬站銀疏[一]

題“爲遺黎困苦已極，殘邑賦税當清，謹據實控陳比例懇恩，伏乞聖明垂憐釐正以拯水火事”。

崇禎十一年三月二十九日，據陝西布政司呈蒙撫按兩院案驗，准户部咨，該本部福建清吏司郎中王玑奏前事等因。崇禎十年三月十一日奉旨：“這奏内事宜，著交該撫按查奏，該部知道。欽此欽遵。”抄出到部，移咨前來。又准兵部咨同前事，俱案行到司，行准守巡關西二道查議，咨牒到司通詳到臣。該臣會同按臣王僣，看得驛站之有協濟，所以通地方之肥瘠，齊道路之衝僻，均力役之勞逸，派徵原等於正供，索取亦異於私厲，故在爲所協濟者，雖似挹彼注此，在協濟之者，實非舍己芸人。

扶風縣原派平凉所屬各驛遞協濟站銀六千五百二十三兩，歲有成額，相沿已久。扶風鄉官王玑因念桑梓破殘，具疏控籲，懇求挈回。臣等備行藩司，移文守巡兩道，轉行平鳳二府往復查議。在鳳翔爲殘黎計，恨不即行除免；在平凉爲窮募計，似難毫釐通負。彼此争執，各具意見。今該司議將十年以前欠數盡行蠲豁，十一年以後額銀乃行徵解。此既可以寬孑遺之力，彼又不至滋窮募之累。一調劑間，似兩地均得其平矣。再查扶風協濟平凉站銀之數，與《賦役全書》開載毫無浮溢。[二]《賦役全書》訂正方新，尤難另議更張。既經該司呈詳前來，相應具題，伏乞敕部議覆施行。爲此謹題。崇禎十一年六月二十七日具題。

【箋證】

[一] 扶風籍官員王玑，曾上疏請求寬免本縣原派平凉所屬各驛遞協濟銀，崇禎十年三月已得皇帝諭旨批准，但一直未施行。傳庭"轉行平鳳二府往復查議"後認爲，簡單作出减免之策，有失公允，並有損驛遞效能："在鳳翔爲殘黎計，恨不即行除免；在平凉爲窮募計，似難毫釐逋負。彼此争執，各具意見。"最終決定："議將十年以前欠數盡行蠲豁，十一年以後額銀乃行徵解。此既可以寬子遺之力，彼又不至滋窮募之累。一調劑間，似兩地均得其平矣。"另，扶風協濟銀的徵收，符合新訂正的《賦役全書》，斷不能因一人之請，而違全國之法。扶風，參見《報降丁掘獲窖銀疏》。

[二] 與《賦役全書》開載毫無浮溢：《賦役全書》，又名《條鞭賦役册》。明王朝實行"一條鞭法"後編訂，官府公佈的徵收賦稅稅則，主要記載各地賦役的數額。首次篹修約在萬曆十一年（1583），以一省或一府、一州縣爲編制單位，開列地丁原額、逃亡人丁和抛荒田畝數、實徵數、起運和存留數，以及開墾地畝和招來人丁數等。每一州縣發兩部，一部存官衙備查，一部存學宫任士民查閱。清建立後延用之。順治三年（1646）按照明朝萬曆年間賦額訂定刊行，順治十一年（1654）再加修訂，順治十四年刊行，康熙二十四年（1685）曾重修，但未刊行。清雍正十年（1732）再修，將各項雜稅也列入，以後規定每十年修輯一次，但未施行。

題紫陽縣官老病疏[一]

題"爲縣令老病不堪任事，懇就近陞補以慰民望事"。

崇禎十一年六月初八日，據陝西布政司呈詳到臣，該臣看得紫陽屢經寇殘，印官久缺，諸務廢弛。李瑶陞補踰歲，以衰病不能赴任。按臣王僉已據興安州申報[二]，彙請另銓。續據布政司呈詳，因紫陽士民合詞籲請，議以興安州州判史采就近陞補①。臣方批允

---

① 議以興安州州判史采就近陞補：據咸豐版《孫忠靖公遺集》《孫傳庭疏牘》，《四庫全書》本無"史"字。

會題，而李瑶因申請晋撫，咨題未果，恐秦中糾其規避，興疾赴秦乞休。查本官陞自廣文，年老病劇，委係實情，應准回籍。第員缺雖經彙報，尚未銓補，司議以興安州州判史采陞補。

本官出身正途，勤能練達，委署洵、紫兩邑，繕城禦寇，著有成績。向因漢陰缺官，臣曾議以本官陞補漢陰知縣，具題，嗣因漢陰補有新官，未經部覆。今紫陽新陞知縣李瑶既病廢不堪莅任，署官莊冕又新報病故，本官雖報陞兵馬，尚在興元，紫陽士民爭欲得以爲令，合無俯從輿情，將史采改陞紫陽知縣，庶殘邑料理得人，從此可望有起色矣。既經該司呈詳前來，臣謹會同郧陽撫臣戴東旻①、按臣王佖合疏具題，伏乞敕部覆議施行。爲此謹題。

崇禎十一年六月二十七日具題。七月二十三日奉旨："吏部知道。"

【箋證】

[一] 紫陽縣官缺任，原擬李瑶陞補，但李一年未到任。因李瑶曾"申請晋撫"，這次一年不到任，恐被人彈劾，因此以病乞休。查其病實真，應准病休。紫陽署印官莊冕新近又因病而亡，從民意考慮，將史采改陞紫陽知縣，上疏皇帝請求批准。紫陽縣，今屬陝西省安康市，位於陝西省南部，漢江上游，大巴山北麓，東爲安康市漢濱區、嵐皋縣，西爲鎮巴縣，南爲四川省城口縣、萬源縣，北爲漢陰縣。北距西安195公里，東距安康市區50公里。因道教南派創始人張平叔（號紫陽）得名。

[二] 按臣王佖已據興安州申報：興安州，地在今漢中府，原名金州。明萬曆十一年（1583）漢江洪水覆没金州城，遂於城南趙臺山下築新城，並易名爲興安州，屬漢中府。萬曆二十三年（1595）興安州從漢中府劃出，直屬陝西布政使司，治漢陰縣（今安康市漢濱區），領漢陰、平利、旬陽、紫陽、白河、石泉等縣。清順治四年（1647）興安州遷回老城。乾隆四十七年（1782）改設興安府屬陝西布政使司領。1913年廢興安府。

---

① 臣謹會同郧陽撫臣戴東旻：據《四庫全書》本，咸豐版《孫忠靖公遺集》《孫傳庭疏牘》"戴東旻"作"戴東明"。

糾參規避疏

題"爲糾參規避官員，併請就近陞補以濟時艱事"。

崇禎十一年六月初六日，據陝西布政司呈詳到臣。該臣會同按臣王僎，看得合水以蕞爾之區[二]，經荒盜之後，一切恤民固圉治賦練兵，惟印官是賴。知縣張瑞傑陞補年餘，尚未到任，規避顯然，自當照例議處。所遺員缺若推自遠省，恐益耽延。查得邠州州判孟學孔，由恩貢出身，綽有幹才，已登薦剡，堪寄民社，合無即以本官就近陞補合水縣知縣，則聞命即可受事。而殘邑料理有人，地方幸甚。爲此謹題。

崇禎十一年六月二十七日具題，七月二十三日奉旨："吏部知道。"

【箋證】

[一] 按：合水知縣任缺，陞補知縣一年多不到任，顯爲規避，應交朝廷議處。所缺縣官員額由邠州州判孟學孔陞任。上奏請求批准。

[二] 合水以蕞爾之區：合水，參見《報合水捷功疏》"官兵至合水縣"。

議留道臣疏

題"爲議留重地道臣懇恩降級照舊以鞏藩郡以慰輿情事"。

據陝西布政司呈詳到臣。該臣看得：分巡關西一道，駐紮平涼[一]。該郡建立韓藩夙稱重地[二]，比來因饑加旅，脊脊多虞①，幸賴副使萬谷春駕馭得宜，恩威並著，畢殫心力。定四履於擾攘之日，措累碁若覆盂；復五城於殘破之餘，易風鶴爲澤雁。勞績

---

① 脊脊多虞：據《四庫全書》本，咸豐版《孫忠靖公遺集》《孫傳庭疏牘》"脊脊"作"捐瘠"。

具在，公論咸孚，乃於保舉內①，部議降三級調用。在該部衡鑑無私，欲伸連坐之罰，以塞倖進之門，故不能爲成例少寬。乃臣等處茲多事需才之時，其可與共濟危舟，同支亂國，才識兩優，官兵共賴，若該道其人者實指不多屈。今地方輿情攀臥甚切，惟恐本官一去，後來推補者即才能無異本官，亦不若本官駕輕就熟之爲愈。啓懇韓藩，命長史司申臣保留，臣批布政司查議前來，臣謹會同督臣洪承疇、按臣王僉合疏具題，伏乞敕部覆議，合無將本官照所降之級，從寬留任。該員果能益加奮勉，酌限保題，庶保舉之法既行，而重地亦不至失人矣②。至本官所保舉之聶朝明，該部參其文品俱劣，臣則以該部考官止定於一日之帖括，文固可定，而品難遽窺。如以品也，臣不敢知；如以文也，皇上此舉所重似不在文。是本官之罪並不在不可寬之列。爲此謹題請旨。

崇禎十一年七月初九日具題。八月十二日奉旨：“該部知道。”

【箋證】

[一]平凉：明李賢等撰《明一統志》卷三十五《平凉府》：“東至西安府邠州界二百二十里，南至鳳翔府隴州界二百四十里，西至鞏昌府會寧縣界四百一十里，北至慶陽府環縣界二百九十里。自府治至京師三千四百里，至南京三千一百八十里。糧一十五萬石零。”“禹貢雍州之域，天文井鬼分野。春秋爲朝那故地，秦屬北地郡，漢析置安定郡治高平，晋徙治臨涇。後魏於潘原縣置武州，屬太平郡；後周屬原州。隋安定郡治安定縣，又析置平凉郡治平高。唐初屬原州，元和中以原州平凉縣置行渭州，後陷於吐蕃；中和間復置。宋爲涇原路經略安撫使治所，政和中置平凉軍。金元皆爲平凉府，本朝因之。領州三縣七。”

[二]該郡建立韓藩夙稱重地：韓藩，參見《剖明站銀斟酌哀濟疏》“部議將兵荒銀改充韓藩宗禄”。

---

① 乃於保舉內：據《四庫全書》本，咸豐版《孫忠靖公遺集》《孫傳庭疏牘》“保舉”後多一“案”字。

② 而重地亦不至失人矣：據《四庫全書》本，咸豐版《孫忠靖公遺集》《孫傳庭疏牘》“重地”作“重城”。

[三] 措累碁若覆盂：累碁，累棋，堆疊棋子。比喻形勢極危險。《戰國策·秦策四》：“臣聞之：物至而反，冬夏是也。致至而危，累碁是也。”漢劉向《新序·善謀》：“致高則危，累棊是也。”覆盂，倒置的盂。喻穩固、安定。漢東方朔《答客難》：“天下震懾，諸侯賓服，連四海之外以爲帶，安於覆盂。”唐張說《開元正曆握乾符頌》：“四海有覆盂之安。”

題犯官林應瑞招繇疏[一]

題“爲糾劾劣員以飭吏治事”。

准刑部咨，奉旨行據陝西按察司呈報，提問過犯官林應瑞贓罪，招繇到臣。該臣會同延綏撫臣劉令譽[二]、陝西按臣王僉，看得延長當大寇殘破之後，煢煢遺孑，業已無肉可剜。林應瑞賦性本貪，又年當衰暮，亟欲以一符取償。不思延長乃急當撫恤之地，延長之民豈尚堪朘削？故齸腹未盈，怨聲已沸，嚴審入橐之贓，較原參曾不及十分之二，然而鄙穢難容，昏瞶已極，耳目旁寄，狐鼠縱橫[三]，大負民社之寄，奚辭糾劾之條！雖受事半年，離鄉萬里，承讞至此，猶不能不爲應瑞憐。第一家哭，何如一路哭？褫衣徒配，固以警官邪，亦以酹民恨。衙蠹郭盛民、張芳、董洪雨、朱心悟、宋士傑，叢樹作奸，憑城肆害，贓證俱確，併徒不枉。既經該司勘擬前來①，相應具題，伏乞敕部覆議施行。爲此謹題。

崇禎十一年七月初九日具題。八月十二日奉旨：該部核議具奏。

【箋證】

[一] 爲糾劾貪官林應瑞等而上疏。林應瑞，唯見傳庭本文，事迹不詳。

[二] 該臣會同延綏撫臣劉令譽：劉令譽，山西洪洞縣人。具體行迹難查，

---

① 既經該司勘擬前來：據咸豐版《孫忠靖公遺集》《孫傳庭疏牘》，《四庫全書》本無“既”字。

現存文獻多集中記其假公濟私，劾奏曹文詔，致曹剿寇失敗事。如《御批歷代通鑑輯覽》卷一百十四《明莊烈帝》：“（崇禎）六年二月流賊犯畿南河北。未幾帝敕諸將速平賊，限以三月，而文詔爲巡撫御史劉令譽所劾，調大同總兵。初文詔在洪洞，與里居御史劉令譽忤，及是令譽按河南，文詔與見，語復相失。令譽遂摭他事劾之。部議文詔怙勢而驕，調之大同。賊所憚惟文詔，既去益無忌矣。”

　　〔三〕狐鼠縱橫：狐鼠，城狐社鼠，城墙洞中的狐狸，社壇裏的老鼠。比喻有所憑依而爲非作歹之人。語本《晏子春秋·問上九》：“夫社，束木而塗之，鼠因往託焉，熏之則恐燒其木，灌之則恐敗其塗，此鼠所以不可得殺者，以社故也。”《晋書·謝鯤傳》：“及敦將爲逆，謂鯤曰：‘劉隗奸邪，將危社稷。吾欲除君側之惡，匡主濟時，何如？’對曰：‘隗誠始禍，然城狐社鼠也。’”宋洪邁《容齋四筆·城狐社鼠》：“城狐不灌，社鼠不燻。謂其所棲穴者得所憑依，此古語也。故議論者率指人君左右近習爲城狐社鼠。”

題出關善後疏[一]

　　題“爲微臣出關北上，亟陳地方善後之策，以祈聖鑒事”。

　　臣遵旨出關，已於十月二十五日渡河而北，十一月初三日過平陽矣[二]。臣於出關之後，還憶臣入關之初：郡邑半墟，人民幾燼①，兵餉兩竭，寇焰益橫。豈意獲有今日！臣幸不至以身殉秦②，且舉秦之一塊土，盡洗妖氛，還之皇上。臣痛定思痛，即不敢顧影自憐，而回首金城[三]，有懷如刺。其何能不爲秦一圖善後也？顧此時爲秦計者，疇不曰呻吟方息，則元氣宜培；反側乍安，更隱憂當慮。乃臣低回於標本緩急之間，其所鰓鰓慮者，則無如永斷商雒，嚴扼漢興而已。昨豫楚諸寇耽耽西窺③，雖經臣屢創東

---

　　① 人民幾燼：據《四庫全書》本，咸豐版《孫忠靖公遺集》《孫傳庭疏牘》句後加“矣”。

　　② 臣幸不至以身殉秦：據《四庫全書》本，咸豐版《孫忠靖公遺集》《孫傳庭疏牘》無“臣”字。

　　③ 昨豫楚諸寇耽耽西窺：“耽耽”疑爲“眈眈”之誤。

奔，然諸寇之渠首與其哨隊狰獰者，十九皆係秦人①。一爲兵逼，勢必望秦若歸。如北走内淅，則秦之商雒當其衝；西走郿竹，則秦之漢興當其衝。商雒山峪勾連，蹊徑百出，向以臣拚命從事，固於皇上斷截之命未至隕越。今臣奉命遠出，在省兵將，又以臣摘携千餘，未免單弱。臣已欽遵明旨，行令監軍道臣王文清統領防禦。文清大略小心，遇有緩急，固自能竭力支撐，第須再益以剿兵千餘，方可濟事。即總兵左光先、曹變蛟之兵不能摘撥，或以孫守法、尤捷等兵湊合一千；或以盛略、王萬策所統甘兵，選擇一千，增付該道調度；或以監軍道張京統領，同文清分汛合力，共圖堵擊。其潼關營副將王永祥之兵，亦聽兩監軍移會潼關道臣丁啓睿，斟酌情形，調援策應，而三秦東南之罅漏，乃可塞也。

漢興界在僻遠，賊每視爲避兵之地，非重兵預駐扼防，迨聞警調發，遂已無及。左光先、曹變蛟等兵，自闖將餘孽突蜀返漢以來，日告疲頓。前據監軍道樊一蘅塘報，且有情見勢詘之語。近接督臣洪承疇疏藁，亦以各兵病苦爲言。今曹變蛟已奉旨調赴理臣熊文燦軍前，其左光先及賀人龍與馬科原領剿兵，似俱應留駐近漢地方休息秣厲。

漢中尚有邊賊②，與饑民聯合爲祟，據督臣疏謂實繁有徒，宜即責令左鎮等努力迅掃，勿留一孽。其豫楚之賊，如從郿竹一帶西突，亦即責令迎頭奮擊，勿縱一賊闌入，則三秦西南之蘖蘗可無滋也。至臣已遠離地方，幸督臣奉旨留秦，自宜東西兼顧。然漢中未了之局，恐尚煩收拾。督臣即或稍移秦隴，仍應專顧漢興。

省會爲列屬轂輻之區，五方雜沓，奸宄易生，隄備彈壓，惟恃一二藩臬大吏。查臬司久缺未補，臣就近題陞，尚需部覆。清軍

---

① 然諸寇之渠首與其哨隊狰獰者，十九皆係秦人：據《四庫全書》本，咸豐版《孫忠靖公遺集》《孫傳庭疏牘》無"然"字，"皆"後有"其"字。

② 漢中尚有邊患：據《四庫全書》本，咸豐版《孫忠靖公遺集》《孫傳庭疏牘》"邊患"作"邊賊"。

道王公弼，臣復檄令帶管監軍，隨臣行矣。學道職專較士，新蒞未任。監軍道遇有警息，即當督兵出征，居守省會，遂寥寥乏人。布政使司左布政使梁鼎賢[四]，自郡守以至藩臬，久莅秦中，賢聲懋著，士民咸長城倚之。又目今軍興旁午，措辦饋餉，宜借練才。乃本官以開報關西道李公門官評一節詿誤降調。夫李公門之不肖，臣於往來征剿，得之耳聞目睹最真，故能抨擊於該司開報之外。而該司平昔於該道，亦未稱以為賢，獨其所開報於鹽臣者，不宜薄許本官之才幹，以微示抑揚。鹽臣耳目既遠，故於本官劣狀無繇摸索，該司誠難辭咎。第向來臣等舉劾方面①，原不憑兩司之開報；其兩司開報方面，亦不若開報有司明以應薦應劾分別臚列者例也，則該司固在可原。茲聞降調之命②，一時人情皇皇，攀臥籲懇，萬口一辭，惟恐本官離任以去。昨臣接本官申請署官詳文，故批令暫留理事，候新官交代。今新官尚未推補，即推補亦未必遽至。秦省兵荒疊罹之餘，固圍安民，不可不慭遺老成。合無將本官遵旨降級，俯准留任，周資保障於地方善後之計，固亦裨益非淺也。若夫禦災捍患，守令最宜得人。

　　西安華陰一縣，治雖蕞爾，然錯壞崤函咽喉，全陝實稱重地。前任知縣崔大任以築城僨事罷斥③，頃接茶臣疏稿，今任知縣李向日又以庸碌被糾矣。如欲以治邑佐當關之用，非具有骨力兼饒幹

---

　　① 第向來臣等舉劾方面：據《孫傳庭疏牘》，《四庫全書》本"舉劾"作"舉刻"。

　　② 茲聞降調之命：據《四庫全書》本，《孫傳庭疏牘》"降調"作"降補"。

　　③ 前任知縣崔大任以築城僨事罷斥：據咸豐版《孫忠靖公遺集》《孫傳庭疏牘》，《四庫全書》本"以"作"又"。

略者不能勝任。查得岐山知縣張名錄①，一腔浩氣，四應長才②，若以本官移調華陰，則關內第一要區，庶可恃以無虞。至岐山撫育荒殘，催徵屯課，亦需賢令料理。查有安化縣知縣賀應祥，嚼然自好，且雅欲有爲，乃因奉行餉部勸納一事，急公之過，致爲刁生訛詐，而人地遂不相宜。本官英年美質，儘堪遠到，若即調補岐山，必能以一割自見。所遺安化一缺，另遴一新令治之，斯刁頑可戢，而人與地兩得之矣。凡此爲地方計，用人俱屬善後急切之務，臣故敢喋喋併及，統祈聖明敕部覆議施行。

　　崇禎十一年十一月初四日具奏，三十日奉旨："該部看議速奏。"

【箋證】

　　［一］緊急出關入援京師半路處理陝西巡撫任內善後事，向崇禎上書陳己之意。涉及商雒、漢興、漢中、省會、華陰五處人馬的防禦駐守，以及將官之選拔等。

　　［二］平陽：今山西臨汾市。《山西通志》卷四十六："平陽堯之所理，有茅茨採橡土硎之度，故其人至於今儉嗇……"

　　［三］回首金城：金城，指堅固的城。《後漢書·班固傳上》："建城其萬雉，呀周池而成淵。"李賢注："金城，言堅固也。"又指京城長安。《文選》載張協《咏史》："朱軒曜金城，供帳臨長衢。"劉良注："金城，長安城也。"這裏或指陝地。賈誼《過秦論》："天下已定，始皇之心，自以爲關中之固，金城千里，子孫帝王萬世之業也。"

　　［四］布政使司左布政使梁鼎賢：《河南通志》卷四十五《選舉二》："進士梁鼎賢，夏邑人，左布政。"《河南通志》卷四十九《陵墓》："梁鼎賢墓，在夏邑縣城南三十里。鼎賢，陝西布政使。"《陝西通志》《湖廣通志》《浙江通志》

亦載梁鼎賢，但均只廖廖數字，記其籍貫任職而已。

辭樞貳疏^[一]

奏"爲微臣驚聞新命，揣分難承，謹披誠控辭，仰懇聖慈鑒允事"。

臣奉調入衛，於本年十一月十八日行次獲鹿，據報北兵環繞真定^[二]，臣遂介馬摜甲，督兵於十九日馳赴真定解圍。至二十一日，准兵部咨，爲奉旨事，内開該吏部題"爲陝撫出關，別當推補等事"。十一月初九日奉聖旨："孫傳庭著陞兵部添設左侍郎，仍帶住俸。陝撫員缺，務須得人，還著確選另推來看。欽此欽遵。"

抄出到部，移咨到臣。臣跪誦明綸，恐惶無地，自惟樞貳重任，非臣謭劣所能祗承。除恭設香案，於寓所叩謝天恩外，擬即具疏控陳，祈天辭免。時臣吏書俱阻獲鹿，無人繕寫，兹臣行抵保定，暫駐候旨。十二月初一日，又准吏部咨，同前事，促臣到任管事。臣謹披誠叩懇：竊念臣徒有癡腸，殊無遠略，頻年辦事，伎倆已窮。終日憂親，神情復亂，祗以職守覊縶，竟致請告遷延。何意渥被殊恩，寧敢冒叩顯陞！不但器小受盈則易覆，抑且力綿肩重則難支。思邊腹交訌，而廟筭猶紛，其何以贊帷幄萬全之計？顧策力幾竭，而國威未振，其何以邲朝廷九伐之靈？雪耻誰無同心，而鎮將巾幗自甘，其何以鼓忠忱於敵愾！飭備屢煩明旨，而郡邑衣袽罔戒，其何以挽錮習於處堂！況進而仰格主心，何以使一切不急之政刑，毋煩宵旰憂勞，而獨握安攘之要？又幸而俯協群意，何以使百凡無益之議論，毋事雌黃爭構，而共成戡定之猷？倘躐添設之一官，有同疣贅，即糜虛生之七尺，莫贖愆尤！此臣所以聞命自天，有懷如刺者也。伏乞聖明俯賜鑒原，收回成命，准臣以原官率兵入衛，其臣原缺，幸已推補有人，俟臣入衛事竣，許臣陳情歸養，庶幾依子舍以終母餘年，惟有廁民謡以祝君萬壽。

臣無任悚息待命之至，除俟臣入都赴鴻臚寺報名見朝外，爲此具本謹奏，伏候敕旨。

崇禎十一年十二月初二日具奏，初九日奉聖旨："樞佐已有成命，孫傳庭不必控辭，該部知道。"

【箋證】

[一] 入援京師，被命樞貳，深爲感激，上表辭決任職。《明史》本紀第二十三《莊烈帝一》："十一月戊辰，大清兵克高陽，致仕大學士孫承宗死之。戊子，罷盧象昇，戴罪立功。劉宇亮自請視師，許之……十二月庚子，方逢年罷。盧象昇兵敗於鉅鹿，死之。戊申，孫傳庭爲兵部侍郎督援軍。"《明史·孫傳庭傳》："十月，京師戒嚴，召傳庭及承疇入衛，擢兵部右侍郎兼右僉都御史，代總督盧象昇督諸鎮援軍，賜劍。"

[二] 於本年十一月十八日行次獲鹿，據報北兵環繞真定：獲鹿，獲鹿縣，今河北省石家莊市鹿泉區有獲鹿鎮，是其舊治所在。隋開皇十六年（596）分石邑西部、北部置鹿泉縣。唐天寶十五年（756）安史之亂，鹿泉縣改名爲獲鹿縣，"鹿""禄"諧音，"獲鹿"，有擒獲安禄山之意。金元時獲鹿曾升爲州，明代復稱獲鹿縣。真定，今屬河北省。漢高祖十一年（前196）改東垣縣爲真定縣，屬恒山郡。漢武帝元鼎四年（前113）分常山郡北部置真定國。東漢建武十三年（37）廢真定國，真定縣劃歸常山國。此後，縣而州，州而府，建置多有變化，但真定作爲縣名一直存在。宋慶曆八年（1048）廢鎮州置真定府路，統真定府及五個州與真定等九個縣。元初爲真定路，統轄同上。明洪武元年（1368）改真定路爲真定府，轄五州及真定等二十七個縣。清順治元年（1644）屬直隸省。雍正元年（1723）因避"禎"諱，改真定縣爲正定縣。

密奏疏

奏"爲密奏事"。

北兵發難業經二十餘年，而封疆之臣無一人爲皇上做實事、說實話者。大家延篲，一味欺蒙，以致決裂至於今日，良可悲痛！臣素蒙皇上鑒知，今蒙皇上委任，其何敢效尤他人，朦朧耽閣，致於必不可再誤之時再有一誤？臣竊見今日各鎮之兵，望風膽落，必不能驅之使戰。其言戰者，非愚昧即欺罔。若真逼令一決，譁潰之形，瞬息立見。當此之時，豈堪更有他虞？至於不戰之故，祇緣簡練不豫，積怯難前，非關兵寡。臣細察各兵情狀，即使立增十倍，蓄縮依然。其稱兵寡者皆藉口也。臣又觀地方有司物力，實萬萬不能供兵，故閉門罷市，到處皆然。雖日取所在守令加以重法，亦不能禁。若更增兵，無益於戰，徒自窘困。儻滋釁端，尤爲可虞。臣愚竊謂當救急之時，豈容復用錯着？尋持危之計，何得稍萌倖心？似宜將各鎮援兵，量選精銳，留督監及微臣軍前，人各數千，隨所向往，犄角聲擊，正不必輕言戰勝。至於機會可乘，臣等各有心知，寧肯坐失！若其餘之兵，俱宜分發京畿逼近之邑，隨地守城。即有見圍之處，亦須密約守令，間道潛往，力圖捍禦。夫如是，則兵不結聚一處，糧自可繼，又實有濟於守兵。此微臣一得之愚，亦今日萬全之計也，統祈聖明密敕本部確議施行。事關兵機，故敢密奏，然不得不與聞本部，以便籌畫。臣無任悚息待命之至，爲此謹具奏聞。

　　崇禎十一年十二月初六日具奏，本月十一日奉旨："知道了。軍務至急①，孫傳庭著聯絡督監，盡力操防②，其分發隨守，著各相機行。該部知道。"

【箋證】

　　[一] 向崇禎上奏機密之事，實寄望於皇帝對此前之任人及軍事戰略之失當有所悔悟。惜崇禎剛愎太過，對楊嗣昌大而無當、徒具外表之戰略惑之太深。再加楊一手掌控兵部，傳庭之一腔熱誠，換來的是當政者對他更深之猜忌。清李因

----

　　① 軍務至急：據《四庫全書》本，咸豐版《孫忠靖公遺集》《孫傳庭疏牘》此句作"殘破已極"。
　　② 盡力操防：據《四庫全書》本，咸豐版《孫忠靖公遺集》《孫傳庭疏牘》作"盡力防禦"。

篤《明督師兵部尚書孫公傳》："傳庭具密疏，有所糾舉，又言'年來疆事決裂，總由制之失策，臣請面奏聖明，決定大計'。嗣昌聞之，謂將傾己而奪其位也，益大詆恨，於是日夜謀殺傳庭矣。"

督師謝恩疏[一]

奏"爲微臣祇承新命，拜受敕劍，恭謝天恩事"。

本月二十七日，准兵部咨，爲緊急軍機事①，該本部題，奉旨："孫傳庭著以兵部左侍郎兼都察院右僉都御史[二]，總督各鎮援兵，仍賜尚方劍，敕書關防符驗旗牌，併速給發。該衙門知道，欽此欽遵。"

備咨差官併賫捧敕諭一道、尚方劍一口到臣②。臣即恭設香案，郊迎於臨清公署[三]，叩頭祇領訖。其符驗、旗牌、關防尚未賫到[四]。臣以外患方殷，義難諉卸③，不敢循例控辭，即於二十八日任事外，竊念臣廿載憂時，一心報主，其不敢自愛頂踵[五]，欲爲朝廷一効緩急者有日矣。第臣矢念惟忠，作事以實，其不敢僥倖欺君，朦朧誤國，亦不自今日始。然如使臣爲事有功按期奏效，臣雖至不肖之人，而天下無不可爲之事，未有雪我朝之仇恥，必應借異代之才能。獨是無米之炊巧婦不能，臨渴之掘萬分難濟，臣即自欺欺世，妄謂可能，亦必聖明之所不許，而舉朝之所難信也。然今日之事，臣不能，誰爲能者？臣不任，誰肯任者？當主憂臣辱之時，豈見可知難之候，此臣之所以拜命不辭，當即祇領敕

① 爲緊急軍機事：據咸豐版《孫忠靖公遺集》《孫傳庭疏牘》，《四庫全書》本"軍機"作"軍需"。

② 備咨差官併賫捧敕諭一道、尚方劍一口到臣：據《四庫全書》本，咸豐版《孫忠靖公遺集》《孫傳庭疏牘》"備"作"併"，"併"作"備"。

③ 義難諉卸：據《四庫全書》本，咸豐版《孫忠靖公遺集》《孫傳庭疏牘》"諉卸"作"卸諉"。

劍受督事矣。獨是向來悠忽玩延①，誇張誕妄，虛廿餘年歲月②，
糜幾萬萬金錢而秋毫罔績，遺憂君父者何人？臣以戮力危疆不遑，
將毋三年盡瘁之孤臣③，滅寇無可居之功，而又當疆事決裂已甚，
收拾最難之後。甫任協剿④，已無督可協，再改總督，已無兵可
督。方束手待兵，以束身待罪，此實臣命數乖蹇使然，臣有付之
無可奈何而已！惟祈皇上原臣苦情。見今雲帥王樸兵北去未還[六]，
宣鎮楊國柱、山西鎮虎大威兵已潰難收，延綏和應詔兵往調未
至[七]，河南援剿總兵左良玉[八]、臨洮總兵曹變蛟兵竟無音耗⑤。
臣所督者，除保鎮總兵劉光祚步兵一千，與關遼原任總兵吳襄兵
五千[九]，俱屬步兵⑥，同臣原帶步兵五百，炤監臣高起潛題疏防守
臨城[十]，更易登撫楊文岳兵赴青[十一]，併監臣大兵征剿外⑦，止有
原帶陝西馬兵及劉光祚馬兵共千餘耳。是尚不堪當一裨將指揮，
臣顧能擁此區區以對壘哉！然即使諸兵既合，而各兵伎倆，廟堂
不知，臣甚知之，決勝殊未易易。但舍此請兵，將徵兵何處？臣故
不敢別有無益之瀆陳。乃兵尚未合而見今二東郡邑望風淪陷者已

---

① 獨是向來悠忽玩延：據《四庫全書》本，咸豐版《孫忠靖公遺集》《孫
傳庭疏牘》"悠忽玩延"作"悠悠忽玩"。

② 虛廿餘年歲月：據咸豐版《孫忠靖公遺集》《孫傳庭疏牘》，《四庫全書》
本"廿"作"念"。

③ 將毋三年盡瘁之孤臣：據咸豐版《孫忠靖公遺集》《孫傳庭疏牘》，《四
庫全書》本"毋"作"母"。

④ 甫任協剿：據咸豐版《孫忠靖公遺集》《孫傳庭疏牘》，《四庫全書》本
"協剿"作"協理"。

⑤ 河南援剿總兵左良玉、臨洮總兵曹變蛟兵竟無音耗：據《四庫全書》本，
咸豐版《孫忠靖公遺集》《孫傳庭疏牘》無"援剿"二字。

⑥ 除保鎮總兵劉光祚步兵一千，與關遼原任總兵吳襄兵五千，俱屬步兵：
據咸豐版《孫忠靖公遺集》《孫傳庭疏牘》，《四庫全書》本"步兵"後無"一
千，與關遼原任總兵吳襄兵五千，俱屬步兵"十八字。

⑦ 併監臣大兵征剿外：據《四庫全書》本，咸豐版《孫忠靖公遺集》《孫
傳庭疏牘》"征剿"作"堵禦"。

不知凡幾矣。第祈皇上於臣兵未合時，憐臣原屬無辜；即臣兵既合後①，鑒臣非甘有罪，少寬斧鉞，或使臣苟存視息。臣非欲強顏人世，亦不敢遽陳烏私，第得薄命朝天，罄竭平生，面請聖明，爲皇上確定大計，料理年餘，於以遠邲皇靈，定有微效，臣於此時死有餘榮矣。臣無任感激惶悚之至，爲此具本謹奏。

　　崇禎十一年十二月二十八日具奏。正月初十日奉旨："覽奏謝，知道了。符驗旗牌關防何尚未到？着嚴催。孫傳庭仍遵旨集兵，出奇制勝，以副簡任。該部知道。"

【箋證】

　　［一］上文《辭樞貳疏》是辭決任職："自惟樞貳重任，非臣謭劣所能衹承。除恭設香案，於寓所叩謝天恩外，擬即具疏控陳，祈天辭免。"本文是任命下達，賜諭到尚方劍到，就差"符驗、旗牌、關防"，傳庭因此拜表謝恩，并借機上陳己意：數年驅敵滅寇無功，自己臨危受命，但無兵可督，徒具一腔熱血而難收實效。再次懇請面君，當此國家情勢緊急危亡之機，"爲皇上確定大計"，若如此，"料理年餘，於以遠邲皇靈，定有微效！"

　　［二］兵部左侍郎兼都察院右僉都御史：兵部左侍郎，"兵部"爲六部（吏、戶、禮、兵、刑、工）之一，源於三國魏"五兵制"，隋唐後正式設立，主掌全國武官選用和兵籍、軍械、軍令之政，歷代相沿，直到明代。侍郎爲僅次於"尚書"之副職。都察院右僉都御史，明代將前代的御史台改爲都察院，都察院級別與六部相同，設左右都御史二人；左右副都御史二人，左右僉都御史四人。左右都御使與六部尚書官階同，均爲二品。下設監察御史分掌地方監察，每布政司置一道。

　　［三］郊迎於臨清公署：臨清，今山東縣級市，聊城市代管。漳衛河與古運河交匯處，位山東西北部，與河北省隔河相望，是山東西進、晉冀東出的重要門戶。明清時期曾憑藉大運河漕運而十分繁榮。

　　［四］其符驗、旗牌、關防尚未齎到：符驗，憑據。《荀子·性惡》："凡論

---

①　即臣兵既合後：據《四庫全書》本，咸豐版《孫忠靖公遺集》《孫傳庭疏牘》無"即"字。

者，貴其有辨合，有符驗。”王先謙集解引王引之曰：“符驗即符節。《哀公六年公羊傳》注：節，信也。《齊策》注：驗，信也。或言符節，或言符驗，或言符信，一也。”《明史·職官志三》：“符驗之號五：曰馬，曰水，曰達，曰通，曰信。符驗之制，上織船馬之狀，起馬用‘馬’字，雙馬用‘達’字，單馬用‘通’字。起船者用‘水’字，竝船用‘信’字。親王之藩及文武出鎮撫、行人通使命者，則給之。御史出巡察則給印，事竣，咸驗而納之。稽出入之令，而辨其數，其職至邇，其事至重也。”旗牌，亦作“旂牌”。寫有“令”的旗和牌，朝廷頒給封疆大吏或欽差大臣用以准其便宜行事的憑據。元白樸《梧桐雨》楔子：“須知生殺有旗牌，只爲軍中惜將才，不然斬一胡兒首，何用親煩聖斷來。”明唐順之《祭刀文》：“某欽承朝命，給有旗牌。”關防，參見《恭報司務廳練兵並請關防馬匹疏》。

〔五〕其不敢自愛頂踵：頂踵，頭頂與足踵，借指全軀。《孟子·盡心上》：“墨子兼愛，摩頂放踵利天下，爲之。”後因以“頂踵”謂不顧身體，不畏勞苦，盡力報效。宋范成大《初赴明州》詩：“頂踵國恩元未報，驅馳何敢歎勞生。”

〔六〕雲帥王樸兵北去未還：王樸，籍貫不詳，崇禎六年（1633），以總兵銜赴河南平民軍。《河南通志》卷十一《兵制》：“崇禎六年，流賊入河南。時昌平總兵左良玉、保定總兵鄧玘專辦河南賊，以兵少不支，命倪寵、王樸爲總兵，領京營兵六千赴河南。”后任大同總兵。《欽定八旗通志》卷一百七十八《人物志》五十八：“承疇以軍十三萬赴援，席特庫偕前鋒八參領與戰，敗大同總兵王樸等軍。”

〔七〕宣鎮楊國柱、山西鎮虎大威兵已潰難收，延綏和應詔兵往調未至：楊國柱（？—1642），字廷石，《明史》本傳稱遼東義州衛人。崇禎九年（1636）爲宣府總兵官，佩鎮朔將軍印。十一年（1638）冬，從總督盧象昇戰賈莊。象昇敗歿，國柱當坐罪，大學士劉宇亮、侍郎孫傳庭皆言其身入重圍，非臨敵退禦却者比。乃充爲事官，戴罪圖功。十四年（1641），祖大壽被困錦州，總督洪承疇率八大將往救。國柱先至松山，陷伏中。突圍，中矢墮馬卒。《大清一統志》卷四十四《錦州府》：“楊國柱，遼東義州人。精騎射，以功佩將軍印，總宣鎮兵。引兵救錦州，先至松山陷伏中……大兵四面呼降，國柱太息，語其下曰：‘此吾兄、子昔年殉難處也，吾獨爲降將軍乎？’突圍中矢墮馬死。額曰旌烈。”虎大威，見前。和應詔，資料不詳。《山西通志》卷十六《關隘八·絳州·垣曲縣》提到和應詔：“五虎澗，西南五十里。明嘉靖時置千總一員，以防礦徒。崇禎八年十二月，河南流賊聞五虎澗黃河冰合成橋，大隊自河南府趨北。知縣段自宏偕潞澤營防河參將和應詔駐河干，督兵嚴守。積薪焚橋，晝夜不少懈。賊知有備，西走。"《明史·猛如虎傳》載稱和應詔曾與猛如虎、虎大威共擊殺農民軍領袖"九條龍"。

[八] 河南援剿總兵左良玉：左良玉（1599—1645），字崑山，山東臨清人。初在遼東與清軍作戰，曾受侯恂提拔。後在鎮壓農民軍的戰爭中，不斷擴大部隊，勢力膨脹。此後驕橫跋扈，擁兵自重。崇禎十七年（1644）三月封寧南伯。南明弘光帝（朱由崧）即位後，又晉爲侯，鎮守武昌。馬士英、阮大鋮排斥東林黨人。他祖護東林黨人，於弘光元年（1645）三月二十三日從武昌起兵，以清君側爲名，進軍南京。未幾，病死於九江舟中。子夢庚率所部降清。

[九] 關遼原任總兵吳襄兵五千：吳襄，字兩環，明末中後所（今綏中鎮）籍，祖籍江蘇高郵，明天啓二年（1622）武進士。吳三桂之父。崇禎年間先後任都指揮使、都督同知、總兵二中軍府都督等職。崇禎時任遼東總兵，是祖大壽的部屬。崇禎四年（1631）八月，皇太極發動"大凌河之役"，吳襄在赴援時逃亡，導致全軍覆滅，祖大壽降清，孫承宗罷去。吳襄因此下獄，擢三桂爲總兵。崇禎十七年（1644）三月初，李自成破大同、真定，崇禎起用吳襄提督京營。北京城破，吳襄被擒，李自成派部將唐通以銀四萬兩犒賞吳三桂軍，並脅吳襄作書招降吳三桂。四月二十二日，吳三桂與阿濟格、多鐸大敗李自成於"一片石戰役"，多爾袞封吳三桂爲"平西王"，追擊李自成，再敗李自成於慶都。1644 年 4 月 23 日，李自成斬殺吳襄於永平（今河北盧龍）城西范家莊，將其首級示眾，吳家三十八口慘遭滅門。李自成出武關南走，吳三桂一路追擊，直下武昌始還。吳襄死後被南明政權封爲遼國公，諡忠壯，祖氏被封爲遼國夫人。

[十] 高起潛題疏防守臨城：高起潛，崇禎內侍宦官。與曹化淳、王德化等深受崇禎器重。崇禎五年（1632）督諸將征孔有德叛亂。旋督寧、錦軍，鎮壓農民軍。九年，任總監，分遣諸將禦清軍。崇禎十一年（1638）皇太極命多爾袞、岳托等越過長城，大舉深入。崇禎以盧象昇爲督師，高起潛監軍。高與兵部尚書楊嗣昌皆不欲戰，致盧象昇孤軍奮戰，在鉅鹿賈莊血戰而死。清兵連下四十三城。次年南下入山東，攻破濟南，俘明王朝之德王朱由樞，滿載而歸。崇禎死後高起潛南走南京。福王時召爲京營提督。後被迫降清。本傳載《明史》卷三百十五《宦官二》。

[十一] 更易登撫楊文岳兵赴青：楊文岳（？—1642），字斗望，號京宜，四

川順慶府南充縣（今四川省南充市）人。萬曆四十七年（1619）進士，授行人。天啓五年（1625）擢兵科給事中。崇禎二年（1629），出爲江西右參政，歷任湖廣、廣西按察使。十二年（1639），擢兵部右侍郎，總督保定、山東、河北軍務，專剿農民軍。十四年（1641），李自成破洛陽，進逼開封，他率師往救，殺民軍將領"一條龍"。但後與陝西總督傅宗龍一起兵敗於河南新蔡。崇禎十五年（1642）李自成三圍開封，楊文岳隨丁啓睿及左良玉、虎大威等四總兵援之，楊文岳潰敗於朱仙鎮，在汝寧爲民軍所殺。其本傳載《明史》列傳第一百五十。

辭保督併謝降級疏

奏"爲微臣力竭，重任難勝，罪深量罰猶幸，謹謝天恩兼陳愚悃事"。

本年正月二十八日，准吏部咨，爲薊督亟宜早定，保督不宜另推。伏乞皇上敕部速竣以便從頭實做事。該本部會題，正月十八日奉旨："洪承疇仍以兵部尚書兼都察院右副都御史，降四級戴罪住俸，總督薊州等處軍務，兼理糧餉，經略禦倭①，着作速到任。孫傳庭仍以兵部左侍郎兼都察院右僉都御史，總督保定、山東、河北等處軍務、各鎮援兵兼理糧餉，俱寫敕與他，欽此欽遵。"

抄出到部，移咨到臣，臣即於行間恭設香案，望闕叩頭謝恩，繕疏控辭間，二月初五日，准兵部咨，爲飛報省城失陷事。該本部會題，正月二十六日奉旨："省會重地，兵到輒陷，甚至親藩罹難，尤國家從來所未有。內外防援各官俱屬有罪，然主客久近，又當分別：宋學朱力阻援兵，又無防禦，著確查下落定案。顏繼祖雖奉旨守德，而平時全無料理，有事一味虛恢，著革職聽勘。倪寵巧猾避敵，著革了職，錦衣衛拿解來京究問。高起潛雖有調援，豈能辭罪？著降六級，仍戴罪。孫傳庭受事日淺，著降一級戴

---

① 經略禦倭：據《四庫全書》本，咸豐版《孫忠靖公遺集》《孫傳庭疏牘》"禦倭"作"禦敵"。

罪，與高起潛奮力圖報自贖。首輔劉宇亮督察何事？也著戴罪。李績、祖寬等，楊振、周祐等，朱之鎮等，還著作速查明，分別確議具奏。山東撫鎮員缺，著即推立補。本內無名首領衛所等官，也著一併查明，鄉已有旨了①。欽此欽遵。"

　　恭捧到部，備咨到臣，臣不勝感戴，不勝惶悚。竊念軍中制勝，宜借壯猷；閫外持衡，每需福將。臣天下之庸人也：廿年通籍②，什五投閒，三任當官，萬一罔效。遠不具論，即頃者奉命入援，詎不切同仇之義，且浸假而躋樞貳協贊③，浸假而以原官總督，乃將多巾幗，不能遽使之赳桓；兵若眠蠶，不能速化為驍健，庸莫庸於此矣。臣又天下之蹇人也：役秦秉鉞備歷艱辛，念母尸饗未申菽水，非所敢言。即今者代匱督師，已屬極難之任，而何以聞命適在濟陷三日之前！又何以兵集已在濟陷三日之後！況二東雖靖，而保全之外，無縣副報効之心；左輔尚紛，而出口之時，誰可爭到頭之著？臣之蹇莫蹇於此矣。庸為人之所棄，寧堪更試以錯盤④？蹇實天之所刑，豈得自逭於斧鉞？何以聖明重加委任，既若忘臣之庸；薄示創懲，又若憐臣之蹇。第臣力已竭，而難効驅馳；臣罪實深，而莫酬浩蕩，此臣所以感激涕零，愧憤莫措者也。除於行間恭設香案，叩頭再謝天恩外，其保督事任，竢北兵出口，臣乃敢另疏瀝血懇辭。今仍以原銜督師自贖，統祈聖明原鑒。

　　臣無任感激惶悚之至。為此謹具奏聞。

---

　　①　鄉已有旨了：據咸豐版《孫忠靖公遺集》《孫傳庭疏牘》，《四庫全書》本"鄉"作"卿"。

　　②　廿年通籍：據咸豐版《孫忠靖公遺集》《孫傳庭疏牘》，《四庫全書》本"廿"作"念"。

　　③　且浸假而躋樞貳協贊：據《四庫全書》本，咸豐版《孫忠靖公遺集》《孫傳庭疏牘》無"協贊"二字。

　　④　寧堪更試以錯盤：據《四庫全書》本，咸豐版《孫忠靖公遺集》《孫傳庭疏牘》"寧"作"豈"。

崇禎十二年二月初五日具奏，初十日奉旨："覽奏謝，知道
了，孫傳庭著恪遵屢旨，鼓勵督軍，不必另辭，該部知道。"

【箋證】

[一] 孫傳庭先是接到朝廷正月十八日詔命，任命他"以兵部左侍郎兼都察
院右僉都御史"，他於正月二十八日上奏《微臣力竭，重任難勝，罪深量罰猶幸，
謹謝天恩兼陳愚悃事》，推辭保督之任。不料奏疏剛上，就接到朝廷二十六日的
處分詔命："孫傳庭受事日淺，著降一級戴罪，與高起潛奮力圖報自贖。"於是傳
庭於二月五日再上疏崇禎，備陳自己無能，再次辭決保督之任。按孫傳庭《省罪
錄》記崇禎十二年二月初五事："初五日，准部咨，議處濟陷內外防援各官，以
臣受事日淺，奉旨降一級戴罪。又先準部咨，推臣保定總督，奉旨仍以兵部侍郎
總督保定等處軍務。維時保督需人既急，臣方督援，豈能分任保事？臣具疏陳
謝，並言保督事任，竢敵出口，另疏懇辭。題題"爲微臣力竭重任難勝，罪深量
罰猶幸，謹謝天恩兼陳愚悃事"。崇禎則否決孫的辭職，要他"恪遵屢旨，鼓勵
督軍，不必另辭"——是爲本文之立意。

[二] 省會重地，兵到輒陷，甚至親藩罹難，尤國家從來所未有：指清兵入
山東，陷濟南，俘德王事。《明史》本紀第二十四《莊烈帝二》崇禎十二年事：
"十二年春正月……庚申，大清兵入濟南，德王由樞被執，布政使張秉文等死之。
戊辰，劉宇亮、孫傳庭會師十八萬於晉州，不敢進……大清兵北歸。三月丙寅，
出青山口。凡深入二千里，閱五月，下畿內、山東七十餘城。"親藩，指德王藩
國。明朝第一代德王爲朱見潾（1448—1517），明英宗朱祁鎮第二子，明憲宗朱
見深異母弟，母宸妃萬氏。景泰三年（1452）被封榮王。天順元年（1457），改
封德王。初建藩德州，以德州地貧瘠，改濟南。成化二年（1466），就藩濟南府。
在藩五十二年，在王位六十一年。德王共歷六世：德莊王朱見潾，德懿王朱祐
榕，德恭王朱載墱，德定王朱翊錧，德王朱常潔，德王朱由樞。崇禎十二年
（1639）正月，清兵攻下濟南，德王朱由樞被俘，一年後由其堂弟朱由櫟嗣位。
崇禎十五年（1642）二月，朱由樞死於塞外，清廷"以禮葬之"。

附：請陛見原疏[一]

奏"爲恭謝天恩，兼陳微臣切欲陛見之悃，仰請聖明裁諭

事”。

　臣卧病通州，伏候廷議。本月二十三日①，准兵部咨，該兵科都給事中張縉彦題“爲薊督擔荷甚重事”[二]。奉旨：“這本説的是。再嚴行申諭孫傳庭，着即赴任，作速料理抽練事宜。該部知道，欽此欽遵。”恭捧到部，移咨到臣，臣不勝惶悚，不勝感戴，隨於寓所恭設香案，叩頭謝恩外，伏念：臣自督師役竣，屢多舛謬，數奉嚴綸，九死餘生，不堪震叠，徬徨憂懼，無以自容。於前月二十三日，突感耳症，遂至失聰，今已浹月。向臣甫任督師，皇上復允廷臣之請，俾臣總督保定、山東、河北等處軍務。臣綿薄無似，且已成廢物，自應具疏籲免。然以方在席藥，即斧鉞或逌，而鞶帨應褫②[三]，故不敢自行控請。何意聖明雷霆忽霽，雨露頓回，若暫寬臣前愆，且將責臣後効。臣罪不容寬，才無可用，仰荷不測之矜原，復蒙無已之收録。感激思奮，恨不捐糜頂踵，稍圖報塞。第臣自絶於天，五官缺一，其何以振飭將吏，臨莅軍民？祇誦温綸，跼蹐無地，惟有回環飲泣，仰天搥慟而已。顧犬馬戀主，實難恝然，至臣無可奈何之下情，容當瀝血另陳，今不敢遽瀆宸聰也。

　臣自丙子陛辭，忽越三載，迫欲一覲天顏。又臣仰荷任使，雖防禦罔効，然於一切軍國大計，竊嘗留心究考，稍窺約略。臣耳固廢，心尚存，舌猶在也，意懇聖明召臣入見，庶幾罄陳芻蕘[四]。即皇上俯有諮詢，但令輔臣書示數字，臣亦能一一條對。臣竊見皇上虛懷下問，於真保等屬新設監司諸臣，俱令星馳陛見，豈獨於臣而靳之？臣才略非能於諸臣有加，然巧不如習，言貴可行，臣似覺有微長，惟皇上勿吝堦前盈尺，俾臣畢吐其愚。臣於内安

---

① 本月二十三日：據《四庫全書》本，咸豐版《孫忠靖公遺集》《孫傳庭疏牘》“二十三”作“二十八”。

② 而鞶帨應褫：據《四庫全書》本，咸豐版《孫忠靖公遺集》《孫傳庭疏牘》“鞶帨”作“鞶帶”。

外攘之間，必有一二肯綮之言，可以收事半功倍之效者，用備採納。如膚襲無當，斧鑕願甘。倘以臣聾廢蹣跚，趨承未便，或容臣越闕一叩，敕樞户部垣諸臣，各出兵餉歇略，與臣籌議一二日。臣苟有一得，即令各臣酌確上聞，臣不敢謂輕塵墜露，必無補於嶽海高深也。臣無任感勒激切待命之至！

【箋證】

［一］此文《四庫全書》本《白谷集》作爲"附録"處理。遵依其舊。本文立意：傳庭因犯耳疾辭決保定總督之任，再次籲請陛見皇帝，請予旨准。

［二］該兵科都給事中張縉彦題"爲薊督擔荷甚重事"：張縉彦，明天啓元年（1621）鄉試舉人，崇禎四年（1631）進士，授清澗知縣，調三原知縣。崇禎十年（1637）遷户部主事。十一年（1638）歷任編修、兵科都給事中，曾上書彈劾楊嗣昌。崇禎十六年（1643）兵部尚書馮元飆稱病辭職，推薦李邦華、史可法代替，崇禎則擢升張縉彦爲兵部尚書。崇禎十七年（1644）二月，李自成逼近京師，張縉彦拒絕採納急招士卒固守、號召天下勤王入援建議，隱匿軍情不報。三月李自成陷京師，張縉彦和大學士魏藻德率百官表賀迎接。四月清軍入關，張縉彦逃歸故里。聞福王據江寧，騙說自聚義軍，受封總督河北、山西、河南軍務。清軍平定中原及江南，他逃匿於六安州商麻山中。清順治三年（1646）投降清人。順治九年（1652）後，歷任山東右布政使、浙江左布政使。順治十七年（1660）六月，因"文字獄"被捕，十一月被没收家產，流徙寧古塔。次年至寧古塔舊城（今黑龍江海林）戍所後，與吳兆騫、方拱乾等人"朝夕相對，歡若一家"，詩酒唱和，過從甚密。康熙十一年（1672）逝世於寧古塔。

［三］然方在席藁，即斧鉞或逭，而鞶帨應褫：席藁，席，或作"蓆"，坐卧意；藁，或作"稾""槁"，指用禾稈編成的席子。坐卧藁上，古人用以請罪的一種方式，因以指待罪。宋蘇軾《上神宗皇帝書》："自知瀆犯天威，罪在不赦，蓆槁私室，以待斧鉞之誅。"鞶帨，腰帶和佩巾。漢揚雄《法言·寡見》："今之學也，非獨爲之華藻也，又從而繡其鞶帨，惡在《老》不《老》也。"此指官員的服飾，用做官職之代稱。

［四］庶幾罄陳芻蕘：芻蕘，割草採薪者。《孟子·梁惠王下》："文王之囿方七十里，芻蕘者往焉，雉兔者往焉，與民同之。"借指草野之人、淺陋之見，

多用作自謙之辭。《後漢書·列女傳·曹世叔妻》："採狂夫之瞽言，納芻蕘之謀慮。"唐劉禹錫《爲杜相公讓同平章事表》："輒思事理，冀盡芻蕘。"

官兵苦戰斬獲疏[一]

"爲官兵雖有斬獲不敢言功，實實苦戰三日，臣不敢不據報轉聞，仰祈聖明敕部察覆事"。

竊思敵圍真定，首至退敵者臣也。臣恥報解圍，而保撫報之。及敵據濟南，首至退敵者亦臣也，臣恥報恢復，而東撫報之。即靖二東障陵京，且爲聲防，爲拒堵，爲接戰，殫厥心力，悉副明旨，而臣之所入告於皇上者，亦惟是如何聲防、如何拒堵、如何接戰，以無没諸將士之血苦已耳。臣先事未嘗誇詡，後事未嘗欺飾也。蓋臣以癡忠報主，憤恥二字臣實獨切。臣身可殺，臣必不敢自喪本心，以熒聖聽。

出口之役，我兵用步得力，是以一鼓戰勝①，情形實實如此。彼時各監提兵，内臣與各邊鎮將領士卒同集邊口，臣如飾罪冒功大言無實，皇上之斧鉞可逃，而萬衆之指摘奚逭也？且初十日之戰，曹變蛟遵臣步法，與北兵轉戰衝擊②。臣之步兵莫不一往無前，臣與總監諸臣俱在陣前，豈敢欺乎？至十一日之戰，以相距漸遠③，故從衆議用馬，遂不能摧陷如前④，然我兵與敵騎力抵竟日，亦臣等所目擊者也。十六日臣旋師薊州，據監軍道塘報到，

---

① 是以一鼓戰勝：據《四庫全書》本，咸豐版《孫忠靖公遺集》《孫傳庭疏牘》無此句。

② 曹變蛟遵臣步法，與北兵轉戰衝擊：據《四庫全書》本，咸豐版《孫忠靖公遺集》《孫傳庭疏牘》"步法"作"指畫"，"衝擊"作"衝突"。

③ 以相距漸遠：據《四庫全書》本，咸豐版《孫忠靖公遺集》《孫傳庭疏牘》"相距"作"敵去"。

④ 遂不能摧陷如前：據《四庫全書》本，咸豐版《孫忠靖公遺集》《孫傳庭疏牘》"摧陷"作"抵禦"。

臣正在繕疏具奏間，適接邸報，見督察一再誣臣[二]，意不可測。又見各部痛感天言，泣領臣罪疏內，首指及臣云：“夫失羣望之所歸①，而推轂則名實不副。”又該部覆察沙偶疏本②，有“原係孫傳庭飾詞，不必行察之旨”。臣乃自痛才劣，隕越竟至於此！遂於出口叙疏，趑趄不敢具報。已思各將士拚死力戰，敵愾之勇，實向來所未有，豈可以臣故湮没？輒復據實勒陳。內云：“臣身任軍務，大創無能③，惟有引罪，何敢復爲諸將士言功？第諸將士臨陣血戰，昭昭在人耳目，臣不得不據報轉聞。除總監原督關門勁旅，及山永巡撫與從西應援之薊督、宣督、京營提督、督理分監遵撫所獲功次應聽各臣自行察奏，其臣所統各鎮將官兵，與分監陳正彝兵④，合營同進，仰仗天威，頗知鼓奮。雖所獲無多⑤，而敵愾殊勇。

　　總兵曹變蛟則揮刀當先，人馬辟易⑥。祖大壽親語臣等曰[三]：“今日衆將中顯了一人，諸將皆服，則變蛟也。”此固大壽彝好之公，而變蛟之勇略冠軍，概可知已。王樸則親提步卒，力戰衝鋒⑦，九日之役，北兵以數千人來突，而能不爲動。楊國柱則往來摧陷，矢捐糜以圖桑榆之收，均應併録在將領。李國政則決策鼓

---

　　① 夫失羣望之所歸：據咸豐版《孫忠靖公遺集》《孫傳庭疏牘》，《四庫全書》本“夫失”作“夫夫”。

　　② 又該部覆察沙偶疏本：據咸豐版《孫忠靖公遺集》《孫傳庭疏牘》，《四庫全書》本“疏本”作“疏奉”。

　　③ 大創無能：據《四庫全書》本，咸豐版《孫忠靖公遺集》《孫傳庭疏牘》“大創”作“大捷”。

　　④ 與分監陳正彝兵：據《四庫全書》本，咸豐版《孫忠靖公遺集》《孫傳庭疏牘》“陳正彝”作“陳正夷”。

　　⑤ 雖所獲無多：據《四庫全書》本，咸豐版《孫忠靖公遺集》《孫傳庭疏牘》“所獲”作“馘斬”。

　　⑥ 人馬辟易：據《四庫全書》本，咸豐版《孫忠靖公遺集》《孫傳庭疏牘》“人馬”作“强敵”。

　　⑦ 力戰衝鋒：據《四庫全書》本，咸豐版《孫忠靖公遺集》《孫傳庭疏牘》作“力戰敵鋒”。

衆，先後數陣，本將聯率之力居多。而全守亮、刁明忠、鄭嘉棟、王根子、趙大胤、李有功、劉忠、劉芳名、魯文彬、張天麟、張一貴、郭清、王國棟、王鉞、趙祥、賀人龍、郝崇胤①、劉世爵、王希貴、蕭繼節等，恪遵師律，有進無退，均於行陣有裨，相應併錄。其餘文武將吏應否分別議敘，俱候該部酌覆。

至於戰歿之台賴、李孟貞、王兩等，血濺沙場，俱應優恤。內李孟貞係臣標下劄委守備，以一人步逐五敵奮砍，忽中敵矢，貫腦而斃②，亦祖大壽親見，為臣等言之。曹變蛟遣材官身負其屍以歸，為臣慟服不已者也，尤應優恤。被傷之劉成、吳宗、馬應騰、郭汝磐、武大定等③，臣驗多對而之傷，足稱進戰之勇④。內郭汝磐即降寇之混天星，武大定即殺蝎子塊之黃巢⑤，而堅不復叛者，俱能報國忘身⑥，尤宜風勸。

至於從來捷報率多誇張，臣矢志不欺，素邀聖鑒。頃以舉事謬妄，又為舊輔劉宇亮兩次牽誣，致聖明屢責其諉飾。即同朝亦莫保其初終，臣有身未死，無血可揮，於此番敘疏，實惴惴然閣筆難下，止以諸將士戮力疆場，勞勤難泯，輒敢詳述以聞，第祈皇上敕部密察，則諸將士血戰之苦得明，臣雖身受斧鉞，有餘榮矣。

---

① 王鉞、趙祥、賀人龍、郝崇胤：據《四庫全書》本，咸豐版《孫忠靖公遺集》《孫傳庭疏牘》"王鉞"作"王越"，"郝崇胤"作"郝崇允"。

② 貫腦而斃：據《四庫全書》本，咸豐版《孫忠靖公遺集》《孫傳庭疏牘》作"貫腦而出"。

③ 被傷之劉成、吳宗、馬應騰、郭汝磐、武大定等：據咸豐版《孫忠靖公遺集》《孫傳庭疏牘》，《四庫全書》本"吳宗"作"吳宗踪"，"武大定"作"武定"。

④ 臣驗多對而之傷，足稱進戰之勇：據咸豐版《孫忠靖公遺集》《孫傳庭疏牘》，《四庫全書》本"對而"作"對面"，"足稱"作"足知"。

⑤ 武大定即殺蝎子塊之黃巢：據《四庫全書》本，咸豐版《孫忠靖公遺集》《孫傳庭疏牘》無"之"。

⑥ 俱能報國忘身：據咸豐版《孫忠靖公遺集》《孫傳庭疏牘》，《四庫全書》本"忘身"作"亡身"。

爲此謹題。

崇禎十二年三月十七日具題，二十一日奉旨："該兵部知道。"

【箋證】

［一］入衛京師以來戰績報送，向崇禎陳述對敵戰略。雖身遭處分，面臨不測之危，但忠心不渝，備敘將士血戰之功。

［二］見督察一再誣臣：督察，指劉宇亮。按劉宇亮，四川綿竹人。萬曆四十七年（1619）進士。屢遷吏部右侍郎。崇禎十年（1637）八月，擢禮部尚書，崇禎十一年六月任首輔。清兵深入，劉宇亮自請督察軍情，"各鎮勤王兵皆屬焉"。劉宇亮誣陷孫傳庭事，明末李因篤《明督師兵部尚書孫公傳》謂："會首輔劉宇亮自出督察諸軍，誤糾總兵官劉光祚而復救之，帝大怒，削職需後命。宇亮皇懼不知所出，嗣昌謀諸閣臣薛國觀，令授意曰：'惟速參督師，可以自解。'傳庭遂奉部院勘議之旨。"傳庭本人文章也有記，參下文《恭聽處分兼瀝血忱疏》。

［三］祖大壽親語臣等曰：祖大壽（？—1656年），字復宇，遼東寧遠（今遼寧興城）人，吳三桂的舅舅。崇禎元年（1628）因"寧遠大捷"升爲前鋒總兵官，駐守錦州。崇禎四年（1631）大凌河之戰，祖大壽糧盡援絕詐降，後逃往錦州城對抗清軍。清廷屢次招降不從。崇禎十四年（1641）三月開始的松錦大戰，因援軍洪承疇兵敗，錦州解困無望，祖大壽率部降清。後隨清軍入關，順治十三年（1656）病故於北京。

恭聽處分兼瀝血忱疏[一]

"爲微臣行近通州，忽接嚴旨，暫止中途恭聽處分，兼瀝血忱，併請交割陝兵，以聽薊督酌議事"。

臣因內外多事，憂憤廿年，揣摩十載。懷忠思効，匪朝伊夕。初奉命協剿，臣即有面請聖明另作良圖之奏；既奉命督師，臣又有面請聖明決定大計之奏。復以請見之意寓書閣部，不一而足，臣之率妄極矣！該部此請，蓋特爲臣，若薊督事竣陛見，前已有旨，無竢請矣。彼時臣方下部院看議，正在席藁，又安得借前席之筈耶[二]？該部豈見不及此？使臣於此時儻得蒙恩召對，罄所欲吐，無論於禦敵長策，條畫必當聖意。即議留陝兵，臣得一參末議，亦何至徒失戰守家當，虛糜無限錢糧，而薊門竟未得陝兵絲毫之濟也？顧薄命如臣，胡可得也！痛思臣自入援以來，萬苦備嘗，一著未錯。比敵將去，臣罪遂多；及事甫竣，臣即束身待議！雖欲碎首御堦，剖心無繇，臣因具疏瀝陳。內稱：臣三年遠役，半載入援，咫尺天顏，妄冀一瞻晬穆，稍申犬馬戀主之私。本月二十日於三河接邸報，知原任督察閣部劉宇亮，又疏牽指及臣，奉有"孫傳庭躲閃虛恢，全無調度，大負重任，該部院一併確議速奏"之旨。又兵部請召薊保督臣，奉有"薊督著遵旨陛見，陝西兵馬著洪承疇酌議速奏，孫傳庭已有旨了"之旨。臣惟有席藁待罪，無能稽首瞻天矣。獨是"躲閃虛恢"，臣所萬萬不敢出。臣向剿寇秦中，無兵措兵，無餉措餉，能使十年之寇，數戰立掃。蒙皇上真心實心之褒，不一而足，臣豈初終相謬？其不能滿志者，則固以形勢之地方各異①，亦兵馬不皆臣所自練耳。皇上痛念藩封淪陷，郡邑丘墟，生民塗炭，無論是否臣任後之事，何敢置辯？但督察欲蓋已愆，誣臣不已，甚且舉經過州縣，駐宿時日，一一可稽之事，惟其顛倒不知何以誑誕至此②！臣報北援在濟陷之先，彼時前股北折之敵尤多於後股，東省有總監大兵，臣應否不顧陵京？及初六日，聞濟陷之變，臣等公議謂宜併力南向，屬督察具疏，臣於初七日即發兵分防，初八九日即發總兵王樸等統兵，繇平原併趨禹齊。十一日臣亦親赴平原，焉用督察之挽捉？且督察自聞濟陷，稱病臥榻，又何暇挽臣捉臣？豈病未真耶？抑祇任奚僮挽捉耶？其遠繇河間者，督察欲遠繇也。督察不於十八日從德州過河赴河間行十里許乎？時河西無警，督察已携延綏保鎮火器兩營

①　則固以形勢之地方各異：據《四庫全書》本，咸豐版《孫忠靖公遺集》《孫傳庭疏牘》作"則以今昔之勢異"。

②　惟其顛倒不知何以誑誕至此：據咸豐版《孫忠靖公遺集》《孫傳庭疏牘》，《四庫全書》本"誑誕"作"任誕"。

及雲鎮馬兵一千，同提標營馬兵五百，可無虞矣，又欲携宣鎮馬兵一千。臣以兵不能多分無戰之地，始邀還督察同行。督察逡巡不敢行，臣於本日夜至吳橋，督察止德州，囑令臣駐吳橋相候。二十日早，臣遣兵迎督察至，始同抵東光。二十一日臣欲縣泊頭赴滄州，督察堅欲迂道交河。二十二日督察復駐交河，囑令臣先至滄州相候，二十三日督察始至滄州。今謂臣欲遠縣河間，獨不思經過州縣，駐宿時日一一可稽乎！夫督察即遲行一二日，於事何礙？第督察正亦不容臣行①，即或容臣行，亦必令臣相候以擁護督察，今反以迂遲誣臣！若夫督察盡職於革職之後，咨札紛至，固欲補向來之缺陷以爲抄送兵部之地，抑知刺謬多端，衹見心勞而日拙矣。他如偵探之不確，驗級之未真，即今偵探有報可考，而首級之經臣解與督察解者，司馬堂當自有定衡也！又言督察參劉光祚彈墨未乾[三]，又復疏救，致奉嚴旨，忽指及臣。初但以沙偶之言略爲點綴，繼聞朝議頗嚴，復具瀝陳。顛末一疏，謂臣當言不言，一味旁觀，專欲以督察卸擔。夫督察參後，始袖出一稿示臣。方參時臣不知也，何以謂臣卸擔？且督察前疏，既云若督臣白簡無靈，尚方空握，而必借臣代糾，督臣亦難自解，反謂臣以督察之參卸擔，豈督察好爲此等不倫之語，衹以歸罪於臣，督察必可解釋耳？若臣之所以不參劉光祚者，非縱也。茨州之役，劉光祚等原未失律喪師，即怯懦委屬隱情，而參劾宜有顯罪。自大城督察爲各鎮下拜，各鎮將皆悚惕不寧。臣以各鎮新合之兵，辦敵實非易易，恐繩之太急，別致償誤。又行間之情形，左右之奸僞，督察殊未諳未知，臣實慮之。

正月二十七日，我兵大城戰敵後，報苗頭已向東北。臣謂宜量留火兵設防，先發戰兵馳赴東安扼擊。而督察不從，故臣止發刁

---

① 第督察正亦不容臣行：據咸豐版《孫忠靖公遺集》《孫傳庭疏牘》，《四庫全書》本“正”作“止”。

明忠、李國政、劉芳名，領哨兵八百隨敵偵探，餘兵俱頓大城。二十九日晚，臣勉發總兵曹變蛟、楊國柱等兵先往。次早，復約督察率餘兵同往，不然或臣獨往。掌號將發，督察遣家人力阻，復停一日。比兵兼程，於初三日寅時奔至東安，晝夜疲勞，距河猶六十餘里，敵即於是日午時盡數渡河，又安爲半渡之扼擊？及敵破黃花店等村，各鎮布置，敵兵設伏誘戰，各鎮俱在張家浦一帶埋伏①，臣等未嘗易各鎮於前敵，而各鎮不遵。臣等歸後，前官兵遇敵接戰，互有殺傷，我兵未能抵禦②。敵未至張家浦③，時已薄暮，北兵舉號火整隊而還④，我兵亦收營。各鎮未嘗臨敵潰逃，無可罪也。乃督察遽行題參，發疏之後，以稿示臣。臣因以行間情狀爲督察微及，與臣所入告於皇上者無異也。未幾而有磚厰之役，督察不候報至，即行具奏，約略繕疏。如内云首級在二十顆上下，從來無如此報法。督察謬誤當自有因，乃無端相尤，執定沙偶之言，爲下水拖人之計。督察即思陷臣，當强敵在内，邊丁久戍之時，何可以此語見之章奏？督察顛倒乃爾，而毅然請繳，則臣等行間文武之不幸，於督察何責焉？若劉光祚鎮屬郡邑多陷，自有光祚應得之罪，臣始終非爲光祚寬也。臣蒙皇上委任不效，即援二東，遮陵京，守内堵外⑤，前後大小血戰屢次⑥，俱不敢言功。

---

① 各鎮俱在張家浦一帶埋伏：據咸豐版《孫忠靖公遺集》《孫傳庭疏牘》，《四庫全書》本"張家浦"作"張家鋪"。

② 我兵未能抵禦：據《四庫全書》本，咸豐版《孫忠靖公遺集》《孫傳庭疏牘》作"我兵僅斬二級"。

③ 敵未至張家浦：據咸豐版《孫忠靖公遺集》《孫傳庭疏牘》，《四庫全書》本"張家浦"作"張家甫"。

④ 北兵舉號火整隊而還：據《四庫全書》本，咸豐版《孫忠靖公遺集》《孫傳庭疏牘》作"北兵放號火吹觱栗還"。

⑤ 即援二東，遮陵京，守内堵外：據《四庫全書》本，咸豐版《孫忠靖公遺集》《孫傳庭疏牘》作"即靖二東，障陵京，衛内堵外"。

⑥ 前後大小血戰屢次：據《四庫全書》本，咸豐版《孫忠靖公遺集》《孫傳庭疏牘》作"前後零斬大戰屢捷"。

第臣即不才，亦不至遠遜督察，乃督察患失懼禍，厚誣臣以行其掩飾。臣即任受，將如清議何哉？臣見候議處，陝西兵馬應遵明旨交薊督，聽其酌議。臣繁冤欲訴，謹就事剖析，伏乞聖鑒。爲此謹奏。

　　崇禎十二年三月二十二日具奏。二十八日奉旨："郡邑失陷，孫傳庭任後不少，豈得諉卸？併所奏督察事情，該部院通行確議速奏。"

【箋證】

　　［一］待罪之時再上奏章，爲自己遭冤辨誣。按孫傳庭之冤，除朝中楊嗣昌與其政見不一外，亦與督察劉宇亮顢頇愚蠢的作爲有關，更是明末朝臣之間互相傾軋的直接後果。《明史·劉宇亮傳》謂劉疏奏總兵劉光祚逗遛，"（薛）國觀方冀爲首輔，與嗣昌謀傾宇亮，遽擬旨軍前斬光祚。比旨下，光祚適有武清之捷，宇亮乃繫光祚於獄，而具疏乞宥，繼上武清捷音。國觀乃擬嚴旨，責以前後矛盾，下九卿科道議。僉謂宇亮玩弄國憲大不敬。宇亮疏辯。""宇亮疏辯"，於是劉宇亮把孫傳庭也牽扯於中。孫傳庭的命運由此而改變。

　　［二］正在席藁，又安得借前席之箸耶：席藁，見前《請陛見原疏》。借前席之箸，借箸，語出《史記·留侯世家》："食其未行，張良從外來謁。漢王方食，曰：'子房前！客有爲我計橈楚權者。'具以酈生語告於子房，曰：'何如？'良曰：'誰爲陛下畫此計者？陛下事去矣。'漢王曰：'何哉？'張良對曰：'臣請藉前箸爲大王籌之。'"藉，《漢書·張良傳》作"借"。箸，筷子。後因以"借箸"指爲人謀劃。唐杜牧《河湟》詩："元載相公曾借箸，憲宗皇帝亦留神。"

　　［三］督察參劉光祚彈墨未乾：《明史·劉光祚傳》："光祚字鴻基，榆林衛人。初爲諸生，棄去，承祖廕歷官延綏遊擊。崇禎三年奉詔勤王，與何可綱等戰灤州有功，遷汾州參將。五年，與遊擊王尚義敗賊張有義於臨江，賊還兵犯之，軍盡覆，光祚僅以身免。被徵未行，借諸將復臨縣，詔除其罪。六年，賊犯石樓，光祚分三道擊，大敗之，斬隔溝飛、撲天虎等六人，獲首功三百七十。又數敗賊於臨縣、永寧。撲天飛等詐降，光祚設伏斬之。已擊敗賊魏家灣黑茶山。七年，勦敗王剛餘黨，斬四百餘級，加署部督僉事，爲山西副總兵。敗賊崞縣，復其城。八年，賊渠賀宗漢號活地草者，見其黨劉浩然、高加討破滅，僞乞降。光

祚伏兵斬之。晋中群盜皆盡，乃移光祚於宣府。久之命率兵援勦河南。十一年，連敗賊白果園襄城。已擢保定總兵官，仍協討河南其賊。冬，畿輔有警，馳還鎮。大清兵薄保定，以光祚堅守不攻而去。光祚尋從總督孫傳庭南下。明年二月，大清兵還至渾河，值水漲，輜重難渡。諸將王樸、曹變蛟等相顧不敢犯，光祚悝怯尤甚。視師大學士劉宇亮劾之，詔即軍前正法。光祚適報武清捷，宇亮乃繫之武清獄，而拜疏請寬。帝怒罷宇亮，論光祚死。十四年，大學士范復粹錄囚，力言光祚才武，命充爲事官，戴罪辦賊。光祚舉廢將尤翟文等，帝亦從之。當是時，賊已陷河南襄陽，中原郡縣大抵殘破。光祚士馬無幾，督師丁啓睿尤怯。光祚雖少有克捷，而賊勢轉盛。及傳宗龍敗歿於項城，南陽震恐，光祚適經其地，唐王邀與共守。城陷，遂死。”

趣赴保任謝恩疏[一]

奏“爲恭謝天恩事”。

臣臥病通州，伏候廷議。本月二十三日，准兵部咨，該兵科都給事中張縉彥題“爲薊督擔荷甚重等事”。奉聖旨：“這本說的是。再嚴行申諭孫傳庭，著即赴任，作速料理抽練事宜。該部知道，欽此欽遵。”

恭捧到部，移咨到臣，臣不勝惶悚，不勝感戴，隨於寓所恭設香案，叩頭謝恩外，伏念臣自督師役竣，屢多舛謬，致奉嚴綸，九死餘生，不堪震疊，徬徨憂懼，無以自容。於前月二十三日突感耳症，遂至失聰，今已浹月。

向臣甫任督師，皇上復允廷臣之請，俾臣總督保定、山東、河北等處軍務。臣綿薄無似，且已成廢物，自應具疏籲免，因見候議處，故不敢自請褫斥。何意聖明雷霆忽霽，雨露頓施，若暫寘臣前愆，且將責臣後効。臣罪在難寬，才無可用，仰荷不測之矜原，復蒙無已之收錄，感激思奮，敢不捐麋頂踵[二]，稍圖報塞？即臣自絕於天，五官缺一，似不容靦顏於將吏軍民之上！然臣年未五十，倘徼靈藥餌，未必不調理漸痊。臣荷聖明如此特恩，其何能自甘暴棄！臣當勉強趨任，一面調養，一面料理，萬一竟不瘳，臣始瀝血另陳，今不敢遽瀆宸聰也。

臣自丙子陛辭，忽越三載，迫欲一覲天顏。又臣竊見皇上虛懷下問於真保等屬，新設監司諸臣且俱令星馳陛見，臣才略非能於諸臣有加，然巧不如習，言貴可行，臣似亦有一得，倘能續諸臣之後，跪伏御前，畢吐其愚，臣於內安外攘之間，必有一二肯綮之言，可收事半功倍之效，用備採納。第恐聾廢蹣跚，趨承未便，故亦不敢妄有瀆請。臣過都之時，或當於正陽門外，望闕一叩，以申犬馬戀主之私，然亦必奉有明旨，乃敢遵行。至保鎮之事，不止兵馬錢糧俱屬新創，應俟部議，即臣兼管直省屬地頗寬，駐紮衙門似宜適中以便調度，今亦未審當在何處？併祈聖明敕部確議，請旨詳示施行。爲此具本謹奏。

崇禎十二年四月二十四日具奏，二十六日奉旨："陛見不必，行保督練兵計餉，昨已有旨，孫傳庭著即星速遵行，真心實做，朝廷自有裁鑒。駐紮不必又議，該部知道。"

【箋證】

［一］臥病通州待罪之際，得張縉彥上書，旨下促其疾赴保定總督任。傳庭上表謝恩，再次請求陛見。終不得允許。

［二］敢不捐糜頂踵：損糜頂踵，拋棄生命。謂棄食。捐糜，猶犧牲。明張居正《謝賜粥米食品疏》："一息尚存，矢捐糜而罔惜。"頂踵，頭頂至足跟，借指全軀。參見《督師謝恩疏》"其不敢自愛頂踵"。

請斥疏[一]

奏"爲微臣迫欲報主已至地方，奈兩耳竟廢不能聞言，何以受事？又拂戾輿情已見其端，展轉無計，不得不據實哀鳴，仰祈聖明敕部速議斥更，以無致貽誤事"。

臣負恩溺職，罪孽深重。自三月二十三日於通州感患失聰，了不聞聲，今已一月有半。

前月二十三日，臣方席藥候議，忽接部咨，知臣復徼皇上使過洪恩①，催赴保督新任。臣跪讀明綸，感激思奮，不暇深維，始終謬謂：臣年未衰暮，或可調養料理，漸需痊可。既具疏謝恩，刻期赴任，固臣區區犬馬報主之私也。孰意兩耳既廢，跬步難行，一至地方，始知不可旦夕容留。如不及早馳請斥更，以至耽延時日，虛負重寄，臣雖死不償責矣。

臣方過都之時，臣同鄉親友宦於京邸者，視臣於郊關之外，見臣狼狽之狀，皆爲掩泣。日暮抵蘆溝橋，會分監臣武俊以督修城工在彼，邀臣一飯。凡所問訊慰勞之言，臣俱不能聽，惟令書役私記而已。及行近涿州[二]，該州知州吳同春，及衛輔營將官溫良等出郭相迎，突值輿前，臣不知爲誰氏，茫無以應。左右以手指畫，臣都不省。一時慚憤，無地自容。比至城署，舉炮迫近臣輿，止見火光迸發，亦不之聞也。臣在通州，尚有一日偶聞炮聲，茲殆以慚憤之故，錮蔽更加於前矣。迨入署，於各將吏俱未延見，閉門獨坐，泫然泣下。既就榻，淚猶涔涔盈枕也。次日抵定興，諭令左右，於該縣官吏接見，皆豫開一帖投臣，始能辨識。比該縣知縣王賜璽接見之後，原役偶離臣所，突有易州道臣劉在朝因便道就見，遣差官大聲喊稟，無如臣何。旁役不得已，乃代爲傳免，謝之而去。已得中軍官李國政小帖，始悉其故。臣於是慚憤益甚，幾不欲生。及延該道入見②，留坐少頃，該道有所語，亦惟令書役於其去後書寫呈臣。次日至安肅縣，又次日至保定府，凡有將吏接見，非報帖不能知聞。凡有事體聲說，非開寫不能裁示。臣時覺環臣左右，殆無一不揶揄臣而姍笑之者，臣之慚憤愈不可言。

① 知臣復徼皇上使過洪恩：據《四庫全書》本，咸豐版《孫忠靖公遺集》《孫傳庭疏牘》作"臣復徼皇上宥過洪恩"。

② 及延該道入見：據咸豐版《孫忠靖公遺集》《孫傳庭疏牘》，《四庫全書》本作"及進該道入見"。

臣因思：臣方新莅，於將吏參謁之末節，不能支吾，已無以肅體示觀。若臣任事之後，諸所經畫，非稽閱兵馬，即清覈錢糧，與夫勸懲將吏諸重務①，乃臣出入內外，俱不得不借聽於報帖，假手於開寫。就中藏奸啟弊，寧有紀極②？若欲左右之人，體臣充耳，不相愚弄，此萬萬必無之事。然即令若輩守法無他，亦必不能禁所屬將吏之借口，其何以保無後言，使群然懾服乎？臣因候印未至，偃坐一室，前思後想，無一而可。即臣才力果堪，而聽而不聞，豈得尚言才力？即使三五月可愈，而保督之事，豈可耽閣三五月？況臣伎俩已竭，又廢病難痊③，緣是煎憂之過，煩燥增劇。兩日已來，併水火結溢，頭目暈眩，手足時作麻木。延醫呂國賓診視，謂心腎不交，肝經火燥，故爾氣閉聲收④。蓋緣累年勞役，受病已深，且恐轉生他症，殊非藥餌可能旦夕取效。臣竊維保督新設，責任何等重大！上厪宸慮，何等殷切！乃於一刻千金之時，而容以兩耳無聞之人尸位貽誤乎？其宜仰請斥更，無容再計。

乃臣方擬繕疏瀝陳，而初七日夜已有匿帖粘臣署前云："軍民啞，總督聾，雖有苦情，誰陳九重。"又聞各巷口及各衙門亦粘有此帖，旋經揭毀。則臣之不孚眾望，拂戾軍民，已見其端然。使臣力或可勉，即人言奚恤？乃臣憒憒若此，安能稍圖寸效，以謝茲悠悠之口？又烏得不早自裁決也？用是泣血哀鳴，冒死馳奏。至於臣罪原應罷斥，蒙聖明寬宥，趣令復任，實出臣之望外。今臣既不能復任督事，自應仍行褫革，庶國法明而臣心亦可自愜，非

---

① 與夫勸懲將吏諸重務：據《四庫全書》本，咸豐版《孫忠靖公遺集》《孫傳庭疏牘》無"重"。

② 寧有紀極：據《四庫全書》本，咸豐版《孫忠靖公遺集》《孫傳庭疏牘》"寧"作"曷"。

③ 又廢病難痊：據《四庫全書》本，咸豐版《孫忠靖公遺集》《孫傳庭疏牘》"又"作"有"。

④ 故爾氣閉聲收：據《四庫全書》本，咸豐版《孫忠靖公遺集》《孫傳庭疏牘》"爾"作"診"。

臣所敢辭也。若夫堪任保督者，以臣愚計之，實不乏人。皇上敕
該部：廣求公舉，天下之人，自足供天下之用，何至於今日而嘆
乏才乎？以臣所知，如原任兵部侍郎張福臻，作令臨潁，不損公
私①，創造磚城，百雉屹然，祇今豫寇紛紜，臨潁獨獲安堵，皆福
臻之貽也。又如登撫楊文岳，氣定神閒，遇事迎解。前者守德守
臨，以及援登，俱先期遄赴，便宜即行，具見遠略，而沈雄温湛，
妙有張弛，殊不易及。向臣曾以文岳及東撫顔繼祖併舉之樞部，
臣於繼祖，猶知之鎮撫之前②，若文岳，則臣信宿清源時，親見其
遇卒能暇，處紛不亂，圓應無方，所不勝心折者也。臣耳目固陋，
其自三臣而外，所不及知不能舉者何限③？第在該部之廉訪推用
耳，伏祈皇上敕令該部，務爲新設重鎮推舉賢能，仰請簡用，俾
其星馳受事，早奠岩疆，力振初局。念臣已經聾廢，耳且不得聞
屬官之言④，身何能勝地方之任？又憐臣撫秦剿禦三年，入援馳驅
六月，積勞嬰病，萬非得已。及臣印敕俱未領到，無可交代，允臣
即去，俾早獲回籍調理，又與臣老病之母早獲相依一日。倘不遽
填溝壑，惟有偕山樵野牧，共祝聖壽於億萬斯年矣。臣無任悚息
待命之至，爲此謹奏。

　　崇禎十二年五月初九日具奏，十三日奉旨："孫傳庭特任練
兵，何得輒以病諉，着即遵旨，刻期料理，不許延誤取罪。仍着兵
部查明速奏。"

---

　　①　不損公私：據咸豐版《孫忠靖公遺集》《孫傳庭疏牘》，《四庫全書》本
"不捐公私"。

　　②　臣於繼祖，猶知之鎮撫之前：據《四庫全書》本，咸豐版《孫忠靖公遺
集》《孫傳庭疏牘》無"鎮"字。

　　③　其自三臣而外，所不及知不能舉者何限：據咸豐版《孫忠靖公遺集》
《孫傳庭疏牘》，《四庫全書》本"三"作"二"。

　　④　念臣已經聾廢，耳且不得聞屬官之言：據咸豐版《孫忠靖公遺集》《孫
傳庭疏牘》，《四庫全書》本"念臣已經聾，耳且不能聞屬官之言"。

【箋證】

[一] 屢次上疏請求陛見，欲陳中外政事處置方略，因楊嗣昌阻撓而不得，於是請求斥免官職。但再奉嚴旨，催促其即速赴保定任簡練軍兵。

[二] 及行近涿州：涿州，今爲河北保定縣級市，地處華北平原西北部，北京西南部，京畿南大門。東臨固安，西接淶水，北通北京，南到高碑店。1986 年撤涿縣建涿州市。涿州歷史悠久。春秋戰國時期，涿州爲燕之涿邑。秦王政二十三年（前 224）秦滅燕後，於涿邑置涿縣。漢高帝六年（前 201），分廣陽郡南部、鉅鹿郡北部及恒山郡一部，置涿郡。郡、縣治所均在今涿州城區。新王莽始建國元年（公元 9），改涿郡爲垣翰郡。東漢建武元年（25），復改垣翰爲涿郡。唐武德元年（618）罷涿郡改稱幽州，武德七年（624）涿縣改名范陽縣。安史之亂後范陽郡又稱幽州。五代後晉天福元年（936）涿州范陽縣屬遼。遼於涿州置永泰軍。元朝涿州升爲涿州路，轄范陽等七縣。明洪武元年（1368），涿州屬北平府。

再請斥革疏[一]

奏"爲微臣幸邀寬政，恭謝天恩，併再陳聾廢及病苦迫切情狀，萬乞聖明慨賜矜憐，急行斥革，另簡才能畚爲料理，免誤封疆大計事"。

臣自五月初六日抵保定，因兩耳聾廢，萬難受事，具有《微臣迫欲報主已至地方，奈兩耳竟廢不能聞言何以受事？又拂戾輿情已見其端，展轉無計不得不據實哀鳴，仰祈聖明敕部速議斥更，以無致貽誤》一疏，於初九日拜發去後，初十日准兵部咨，該本部題"爲功罪關封疆之重，威福係朝廷之權，歷數失機，列爲五案，祈皇上立伸國憲，垂玩逗之大戒，以鞏治安之新圖事"。臣奉旨實降五級，照舊管事。臣跪誦明綸，不勝感激，不勝惶悚。除恭設香案望闕叩頭謝恩外，竊念臣承局雖殘，矢心原實，第智勇俱困之日，殘局委屬難收。矧庸蹇無似之人，實心何能自白。負愆殊重，伏罪何辭！乃謬蒙廷議曲原，特荷聖恩薄創，此臣於稽首稱謝之餘，所不禁感激涕零者也。惟是應斥獲留，臣之際會誠奇；雖生猶死，臣之嬰疾最苦。乃今不但雖生猶死，且又垂死難生矣。臣自前疏拜後，枯坐一室，咄咄書空，僮僕書掾皆視臣若無物。或訴詬於門屏之外，或構鬥於廳事之上，臣如在夢寐間。有解事者密帖告臣，即於帖後求臣勿加窮詰。臣忿不能忍，呼群役親訊之①，而彼此執筆互推，臣竟莫悉其故，反致誤責陝西携來稿書一名，而群役相顧散去，已乃知所責者非其罪也。

臣孑然一身，別無親屬相從可以代臣體察禁飭。然即有親屬，亦止能體察禁飭於門之內已耳。門之外何以代也？臣乃知天之廢臣，以至於此②。臣真雖生猶死矣。又不意復感一症，將無生理。臣因醫官吕國賓之言，謂臣耳受恙，繇肝火燥發，且中有積痰，恐轉成別症。連服清痰之劑，未有微效。至十二日早起，忽覺胸膈如有一物，直抵喉間，嚥之不下，咯之不出，及以匙箸引之，則有血塊如核，與頑痰相纏不解，愈引愈多。該醫及僕輩相視惶駭，謂不急圖謝事靜養，性命之憂且在旦夕，不但聽不聞聲而已。臣為憮然者久之，因思臣之性命亦何足惜？惟是臣母衰年，獨臣一子。臣向在秦，切欲請告塵皇上睿聽者屢矣，第以疆事遷延至今。倘臣或有他，臣母暮景為可憐耳。然此終屬臣之私情，亦非臣所敢言也。臣所不能不急急陳者，則以臣既兩耳無聞，必不能卧理保督之事。而保督之事又斷不可時刻耽延，惟祈皇上如臣前疏，將臣速賜斥革，另簡賢能，星馳抵鎮，早為料理。俾抽練重務，毋致耽遲。臣或死或不死，而猶之死，總非臣所計也。使非臣病廢，萬難受事，保督之事，又萬難頃刻耽遲。臣前疏猶未奉旨，安敢

---

① 臣忿不能忍，呼群役親訊之：據《四庫全書》本，咸豐版《孫忠靖公遺集》《孫傳庭疏牘》無“臣”。

② 以至於此：據《四庫全書》本，咸豐版《孫忠靖公遺集》《孫傳庭疏牘》“以”作“一”。

復有瑣瀆？伏祈聖明立賜施行，臣無任激切待命之至。爲此謹奏。

崇禎十二年五月十四日具奏，二十一日奉旨："孫傳庭已有旨了，該部知道。"

【箋證】

[一] 請求斥革未得允許，再次上疏請求斥革，候旨處理。

奏繳督師符驗關防兼報撫秦存積銀兩疏①[一]

奏"爲敬繳微臣前任督師符驗關防②，兼報撫秦任内存積錢站銀兩事"。

臣前任督勦原領敕劍旗牌，已於四月十九日具疏進繳訖。其關防因查覈官兵支過行鹽，併候部文扣算功賞，臣已奏明俟事竣，同符驗併繳。今行鹽文册，臣已行令各鎮將徑報理餉主事李光宥查覈功賞，臣已銷筭奏報，所有關防暨符驗，相應併繳。至保督關防，據塘官王燦於五月十二日賫至，時臣業已病廢請斥，未敢開動，其准到部文，及行各衙門文移，凡關抽練事務者，臣俱用督師關防轉行③。至二十一日接邸報，臣蒙恩革任行查。臣即於公署恭設香案叩頭謝恩訖④。至二十六日接邸報：新督已推登萊巡撫楊文岳[二]，奉有俞旨。登萊原在督屬，聞命即可受事⑤。臣隨將保

督關防，於六月初二日，差旗鼓守備楊豹率官承吏書羅國用等六員名，賫送新督臣訖。有節次准到部咨二十九件，併行過及各鎮道投到文卷，不及一扛，檄發保定府呈送。其衛輦二營兵馬，已行井陘、易州二道，遵照部題，責原管官訓練，應交新督臣稽閱。臣於本月初九日自保定扶病移駐易州①，聽候查奏。

再臣原任秦撫，叨轉今官，節改四任，俱於行間拜命。其巡撫復命事宜，臣曾於《協理謝恩疏》中奏明②，俟協理事竣補行。秦撫自臣以前七易其人，而無一好去者，故歷十三年，未有一復命之撫臣，獨臣得倖陞，例應復命。今亦以病廢蒙罷，不敢補行矣。惟是一切錢糧，臣仍期移會今撫臣丁啓睿銷算明白奏報。至臣撫秦三年，禁訟寬罰，任內贓贖無多。除湊買戰馬，打造軍器，及括充賞犒外，未嘗以一錢入私橐。有臣摘發鳳岐驛遞私派等弊各贓贖，併臣行潼關、京兆、岐陽等驛站馬立法官應除省民間私幫無算，而在官正項站銀，各州縣俱有節省，悉在該州縣存積，但未彙確總數。向各州縣有申文至臣報充公費者，臣皆嚴批拒之，未動一分。二項合之約三萬餘兩。臣在秦之日，悉以分檄布政司西安府收貯，以充本地軍餉，用備軍餉之不敷。今原卷與各項錢糧冊簿，俱於獲鹿失毀，經承吏書亦被擒殺③。然俱經臣屢次批駁，原委數目自可稽考。臣已屢檄司府取造清冊，俟至日，臣雖廢處田間，亦必覈確報聞④，亦臣已離地方，不忘敝笱之區區也。

---

①　臣於本月初九日自保定扶病移駐易州：據《四庫全書》本，咸豐版《孫忠靖公遺集》《孫傳庭疏牘》"臣"作"集"。

②　臣曾於《協理謝恩疏》中奏明：據《四庫全書》本，咸豐版《孫忠靖公遺集》《孫傳庭疏牘》"理"作"剿"。

③　經承吏書亦被擒殺：據《四庫全書》本，咸豐版《孫忠靖公遺集》《孫傳庭疏牘》"擒殺"作"殺獲"。

④　亦必覈確報聞：據《四庫全書》本，咸豐版《孫忠靖公遺集》《孫傳庭疏牘》"覈"作"嚴"。

臣自鎮撫危秦①，苦心拮据，措餉則實實使無餉而有餉：只清屯一項，計三年共得折色銀四十五萬餘兩，本色米麥豆約五萬石。措兵則實實使無兵而有兵：清出屯兵一萬二千人，練就邊兵五千人，即昨太平之役②，總兵曹變蛟勇推獨冠，而所得力者半繫臣標。剿寇則實實使全秦十載不結之大寇數戰蕩平③。就中有名渠首如闖王、蝎子塊、張妙手、混天星、過天星、大天王、米闖將、劉秉義、火焰斑、就地飛、整齊王、瓦背、一條龍、鎮天王、一朵雲，皆屬臣殲撫。臣屢蒙皇上實心任事，勞怨不辭，大捷奇捷，方略勞苦，體國籌邊之褒不一而足。甚且以臣風示海內，俾各省撫臣皆以臣真心實事爲法。乃臣之已蒙鑒知於皇上者，止此清屯、足餉、練兵、禦敵之數事。其臣朝夕砥礪④，及諸裨益地方，未經奏報，而可以爲海內嚆矢者，臣未敢一一自明，顧後來未有不爲聖明洞燭者。即此鋑、站二項，臣原擬於復命時一併奏報，然非因文册失逸，吏書被殺，恐後來隔手經承，或致隱混。臣業留之地方，即以完臣始終爲秦之一念，亦不敢自矜苦節，仰瀆聖明也。爲此謹奏。

崇禎十二年六月初八日具奏，十七日奉旨："該部知道。"

【箋證】

［一］落職旨下，候查。交接督臣關防印信，並陳秦省巡撫任內積存銀兩等事。再提往日秦省功績，寄望於崇禎念舊之勞予以召見。

---

① 臣自鎮撫危秦：據咸豐版《孫忠靖公遺集》《孫傳庭疏牘》，《四庫全書》本"鎮"作"填"。

② 即昨太平之役：據咸豐版《孫忠靖公遺集》《孫傳庭疏牘》，《四庫全書》本"昨"作"作"。

③ 禦敵則實實使全秦十載不結之大寇數戰蕩平：據《四庫全書》本，咸豐版《孫忠靖公遺集》《孫傳庭疏牘》"禦敵"作"剿寇"。

④ 其臣朝夕砥礪：據《四庫全書》本，咸豐版《孫忠靖公遺集》《孫傳庭疏牘》"砥礪"作"礪砥"。

［二］新督已推登萊巡撫楊文岳：楊文岳，參見《督師謝恩疏》。

奏請查結疏^{［一］}

奏"爲微臣聾廢久真，監按查奏未結，披瀝泣陳，仰請明旨事"。

臣因兩耳聾廢，疏請褫革，萬非得已。荷蒙聖明重念封疆，革臣之任，別推保督。其臣病之真僞，敕令監按勒限查奏。臣聞命以來，感涕無已，日夜靜竢查奏，惟恐不速。以查奏一事，關於臣之一時進退者小，而關臣平生之忠詐者大也^①。夫臣才智疎淺，氣質剛躁，則誠有之，若夫畏難求脱，甘處人後，平日夢想亦所不出。臣始任秦撫，繼任督援，拚性命而靖十載之妖氛，殫心力而計方張之敵勢，未嘗一日稱病。矧今蒙皇上洪使過之仁，及是時爲解嚴之日，從容儘可料理，勉圖尚足贖愆。且臣三年敭歷，尚未儆聖明已逮之恩，千載遭逢，亦思沐臣鄰共被之典。顧無病呻吟，願褫鞶帶，自外生成，夫豈情理？臣感恙在方候議之日，求斥在已抵鎮之時，其病廢不堪之狀，人所共睹。

蓋臣於三月二十三日通州感恙，通州監臣崔進自能洞悉。臣過都時，涿州監臣武俊亦曾目擊。臣駐保定月餘，真定監臣陳正彝密邇保定，諒亦知之。臣病今近三月，服湯丸藥約二百劑^②，迄未有效。在通醫治，有醫官傅懋宰^③；在保醫治，有醫官呂國賓。又在通時，主事楊汝經及道臣江禹緒，每過臣，皆爲惻然，甚至垂涕。在保時，道臣錢天錫正值臣咯血來見，曾面睹其狀。既得保

---

① 而關臣平生之忠詐者大也：據《四庫全書》本，咸豐版《孫忠靖公遺集》《孫傳庭疏牘》"平生"作"生平"。

② 服湯丸藥約二百劑：據《四庫全書》本，咸豐版《孫忠靖公遺集》《孫傳庭疏牘》"二"作"一"。

③ 有醫官傅懋宰：據《四庫全書》本，咸豐版《孫忠靖公遺集》《孫傳庭疏牘》"宰"作"幸"。

定府臣黃師夔牛黃丸，連服數丸，其血乃已。至於易州道臣劉在朝，與保定府廳各臣黃師夔、湯一統、黃圖安，皆曾與臣一面。臣褻充之情景，又皆各臣所共矚者也，任舉一人詢之，皆可爲據。臣萬萬不敢有所假托明矣。臣庶幾望夫早結一日，則臣之心事亦可一日早見，而安心調理，冀有痊期。

不意適值按臣劉呈瑞奉旨革任，總監臣方正化亦奉旨革任回京，而新者又未知何日題差。臣之候查，即今已逾二旬，其前任督師符驗關防①，業已奏繳。保督關防，亦送新督臣楊文岳，不日且至。臣不宜復駐地方，乃監按俱缺，查結何時？溽暑孤栖，有如望歲，伏祈聖明垂念臣病非偽，查結無人，或敕令臣所陳三監臣中擇一查奏，詢之衆口，訪之醫人，自不患其不實。或另展限期，仍候新任監按查奏。及臣或駐境候查，或回籍候查，統祈聖明裁示。昨見山海總兵侯拱極告病，亦蒙皇上敕下督監，查其果否真病，然於拱極即准革任回衛。臣地異邊關，職非戰帥，八月馳驅，一身狼狽，其可憐念，倍於拱極。皇上帷蓋之恩，豈有靳焉！臣迫欲報主，一片癡腸，原不敢仰負君父。臣苟不終絕於天，但得兩耳稍豁，異日如蒙聖明不棄，臣雖執殳荷戈，以當朝廷一士之用，亦臣所願効也。臣無任悚息待命之至，爲此謹奏。

崇禎十二年六月十二日具奏，二十一日奉旨："孫傳庭著俟查明奏奪，不得瀆陳。該部知道。"

【箋證】

［一］"前任督師符驗關防，業已奏繳。保督關防，亦送新督臣楊文岳"。通州待罪，未知禍福。"溽暑孤栖，有如望歲"，請求速派人查驗己病真偽。作者叙其待罪期間激切恍惚、心神難安、寢卧不寧之心理。

---

① 前任督師（"師"作"剿"）符驗關防：祇有踉蹌靡寧已耳：據《四庫全書》本，咸豐版《孫忠靖公遺集》《孫傳庭疏牘》"寧"作"安"。

卷六　雜著

《鑒勞録》序[一]

丙子春三月，臣奉撫秦之命。夏四月六日，恭承召對，詢臣以剿撫方略。臣畢陳愚見，因以撫標無兵無餉爲請。欽蒙聖諭：措兵難措餉更難，宵旰焦勞，形於天表。又諭臣以真心實意，期勉殷切。臣自矢殫力盡心實圖報稱。陛辭而西，以五月十有六日入關受事。爰及戊寅之十月廿二出關，北援拮据，凡三十閱月，巨寇悉平。兵强餉裕，視向之妖氛匝地，徒手罔措者又一秦矣。

自維臣履極難之地，肩極重之擔，當極敝之時，能無即於隕越，以爲簡書羞，且得通理京兆，前俸報成滿考，亦數十年來秦撫所未有也。非賴主上推誠委任，多方鼓勵，豈臣區區之愚徵倖至此？乃蒙聖明軫念，犬馬凡有効力，必賜褒嘉。温綸之下，歲無虛月，月無虛旬，甚且風示各撫，以臣爲法，至臣以癡腸苦口，數爲樞部督過。因謂臣報兵後期，自請白衣領職以甚臣罪。聖明迄信臣無他，仍於臣奏剖疏中，嘉其實心辦理，臣之仰邀帝鑒可謂至矣！故臣每拜寵命，雖戎馬倥傯，感泣之餘，必略識顛末，手録登簡，漸積成帙，名曰《鑒勞録》[二]。夫臣即捐糜頂踵，何勞敢言？顧聖明之鑒不敢忘也！敬付剞劂，惟志天恩罔極云。若夫叙録，猶稽實所司，有意矜慎。在諸將士不無覬望，然非臣愚所及矣。

崇禎戊寅十有二月朔識[三]

【箋證】

[一]《鑒勞録》：孫傳庭受任陝西巡撫以來與民軍作戰的完整記録，包括孫傳庭征討民軍的歷次作戰及陝西巡撫任内一切政、經、軍事行動上報崇禎及兵部的奏疏等。所記自崇禎九年（1636）六月孫傳庭入秦與民軍的軍事行動，終結於崇禎十一年（1138）清軍從墻子嶺長城入侵京師、十一月其奉詔帶兵入援京師，展示其在陝西巡撫任内共三十個月的完整經歷。

[二]故臣每拜寵命，雖戎馬倥傯，感泣之餘，必略識顛末，手録登簡，漸積成帙，名曰《鑒勞録》：叙《鑒勞録》一書寫成之因，亦可知傳庭爲有心之人。

[三]崇禎戊寅十有二月：崇禎戊寅，崇禎十一年，公元1638年。從"敬付剞劂，惟志天恩罔極云"，此序爲準備刊刻付印之前所寫。此時傳庭正因耳疾拒不接受保督之任待罪通州，或已被斥爲民。第二年正月，他即被逮赴獄。

《省罪録》序[一]

臣維今中外棘手，惟北敵與流寇。臣至謭劣，剿寇秦中，遽銷十載之烽。旋以北敵深入，奉召入援，尋被佐樞之命，祗遵遄赴，復改協理。無何，賈莊兵潰[二]，遂儼然承師中之乏，方受事集兵濟陷，已三越日矣。維時敵焰燎原，人心風鶴，臣始收餘燼以支殘局，不自意徼天之幸及臣之身，輒一無疎失而安。東障陵京固内堵外，於我皇上宵旰愁飭之廟謨，咸肅將罔墜。至臨口之戰，則又灑血誓眾，鼓鋭禦強，二十三年之積衰爲之一振。若夫枕戈擐甲，長征六閱月，轉戰數千里，暨督援七十日之内，日與敵一彼一此，界生死於呼吸，臣未嘗少有退怯，亦可謂備嘗艱阻罔愛髮膚矣。乃敵將去，而求臣者遂多；敵既去，而阨臣者益力。臣盡瘁之餘，加以憂鬱，狗馬之疾所自來也，何圖一疏籲陳貽罪亦至此極？噫，保督需人誠急，胡虚懸五月豫屬於臣？督援之初，比臣席藁待譴，奚復任之敢望顧己，早爲規卸之地乎？況時已戒嚴，臣一身叢垢，又有母垂危，揆之臣義子情，俱有不得已者。伏思臣忠君報國，起念非誣，雪恥禦敵，殫心未謬而得禍如斯，殊非無自，臣敢謂何辜於天，實命不同乎。因撮行間，始末成帙，名曰《省罪錄》。吁嗟！臣惟不省，以至於罪。省而後知，臣罪實深。第臣取罪之繇，雖死不變，如以今日之省，初志稍渝，臣罪滋甚，尤臣之所不敢出也。

崇禎辛巳十月望日識

【箋證】

　　[一]《鑒勞錄》主錄與民軍作戰經歷，而《省罪錄》主錄入援京師與清軍作戰經歷。收錄崇禎十一年十月至十二年七月這十個月間與崇禎來往的詔旨奏疏。按清軍從牆子嶺長城入侵，孫傳庭奉詔入援。在與清軍的遭遇戰中，明軍未形成統一的作戰指導方針，加清軍賈莊之戰，挾勝利之威，明軍諸將畏敵如虎。又有廷臣間的傾軋牽制，明軍對清軍的阻抗極其微弱。《省罪錄》所記的崇禎詔旨，多是對孫傳庭的嚴屬敕諭，孫之奏疏，則多爲自己辯解。

　　[二]賈莊兵潰：指盧象昇賈莊之戰。《御批歷代通鑒輯覽》卷一百十五《明莊烈帝》"督師侍郎盧象昇敗於鉅鹿死之"記曰："是時，大清兵分三路深入：一由淶水攻易州，一由新城攻雄縣，一由定興攻安肅。象昇聞之，從涿州進據保定，令將分道出禦……象昇自擢兵備與流賊角，大小數十戰，賊雖强盛，俱烏合之衆，一敗即散走，故所向催破。及是大軍在前，又爲嗣昌所扼，兵力單，餉久乏，將士饑甚，自知必死。晨出帳，四面拜曰：'吾與將士同受國恩，患不得死，不患不得生。'衆皆泣，不能仰視。旋進至鉅鹿南賈莊。中官高起潛擁關寧兵，相距五十里。象昇遣贊畫主事楊廷麟往乞援，因與訣曰：'死西市何如死疆場？吾第以一死報君猶爲薄耳！'廷麟詣起潛，起潛不應。象昇卒僅五千，行至嵩水橋，與大清兵遇，總兵王樸先引兵逃去，惟虎大威、楊國柱從象昇，勒麾下卒居中。大威帥左，國柱帥右，大戰移時，乃休兵，夜半被圍。明日騎益大，至圍三重，象昇麾兵力戰，礮盡矢窮。大威請潰圍出，象昇不許，猶奮鬥，身中四矢三刃，手格殺數十人乃死。一軍盡亡，惟大威、國柱得脱。"

《朋來草》小序^[一]

　　孫子一日坐辟易齋中，俄見陰雲四合，雪花如拳。因憶王子猷訪戴事^[二]，千載興懷，大叫曰：武子何在也^[三]？亟命童子買蹇，直抵太原。一路堅冰在鬚，冷風刺骨，九原寥落，石嶺凄其^[四]。余於此時興益不淺，盡日至太原，徑入李署。武子方趺坐蒲團上，聞余履聲勃勃有動，瞠目向余曰：伯雅來耶？伯雅來耶？余不作風塵之色，武子亦不及寒暄之語，第呼酒。酒酣，武子爲月下歌，騷人之致，英雄之淚，具見舌端。余亦爲“三載關河今把袂，百年天地此銜杯”之句，彼唱此和，竟夜忘倦。武子復向余曰：我兩人豈以一笑空虛了今夜局耶？乃啓“蕭師拈朋來”一題，各就五首。情之所至，文亦同趣，一切道學氣、頭巾氣、腐鼠氣盡掃而空之。而興猶未盡也。噫，子猷訪戴，後世侈爲美譚，然余且病子猷之淺也。我兩人今日奇緣，自謂過子猷一着，海內弟兄其謂之何？

　　　　　　丙辰長至後一日書於晉陽李署之冰玉堂^[五]

【箋證】

　　[一]《朋來草》，或孫傳庭所寫的文章集子，以記録友朋交往爲主，今已不存。

　　[二] 王子猷訪戴：《世説新語·任誕》：“王子猷居山陰，夜大雪，眠覺，開室，命酌酒。四望皎然，因起仿偟，咏左思《招隱詩》。忽憶戴安道，時戴在剡，即便夜乘小船就之。經宿方至，造門不前而返。人問其故，王曰：‘吾本乘興而行，興盡而返，何必見戴？’”

　　[三] 武子，蕭武子，傳庭之友，參見《蕭武子以詩見貽次韵答之》。

　　[四] 九原寥落，石嶺凄其：九原，指向不明。按秦始皇取河南地，設九原郡，今多謂在今内蒙古，或指包頭，或謂五原。因漢末呂布爲九原人，内蒙之兩

地因吕布籍貫而争論不休。亦有説吕布爲今山西者，有“忻州貂蟬，定襄吕布”之説。傳庭這裏“九原”謂指其家鄉代州無疑。按吕布山西人，此或可爲一證？

石嶺，指石嶺關，位今太原陽曲縣大盂鎮上原村北二里。古稱“白皮關”，山勢峻險，關隘雄壯，太原通往代、雲、寧、朔的交通要衝，自古即歷代兵家必争之地。

　　〔五〕丙辰長至後一日：丙辰，指丙辰年，明神宗朱翊鈞萬曆四十四年（1616）。長至，指冬至日。

《鑒勞録》 跋^{〔一〕}

　　臣自陷法網，幽繫請室^{〔二〕}，悔罪愈深，感恩益厚。每手斯編，輒拊膺悲慟，不能自已。臣因是而深慨於疆吏之難也！蓄縮無論矣，即髮膚不敢愛，而濟事爲難，庸疎必及矣。即猷略可自効，而獲上爲難。^{〔三〕}幸而豎尺寸，徼寵眷矣^{〔四〕}，而構忌轉叢，初終莫保，則毋自喪。生平仰負，知遇之爲尤難。臣於秦事一力擔承，勦撫幸有成緒，又悉在聖鑒叙録，屢屢明旨，臣之遭際不爲不奇。衹以樸拙無似，動逢齮齕^{〔五〕}，意見之參差，固惟其可否，而蕩寇安秦之戰功，胡可掩也？臣一手足之勤劬，亦任其遏抑，而將士衝鋒陷陣之血績，何忍没也！猶曰臣實首事，不便偏舉。至若清屯之效，利在軍國，臣何與焉？且聖明加意屯政，方風示各撫爲法，而撓亂百出，不廢不已。又鹽政之議，臣考究有年，稽覈閱歲，一歸官納，利倍清屯。其官納之需，又取給於臣所辭還之勦餉。臣疏告詳明，仰蒙聖俞，已敕所司舉行。新撫因勦餉派在鄰省，請以秦餉通融挹注，攝部事者遂借端寢閣。夫司農方苦仰屋，乃以人廢言，坐棄富强之長策而不恤，是誠何心？噫，見之實效，奉有欽依，猶承望相阨，亦至於此。臣復妄談軍務，竊欲以禦敵管窺，稽首御前，畢陳芹曝之悃^{〔六〕}，維宗社苞桑之計，何可得也。此實臣報國有心，致身無術，自階之厲，以至下貽鮮終之譏，上累知人之哲，臣罪萬死莫贖矣。

[一]"意見之參差，固惟其可否，而蕩寇安秦之戰功，胡可掩也？臣一手足之勤劬，亦任其遏抑，而將士衝鋒陷陣之血績，何忍没也！"此爲跋文最核心之處，也是傳庭最不可解之處！古今中外，因功受忌者，因人廢功者，人與人之互相傾軋，其間你死我活之殘酷爭鬥，真是難以盡言，莫可言狀！最可憾者，傳庭一己之遭遇，斷送的是一代江山！

[二]幽繫請室：請室，清洗罪過之室。請，通"清"。請室即囚禁有罪官吏的牢獄。《漢書·賈誼傳》："故其在大譴大何之域者，聞譴何則白冠氂纓，盤水加劍，造請室而請罪耳。"顏師古注引蘇林曰："音絜清。胡公《漢官》車駕出有請室令在前先驅，此官有別獄也。"王先謙補注："盧文弨云：如蘇言，則《漢書》請室亦有作清室者。建本《新書》此文正作清室，知蘇言非謬矣。"一説爲請罪之室。見顏師古注引應劭説。唐陳子昂《宴胡楚真禁所》詩："請室閑逾邃，幽庭春未暄。"

[三]猷略可自効，而獲上爲難：猷略，謀略。《明史·席書傳》："書爲大臣，當抒猷略，共濟時艱，何以中材自諉？"《明史·蘇觀生傳》："觀生本乏猷略，兼總内外任，益昏瞀。"自効，願爲人貢獻己力或生命。《後漢書·馬融傳》："融知其將敗，上疏乞自効。"《三國志·魏志·武帝紀》："孫權遣使上書，以討關羽自効。"上，在上位者，君上。

[四]幸而豎尺寸，微寵眷矣：尺寸，尺寸之功。《漢書·孔光傳》："臣以朽材，前比歷位典大職，卒無尺寸之效，倖免罪誅，全保首領。"宋歐陽修《答樞密吳給事見寄》詩："報國愧無功尺寸，歸田仍值歲豐穰。"寵眷，謂帝王的寵愛關注。唐封演《封氏聞見記》卷十《討論》："駙馬張垍，燕公子也，盛承寵眷。"《明史·蕭執傳》："帝有事北郊……令賦詩，復令賦山梔花。獨喜執作，遍示諸臣，寵眷傾一時。"

[五]動逢齮齕：齮齕，毁傷、陷害、傾軋意。《史記·田儋列傳》："且秦復得志於天下，則齮齕用事者墳墓矣。"裴駰集解引如淳曰："齮齕猶齚齧。"張守節正義："按：秦重得志，非但辱身，墳墓亦發掘矣。"

[六]畢陳芹曝之悃：芹曝，芹獻與獻曝。芹獻，《列子·楊朱》："昔人有美戎菽、甘枲莖芹萍，子者對鄉豪稱之。鄉豪取而嘗之，蜇於口，慘於腹。眾哂而怨之，其人大慚。"後以"芹獻"爲禮品菲薄的謙詞。《西遊記》第二七回：

“如不棄嫌，願表芹獻。”獻曝，《列子·楊朱》：“昔者宋國有田夫，常衣緼黂，僅以過冬。暨春東作，自曝於日，不知天下之有廣廈隩室，緜纊狐狢。顧謂其妻曰：‘負日之暄，人莫知者，以獻吾君，將有重賞。’”後以“獻曝”作爲所獻菲薄、淺陋但出於至誠的謙詞。

吳太孺人乞言述[一]

不肖傳庭頓首頓首，謹齋沐祈言於老先生大人木天閣下。傳庭自己未通籍而無禄，先子見背四載於兹矣[二]。所恃煢煢，相依爲命，有母氏在。母氏以未亡之身，不忍從先子地下，以有不孝孤在。傳庭念自先大父[三]、先子以來，家世清白，一經而外絶無長物。至傳庭之身，無以資膏油，四載機杼之力，實賴母氏，以底於成。一行作吏，悠悠三年，邑衝政煩，不遑將母，人子之謂何？幸以敬受母命，居官勤慎，無大隕越，以干吏議。循資小考，奏之天官氏，得借一命，貤恩二人[四]，使逝者發幽光於蒿里，存者荷寵賁於孀居[五]，真千載一時也。謹述母氏懿行淑德，命女史掌記，備太史公採録焉。

母出吳氏，爲太僕丞吳公安孫女。受育繼母，有威無慈。母氏年七八歲，即嫻女誡。慎居内謹話言，擘絲女紅而外，終日不出一語，雖無以逢繼母讙，然繼母直頷之耳。邦有淑女，君子好逑。繼母必欲委之褻人子[六]，以失所仰望爲幸。是時先大父知吳之早有令女也，力爲先子求匹。繼母曰：“寒士之家，安得發迹乎？曷其字之？”母氏遂歸先子。縞巾練裙，躬服節儉，力行婦道。瀏灕罔怠，凡米鹽畜字，精心綜理，井井有方。篝燈佐先子讀，每至丙夜不倦。先子大小文試，母必形之夢寐。嘗刻期以俟先子之薦。洎辛卯丁酉，先大父、先子後先列賢書[七]，里人榮之，母處之泊如也。已丁先曾祖及先祖母之變，先大父雞骨支牀，先子亦犯滅性之戒[八]。時母少婦耳，室以内獨母爲政。母哀號而隨之拮据，襄事二喪克舉，先子從不解問家事。母經理悉中窾，一切瑣務，不以煩先子。慮先子好行其德，周人之急不責其報。母善承志意不難，脫簪珥以佐不足。凡弟輩婚娶，輒出笥中之有，以相其成。及先大父、先子相繼不諱，繼祖母暨側室一人，年皆僅逾二十[九]。志存匪石之固[十]，母朝夕慰存，迄今冰玉之德，晚而彌芳。雖天植其性，而母左右之力居多。大約母氏慈惠端愨，温懿肅慎，馭臧獲以嚴，而不廢恩，處姒娌以和。遇燕接必取古名媛以相勖，喜持戒奉佛，深信因果。然語以禱祠邪魅，則輒麾去。又持衷淵塞，人不易窺其喜愠。至心應事機，睹兆知微，往往與先子若合符節。而沈靜詳審，處艱難辛苦之時，委蛇克濟，即丈夫何過焉？當先子見背時，遺命母氏曰："吾弗及用世，賫志以没，是吾未瞑目之日也。不腆孺子可望早成，曷緩治任，其以素靈暫停室堂。三年後看孺子崢嶸歸來，徐徐入地下，吾志畢矣。"於時聞者，咸謂："送死大事，成敗之數未可逆，無惑乃翁亂命。"母慨然奉先子命惟謹，時撫不肖孤曰："母能食貧，不以饔飱分兒念。有志竟成，兒其早慰若父也。"則又搶地呼先子曰："夫子在天之靈，其早有以相孺子也。"不肖孤會友課議，或下帷攻苦，母喜且不寐。或昵交遊狎酒人，則隕涕欲絶："孺子若此，曷急營菟裘[十一]？無貽親朋羞！"噫，非母氏矢志激勵，不肖安得幸兹一第耶？既傳庭釋褐，都門領符而出，始歸謀窆事。哀禮略盡，母怡然曰："孺子今而後始有以謝爾父於地下矣！雖然立身揚名方自今始，祖父清白家聲具在，爾其勉之！"即今竊禄數載，不至尸素取戾，所稟於母訓者大也。幸際聖恩汪濊之日，孝治聿新之會，敢祈青藜彤管，曲爲點綴片言。九鼎一語，七襄頂戴[十二]，恩德奚啻銜結[十三]？先子行實載在志中，兹不敢贅。不肖傳庭，可勝百拜懇禱之至。

【箋證】

[一] 此文之寫作時間，文中有"傳庭自己未通籍而無禄，先子見背四載於兹矣"。依此，或寫於傳庭萬曆四十七年科考得中後。乞言述：古代帝王及其嫡

長子養一些德高望重的老人，以便向他們求教，叫乞言。《禮記·文王世子》：“凡祭與養老乞言合語之禮，皆小樂正詔之於東序。”鄭玄注：“養老乞言，養老人之賢者，因從乞善言可行者也。”唐顏真卿《廣平文貞公宋公神道碑銘》：“方崇乞言之典，以極師臣之敬。”按：“乞言述”，實即“行狀”或“行實”，記載某人的一生事蹟。因爲是給長輩作記，不好直接稱“行實”或“行狀”，故用“乞言”名之。此文是傳庭爲其母親寫的行狀。

［二］先子：謂傳庭父也，在祖宗面前，依禮不直接稱“父”。

［三］先大父：謂傳庭祖父。

［四］奏之天官氏，得借一命，貤恩二人：天官，或泛指官府，又專指吏部。《周禮》分設六官，以天官冢宰居首，總御百官。唐武后光宅元年（684）改吏部爲天官，旋復舊。後世故亦稱吏部爲天官。《續資治通鑑·宋孝宗淳熙十二年》：“今天官諸選，條目猥多，法例參錯，吏姦深遠。”明何景明《送蕭文或分教臨川序》：“廼復試於天官，去取加詳焉。”貤恩，朝廷對外戚和命官的親屬尊長移授封爵名號的恩典。《宋史·后妃傳上·仁宗苗貴妃》：“福康（貴妃女福康公主）下嫁，當貤恩外家，抑不肯言。”元黃溍《興讓堂銘》：“何官貞立，起進士，官七品，法當封父母及妻。父以讓於其祖，妻以讓於其祖母，有司如其請以聞，貤恩既行，乃扁所居之堂曰‘興讓’。”

［五］使逝者發幽光於蒿里，存者荷寵賁於媵居：蒿里，山名，相傳在泰山之南，爲死者葬所。因以泛指墓地或陰間。《漢書·廣陵厲王劉胥傳》：“蒿里召兮郭門閱，死不得取代庸，身自逝。”顏師古注：“蒿里，死人里。”陶潛《祭程氏妹文》：“死如有知，相見蒿里。”寵賁，在上位者用賢之典。《易·賁》：“象曰：六五之吉有喜也。”李鼎祚集解引荀爽曰：“賁飾丘陵，以爲園圃隱士之象也。五爲王位，體中履和，勤賢之主，尊道之君也。”後儒多理解爲在上位者禮賢下士聘用賢人之意，故以“寵賁”爲徵聘的榮耀。清顧炎武《復周制府書》：“未得登龍，俄承遺鯉，將下交乎白屋，復寵賁乎元纁。此真姬公吐握之風，當亦園綺趨從之日。”

［六］繼母必欲委之寠人子：寠人，窮人。明宋濂《故倪府君墓碣銘》：“然操心人厚，但來謁者即赴之，不知有富貧。一旦有寠人抱疢求治，府君既授藥，兼畀以烹藥之器。”康有爲《大同書》甲部第一章：“如投胎爲寠人乞丐之子也，生而短褐不完，半菽不得，終日行乞，餓委溝壑。”

［七］洎辛卯丁酉，先大父、先子後先列賢書：辛卯年，或爲明世宗朱厚熜

嘉靖十年（1531）；丁酉年，或爲明世宗朱厚熜嘉靖十六年（1537）。列賢書，即登賢書，科舉時代稱鄉試中式。明袁宏道《壽李母曹太夫人八十序》："獻夫高才，早有文譽，而其登賢書也，乃在强仕之後。"《大清一統志》卷一百二十一《遼州·榆社縣·烈女》："李氏，榆社人，適（田）成玉；成玉年二十四登賢書，病卒，氏即欲從死……""先大父、先子後先列賢書"，謂先子在前（辛卯年）中舉，先大父在後（丁酉年）中舉。

〔八〕先大父鷄骨支牀，先子亦犯滅性之戒：鷄骨支牀，謂瘦骨嶙峋，衰弱之至。南朝宋劉義慶《世説新語·德行》："王戎、和嶠同時遭大喪，俱以孝稱，王鷄骨支牀，和哭泣備禮。"劉孝標注引《晋陽秋》："戎爲豫州刺史，遭母憂，性至孝，不拘禮制，飲酒食肉，或觀棊弈，而容貌毀悴，杖而後起。"滅性，謂因喪親過哀而毁滅生命。《禮記·喪服四制》："毀不滅性，不以死傷生也。"《南史·孝義傳下·吉翂》："翂幼有孝性，年十一遭所生母憂，水漿不入口，殆將滅性，親黨異之。"

〔九〕及先大父、先子相繼不諱，繼祖母暨側室一人，年皆僅逾二十：祖父、父親相繼去世，留下繼祖母及父親的妾，或是繼祖母及祖父的小妾？兩人年齡剛剛二十出頭。

〔十〕志存匪石之固：匪石之固，喻守節。匪石，非石，不像石頭那樣（可以轉動）。形容堅定不移。《詩·邶風·柏舟》："我心匪石，不可轉也。"孔穎達疏："言我心非如石然，石雖堅尚可轉，我心堅，不可轉也。"

〔十一〕曷急營菟裘：菟裘，告老退隱之謂。《左傳·隱公十一年》："羽父請殺桓公，以求大宰。公曰：'爲其少故也，吾將授之矣。'使營菟裘，吾將老焉。"按菟裘在今山東省泗水縣。後因以稱告老退隱的居處。宋陸遊《暮秋遣興》詩："買屋數間聊作戲，豈知真用作菟裘。"元耶律楚材《過燕京和陳秀玉韵》之四："自料荒疏成棄物，菟裘歸計乞封留。"

〔十二〕九鼎一語，七襄頂戴：九鼎一語，或作"一言九鼎"，《史記·平原君列傳》載：秦昭王十五年，秦圍趙都邯鄲，趙使平原君赴楚求救，毛遂自願同往。經遂曉以利害，楚王同意救趙。平原君因而讚揚毛遂曰："毛先生一至楚而使趙重於九鼎大吕。"九鼎大吕，古代國家的寶器。後因以爲典實，謂一句話即可產生極大的力量。七襄，謂反覆推敲，或反覆推敲寫成的文章。宋范成大《新作景亭程咏之提刑賦詩次其韵》之二："報章遲鈍吾衰矣，終日冥搜謾七襄。"清龔自珍《南歌子·自題近詞卷尾》詞："七襄報我定何年？且喜南樓好夢七分圓。"

[十三] 恩德奚啻銜結：銜結，銜環結草，喻感恩報德，至死不忘。典出《左傳・宣公十五年》："魏武子有嬖妾，無子。武子疾，命顆（魏武子之子）曰：'必嫁是。'疾病，則曰：'必以爲殉。'及卒，顆嫁之，曰：'疾病則亂，吾從其治也。'及輔氏之役，顆見老人結草以亢杜回，杜回躓而顛，故獲之。夜夢之曰：'余，而所嫁婦人之父也。爾用先人之治命，余是以報。'"

劉太孺人乞言述[一]

母劉氏，先子元配也。劉爲代之望族，女德聞於閭里。母氏淑媛，尤著結褵，婉娩篤同心之義[二]。先子攻苦發憤，母氏佐以織紝之勤，有無逸之思焉[三]。至其蘋蘩致潔[四]，雜佩相德[五]，庶幾婦職無忝。乃事先子，無幾時而竟以天奪。嗚呼傷哉，香返清魂，榮分白骨，端有望於金閨之溢美焉。

【箋證】

[一] 傳庭爲其早逝的嫡母劉氏寫的行狀。按傳庭之母吳氏應是嫡母劉氏死後續娶。

[二] 尤著結褵，婉娩篤同心之義：結褵，亦作"結縭"。古代嫁女的一種儀式：女子臨嫁，母爲之系結佩巾，以示至男家後奉事舅姑，操持家務。《詩・豳風・東山》："親結其縭，九十其儀。"《後漢書・馬援傳》："施衿結褵，申父母之戒，欲使汝曹不忘之耳。"婉娩，柔順貌。《禮記・內則》："女子十年不出，姆教婉娩聽從。"鄭玄注："婉謂言語也，娩之言媚也，媚謂容貌也。"柳宗元《亡妻弘農楊氏志》："坤德柔順，婦道肅雍。惟若人兮，婉娩淑姿。"

[三] 有無逸之思焉：無逸，《尚書》的篇名。《尚書・無逸序》："周公作《無逸》。"孔傳："中人之性好逸豫，故戒以《無逸》。"篇中曰："嗚呼，君子所其無逸。"

[四] 至其蘋蘩致潔：蘋蘩，蘋與蘩，兩種可供食用的水草，古代常用於祭祀。《左傳・隱公三年》："蘋蘩蘊藻之菜……可薦蔥豆硴瘲丿尚哽鍛豖≈！薄糭ＪＪ｜晋左思《蜀都賦》："雜以蘊藻，糅以蘋蘩。"

[五] 雜佩相德：喻夫妻相得之樂。雜佩，指連綴在一起的各種佩玉。《詩經·鄭風·女曰鷄鳴》：“知子之來之，雜佩以贈之。知子之順之，雜佩以問之。知子之好之，雜佩以報之。”

馮孺人乞言述[一]

馮氏爲傳庭元配，孝廉馮公明期女也。年十四歸傳庭，十七歲而夭，僅育一女，托之師氏。馮氏膏沐爲容[二]，知爲頎頎碩人而婉變幽閒[三]，足跡未嘗離壺闑門以内[四]。闃若屏息，雖欲聞一笑語不可得。傳庭嘗負笈汾水，輒能慈惠不作兒女沾戀。至其温恭孝惠，尤足述者。天不祚我良配，竟使蒲柳之姿[五]，溘然先零。傷哉！敢邀餘芬，少光兆域。

【箋證】

[一] 傳庭爲自己十七歲而逝的第一個妻子馮氏寫的行狀。

[二] 馮氏膏沐爲容：膏沐，古代婦女潤髮的油脂。《詩·衛風·伯兮》：“自伯之東，首如飛蓬。豈無膏沐，誰適爲容？”朱熹集傳：“膏，所以澤髮者；沐，滌首去垢也。”

[三] 知爲頎頎碩人而婉變幽閒：頎頎，身長貌。《詩·衛風·碩人》：“碩人其頎，衣錦褧衣。……”漢鄭玄箋：“言莊姜儀表長麗俊好，頎頎然。”婉變，亦作“婉孌”。美貌。《詩·齊風·甫田》：“婉兮孌兮，總角丱兮。”鄭玄箋：“婉變，少好貌。”唐陳子昂《清河張氏墓誌銘》：“失其窈窕之秀，婉變之姿，貞節峻於寒松，韶儀麗於温玉。”幽閒，柔順閒靜，多用以形容女子。《詩·周南·關雎》有句“窈窕淑女”，毛傳：“窈窕，幽閒也。”《後漢書·列女傳贊》：“端操有蹤，幽閒有容。”

[四] 足跡未嘗離壺闑門以内：壺，閨壺，泛指女子所處的内室。宋文瑩《玉壺清話》卷五：“荃執禮事舅姑益謹，閨壺有法。”闑，闌闑，謂婦女所居内宅的門户。《三國志·魏志·中山恭王袞傳》：“閨闥之内，奉命於太妃；闌闑之外，受教於沛王。”宋葉適《惠州姜公墓誌銘》：“君七子三女，而以盛强之年喪夫人龔氏，闌闑素嚴，户外絶行迹。”

[五] 蒲柳之姿：參見《秋興四首用田御宿大參韵》"蒲柳那禁秋又催"。

兩邑拙政乞言述[一]

　　傅庭塞下豎儒耳，烏知爲令苦？今而後知其苦也。永、商二邑，實稱繁衝[二]，又以數年加派，民乃重困。傅庭始至，訪民間疾苦，首問錢穀宿蠹，剔兌收之奸，曉然示以親輸之法。徵收里排，勒索火耗尤爲民害[三]。嚴諭平等交納，自封投櫃，民不苦催科輸，將恐後門攤之役市，民憯於剥膚。召募火夫裁公費，以給廩餼。在市之窮民，以甦榷稅，奉恩停免。議者欲復流稅以佐宗禄[四]，輒力言其不便者四，深切利害，旋獲告罷。軍餉永獨極重，激烈具申，曲折數千言，列小民苦狀，如睹當事，靡不嘉允。奉文搜括，義切急公，搜過二千餘金，稅契之鏹，歲解不過十數金。而目擊時艱，不敢以纖毫充他費。前後解過一千餘金，踰常額奚啻十倍？募兵諭以忠義，無不踴躍先登。捐俸輸馬未已也，又出家畜之最善者以獻。他如清累年之滯牒，而積案一空。懲猾胥之舞文，而衙蠹若洗；窮兩造之隱伏，而雀鼠向化。一切乘傳所需自行置辦，又力葺公署之頹壞，使者有即次之安。

　　至辛酉之夏[五]，蝗蟲害稼，爲文禱於社，蝗即出境，民乃有秋。尤極重者，黄河衝決，直逼蒙墻，故道岌岌乎將有甲辰乙巳之變[六]。

　　甫任商邱，急請詳發帑修築，即今徼惠河伯，得免泛濫。又浚壕之役，不憚艱難。以其素所佐縣，官費之公田，易金一千四百有奇，以供民力。金湯之險，恃以無恐。洎鄒、滕妖變，商邱實逼處此，無賴棒會狡焉思爲内應。於是嚴保甲，練鄉兵，創栅欄，繕重門，製戰車，備火器。不避暑濕，單騎巡歷諸隘口。相度地形，指陳要害，而防禦始周，擒緝渠魁。妖賊聞風遠逋，輦轂亂民莫不解散。蓋緣犯法有禁，又許令自新，以不治治之，而邑始有良民。業蒙督撫援新例題叙矣。

若夫工夫稍暇，加意學行，群諸士造就之，悉彬彬裁文質，不乖於道。則又傳庭以一經起家，即多事之秋不廢課藝，凡此區區政迹，固令之所不能盡，得之民而民卒無不樂。其便者，則傳庭一念欨欨愚拙，可以致民之信從，民亦且相安於愚拙焉。永之父老子弟謀而勒之去，思且欲尸而祝之，何以得此於民哉？則曩之所苦者今又若甘之矣。噫嘻，斯固濫竽兩邑，四載之行略如此，伏惟太史公忘其莘菲采其一二[七]，以少存實迹云。

【箋證】

[一] 傳庭自述其在永城、商邱爲政經歷。清李因篤《明督師兵部尚書孫公傳》："萬曆四十七年（1619）進士。初授河南永城縣知縣，再遷商邱。天啓五年擢吏部主事。"按文結尾"四載之行略如此"，是寫此文時，在兩地時間爲四年。

[二] 永、商二邑，實稱繁衝：永，指永城縣，今爲河南省直管市。位於河南省最東部，豫、皖、蘇、魯四省接合部，芒碭山雄峙於北，澮水環繞於南，東接徐淮，西連梁宋，素有"豫東門户"之稱。商代永城境内有永、芒、碭、酇等地，隋大業六年（610）置縣，金代爲州。明代永城縣屬河南省開封府歸德州。或謂隋代爲"馬甫城"，其得名於大業年間淮、汴遭大水，此城安然無損。隋煬帝順汴河南下，有"五年水災毀多城，唯有馬甫是永城"之句，遂以改名。商，指商邱，簡稱"商"或"宋"，今爲河南省地級市。位豫魯蘇皖四省輻輳之地，素有"豫東門户"之稱。公元前 16 世紀，契的十四世孫成湯，滅夏稱商，定都亳（今商邱穀熟鎮西南）。至第十任君主仲丁元年，因洪水淹没亳都，商朝都城西遷。公元前 1045 年，周武王姬發封女婿陳胡公於胡（今柘城縣胡襄鎮）建立陳國。周成王姬誦三年（前 1040），周公旦平定武庚叛亂，封殷商後裔微子啓於商邱，建宋國。兩漢爲梁國地，魏晋南北朝有梁郡、梁州之稱。唐武德四年（621 年），改梁州爲宋州，屬河南道。天寶元年（742）置睢陽郡，乾元元年（758）睢陽郡復爲宋州。建中二年（781），唐德宗於宋州置宣武軍。後唐同光元年（923），宣武軍改稱歸德軍，治宋州。南宋初曾爲南京。明太祖洪武元年（1368）降歸德府爲歸德州，成河南承宣布政使司開封府直管州。嘉靖二十四年（1545）升州爲府，直屬河南承宣布政使司。

[三] 勒索火耗尤爲民害：火耗，原指鑄造錢幣時金屬的損耗。宋趙彦衛《雲麓漫鈔》卷二：“又錬每五十兩爲一錠，三兩作火耗。”《文獻通考·錢幣二》：“尚書省言，崇寧監鑄御書當十錢，每貫重一十四斤七兩，用銅九斤七兩二錢，鉛四斤一十二兩六錢，錫一斤九兩二錢，除火耗一斤五兩，每錢重三錢。”明清時指賦税正項之外加征的税額。明高攀龍《申嚴憲約責成州縣疏》：“徵銀不加火耗，即頌聲遍地。”清顧炎武《錢糧論下》：“火耗之所由名，其起於徵銀之代乎？此所謂正賦十而餘賦三者歟？”

[四] 議者欲復流税以佐宗禄：宗禄，宗室所領俸禄。明張煌言《答閩南縉紳公書》：“今不幸延平殿下薨逝，大喪未畢，繁費難支，即軍儲尚恐不給，何暇言及宗禄。”清劉獻廷《廣陽雜記》卷一：“明宗室科舉，始於天啓辛酉年，允大塚宰李日宣之請也，蓋欲借此以減宗禄云。”

[五] 至辛酉之夏：辛酉年，明熹宗朱由校天啓元年，公元1621年，傳庭時在永城。

[六] 故道岌岌乎將有甲辰乙巳之變：甲辰乙巳，指甲辰年、乙巳年。按明代甲辰、乙巳共歷四個周期：明成祖朱棣永樂二十二年，公元1424年，甲辰年；明仁宗朱高熾洪熙元年，公元1425年，乙巳年。明憲宗朱見深成化二十年，公元1484年，甲辰年；成化二十一年，公元1485年，乙巳年。明世宗朱厚熜嘉靖二十三年，公元1544年，甲辰年；嘉靖二十四年，公元1545年，乙巳年。明神宗朱翊鈞萬曆三十二年，公元1604年，甲辰年；萬曆三十三年，公元1605年，乙巳年。文中所提此次黃河之灾或發生在萬曆三十二、三年間。《明史·本紀》第二十一《神宗二》：“三十三年……五月丙申，鳳陽大風雨，毀陵殿神座……冬十一月辛巳，免淮陽被灾田租。十二月……丙午，免河南被灾田租……”

[七] 伏惟太史公忘其葑菲採其一二：太史公，謂史官。葑菲，指蔓菁與蘿蔔，《詩·邶風·谷風》：“採葑採菲，無以下體。”鄭玄箋：“此二菜者，蔓菁與蔔之類也，皆上下可食，然而其根有美時有惡時，採之者不可以其根惡時並棄其葉。”蔓菁，即蕪菁。蕪菁與蘿蔔皆屬普通菜蔬。葉與根皆可食。但其根有時略帶苦味，人們有因其苦而棄之。後因以“葑菲”用爲鄙陋之人或有一德可取之謙辭。南朝宋鮑照《紹古辭》：“徒抱忠孝志，猶爲葑菲遷。”宋陳亮《又與勾熙載提舉書》：“豈郎中欲納一世之才，高高下下，不使絲髮遺棄，亦欲忘其下體而採其葑菲乎！此意高矣厚矣。”

歸德府商邱縣創置養濟院碑記[一]

邑舊有養濟院以收恤無告之窮民[二]。原址不知何年附於城東南雉堞之下，日久漸積，居民依之列爲衢道，以故池不得附城，寝遠在數十步外，屋近城則有攀緣之虞，池遠城則有攻圍之虞。時歲在壬戌，余以永令借移於此。東省妖賊正横，訛言朋興，相違三百里，皆謂旦夕可至。吅修城守，僉云：民社不徹，城無可守之法。余獨計，以爲：民居尚可，諸在養數者，皆煢然無依，使待有警而後徙之，屋一撤，安得遽有蓋頂駐足之地？將更顛連失所。乃爲期令他居民徙，而預爲在養籍者，擇得巽壇之右高阜爽塏之區，乃故憲副莒岸曹公家君明經之地。欲購而得之，明經義不計直，遂捐以爲用。乃爲之創立棟宇，以備風雨。爲之周建垣堵，以禦外侮；爲之恢廓其庭院，以便遊息；爲之分別其庖湢，以通緩急。總之南北若干步，東西若干步，共爲地若干畝。分其舊址，撤屋未竟，而諸罷癃已杖策扶掖徙於中而安之，不覺有遷移之擾，其他居民更不迫而去。上視崇墉岩岩百尺，如自地中踴出。乃始量其高下，計工開浚，不逾期而池仍附於城下，深廣各如法，引陂而注之，淵然巨浸。乃始爲之浮橋，扼其四闉出入之路，萬一欲守緪橋而去之，遂爲長河天險已。余亦不自意功之速成，成功而不擾也。然非先移養濟院，俾之有所歸，則罷癃殘廢之人，奸黠者倚之爲觀望，安得使令之惟行？如此，余既乘一時之攘搶，爲商邑固墉隍之防，貽百世以磐石之基。方憐養籍諸老與他徙居民之不暇，然一時創建之始末，並其址之衺延，不可不志其數，以杜將來侵没之弊，庶得永其居於無窮也。輒爲之記。

【箋證】

[一] 爲重建的商邱養濟院寫的碑文。寫於天啓三年或四年。

　　［二］邑舊有養濟院以收恤無告之窮民：封建王朝"養濟院"之設，開元二十二年（734），唐玄宗下令"京城乞兒，悉令病坊收養，官以本錢收利給之"，或爲官辦"養濟院"之始。肅宗至德二年（757）擴大了設置範圍，在都城和其他重要城市，也分別設置普救病坊。北宋初沿用唐代舊例，在京城開封設置東、西福田院，賑濟流落街頭的老者及重疾、孤苦或貧窮潦倒之丐，但"給錢粟者才二十四人"。宋英宗嘉祐八年（1063）又增設南、北福田院，收容共 300 人。"歲出內藏錢五百萬給其費"，"後易以泗州施利錢，增爲八百萬"。元至元八年（1271）下令各路設"衆濟院"，收養不能自存之人，除給糧外，並撥柴薪，委託憲司管轄。明洪武元年，朱元璋下詔："鰥寡孤獨廢疾不能自養者，官爲存恤。"（《明太祖實錄》卷三四）洪武五年又"詔天下郡縣立孤老院"（後改名爲養濟院）。《大明律》："凡鰥寡孤獨及篤疾之人，貧窮無親依靠，不能自存，所在官司應收養而不收養者，杖六十；若應給衣糧而官吏克減者，以監守自盜論。"明英宗天順元年（1457）下詔每縣設養濟院一所，支米煮飯，日給兩餐，器皿、柴薪、蔬菜等均由政府設法措辦。有病的撥醫調治，死者給予棺木安葬。（見《明會典》卷七十九）

派就壯丁曉示闔城告白^{［一］}

　　照得守城壯丁每垛一名，共該二千四百九十九名，隊長及把柵等項約用二百名，共該用壯丁二千七百名。及實查在城居人，堪應壯丁者，殊不能派足此數，故初議鄉官自身應免，今除家人住戶照例抽派外，仍議令幫應有差，且視餘人幫應獨多矣。初議生員業儒又已派管，壯丁應免，今又酌其力量厚薄，議令幫應矣。衙門人役係在官之身應免，今亦議令協應或幫應矣。初議營衛軍丁應免，今除在城營軍不派爲備有事征調之用，其外城食糧者一概不免。即本城衛所軍，亦查其原未著伍者，議令協應矣。幫應者此借彼之利，彼利此之餘，原可以相資而不爲相屬。協應者取二人之力收一人之用，原可以兩濟而不至兩妨。至於幫應之外有獨應一壯者，非其父兄子弟之多，則其產業生意之厚，原可以獨承而非爲獨苦。傳庭清查以來，拮据兩月，頗竭苦心，無非爲一城身家性命之計，固不敢望一城之人相感，第欲求一城之人相諒。倘派定之後，鄉紳責余曰：我輩叨在仕宦，奈何反視平民，幫應獨多？傳庭則曰：我輩曾沾俸祿，不宜爲地方倡義乎？在學諸友責我曰：我輩列名庠序，既分管城垛，奈何又復令幫應？傳庭則曰：諸友既爲四民之首，宜明大義，且幫應原責之饒有力者，非敢强寒畯以難堪，豈宜自甘菲薄乎？各衙門人役責余曰：某等服役公家，安能分身守垛？傳庭則曰：爾等惟身家十分豐厚者，始令獨應一名，其餘身家稍次者，必兩人乃協應一名。爾輩即在官之身，獨不有上班下班乎？其衛所及外城食軍糧者責余曰：我等亦列在軍籍，奈何不如例均免？傳庭則曰：爾等不著伍，假借名色坐領公餉，已屬不法，豈公派守城復可聽爾等偷安乎？至於肆市商賈既於各巷住居，挨派浮鋪，原議俱免，其不免而亦議幫者，則以資本厚而得利多耳。倘或私有後言，傳庭則曰：使窮民登城，爲爾等守財，爾等鋪面正財利之藪，止令量幫銀錢分文，猶如割如刺。天神鑒之，亦豈肯福爾乎？事期共濟，傳庭固不辭怨勞心，苟相同，闔城想自能體念。今將派定壯丁揭示如左。

　　雨公先生評後云：霖按丁壯守陴，天下通例。而貧富多寡之際，調劑極難。有人心不固而金湯可恃者哉！比年協贊城首，竊劾劬蕘法，屢變而後定。讀孫白谷先生議，實獲我心。總之，以人和爲要遵，孟夫子談兵法也。

【箋證】

　　［一］爲派就守城官兵寫的告示。時間地點不詳。在河南永城、商邱的可能性大。結尾“雨公先生評”，亦爲傳庭自引。可知傳庭對自己盡力盡心設計的守城派丁方案也頗欣賞。

答樞輔札[一]

　　僕祗遵尺一[二]，量率所部官兵，共一千六百餘員名，已於本月廿日啓行矣。繇秦赴都，取道山西較近，乃計程亦四十一站。士馬遠涉長征，勢難越站馳突，俟渡河而後，或可催令儧行，然亦須月餘乃能抵都。心徒急而足難前，想必能垂諒也。至此時敵勢若何，僕無能遙度。乃區區之愚謂，惟一意固守，勿事張皇，則敵無如我何，而膚功可立奏也[三]。第恐廟堂之上，議論紛吷，令當事者即欲不張皇而不可得，且奈何？

又

昨行次徐溝，原擬改繇紫荊[四]，可以兼程入都。旋奉部咨，俾從真定進兵，義不敢以兵單自諉，遂取道井陘[五]。方抵柏井[六]，真保按院道府告急之文接踵而至，因叱馭冒險，直撲恒陽，幸保重地無恙，一切情形具載塘報中，不敢復贅。到郡之日，驚聞新命，兼接台札。自維譾劣，君恩台誼，何以克副？祇有踧踖靡寧已耳。奉教的在①。月終先兹馳報②，前後差官緣道路梗塞，今始同返。統維慈照，臨穎瞻結。

【箋證】

[一] 回應樞輔的信札。樞輔特指控掌軍權的中樞大臣。宋蘇軾《謝兼侍讀表》：“武選隸於天官，兵政總於樞輔。”按此樞輔，應爲主管兵部的楊嗣昌。

[二] 尺一：亦稱“尺一牘”“尺一板”。古時詔板長一尺一寸，故稱天子的詔書爲“尺一”。《漢書·匈奴傳上》：“漢遺單于書，以尺一牘，辭曰：‘皇帝敬問匈奴大單于無恙’，所以遺物及言語云云。”《東觀漢記·楊政傳》：“政師事博士范升。建武中，升爲太常丞，爲去妻所誣告，坐事繫獄，當伏重罪……政涕泣求哀，上即尺一出升。”

[三] 而膚功可立奏也：膚功，亦作“膚公”。大功。《詩·小雅·六月》：

① 奉教的在：據《四庫全書》本，咸豐版《孫忠靖公遺集》《孫傳庭疏牘》“的”作“約”。

② 月終先兹馳報：據《四庫全書》本，咸豐版《孫忠靖公遺集》《孫傳庭疏牘》“終”作“中”。

"薄伐玁狁，以奏膚公。"毛傳："膚，大；公，功也。"宋王安石《次韵元厚之平戎慶捷》："文武佐時慚吉甫，宣王征伐自膚公。"

[四] 昨行次徐溝，原擬改縣紫荆：傳庭《省罪録》曰："（崇禎十一年十一月）初九日，臣行逾徐溝，已取紫荆便道星馳赴京。忽接部咨……"證此文寫於崇禎十一年十一月初十。徐溝，徐溝縣。漢爲榆次縣地，隋唐爲清源縣地，宋爲徐溝鎮，金大定二十九年（1189）析平晋、榆次、清源三縣地置徐溝縣，屬太原府。明延之。1952年與清源縣合併，稱清徐縣。紫荆，紫荆關。長城的關口之一，位河北易縣城西40公里的紫荆嶺上。河北平原進入太行山的要道之一。東漢時名爲五阮關，又稱蒲陰陘，太行八陘之第七陘。由五座小城組成：拒馬河北岸的小金城、南岸的關城、小磐石城、奇峰口城、官座嶺城。

[五] 取道井陘：井陘，井陘縣。位河北省西部冀晋結合部太行山東麓，北鄰平山縣，東部和東南部與鹿泉、元氏、贊皇三縣毗連，西部和西南部同山西省盂縣、平定、昔陽三縣接壤。素有"太行八陘之第五陘，天下九塞之第六塞"之稱。歷代兵家必爭之地，冀晋陝三省物資交流集散地。

[六] 方抵柏井：柏井，在今山西省陽曲縣柏井村。地處忻定盆地與晋中盆地之脊樑地帶。扼晋要衝，太原門户。東臨盂縣，西連静樂、古交，南抵太原，北接忻州，東北與定襄縣交界，東南與壽陽縣毗連。

致閣部札[一]

自敵南下，我兵實不能一矢加遺，想台臺自有確聞，僕何敢妄贅？大約各處兵情，一言北敵遂無人色，又安能責以交鋒？然此猶督監所提之精鋭也，若保鎮、左帥之兵，人馬器甲不能望督監精鋭百一，而劉光祚兵，壯馬不及二百，鞏固營兵一半，又以從征久疲，其馬率多欮段，其人與光祚步卒十九盡畿輔鄉民，固

三八四

可以僥倖乎①？況左鎮兵尚未到②，關遼兵較諸兵或強③，然亦總監
摘攜之餘也，又驕而難馭，必不能驟成節制之旅。僕無他謬巧，
臨渴掘井，其何以仰副帷算？聞北兵實未出龍固，俱在畿南，頃
報督師提兵已遠出廣平，若僕一渡河而南，又空真保之兵以往。
倘敵復北折，真保亦危，似不可不深長思也。為今之計，斷不宜
輕言進戰，飾報捷功，惟宜馳飭督監，各提一旅，一東一西，隨敵
聲援，分兵守城。至撥僕之兵即旦晚可集，俱宜駐防東邊，照管
真保。倘敵勢南侵益深，勢不能復折真保，僕乃可舍真保而與之
俱南。若敵從山左、河北俱出山西，僕即從龍固與之俱北，而畿
南重地乃可無虞矣。

【箋證】

[一] 閣部：內閣或內閣大臣的統稱。建文四年（1402 年）始設，開始為皇
帝咨政機構，僅具顧問身份。明洪熙、宣德時期，地位日益尊崇。嘉靖時，夏
言、嚴嵩等執掌內閣，赫然成真正的宰相，壓制六部，成明朝實際的行政中樞。
按崇禎皇帝在位十七年，內閣更換頻繁，首輔大臣竟達十八位！首輔人員名姓及
任職時間如下：

李國：崇禎元年三月進，五月致仕。1628 年

來宗道：崇禎元年五月進，六月致仕。1628 年

周道登：崇禎元年六月進，十二月降。1628 年

韓爌：崇禎元年十二月進，三年正月致仕。1628 年—1630 年

李標：崇禎三年正月進，三月致仕。1630 年

成基命：崇禎三年三月進，九月致仕。1630 年

周延儒：崇禎三年九月進，六年六月罷。1630 年—1633 年

---

① 固可以僥倖乎：據咸豐版《孫忠靖公遺集》《孫傳庭疏牘》，《四庫全書》
本"以"作"一"。

② 況左鎮兵尚未到：據《四庫全書》本，咸豐版《孫忠靖公遺集》《孫傳
庭疏牘》"況"作"思"。

③ 關遼兵較諸兵或強：據咸豐版《孫忠靖公遺集》《孫傳庭疏牘》，《四庫
全書》本"關遼"作"關門"。

溫體仁：崇禎六年六月進，十年六月致仕。1633 年—1637 年

張至發：崇禎十年六月進，十一年四月罷。1637 年—1638 年

孔貞遠：崇禎十一年四月進，六月罷。1638 年

劉宇亮：崇禎十一年六月進，十二年二月罷。1638 年—1639 年

薛國觀：崇禎十二年二月進，十三年六月致仕。1639 年—1640 年

范復粹：崇禎十三年六月進，十四年五月罷。1640 年—1641 年

張四知：崇禎十四年五月代，九月降。1641 年

周延儒：崇禎十四年九月進，十六年五月罷。1641 年—1643 年

陳演：崇禎十六年五月進，十七年二月罷。1643 年—1644 年

蔣德璟：崇禎十七年二月代，三月罷。1644 年

魏藻德：崇禎十七年三月進，本月卒。1644 年

此文寫在傳庭入援京師時，時間爲崇禎十一年十月後，當時的閣臣應爲劉宇亮。

致樞輔札[一]

六日，定州具書[二]，同公移塵瀆，想蒙垂鑒。僕至眞保，吳襄兵尚須數日[三]。總計撥給僕見在各兵內，不能選堪用馬兵五十，較督監兵力眾寡強弱奚啻天淵。乃今之可慮，猶不在兵之寡弱。師行糧從，始能責以用命。比見所在匱糧，皆苦難繼。且地方士民恨兵若仇，一聞兵至，緊閉城門，關廂房屋，惟存四壁，户牖鍋竈一切無有①。況行間無折色接濟，兵即携有金錢，何處可易一飽？至眞定以南，所過州縣，率多殘破。又敵去之後，繼以大兵，僕兵再往，即欲搜乞於鄉村，不可得矣。當此時勢，即有精銳之兵可以多携，亦恐以嗷嗷致變，況敢以備數之兵，徒自窘苦乎？

---

① 户牖鍋竈一切無有：據咸豐版《孫忠靖公遺集》《孫傳庭疏牘》，《四庫全書》“無”作“烏”。

候吳襄兵到①，僕選携馬兵，大約不敢過五千。步兵欲備分防，亦不得不勉携數千，亦不能多也。其選餘之兵，應留發真定所屬分防。惟定州胡守識力超群，或當願留，餘則恐不相容，尚祈移檄馳飭。若僕承他人極壞之局，恐不免終與同罪。然報主有心，亦所不計也。至題。催戶部多解折色，權宜救濟，是目前吃緊之著，併乞留意。旅舍匆勒，不知所云。

【箋證】

[一] 此書爲寫給主管兵部的楊嗣昌的。按孫傳庭《省罪錄》："（崇禎十一年十二月）初五日，臣躬督原帶秦兵及劉光祚兵，自保定南發，初六日次定州。臣見敵勢披猖，兵將畏怯，中外欺蒙，行間情形俱莫肯據實上聞，憂憤填膺，泣草密疏……"書或上於崇禎十一年十二月初六日——在給皇帝上疏同時，也給兵部楊嗣昌去書。

[二] 定州：今屬河北省直管縣級市，1986 年由定縣改市。地爲古中山國。《明一統志》卷三《真定府·定州》："在府城東北一百三十里。漢爲中山郡，後改中山國。後魏改定州，晉慕容垂都此。隋改博陵郡，唐改定州。天寶初改博陵郡，乾元初復爲定州，建中間改義武軍節度。宋改定武軍，政和間陞中山府。金改定州，後復改中山府。元因之，本朝改爲定州，以安喜縣省入，編戶三十五里，領縣三。"

[三] 僕至真保，吳襄兵尚須數日：真保，真定與保定。真定，參見《辭樞貳疏》。保定，今屬河北。古稱上谷，位於河北省中部、太行山東麓，有"北控三關，南達九省，畿輔重地，都南屏翰"之稱。北魏太和元年（477 年）分新城縣置清苑縣，因清苑河得名，系保定設縣之始。北宋建隆元年（960），因清苑爲宋太祖趙匡胤祖籍，又爲北宋軍事重鎮，故於清苑縣治所設保塞軍，取保衛邊塞之意。太平興國六年（981）保塞軍建爲保州。宋王存等《元豐九域志》卷二："建隆元年，以莫州清苑縣地置保塞軍，太平興國六年，升爲州，治保塞縣。"淳化三年（992）州、縣治所遷至今保定城區。金天會七年（1129），保州爲順天軍

---

① 候吳襄兵到：據《四庫全書》本，咸豐版《孫忠靖公遺集》《孫傳庭疏牘》無"兵"字。

節度使駐地。元至元十二年（1275）改順天路爲保定路，保定之名自此始。明洪武元年（1368）九月，廢保定路改保定府，別名保陽郡。永樂元年（1403）朱棣稱帝，定都北京，北平行都司復名大寧都司，遷保定。正德十年（1515）設保定巡撫署。崇禎十一年（1638）設保定總督，同時置保定總監軍。清代保定爲直隸省省會，直隸總督駐地。中華人民共和國成立後，保定曾兩度爲河北省省會。吳襄，參見《督師謝恩疏》。

致樞輔札[一]

　　僕於初九日抵恒陽[二]，原意就便携鞏固營兵馳往，乃該營兵因分監題留，不肯遽發。左鎮兵不知何在，劉鎮堪用馬兵約僅二百，關門兵再須三四日始至，聞亦係步兵。則僕之軍前馬兵，依然止原携之一千與新增劉鎮之二百耳。即以之撤塘發撥，尚難支吾，顧可以當一面犄角乎？惟有憂憤欲絶而已。至軍機現在何如①，已遣塘撥偵探，馳請督師裁酌。

【箋證】

　　[一] 按孫傳庭《省罪錄》：“（十二月）初九日，臣抵真定，移調鞏固營兵，分監陳鎮夷以題留未發；爲劉光祚兵求保撫給數日行糧，候二日始給。時贊畫楊廷麟亦以督師屬令請糧在真，十二日同臣南發。十三日過槁城，遂得賈莊兵潰之報，故臣暫詣晋州，招集潰兵，並候吳襄兵。十四日塘報兵部。十五日以請月餉、調祖鎮二事，具疏上聞，奏‘爲敬陳目前吃緊機宜事’。”此書爲上奏皇帝同時寫給樞部楊嗣昌的，時間或爲崇禎十一年十二月十四日。

　　[二] 僕於初九日抵恒陽：恒陽，在真定府之定州下轄曲陽縣境内，或爲曲陽縣之別名。《明一統志》卷三《真定府·定州》：“曲陽縣，在州城西六十里。漢置上曲陽縣，屬常山國，以在太行之陽轉曲處，故名。東漢屬中山國。北齊改爲曲陽縣，屬中山郡。隋改爲恒陽縣，屬定州。唐元和中，復名曲陽縣。宋屬中

---

　　① 至軍機現在何如：據《四庫全書》本，咸豐版《孫忠靖公遺集》《孫傳庭疏牘》本句作“敵苗頭見指何處”。

山府，金因之。元初改爲恒州，尋復爲曲陽縣，隸保定路。本朝改今屬，編户二十五里。”

致樞輔札[一]

廿七日①，驚聞新命，方切徬徨。明日，差官已賫敕劍至矣②。揣時度事，力必難勝。許國致身，義無可諉，當即郊迎祇受訖。至於警報方甚③，兵集無期，郡邑攻陷日聞，人心所在風鶴[二]，即三藩重地[三]，刻下俱有不可知者。僕功無可望，罪非敢辭，惟是畿東之事④，自有主者。僕方束手待兵，萬希台臺公虛主持爲幸。率勒附謝併懇。

【箋證】

[一] 據文中：“廿七日，驚聞新命，方切徬徨。明日，差官已賫敕劍至矣。”對照《省罪録》：“（十二月）二十八日，臣聞督師之命，符驗旗牌關防尚未頒到，臣拜受敕劍，具疏稱謝，中言：向來悠忽玩延，誇張誕妄，秋毫罔績，貽憂君父者何人？臣甫任協剿，已無督可協；再改總督，已無兵可督，方束手待兵，已束身待罪……”此書應寫於崇禎十一年十二月二十八日。是上奏皇帝同時，寫給樞部楊嗣昌。

[二] 人心所在風鶴：風鶴，風聲鶴唳。事見《晉書·謝玄傳》。後因以“風聲鶴唳”形容極端驚慌疑懼或自相驚擾。宋周煇《清波雜志》卷七：“己酉終歲，灾屯無所不有，特未溘然，又留殘喘，至今事定，却有風聲鶴唳之警。”

---

① 廿七日：據咸豐版《孫忠靖公遺集》《孫傳庭疏牘》，《四庫全書》本“廿”作“念”。

② 差官已賫敕劍至矣：據《四庫全書》本，咸豐版《孫忠靖公遺集》《孫傳庭疏牘》“賫”誤作“賁”。

③ 至於警報方甚：據《四庫全書》本，咸豐版《孫忠靖公遺集》《孫傳庭疏牘》“警報”作“外警”。

④ 惟是畿東之事：據《四庫全書》本，咸豐版《孫忠靖公遺集》《孫傳庭疏牘》“畿東”作“東偏”。

　　〔三〕三藩重地：按清兵此時正在山東，圍濟南甚急，"三藩重地"應指山東。所史料，明王朝在山東先後封有六王：齊、魯、漢、德、衡、涇。齊王因罪被廢國除，漢王因叛亂被廢國除，涇王因無子國除。唯封於兗州、青州、濟南的魯王、衡王、德王延續下來。"三藩"或指上述三王。

致樞輔札 [一]

　　壞局難承，屢懇矜免，無可奈何，竟蒙相屬。當此時勢，何能有爲？一切苦情具詳疏揭，惟台臺念之。猛如虎兵單而將勇 [二]，故欲一借，然須得部咨馳催，方能遄至。祖大壽兵已見調 [三]，併祈檄赴僕軍前爲懇。閱邸報，知有內備之議，懲前毖後，自應早計。第所列某某真才，殊大不然，天下事恐不堪再誤也。若僕之一身，倘遄斧鉞，其所願効①，容當面請。僕必不敢舍難趨易，避險就夷也。杞憂在念，冒昧附陳，死罪死罪。

【箋證】

　　〔一〕致兵部楊嗣昌札，寫於崇禎十二年正月二十七或次日。按《省罪錄》記曰："（崇禎十二年正月）二十七日，臣因敵奔東北，時總兵虎大威、副將猛如虎兵報抵通州，先准兵部咨，該部題准令大威等兵俱赴臣軍前，臣因檄大威等各統精健五百，急趨河西務聽候合剿。比臣檄至，兵部已題將二將聽宣督調度矣。二十九日，臣復移咨該部，仍令該鎮將各統兵五百赴軍前，而該督竟未之許。"
　　〔二〕猛如虎，參見《報收發甘兵晉兵日期疏》。另參《明史》列傳第一百五十七。
　　〔三〕祖大壽兵已見調：祖大壽，參見《官兵苦戰斬獲疏》。

致閣部札 [一]

　　鉅鹿之失 [二]，緣當事者計無復之，惟思謝責。朝廷罔顧，貽

---

　　①　其所願効：據《四庫全書》本，咸豐版《孫忠靖公遺集》《孫傳庭疏牘》"其"作"具"。

憂宗社，真堪令人切齒痛心也。宣、晋兩鎮雖幸拔出^[三]，責以收潰圖功，不可望已。雲鎮規避，殆成積習；榆兵烏延之事，伎倆已見。曹帥音信杳然，左鎮亦無消息，僕謬膺新命，其所督者，依然原帶之一軍，與新益保定及關遼疲敗之步卒耳①。今且派守臨城，僕亦以此兵僅堪派守，故唯聽總監之佈置②。鄭嘉棟兵約旬日乃可望至^[四]，僕徒手難搏，亦不敢以無兵自諉。頃已選精鋭近千③，發糸武德之間張聲堵擊，但報敵尚無北折之意。而兵力單薄若此，安能創之使去④？僕向謂用奇用少，可圖一當，衹以前督喪師，侯鎮又復被挫，士鮮鬥志，無著可施，則惟有用虚而已。然虚則難恃，況將領中解人甚少，怯病已深，併虚亦不能用也，可奈何哉！伏楮漫陳，憂憤欲絶。

【箋證】

[一] 札子是寫給閣部劉宇亮的，劉任閣相是在崇禎十一年六月至十二年二月。

[二] 鉅鹿之失：指盧象昇戰死於鉅鹿。《明史·莊烈帝二》：十二月庚子，方逢年罷。盧象昇兵敗於鉅鹿，死之。戊申，孫傳庭爲兵部侍郎督援軍，徵洪承疇入衞。”

[三] 宣、晋兩鎮雖幸拔出：宣、晋兩鎮，指宣鎮楊國柱、山西鎮虎大威。

[四] 鄭嘉棟兵約旬日乃可望至：按《省罪録》記曰：“（崇禎十二年正月）初十日，臣續調秦標鄭嘉棟等兵一千至。十一日，臣復檄王樸，於各兵内挑選精鋭五千，糸禹城、齊河，同前發分防兵赴濟剿擊。臣介馬親至平原調度。十二

---

① 與新益保定及關遼疲敗之步卒耳：據咸豐版《孫忠靖公遺集》《孫傳庭疏牘》，《四庫全書》本“關遼”作“關門”，“疲敗”作“疲敝”。

② 故唯唯總監之佈置：據《四庫全書》本，咸豐版《孫忠靖公遺集》《孫傳庭疏牘》第二個“唯”作“聽”。

③ 頃已選精鋭近千：據《四庫全書》本，咸豐版《孫忠靖公遺集》《孫傳庭疏牘》“鋭”作“兵”。

④ 安能創之使去：據《四庫全書》本，咸豐版《孫忠靖公遺集》《孫傳庭疏牘》“創”作“禦”。

日，接兵部咨，稱我督監援兵一當繇河東以截其後，如吳橋、東光、南皮、鹽慶一帶皆是；一當繇河西以抄其旁，如景州、阜城、肅寧、交河、青縣、靜海一帶皆是。"可證此文寫於崇禎十二年正月初或十一年年尾。

答東撫札[一]

氣誼最深，睽違日久，悵結可知。邊事如此①，誤國何人？比極壞難支，乃責之襁褓子曰[二]：非爾不可。區區一身不足惜，其如疆事何哉？弟甫奉協理之命②，已無督可協。今又承乏總督，已無兵可督。豈可以徒手搏乎？弟所率惟秦中一旅，馬步凡一千五百，餘皆保定及關遼疲敝之步卒耳③。初報敵渡河北折，擬徑指德州。比得總監疏揭，促守清源，遂繇棄強取道南下[三]。及抵清源，即以所率步兵盡派登埤。弟遠辱使命，仰體懸切，已儘原部馬兵挑選精銳數百，繇武赴德，稍示聲援。應用芻糧，荷年兄軫濟，自無虞缺乏。駐歇關廂，又有郡守照管，已屬厚幸。濟、兗諸重地，總監俱已撥有援兵。面晤有期，臨穎瞻結。

【箋證】

[一] 東撫，指山東巡撫顏繼祖。本集卷二《剖明站銀斟酌哀濟疏》："又准兵部咨，該山東巡撫顏繼祖題爲……"本集卷五《請斥疏》："向臣曾以文岳及東撫顏繼祖併舉之樞部。"寫作具體時間，應在崇禎十一年十二月二十八日後，因《省罪錄》曰："二十五日，過棄強，接總監疏揭，題臣赴臨防守，易出監兵剿敵。臣星速馳赴，於次日傍午至臨，當將吳襄步兵五千、劉光祚步兵一千、秦標步兵五百俱撥易守城。"可與札中"遂繇棄強取道南下。及抵清源，即以所率步

---

① 邊事如此：據《四庫全書》本，咸豐版《孫忠靖公遺集》《孫傳庭疏牘》"事"作"禍"。

② 弟甫奉協理之命：據《四庫全書》本，咸豐版《孫忠靖公遺集》《孫傳庭疏牘》"理"作"剿"。

③ 餘皆保定及關遼疲敝之步卒耳：據咸豐版《孫忠靖公遺集》《孫傳庭疏牘》，《四庫全書》本"關遼"作"關門"。

兵盡派登埤”相對應。又札中有“弟甫奉協理之命，已無督可協。今又承乏總督，已無兵可督”，而《省罪録》曰：“二十八日，臣聞督師之命，符驗旗牌關防尚未頒到，臣拜受敕劍，具疏稱謝。”亦可證寫於二十八日後。

[二] 樵襶子：指不曉事的人。《古文苑》載程曉《嘲熱客詩》：“只今樵襶子，觸熱到人家。”章樵注：“音耐戴，言不爽豁也。《類說》《集韵》：‘樵襶，不曉事之名。’”王安石《用前韵戲贈葉致遠直講》：“反嗤樵襶子，但守一經籍。”

[三] 促守清源，遂繇棗强取道南下：清源，《明一統志》卷二《保定府》有“清源城”：“在府城東南四十里。相傳漢將軍王梁所築。中有塔。”棗强，今縣屬河北省衡水市，地處河北省東南部，衡水市南端。縣城北距北京 272 公里，西距省會石家莊 124 公里。明屬冀州四縣之一。《明一統志》卷三《真定府》：“棗强縣，在州城東三十里，本漢舊縣，屬清河郡，東漢省。魏復置；晋析置廣川縣，屬渤海郡。北齊省廣川縣入棗强。其地棗木强盛，故名。隋唐皆屬冀州；宋省爲鎮，尋復置。金元仍舊，本朝因之。編户二十里。”

又答東撫請援兵札[一]

繇冀趨德，改適清源，其詳已悉前札，兹不贅。會城告急，纓冠之救自不容緩[二]，且何敢緩也？第弟於前督僨潰之後，突承新命。其所撥給之兵，祗今無一旅調至，弟何能張空拳以相格拒①？屢晤總監云：已發兵二枝往援。東路之責，專在該監，度必不以誑言相誤也。德州諸紳亦復有書望援。昨發去兵數百，皆弟部下之錚錚者。若收之城上，以備應援，的可勝鄉兵及内地兵數萬。第恐州人士不肯納入，然納入萬萬無妨也。蓋若輦强半皆功陞都守，又弟經年行間，與共利害死生者，幸年兄爲闔州一曉諭之。頃報雲鎮及榆林兵旦夕可至，至即提赴左右，惟年兄指揮是聽。不宜。

---

① 弟何能張空拳以相格拒：據《四庫全書》本，咸豐版《孫忠靖公遺集》《孫傳庭疏牘》“以相格拒”作“以格强敵”。

【箋證】

[一] 此札子也是寫給山東巡撫顔繼祖的，寫作時間爲崇禎十二年正月初一前，略後於前札子。濟南被清兵包圍，情況緊急，顔繼祖再次求援告急。本年正月初二，濟南即被清兵攻下。《明史·莊烈帝二》："十二年春正月己未朔，以時事多艱，却廷臣賀。庚申，大清兵入濟南，德王由樞被執，布政使張秉文等死之。"

[二] 纓冠之救自不容緩：纓冠之救，《孟子·離婁下》："今有同室之人鬥者，救之，雖被髮纓冠而救之，可也。"謂不暇束髮而結纓往救。後因以"纓冠"形容急切救助他人。明李東陽《邃庵太宰先生初度迭前韵奉壽》："纓冠義切煩趨赴，鼎釜生餘藕保全。"

致督察劉^[一]

台臺宜駐德兼顧，頃已略陳。細繹明旨所云一隅，蓋指臨也，非可總監之奏也^[二]。又明旨云：視敵所向。今敵實未嘗向臨，攻臨之説，乃總監意外之慮耳。台臺必欲一往，爲總監勸駕，後仍宜遄返德中，守臨豈台臺事也？步火兵餘雖無幾，俟旌斾朝發，即照濟兵南發之數，撥令赴防。而彼中緩急，仍僕任之。李主政餉銀，實此間續命之膏，萬勿令携之入臨。高唐有寄餉八萬，已爲總監取去，彼中固無需此也。曹變蛟兵共五千，原無額餉，俱應取給。行間連行^①，鹽日費不貲，聞軍士沿途頗以窘苦咨怨，内副將賀人龍兵千餘，已於祁縣嘩逃，今尚不知作何狀也。曹鎮兵見在止存四千，在秦時已欠餉五月，洪亨老借之州縣，量給兩月，尚欠三月，乃赴援又一月矣，將何以免其嗷嗷乎？曹鎮勇員敢戰，副將白廣恩亦武夫中出色者^[三]。叩見時希，勿吝金玉一鼓勵之。

---

① 行間連行：據《四庫全書》本，咸豐版《孫忠靖公遺集》《孫傳庭疏牘》"連"作"運"。

然此無庸囑也。

【箋證】

[一] 據札中"內副將賀人龍兵千餘，已於祁縣嘩逃"，此札寫給時任督察的劉宇亮的，時間應在崇禎十二年正月十六日之後。按《省罪錄》："（崇禎十二年正月）十六日，臣塘報兵部，該部具題"爲馳報軍情事"。奉聖旨：知道了。是日，臨鞏總兵曹變蛟率兵四千至，報稱副將賀人龍兵一千餘，於中途噪逃還秦。十七日，臣因敵已北折，乃遵分路截剿之旨，馳返德州，抄前遮障。"

[二] 非可總監之奏也：總監，指高起潛。參《督師謝恩疏》。

[三] 副將白廣恩亦武夫中出色者：白廣恩，初從混天猴爲盜，後降明，鎮壓流寇，屢立戰功。松山敗後與清軍戰，亦有斬獲。崇禎十四年三月，王樸與唐通、曹變蛟、吳三桂、白廣恩、馬科、王廷臣、楊國柱八個總兵，統兵十三萬，直到寧遠。二十六日，王樸、吳三桂等沿海邊逃入杏山，逃跑時，清軍迎頭截擊。數萬明軍馬步爭馳，自相踐踏，"赴海死者，不可勝計"（《清太宗實錄》卷五七）。唐通、馬科、白廣恩、李輔明等相繼逃出重圍。後從吳甡剿寇，驕悍不爲所用，大掠回陝西。復從孫傳庭辦賊，敗於郟縣，回保潼關。潼關城破，奔於固原，爲李自成所圍，歸降，得其重用。李自成山海關戰敗後逃往西安，白廣恩投降了尾隨而來的清軍。1650 年，洪承疇任清廷的五省經略，再次起用白廣恩。

又致督察劉[一]

台體就平，社稷之福也，披翰可任額手。台臺駐德，南北東西可以兼顧，豈爲滯於一隅？入清源則一隅矣，若東撫自應一往，以彼中守計，惟東撫可便宜以圖也。德州之防，僕自時時在念，但有聲息，即遣馬兵一千馳往。火步兵自分發之後，僅存千餘，備札營緩急之用。頃報曹變蛟與楊國柱兵[二]，且陸續抵德，彼中事必不敢誤也。第台臺應否入臨①，宜一酌耳。率占奉報。

---

① 第台臺應否入臨：據《四庫全書》本，咸豐版《孫忠靖公遺集》《孫傳庭疏牘》無"第"。

【箋證】

〔一〕寫給督察劉宇亮的，時間當在前札稍后。

〔二〕楊國柱，參見《督師謝恩疏》。曹變蛟，參《報寶鄢剿撫捷功疏》。

又致督察劉^[一]

　　兵漸集矣，將士之氣較前亦稍知競奮。俟曹鎮兵至，偵有機會，鼓勵而前，務圖一當，不敢負台臺拳切也。曹鎮兵凡四千，盡多驍健，然未携有片甲，禦敵，與剿寇不同。昨曾爲台臺屢悉：密兵原駝盔甲二百頂副，步兵無所用之，萬祈借給該鎮。僕當補牘以聞也。台臺大札，已抄示諸鎮將矣。敬復。

【箋證】

　　〔一〕寫給劉宇亮，請求爲曹變蛟兵借用盔甲。按《省罪錄》："（崇禎十二年二月）初二日，李國政等領哨撥至東安之黃花店。初三日，總兵曹變蛟、楊國柱等兵至東安之青頭兒，距河尚六十餘里，而彼營已於是日午時盡數渡河。初四日，臣與督察俱至東安。臣爲曹變蛟兵咨借衛輔營盔甲解至。臣所督各兵，悉前督潰散之餘，止有變蛟一兵新至可鼓。乃變蛟兵自剿寇來，未有盔甲，其所披帶，惟是壯帽絮襖耳。臣因咨部借題衛輔營盔甲給之。"對照上文"曹鎮兵凡四千，盡多驍健，然未携有片甲……密兵原駝盔甲二百頂副，步兵無所用之，萬祈借給該鎮"，札文或寫於崇禎十二年一月底二月初。

委曹鎮領兵擊堵諭四鎮札^[一]

　　戰守機宜，必協謀乃能共濟①，臨時進止，必專責乃不互諉。適與諸大將軍面屬，不啻詳矣。不佞所以强借曹大將軍者，以臨

---

　　① 必協謀乃能共濟：據《四庫全書》本，咸豐版《孫忠靖公遺集》《孫傳庭疏牘》"能"作"可"。

鎮兵多。又不侫標下之兵，實曹大將軍所素統者。區區之意，諸大將軍想已洞悉，功成題敘，亦照各鎮所獲爲差，毫不敢以意軒輊。機會難得，師克在和，惟諸大將軍實圖利之。囑囑切切。

【箋證】

　　[一] 曉喻四鎮兵將，統一歸曹變蛟指揮。四鎮，未能確定。按《省罪錄》中出現的總兵有：李國政、楊國柱、左良玉、劉光祚、王樸、虎大威、侯拱極、劉澤清、鄭嘉棟、賀人龍等。

答魯王啟[一]

　　頃二東被兵①，播越德藩。此時職兵未集，負罪萬千。比各鎮餘燼，稍稍收合。因念殿下名封震臨②，不勝顧慮，輒發一旅馳衛，分自應爾。乃蕭弁重荷金帑之賜，職復謬蒙慰譽過當，實增愧悚。至於疏奏錄功，尤非菲劣所敢承也[二]。茲因蕭弁役旋，肅裁附復。臨啟不勝感戢悚惶之至。

【箋證】

　　[一] 魯王求救，孫傳庭寫札答復。具體時間待查。明朝魯王，受封兗州（州治在今山東濟寧兗州區）。第一代魯王朱檀（1370—1389），明太祖第十子。洪武三年生，生兩月而封。十八年就藩兗州。好文禮士，善詩歌。餌金石藥，毒發傷目，二十二年薨，帝惡之，謚曰荒。第二代至第十代依次爲：魯靖王朱肇煇（1403—1466），魯惠王朱泰堪（1467—1473），魯莊王朱陽鑄（1476—1523），魯端王朱觀𤊟（1528—1549），魯恭王朱頤坦（1551—1594），魯敬王朱壽鐳（1596—1600），魯憲王朱壽鋐（1601—1636），魯肅王朱壽鏞（1636—1639）。第十代

---

　　①　頃二東被兵：據《四庫全書》本，咸豐版《孫忠靖公遺集》《孫傳庭疏牘》"二東被兵"作"敵擾東國"。
　　②　因念殿下名封震臨：據咸豐版《孫忠靖公遺集》《孫傳庭疏牘》，《四庫全書》本"臨"作"鄰"。

魯安王朱以派（1640—1642）於崇禎十五年清兵攻兗州時自縊而亡。第十一代魯王朱以海（1644—1662）南逃，成南明抗清的標志性人物之一。末代魯王朱弘桓（1662—1683）爲朱以海遺腹子，鄭成功之女婿。按年代，此時向孫傳庭求救者應爲第九代魯王蕭王朱壽鏞。

〔二〕尤非菲劣所敢承也：菲劣，荺菲，參見《兩邑拙政乞言述》"伏惟太史公忘其荺菲採其一二"。

致樞輔札[一]

敬咨：保鎮劉光祚庸碌不堪[二]，台臺據閣部劉老先生疏參，立請正法，大是快舉。第賜劍從事，惟副將而下爲然，若施之鎮帥，頗駭耳目。僕久役行間，深知此時兵將積怯，殊非誅戮所能立起。若繩之太急，恐致僨誤，益煩聖慮。昨曾冒死密奏聖明，業即聞之台臺矣。今僕同劉老先生審酌再四，此舉殊有關係，因合詞馳請聖裁。倘下部議逮問結正，乃不易之法，萬維台臺主持。臨穎不勝悚切。

【箋證】

〔一〕寫給楊嗣昌的札子。按孫傳庭《省罪録》記曰："（十二年二月）十三日，臣等俱至薊州。是日，副將周遇吉等塘報，斬獲敵級五顆。夜四鼓，總監亦至，臣於是有抄前之議。方臣與督察縣東安赴河西務也，途間接兵部密旨，爲飛報官兵大戰奇捷事，奉有劉光祚著督察總督立正軍法之旨。蓋因督察疏奏茨州之戰，各鎮不能接應，而又物指光祚庸碌，該部又因總監報捷，並責光祚等不能應總督渾河之夾擊，復疏特參，遂奉嚴旨。督察接旨，悵惘自失，隨向臣云：不意至此！臣謂茨州之役，各鎮無罪可誅……因與督察商酌再四，暫發光祚於武清縣監候，合疏請裁，爲冒死合詞再祈聖裁事。"對照本文，或是楊嗣昌要求據聖旨將劉光祚正法，傳庭則寫此札答復。時間或是崇禎十二年二月十三日或後一兩日。

〔二〕保鎮劉光祚庸碌不堪：劉光祚，參見《恭聽處分兼瀝血忱疏》。

答兵科張坦公札^[一]

不佞庸劣無似，蹇承壞局，艱辛萬狀，非所敢言。獨是黽勉
支撑，自受兵以來，幸不至致有決裂，就中著數實未敢少錯針芒。
第屢奉嚴旨，震叠有加，凛凛天威，不啻雷霆在頂。惟有勉圖竭
蹶，束身以待已耳^[二]。督察公才略猶人，請纓而出^[三]，一籌莫
効，受誤左右，舉動乖違。既奉嚴旨，無端欲嫁禍不佞，當静聽處
分之時，乃咨移紛出，謾罵相加，以爲出疏自解之地，此等用心
寧不可耻？俟部咨到日，亦當有小疏略剖，即不敢過傷雅道，然
封疆事重，何能寂無一言也。

各鎮將積怯有日，又所部無兵，此豈嚴法可能立振？不佞教訓
鼓舞，嘔盡心血，今且人人知奮。又自屬不佞調度之後，若輩實
未嘗失律逗怯，有顯罪可誅，難逃台鑒。至從前可殺之罪，又非
向後領兵者所宜究，督察今日因左右之怒而參，明日又因左右之
喜而救，兩次之疏，俱於發後相示，不佞何能略贊一語？乃謂不
佞卸擔於督察，不亦奇乎？夫總督奉朝廷威靈，手握尚方，而鎮
將漫不知畏者，有所以使之褻也。不佞自信實不至此，亦知己所
可共信。

頃太平一戰^①，總兵曹變蛟等鼓銳直前，副將而下若白廣恩、
萬邦安，中矢愈奮，與各鎮譟呼衝陷，連奪四山城頭，萬目共見，
皆以爲二十三年以來所未有。即向所稱文懦無如王樸，亦步率火
器，仰面攻山，豈樸忽能畏法死戰至此？則不佞之披誠激勸有所
以使之然也。不佞於若輩又何求焉？其若輩從前罪狀，輕重不同，
廟堂自有公議。俟協督事竣，細衡功罪，誰可相準，誰應另議，不
佞自當率諸鎮同請斧鉞。國憲具存，何敢玩徇於其間也。冗勒附

① 頃太平一戰：據《四庫全書》本，咸豐版《孫忠靖公遺集》《孫傳庭疏
牘》無"頃"字。

報，可任依切。

【箋證】

［一］寫給時任兵科都給事中的張緒彥札子。爲自己遭受督察劉宇亮誣陷辨白。張緒彥，參《附：請陛見原疏》。

［二］惟有勉圖竭蹶，束身以待已耳：竭蹶，顛仆傾跌，行步匆遽貌。《荀子·儒效》：“故近者歌謳而樂之，遠者竭蹶而趨之。”楊倞注：“竭蹶，顛倒也。遠者顛倒趨之，如不及然。”宋周煇《清波雜志》卷一：“承平時，州縣多闕官，得替還鄉，未及息肩，已竭蹶入京。”束身，自縛其身。《淮南子·人間訓》：“衛君之來也，衛國之半曰：‘不若朝於晋。’其半曰：‘不若朝於吴。’然衛君以爲吴可歸骸骨也，故束身以受命。”《梁書·袁昂傳》：“永元末，義師至京師，州牧郡守皆望風降款，昂獨拒境不受命……建康城平，昂束身詣闕，高祖宥之不問也。”

［三］督察公才略猶人，請纓而出：督察公，指劉宇亮。請纓，用西漢終軍出使南越典故。“請纓而出”，指劉宇亮自請視師事。《明史·莊烈帝一》記曰：“十一月戊辰，大清兵克高陽，致仕大學士孫承宗死之。戊子，罷盧象昇，戴罪立功，劉宇亮自請視師……”

與樞輔札[一]

陝省標兵，原因近日從各邊新募成營①，其家口俱僑寓省城，無親可托。兹以從行半載，戰事幸竣，迫欲西歸。僕察其情不容己，業爲移文請示，仁候發還②。乃遂有迫不能待，乘夜潛逃者，業已行該營互相挨查，俟查確再報。至其餘兵丁，雖畏法未敢從行，而思歸之情人人皆同。僕謂宜念其從行微勞，檄諭先逃者速止前途，候本營將官領餘兵俱至同還，併密諭該將至彼，止訪查

① 原因近日從各邊新募成營：據《四庫全書》本，咸豐版《孫忠靖公遺集》《孫傳庭疏牘》“近日”作“剿寇”。

② 仁候發還：據《四庫全書》本，咸豐版《孫忠靖公遺集》《孫傳庭疏牘》“仁”作“立”。

首倡者①，拿解正罪，足以儆人心而彰國憲。此外仍不必深求也。數行佈達，臨穎無任延切。

【箋證】

［一］寫給楊嗣昌的札子。或寫於崇禎十二年四月十二日。按崇禎十二年四月十二日有寫給兵部的《報兵部拿獲逃丁正法揭》（見下），爲正式公文，此則爲寫給楊嗣昌的個人信件。

答閣部將材札[一]

今日之所以無將者，以封疆大吏無將將之人也。有將將者，則大冶洪爐[二]，是鐵堪鑄，而將材不可勝用矣。以小喻大，僕非能將將者也：方僕奉命入陝時，標下止罪廢數弁耳。僕即因而用之，渠輩偶有一長，即嘉許誘掖；偶有一短，即裁抑呵禁。甚或萌心不肖，逞詐試貪，又爲之預先逆折，使其廢然自返。如竟至違犯，則毫不假借；或又稍有功勳，則又稱賞不置，使知鼓舞。至於一切方略，必多方解説，務令躍然有會。及試之有效，又迎機省諭，俾其觸類引伸。故去歲澄城、三水以及關門數戰，遂成掃蕩之功，即此數弁。以至僕出關之日，所與俱者，亦惟此數弁。以僕觀之，今似亦人人可將，乃最優者，無如李國政一人[三]。今以功賞事，爲分監糾參，見候究擬已矣。此外，沈毅精練則有鄭嘉棟[四]，即可旦晚登壇。恢宏明爽則有趙大允②，技勇知機則有王根子[五]，二弁亦可需次。至其勣勞實績，一一俱在，按册可知，無俟縷數。若夫遊都而下，堪備簡拔者，不能遍及。至標下之外，又

① 止訪查首倡者：據《四庫全書》本，咸豐版《孫忠靖公遺集》《孫傳庭疏牘》“首”作“前”。

② 恢宏明爽則有趙大允：據《四庫全書》本，咸豐版《孫忠靖公遺集》《孫傳庭疏牘》“允”作“胤”。

未敢臆對矣。無已，廢帥中有張天禮者，當是守將之選。置之取到諸帥，或猶稱白眉乎[六]！噫，取大帥於廢帥之中，此實出於不得已。然廢帥之可用者原寥寥也。敬復。

【箋證】

[一] 回復兵部之札，論將將之道。揚其長，裁其短，有功者賞，有犯者罰，使知鼓舞。得其心爲上，是將將之要訣。至於戰鬥方略，臨戰用計，亦務使其躍然領會，觸類旁通。如此則"人人可將"！

[二] 大冶洪爐：大冶，古稱技術精湛的鑄造金屬器的工匠。《莊子·大宗師》："今之大冶鑄金，金踴躍曰：'我且必爲鎮鋣'，大冶必以爲不祥之金。"洪爐，指大火爐。《後漢書·何進傳》："今將軍總皇威，握兵要，龍驤虎步，高下在心，此猶鼓洪爐燎毛髮耳。"唐劉禹錫《奉和裴侍中將赴漢南留別座上諸公》："暫輟洪爐觀劍戟，還將大筆注《春秋》。"

[三] 無如李國政一人：李國政，傳庭手下戰將，集中多次提到。惜其他文獻難查，唯《大清一統志》卷一百九十《同州府二·古蹟》有"三仁君祠"，提到："在郃陽縣城北街。《縣志·祠》"范志懋、李國政、秦鏡三人，皆保全郃民者。"未知此李國政是否與本文李國政爲同一人。又吳偉業《綏寇紀略》卷三《真寧恨》裏略提到李國政："賊下掠南山，賀人龍、劉成功等大戰，追奔三十里，至大泥峪。賊舍馬登山，諸將各有斬獲。賀人龍所統賀勇、賀文煥五十員，劉成功所統劉成威、劉成胤三十員，王永祥所統李國政等，與賊相砍四十五陣。賊敗走，我兵乘勝追三十餘里，至大泥峪，天晚收兵。"

[四] 沈毅精練則有鄭嘉棟：鄭嘉棟，參見《報官兵迎剿獲捷疏》。

[五] 恢宏明爽則有趙大允，技勇知機則有王根子：趙大允，參見《恭報東西寇警並陳剿禦情形疏》；王根子，參見《報合水捷功疏》。

[六] 或猶稱白眉乎：白眉，指人中之杰出者。《三國志·蜀書·馬良傳》："馬良字季常，襄陽宜城人也。兄弟五人，並有才名，鄉里爲之諺曰：馬氏五常，白眉最良。良眉中有白毛，故以稱之。"後用以比喻人中俊杰。唐權德輿《馬秀才草書歌》："白眉年少未弱冠，落紙紛紛運纖腕。"

又回兵部議發陝兵回鎮咨[一]

爲軍務事，四月初五日申時，准兵部咨前事等因到職。准此，為照自北兵出口，各鎮援兵已奉有著從便道還鎮之旨。大同、宣府等兵俱已遵旨回鎮矣。其陝西兵馬，因復奉有聽薊督酌議之旨，職隨檄令延綏並陝西撫標之兵各暫駐，聽候薊督，同臨、固、甘、寧等兵一併酌議。一面移咨薊督酌議具題。及接薊督回咨，止欲酌議臨、固、甘、寧之兵，而以延綏及撫標之兵聽職去留。職以薊督奉有明旨，非職所敢擅議，因復咨請貴部及薊督會議。今准貴部咨，謂：己巳西兵入衛，至辛未陸續發回[二]，將延兵先發回鎮，其餘兵馬仍聽密行遼東偵探北兵有無續發真確資訊，再酌請命。已經具題，自應遵候。第查己巳入衛，皆各鎮額兵，今陝撫標兵，係因近日從各邊新募而來①，且內多降丁，携帶眷屬，僑寓省城，自去冬入援已閱半載，心牽內顧，頗切思歸。目今關外警報且息，況宣、大、延、綏各兵既俱回鎮，此兵亦應暫行遣還。如防秋需兵，不妨馳檄再調。想陝撫誼切急公，未有不遵依巡發者。聞薊督方往閱邊口，恐不能即行酌議，各兵日望遣還，徒糜芻粟，亦屬可惜，爲此合咨貴部，煩請查炤。或將陝撫標兵先行具題發回，其臨、固、甘、寧各兵，聽薊督酌議施行。

崇禎十二年四月初六日。

【箋證】

[一] 入援京師結束，各軍陸續回防。陝西軍兵，因有旨聽薊督酌議，故傳庭上奏兵部，請准一體歸返秦地。《明史·孫傳庭傳》："無何，嗣昌用承疇以爲薊督，欲盡留秦兵之入援者守薊、遼。傳庭曰：'秦軍不可留也。留則賊勢張，無益於邊，是代賊撤兵也。秦軍妻子俱在秦，兵日殺賊以爲利，久留於邊，非嘩則逃，不復爲吾用，必爲賊用，是驅民使從賊也。安危之機，不可不察也。'嗣昌不聽。""又發兵部"，表明傳庭曾不止一次要求其所指揮的秦軍回師陝西。

[二] 己巳西兵入衛，至辛未陸續發回：己巳年，明毅宗朱由檢崇禎二年

① 係因近日從各邊新募而來：據《四庫全書》本，咸豐版《孫忠靖公遺集》《孫傳庭疏牘》"近日"作"剿寇"。

（1629）。辛未年，明毅宗朱由檢崇禎三年（1631）。按崇禎二年，清兵入侵近京地區，詔天下勤王。袁崇焕亦於此時被逮。《明史》卷二十三《莊烈帝一》："（崇禎二年）冬十月戊寅，大清兵入大安口。十一月壬午朔，京師戒嚴。乙酉，山海關總兵官趙率教戰没於遵化。甲申，大清兵入遵化，巡撫都御史王元雅、推官何天球等死之。丁亥，總兵官滿桂入援。己丑……召前大學士孫承宗爲兵部尚書中極殿大學士，視師通州。辛卯，袁崇焕入援，次薊州。戊子，宣、大、保定兵相繼入援。徵天下鎮巡官勤王。辛丑，大清兵薄德勝門。甲辰，召袁崇焕等於平臺，崇焕請入城休兵，不許……十二月辛亥朔，再召袁崇焕於平臺，下錦衣衛獄。甲寅，總兵官祖大壽兵潰，東出關。乙卯，孫承宗移駐山海關。庚申，諭廷臣進馬。丁卯，遣中官趣滿桂出戰，桂及前總兵官孫祖壽俱戰殁。命總兵官馬世龍總理援軍……癸酉，山西援兵潰於良鄉……"

報兵部拿獲逃丁正法揭[一]

《爲擒獲倡逃官丁即行正法警衆事》：

陝省乘夜私逃兵丁已經職屢諭該將密查，爲首倡逃者拿解去後，十二日辰時，據職原差標下劄委旗鼓都司楊豹①、守備梅永高禀報②，卑職等蒙差追諭先行兵丁，今俱見住舊店地方，約共一百餘名。至十一日，副將鄭嘉棟、遊擊張文耀統兵回鎮到彼，查出張遊擊下倡逃劄委守備一員劉三本、材官一名邢永祥，同住通州東南關外，倡説：我們見今防禦事竣，先行也不妨。遂與永祥當街約叫各丁起身。又查出鄭副將下倡逃二名尚自友、蔣宏明，俱系家丁，住十里村。聽説劉三本等起身，遂邀約各丁同行。訪實，鄭副將等隨同卑職等，即時將四犯擒拿，解送良鄉縣監候[二]，取有收管。其劉三本及邢永祥下餘丁，併尚自友、蔣宏明，强騎車

---

① 據職原差標下劄委旗鼓都司楊豹：據《四庫全書》本，咸豐版《孫忠靖公遺集》《孫傳庭疏牘》"下"作"丁"。

② 守備梅永高禀報：據《四庫全書》本，咸豐版《孫忠靖公遺集》《孫傳庭疏牘》"梅永高"作"梅承高"。

戶騾八頭，妄稱係給錢雇騎，隨查給本戶認領等情。又據張文耀
呈稱：蒙本部院憲牌仰卑職等，即拿倡首逃丁馳報本部院正法，
蒙批，卑職選差中干范廣、牛希才等①，即將逃回守備劉三本、材
官邢永祥趕至地名舊店拿獲，解赴良鄉縣監候②。除張家丁、張平
等二名③，卑職捆打一百棍警眾外，理合呈報。又據鄭嘉棟呈稱：
卑職十一日辰時至良鄉地方舊店④。據先差官楊王庭，同本部院原
差都司楊豹等，俱稱初九日將各丁趕至舊店即止⑤，諭令候本營人
馬同行。各丁在途未曾生事。當即查出家丁尚自友，在村聞知東
來兵馬吆叫人馬起身，自友即出，沿街催督步兵併蔣宏明奪騎騾
頭同行⑥。卑職等當將二丁拿送良鄉縣，其騾二頭，涿州曹副將帶
同原主認去，餘兵點明收伍前行等因，各報到職。

　　據此，為照陝西標兵方候遣發，乃忽有私逃之事⑦。劉三本固
居然劄委守備也，向來剿寇諸案俱列有三本之功，見候叙陞。即
偶與各丁同逃，未嘗預約，亦應以三本為首，況實三本作俑乎？
至邢永祥，以張文耀之貼身，而背主約逃。尚自友、蔣宏明以隔
營之部卒，而聞風糾合，皆為戎首，均應梟斬。若候提解正法，恐
各營兵馬去遠，無以示警，不若當此前兵甫行，後兵纔發之時，

---

　　① 卑職選差中干范廣、牛希才等：據《四庫全書》本，咸豐版《孫忠靖公
遺集》《孫傳庭疏牘》"干"作"千"。

　　② 解赴良鄉縣監候：據《四庫全書》本，咸豐版《孫忠靖公遺集》《孫傳
庭疏牘》無"解"字。

　　③ 除張家丁張平等二名：據《四庫全書》本，咸豐版《孫忠靖公遺集》
《孫傳庭疏牘》"張家丁"作"家丁"。

　　④ 至良鄉地方舊店：據《四庫全書》本，咸豐版《孫忠靖公遺集》《孫傳
庭疏牘》有"縣"字。

　　⑤ 將各丁趕至舊店即止諭令：據《四庫全書》本，咸豐版《孫忠靖公遺
集》《孫傳庭疏牘》作"趕各兵丁至舊店即諭令止"。

　　⑥ 沿街催督步兵併蔣宏明奪騎騾頭同行：據《四庫全書》本，咸豐版《孫
忠靖公遺集》《孫傳庭疏牘》"步兵"作"部兵"。

　　⑦ 乃忽有私逃之事：據《四庫全書》本，咸豐版《孫忠靖公遺集》《孫傳
庭疏牘》"忽"作"或"。

即就彼中駢戮，庶可以懲一警百耳。故職當差傳號遊擊趙祥執令旗前往良鄉會同該縣印官①，將劉三本等四員名即行梟首，仍發示馳傳各營，以警將來。其所奪騎張秉廉等騾頭，已經追給原主訖。至鄭嘉棟、張文耀等，應否免議，統惟貴部裁酌，具題施行②。理合揭報，須至揭者。

崇禎十二年四月十二日。

【箋證】

[一] 清軍至牆子嶺長城進犯，孫傳庭、洪承疇入援京師（參見《省罪錄》），戰事結束後，發生軍人逃脫現象。情況調查明白，孫傳庭爲此上報兵部，報告對抓獲有關脫逃人員的處理情況。

[二] 解送良鄉縣監候：良鄉縣，西漢設置爲侯國，隸屬涿郡。故城在今北京市房山區竇店村西一里，尚存遺址。王莽時稱廣陽，東漢復名良鄉。三國魏隸屬范陽郡，北魏隸燕郡，徙治於今房山東，大石河西岸。隋開皇六年（586）隸屬幽州；大業三年（607）詔改州爲郡，隸屬涿郡。武則天周聖曆元年（698）改爲固節縣；唐中宗神龍元年（705）復名良鄉縣。五代後唐長興三年（932）移縣治於今房山區良鄉鎮。宋宣和中隸屬燕山府。明初隸屬北平府；永樂元年（1403）隸屬順天府。清因之。1928年隸屬河北省。1958年劃歸北京市，與房山縣合併，稱周口店區，後改爲房山縣。今爲北京市房山區。

清屯示[一]

照得西安左等三衛所額設屯軍屯地[二]，照軍給地以地養軍，乃祖宗足兵足食良法，祇緣承平日久，初制盡廢，屯軍既不堪實

---

① 故職當差傳號遊擊趙祥執令旗前往良鄉，會同該縣印官：據《四庫全書》本，咸豐版《孫忠靖公遺集》《孫傳庭疏牘》無“執”字，“良鄉”後有“縣”字。“會同該縣印官”無“會”字。

② 具題施行：據《四庫全書》本，咸豐版《孫忠靖公遺集》《孫傳庭疏牘》“具題”作“議題”。

用，屯地亦徒有空名。其各軍原領屯地，有被權貴、豪强、衙蠹、學劣霸占者，亦有始因兌食軍糧，日久欺隱者，甚至有本軍逃亡所遺田畝佃户徑行侵没者。種種詭弊，難以枚舉，已經嚴行西安理刑官，溯流窮源，從頭搜查，務照國初原額軍地及額徵糧草一一查出。地不容失一畝，糧不容遺一粒①。通融祖制，設立新規，使地出之糧，實可養軍，糧養之軍，實堪征戰，則國初富强之盛可復見於今日，而三秦可以長治久安矣。俟查明議定，本院以必行爲主，一任權貴、豪强、衙蠹、學劣與各項奸徒百計阻撓，本院已誓之天日②，斷無調停人情，爲若輩轉移之理。

想若輩亦各有良心，當此内外空虚，腹心交訌③，兵單餉匱，人民日見殺擄④，城郭所在破殘，五位宵旰勞心，群工上下束手之日[三]，即不能捐貲效義，戮力佐公，乃猶忍占朝廷之軍屯，貽國家以單弱，此其爲人，毒猶逾於流賊，而奸更甚於細作。無論明有人非，抑且幽有鬼謫。本院叨兹鎮撫，若使此法不伸，此志不行，尚可羞兹簡命，汗顔於三秦士民之上哉！

爲此示諭：

爾屯軍屯餘及占種屯地之家，其各静聽查理。至各軍屯投到告詞，姑收立案。待查出之後，各家如敢怙終不悛，生端抗拒，本院應按法處治者，即按法處治，應特疏糾參者，即特疏糾參，亦無庸爾等紛紛控瀆也。若所官軍職旗甲人等，務洗心滌慮，將從前隱弊一一首出。除往罪盡行寬恕，仍加賞勸；如藐玩不遵，復肆

---

① 糧不容遺一粒：據《四庫全書》本，咸豐版《孫忠靖公遺集》《孫傳庭疏牘》“遺”作“失”。

② 本院已誓之天日：據《四庫全書》本，咸豐版《孫忠靖公遺集》《孫傳庭疏牘》“誓”作“矢”。

③ 腹心交訌：據《四庫全書》本，咸豐版《孫忠靖公遺集》《孫傳庭疏牘》“腹心”作“虜寇”。

④ 人民日見殺擄：據《四庫全書》本，咸豐版《孫忠靖公遺集》《孫傳庭疏牘》“人民”作“民人”。

奸欺，一經發覺，身家性命皆不可保矣。決不虛示！

崇禎九年十一月二十二日。

【箋證】

［一］給霸占屯軍土地之"權貴、豪強、衙蠹、學劣"下發的軍事檄文。時間應在下文《行西安理刑官清屯檄》之後。要求占種屯地之家，靜聽查理，不得抗拒，否則按法處治。情節嚴重者，"身家性命皆不可保"。

［二］照得西安左等三衛所額設屯軍屯地：左等三衛，指左、前、後三衛。《清屯第三疏》："以兵，則向欲爲省會四門各索乘障之三百人而不可得，今則於前、後、左三衛，清出實在營軍九千三百三十八名。"

［三］五位宵旰勞心，群工上下束手之日：五位，這裏指侯、大夫、卿、公、辟五種等級。《後漢書·朱穆傳》："天氣鬱冒，五位四候連失正氣，此互相明也。"王先謙集解引惠棟曰："五位，謂侯、大夫、卿、公、辟。"群工，指群臣。明張居正《陳六事疏》："張法紀以肅群工，攬權綱而貞百度。"

行西安理刑官清屯檄^{［一］}

"爲清查軍屯以裨實用事"。

照得西安左、前、後三衛所額設屯軍屯地：照軍給地，以地養軍，乃祖宗足兵足食良法，祇緣承平日久，初制盡廢。屯軍既不堪實用①，屯地亦徒有空名。其各軍原領屯地，有被權貴、豪強、衙蠹、學劣霸占者，有始因兌食軍糧日久欺隱者，甚且有本軍逃亡所遺地畆佃户徑行侵没者。至如常追免補一項，軍有二千餘名，皆係豪強霸占。每軍一名，該地一頃，歲取麥米或三四十石，或二十餘石，止議追糧價銀二兩三錢七分，即免補伍，更可駭異。

---

① 屯軍既不堪實用：據《四庫全書》本，咸豐版《孫忠靖公遺集》《孫傳庭疏牘》"實用"作"國用"。

當茲内外多事，腹心交訌①，人民日見擄殺，城郭所在破殘，設此數萬屯軍，何嘗効一臂之力？乃以有用之屯糧，徒飽奸狡之腹。何如照地徵租，另募精兵以資戰守之爲得也？爲此仰本官即將前項軍屯，調取各衛册卷②，並所官旗甲軍職人等，溯流窮源，從頭搜查，要見國初原額軍屯若干？内水旱地各若干額徵糧草各若干？坐落某州某縣地方，其地或係軍種，或係民佃，或係權貴生員衙役人等承種，令其各遞認狀，報首明白。俱許照常耕種，免其當軍，即照所種地之肥瘠，分爲等第，酌定本折糧銀數目，備開某某地應徵本色麥豆米各若干，折色銀各若干。其糧銀近省者，運赴永豐倉上納。離省窵遠者，納貯坐落州縣，專聽另募精兵支用。至於赴邊班軍，亦免上班，止議納價。各衙門應用軍役，亦止議給工食，俱不許兑種屯地。務要一一查出，地不容失一畝，糧不容遺一粒，通融祖制，設立新規。使地出之糧實可養軍，糧養之軍實堪征戰，則國初富强之盛，可復見於今日，而三秦可以長治久安矣。

此事本院期於必行。如有權貴、豪强、衙蠹、學劣與各項奸徒，詭計阻撓，生端抗拒，及首報不實者，指名報院。應按法處治者即按法處治，應特疏糾參者即特疏糾參。本官務要留心清理，速竣此役，仍備造屯地糧數、坐落州縣、承種花名文册，賫院以憑覆覈，具奏施行。

崇禎九年十一月二十六日。

【箋證】

[一] 給西安理刑官下達的清屯檄文：軍屯名存實亡，屯軍不堪實用，屯地

---

① 腹心交訌：據《四庫全書》本，咸豐版《孫忠靖公遺集》《孫傳庭疏牘》"腹心"作"虜寇"。

② 調取各衛册卷：據《四庫全書》本，咸豐版《孫忠靖公遺集》《孫傳庭疏牘》"調"作"吊"。

徒有其名，祖宗之法不行。要求力革前弊，清查屯地被占情况。恢復明初祖制，"使地出之糧實可養軍，糧養之軍實堪征戰"。

行清軍兵備道查各衙門軍役檄

"爲清查衙役軍丁實數議給工食以釐積弊事"。

照得西安左、前、後三衛屯軍：

昔年鑽營各衙門答應，有應舍人者，有應夜役者，有應軍伴軍牢者，有應鼓手雜差以及諸色匠作者，名色不可勝數。又巧立二三班更圖歇役，計各衙門濫用之數，實繁有徒。推原其故，蓋以倚藉衙門占役名色，希圖霸種屯地，甚有全不應役，而以家僕充點一時者。其影占之弊，種種難悉。今本院痛釐此弊，將前項軍役一概起課。即衙門差使不可盡裁，宜另議工食。豈可以官軍額屯，任冗役濫食乎？如本院衙門舊有雜項軍役三班，共計四百三十餘名，今已盡發起課，止留二班，每名另給工食七兩三錢。

本院衙役既清，而司道、操屯、府廳、衛、所獨不可清乎？爲此仰道官吏，即將三司各道，並屯操參將、府廳、衛、所等衙門各役使軍丁，盡數會查實數，行令起課。其有應該留用，勢必不可缺者，另詳申議工食。但係濫役，盡行裁汰歸營，以實伍省費。逐一清查明白，總造一冊報院。

再照：按察兩院，駐紮省城，爲日不多，豈可常設軍丁，影占滋弊？此項尤宜盡裁也！以後每遇兩院進省駐紮，其應用軍役，各衛、所即照有司撥快皂例，撥牢伴或各衙門下班人役借用應役，不得仍前常川設軍。限十日内①，查清造冊報院，以憑施行，毋得延緩！

崇禎十年四月二十九日。

---

① 限十日内：據《四庫全書》本，咸豐版《孫忠靖公遺集》《孫傳庭疏牘》"十日"誤作"不日"。

【箋證】

　　［一］清查衙門濫冗影占等人員，按實在需要人員給付公食，餘者發回屯軍，以"實伍省費"。

行西安監收官第一次屯田起課檄[一]

　　"爲徵收屯糧事"。

　　據西安監收官呈賚，改正西安左、前、後三衛常追免補等項起課冊到院。

　　案照：

　　本院先因各衛軍屯，或被權貴、豪强、衙蠹、學劣霸占，或被奸狡之徒侵隱，以致營伍空虛，檄行西安理刑廳清查。續據該廳將常追免補、勢豪影占、遠近脱逃、衙門答應四項逐一查出，酌量地之肥瘠，分別上中下三等起課：

　　上地每頃一十八石，中地每頃一十五石，下地每頃一十二石。每糧一石折銀七錢。冊繇前來，查有股項未明者①，隨行監收廳，覆覈改正去後，今據前因，合行徵收。爲此，除行各屯地坐落州縣收解外，仰本官查照發去冊造。應徵糧銀，自崇禎十年起，將各州、縣解到屯糧銀兩，照數收貯永豐倉，專聽本院兵餉支用，不許別項擅動分毫。仍轉行各衛所管屯官員②，各將原管前項屯地應徵糧銀，亦自崇禎十年起，督責旗甲，嚴催種地人户速赴坐落州、縣上納，務要六月内先完一半，十月内通完，永爲定例。如各官催徵有法，銀完獨蚤，本院具題優叙。倘或漫不經心，以致軍

----

　　① 查有股項未明者：據《四庫全書》本，咸豐版《孫忠靖公遺集》《孫傳庭疏牘》"項"作"頃"。

　　② 仍轉行各衛所管屯官員：據《四庫全書》本，咸豐版《孫忠靖公遺集》《孫傳庭疏牘》無"行"字。

餉缺乏者，官定重處，旗甲拿究，決不輕貸。先具遵依，緣縣報查。

崇禎十年四月二十九日。

【箋證】

[一] 查明占用屯軍土地的不同情況，區別土地等級，統一徵收糧銀標準，規定交納期限。

又行布政司查追喊譟軍人屯田並拿未獲譟軍檄^[一]

“爲發審事”。

據該司呈具李進成等焚劫喊譟詳縣到院，該本院審看得，各犯無端發難，法紀蕩然。李進成擒於本院大門之内，與李統業、許通江、段守强所劫陳隆化家衣物，俱被見獲，固皆應斬無辭。至其餘各犯，原赴教場應點，乃相率入城，恣行無忌，當被擒獲，俱應正法，未可以有贓無贓、爲首爲從分重輕也。至胡久興當擒獲之時，除去大帽，自稱非軍；及欲加刑，乃將地畝軍户一一供出。貌猙獰而語閃爍，尤是各犯之渠。若劉見所携皮襖，裁製方新，未經穿著，豈本軍曾用之物？況五月非衣裘之時。又見獲雲履一隻，云得之三門口。查陳隆化之門即與三門口相對，此非本犯隨衆譟亂之確證乎？至吳錫方在喊譟之時，擒自鐘樓之前，是本院所目擊者。若以無贓曲宥，使各犯止譟於本院衙前，不焚劫陳隆化之家，或焚其室而不劫其有，遂可置之不問乎？若各犯者，正所謂求其生而不得，則死之可也！除將七犯俱行梟示外，其陳應積、朱一寧、馬一坤、王權、楊應曉、賈浩兒、陳希虞、徐登山、程宗德、李繼忍，姑行捆打；陳征徊姑行責治。李樸然審係新至，原未至教場，當即釋放外，爲照已斬李進成等七名，與捆打責治陳應積等十一名，皆係應點之軍，併無一人在起課之數者。本院清屯之舉，於應軍者，但取軍能實在，除種原贍屯地外，仍議每年另給銀二兩四錢，加恩不爲不厚。於種地者但使地不落空，僅照各軍私典之價，止每畝納徵租銀一錢①，取數不爲不輕。故凡實在應軍者，未有不忻然入伍。凡本等種地者，亦未有不樂於輸租。惟是貪紳、梟弁、蠹役、劣衿，逕欲白占軍屯，與夫積年包軍奸徒，指稱代應，剝取軍資自肥，併無實軍操點②，皆以此舉爲害己，爲不情，於是邀眾講止未已也，而倡議阻撓；倡議阻撓未已也，而挑釁恐喝③，謂第得鼓煽各軍一譟，遂可寢其事耳。逐審李進成等，止陳應積、許通江、楊應曉、程宗德、李繼忍各自種地五十畝，王權自種地四十畝，陳希虞自種三十畝，李樸然自種十三畝，徐登山自種十畝，其餘俱係各占地之家催覓應點。若輩冒軍霸屯，流禍至此。其各名下屯地，豈可復聽若輩占據？合行查議。爲此，仰司官吏，即將前犯一十八名，原占軍屯地逐一清查明白④。作何追還招佃，速議妥確呈院，以憑施行。

　　未獲脫逃王爾勛，仍嚴限緝拿，務獲另結，毋得疎縱。其王爾勛軍地，的係何人隱占，查確併報。至都司原出示點軍及各軍齊集教場，又分付不點，且遽下嚴令以駭眾聽。本院原行令該司領兵二千，屯司領兵一千，操司領兵二千，本院中軍官領兵一千，如何不遵原示移付各官分點？又兵先在教場喊譟，如何不行禁止？即不能禁止，教場距城約三里餘，如何不馳報城內遏阻，聽其入城？一併查明，通詳兩院毋遲！

---

　　① 止每畝納徵租銀一錢：據咸豐版《孫忠靖公遺集》《孫傳庭疏牘》，《四庫全書》本“納”作“約”。

　　② 併無實軍操點：據《四庫全書》本，咸豐版《孫忠靖公遺集》《孫傳庭疏牘》“操點”作“譟點”。

　　③ 倡議阻撓未已也，而挑釁恐喝：據咸豐版《孫忠靖公遺集》《孫傳庭疏牘》，《四庫全書》本無“倡議阻撓”四字。

　　④ 原占軍屯地逐一清查明白：據咸豐版《孫忠靖公遺集》《孫傳庭疏牘》，《四庫全書》本“占”作“贍”。

崇禎十年五月初六日。

【箋證】

〔一〕清屯觸動有關軍役人員利益，引發軍人騷亂。對騷亂軍人及其名下屯地的處理。

又行各州縣申飭徵收屯糧檄^[一]

"爲徵收屯糧事"。

據長安縣申稱：本縣額徵三衛上半年屯課銀一千二百餘兩，止催旗甲嚴督佃户完納，收糧吏役公平收受，並不加收毫釐。仍給佃户原發縣票一張，佃户樂意輸納，今已通完等因到院。

爲照：西安贍軍屯地，率皆膏腴。原派課額極輕，完納最易，無奈各有司悠忽因循，以致各佃户觀望抗負。如長安縣催徵不擾，鼓勸有方，原派夏季額銀一千二百餘兩，奉行僅月餘，開收不旬日，即照數通完，有裨軍務，殊非淺鮮。除將賈知縣紀功優叙外，第查長安屯地，較之該縣肥瘠相等，而長安未煩鞭撲勾攝申擾，能令佃户樂從，輸納通完。而該州縣均司督徵，完報豈容獨後合行申飭催解。爲此仰州縣官吏，即將該州縣額徵屯課，照依節行事理，並師賈令催徵之方，嚴責旗甲督催佃户人等，速將應納上半年糧銀，設法催完報院，定與賈令一體優叙。如或泛視緩延，定行參處，決不輕貸。

崇禎十年六月十八日。

【箋證】

〔一〕以長安縣賈知縣爲榜樣，申飭各州縣儘早完成上半年軍屯糧銀的徵收，獎勤罰懶，決不輕貸。

行都司議給各衙門軍役兑支工食檄^[一]

“爲立法兑支軍役工食以省煩擾事”。

照得本院與各衙門，裁定應留供役軍人原種屯地，既經起課，合照本院前行每名月給工食六錢，歲給七兩二錢，應於屯糧内支給。但查留用各役中，亦有自種屯地者，今議即於原種屯地應納課銀給票兑抵，以免本軍輸納，以省官給煩擾，實爲兩便。擬合清查造册給票。爲此，仰司官吏，即將本院及各司道衛所等衙門，原奉本院批准應留軍役，逐一查明，彙造一册。每一衙門備開某項人役若干，某某共若干名，造册報院，以憑查發印票，徑給本役執赴。原種屯地坐落州縣付收糧吏，將本役名下應納課銀，照票内銀數登簿注收，即作已支工食。本役止取實收併領縣票存照。其兑糧票，著收糧吏存貯抵數。除抵兑之外，本役仍該課銀若干，即照數補納通完，不得拖欠毫釐。中有新應未種屯地者，應該另行給糧，不得混造一處，致難稽查未便。

崇禎十年六月十九日。

【箋證】

[一] 關於屯地應留役人員及自種屯地人員待遇的處理。前者給付工食錢，後者於上交課稅中給票兑抵。

附：中憲大夫韵衢霍公墓誌銘^[一]

歲在壬申，故通政使司韵衢霍公卒於官^[二]。公甫縣侍御擢京兆丞，旋擢今官，時上綜覈名實，台省非勞績茂著不得需次卿寺。主爵者或以序及推轉什九不報，獨公之一再擢，罔不朝啓事而夕報。可上意，將重用公，訃聞，上怒焉，致悼有旨，下宗伯議恤^[三]，憫綸旦夕且至。其孤太學生毓芳遵治命，亟圖厝土，襄事有日，匍匐介王柳州狀屬余[四]，言以銘其藏。余不嫻於文，且方以寇警，日率里人乘城，殊無暇爲役，然辱公交最深，不可辭。既而讀柳州之言，核而可傳，殆惇史也[五]，余固可藉手以報公於地下。因據狀志之，而附以銘。

公諱鏌，字中明，號韵衢。其先自鄲州徙馬邑，始祖信四傳公，高祖提舉公仲表，曾祖廪膳公麟，祖教諭公自新。父贈中憲公朝重，配趙恭人、繼孔恭人。有四子：伯氏錢，叔氏録，仲氏鏌，季則公也。録、鏌俱廪生，錢稍官臨洮郡丞，贈中憲。公先以郡丞貴贈承德郎，後以公貴，加贈中憲大夫，贈中憲公。感異兆而生，公端嶷不群[六]，兒時授書輒善記，偶對多奇語，纔屬文，往往出塾師意表，塾師數驚咤，辭去。齠年補博士弟子，尋食餼[七]。會贈中憲公孔恭人繼逝，公柴毀骨立，拮据喪葬，志力俱殫，顧未嘗昕夕廢書學。使者以力學明志，讀禮盡哀，旌其行。癸卯，褎然冠麟經[八]；計偕，屢不利，介靜自守，非公事不一至官衙。

丙辰成進士[九]，令任丘，實三輔岩邑，距都門不數舍，爲東南孔道，供億頗艱。公蒞任一意與民休息，日進父老於庭，問所疾苦何事，釐剔乃已。然不喜爲苟切取目前快，持政惇大有體，而人自凛凛戴三尺。邑多中貴人豪右，憑藉爲姦私，有司莫敢呵問。公一切不爲意，犯則裁之以法，遂無敢恃權力譸張者。遊士介要津干謁，戒門者弗納，固多怏怏，比迹公治狀，皆相與折服去。或以疑事嘗公，摘其牘中一二語，曰："而謂乃公不解功曹法耶？"吏股栗驚神君。帑有羨金如許，悉籍入循環，不以一錢潤橐。邑大俠稱天罡，聚群不逞，椎埋剝劇。廉得渠魁，亟捕誅之，繇是萑苻偃然[十]。兩奉台檄，撤鹽瀛海醝司商，悉公操，罔敢循例餉遺，乃於商卒無所苛。時柳州治粟津門，運長某謂柳州曰："若鄉霍君真廉吏哉！"竟邑任，薦剡幾滿公車[十一]，以循良異等，蒙褒賫者三。

辛酉徵入，選擬北臺[十二]。明年，補江西道。時上谷雲、晋軍餉積缺，有司追逋賦甚急。公首上《重鎮軍民交困疏》，請發京運，緩荒田徵稅，得俞旨，三鎮軍民咸手額荷更生。癸亥，巡視東城，都人相戒無犯。清鋪役，戚畹勳貴無少狥。甲子，奉命按甘肅，古酒泉張掖地也。外番四面眈眈，羸卒荷戈數呼。庚癸，公嚴督民運接濟，又請留援黔募兵，軍威以振。會番入石油井特克圖蘆溝紅井諸處，公約督撫道鎮，部署將士，屢戰屢捷，一時軍功之盛，爲近世未有。歲應大閱，公崧飭倍常殿最。邊吏甚眾，兼攝學政，規條嚴肅，較士得潘生光祖，以秦闈第一人魁禮。

乙丑報命，緣累疏邊功不及娓，相忌者因摭公議三案語中之，遂得嚴旨削秩。戊辰，今上御極，首錄直臣，起原官聽馭再入，益感憤發。舒會雲中，守吏不戒，兵燹之後，歲復大祲。公再疏請，以荒政寓邊，務恤民寓修防，語皆切中，上爲慨發帑金二萬，所全活無算，邊備亦稍稍增飭。尋奉特簡督北畿學政，公念邦圻首善，視河隍尤重，益飲冰矢。公慎條上《正人心端士習疏》，凡七欵，曰：獎德行、安義命、伸節義、醒羞惡、崇講學、正文體、重後場。上嘉賞，敕所司著爲令。公嚴檄郡邑，師生力行，無敢以故事應者。按部八郡，手丹鉛甲乙，括帖必醇正爾雅始錄。午未，京兆士多拔幟先登，輿論皆服其藻鑑。他如葺孔廟、恤寒畯、資楮墨饘粥以旵文會，傾俸橐不靳也。勞瘁攖疾，乞骸未允，尋擢京兆，力疾受事。無何，復拜銀臺之命[十三]，委頓彌甚，竟至不起。嗚呼，痛哉！

公天性孝友，少失怙事，贈中憲公勞養備至，疾侍湯藥，籲禱願代。歿，寢苫茹荼，抱恨終天。事孔恭人亦如贈中憲公。仲兄遊宦，偕伯叔兩兄食貧，朝夕第倚公所得館祿，終不言析筯。當在華封，叔兄昇疾就醫，關棣華館居之，少瘳，公爲具一觴，不任色喜。洎不諱，痛欲解官，厚爲含殮，擇壤歸葬。婚嫁其子女如己出，族眾逋賦亡徙代完賦金，俾復業，然不爲祈免於主者。幼遇丐而孺子泣者，輒食食之。及貴宗戚依公食者，待公舉火，指不勝僂。居恒沖和謙挹慎默寡言，一持白簡激昂謇諤，言人所不敢言。如闢邪説，崇講學諸疏，大忤時局，終不以斥逐貶節中臺，兩河督學諸奏議具在也。方忌者中公醜詆，至謂公不辨菽麥。余時溷迹京塵，慰公逆旅，笑謂公曰："弟不佞，生平强項少所推許，獨心折吾兄。吾兄不辨菽麥耶？"公爲蹔然曰："彼幸還我初服，將歸而辨之。"雅量爲何如者？比荷環召遇雁門，余舉酒屬公，期以乘時建樹，相與欷歔泣下，公亦不禁慷慨澄清之意，故其殫竭圖報，所靖獻必軍國大計。秉鐸畿輔，力挽頹靡，闡揚文教於以光。裨聖天子中興之治，亦既沐寵異，陟尊優臺衡之業，翹足可□矣，遽以勞阨京邸，可勝惜哉！贈中憲。公諸生時，與柳州先文端公相慕好互期。以公輔贈中憲，公志卒未酬。公既置身通顯，説者謂竟先人之未竟，固在公，乃公亦若有未竟也，可勝惜哉！然公階僅四品，歿之日，至動九重，震惻賜兆加邊，行被殊恩，邑人士感德頌義，爲請之御史臺崇祀鄉賢，食報千秋，公亦可以瞑已。

　　銘曰：厥德如璧道如矢，爲古循良名直指。厥身出處關泰否，愠於群小，媚於天子。厥用未殫胡以死，九重致悼，兩楹崇祀。千秋而下，聞者興起。

【箋證】

　　[一] 文章輯自四庫本《山西通志》卷二百《藝文·碑碣》，署名"孫傳庭"。按：衆多文獻在傳抄過程中均把孫傳庭名字誤寫爲"孫傅庭"，如四庫本吳偉業之《綏寇紀略》，四庫本《河南通志》《陝西通志》《大清一統志》《明史紀事本末》等書中部分篇章。四庫的編者在編輯《四庫全書》時也注意到這個問題，《四庫全書·白谷集》提要："傳庭字伯雅，代州振武衛人，其名或訛爲'傅庭'，誤也。"本文是爲一個叫霍鏌的馬邑（今朔州）鄉人寫的墓誌銘。按霍鏌，四庫本《大清一統志》卷一百十《朔平府》紀曰："霍鏌，字中明，馬邑人。萬曆進士，授任邱知縣，擢監察御史。題豁本邑荒糧千餘石，又以雲中歲饑，請發

帑金三萬兩賑濟。出按甘肅，忤魏忠賢奪職歸。崇禎初，起御史，督學畿輔，稱得人。終右通政。"四庫本《山西通志》卷一百二十《人物‧朔平府》載有霍鏌的傳記："霍鏌，字中明，馬邑縣人，教諭朝重子。萬曆丙辰進士，授任邱縣知縣，擢監察御史，出按甘肅。奉敕兼督學政，大閱比復命叙功，不及廠臣，又為楊左諸賢抗疏申雪，與逆璫忠賢忤，矯旨削秩歸。崇禎初，起補原官，仍督直隸學政。有疏，請正人心、端士習，凡七歔。遷順天府府丞，晋通政使司通政使。時懷宗綜覈名實，鏌方以廉敏結主知，遽以積勞卒。先是在臺中時，嘗題豁本邑荒糧千餘石。又以雲中歲飢，請發帑金三萬兩賑濟。著有《虞邱案牘》《兩河憲檄蘭臺督學奏議》《兩河畿輔造士錄校》《士氣先錄》並文集年譜諸書藏於家。"

〔二〕歲在壬申，故通政使司韵衢霍公卒於官：壬申，明毅宗朱由檢崇禎五年（1632）。通政使司，明代職設，簡稱通政司，負責內外章疏、臣民密封申訴等事項。置有通政使一人，正三品；左、右通政各一人，正四品；左、右參議各一人，正五品等。凡朝廷大政、大獄及會推文武大臣，通政使也參與討論。清代延用，通政使設滿、漢各一人；副使滿、漢各一人，官階與明朝同。據有關資料，這一衙門在明、清兩代無多實權。《清稗類鈔‧爵秩類‧奏事人員》："雍正朝，世宗命諸臣有緊密事改用摺奏，專設奏事人員，以通喉舌。自是無不立達御前，通政司惟掌文書而已。"

〔三〕下宗伯議恤：宗伯，官名，周代六卿之一。掌宗廟祭祀等事，即後世禮部之職。因亦稱禮部尚書為大宗伯或宗伯，禮部侍郎為少宗伯。《書‧周官》："宗伯掌邦禮，治神人，和上下。"《周禮‧春官‧宗伯》："乃立春官宗伯，使帥其屬而掌邦禮，以佐王和邦國。"鄭玄注："宗伯，主禮之官。"

〔四〕匍匐介王柳州狀屬余：是王柳州先為霍鏌寫行狀，霍子毓芳持王之狀求傳庭。匍匐，匍匐禮。《詩經‧邶風‧谷風》："凡民有喪，匍匐救之。"東漢鄭玄箋："匍匐，言盡力也。"

〔五〕殆惇史也：惇史，有德行之人的言行記錄。《禮記‧內則》："凡養老，五帝憲，三王有乞言。五帝憲，養氣體而不乞言，有善則記之為惇史。"孔穎達疏："言老人有善德行則紀錄之，使眾人法則，為惇厚之史。"

〔六〕公端嶷不群：端嶷，端莊聰慧。《南史‧梁哀太子大器傳》："太子性寬和，兼神用端嶷，在賊中每不屈意。"

〔七〕尋食餼：食餼，指明清時經考試取得廪生資格的生員，開始享受廪膳補貼。清紀昀《閱微草堂筆記‧槐西雜志三》："泰興有賈生者，食餼於庠，而癖好符籙禁咒事。”

[八] 癸卯，襃然冠麟經：癸卯，明神宗朱翊鈞萬曆三十一年（1603）。襃
然，袖然，亦作“裒然”，傑出貌。唐黃滔《福州雪峰山故真覺大師碑銘》：“至
宣宗皇帝之復其道也，涅而不緇其身也，襃然而出，北遊吳、楚、梁、宋、燕、
秦，受具足戒於幽州寶刹寺。”《舊唐書·哀帝紀》：“輝王祚幼彰岐嶷，長實端
良，褎然不群，予所鍾愛。”麟經，即麟史，指《春秋》。唐黃滔《與羅隱郎中
書》：“誠以麟經下筆，諸生而不合措辭；而史馬抽毫，漢代而還陳別錄。”唐張
說《崔司業挽歌》之二：“鳳池傷舊草，麟史泣遺編。”

[九] 丙辰成進士：丙辰，明神宗朱翊鈞萬曆四十四年（1616）。

[十] 繇是雀苻倏然：雀苻，澤名。《左傳·昭公二十年》：“鄭國多盜，取
人於雀苻之澤。”杜預注：“雀苻，澤名，於澤中劫人。”後以“雀苻”稱盜賊出
没之處。明吳承恩《贈邑侯湯濱喻公入覲障詞》：“盜息雀苻，净掃貙貍之迹；訟
清枳棘，坐消雀鼠之風。”

[十一] 薦剡幾滿公車：薦剡，推薦人的文書。明沈德符《野獲編·督撫·
秦中丞》：“蓋一時西臺諸公痛恨之，遂坐永錮，至今人惜之，薦剡不絶於公車。”
清顧炎武《與李星來書》：“今春薦剡，幾遍詞壇。”

[十二] 辛酉徵入，選擬北臺：辛酉，明熹宗朱由校天啓元年（1621）。北
臺，明代御史臺的派出機構。明葉子奇《草木子》卷三載：“元中臺建於大都，
西臺建於陝西，南臺建於建康。”按此中、西、南臺，均爲御史臺的派出機構。
此處“北臺”，意亦相近。文獻載，成化十七年進士韓春明曾升爲北臺御史；嘉
靖二十年進士徐紳，初任蘭溪令，後升北臺御史；成化八年的進士王璟，曾任南
臺御史，後又改任北臺御史。

[十三] 復拜銀臺之命：銀臺，指銀臺司，省作“銀臺”。宋門下省所轄官
署，掌管天下奏狀案牘——司署設在銀臺門内，故名。《宣和遺事》前集：“當有
銀臺司范鎮上疏，奏言青苗錢擾民不便。”《宋史·職官志一》：“銀臺司，掌受天
下奏狀案牘，抄録其目進御，發付勾檢，糾其違失而督其淹緩。”這裏指明代之
通政使司。

卷七　續補奏疏

題報遵旨出關疏[一]

“爲微臣遵旨出關，謹馳報上聞，仰祈聖鑒事”。

崇禎十一年十月初八日，准兵部咨，爲三審機宜事，該閣部楊嗣昌題前事，內稱：“臣維北敵至是三入內地矣。其爲謀益狡，其窺伺必深，非得善戰善守之人多方以禦之不可。臣觀今日若陝西巡撫孫傳庭，恢宏之局量，饒有戰略，東撫[二]（下闕）……若名調傳庭以剿敵出關①，東撫移駐德州境上，皆可爲緩急之用。”（下闕）……九月二十四日奉聖旨：“秦、東二撫俱如議，在京在外各官有材堪禦侮者，著庭臣公舉所知，疏名以聽。（下闕）……禁旅已有旨撤回，其餘剿兵及辦（下闕）……。欽此欽遵。”恭捧到部，移咨到臣。（下闕）……臣素切仇恥，且辱在疆吏，敢不聞命星夜赴。第准兵部咨，惟云名調臣以剿敵出關，原未限定地方，如東撫之移駐德州者。迨接閣部移臣手書，又云量率所部兵北上，則似非以關外爲駐足者。臣即於標下戰兵內選馬兵一千名，又於火器兵內選步兵五百名，俱年力精壯及身家堪倚者乃携。其馬兵馱正馬騾，選膘壯俵給[三]。仍念陝西地方較北方節氣和暖，目今

---

① 東撫（下闕）若名調傳庭以剿敵出關：“東撫”後標明“下闕”，但未標具體闕字數字。下同，不再出校。

尚著夾衣，官兵嚴冬遠涉長途，孰爲挾纊[四]？各給布花、安家銀兩，從優鼓勵，俾製辦衣裝數日，限本月二十日啓行就道。其士卒行糧，臣自行携帶，可以果腹。而長馬每日必需料四升，騾需料三升，各草一束，應行所過州縣預備。至破敵機宜，與剿賊方略迥異，臣矢念不欺，聖明所鑒，臣尚當瀝膽另陳。謹將量帶兵馬北上情由先行馳報，勉效臣子疾趨君命微忠。

若臣於七年閏八月在籍，因敵掠臣鄉，具有"敵情必有虛怯之處"一疏。九年八月在秦，因敵擾畿輔，具有"微臣驚聞敵警"一疏。中言剿禦之策獨歸重於火器，語雖平實，頗中肯綮，臣自信與臆決膚陳者不同。原疏現在御前，併祈皇上特賜省覽，敕部飭行，等因。

崇禎十一年（十月）十八日具奏。

【箋證】

[一]《御批歷代通鑒輯覽》卷一百十五："（崇禎十一年）九月，我大清兵入塞，燕京戒嚴。大清兵分路入墻子嶺、青山口，薊遼總督吳阿衡敗死，監視中官鄧希詔遁走，遂深入，抵半闌山。總監高起潛兵敗，遂由盧溝橋趣良鄉，下畿輔城四十有八。"《御定資治通鑒綱目三編》卷三十七："九月，我大清兵入邊，燕京戒嚴。先是大清兵將進討，睿親王多爾袞移檄諸邊曰：'我皇上軫念爾國軍民塗歲，屢遺書議和，而爾國君臣欲尋干戈，膜視爾軍民，而不知恤，故我奉命西討。'乃與多羅貝勒、杜度等將兩翼兵分道入墻子嶺、青山口。薊遼總督吳阿衡、總兵魯宗文敗死，監視中官鄧希詔遁走，遂深入，駐牛欄山。"因清軍入侵情勢緊急，在陝西剿寇的孫傳庭奉調赴援京師。疏文並敘接詔書後選兵準備及軍行物料供應等，特別進言剿禦之策獨重於火器。

[二]東撫：指山東巡撫顏繼祖。參卷五《請斥疏》："向臣曾以文岳及東撫顏繼祖併舉之樞部。"

[三]俵給：分配供給。宋孫光憲《北夢瑣言》卷十八："闕下諸軍困乏，以至妻子餓殍，宰相請出內庫俵給。"宋王安石《茶商十二說》："又既仰巨商，茶多積壞，壞不堪賣，遂轉鬻茶，俵給戶民，悉不堪食，虛納所直。"

[四]挾纊：《左傳·宣公十二年》："申公巫臣曰：'師人多寒。'王巡三軍，

孫傳庭集　第二冊

四二二

拊而勉之，三軍之士皆如挾纊。”杜預注：“纊，綿也。言説以忘寒。”晋潘岳《馬汧督誄》：“霑恩撫循，寒士挾纊。”明梅鼎祚《玉合記·逆萌》：“管取春温如挾纊，組練三千。”又指把絲綿裝入衣衾内，製成綿袍、綿被。明宋應星《天工開物·造綿》：“其治絲餘者，名鍋底綿，裝綿衣衾内以御重寒，謂之挾纊。”

遵旨協剿謝恩疏[一]

奏“爲微臣佐樞非材，協剿應效，謹遵旨任事，恭謝天恩事”。

十二月初三日，准兵部咨，該本部題：“爲畿南敵勢散漫，臣力似難支，再酌廷臣協剿之議，立請聖鑒施行事。”十一月二十九日奉旨：“是。孫傳庭即著以原銜會同該督監奮鋭協剿，仍撥鞏固營兵一半及劉光祚、左良玉兵，聽其調度。務期視敵向往，併力大創，共奏奇功。部中關防准借給，敕書不必發。該衙門知道。欽此欽遵。”備咨，併將兵部左侍郎關防一顆遣官移送到臣[二]。臣不勝感戴，不勝恐惶，隨於公署恭設香案望闕叩頭謝恩外，竊照臣奉命入援，忽承寵擢，自維佐樞重任，非臣之謭劣所能勝，業具有辭疏，籲天鑒免。乃臣疏甫發，復奉今旨，義不容辭矣。主憂臣辱，實惟此時；雪恥復仇，豈異人任！臣當即遵旨任事，惟有偵敵所向，勉圖効竭，以慰宵旰。若夫兵之聚寡，敵之强弱，事之險夷難易，非臣愚所敢計也。其保定總兵劉光祚兵，併鞏固營副將張德昌兵，臣已檄行該鎮，將併移總監方正化、分監陳鎮夷選發。左良玉兵不知今抵何處，臣亦即檄行該鎮馳調，臣於即日起行而南矣。

其陝西巡撫關防，臣當遣官馳送新撫臣丁啓睿接管。至臣吏書及一切錢糧交代緊要文卷，與臣備携餉賞，因臣赴援真定，俱留獲鹿。今聞該縣城陷，度已盡失，俟查明另行具奏。又臣復命事宜俟協剿事竣，即以今任關防補行外，爲此具本謹具奏聞。

崇禎十一年十二月初四日具奏。

【箋證】

[一] 奉命入京，以秦撫身份兼兵部左侍郎，上疏謝恩，陳目前兵力調動情況及陝西善后事宜。

[二] 關防：印信的一種，始於明初。參見《恭報司務廳練兵並請關防馬匹疏》。明劉辰《國初事迹》："各布政司用使空印紙於各部，查得或錢糧軍需段疋有差錯收正，却將印紙填寫咨呈補卷。事發，太祖怒曰：如此作弊瞞我，此蓋部官容得，所以布政司敢將空印填寫。尚書與布政司官盡誅之。議用半印勘合行移關防。"

敬陳目前機宜疏[一]

題"爲敬陳目前喫緊機宜事"。

臣前因目睹各鎮兵狀，深切杞憂[二]，輒敢昧死陳言，仰瀆宸聽，第恐泄漏損威，故以密奏上聞，兹不幸而臣言中矣。初據陽和鎮家丁王振所稟兵潰情形[三]，已經塘報閣部兵科訖。十五日，臣因候吳襄關遼兵未至，暫駐晉州，一面行該鎮催促，一面遣參將李國政，提該將所統兵丁，先往鉅鹿一帶哨探。續據收回潰兵所言兵潰情形，大同小異。又據宣鎮遊擊何鳴陛稟稱，宣鎮總兵楊國柱與寧武總兵虎大威突圍而出，今俱現在。鳴陛曾親見虎鎮，言兵潰之後曾與楊鎮相會。其鳴陛領出潰兵約數百名，現投晉州河南村莊暫駐。臣隨給牌曉諭，令候各鎮將查點收營，併給文付鳴陛差人找探兩鎮去訖。其兵潰始末確情，應俟兩鎮具報。至兩鎮與陽和兵既全潰，而雲鎮王樸兵又西還已久，其延、寧、甘、固及豫、楚剿兵，與臣續調陝西滅寇之兵，雖合之可得數萬，然不能旦夕遽至，尚須月餘方可齊集，西路此時遂無重兵。

查得遼東總兵祖大壽，名高大樹，望重長城。而該鎮士馬精強，又甲於諸鎮。今東邊無警，該鎮已奉調入關，現駐三屯，宜即責令該鎮就近從豐、玉南下，遠出敵西，與監臣高起潛所督兵分道聲擊。敵當飽掠思揚之日，又懾之以該鎮之雄師偉略，自將殲恐復，又奚但喙駃宵奔也[四]。向丙子之役[五]，敵深入涿南，旋以該鎮威名，悚息潛遁，議者猶以未能出奇大創爲該鎮惜。臣以彼時敵入未久，第宜速行驅出，早靖內地，原不必以馘斬爲功。今敵悍然長驅，攻陷多城，盤旋三月，輜重狼戾，流蕩不歸。若得該鎮之兵，忽加於敵志已驕、敵氣已盈之日，迅掃狂氛，永雪仇恥，封狼勒燕之業，臣知該鎮不難一鼓收之矣。至總兵虎大威、楊國柱，向亦錚錚有聲，今以督臣盧象昇迫圖報主，堅求一決，致有此失。兩鎮如果殺出重圍，似宜原情末減，姑貶削官階，仍令統領原兵，戴罪立功自贖。兩鎮感恩圖報，有不奮合餘燼以收桑榆之效者，非人也。

　　至於兵行之處，悉被敵殘，州縣固無糧可應，惟有閉門堅拒，且併關廂不容居處。我兵待哺無資，投宿無所，一遇緩急，據守無地，故其惴惴思潰，不必在遇敵之時。更祈皇上速敕户器措發一月餉銀，約某兵若干，行糧、鹽菜等項共該本折若干，分遣司官解赴軍前，折色徑行支給，本色責令該撫按選委道廳[六]，同該州縣隨地買運接濟，庶三軍可望宿飽。其各州縣如遇兵至，有不容留關廂住宿設法供應糧草者，必行拿問，以儆玩肆。此皆目前喫緊機宜，臣不敢不爲披瀝上聞。

　　至臣所現領之兵內馬兵堪用者，合臣與保鎮，總計約一千二百，其餘盡屬步兵。其吳襄步兵約五千，今報於十六日可至，且聞以遠涉奔疲，安能與此強虜馳逐郊原也？其左良玉兵，臣已行檄催調，尚無音耗。若鞏固營兵一半，監臣陳鎮夷又以候旨未發[七]，然此兵亦止堪留守真定，臣遂無兵可資協剿。乃臣竊計，此時剿局第得祖鎮提兵遄至，敵魄可褫，臣協剿之兵正不必湊合多多，以糜難供之餉也。若夫臨戎，督察元輔劉宇亮已奉特遣，祖鎮職任提督，自不必復設督師以掣其肘。皇上第責成該鎮，以滅敵爲期厚望，厚望如該鎮，豈不能與監臣高起潛併建旗鼓，共奏膚功也？統祈聖明敕部覆議施行，爲此具本謹題請旨。

崇禎十一年十二月十六日具奏。

【箋證】

［一］上疏崇禎，報告盧象昇鉅鹿敗後盧之餘部將兵動向，並針對目前明軍重新集結與軍事指揮等問題陳抒己見。孫主張，賦予名將祖大壽一定指揮權，借其威名，盧象昇餘部虎大威與楊國柱均堪再用，又加高起潛軍，驅敵定當有成。文中又及當前部隊軍需物料補給供應等。按盧象昇之敗，敗在明軍兵力單薄分散，更敗在楊嗣昌與高起潛的坐觀不援。《御批歷代通鑒輯覽》卷一百十五記："象昇遭父喪，請守制未行，詔督山西總兵楊國柱、王樸、虎大威諸軍入援。時楊嗣昌奪情任中樞，與總監中官高起潛陰主和議，象昇心非之……念帝意頗銳，而事多爲起潛撓，憤甚，疏請分兵。嗣昌定議：宣、大、山西三帥屬象昇，關寧諸路屬起潛，象昇名督天下，兵實不及二萬。"

［二］杞憂："杞人憂天"的略語，常指謂不必要的憂慮。清陳康祺《郎潛紀聞》卷一："竊見堯臟禹胼，豐彩消鑠，蟻蝨下士，謬抱杞憂。"

［三］初據陽和鎮家丁王振所稟兵潰情形：陽和鎮長，《明一統志》卷十九《山西布政司》："置山西行都指揮使司，領大同前、大同後、大同左、大同右、天城、陽和鎮虜、玉林、高山、雲川、朔州、威遠、安東、中屯十三衛，山陰、馬邑二所。"

［四］又奚但喙駾宵奔也：喙駾，駾喙，形容驚恐逃竄而極度疲困。語出《詩·大雅·綿》："混夷駾矣，維其喙矣。"毛傳："駾，突。喙，困也。"清魏源《聖武記》卷八："卒駾喙喘息而不敢復厥。"

［五］向丙子之役：1636年（丙子年，崇禎九年）五月，皇太極第二次攻入長城，突入長城獨石口，七月，在延慶大敗明軍，八月，清軍猛攻昌平，遍蹂京畿，歷時四個多月，明稱"丙子虜變"。

［六］折色徑行支給，本色責令該撫按選委道廳：唐末至明清原定徵收的實物田賦稱本色；如改徵其他實物或貨幣，稱折色。參《移督察催買本色諮》。

［七］陳鎮夷：按《題報分兵抄截疏》："與提督監臣閻思印、督理監臣劉元斌，及真保分監陳鎮夷、密雲分監邊永清併密撫劉曰俊之兵，期會並舉。"陳職爲真（定）保（定）分監軍。

又密奏疏[一]

奏"爲密奏事"。

臣有《敬陳目前喫緊機宜》一疏，内專責遼鎮以任西路，暫寬宣、寧二鎮以收潰兵。臣非不知東防宜嚴，續入可慮，國法當峻，失陣必誅。但恐西路無兵，即有援旅繼至，零星湊合，無裨驅剿。敵再久踞，爲禍益深，若遼鎮率多兵一來，自可驅之使出。至逃潰之兵相望於道，即令原鎮招集，庶不至四散無歸，相率爲亂。此臣斟酌於經權緩急之間，故爲此萬不得已之瀆陳，統祈聖明自爲宗社遠慮，與閣部諸大臣密計裁決。如臣所言無當，原疏祈賜留中。其閣部揭帖，臣已諭齎本差役，非臣疏下部不敢投也。臣無任惶懼悚息之至，爲此具本謹具奏聞。

崇禎十一年十二月十六日具奏。

【箋證】

[一] 與前疏同日，再上疏。清兵入侵，西路空虛，特別强調調動遼鎮兵守西路的重要。遼鎮，指祖大壽，參卷五《奏疏三·官兵苦戰斬獲疏》："祖大壽親語臣等曰"。

敬陳現在兵力併餉窘情形疏[一]

題"爲敬陳微臣現在兵力併餉窘情形，仰祈聖裁事"。

臣於十二月初三日奉命協剿，兵部撥給臣鞏固營兵二千三百五十，保鎮劉光祚兵三千五百，河南援剿總兵左良玉兵五千。初六日，又准兵部咨，該本部題允，撥給臣關遼兵五千，連臣原携馬兵一千、步兵五百，爲數共一萬七千三百五十。自奉旨之後，調至軍前者，惟劉光祚兵三千五百，其鞏固營兵以候旨未發，吳襄兵由通州西來，該鎮於十六日同各領兵官目先至，其兵於十七日始到。左良玉兵聞過磁州中有敵梗，未知從何道赴援。十六日，准分監陳鎮夷手本，併據劉光祚、張德昌稟報，鞏固營兵已奉旨免發，劉光祚亦應赴彼戰守，以鞏重地，則臣軍前止有原携馬兵一千、步兵五百，吳襄新到之步兵五千耳。而吳襄步兵又皆各營選征所餘，湊合備數，且以不慣跋涉，重跰疲敝，合臣原携之兵，遇有緩急，即防守一城尚費支撐。

頃據傳報，敵營北折晉州，士民擁門告急，求臣拒堵。臣審酌彼己，驚擾欲絕。未幾，而定州知州胡震亨請兵之稟一時再至，臣亦茫無以應也。臣之兵力如此，又當督臣兵潰之後，人心風鶴，臣何能別有謬巧，勉強張皇，以副皇上協剿之命乎？至於大敵在前，各兵應得行糧稍不以時，遂滋藉口。今乃日日無取給之處，臣兵自保定初四日起程，至今越十四日，除鹽菜折色，臣自措給，本色糧草止支七日，米止支三日，此後遂無處控求矣。關遼兵至真定，臣力懇撫臣張其平、按臣張懋熺准給本折四日，今已告盡。臣檄行晉州知州陳宏緒，勉圖那發，即能強供一日二日，所濟幾何？

皇上誠思辦如此大敵，而兵如此單微，餉如此艱窘，臣不一一據實急告，後來即縻臣之骨，其何以卸責萬一也？伏祈皇上速敕廷臣從長酌議，務於萬難措手之中，確圖實可倚恃之著。毋不論兵之堪否敵愾，第撥給一兵，即曰有兵；不問餉之能否接濟，第行文地方，便曰有餉。以至耽誤不已，可憂益大。臣言至此，涕零如雨矣！

臣竊計臣現在寥寥之兵十九步卒，以之隨敵逐剿，萬分無補，似宜駐防畿南。儻敵折真、保，即與真、保現在守兵協力防禦，且可環衛京都；儻敵從臨河北折，臣亦可間道馳赴河間扼防，兼護通州，庶幾有濟。又臣雖愚昧，於軍國大計偶有管窺，亦便於就近條奏。若使臣率此必難辦敵之兵力，隨敵遠逐，併臣身亦置於無用矣。至保鎮兵，原應遵照明旨俱發真定，以鞏重地。但此兵發回，則給臣之步兵亦止關遼一旅，又準此間地利不習。臣不得已，於保鎮兵內量留千餘，令該鎮劉光祚統領，隨臣商酌進止機宜，而臣之兵力愈苦單薄已。若夫行糧匱乏，萬分可慮，臣已另請皇上敕戶部措發一月餉銀，約某兵若干，行糧、鹽菜等項共該本折若干，分遣司官解赴軍前，折色徑行支給，本色責令該撫按選委道廳，同該州縣隨地買運接濟。惟祈聖明立賜施行。

臣草疏已畢，又准兵部咨，該本部遵為議增協剿之兵，以便調度事，十二月初九日丑時奉聖旨："鞏固營兵已有旨了。左良玉、和應詔即着速催，與曹變蛟俱聽孫傳庭調度協剿。盧象昇以萬餘兵不能救援一邑，情罪顯著，卿職任中樞，應嚴行責成，不必屢為解釋。欽此欽遵。"移咨到臣。又准兵部咨："該臣奏為密奏事，十二月十一日未時奉聖旨：'知道了。北敵殘掠已極，孫傳庭著聯絡督監，盡力剿驅。其分發隨守，著各相機行。該部知道。欽此欽遵。'"

移咨到臣，又接閣部楊嗣昌手書，促臣抄向南方，阻其深入。臣恨不馳抄敵南，迎頭截阻。第查所撥臣兵，俱遠難遽至。除左良玉兵聞過磁州，未知現抵何處外，其曹變蛟兵，昨亦有傳其啟行在途者。頃詢之陝西差役，云該役於十二月初一日離省，聞變蛟尚在秦州；至和應詔兵，亦未知在關外何地。即臣續調陝西副總兵鄭嘉棟等兵，亦聞於本月初三日始自陝西啟行。臣將以何兵馳抄敵前乎？部疏云以不滿萬之孤軍，當勢方張之勁敵，責以扼擊分堵之事，雖起衛、霍而將之，亦有所難。乃臣自馬兵千餘之外，惟有發留保鎮之步兵千餘，與關遼挑殘之步兵五千，無論去萬數尚遠，即於此內選三千堪抄敵前之兵，亦不可得。臣如貿貿從事，臣之一身不足惜，不益重聖明南顧之憂乎？

適又聞敵犯東南，仍犯臨清[二]。臣計監臣高起潛之兵，與登撫楊文岳之兵、東撫顏繼祖之兵，應俱集彼中；即左良玉之兵如已出豫，或亦取道彼中。又監臣盧九德、劉元斌與通鎮劉澤清之兵，聞亦在彼防剿。是彼中可抄敵前之兵，固自不乏。敵或逼於多兵，仍從東路，或西出臨沼，輾轉思遁，亦未可知。然臣終不敢以臣如此之兵力不一一實告之皇上，而輒有幸心也。臣惟有探敵向往，但可勉圖一效，務期彈竭心力，不敢自蹈退怯。統祈聖明垂慈鑒宥，爲此具本謹題請旨。

崇禎十一年十二月十七日具題。

【箋證】

［一］上疏於盧象昇軍敗五日後（盧象昇軍敗於十一月十二日），陳述目前兵力單微并軍餉艱窘情況。

［二］臨清：今山東省縣級市。位於山東省西北部，漳衛河與古運河交匯處，與河北省隔河相望，是山東西進、晉冀東出門户，是京九鐵路自北向南進入山東省的第一站，京杭大運河從市區穿過。明清時期，臨清憑藉大運河漕運崛起，"富庶甲齊郡""繁華壓兩京""南有蘇杭，北有臨張"。

恭報兵至北援疏[一]

題"爲恭報雲、宣兩兵將至，微臣隨敵北援，以祈聖鑒事"。

崇禎十一年十二月三十日，據山海總兵官侯拱極塘報[二]，二十八日據大撥營都司任得功報，據把總劉天祥報稱：本日卯時帶兵探至平原縣，離臨清一百四十餘里，有敵一股，起營往德州去訖，一半未動，聞説要上京去等情。本日又據本官塘報，二十九日據任得功報，據劉天祥報稱：探至平原縣城南，遇逃回難民李秀二口供，敵在平原縣晝夜攻城，向縣内人要金銀、馬匹，城内人十分用命敵打，有前從臨清迤南所過達兵一股往濟南府去。又探至恩縣城北，遇難民李先業供：二十八日敵到德州城東南紮營，要攻德州，如攻不開，就上東光、吳橋等情。十二年正月初一日，又據德州鄉官謝升等連名公書，告急請兵。又接河臣周鼎移咨東撫顏繼祖移書，請援會城。臣隨以臣兵未至，及監臣次第發兵赴

濟援剿移復。去後初二日，又據標下前右營副將趙大胤塘報：初
一日辰時，據陸營馬參將原差塘丁陳卿，探至土橋臨邑縣，離德
州四十里，敵紮營七處，前哨已至德州薄頭河，離州一百五十里
正北地方。三十日晚吳橋失守，周圍俱是大營，尚未起身，一股
已至薄頭河，苗頭向德州西北河間府地方；一股向正北天津地方，
一股向東北近鹽山、慶雲地方等情。又據山海總兵侯拱極塘報，
正月初二日寅時，據大撥營都司任得功報，據把總劉天祥報稱：
初一日午時探至平原縣西，遇逃出難民劉登供，平原縣未攻破，
有德州敵兵於三十日拔營往東北去訖等情。本日，據大同總兵王
樸塘報：本職統兵於十二月二十六日至真定府，蒙督察閣部面諭，
官軍裹十日緱糧，聽候調遣援剿。蒙此，除即裹備餱糧，於二十
九日馳赴本部軍前聽候指揮外，理合塘報等情。又據宣鎮總兵楊
國柱呈報：本職所統官兵，蒙督察閣部面令，挑選堪戰有馬兵丁
一千名，跟隨援剿，其弱馬并無器甲者，回鎮整頓，聽文調援外，
理合呈報等情，各報到臣。

　　該臣看得：方臣之提一旅入冀也，以冀爲適中之地，便於調度
聲援耳。已聞敵突東南，臣因有渡河之行。比接監臣高起潛疏揭，
促臣移駐臨清，易監臣兵，援剿登撫楊文岳兵防青，蓋知臣兵寡
且係步卒耳。臣遂於前月二十六日抵臨，將臣兵與監臣計議派防
訖。今敵之大營既報北折，其分掠東南者雖未見折還，監臣已次
第發兵馳援，惟是北折之敵無兵驅剿。臣正切徬徨，忽報王樸兵
與楊國柱所收合之兵尚存千餘，俱於前月二十九日自真定起行前
來，約旦夕可至。臣當檄王樸徑赴德州，國柱尋間道馳入河間防
守，臣亦即由臨趨德，隨敵北援。其關遼總兵吳襄等步兵五千，
臣與監臣同河臣及監臣齊九皋商酌再四，監臣以臨城遼闊低薄，
又爲敵久謀之地，不得不厚兵嚴備，故仍全留防臨。至北折之敵，
臣既有王樸之兵與宣鎮楊國柱之兵一千，但能及敵，雖他兵未至，
臣於敵迴翔瞻顧之日，自可勉圖驅殲，或不至重有決裂。若京、

通東南應防之地，臣兵不能無翼飛至，監臣兵又方併力東南，祈救該部，於就近營兵或援兵内酌量緩急，衰益防扼，以保無虞。爲此，臣謹會同河臣周鼎、監臣高起潛具本謹題請旨。

　　崇禎十二年正月初三日題。

【箋證】

　　［一］上疏報山東地面敵情及己方兵力佈置調動情況。

　　［二］侯拱極：據《陝西通志》：榆林人，終官山海總兵。死於崇禎十六年李自成攻榆林。其書卷五十二："崇禎十六年十一月，李自成陷延安，發金數萬招榆林諸將，以大寇繼之。備兵副使都任及故總兵王世顯、侯世禄、侯拱極、尤世威、惠顯等斂各堡精鋭，推世威爲長。乙未，賊四面環攻，城上强弩叠射，賊死屍山積，更發大炮擊之，賊稍却，死者數萬人。賊攻益力，逾旬不克，賊以衝車環城穴之，城崩數十丈，賊擁入，城遂陷。副使都任闔家自焚死，尤世威縱火焚其家口，揮刃突戰死。諸將各率所部巷戰，殺賊千計。賊大至，殺傷殆盡，無一降者。闔城婦女俱自盡，諸將死事者數百人。"

恭報兵至日期併合分緣由疏^[一]

　　題"爲恭報兵至日期併陳合分緣由，以祈聖鑒事"。

　　前臣奉命協剿，止率馬兵千餘，外皆步兵，又皆調選所餘，多屬疲弱。臣於去年十二月二十三日至冀州，聞敵東渡，遂於二十四日移檄强偵敵向往。二十五日，接總監臣高起潛疏揭，内云俟臣一至臨清，監臣立刻交付，托以萬全，監臣即飛督鎮臣，視敵馳擊。臣即星馳一夜，於二十六日巳刻即抵臨清。二十七日將臣携步兵派撥城上，登撫楊文岳即於是日赴青兗。臣止餘馬兵千餘，臣不敢令休息一日，因報敵折平原，臣悉選赴德州偵防。本日，臣驚聞新命，即於次二十八日祇受敕劍，謝恩受事，而給臣應督之兵未有一旅報至。臣現在兵除步兵盡撥防臨，仍止馬兵千餘。臣商同監臣，盡選精鋭，發赴德州。

初一日，兵部遣官賫送關防併符驗旗牌到臣。初二日，臣因北折之敵已突吳橋等處，臣與監臣俱駐臨清，何以兼顧？臣因欲赴德偵援，乃臣兵自步兵防臨馬兵發德之外，止餘馬兵不及五百，不能成行。不得已，欲於吳襄步兵內選二千，隨臣俟抵德，候大同總兵王樸等兵至日，視敵擊剿。乃監臣同河臣周鼎及監臣齊九皋，恐守臨兵單，欲臣止攜一千。臣等商酌未果。是日近酉，忽接王樸及宣鎮總兵楊國柱稟報，各提兵隨督察閣部劉宇亮，於十二月二十九日自真定起行，約初四五日可至臣軍前。臣隨與監臣、河臣及監臣齊九皋議妥，併吳襄兵全留臨清，臣止攜保鎮步兵千餘同馬兵數百，馳赴德州，一面馳檄楊國柱，從間道直撲河間防援；一面馳檄王樸等，定於初四五日至德州取齊，聽臣調度；一面具疏報聞。

臣於初四日未刻至德，王樸併延綏副將和應詔率前哨兵先至，稱餘兵於明日隨督察閣部劉宇亮俱至。據報兵數，王樸馬兵三千五百、步兵三千五百，和應詔馬兵二千一百、步兵一千五百。臣隨檄王樸等，發撥分探，許俟各兵到齊，整搠一日，即視敵擊剿，無論用奇、用正、用虛、用實、用明、用夜，惟有不遑啓處，盡力盡心，以求無負聖明知遇與同朝期望已耳。

第臣兵力止此，且皆重合重整之兵，其到臣軍前各有日期可考，臣不敢少有觀泄，此自難逃聖鑒。至督兵原分西路，昨因敵營北折，臣又自任北援，其東南之事，既有關遼勁旅，又得監臣老成歷鍊爲之指揮。

臣初至臨清，首以濟南慮，每與監臣同監臣齊九皋及在事諸臣面議，謂臨清特財貨之區首會，建有藩封，關係尤重，監臣深以爲然。昨據監臣疏揭，於十二月二十三四等日已發副將祖寬、郭進道，二十六七等日發副將楊振、參將王鳴喜等，又副將徐成友、屠朝相，參將劉伯祿，遊擊李得威等，前後騎兵四千，俱嚴檄務奮勇殺入城下爲首功，逗怯必罪。又以副將周祐、程繼儒、張鳳翔，參將高桂輕騎二千，間道襲擊平原，仍與濟南兵犄角聲援，則濟南重地自應保無虞。至臨清，臣又將吳襄步兵五千全留彼中。天津總兵劉復戎兵三千五百，亦經監臣題留在臨，則亦可無虞矣。

　　臣雖束手待兵，竊用自幸。頃接東撫顏繼祖疏揭，又以援濟責臣，又面屬臣不可移德。撫臣疏發於初三日，不知初四日以前，臣猶徒手也。即初四日以後，臣兵尚無前督臣盧象昇之半。前督臣以分任僨誤[二]，臣能兼顧有濟乎？惟祈聖明責成分明，使臣不至首鼠瞻顧。臣雖至愚，臣兵雖至少，尚可勉圖微濟，不然徒使臣手足無措，不但誤臣，且誤封疆。誤封疆可痛，誤臣亦可憐也。臣無任悚息待命之至，爲此具本謹題請旨。

　　十二年正月初四日具題。

【箋證】

　　[一] 十二年正月初四上疏崇禎。按兩天前初二日濟南正式陷落，但消息尚未傳到。疏文報告自己一路行軍及兵力集結情況，旁及臨清、德州、濟南等地協防及敵情，以及各地防守調動兵力等情。後段涉及諸臣對山東戰場重點防禦地域的不同看法。孫謂，初至臨清，“首以濟南慮”；而“監臣同監臣齊九皋及在事諸臣”則以臨清爲重點；但山東巡撫又以德州爲重，“面屬臣不可移德”。事實證明孫傳庭的判斷是正確的，《御定資治通鑑綱目三編》卷三十七：“先是大清兵自畿輔而西抵山西界，復南下臨清，渡會通河徇下山東諸州縣……時樞輔楊嗣昌以德州爲南北孔道，檄山東巡撫顏繼祖率標下兵三千扼之，於是濟南空虛，止鄉兵五百、萊州援兵七百，勢弱不足守。巡撫御史宋學朱、行部章邱急馳，與布政使張秉文、副使周之訓、翁鴻業，參議鄧謙、鹽運使唐世熊等議守城，連章告急於朝。嗣昌無應。督師中官高起潛兵方移駐臨清，擁重兵不救。總兵官祖寬、倪寵等亦觀望。大清兵遂臨濟南，秉文等分門拒守，晝夜不解甲，援兵竟無至者。是年正月二日城潰……德王由樞亦被執。”

　　[二] 前督臣以分任僨誤：謂盧象昇以分兵致敗。僨，倒覆、僵僕。《左傳·隱公三年》：“庚戌，鄭伯之車僨於濟。”陸德明釋文：“僨，弗問反，僕也。”

馳報緊急敵情疏[一]

題"爲緊急敵情事"。

臣於初二日接大同總兵王樸等報兵之稟，隨檄樸等馳赴德州。臣亦於初三日由臨詣德，調度北援。至初四日，督察閣部劉宇亮催王樸同延綏副將和應詔提前哨兵先至，餘兵於次初五日俱至。督察閣部於是日晚亦至。臣因敵大營北折，已陷吳橋、南皮，又有"上京"之語，一股已犯滄州，臣恨不星馳擊敵，即兵力單薄，俱不暇顧。乃督察閣部謂臣兵既稍集，濟南告急，宜先併力南援，當傳鎮將王樸、劉光祚及和應詔等商榷間，有寧晉縣難民自省城逃出，報東撫云，濟南於初二日飯時陷訖。又長清知縣王心學申稟撫臣，亦云省城於初二日寅時失陷。未幾，總監高起潛移臣書，云"濟南信果真矣，潛即馳監諸軍，兼程東發，誓不與敵俱生。如督察到德，希力言敵勢如此，非濟兵何以掃蕩"等語，臣不覺憤惋欲絕。督察閣部因敵陷重地，總監已誓師東發，臣宜督兵繼進，約原任吏部尚書謝升、户部給事中葛樞，及東撫、雲鎮、保鎮齊集西城，僉謂東南之敵患在腹心，北敵患在手足，欲臣留東會剿。議間總監遣官吳從光投書到臣，臣等面訊，本官云：總監復自高唐西還。督察閣部隨致書總監往訊其故。臣一面商之閣部，先於雲、延兩兵内選發馬步官兵共三千六百餘員名，由平原又續發大同右營參將張鳴鶴前探。參將韓斗、都司李時華等領馬步官兵三千員名，保定火攻營都司蕭繼爵、傅朝紀等領馬步官兵七百員名，由陵縣各進發，分屯濟西、濟北各州、縣，防守城池，相機殲敵。其吳襄兵五千原留臨清，臣移文總監，就近同監臣所統關遼兵分發濟東、濟南，一體防剿。如敵設謀久據，另候調援兵，集合力道政；如敵窺我四面佈置嚴密，潛圖宵遁，即各隨敵襲擊，不得株守一隅。又發延綏遊擊蕭漢鼎馬兵八百五十八員，以東撫標丁引領，馳赴兗州，同通州總兵劉澤清協防。至臣身邊，止存馬步三千，以備發縱驅殲。若機勢在我，原不必多多始善。倘團聚一處，臣恐未必能戰，反以誤守，且易致餉窘。固不如隨敵分布，有濟於守，無妨於戰，而糧亦以分取易供也。

本日，又接總監書，云"敵欲已滿，其遁必從北去。德州要地，亟宜多宿重兵，一切火器火藥，城頭俱宜多貯，城外宜深濠結柵，惟亟圖之"云云。又昨總監囑臣差官趙安攘云："河間、景州一帶，俱應發兵嚴防。"臣已先檄宣鎮總兵楊國柱兵一千赴河間，今又檄大同總兵王樸，發都司連世捷領兵一千員名，赴景扼防矣。俟目下宣大總督陳新甲兵至，臣仍撤還軍前，別發防剿。至防兗之兵，臣遠從德發，誠恐通鎮之兵或又以路梗不至，即至亦不妨更以此一旅佐之。

若夫各兵於初五日抵德，臣於次日檄餉司李光宥，將原携餉銀，人各借給一兩，併行糧十日，乃尚未鑿分，即促之啓行。非臣不知體悉兵情，第敵患孔棘□□□□耳。至臣督兵馬陸續漸集，軍餉一斷，可憂豈直在敵？今幸有閣部帶來李主事原携之餉，可以支持旦夕。此後總兵曹變蛟、左良玉等兵俱至，需餉愈多，若照部文取之州縣，萬難濟事。今查有催餉科臣葛樞，催到兩浙鹽課銀八萬一百九十九兩零，現在德州，乞盡數給臣，以充軍餉。其戶部原派真定京場銀二萬四千餘兩，併留阜城銀三萬兩、良鄉工銀一萬五千兩，又臣借兌陝西功賞銀一萬五千兩，除真定解到銀五千兩，其餘俱聽戶部扣數撥抵。乞敕下該部施行。臣在行間辦敵，此後凡緊急軍情應奏請者，恐軍前繕寫不及，伏乞准臣止具正本，而不及啓副；其應塘報者，止報兵部，而不及別衙門。統惟聖明照察，爲此臣謹會同總監高起潛具本謹題請旨。

崇禎十二年正月初八日具題。

【箋證】

　　［一］題目下自注："因候總監會稿二日未至，遂具此疏題報。"濟南城陷消息傳來后，正月初八再上疏。疏文報告敵陷濟南後對濟南附近州縣城池的設防守禦及兵力調遣情況。旁及軍隊餉銀行糧等疏請。

密奏疏[一]

　　奏"爲密奏事"。

　　臣向第以今日兵將不堪實與虜決，猶謂張聲設疑，或能辦之，而詎知亦不可望也！濟南去臨清二百四十里，使總監高起潛所發祖寬等兵能間道馳至，入城協守，自可保無恙。即不能張聲設疑，出奇擾之，敵當飽揚之時，亦必倉皇引去，乃俱不能。寬等發於去年十二月二十三四等日，城陷於正月初二日，寬等之罪可勝誅哉？關遼兵頗稱勁旅，二十年來，朝廷竭海内物力以供之，專爲備敵，尚且如此，他復何望？臣所督諸兵久延不至，幸賴督察閣部招集催督，又爲措給行糧。宣鎮楊國柱重收兵一千，於正月初三日報至棗強，臣即檄由間道赴河間扼防。大同總兵王樸馬步兵七千，延綏副將和應詔馬步兵三千六百，於正月初四五日，俱相繼至德。臣思臣等欲仰釋宵旰，惟有奮力擊剿，第度兵將情形，萬萬不能。至如恢復省城，自是目前正著。臣謂敵如飽掠思歸，無俟恢復；如生心久踞，必宜俟諸路兵合，另圖攻圍。此時惟有如臣前奏，將現在之兵分發近省州縣，與士民協力共守，使敵不得四出擄脅，再生羽翼，爲急著耳。倘朝議紛紜，或又誚臣觀望，惟恃聖鑒在上，非臣所敢顧也。臣之此疏乞賜留中。臣無任悚息惶懼之至，爲此具本謹具奏聞。

　　崇禎十二年正月初八日具奏。

【箋證】

[一] 與前疏同日上，要求追究祖寬等濟南被攻緊急關頭擁兵不救致城失陷之責，并陳目前兵力調動防守情况。祖寬，具體仕迹難考，今所知者，祖寬與顏繼祖、倪寵等，於崇禎十二年八月被處死刑。《明史·莊烈帝二》："八月癸巳，詔誅封疆失事巡撫都御史顏繼祖，總兵官倪寵、祖寬，内臣鄧希詔、孫茂霖等三十三人，俱棄市。"

題督兵南下疏 [一]

題 "爲微臣分路應然南下殊非得已，謹備述情形，以祈聖鑒事"。

崇禎十二年正月十二日，准兵部咨，爲塘報敵情事，該本部覆題，内開："今虜哨北來，已遍鹽山、慶雲之地，則其無深入登萊之事可知。在我督監援兵，一當由河東以截其後，如吳橋、東光、南皮、鹽、慶一帶皆是；一當由河西以抄其旁，如景州、阜城、肅寧、交河、青縣、靜海一帶皆是" 等因。

正月初五日卯時，御前發下紅本，奉聖旨："該督監著各分路抄截，祖大壽即於津門等處堵擊，中東撫監、鎮、道相敵必經之處，多方橫衝。通州重地，速撥京兵往防。餘俱依議嚴飭行。敵既遁回，各鎮路務要奮力協謀，以奪輜重、捄難民爲第一奇功。如再逗怯，坐視飽揚，前後併罪不貸。其衛輔營兵除守良、涿外，尚有房、固等處當防，應否遠守香河？禁旅趨薊，應否先在通灣扼剿？再酌議速奏。欽此欽遵。"

恭捧到部，移咨到臣。竊照臣於正月初二日接敵犯東光、吳橋之報，彼時臣雖束手待兵，即擬星馳北援。本日大同總兵王樸、宣府總兵楊國柱、延綏副將和應詔報兵文至，臣之一念已飛越於景、河、滄、通之間矣。隨一面檄楊國柱，由棗强間道先馳河間扼防；一面檄王樸、和應詔赴德州，聽臣調度發剿。臣於初四日馳至德州，王樸、和應詔兵於本日及次初五日陸續繼至。督察閣部劉宇亮亦至。次日，臣方與樸等計議北援，而會省報陷，督察閣部集德紳、謝升，與奉差催餉户垣葛樞，同東撫顏繼祖，約臣於城樓會議。謂省會被陷，患在腹心，臣接管督務，雖分西路，今兵既稍集，宜合力東南，驅敵早遄。臣遂不敢拘執北援，屬督察閣部具疏請旨。

臣於初七日即分發大同參將王鉞、王虎臣領兵由臨邑赴濟陽、齊東；延綏遊擊杭棟、陳二典領兵由平原赴禹城、齊河。又續發大同右營參將張鳴鶴前探，參將韓斗、都司李時華，保定火攻營都司蕭繼爵、傅朝紀等，各領兵由陵、平等處分防濟西、濟北。其吳襄領關遼兵五千原留防守臨清，臣移文總監高起潛，就近同總監所督關遼兵分防濟東、濟南。會魯王亦遣使告急，督察閣部同東撫又屬臣發一旅防兗，臣隨發延綏遊擊蕭漢鼎馳赴兗州。臣止餘馬步精銳三千餘，以備期會合剿。

至初九日，楊國柱兵報至河間，臣原調陝西副將鄭嘉棟等兵報至棗強，次初十日嘉棟等兵至。臣於十一日，於各官兵內挑選精銳，同前發杭棟、陳二典兵共足五千，檄王樸統領，由禹城、齊河期會總監大兵合擊。臣亦親至平原調度。至十二日，接關遼總兵吳襄塘報，云總監於初八日返臨。臣慮王樸孤軍輕敵未便，即馳移督察閣部，併會總監，發兵共力驅逐。

十三日，據王樸稟報：敵大營在濟南周圍屯紮。隨接總監疏稿，内云據難民言：敵運紅夷大小炮返攻臨清，與屢次哨供無異。議以臣暨督監輔臣至臨，托以萬全重任，總監即提一旅，惟敵是求。臣隨移札總監云："臨距省二百四十餘里，敵即謀返攻，豈能飛至？況聲西犯東，狡虜之常，難民之供未可信也。且敵即有此謀，今宜留步旅爲扼防計，第挑選輕騎，望濟合驅，不肖之兵亦從禹城聲擊，或可成共逐之勢。倘敵決意攻臨，我之輕騎不難抄出敵前，回臨扼守未晚也。"又移會督察閣部，促東撫赴臨調度防守，易出總監行剿。此東南近日敵與兵之情形也。至如兵聚愁多，兵分愁寡，決戰恐輕，一擲發防，處處不容。今敵猶居省會，而臣昨所發防濟西、濟北諸州縣兵，度已俱至；其濟東、濟南，應總監發防之地，臣已移文總監，應切同心。倘遇臣等兵至，各州縣慨然相納，自可固守。俟敵勢變遷，我兵復隨敵抄防，臣等更各提輕騎，乘敵之暇，鼓奮縱擊，豈非完策？第恐竟不能如願也。故臣之苦與用兵之難，殊非臣言所能盡、所敢盡，惟恃聖明在上，無微不徹，亦無俟臣之喋喋也。爲此，臣謹會同督察閣部劉宇亮、總監高起潛具本謹題請旨。

崇禎十二年正月十三日具題

【箋證】

[一] 接兵部咨文與聖旨，對敵分兩路，"截后"與"抄旁"。引述聖旨嚴飭各將努力作戰，對敵以重創，"以奪輜重、拯難民爲第一奇功。如再逗怯，坐視飽揚，前後併罪不貸。"再追述濟南失陷時自己身不能救的苦衷，以澄清自己責任。并及濟南戰后附近州縣兵力調動防守情況。

題參悍令拒兵疏[一]

題 "爲到處拒兵成習，悍令已甚難寬，謹據實直糾，仰祈敕部重處，以儆將來事"。

本年正月十四日，據大同總兵王樸塘報，據大同火攻右營參將張鳴鶴稟稱：遵示統兵，於本月十一日午時至德平縣[二]，商議防守。該縣口稱城內並無糧草，關廂亦不容一丁一馬住址，併將該縣不容駐兵親筆花押原文一紙，賷報到鎮，轉報到臣。十五日，又據大同健兵前營都司李時華稟稱：蒙委赴防商河、濟陽等縣。於十二日巳時領兵到商河縣[三]，在西關駐紮。縣官說本縣並無糧料草束，內有民兵守城，不用兵馬，止與兵丁行糧料草一日，隨將城門謹閉。取有該縣印信回文可據。又據大同參將韓斗稟報相同，又據陝西續調到赴援官兵同稟：本月初七日至藁城縣^[四]，不給糧料，不容關廂駐紮。持糧單向講，城上即點放大炮擊打。隨審各領兵將官，俱稱是實。

該臣看得，比來州縣敵未來必拒兵，敵既去必拒兵，及敵忽來或再來，盼兵徒穿兩睫，支敵旦夕不能，城之被陷，遂易於拉朽，良可痛也。臣蹇承壞局，兵力稍集，適報濟陷。僉議臣宜併力東南，臣因留德合剿。臣念賊踞重地，周圍州縣處處宜防，然欲靠有司董率士民人自爲守，萬不可望。臣因將所督兵内挑選應守之兵，如臣屢疏所奏，分發濟西、濟北各州縣，止留精銳堪戰者以備縱擊。又移文總監高起潛，於濟東、濟南一體發兵分防，似爲得策。今敵自省城北奔，則德平、商河、武定皆必由之路，臣方自幸此著庶幾不落敵後，然已惴惴以各地方不肯納兵爲恐。今據總兵王樸等之報，相繼見拒於德平、商河矣，其餘州縣之慨然納否又未可知也。噫！敵至略不能禦，兵來斷不肯容，即繾城猶能告急，乃纓冠豈易解圍？此地方劫運應然。故使此庸有司遍滿郡邑，往往以一方之社稷生靈，聽其坐待淪胥也。夫先敵豫守，又隨敵抄防，而別留勁旅相機襲擊，則我不至以窘迫致僨，敵自當以禁格圖奔。臣以此時之兵，籌此時之敵，竊謂必應如此。第無如此有司之冥頑不靈何耳？至於怙惡不悛，肆然無忌，如藁城擊兵之事，正在奉旨行查。頃陝西調到鄭嘉棟等兵經由該縣，糧草不應，復用炮擊，方且俗然曰：「即再參不過行查，自有上司作主。」若然，豈國家多事之日，或可罷兵不用，各路應援之兵，可令其借口裹足乎？故臣謂藁城知縣張印立，必宜重加究處，以示將來。若德平知縣田瑄、商河知縣賈前席，當虜禍剝膚之時，爲因噎廢食之計，其執謬與藁城無異，但止以無糧相謝，商河且曾給糧一日。如果竟能自守，或可免其深求。第恐一有疏虞，人已噬臍無及，且不得執該令而問之矣。至所在拒兵之故，動以無糧爲辭，及買敵免攻，馬騾金帛，罄竭罔吝。若高唐州知州尹亮，徑以浙、湖寄貯銀拾萬兩，委以與敵。人心至此，良可痛哭！是又當立行逮問，推究同謀之人，嚴行追賠，依律重究者也。伏乞聖明敕部施行。爲此，臣謹會同督察閣部劉宇亮、總監高起潛具本謹題請旨。

崇禎十二年正月十六日具題，二十四日奉旨："田琯、賈前席，着吏部議處。藁城、高唐已有旨了。該部知道。"

【箋證】

〔一〕針對德平、商河、藁城拒納援兵行爲，上疏請予嚴查。亂世之兵，已成百姓嚴重負擔，甚至民之禍害。但保家衛國，又何能無兵？軍隊不被地方歡迎，亦顯明政敗壞之甚。

〔二〕德平：今德州市有德平鎮，位於德州市臨邑縣北部，居山東省的臨邑、陵縣、寧津、樂陵、商河五縣市交界處。唐朝此地屬河北道德州平原郡。五代後唐時期，割安德東北境及平昌地合爲一縣，兩地各摘一字，名爲德平縣。明朝爲山東布政使司濟南府德平縣。

〔三〕商河：今屬於山東濟南市，地處山東省西北部，濟南市北大門，東靠濱州市的惠民、陽信，西與德州市的臨邑毗鄰，南臨濟陽縣，北與德州市的樂陵接壤。隋開皇十六年（596）於此置滴河縣，因縣城南有滴河流經而得名，屬滄州。貞觀元年（627）屬德州，十七年（643）改屬棣州。宋初，改滴河爲商河。明初屬濟南府。宣德元年（1426），改屬武定州。

〔四〕藁城：今爲河北石家莊市藁城區。北鄰新樂市，南接趙縣境，東與晉州市、無極縣接壤，西長安區、裕華區及正定縣搭界，西南與欒城區毗鄰。漢元鼎四年（前113）置槀城縣，北齊，改槀城縣爲高城縣，省曲陽縣（今晉州市地）入高城縣，並置鉅鹿郡於此。唐天佑二年（905），因避朱溫父城之諱，槀城縣改爲槀平縣。後梁乾化二年（912）復名槀城縣。蒙古太祖時，改"槀"爲"藁"，遂稱藁城縣，明清因之。

題商令悔過納援保城疏[一]

題"爲商令悔過納援，危城賴保，仰祈嚴諭通遵併陳近日情形事”。

　　本年正月二十一日卯時，據山東商河縣知縣賈前席塘報：於正月十六七兩日，敵兵聯營無數來攻東、南、西三門，卑職隨與發防參將韓斗、都司李時華等統領軍丁，用炮打死賊目，將屍馱焚，四鼓時分纔散。十八日辰時，又攻西、南二門，自辰至巳，復用大炮打敗。等因，到臣。同日，又據大同參將韓斗、都司李時華塘報：正月十七日，據哨撥任榮哨探，牙橋南離縣三十里，敵從南往北七股行走，卑職即領馬步兵官丁郊外紮營防守。間敵從西南闖來，卑職督放火炮，並城頭火炮繼發，將敵打散去訖。本日申時，大營達兵在城周遭下營，定欲攻城。卑職會同賈知縣開北便門，將原發應援官丁二千收入城內把守。敵果於十八日平明時分三面來攻，卑職等合力放炮，打死達兵無數，後隨拔營遁去。等因，到臣。

　　又據德平縣知縣田瑄申稱：“留兵協守，必需糧草，今庫藏如洗，委難措辦。前具回文，係鄉官口筆，非出自卑縣一人之創見，亦將官所目擊耳聞者。今以辭兵之罪獨歸卑縣，豈能任受哉！”等因，到臣。

　　又據濟陽縣知縣丁元祚申稱：“本縣於十一年十二月二十五日被陷，卑職睜死待罪，帶傷護印，庫內銀兩被劫，及查倉中芻粟漕米尚有。達兵北退，本縣土賊盛發。蒙大同參將王鉞兵經本縣，杜家水口，有土賊一起，將大兵哨馬截劫，被王參將領兵殺死數十名，活拿二名。即今四鄉稱王稱帥，意欲竊據城池，懇祈暫留防守剿捕，以救殘黎。”等因，到臣。

　　又准東撫顏繼祖咨，據武定州知州王永積申稱：“本年正月十二日，蒙憲牌發來大同參將王虎臣領馬步官丁一千員名到州，遵照原單，稟糧、草豆即時應發訖。十四日辰時，又蒙憲牌發來大同參將張鳴鶴領馬步官兵一千員名到州，真為天助，又遵照即時應發。”等因，移咨到臣。

案查先據參將張鳴鶴、韓斗等察稱，德平、商河不肯納兵情由到臣。臣一面題參，一面再檄嚴飭。

去後，今據前因，該臣看得：自濟南告陷，臣兵稍集，臣從督察閣部劉宇亮先清腹心之議，既發兵分防於濟之西北，復移會監臣高起潛分防於濟之東南，仍約監臣與臣各提驍勁犄角聲擊。臣發王樸等兵，於十三十四由禹、齊進勦。而敵於十五日宵遁，直走濟、原、商、武。臣先與督察面商，預知此數州縣爲敵必走之地，即嚴檄各守令留兵駐防，不啻諄切。未幾而德平、商河拒兵之報至，臣頓足久之，乃一面復行檄諭，一面具疏題參。比檄至德平，而原發張鳴鶴之兵已併赴武定，其參將韓斗等防商之兵，幸能堅守汛地，尚未遠徙。該縣接臣再檄嚴厲，乃易慮強留。不旋踵而敵眾擁至城下，苦攻兩日，賴我兵力禦得保。臣詢該縣之城低薄頹圮，牛羊可陟，使非納兵，豈有幸哉！德平或因敵忌重兵在西，未出其境，然亦可免噬臍矣。至濟陽，雖城陷賊去，猶具稟留兵，則兵非無益可知。若武定人和兵集，敵益不能正視。度敵必當駛喙北歸，臣等於聖明速靖二束之旨，庶幾無負。其此後州縣必不宜拒兵自誤，所當請旨嚴敕通遵者也。

頃報敵將由鹽山、慶雲突滄州，臣於十七日自平原抵德州，十八日抵吳橋。因偵敵苗未定，又曹、王兩兵在後，稍候一日。二十日，臣同督察抵東光，期間道渡滄抄敵之前，一以逼敵，一以衛京，且欲倚滄爲扼吭之地，乘機奮擊。自茲以往，敵似不能復折重地。臣惟有鼓勵將士，勉圖敵愾，倘邀皇上威靈，三軍用命，泄憤神人，臣乃飛書告捷，用慰宵旰。若零星剿殺，無裨安攘，臣誓不飾功妄報，以欺君父，且貽愧同朝也。即昨保鎮總兵劉光祚撥馬二次，斬敵五級，臣俱驗係眞敵，諭發該地方官收貯，以零功俱未塘報，統俟事平彙叙。爲此臣謹會同督察閣部劉宇亮、總監高起潛，具本謹題請旨。

崇禎十二年正月二十一日具題。

【箋證】

[一] 疏文報告商河縣與敵作戰情況，德平縣知縣田瑄辭兵原因的申辯，以及濟陽縣、武定州與軍隊配合情況。對應前文所述德平、商河二縣阻兵辭兵，在本文則商河終因軍隊助力而保有城池，後來悔改納援。並及目前敵情及軍隊調動部署等情。

題報環濟分防二東已靖疏[一]

題"爲環濟分防二東已靖，謹據實奏明，以俟事平查叙事"。

正月三十日，據大同總兵王樸報稱，案照先蒙本部院憲牌，照得本部院大兵未集，濟南先已告陷。今恐附近州邑無兵扼守，難以驅剿，相應發兵馳援。雲鎮官兵以二千速赴濟陽扼防，如探敵向濟陽，則以一千守濟陽，分一千徑赴齊東設防；以三千兵至德平，留德平一千，以二千赴商河扼防。如探敵向商河，以一千兵守商河，先發兵一千徑赴武定設防。如德平無敵，守德之兵亦赴武定，餘應由平原至禹城駐防，聽調援剿。各該領兵官，統兵照汛急赴防剿，仍令各將不時確探敵情向往，一面彼此移會，相機犄角聲援，期於所在城池保全無虞。若敵有可乘機會，勿俟本部院調遣，等因。

又蒙本部院憲牌，發職都司連世捷領兵一千，援守景州。蒙此，即遣參遊都司韓斗、王鉞、張鳴鶴、王虎臣、李時華、連世捷，赴濟陽、齊東、德平、商河、武定、濱州、景州援防。去後，今據韓斗等稟稱："卑職遵令各至原蒙分汛援守各州縣，如王鉞至濟陽，連世捷先至景州，復至齊東。適值敵從濟南北行，先有敵撥五七百騎臨城試探，卑職督兵擊打，固守無虞。韓斗、李時華至商河，正遇濟南大敵北行，晝夜環攻，會同知縣賈前席，奮勇擊退，固守無虞。王虎臣至武定州，馬兵紮營南關。張鳴鶴先至德平，後亦至武定，紮營東關。十八日，大敵分二面攻營，奮勇血戰，擊退大敵，知城池援守無虞，即遵令復抄援附近。濱州二州俱援保無虞。"等因，到臣。

又據武定州知州王永積申稱[二]："正月十二日蒙委參將王虎臣駐防本州，十四日參將張鳴鶴續至，深幸大兵協助，每日糧草照單給付。時敵信尚遙，未及收城。十七日報敵已離省城，商河縣南十里下營，本將復撥馬兵偵探。十八日探馬未下，敵騎突至南關，各兵鞍馬未備，即與衝打，殺傷大略相當。卑職督令沿城速赴東關，與張參將合營。至二更時分，不及相聞，上濱州去訖。十九日自卯至酉，達兵力攻南城，凡數十次。幸兵民奮勇，打達兵無數，所得首級、器械查明另報。"等因。又據督察閣部標下聽用官張師孔稟稱：正月十八日巳時，達兵至武定州，攻南關，參將王虎臣用火器埋伏各巷口，敵攻數次，未分勝負。至午後，敵下馬用挨牌攻，我兵奮力迎敵，互有殺傷。敵退，虎臣遂沿壕移至東關，與參將張鳴鶴兵合營，同上濱州防守，等因。又接總監高起潛手書，內云偶接一逃難營兵閻秀者，摘其口詞供，係大同王總兵下兵丁，奉明文往守武定，該州堅不納兵入城。有王將官領馬步一千在南關廂住，張將官領馬步一千在東關廂住，兵馬俱於十五日到州。達兵約有三千，於十九日即先攻南關廂。兵馬支持不住，損傷大半，王將官騎馬跑出。後攻東關廂，張將官帶有馬兵跑出，止步兵，多被殺戮。兩關兵馬大約被敵殺傷者不下一千四五百，營馬丟有七八百。敵遂於二十日攻城，止聽炮聲不絕，等因，抄錄到臣。

臣因前稟與難兵所供不同，再備詢張師孔互傷數目。回云：張鳴鶴兵是火營，原在東關，並無損失。王虎臣領係馬兵，屯駐南關。敵用步攻，我兵與敵彼此俱有殺傷，大約傷兵七八十名，失馬一百餘匹。餘無別情。"臣猶以口稟未的，即行大同總兵王樸細查兩將損折數目。去後，今本月初三日，兩將兵還永清。該總兵據該將官呈稱：遵蒙原發票文，并有警入城協守公文，俱赴知州喻明，不容入城。卑職將兵馬紮住南關設防。間於本月十八巳時，敵從省城擁眾衝來，卑職奮勇血戰，至未時，射死達兵甚眾。復被步賊四股，對面各執門扇、桌板以作挨牌，兩面上房，從高擊下。卑職兵寡，無險可恃，收兵赴東關，與參將張鳴鶴合入火攻營。敵隨攻東關，火營純是火炮，打死達兵甚多，敵收兵西南紮營。查我兵陣亡官丁九十九員名，陣失馬騾一百六十九匹頭，重傷官丁三十五員名。卑職見州城業已保全，原蒙軍令，仍視敵所向抄救鄰近州邑。今敵苗頭已東向濱州，十九日到濱州復防無虞，等因。又據延綏遊擊蕭漢鼎稟報："蒙發官兵速赴兗府，以保藩封。卑職星夜於十二日至兗府[三]，十四日朝王親宴，賞金花一封、跟杯盤二付、緞四疋、銀三十兩，與統兵、都司、守備等官八十五兩，犒丁銀一百兩。"等因。同日又奉魯王手札，內云："兗城危若朝露，勢難保矣。蕭遊戎統領兵馬於正月十二日到兗，駐紮關外。各官法令嚴明，秋毫無犯，士民安堵，兗城億萬生靈咸蒙再造。"等語，各到臣。

該臣看得：自前月初二日濟南告陷，雲、宣、延綏等兵，賴督察部劉宇亮催調收集，於初四五至德，聽臣調度者纔萬餘耳。合之猶不見多，而臣復分之使少，非臣愚昧無知，或別有奸欺，妄圖脫却也。蓋臣濫役行間有日，實知各兵簡挑精銳十僅得三，即盡聚一處，而臨戰可發者亦止此十分之三耳。若以不堪戰者驅之盡往，則進必倡逃，退無善敗，不惟無益，而且有害。何如挑堪戰者備戰，以不堪者分防，既餉既易供，守猶能辦，不惟無害，而且有益也。此臣區區之愚，即使舉朝非之，臣終不敢謂無當也。

今敵自我兵逼濟而北，臣與閣部商派之兵一一適當。敵還折之處，雖各州縣有納有不納，有始不納而繼納。有納之關而不納之城，然我兵已羅列豫待。敵瞻顧既多，喙駃乃決，二東州縣從此遂無一失，茲二東不爲不靖矣，分防之效亦略可睹。若云敵飽必揚，無意攻掠，夫敵欲亦何厭之有？當獲鹿捆載，西窺龍固，及前營東折已逾津、滄之日，敵豈不飽哉？何復圖攻臨清，且有濟南之事？慶雲、鹽山何以一到輒破，易於拉朽也？

所有分防各將勞績，自應題明存案，以俟事平彙叙。至王虎臣等與敵殺傷相當，今且振旅而還，查所折數實止此，逃丁閻秀之口禀，的係逃後妄供，且時日俱訛，益徵其妄。若武定州先因兵至，具申內有天助之語，臣故謂其人和兵集，乃不收令登陴，而暴露郊關，驅守兵以拒職，頗非情理。然自我兵格敵之後，城竟保全，應免推求。爲此，臣謹會同督察閣部劉宇亮、總監高起潛，具本謹題請旨。

崇禎十二年二月初四日具題。

【箋證】

[一] 濟南失陷後對濟南周邊各地城池的防守部署，失陷一月中與敵作戰情況的匯報。

[二] 武定州：今山東惠民縣城區。明永樂元年（1403）改棣州爲樂安州。宣德元年（1426）改樂安州爲武定州，屬濟南府。雍正二年（1724）武定州爲山東布政使司直隸州。雍正十二年（1734）武定州升爲武定府，置惠民縣，爲武定府治所。

[三] 於十二日至兗府：兗府，指封於山東兗州的魯王。孫傳庭有《答魯王啓》，魯王世系，參其文注。有明諸藩，分封而不錫土，列爵而不臨民，食禄而不治事，且不可參合四民之業，并能世襲罔替。但兵情緊急時，須派軍隊保衛。

題到頭一著必宜大做疏[一]

題“爲到頭一著，必宜拚命大做，謹馳疏奏聞，仰祈聖鑒事”。

臣維我兵禦敵，惟步兵乃能取勝。今之步兵不敢用者，以平時無選練之步兵，故不若馬兵，猶可遇緊收還耳。敵用弓矢，我必宜用火器。今之火器亦不敢用者，以原未有精熟之火器，故不若弓矢尚可勉強一發耳。然以短角長，勢處必敗。欲行訓練，而敵在內地日肆攻掠，豈能少待？此臣所以切齒腐心，自受事及今，痛憤而付之無可奈何者也。

乃今敵將出口矣，樞輔楊嗣昌因有到頭一著之請，即臣與閣部劉宇亮日夕欷歔，亦謂反敗為功，惟在此時。故臣等所以鼓勵諸鎮將者，向來心血已傾，此時倍加緊切。臣謂我之馬兵弓矢堪勝與否？此時不暇計也。我之步兵火器堪用與否？此時亦不暇計也。蓋到頭一著，更無兩著，且此一著，勝則敵勢立摧，我氣大振，雪恥除兇，即在此舉。萬一不勝，或至稍有損折，敵已離重地，亦不遇闖關出口，然猶使敵知我將士忠憤所激，尚有不欲與敵俱生之意，少懷憚心，即損折猶愈於保全也。譬之奕者，全局將終，彼勢已勝，我更有一最大之劫著可以翻局，復憚不敢下，惟惴惴然殘子之是護，而甘處其敗乎？

臣謂及今，賊飽我合，賊驕我憤，賊欲全歸，我宜放膽之日。臣與宣督陳新甲所提剿兵，及京營提督監臣閻思印、督理監臣劉元斌所提禁旅，併密撫劉曰俊之兵，現在遵化、三屯、建昌等處。據報，敵後哨尚在豐潤，前哨已至沙河，必奔冷口[二]。我兵設伏建昌，自可出奇制勝。敵即突關門[三]，我兵亦可馳抄永平，約會關門守兵暨總監大兵，內外夾擊。除密撫之兵應自審地利，隨敵防剿，及禁旅應聽兩監臣相機調度，共奏膚功，其臣與宣督所督各鎮將之兵，臣等嚴令挑選，專用步兵，其馬兵止量用什二，以備誘追，餘悉併為步，分作三面。昨在遵化，臣同督察閣部，及宣督陳新甲，携贊畫楊廷麟、監軍道張京，親詣教場申飭，訓以陣法。及至三屯，臣復親行演練，以火器當先，弓箭繼後，悶棍居中，循環聯絡，呼吸相應。三面之中，又復因敵變化，臣各諄諄密諭方略，諸將亦各以為可恃，頗增鬥心。有大同前營遊擊蘭應魁列伍少有參差，臣當即以軍法責治。延綏副總兵和應詔，素稱敢戰，今亦未顯，有失律之罪，而志氣不揚，言行未副，臣復於眾中申嚴戒諭，責以拚命圖功。本官願以死報，各兵將一時咸爲奮栗。臣現與宣督俱抵建昌，預伏待敵，決計一戰，務如前習陣法，三面進攻，何處堅則力抵牽掣，何處瑕則乘虛直搗，但能一面得手，即可立翻前局。其各鎮將惟以率兵奮勇爲功，不以傷折論罪。所獲輜重、首級，懸示計股均分，庶免貪利債事。若復退怯不前，鎮帥遵照嚴旨，必置重典。協將而下，無論是否臣所統領，俱以皇上賜劍從事。

臣度敵出口尚須數日，臣等一面具題，一面期會舉事。至臣議專用步兵，以其遇敵，勢在必爭，尚可牢定脚根。若敵飄忽分逸，步兵不能追逐，則仍用馬兵精銳馳擊，不敢拘執一途，以誤機會。其總監高起潛，從豐、玉一路躡敵，今亦遣總兵侯拱極抄至建昌，候敵至邊口，兵自齊集，或分或合，臣當協力共圖。

乃臣更有請焉：敵思飽揚，我兵非抄前預伏扼擊，則不能成功。非從後上緊驅逐，則敵去不速。故臣與總監臣一任抄前，一任驅後，臣等同肩剿務，不敢分別彼此，較論難易。議定之後，總監即具疏入告矣。今臣已如議馳抄敵前，勢不能復轉驅後。乃敵盤旋遲迴，狡謀叵測，倘再作數日淹留，臣又不得不提兵還剿。第迎戰之與伏擊用力懸絶，且兵併一處，倘敵突出兵前，便已到口，我兵同事尾追，即終能與殿後精敵苦戰一番，恐亦不能一泄神人之憤，而大褫犬羊之魄。此臣之私憂過計，而不得不預奏之聖明之前者也。爲此，臣謹會同督察閣部劉宇亮、宣督陳新甲、密撫劉日俊、總監高起潛、提督閻思印、督理劉元斌，具本謹題請旨。

崇禎十二年二月二十一日具題。

【箋證】

　　[一] 傳庭入援京師以來，遭逢盧象昇的鉅鹿之敗、省城濟南的失陷，再加受劉宇亮、高起潛的牽制，又兵微將寡，實際無所作爲，處境尷尬。當敵人北遁

的最後關頭，面對敵軍的騎兵優勢，傳庭力主用精煉的步兵對付。借用楊嗣昌"到頭一著"之請，設計"預伏扼擊"，"抄前""驅後"的作戰計劃，圖以精煉步兵，決心予敵致命的最後一擊！

[二] 冷口，冷口關，明長城薊鎮重要關隘，位於河北省遷安縣東北 32 公里，明初所建，明時爲蒙古兀良哈三衛進京入貢的通道，也是交通和軍事上的要地。據《水準府志》載："關城爲磚砌，高二丈九尺，週三百八十七丈有奇，東、南各有一門。"

[三] 關門：指山海關。古稱榆關、渝關、臨閭關，位於河北省秦皇島市東北 15 公里處，明長城的東北關隘之一。明洪武十四年（1381）築城建關設衛，因依山襟海，故名山海關。

奏關防微損疏[一]

奏"爲關防一角微損事"。

臣原奉欽頒關防，以行間日事馳逐，特令親丁懸繫肘上，便於隨臣遄征。二月十九日，行至三屯地方，石路崎嶇，又天雨泥濘，本丁偶爾墜馬，致將關防左邊一角磕損半分，雖與篆文無礙，事關符信，臣不敢不據實奏明。至本丁以偶誤墜馬，固係無心之失，亦不容不究處示懲。除臣量加責治，併行所屬鎮將等衙門通知外，爲此具本謹具奏聞。

崇禎十二年二月二十一日具奏。

【箋證】

[一] 關防受損，涉及朝廷的尊嚴與威權，故不得不作詳細說明解釋。

題用命宜審疏[一]

題"爲拚命實切臣願，用命不可不審，謹因部疏申飭，冒死奏明，以祈聖鑒事"。

本月二十一日，准兵部咨，爲軍前一日無報，微臣激切申明事。除具題外，合先知會，移咨到臣。該臣看得：今日之事，敵眾將圖出口，剿事已至到頭，聖明重典不宥之旨日下樞部，徒事尾逐之戒時申，滿朝之議論，旁觀最明。前人之罪戮，覆轍可鑒，其宜拚命決戰也。無論鎮將寧全無血氣，而臣輩亦尚有心知，矧調度遣發，豈遂攖鋒？逗怯自甘，是誠何意？故臣於部咨未到之先，已具有"拚命大做"一疏，正與樞輔楊嗣昌之疏互相發明。臣等隱憂惟一也。第臣辱臣死，實惟今日，則命不可不拚；反敗為功，萬一有濟，則命尤不可不拚。如儌倖竟難，情知罔效，甘心冥目，益致決裂，則命不可徒拚也。

即如臣議。併馬而為步，寧非置死以求生？乃此用步之法，亦非可漫然而已也。各路烏合之聚，心志不能遽齊，可無問也；數十年養成之蓄縮，膽氣不能驟易，可無問也。即使壁壘忽新，神情胥奮，然非背附城郭，憑據山溪，設伏出奇，扼險縱擊，而故欲爭衡於廣漠之野，奔跳於百里或數十里之外，以步格馬，敗則重喪，勝亦難收，臣何敢以封疆大事付之一擲乎？故臣疏謂："若敵飄忽分逸，步兵不能追逐，則仍用馬兵精銳馳擊，不敢拘執一途，以誤機會。"臣之心良苦矣。

今臣已同宣督陳新甲抄敵之前，伏兵建昌。敵甫逾西、中，應出建、冷，勢險節短，可謂得地。乃敵前哨忽報南折開平，又似欲瞰關門。臣已將總監高起潛分發建昌，總兵侯拱極、副將周祐等兵檄赴關門防剿。如總監既從西悉眾緊促，關兵復從東張勢聲堵，逼賊直走建、冷，得如臣等所算，發伏縱擊，此時此際拚命，庶幾有益。倘敵南淹數日，臣等懼貽觀望之罪，又不得不督兵南向，地利既不可知，野戰安敢嘗試？則惟有不拘馬步，挑選精銳，與之一再格鬥，能無大損，已屬厚幸；如欲大勝，似未可期。比敵突兵前去，口已近兵，安能復抄敵前？敵一至口，精敵堵後，兵遂無如敵何，第靠口兵支撐，安能濟事？即備有伏火，亦當先難民受之，斃敵能幾？縱使伏火遍山，所斃惟敵，能令敵跬步難行，乃不拒之於外而拒之於內，豈敵之害而我之利也？臣不敢負聖明，故不敢愛死；不敢誤封疆，故不敢徒死，則不得不矢臣不欺之衷，一一歷陳於皇上。至臣所願以死報者，尤不敢不與行間將士罄竭以圖也。

臣接兵月餘，絕無可紀之功；俟敵遁出口，惟有當引之罪。第今猶非自效之時，故臣自真定南關闃處陰房，欲覓星火粒米了不可得，凍餓竟日，感症至今。宵征露宿，痊可無期；憂憤相煎，鬚半成白。痛苦之狀，人所共睹。臣迄不敢妄有陳請，則臣之致身大義，想亦中外之所共諒也。

臣草疏已畢，接總監手札，因關外松塔報敵。調張天麟、徐於躍、柏永鎮三營兵回顧關門。查天麟等所領兵三千俱係火營，向守臨清，至薊臣始調赴軍前。因曹變蛟等兵全無火器，故令天麟等與之合營。連日方行訓練成陣，今若調往關門，則臨洮一鎮止用弓矢，何以禦敵？故臣回書總監暫留，且臣先已檄總兵侯拱極率馬步三千五百馳赴關門。如彼中報警，即令天麟等俱往，臣等亦當督各兵望關門繼進也。為此具本謹題請旨。

崇禎十二年二月二十二日具題。

【箋證】

[一] 敵軍將北遁，剿事已到頭，但朝廷內"徒事尾逐"的議論甚囂，"聖明重典不宥之旨日下樞部……前人之罪戮，覆轍可鑒"。陳述目前對敵作戰部署，表達自己"拚命作戰"的決心，似為"逗怯自甘"輿論作自我解脫。但敵情千變萬化，戰鬥之不同結局均籌之再三，對己之各種不利之輿情亦了然於心。上疏此文，或是為後日加於其上的各種後果存一備忘，以提醒皇帝。

奏解欽犯疏[一]

奏"為欽犯關係最重，懇乞嚴飭經行地方收防解赴事"。

本年二月二十二日准兵部咨，本月十八日亥時，奉御前發下紅本，該援兵總督孫傳庭題前事，等因，奉聖旨："劉光祚著提解來京，究明正法。該部知道。欽此欽遵。"恭捧到部，移咨到臣。除即會同督察閣部劉宇亮，選差都司朱國梁、王孝守，守備梅永高帶領兵丁，將犯官劉光祚押解赴京，併咨兵部查收外，爲此具本謹具奏聞。

　　崇禎十二年二月二十二日具奏，三月初四日奉旨："劉光祚解到即送法司究擬具奏。兵部知道。"

【箋證】

　　[一] 劉光祚被罪事，孫《省罪録》崇禎十二年二月有記："督察忽袖出一稿示臣，乃參各鎮及劉光祚疏，云已發矣。臣謂各鎮未有顯罪，可以無參。督云：韓城、武陵諸老皆有言，屬令參處。臣曰：兵情不能遙度，行間情形，廟堂未悉，但有罪不宜徇隱，豈可無罪遽參？因以各營兵情詳語督察。"是劉宇亮認爲劉光祚在與清軍的作戰中畏葸不前，因而光祚成欽犯被逮。光祚後被朝廷判斬，劉宇亮大驚，復上疏救之。有大臣劾劉宇亮反復無常，玩弄國憲，劉宇亮終被罷。

題報分兵抄截疏[一]

　　題"爲兩地傳烽並急，臣等分兵抄截，謹飛疏奏聞事"。

　　臣與宣督陳新甲先後抵建昌，設伏待賊，已經題報外，乃敵盤旋玉、豐，苗頭未定。二十二日，准兵部咨，奉有三路齊舉之旨，臣已移諮督察閣部劉宇亮，密訂師期，鼓銳合擊。臣猶慮會師舉事必須數日，敵遷延内地，爲害日滋，復會同宣督，於二十三日選發臨、宣、山、大四鎮并臣標下精銳馬兵三千，由遷安赴豐、開，視敵所向，出奇擊剿，務促賊北奔，就我到頭之著。二十四日卯時，臣復傳集臣所督各鎮將兵，親提直趨遷安，迎頭偵剿。人馬列隊將發，忽於本日巳時據建昌路副將汪壽報，據冷口守備范世瞻差家丁口報：冷口關外，敵在大户店紮營，離邊三四十里，等因。據此，臣即塘報兵部訖。

未幾，喜峰與冷口傳烽並至[二]，其爲接應内敵無疑。臣隨撤還各兵，與宣督面商，兩路俱有烽警，臣等自應分兵兩應。宣督之兵原與禁旅合股，必宜迤返三屯，或傍山抵太平寨，與提督監臣閻思印、督理監臣劉元斌，及真保分監陳鎮夷、密雲分監邊永清併密撫劉曰俊之兵，期會並舉；臣仍督兵建昌，摩厲以須。如敵兩路分出，臣專任冷口一路，鼓銳奮剿；宣督與各監臣專任喜峰一路，合力邀擊。如敵盡趨冷口或盡趨喜峰，臣等兩地之兵，或間道會剿，或犄角出奇，力圖到頭一著，不敢有失機宜。至總監高起潛率通鎮劉澤清、津門劉復戎之兵，緊躡敵後，自能視敵追殲，共奮敵愾，仰慰宵旰。

爲此，臣謹會同督察閣部劉宇亮、宣督陳新甲、總監高起潛、京營提督閻思印、勇衛督理劉元斌，具本謹具題知。

崇禎十二年二月二十四日具題。

【箋證】

［一］敵人北遁，已設伏建昌待敵；據兵部文，亦作三路擊敵準備。喜峰與冷口，今出現敵接應之兵。爲應對千變萬化的敵情，偵敵所向，出奇擊剿，或分或合，隨時準備調整部署，予敵致命一擊。

［二］喜峰：即喜峰口，位今唐山市北部遷西縣與寬城縣接壤處。燕山山脉東段的隘口，古稱盧龍塞，漢代曾在此設松亭關。東漢末曹操與遼西烏桓作戰，東晉時前燕慕容儁進兵中原，都經由此塞。相傳昔有人久戍不歸，其父四處詢問，千里來會，父子相逢於山下，相抱大笑，喜極而死，葬於此處，因有此稱。明景泰三年（1452）築城置關，稱喜峰口關。今通稱喜峰口。

馳報敵情疏[一]

題“爲馳報敵情事”。

二月二十四日巳時，據建昌路副將汪喬報，據冷口守備范世瞻稟報：冷口關外敵在大戶店紮營，臣已於本日午時塘報兵部。未幾，喜峰與冷口傳烽並至，臣復於本日戌時具疏題知。本日亥時，據山永撫標右營遊擊吳東善報稱，二十四日酉時，據千總陳尚忠差撥口報：老營賊從冶里開營往東南行走，等因。又據吳東善報，據南路哨探把總吳紹雍報稱："卑職哨見梨園兒冶里敵從開平城東南行甚多，塵灰蔽天，不知是老營，不知還是搶糧。"又據西路哨探千總陳尚忠等報稱："職等探至畢家店，哨見建州營一帶地方敵甚眾，往東南行走，不知是哨馬，不知是老營。"建州營係開平地方，在開平東南，離開平四十餘里；在灤州西南，離州五十餘里，等因。

二十五日寅時，據建昌路副將汪燾報，據尖哨侯自成口報："撫驍二營中軍趙九功等官，帶領撥丁一百員名，同張總鎮及陳副將等各差親丁，同出冷口正關，探至三岔兒，見敵撥將建、冷四起步撥，砍死二名，其蹤跡係由廟兒嶺東溝過來，役等引同官兵隨探蹤迹，至擦都嶺二十五里，正遇敵撥四五十騎，各官兵往前追趕至橫河，敵奔過頭道橫河，敵兵打大白旗，俱在二道橫河那邊由東往西行。敵與我兵相持對射多時，敵撥俱過河去，其苗頭似向太平路境外去訖。"等因。本日午時，據山海經理總兵官侯拱極報稱："本職奉督師憲檄統兵赴關，於二十日行至臺頭，據山海路參將慕繼勳報稱，二十一日申時，據羅城坐營尖夜把總李景芬稟稱，本日申時，據烽軍朱加槐稟報：本日接得土烟臺放炮一個，掛旗二面，連放六次。二十三日，又據尖夜把總李景芬稟報，二十二日卯時，據烽軍朱加槐稟稱：二十一日酉時起至本日丑時止，接得土烟臺放炮一個，共放十六次。二十四日巳時，又據慕繼勳報稱，二十三日戌時，據烽軍朱加槐稟稱：本日接得土烟臺放炮一個，連放三次，等因。同時，隨據薊鎮總兵官陳國威火牌報稱，二十四日午時，據駐防青山口副將崔秉德塘報：本日巳時，有精敵數千餘騎在廟兒嶺，接連穿明盔甲達兵無數，已抵口外河灘，離邊不過二里，等因。又據太平路副將張拱微塘報：二十四日，敵兵千餘紮營於榆木嶺口外西靴嶺兒，離本邊四十餘里，苗頭向撻關一帶，等因。本日未時，據大同鎮前探守備曹雄稟稱：於二十四日探得，敵離玉田東南三十餘里丁官兒屯、鴉紅橋小桃一帶，照舊下營不起，等因。又據大同鎮前探守備倪光友稟報：於二十四寅時探至牛河鋪開平一帶，敵安營未動，等因。本日申時，准督察閣部劉宇亮發來抄録副將薛光胤稟報：「二十四日未時，職等哨至喜峰口，據中軍李成虬説稱本日辰時，在邊外坐撥夜不收傳報，哨見敵五六百騎，從龍鬚門往董家口艾峪來，現在艾峪外下營，約有三四百，一半往青山口去，一半在艾峪，皆是邊外達兵，等因。本日同時，據山永撫標遊撃吳東善報稱，二十四戌時，據南路哨探把總吳紹雍報稱：探至鹹土地方，遇見哨馬達兵百餘騎，因眾寡不敵，帶領撥丁隱伏樹林，隨有多兵續至，已通鹽土，離灤州三十餘里，未見老營。又據西路哨撥千總陳尚忠等報稱，二十五日卯時，據高山哨丁馬朝舉等回報：二十四日在高山瞭見，敵於五更時各處放火，哨馬平明先行，隨後老營俱起營往東南行走，至午後老營仍翻回，在冶里一帶地方紮營。有一股往東南搶糧，一股往北去搶糧。起更時，南北搶糧達兵回營，等因，到臣。

該臣看得：東中協與關外之烽相繼見告，則接應之敵已至矣，乃敵猶盤旋玉、豐間，若行若住，忽東忽西。越一日，而各處之烽復稍緩矣，蓋敵之所挾者重，故多方以分我之防。乃其哨撥與老營既指東南，未幾折轉，則似土烟墩之犯，猶是丙子歡喜嶺之故智。而敵之所專窺者必在建、冷，所竊忌者，則我建昌與三屯等處之兵也。臣以我兵欲實圖到頭一著，必預伏始能半擊，若尾後則止有送還。建昌地處適中而當要害，故臣欲以獨扼待眾驅，不敢分兵別往，稍圖零捷。即奉三路齊舉之明旨，亦以聞峰馳約未果，無非欲專力此舉。

頃又因芻糧斷絕，併馬匹分發別城喂養。如臣初意決意步戰，蓋拒敵非步無當，用步此地獨宜耳。乃敵停緩如故，建昌不惟馬無草料，即兵之米食亦不能繼。今斗米貴至七錢，其何以支？再遲三二日，臣惟有南趨永、灤，與總監高起潜之兵東西犄角，逼虜北遁。蓋與其堵之於內，毋寧逐之於外；與其嚴塞三面使突關門，毋寧佯開一面使出邊口耳。即敵迂緩之故，止俟建兵之他移，我不得不將計就計，亦事之無可奈何者也。至如聖諭三路齊舉著數最大，但臣細思進兵之路，惟總監兵在後，近敵較便，其禁旅與宣督陳新甲等兵之在三屯者，欲求適中宿兵之處不可得，而望其長驅曠野，直搗虜巢，殊非容易。如臣之轉折進發，無論迎擊之取勝萬不可必，即能迎擊使西，則是欲重令深入也，故臣萬不得已之計惟有南抄永、灤，多方驅擊耳。其臣先與宣督同發一旅，昨亦因傳烽撤返。今臣復選協將督往，並檄侯拱極之一旅俱先赴永、灤，出奇奮扼矣。敢因塘報備述以聞，統祈聖明鑒照施行。

爲此，臣謹會同督察閣部劉宇亮、宣督陳新甲、總監高起潜、京營提督閻思印、勇衛督理劉元斌、密雲分監邊永清、真保分監陳鎮夷，具本謹題請旨。

崇禎十二年二月二十五日具題。

【箋證】

　　[一] 詳細報告敵情，並己之作戰方案部署：敵或知我動向，“故多方以分我之防”，今敵停緩不進，建昌之兵後勤供應不日即發生問題，爲此不得不調整戰略部署，變前扼爲南驅，逼敵北遁，“與其堵之於內，毋寧逐之於外；與其嚴塞三面使突關門，毋寧佯開一面使出邊口耳”。爲此上疏，求得崇禎理解。

題報督兵南剿疏[一]

題“爲微臣督兵南剿，馳疏奏聞事”。

臣因敵情狡變，忽東忽西，接應烽傳，內營不動，於本月二十五日晚拜發《馳報敵情》一疏，詳列情形，欲圖南剿。二十六日午時，復接總監高起潜《爲塘報敵情，并請合力夾殲，蕃奏廓清》一疏會稿到臣，謂敵養銳待應，監臣以孤軍而支敵之全勢，心有餘而力難逮。欲由邊東上鎮將選有馬精銳，迎頭沙河驛、榛子鎮、開平、豐潤奮力剿擊，與臣疏意略同。臣初意抄前設伏，扼要待敵，以步格馬，決圖死戰，或可敵愾舒恥。今情形若此，臣不得不南抄馳截。若臣進發之路，必應從水、灤以扼開平，臣前疏已詳奏矣。至屯紮建昌之兵，止臣一旅，仍半留設伏建、冷。若宣督陳新甲與京營各兵，亦應選發馬兵從敵脅聲擊，餘兵仍應同伏三屯，如敵苗必圖東犯，臣等即盡調建、冷、三屯之兵，與總監兵合力驅剿。

本日酉時，臣傳總兵王樸、曹變蛟等議定，留王樸、曹變蛟督各營兵在建伏剿，臣携楊國柱併副將鄭嘉棟等率領精銳馬兵於二十七日啓行南發。至三鼓，據建昌路副將汪喬至臣寓口稟：太平路傳烽一次，有火一把，燈籠一個，係大舉近墻。又稟燕河路傳烽一次，係零賊。至二十七日丑時，接該將報帖，據冷口守備范世瞻報稱：太平路二十六日從西傳來炮二個，火一把，梆一通，却未開；有燈籠一個，亦未開，有燕河傳烽之事。至寅時該將又口稟：冷口傳烽有火四把，敵哨馬已至哈喇坎，離冷口二十里，係大舉。至卯時，據該將領冷口尖夜把總司遇稟稱：五更時候有敵哨馬至橫河，離邊三十里，後有大營，離邊六十里。臣因烽火狎至，遂未啓行。又接協守建冷副將陳可立報帖，內開本月十六日戌時，據范世瞻報稱：西頭龍王廟頂撥尖哨高具挨撥傳來，有本日辰時原差找探敵情建昌路內丁趙江等，同尖夜侯自成等，共十五名，馬十五匹，行至龍王廟，撞遇達兵趕散，等情。同時，即據侯自成奔回報稱：撞遇穿白甲達兵三四百騎，不知他虛實，等因。却未言傳烽有火四把，亦無哨馬已至哈喇坎之說。

臣因所報參差，隨差副旗鼓楊豹前往冷口馳探。至巳時，據汪喬又領陳可立差旗牌高方口報：邊外達兵前哨撥兒明盔明甲在哈喇坎，離邊十七八里，至冷口山前即可望見，大營在橫河，離邊約三十里。比楊豹至冷口探回，並未見有達兵。至未時又據該將

卷七　續補奏疏

四五九

塘報，據冷口守備范世瞻報稱：二月二十六日戌時，有境外撥夜傳來炮火，隨即舉傳零賊，放炮四個，梆一通，分投東西接傳外，連傳十次。又接得大擦一號烽傳來炮二個，火一把，梆一通，連傳五次。又於二十七日辰時，據建、冷玉皇廟三十二號烽臺總陳得勝、墩頭王奉舉傳大舉烽火，放炮一個，旗四面，梆一通，連傳三十七次，尚未停止。查得二炮一旗係太平路大舉烽火，一炮四旗係建昌路大舉烽火，等因。及至巳時以後，烽火又止。隨接關撫朱國棟移咨，內稱達兵連結不動，突冷可虞，闖關更可慮，欲臣急移一旅分發永平，扼奴東窺。臣因思各口烽火據所報不無異同，然敵已至口外接應無疑。彼連日踪迹詭秘，出沒叵測，不過欲牽誤我兵。在我此時惟有急趨內敵，勿使窺關，早出邊口，爲中策耳。今內敵尚在開、灤一帶，臣不得不遄往，與總監犄角夾擊。至口外之敵，檄令守將嚴堵，務使一騎不入。如臣等驅內敵北奔至口，則擊剿責在援鎮，但能大有斬奪，使敵狼狽而去，無分援守，皆當論功，而特寬其出口之罰。蓋內敵宜驅之使出，外敵必不可縱之使入，此間輕重機宜，兵家當審。

　　頃接部咨，已自了然，無俟臣語復贅也。臣拜疏即行，特此馳奏以聞。爲此，臣謹會同督察閣部劉宇亮、宣督陳新甲、總監高起潛、京營提督閻思印、勇衛督理劉元斌，具本謹具題知。

　　崇禎十二年二月二十八日具題。

【箋證】

　　［一］初意抄前設伏，接總監高起潛書，帶兵南剿。初計仍不廢，帶兵南進情況也須報知。目前敵我形勢，烽火臺傳烽警報情況，均詳細說明，對敵情的總體判斷，予人以茫無頭緒之感。或因高起潛、劉宇亮的牽制，傳庭頗失對敵臨機果斷處置之能？又，因敵情複雜之故，傳庭對本次作戰預期已然降低：“口外之敵，檄令守將嚴堵，務使一騎不入……但能大有斬奪，使敵狼狽而去，無分援守，皆當論功，而特寬其出口之罰。”特此向崇禎疏報，求其理解。

卷八　續補書札

答樞輔楊札^[一]

前札已發，而手翰繼至。讀大揭，敵在目中矣。第此時敵情又變，傳聞敵撥已過定州，不知督監大兵現屯何處？僕携來兵雖無多，若至真定，能在敵先，亦可稍裨防禦且略張聲勢，使敵不得悍然長驅。第敵近我速，而眾寡復相懸之甚，一切進止機宜，俟抵獲鹿，發撥遠偵的確詳慎行之，必不敢貿貿從事也。今差官因由河南道左，十三日辰刻始至，本日未刻抵壽陽。即勒此馳報，臨穎不任悚切。

崇禎十一年十一月十三日

附樞輔來札

望台臺入都門，仰慰主上，延仁久之，不得確耗，甚為悵然。兹捧翰教，更進使者問之，知取道晋中，此月末旬方可到。區區私心，猶將以刻為年也。教中種種，切中時情。惟主上睿裁，與不肖持議多合，台旨俟奉面後商之，兹未敢宣泄。草草附復，并賀新簡，不盡言。

【箋證】

　　［一］樞輔，宋蘇軾《謝兼侍讀表》："武選隸於天官，兵政總於樞輔。"《明

史·張鳳翼傳》："鳳翼語人曰：'樞輔欲以寧前荒塞居我，是殺我也。'"這裏指主管兵部的楊嗣昌，寫於"崇禎十一年十一月十三日"。按孫傳庭《省罪錄》記："（崇禎十一年十一月）初九日，臣行逾徐溝，已取紫荊便道星馳赴京。忽接部咨，因敵騎南下真保，遂諱前量帶人馬之説，云：'出關剿賊，原應隨帶多兵，本部疏雖不及，豈有剿賊而不用兵之理？今馬步止帶一千五百，或者精選，一以當百，正堪鼓而用之。惟望星速前來。如過真保，有敵騎抄掠，即望相機出奇截殺。本部已調總兵左良玉提兵渡河，儻行次相及，就近調遣，亦一策也。'臣因一面馳檄秦中，續調標兵一千；一面追還前隊，改指井陘。不顧兵單，迎敵北上。"是孫傳庭初九日到山西徐溝，寫此信時已到山西壽陽。

與樞輔楊札[一]

佐樞之命，揣分難承，業具小疏，籲天辭免。忽奉今旨，義不容翻，當即祗遵任事。倘頂踵可效，敢愛捐糜？第敵勢方張，兵力不競，楮襮如僕，其何以副型明簡任，慰滿朝屬望耶？念之惟有慚懼。劉光祚兵騎僅五百，堪用者不能十四；鞏固營兵精鋭寥寥，又從征久疲；左良玉兵不知今抵何處；曹變蛟兵旦夕當至，未審可撥給僕稍資一臂否？至如敵惰可乘，我忿可鼓，用少設奇，但有機會，必不敢以單薄坐失。

十二月初四日

【箋證】

[一] 崇禎十一年十二月初四發給楊嗣昌信函。按《省罪錄》："十二月初三日，接兵部咨，該部題奉明旨，著臣以原銜會同督監協剿，撥鞏固營兵一半及劉光祚、左良玉兩兵聽臣調度。時劉光祚兵見在保郡，馬僅五百，堪戰者不能什二，兵俱新募士民；其鞏固營兵隷真定分監標下；左良玉兵遠在河南，尚未啟行也。初四日，臣具題"爲微臣佐樞非才，協剿應效，謹遵旨任事，恭謝天恩事"。奉聖旨："知道了。孫傳庭著恪遵前旨，策勵圖功，以副委任。該部知道。"是孫初三日接到兵部咨文，初四日上疏崇禎同時，給楊嗣昌亦發書，訴説目前自己處境、心情及手下兵員情況。

與閣部楊札^[一]

敵因井陘路險，改趨順、廣，其必由臨洺出山西者，勢也。今
已有督、監兩兵東西分促，僕兵落敵之後，距敵且遠，追恐無及。
即敵東折河間，亦追無及矣。敵後州縣又無庸分守，僕兵似宜暫
駐真定，以卜進止。如敵走臨洺，則僕度龍泉；如敵折河間，則僕
返保定：俱可及敵，又可備京、通之緩急，不知台臺以爲何如？僕
至真定，上下候吳襄兵必須數日，惟酌確速示。若刻下敵情別有
變幻，亦不敢膠執俟命。臨穎無任翹悚。

十二月初九日

【箋證】

[一] 按"閣部楊"也應該指楊嗣昌。時內閣首輔爲劉宇亮，因劉出外督察，
閣部應由楊嗣昌主持。題后自注時間"（崇禎十一年）十二月初九日"。鑒於敵情
及我兵阻擊情況，準備暫住真定，以便於各路接應，並候吳襄兵的到來。爲此給
楊嗣昌去札，詢其意見。

與閣部楊札^[一]

王慶芝至，賷有總督咨文^[二]，驛路斷絕，不能前往，因儹諭
塘撥轉去，僕附以片札致慶芝來意矣。聞元輔奉命視師^[三]，壁壘
旌旗自應改色。第敵勢愈熾，而我積怯之兵益難振，又所在官紳、
士民病狂喪心，轉相尤效。一切杞憂，匪言能悉，已屬令慶芝親
稟。至僕於分監請兵不發，爲保鎮請餉綦艱，候關遼兵又不至，
窘苦之狀，想慶芝亦能口述也。臨穎不任悚栗。

十二月十二日

【箋證】

〔一〕給主持内閣的楊嗣昌的信，時間爲崇禎十一年十二月十二日。

〔二〕王慶芝至，賫有總督咨文：總督，指盧象昇，王慶芝應爲盧象昇手下。王此來，應爲求孫傳庭派兵支援，孫説明自己目前無兵可督無餉可支窘迫境况，望慶芝能理解其處境，並據此向楊嗣昌匯報。按恰是在本日，盧象昇部在鉅鹿賈莊全軍覆没。

〔三〕聞元輔奉命視師：元輔，指劉宇亮。

與樞輔楊札[一]

總督兵潰矣。前小疏深慮至此，乃竟至於此，可勝搥恨！僕率寥寥一旅，内馬兵僅千餘耳，原意遠出大名，爲督、監略樹聲援。今前爲敵阻，而所過州縣安置大炮，不擊敵而擊兵。如昨次藁城，哨馬纔至郊關，便用炮擊回，千呼萬籲，付之罔聞。兵一遇敵，安有退地？今督兵已潰，僕即前進，何濟萬一？不得已暫屯晋州，另卜進止。又聞晋州拆橋斷渡，而真定人情又萬不可與共濟圖存，僕之孤軍，旦晚亦在不可知之數矣。如元輔早至，或可振醒群迷，俾相照顧接濟，以略圖拯救也。此時代督師者，萬萬非元輔不可。總督此潰，大約亦由於地方窘迫，無奈以元輔之尊臨之，或當稍爲動念也。率勒不既，無任哽咽。

十二月十四日

【箋證】

〔一〕聽到盧象昇軍敗的消息，以所帶兵無多，爲敵所阻不能救援爲憾。因總督兵潰，暫停晋州，等待劉宇亮的到來，並對劉寄予厚望。特此告知楊嗣昌。《省罪録》："十三日過槁城，遂得賈莊兵潰之報，故臣暫詣晋州，招集潰兵，並候吴襄兵。十四日塘報兵部。十五日以請月餉、調祖鎮二事，具疏上聞，奏'爲敬陳目前吃緊機宜事'。"本書或即"塘報兵部"之文。

答樞輔楊札〔一〕

督兵既潰，僕率寥寥一旅，什九皆挑殘之步卒，重趼疲敝，用以支此，其何能濟？且抄敵前，勢必不能尾敵後。無城可守，又請餉無門，僕素負癡腸，即不敢以不可爲而諉之於無可奈何，然到此田地，台臺設身以處，將令僕如何措手也？疆吏中知有國不知有身家，自僕而外，豈復有人？今若便承他人已僨之局，而坐視其同歸於敗，後來誰更肯爲朝廷任一事？其可惜不獨在區區一身也。小疏瀝血控陳，聲淚俱下，儻下部議覆，萬祈曲爲僕地，僕之所以報朝廷者，終有日也。至反敗爲功，但有機會，僕敢以逗怯坐失，非人矣。別諭薊督之説，願勿置口，倘僥倖敵退，僕入都與台臺面商後，凡有委命，方敢唯唯。制敵非難，猝辦則難，僕所願効於帷幄者方大，惟台臺念之。

十二月十七日

附樞輔來札

奉台臺密教，言言皆實話，字字皆苦心也。聖慮焦勞，紅本立下，不待部覆，揣摩恐稽時刻，其痛憤達賊殘掠已極，行間驅剿無方，蓋在尾後遙追，致令深入不已。今日之事，若能抄敵苗頭，使之輾轉思遁，期爲首功。台臺所慮，不遽舍真、保而南，恐又非聖明所望也。自敵甫入，昌即以用寡用奇用夜，諄諄督監行之而不能耳。惟台臺所見，恰合鄙心。今所望於驅剿成功，亦惟台臺一人爲舉朝所傾注耳目，即劉蓬老此行，亦惟恃台臺爲同心，昌從不敢作誑語於臺前也。關寧兵僅五千，不爲難馭。和應詔現在晉境，一檄可來。若曹變蛟與鄭國棟俱至，更是妙事。總期台臺抄向南方，阻其深入，即功能過人萬倍。而台臺此舉，關社稷蒼生，非第區區芥子忝在同舟，倚藉之殷也。臨楮無任馳切。

又來札

敵難未發，僕欲藉台臺於宣；及其既作，急欲藉台臺於薊，故以驅敵出關，即趨入衛，此聖心所注，輿望所歸，非僕一人之私也。即台臺聞命之初，隨引嚮時圖敵之疏入告，夫豈不自信當今之世，舍我其誰哉？推轂專征，實維鄙願，僅云協剿，猶非本懷也。承臺翰屢示兵機，敵情洞若觀火，敢不服膺？願惟此時爲其可爲者，夫人而能之；爲其不可爲者，乃第一等豪傑事。環觀宇內，不望台臺誰望乎？古信陵之奪晉鄙也，眾中選寡，卒破秦兵。光弼之代子儀也，登壇指揮，精采立變。今日之事，正復類此。敵深入無已，轉禍爲福，因敗爲功，敬倚台臺一手。敵如折轉頭子，奔竄晉中，台臺以少兵追襲，亦自不妨。若猶未也，僕以和應詔、曹變蛟益台臺之兵，良有深意。關寧五千皆步，選留分發，唯台臺行間命之可也。

【箋證】

[一] 據《省罪録》：“十五日以請月餉、調祖鎮二事，具疏上聞，奏‘爲敬陳目前吃緊機宜事’。”或因孫傳庭之上疏，崇禎鑒於盧象昇軍賈莊覆滅，嚴飭孫傳庭進軍，對孫等“行間驅剿無方，蓋在尾後遙追，致令深入不已”十分不滿。所附楊嗣昌兩次信札，一者告知崇禎對目前戰況焦慮不滿，並及劉宇亮前往與爲孫調濟兵力事，二者表對孫傳庭寄予厚望，以古信陵君竊符救趙、唐李光弼代郭子儀比傳庭，望其轉禍爲福，因敗爲功。孫則因目前兵單餉缺，難以進兵，發信於楊，寄望於其向崇禎説明情況。孫傳庭給楊嗣昌書信之外，又向崇禎上疏《敬陳微臣見在兵力並餉窘情形仰祈聖裁事》。

與樞輔楊札 [一]

僕於二十四日抵棗强矣。據報敵於廿一日破武城，二十二日奔高唐，苗頭又似向東南，河西無敵，僕不得不赴清源，會同高監商酌援剿。總之，兵力既單，又人心風鶴，且行糧艱窘，易滋藉口，渡河之後，未知竟作何狀。阜城留餉三萬兩，必應就便催發僕軍前。若派役往提，恐已解赴真定，萬祈台臺……①，無復言矣。各鎮兵潰後遂徑行還鎮，即宣鎮報收一千五百餘，及檄挑有器甲而堪留者，僅報百餘，且無留意。桑榆之效，胡可望也？制敵須兵，僕日夜輾轉，實不能謬出一奇，以塞協剿之責……②

十二月二十四日

【箋證】

　　〔一〕寫給楊嗣昌書信，時間注明。按孫傳庭《省罪錄》所提《敬陳微臣見在兵力並餉窘情形仰祈聖裁事》一疏，得聖旨："知道了，左良玉、和應詔各兵著再飛檄嚴催。孫傳庭仍遵敕旨相機進剿，不得以駐附衛護爲辭。該部知道。"因此孫傳庭於十二月二十四日再寫此書發楊嗣昌，報道十七日後軍隊情況及敵行迹。

與督察劉札[一]

　　昨聞旌旄將抵中山，擬暫駐晉城祗候，乃爲豪守不容，遂叱馭而東抵冀州。報敵突平、夏之間，因馳赴清源，以便偵探，且可爲總監面商也。此時河西已無一敵，第濟、兗、青、登不免任其狂逞，可憂方大耳。倘折入東北，宵遁庶幾有期，此惟恃宗社之靈。若以目前兵力驅除，非所敢望也。僕驚承新命，束手待兵，憂心如灼，引領車騎，不啻雲霓，萬惟遄至爲禱。如敵情變幻，台節或宜由棗强指德州，僕當遣急足馳報也。冗次占勒，臨穎翹悚。

十二月二十八日

---

　①　萬祈台臺：後注"中闕數行"。
　②　以塞協剿之責：之後闕文。

【箋證】

　　[一]寫給前來任督察的閣部首輔劉宇亮的，告知自己行軍所在和敵情：敵方在濟、兗、青、登狂逞，自己則無可奈何，"若以目前兵力驅除，非所敢望也"。亟盼劉宇亮之來，並建議其"宜由棗强指德州"。

答總監高札[一]

　　王樸等兵於二十九日自真定東發，度抵德當在明日，即途中遲延一日，初四日必至矣。僕至德之日，即檄該鎮先發一旅赴河間援防，必不敢少遲也。

【箋證】

　　[一]本札題後自注："（崇禎）十二年正月初二日接總監札，因傳庭赴德，至德即發一旅赴河間援防，答云。"是傳庭接總監高起潛札，要其至德州後派軍協防河間。孫傳庭因回此札給高，告知王樸軍當在初四日之前到達德州，一俟到達，即可協防河間。但此時清軍實已包圍山東省城濟南，急需援兵。高對敵情的戰略判斷失誤，舉措失當，於此可見。

報總監高札[一]

　　濟南未有報到台臺所云"適聞"者，或未確也。據報，云兵已赴德矣，即閣部旌斾亦指德城。武邑芻糧俱絶，萬難屯駐，不得不入德調度。且細思台臺所聞即實，某返臨亦屬無謂，況北折之敵又不知如何。不佞已以北援入告[二]，晤時已面悉矣。容至德閲兵一過，兼偵南北敵勢，以决向往。台臺如有指揮，希馳示期會，蓋我兵斷無盡數駐臨之理，又無兵在德而不佞在臨之理。惟亮之，不盡。

【箋證】

　　[一]書札題後自注云："正月初三日卯刻，拜疏北援，即單騎赴德。時秦之

馬兵先已選發赴德，保鎮馬兵俱罷塘撤撥，關遼步兵俱留守臨。從傳庭行者，惟秦之步兵五百、保鎮步兵一千，與執事官役數十人耳。比行近武城，總監馳一札，云適聞濟城已陷，邀之返臨。傳庭因各鎮將至德，傳庭勢不能返臨，訊來役，云係風聞，未有塘報。遂遣一役，同來役往報云。"根據高起潛的指令，率軍北援。至武城，得高信札，告知濟南陷落，要求孫返臨城，孫傳庭未得濟南陷落正式消息，再派役向高覈實，認爲即使濟南陷落是真，也無必要再返臨城。

〔二〕不佞已以北援入告：不佞，本指無口才。《論語·公冶長》："雍也，仁而不佞。"邢昺疏："佞，口才也。"多用作謙稱。《左傳·昭公二十五年》："不佞不能與二三子同心，而以爲皆有罪。"明高攀龍《講義·小引》："不佞幸從諸先生後，不能無請益之言。"

答東撫顔札[一]

援濟萬不容緩，奈弟方束手待兵，現今所携數千，什九皆步兵，又什九皆關遼之兵。總監原任東路，題疏又自謂候弟至臨交付，彼即率兵往剿。弟因星馳至臨，而彼徑不往。昨弟無奈，欲撥携關遼兵二千赴德，與年兄共計，彼又以守臨之兵尚存見少，可奈何哉？適報雲鎮及宣鎮收合之兵旦夕可至，弟即檄令雲鎮赴德，又催榆兵同往。弟亦於即日啓行赴德，約明日即可聆台教也。

【箋證】

〔一〕題後自注："正月初三日晚，又接東撫請兵札，答云。"山東巡撫顔繼祖再次要求派軍支援濟南，孫傳庭回札答之，謂所携僅數千步兵，難以馳救。又告總監高起潛欲其回臨，待其到臨，高又不往。向東撫説明自己駐軍動向，及近前軍事部署。實際濟南已在正月初二陷落，傳庭此時尚未得確信。

報總監高札[一]

初三日午後接台札，憂憤欲絕。初四日抵德州晤東撫訊之，云殊無所聞。至初五日，東撫差家丁劉三正押淄川快手司瓏、吳正來稟，云在敵營，從濟南七里鋪於初二日晚滾出，見濟南城守如故。竊幸台臺所云"適聞"者，或係道路之訛傳也。初六日早，有自省城逃出難民閻喜至，又長清令報東撫之稟亦至，乃知城陷竟真矣。台臺屢發兵將，而竟不能一至，豈非天乎？現今兗州又復告急，劉澤清此時定無不至之理。然恐該將兵單，台臺不可不續發大兵急援也。大疏尚未至，彼中情形不佞何敢揣摩入告？惟速賜教是懇。景州、河間已如命發防，附復。

【箋證】

　　[一] 崇禎十二年正月初六寫給高起潛。題後自注云："接總監札，謂濟南信果真。又一札謂有飛報省城失陷疏來，會中有未妥語，欲取原稿更易，乃會稿之使尚未至也。初六日報云。"訴知得到濟南陷落確實消息經過。有感於"台臺屢發兵將，而竟不能一至，豈非天乎？"告誡目今兗州告急，應發兵支援，以免蹈濟城覆轍。並告知景州、河間防備情況。

與總監高札[一]

　　敵之北折者，報陷吳橋、南皮，突滄州矣。不佞業以北援入告，將誓師北發，兵少敵聚，不暇計也。會聞台旌已抵高唐，督察劉公及東撫，同德紳與催餉葛掌科公議，僉謂敵踞省會為憂益大，欲不佞南下，與台臺併力援剿，且促不佞即刻啓行。比使者至，云台臺已返清源，督察因走一札聞之左右矣，惟台臺有以教之。至區區之意，似南北仍宜兼顧。附此奉訊，惟照不一。

【箋證】

　　[一] 寫於崇禎十二年正月初七。題後自注云："正月初七日，因從督察議留東與總監併力濟南，即選發防兵赴近濟州縣分防，傳庭亦擬於旦晚南下，會總監使至，云總監從高唐返清源矣，因以一札訊之云。"敵占濟南，劉宇亮與高起潛議，集兵濟南附近，以防敵進一步侵擾，讓孫率軍南下濟南城周。孫則此前因有

敵兵北上，已作北援準備。接南下指令，遂寄書高，詢問高目前行止，以作會兵計。參《省罪錄》："初七日，督察同臣及德紳謝升、餉科葛樞會議，謂宜並力東南……"

答總監高札[一]

再承台教，慮敵飽揚北折，嚴防德州，敬聞命矣。第未知敵此時作何舉動，台臺有聞，幸即馳示。東撫初三日具疏不知不佞兵未至[二]，其所責於不佞者殊大不情，因於報兵疏內略附數語相駁，故未敢列台臺會銜。率復。

【箋證】

[一] 題后自注云："初八日晚又接總監札，以防德見屬，答云。"是高起潛得孫傳庭書后，讓其南下赴德州。孫再書告高，且詢敵情。順告東撫責其不救濟南事，認爲所責"殊大不情"。

[二] 東撫初三日具疏不知不佞兵未至：東撫，指山東巡撫顏繼祖，參《答東撫顏札》題後自注"正月初三日晚，又接東撫請兵札。"是顏繼祖給孫傳庭發救兵文後，以爲孫傳庭已出兵（實際孫接得顏文之初三晚敵已破濟南），後知未出兵，發書責備孫。

答總監高札[一]

濟南被陷已逾六日，北折之敵且已越滄州，此敵宵遁亦應在旦夕，乃尚無確報，何也？德兵稍集，然欲鼓之使戰似未可望，惟有分發防守庶幾有濟，詳具公移及疏揭中，幸台臺有以教之。小灘漕米及東南寄餉，必宜發兵防運，併希留意。防兗之兵，不佞遠從德發，以魯王告急[二]，東撫力請，義不容拒，附此併聞。

【箋證】

[一] 寫於崇禎十二年正月初九。題后自注云："初九日始接總監濟陷會稿

札，云濟南事竟如此，或即追轉原札也。札中詢在德兵力，併言臨兵進止狀，答云。"開頭詢高起潛北折之敵準確動態，再告目前德州兵力集中情況。鑒於目前軍隊士氣與后勤保障情況，建議應以防守爲主，不宜與敵決戰。并及糧餉運輸及兖州防守之情。

　　〔二〕以魯王告急：孫傳庭有《答魯王啓》一文："頃二東被兵，播越德藩。此時職兵未集，負罪萬千。比各鎮餘燼，稍稍收合。因念殿下名封震臨，不勝顧慮，輒發一旅馳衛，分自應爾。乃蕭弁重荷金帑之賜，職復謬蒙慰譽過當，實增愧悚。至於疏奏録功，尤非菲劣所敢承也。兹因蕭弁役旋，肅裁附復。臨啓不勝感戢悚惶之至。"應與此書寫於同時。

致總監高札[一]

　　自有濟南之失，人心風鶴，兵將倍難鼓舞，分兵發防，計非得已。然分則愈寡，又分之遠則難合，此際殊大費躊躇，祇慮合不能戰，固不若分之爲便耳。頃報敵一股走東北，若突濟陽，迤北兵又落後矣。由是觀之，分防亦未易也。淄川、章邱等處，萬希台臺就近各發一旅往守，或即摘發吳襄步兵可也。更祈諭令間道迻行，務抵城下，無如祖寬等之怯懦負委[二]，致貽憂君父，且重台臺焦勞也。

又附札

　　不佞於今日赴平原就近調度，且便與台臺相聞也。敵如盤踞，自當勉與一决。一切機宜，萬乞不時馳示。

【箋證】

　　〔一〕崇禎十二年正月十一日發高起潛書。自注云："十一日督兵南下，致總監。"集兵德州，士氣低落，打又不能，分亦不妥，但又不得不分，以求保守地方。特別告誡高起潛，應各發兵一旅，加强淄川、章邱兩地的防守。

　　〔二〕無如祖寬等之怯懦負委：祖寬，參《密奏書》。

致總監高札[一]

不佞於十一日午刻抵平原，即發雲鎮王樸選挑各營驍健五千，由禹城赴濟南，會合台臺大兵進剿矣。詳具公移，附此馳告。

【箋證】

[一] 寫於崇禎十二年正月十一日。自注云：「十一日抵平原，聞總監亦督兵出臨赴濟，因致書。告知抵平原，并派王樸率兵赴濟南。」告知抵平原，并派王樸率兵赴濟南，已作好會合大軍進剿的準備。

答東撫顏札[一]

十一日風烈異常，衝風南發，遂致感冒，伏枕憂苦難喻。敵踞省會，發兵聲擊，自不容已。昨咨所列年兄標兵即前發之七百，以數少故未詳聞耳。頃報總監還臨，王樸提孤兵屯駐殘邑，殊屬未便。鄙意因欲年兄移鎮臨清，調度防禦，易總監大兵出，驅剿庶幾有日乎？東阿防兵已移咨總監就近馳發，想不至膜視。又於便筒檄延將，俾與通鎮設法運護矣。率復。

【箋證】

[一] 崇禎十二年正月十二日寫給山東巡撫顏繼祖。自注云：「十二日接東撫札，以赴濟兵相訊，答云。」顏關心濟南省城的收復，詢問孫出兵情況。孫具體答之，并及自己身體狀況。從書信看，孫先發七百兵爲先驅，繼發王樸五千兵赴濟。希望東撫能移駐臨清，以換取總監高起潛兵出驅敵。可與下「十二年正月十三日」《與督察劉札》「總監竟返臨矣」「鄙意又謂東撫如移臨，則總監之辭塞，或可望其合力剿滅乎」互相參證。

與總監高札[一]

臨距省二百四十餘里，敵即謀返攻，豈能飛至？況聲西犯東，狡虜之常，難民之供未可信也。且敵即有此謀，今宜留步旅爲扼防計，第挑選輕騎望濟合驅，不佞之兵亦從禹城聲擊，或可成共逐之勢。倘敵決意攻臨，我之輕騎不難抄出敵前，回臨扼守未晚也。事在同舟，輒敢直告，希速賜裁決。

十二年正月十三日

又附札

防兗之兵，因魯藩告急，督察及東撫屬發一旅馳往，蓋恐通鎮復蹈祖寬故轍，則又噬臍無及耳。發已數日，度此時可至矣。

【箋證】

［一］從書看，高起潛從難民口中得知敵人欲犯臨，因而返臨防守。孫則認爲敵人聲東擊西，不可信，應於濟南合力驅戰。如敵決意攻臨，回臨扼守時間上也來得及。附札告及發兵兗州拱衛魯王事，再以祖寬擁兵自重致濟南失陷事爲誡。

與督察劉札[一]

總監竟返臨矣，且疏請台臺及僕赴臨守城。總監乃提一旅，惟敵是求，此何說也？僕已移札，趣令發輕騎合剿，北賊果向臨，抄回防守未晚。固知必不見聽，然不敢不盡此共事之愚也。鄙意又謂東撫如移臨，則總監之辭塞，或可望其合力剿滅乎？已備公移，統惟垂照。不盡。

十二年正月十三日

【箋證】

［一］崇禎十二年正月十三日寫給督察劉宇亮。高起潛返臨城，並請孫傳庭與劉宇亮亦赴臨防守，言自己"惟敵是求"。孫則認爲，目前最主要的是，"發輕騎合剿"，即使敵人真攻臨清，"抄回防守"也來得及。明知高不會聽，爲"共

事”之誼，也不得不好意告之。又言如東撫赴臨，高起潛當無話可說，或有望於其撤出臨清，以機動之兵合力剿敵。

與督察劉札[一]

連日鼓勵兵將，心血幾嘔。若輩似亦感激思奮，儘可相機有爲。顧總監返臨，殊可詫異。守臨似應東撫一往，台臺第當駐德適中調度，惟台臺裁之。曹鎮兵報至，楊鎮兵亦報還矣。敵如北遁，度在旦晚，前佈防州縣之兵最爲得力，第未知各州縣慨然納兵否耳？曹、楊兩兵，借給月餉，預支行糧，應與前兵一視，遂檄餉司行矣。特此附聞，併候福履。社稷之身，萬惟自玉。僕亦感恙二日，今始稍痊，外疏稿呈覽。

十二年正月十四日

【箋證】

[一] 再發給劉宇亮書，謂士氣有所振作，或可一戰。對高起潛返臨，殊表詫異，建議劉宇亮駐德州調度。又及曹變蛟、楊國柱二總兵部下月餉、行糧問題。末問候身體，點出自己曾身體不適，對應十一日《答東撫顏札》。

與樞輔楊札[一]

向云壞局難承，猶壞之始也，何意壞至此極，僕乃承之。濟南之陷，守如無人，援同坐視，可任飲恨？僕自德州聞變後，所督兵始稍集，纓冠無及，自應一意北援，乃督察閣部謂敵陷重地，須合力併圖，故留之南下。其原分之路，反置茫然，苦愈可知。幸僕計兵算敵，曲盡區畫，我着未錯，彼欲且滿，今已盡報北遁，略俟探確。東南歧路，無虞轉折，僕即親率簡就之精銳，與素蓄之義勇，追擊於河間、滄、津之間，倘有機會，必能實圖一創也。即事難逆料，而此後敵勢當少戢矣。特此馳報，以慰帷等。

所請盔甲，惟檄衛輔營撥馬馳送，庶幾有濟，千祈留意。外聞薊督猶懸，必欲付僕，毋乃大不情乎？僕雖微賤，孤臣亦臣，孽子亦子也。果如人言，敵遁之後，銓部即相擠置，僕雖欲一覲聖明，奉教左右末由，僕死不瞑目矣。若容入都數日，得以區區之愚面請裁決，須軍國大計商榷有成算，赴湯蹈火，一唯台臺之命，辭險就夷，僕非其人也。幸賜力持，無任切切。

十二年正月十六日

【箋證】

　　〔一〕寫給主管兵部楊嗣昌書。略述與劉宇亮戰略分歧：孫“一意北援”，劉則以“敵陷重地……留之南下，其原分之路，反置茫然”。敵情有變，表明尋找機會對敵重創之心。又及軍隊盔甲裝備事，及敵遁之後，面對不利的言路輿情，“欲一覲聖明，奉教左右末由”。如能達面君目的，“赴湯蹈火，一唯台臺之命”——豈不知此正犯楊嗣昌大忌。

致督察劉札[一]

　　頃報敵由商河走慶雲、鹽山矣。計敵按程急行可二十一日至滄州，我兵須二十一至彼，方能豫伏待敵。三軍明日可至東光，後日兼程，必至滄州。今吳橋殘破閉門，南皮光景大略可知。我兵與敵同在平原，百里之內，時時戒嚴。台臺之行，決宜河西，且台體尚未平善，兼有輜重隨後，即從天、雄趨滄州，相距甚近，亦可秉成指授也。台駕如竟欲由河東，須於今晚抵吳橋，其輜重必宜走河西。惟台臺裁之。

【箋證】

　　〔一〕題後自注云：“十八日至吳橋，十九日致札。”敵已棄濟南北逃，行走路綫已明，兵貴神速，孫傳庭欲趕在敵前於滄州設伏等待。建議劉宇亮軍與輜重同走河西，可抄近路快速至滄州。但劉堅持走路遠的河東（似可避免與敵接觸）。

孫説服不得，建言輜重走河西道。

與閣部劉札^[一]

敵苗歧向，偵猶未確，吳橋城門土屯，闃無人應，征車仍宜
暫止德州。刻下諜至，即另遣飛騎馳報，併請旌斾東指也。行間
率勒，臨穎瞻悚。

十二年正月十九日

【箋證】

　　[一] 與上封書同日。孫到達吳橋，再發劉宇亮，建議劉暫止德州，待敵所
向明了，再決定東向。

答淄川張相公請兵札^[一]

日役秦關，微廕秉鈞，生成之感切於肌骨，顧以戎馬倥傯，
綸扉嚴重，迄未能以葵向之私申致左右，缺仄如何！北虜決裂，
遂至此極。大壞難收，乃屬之襁褓子曰"非爾不可"，即癡人宜
濟，將如疆事何哉？僕代匱督師，聞命於去臘二十八日，時實無
兵可督也。正月初四日抵德州，初五日各鎮收合餘燼，至者萬餘。
方竭蹶佈置，而濟南之報至矣。僕乃倉皇具疏，亟請分防。貴縣
及章邱隸在東南，應監兵任之，顧以所在拒兵，累呼不應，僕不
得已馳檄德平、商河之兵，分發遄往，約望後可至。已報敵管北
折，復馳檄止之矣。

十二年正月十九日

【箋證】

　　[一] 淄川"張相公"求兵，孫傳庭答之。張應爲賦閑淄川的大僚，與孫故
交，遇敵入侵，求救於孫。書以未能問候致歉，並及近日戰事，告及曾發德平、

商河之兵前往，現敵北遁，已檄止去兵。

與樞輔楊札^[一]

到頭一著，誓期勉圖，以副拳切。日來多方鼓勸，行間兵將似亦盡知感奮。第臨時機會與用命若何，殊未敢必耳。然此著必不容已，譬之奕者，一局將終，勝已在彼，我猶餘有一絕大之劫，著可以立翻敗局。（中闕）……乃可一洗國恥，爲諸將士鼓勵。敵此時現在玉、豐之間，某兵已抄至遵化，會兵夾剿，惟力是視。

十二年二月　　日

【箋證】

　　[一] 向楊嗣昌報告敵之動向，我軍行動目標。敵已北走，孫傳庭急欲尋求戰機與敵一戰，以澄其"遙尾畏敵"的不利輿論。

答宣督陳札^[一]

閱諸鎮壁壘，猶循故事，戰則必勝，恐不敢望也已。以鄙見諭令改列，明日當再約祖臺一觀之。哨撥事祗遵來諭，復嚴飭雲鎮確偵矣。

十二年二月　　日

【箋證】

　　[一] 寫給宣化總督陳新甲的札子。對諸鎮軍壘不切實戰提出批評，希望下令改正。末及對敵動向偵探問題。陳新甲（？—1642），四川重慶府長壽縣人（今重慶市長壽區）。萬曆三十六年舉人，授定州知州。崇禎元年（1628）入爲刑部員外郎，進郎中，遷寧前兵備僉事。七年，擢右僉都御史，巡撫宣府。十一年，受楊嗣昌薦，擢兵部右侍郎兼右僉都御史，總督宣大。十三年，進兵部尚書，崇禎十五年松錦之戰，因指揮失誤致大敗。崇禎密使其與清兵圖和，因家童泄露消息，輿論大嘩被殺。在邊疆多年，習邊事，有才幹。然不能持廉，才亦未

可大用，屢誤國事。

與督察劉札^[一]

　　頃接楊翠老、高龍老札^[二]，云敵苗仍傍東北行，似不忘青口者。我兵住三屯，可謂扼要。第敵行甚緩，鐵廠此時尚無警耗，偵確之後，奉迎台駕，未遲也。遵距屯雖近二舍，然辰發午至，實不遇四十里，屯地狹，糧芻俱乏，我兵不宜先集自窘。惟師相裁示。

【箋證】

　　〔一〕題後自注云："十二年二月十八日抵三屯，與札。"按《省罪錄》記曰："（崇禎十二年二月）十七日遵撫報敵東行，稱鐵廠、三屯、黨峪爲扼擊追襲之要，總兵王樸報斬敵塘六級。十八日，臣先赴三屯。"

　　〔二〕楊翠老、高龍老：疑指楊嗣昌與高起潛。

答督察劉札^[一]

　　敵出青山，當走鐵廠，由河南寨渡河。河南寨距三屯三十里，兵在三屯即可控扼。敵出冷口，則走遷安，安距三屯一百二十里，兵在建昌乃可控扼。建昌距遷安四十里，距三屯亦一百二十里，距冷口止十里，總監大兵已至玉田矣。豐潤之敵哨撥已至沙河，自應東徙。附此併聞。

附督察來札

　　敵欲出青山口，被槍炮打回，此賊距後賊尚遠，當係前哨開路，想不過一二千，兩未相接，自是孤軍，正可乘機急擊，萬勿失此著數，以招坐待之咎也。幸速催督諸鎮與侯鎮合力猛圖之。又謂遵城眾口紛傳敵連日已從東中各口絡繹先運輜重，發將盡矣，但留精騎，抵旁殿後。若此語流聞入都，又增一番擬議。又云所云敵欲出青山者，乃陳總鎮標兵口稱，誤以十一爲十七，仍是前事也。兵且勿輕發還，須確探始行，併希轉語侯鎮爲望。

【箋證】

[一] 題下自注云："十九日阻雨三屯，督察誤聽總兵陳國威差弁口報敵已盡出青山，貽札見示，答云。"劉宇亮來札謂敵出青山口，要孫乘機追擊，以免貽人口實。孫傳庭則料敵北行兩條路，其設伏地亦預有規劃。但據載，本年三月，最後一支清軍確是從青山口而出的。

與宣督陳札[一]

黨谷之報，或總監哨撥誤之也。昨治庭行及中途[二]，前山舉炮，又如走石門時，治庭故若罔聞者，已竟無他也。至云敵盡出青山，尤無影響，彼中哨撥時至，絕未見虜一騎往窺，闐傳之口可詫也。治庭進發之地，俟虎帥報到酌定，即馳聞左右，併請台駕東移矣。

【箋證】

[一] 寫給宣化總督陳新甲，題下自注云："十九日又接宣督札，與督察前札所聞略同，答云。"澄清誤傳事實，並及自己進發之地。

[二] 昨治庭行及中途：按此處"治庭"或是"傳庭"之誤，下"治庭故若罔聞者""治庭進發之地"中之"治庭"同，或均是"傳庭"之誤，不再出注。

報督察劉札[一]

據雲鎮塘撥口報，敵撥已過沙河，苗頭的往東協，傳庭當發雲、宣兩鎮兵赴建昌伏擊。傳庭亦即攜臨、陝等兵繼往。師相大駕，亦應刻下東指。

十二年二月十九日

【箋證】

　　［一］向劉宇亮報告自己建昌伏擊軍事部署及軍行情況，建議劉亦應即刻束下。

答督察劉札[一]

　　敵前哨已至沙河，其盤旋豐潤者，必後哨驍騎，遲留未去，以阻我師耳。王、楊等兵，已於昨晚發令馳赴建昌，因阻雨，故候質明始行。承教嚴切，復檄分千餘遠赴豐潤，出奇襲擊，詳具公移，伏惟慈鑒。再窺盛意，勉勵之殷，殆惟恐傳庭一著處後感生成，曷其已已！併謝。

【箋證】

　　［一］題下自注云：“二月二十日督察催赴豐潤擊賊，答云。”是二月十九日向劉宇亮報告建昌設伏軍事部署，劉或認爲敵主力在豐潤，要孫分兵赴豐潤。孫以敵前哨已至沙河，判斷豐潤敵乃擔任阻擊任務的后哨部隊。

又附札[一]

　　小札將發，據虎鎮哨役報，敵營已至榛子鎮矣。傳庭當即催雲、宣等兵星赴建昌，傳庭亦即同餘兵繼發。其發豐潤之兵，仍令隨敵襲擊併聞。

附督察來札

　　陳方老已俯從弟愚見[二]，密遣精銳由間道趨入豐潤，復爲前日香河之舉，必當獲捷。老年翁所統諸縝，豈皆不能出一奇着而旁觀袖手乎？果若斯，則在三屯猶夫駐遵化也。何益，何益？夜襲儘可驚擾，何必有擊便中，若曰樹栅隔礙，鎗炮空發，而堅不肯圖，是膽怯氣靡之所借口也。將士倘再爲此言，幸勿復信。凡有妙用，希即馳聞。

【箋證】

[一] 劉宇亮堅持敵在豐潤，并以陳方老之言證實其判斷不誤，再要求孫分兵豐潤。孫不得已而分兵，並告知目前敵情與自己兵發建昌情況。

[二] 陳方老已俯從弟愚見：陳方老，不詳所指，或指陳新甲？

答督察劉札[一]

今日五鼓發雲、宣及延綏兵先行，某尚欲俟師相駕至面請方略後，乃督餘兵續進。接大教先伏待敵，時不可失，當即介馬前驅矣。至於相機指縱，圖一當以慰拳切，不敢不罄此心力也。

附督察來札

昨暮太府孫老先生發來虜營走出三小子，弟細訊之，謂辰刻自豐潤城東十里外起營。信若是，則漸近遷安矣。老年翁速當嚴督兵將，疾趨抄前，預伏以待，不宜再緩，致落敵後也。時即催陳方老急進，余亦相繼俱行。劉、閩兩公而外，又有真監陳、密監邊俱已至，此誠所謂雲集也。春雨沾漬，敵所畏，以其易於生瘟，且弓軟弦濕，長技受窘，帳浸馬濘，行止皆難，正天授我以滅敵之會，而我若不盡力圖之，遺憾可勝道哉！不世奇功在茲一舉。時乎！時乎！萬萬勿失，惟老年翁以全神注之可耳。

【箋證】

[一] 題下作者自注云："二月二十日督察又催赴建、冷，答云。"劉宇亮探知敵已從豐潤起營，要求孫嚴督兵將抄前預伏以待，孫爲之答劉。按《省罪錄》："十九日阻雨……臣隨發總兵王樸、楊國柱，副將和應詔等馳赴建昌。臣督曹變蛟等兵繼進……夜四鼓，又接督察合力夾攻早清敵兵之咨。臣行王樸等挑發精銳千餘，還赴豐潤，同總監大兵奮剿。隨據總兵虎大威報，敵營已至榛子鎮。臣即

塘報兵部，督催王樸等馳赴建昌。行三十里，復接督察催兵赴口咨，內稱敵拔營東去，離口甚近。在我官兵，應星夜疾趨其前，相度險要，出奇邀擊。臣於本日行一百二十里，督各鎮兵俱至建昌。"

與樞輔楊札^[一]

敵將出口矣。憶某初承壞局，竊謂不知更當如何決裂，乃敵禍反自此少殺，使鹽山、慶雲或能強支一日，以待某之東返，則自某接兵後，州縣遂無一失，保全者不止在西路也。惟是到頭一着未審若何，如一創難圖，敵竟狡脫，恐終無以謝聖明、逭斧鉞，是某之所為昕夕懍懍不能稍釋者也。至於揆度情形，鼓勵兵將，調停群議，心力俱罄，艱苦備嘗，第不能一一筆舌於師相耳。

閱邸報，聖明允政府諸老之揭，敕部推舉心術端正、擔當敏捷者以聞，豈枚卜需人乎？果如明旨所云，得一人焉，俾於元輔還朝之後，毋廢督察之官，而合薊、遼、宣、大等邊為一邊，俾此一人，本共信之輿望，握獨重之事權，盡謝情面，專計攘安。督撫不得耦尊，鎮將生殺為命，其現在之督撫不問久任、新任，應留者留，應易者易。鎮帥悉以協將署管，非有真正軍功，不得輒加鎮銜。副將而下帶銜至都督、僉事而止，非有真正軍功，應轉鎮帥任著何勞勛，不得輒加蟒玉。其現在之鎮將，亦不問久任、新任，應留者留，應易者易。乃復臥薪嘗膽，改弦易轍，深思如何之兵始可辦賊，著求必勝，效取至捷，於兩月之內，先練兵十營，刻日報成。而以此一人往來稽閱，兩月薊、遼，兩月宣、大。出則戴聖明之威靈，使文武將吏震疊祗承；入則以所稽閱之狀繪之至尊，俾邊塞情形時在聖目；而又以師相之公虛果毅以主持照應於中，如是而從頭整頓，料理經年，豈有不能制敵死命而猶披猖惟意乎？至所練兵，步火十八，弓馬十二，兵不必另募，餉亦不必另加，但得此一人，俾其以贊畫佐帷算，當為師次第畢陳也。若此一人既得，其他萬難責效、不可共事、有害無利之贅物，即宜盡行撤去。

然非朝議所可爭，亦俟此一人用後瀝誠以請，不濟則以死繼之，倘徼倖回天，國家事庶可爲也。若有害無利之贅物不去，任舉何人爲督爲撫，於事無濟，宗社之計，某不知所終矣。惟師相裁之。憂憤無聊，忘其狂瞽，伏惟原鑒，更希祕密。臨穎不任惶悚。

十二年二月二十一日

【箋證】

[一] 寫給兵部楊嗣昌書。敵退在即，先追敘這場保衛戰的遺憾與失策，對敵竟狡脫深感不安。面對當前敵我形勢，提出練兵選將主張，并建議戰術上以步兵火兵爲主，騎兵弓馬爲輔。明廷果能採取孫傳庭此法，臥薪嘗膽，積聚力量，其結局或另有不同。

答閣部楊札[一]

頃報虜哨從豐潤南行，則關門可慮。而口外接應之虜又傳已至大寧，大寧近在中協，敵情甚狡，或詭爲南行，以疑我兵，然後突走青、冷，皆未可知。今某已與陳方老同至建昌，扼冷口之衝，合力圖一大創。如敵突關門，稍俟探確，亦可馳抄夾擊；或復回青山，則可轉太平一帶邀截。凡此事機決，不敢坐失。至台教所云"拚命出奇，驅之疾走"，敢不惟命？第驅應在後，抄應在前，昨在薊州已與總監分任，且有疏入告，即某亦屢有塘報奉聞矣。今某兵已抄敵前，如欲且抄且驅，何能分應？且同處敵後，恐致誤緩事，會小疏業詳之矣。敵盤旋遲緩，固似有待，亦以驅者不驅耳。牧羊鞭後，師相應另有玄籌，非某所敢贅也。

【箋證】

[一] 回答楊嗣昌的書信，自注云："先於三屯道中接樞輔札，言青山報敵闖出，又復闖入，蓋即十一日敵哨出口報也。恐敵不出青山，則建、冷爲所必趨，望我兵拚命出奇，驅之疾走，語甚諄切。廿一日答云。"楊的判斷：敵人不出青

山，就是出建、冷。孫據此告知：建、冷已作好充分準備。即使敵走青山，亦可轉太平截殺。針對楊的"拚命出奇，驅之疾走"，孫謂：埋伏爲抄前，萬難做到"驅"敵——"且抄且驅，何能分應?"

與督察劉札[一]

昨報虜哨已過沙河，即冒雪走建昌，其豐潤一旅亦如命遣行，初發千餘。嗣接翰示，知豐潤敵營已拔，止遣六百餘，令之乘機擾擊，務尾及口乃已。然愚意必欲合力一大創，庶可少雪積恥。頃報虜移營南行，則關門可慮。乃據喜峰、冷口之傳聞，口外之虜已至大寧城，大寧爲中協之衝，恐內外夾攻尚在青山口，今之南行，其狡謀也。建昌居中扼要，若敵走冷口，正可扼擊；敵走關門，又可趨剿；即或出青山口，亦可抄太平寨擂鼓臺，出奇圖功。今已嚴行哨探，務得確息，然後與陳方老商度舉事，天時地利俱有勝機，斷不至坐失也。第以前扼而兼後驅，力必不能分應耳。禁旅及真、密兩公，俱聽師相隨機調度，臨時又當附聞。

十二年二月二十一日

【箋證】

[一] 給劉宇亮書。此書與上文《答閣部楊札》或爲同時。楊要其"拚命出奇，驅之疾走"，劉則有"乘機擾擊，務尾及口乃已"指令。孫謂"且抄且驅"，與"前扼而兼後驅"，同樣"力必不能分應"。又孫立意在敵北走之際，"必欲合力一大創，庶可少雪積恥"，預判"內外夾攻在青山口"，故在居中之建昌設伏，以作一地三應之準備。但最終敵遁青山口，竟不知何故。

答督察劉札[一]

建、冷、關門兼顧，已非易易，若更以抄兼驅，其何能既前忽後耶?三路齊舉，業奉明旨，惟有密訂師期，合力奮往。至舉事應在何日，某兵應由某路，某不敢妄有擬議，惟師相運籌聯絡，飛檄指示，某有竭蹶從事已耳。如某與宣督應分一人，或遣一旅南下，聲擊用虛，而以餘兵設伏用實，一惟台命。第分則力單，到頭一著，必宜多不宜少耳。總兵侯拱極等兵三千五百已發關門，張天麟等兵新與臨鎮兵合，暫留建昌，亦是總監汛地，固所欲兼顧者，保鎮劉光祚奉旨解京，允屬妥便，業如命遣役馳往。附此併復。

【箋證】

[一] 崇禎十二年二月二十三日上劉宇亮書，自注云："二月二十二日接督察札，屬令兼顧建、泠、關門，答云。"劉宇亮欲孫傳庭兼顧建、泠、關門三個地方，孫認為兼顧兩處已屬不易，三處難能辦到。且以抄兼驅，怎能忽前忽后？若三路齊舉，或應奉有明詔，約定密期。或督察應明確指定具體人員，自己唯待執行而已。以此或可判，敵軍此後順利遁出，或因不知兵的劉宇亮分兵過多，指揮失誤所致。

答總監高札 [一]

外敵果至松、塔，則內敵盤踞遷、延，明係有待，關門重地，自宜嚴防，以伐狡謀。張天麟等兵極欲遵命發往，因新與臨鎮合營，臨鎮去此，遂無火器，故暫留建、泠，猶是台臺屬地，俟關門報警，仍即檄令遄赴，不敢再煩台示。總兵侯拱極及兩副將之兵，俱屬令赴關矣。頃奉三路齊舉之旨，業馳請督察聯絡指示，希台臺有以教之。

【箋證】

[一] 回答總監高起潛的信。自注雲："接總監札，云賊已過松、塔，內賊盤踞鴉紅橋，苗頭向山海，屬令張天麟等三營回顧關門。二十二日答云。"高起潛認為敵情有變，或目標是山海關，要求派張天麟等軍支援。傳庭説明張天麟軍目

前無火器境況，不宜前往，告知侯拱極與兩副將之兵已下令赴關。又奉三路齊舉之旨，已請督察指示，再乞高奉教。按《省罪錄》載孫傳庭上疏崇禎曰：“今臣已同宣督陳新甲抄敵之前，伏兵建昌。敵甫踰西中，應出建冷，勢險節短，可謂得地。乃敵前哨忽報南折開平，又似欲瞰關門。臣已將總監高起潛分發建昌總兵侯拱極、副將周祐等兵，檄赴關門防剿。”

與督察劉札[一]

屢接嚴示，何敢株守？約期並進，已請帷籌選銳馳擊，並告掌記矣。今早某復欲親提各鎮將兵，先趨遷安，迎頭偵剿，人馬列隊將發，未幾而冷口報警，未幾而喜峰與冷口傳烽狎至，遂撤還各兵，嚴備以待。至宣鎮之兵，必宜返三屯，或傍山抵太平寨，與禁旅及真、密二旅期會並舉。冷口一帶某獨任，俟內敵苗頭確有定向，兩地之兵即視敵抄擊，此機宜必不可移者也。宣鎮宜刻下即行，已再四促之矣。

十二年二月二十四日

【箋證】

[一] 寫給劉宇亮書札。報告進擊備戰情況。本準備趨遷安，因三口報警而罷。建議宣鎮之兵即刻返三屯。

趣宣鎮返三屯札[一]

祖臺之宜返三屯或駐太平[二]，與京營各兵期會合剿，此事機之不容已者，望以刻下啓行。如欲須之明日，某期期以爲不可，倘烽傳未確，自有任其咎者。援兵所憑，但視烽耳。

十二年二月二十四日

【箋證】

[一] 寫給宣鎮總兵的催兵書。與上札同一天發，向劉宇亮報告戰備情況後，

催促宣鎮兵亟速前來，對應"至宣鎮之兵，必宜返三屯"。宣鎮，指總兵楊國柱。參卷五《督師謝恩疏》"宣鎮楊國柱、山西鎮虎大威兵已潰難收"。楊在賈莊之戰中隨盧象昇戰敗，後突出重圍。

〔二〕祖臺：舊時官場尊稱。清陳維崧《與王阮亭先生書》："此字去後，復接老祖臺手札，欲易墓表爲行狀。"此處稱楊國柱。

答提督閻札[一]

敵營盤旋不動，意蓋有待，因與督察劉老先生咨札，相商會期舉事，以信三路並舉之旨。某正欲親率官兵由遷安迎剿，而冷口、喜峰傳烽至急，今宣鎮已星夜馳還三屯矣。某專任建昌路，俟内敵確有定向，仍當合力並圖。詳具小疏中，附覽不既。

【箋證】

〔一〕自注云："二月二十四日接閻提督札，以敵情見訊，答云。"給提督閻的回信。"提督閻"指閻思印。《省罪録》："（崇禎十二年二月）十一日至三河，宣督陳新甲、提督閻思印、督理劉元斌俱至。"提督，《明史·職官五》："鎮守昌平總兵官一人，舊設副總兵，又有提督武臣。嘉靖三十八年，裁副總兵，以提督改爲鎮守總兵，駐昌平城，聽總督節制。"

答督察劉札[一]

承示，約期齊舉事屬某，敢不惟命？但連日敵情倏東倏西，且行且住，似欲誘誤我兵分應，然後合力闖口。又我兵進發之路殊費商量，三屯之兵中宿無所，建昌之兵迎扼非計，其詳已悉小疏，惟師相教之。三軍機宜，全秉指授，捧讀手教，不勝惘然。看議之旨，或聖明欲振聳行間諸臣，俾其畏奮，魚水一德，正自相成。師相身任天下，心憂社稷，當不能一日釋懷。敵遁非遙，萬祈提命不替，造就有終，某與諸將士引領望之矣。

【箋證】

[一] 自注云："接督察札，謂已謝事，此後兵事不必見商，二十六日答云。"
是劉宇亮被罷，告知傳庭。傳庭以近日敵情答之，對劉宇亮的被罷深表遺憾。劉
被罷，《明史·莊烈帝二》有載："十二年……二月乙未，劉宇亮罷。"《御定資
治通鑒綱目三編》卷三十七《喬宇亮罷》（本書此處誤寫"劉宇亮"爲"喬宇
亮"）："初，燕京戒嚴，帝憂甚，宇亮自請督察軍情。帝喜，即革總督盧象昇，
任命宇亮往代。宇亮請督察而帝忽改爲總督，大懼，與薛國觀、楊嗣昌謀，具疏
自言，乃留言象昇而宇亮仍往督察，各鎮勤王兵皆屬。馬甫抵保定，象昇已戰
歿，偵者報大清兵將至，相顧無人色，急趨晉州避之。知州陳宏緒閉門不納，士
民亦歃血，誓不延一兵。宇亮大怒，傳令箭即納師，否則軍法從事。宏緒亦傳語
曰：'督師之來，將以進戰也，奈何歛兵退處城中？ 芻糧不繼，責在有司，欲入
城不敢聞命。'宇亮馳疏劾之，有旨逮治。州民詣闕訟冤，願以身代者千計。宏
緒得鐫級調用。帝自是疑宇亮不任事，徒擾民矣。是年正月，聞大清兵悉銳趨山
東，乃敢移師，次天津。恐解嚴後重得罪，疏論諸將退縮，爲卸責地。因及總兵
劉光祚延遛狀，詔斬光祚軍前。宇亮以兵事未解，方倚諸軍自衛，遽殺大將，恐
生變。乃繫光祚於獄，具疏乞宥，以爲報武清之捷。帝責以前後矛盾，下九卿科
道議。僉謂宇亮玩弄國憲，大不敬。宇亮疏辨，部議落職閒住。給事中陳啓新等
復重劾之，乃削籍去，國觀代爲首輔。"

答總監高札[一]

兩日口外傳烽狎至，而內敵仍伏不動，或以我兵環集邊口扼
其吭也。某已具小疏，從灤州夾剿，一面遣協將刁明忠等兵先往
開平一帶，出奇擾擊。承台教，適獲我心，當於刻下親督存建馬
兵前進，迎敵所在，奮圖一創。先此附復。

【箋證】

[一] 自注云："總監來書，約兵折轉擊剿，二十六日答云。"是二十六日給
劉宇亮去信后，劉告知被罷，不必見商。於是孫傳庭寫給高起潛，報告軍情及兵

力準備。

答關撫朱請兵分援書^[一]

　　兩接台函，冗次率復，計此時已塵記室矣。茲諭移旅永平，兼顧灤州，與鄙懷適愜。擬於二十八日量擬楊鎮等南行，其建、冷仍留曹、王兩鎮駐防，敬拜疏奏聞矣。

十二年二月二十八日

【箋證】

　　〔一〕關撫朱：指關撫朱國棟，《題報督兵南剿疏》"隨接關撫朱國棟移咨"可證。《陝西通志》卷五十八有《朱國棟傳》："朱國棟字元培，富平人，天啓壬戌進士，歷仕江南蕪湖、休寧、山陽、安東諸大邑，俱有政績。及考選戶垣，陳奏利弊，劾地方大吏，凡十四疏，皆報可。旋攝侍郎事，册封趙邸，却其饋遺。以僉都御史出撫山永，修武備，興屯牧，儲蓄充牣，晋兵侍。壬午出鎮昌平，威望益著，武弁之貪懦者皆自解去，中貴申之秀亦疏辭。時兵苦缺餉，國棟抗疏請餉，士卒感泣。以病告歸。"但未知與此朱國棟是否爲同一人。

答閻提督商兵事書^[一]

　　内敵久延，邊烽疊警，此中正費商榷，台諭某仍宜駐師建昌，扼要待敵，實協鄙見。第建昌芻粒已竭，而内敵盤旋不動，接部咨，有"寧令敵闖邊口，毋使搖撼關門"之説。再接關撫咨，亦謂"窺冷可慮，闖關尤可慮，我兵飢尤可慮"。權之輕重機宜，某不得不分發永、灤，與高老先生犄角夾擊，務期促敵北奔，庶能從大駕及督理劉老先生之後稍圖斬奪耳。至口外之敵，已檄嚴堵，亦鎮將事也。此復。

十二年二月二十八日

【箋證】

[一] 閻提督：指閻思印。《省罪錄》：“（崇禎十二年二月）十一日至三河，宣督陳新甲、提督閻思印、督理劉元斌俱至。”參前《給提督閻札》。或閻告知建昌扼守之兵軍糧難繼，發書於孫，孫意建昌之兵不能撤，應照舊扼要以待敵。

答宣督陳札^[一]

自台旌西指後，即圖選銳南抄，二十六日三鼓，太平、冷口傳烽並急，因暫留建昌調度，先遣協將馳抄灤州。明日烽火復緩，遂拜疏趨永、灤，以圖過剿，並遵部咨“寧使敵闖邊口，毋令搖撼關門”之議，及督察驅敵之指授也。建昌仍留王、曹兩帥待敵伏擊，詳具疏揭中，已呈台覽矣。大軍雲集，需餉維艱，老公祖具疏呼籲，自應得請。若李主事挾餉有限，恐未能兩應也。再支五日，敬聞命矣。松山之報甚急，今日內敵紮營沙河，可東可北，如竟走山海，則結局更未易易。侯鎮現在冷口，遵高能老之遣也。冗次肅復，不一。

【箋證】

[一] 回答宣督的信札，自注云：“接宣督札，商兵事兼借餉銀，二十八日答云。”宣督陳，指宣化督陳新甲。陳新甲，見上一篇《答宣督陳札》。告知敵情及目前軍隊部署、軍餉困窘事。

卷九　咨文與塘報

回兵部催由真定截殺咨[一]

"爲三審機宜事"。

崇禎十一年十一月初九日，職督兵行至徐溝[一]，准兵部諮前事，内云："出關剿敵，原應隨帶多兵，本部疏雖未及，豈有剿敵而不用兵之理？今馬步止帶一千五百，或者精選一以當百正堪鼓而用之，惟望星速前來，早濟公家之急。如遇真、保等處有敵騎抄掠村屯，即望相機出奇截殺。本部已調總兵左良玉提兵渡河，倘行次相及，就近會同調遣，亦一策也。"等因。准此爲照：職奉調出關備援，自應隨帶多兵，即本部原咨未云帶兵若干，職亦應酌量多携。祇因閣部書札有"量率所部兵北上"之語，而差官王建都又稟稱："閣部分付兵馬不必多帶。"故職止選携馬步兵一千五百名星馳前來，今欲再調，亦已無及。職即遵照來咨，鼓勵各兵從真、保迎頭相機截殺。其左良玉之兵，此時未知行次何所，除一面發撥哨探，相近會同調遣外，職仍一面檄行分巡關内監軍道王文清，再於標、潼兩兵内挑選馬步一千名，聽職即行馳調外。今准前因，合再咨復，爲此合咨。

崇禎十一年十一月十二日。

【箋證】

　　[一] 清軍入關，孫傳庭奉旨北上。兵部文要求其自真定截殺入侵之敵，兼及孫傳庭所携兵力過少問題。孫傳庭回復兵部：因未曾指示帶兵具體數字，閣部差官王建都又有"閣部分付兵馬不必多帶"之語。文中兼及孫軍目前各部集結、兵員補充等情。

　　[二] 徐溝：今山西省清徐縣徐溝鎮。

又回兵部催兵咨[一]

　　"爲敵報續至已真，現在援師猶薄，乞敕就近撫鎮星馳入衛，并酌議遠方赴援，以握勝算事"。

　　崇禎十一年十一月十三日，職督兵行次壽陽[二]，准兵部十月二十八日咨前事，內開："'陝西巡撫孫傳庭已調未到，且未報帶兵之數，約計三千有奇，應催速到'，等因。十月二十七日戌時，奉聖旨：'山、永、遵、密之兵，俱着嚴防邊汛，萬一敵若續入，即分守各城。孫傳庭、曹變蛟及禁旅再行嚴催。甘、寧二鎮聽督臣酌發延兵，另選健將統領。王威留鎮，楊文岳之兵着分守沿河城邑，周鼎駐防臨清。應天、浙、福等處，即着照數解銀，兵不必來都，勒限去。餘依議。剿敵之兵撤調已多，左良玉、倪寵等應否俱調，再加確議速奏。欽此欽遵。'恭捧到部，合咨前去：煩照本部題奉先今明旨內事理，星夜統兵，兼程赴援，勿得再遲。"等因。准此，案照先於本月初九日，准本部十一月初三日咨，"爲三審機宜事"，等因。准此，已將職奉調出關、選携馬緣由，并檄行監軍道、再挑選續調兵馬數目，業於十二日諮報本部訖。今准前因，除職督統所携兵馬星夜兼程赴援外，合再咨復，爲此合咨。

　　崇禎十一年十一月十三日。

【箋證】

　　［一］再回答兵部催兵文。主要針對兵部十一月初三咨文，先引十月二十八日兵部文，並崇禎十月二十七日聖旨。告知一切情况已於十二日文中報知。

　　［二］壽陽：今爲山西晉中市屬縣。

真定敵情塘報[一]

　　"爲敵情事"。

　　職督標下副將趙大胤、王根子，將李國政、郭清，遊擊王國棟，都司張一貴等，統領官兵，十一月十六日行次柏井驛，據原差塘撥遊擊郭鳴鳳，守備梅永高塘報，又准直隸巡按張㦂嬉手札。十七日職行次井陘，又據郭鳴鳳塘報，又據井陘道李九華具禀。各到職。該職看得：職兵於十七日抵井陘，敵營於十二日即屯真定之東，今南至藁城，北至靈壽，遍地皆敵，職兵與敵相距僅百里餘。明日再進獲鹿，則與敵止隔滹沱一水矣。職聞真定無兵，直隸按院張㦂熺移書，及井陘道李九華具禀，各促職遄至。職兵雖寡，倘得馳入府城，必能爲重地防禦稍資一臂。第敵營環列，而敵騎四馳，其敵之屯古營者，距兵渡一綫之橋僅八里許，職提孤旅以突虎穴，殊非易事。除職至獲鹿相機衝擊外，理合塘報。再照職於初四日次洪洞具有一疏，爲秦計善後而略及敵情。今敵情較彼時夐異，乃職兵適迎其前。昨接閣部咨札，其所期望於職者甚厚，職憤不與敵俱生，顧衆寡相懸殊甚，倘旦晚督監大兵從東追擊，職提偏師從西佐之，職即孱劣，必不敢自謝不敏也。須至塘報者。

　　崇禎十一年十一月十七日。

【箋證】

　　［一］報知兵部真定附近敵情及己軍行動與處境，敵我兵力懸殊，切勿期望

過高，除非與督監大軍東西合擊，方有成效。真定，今河北正定縣。塘報，關於軍情的報告。明朱國禎《湧幢小品·塘報》："今軍情緊急走報者，國初有刻期百戶所，後改曰塘報。"

真定告急率兵馳赴塘報[一]

"爲敵情事"。

案照職於十一月十七日行次井陘[二]，已將本日以前敵警情形塘報訖。十八日職督兵抵獲鹿[三]，查獲鹿至真定道路被敵梗塞，斷人迹者五日矣。職即選差官丁哨探開路，有直隸按院原委千總武振山在鹿防守，隨令本官引領前往。當夜又准直隸按院張懋嬉手札，並據井陘道李九華、真定知府范志完、同知曹亭，各差快役任從善、馬應仲、陳建行、朱明仕扮作鄉民齎稟到職，催促兵馬邏至。職即於十九日督兵馳赴真定援剿，俟到彼審酌敵勢眾寡，相機戰守外，理合塘報。須至塘報者。

崇禎十一年十一月十九日。

【箋證】

［一］真定告急，多官催促孫軍支援，告知兵部，已於十九日率軍馳援真定。

［二］井陘，縣名，今屬河北。位於河北省西部邊陲，冀晋結合部，太行山東麓，北鄰平山縣，東部和東南部與鹿泉、元氏、贊皇三縣毗連，西部和西南部同山西省盂縣、平定、昔陽三縣接壤。有"太行八陘之第五陘，天下九塞之第六塞"之稱。

［三］獲鹿，縣名，唐天寶十五載（756）以鹿泉縣改名，治今河北省石家莊市鹿泉區獲鹿鎮，屬恒州。元和末屬鎮州。宋、金屬真定府。元屬真定路。明、清屬真定府。1958年併入石家莊市，1962年復置。1994年改設鹿泉市。2014年9月，撤銷縣級鹿泉市，設立石家莊市鹿泉區。

率兵馳入真定解圍塘報[一]

"爲敵情事"。

案照職於十一月十九日督兵馳赴真定援剿情形已經塘報訖。二十一日，據西安兵備清軍驛傳帶攝監軍道副使王公弼塘報，據監紀同知簡仁瑞塘報，准本院標下副將趙大胤塘報前事，內稱：本職等官兵自蒙本院親督赴援，於十一月十八日辰時至獲鹿，有直隸按院原發防守獲鹿、井陘道門下千總武振山報稱，敵在真定五七里之內紮營數日，音信不通，等情。隨蒙本院即傳各官兵整勵，於即日戌時，先發後左營參將李國政，領該營都司、守備、千把總、材官、百總、家丁，令武振山引路，前往真定偵探敵眾情形。是夜三更即至滹沱河橋，瞭見火光四起，李國政即領兵馬徑從大路衝趕敵塘，直至真定府城南關，隨差本營守備李國艾從間道回報本院訖。十九日本院率監軍道王副使，管餉監紀同知簡仁瑞，督副將趙大胤、王根子，旗鼓遊擊王國棟，參將郭清，都司張一貴，領各營官兵，於本日未時自獲鹿起行，一更時分渡滹沱河橋，齊至真定府南關屯紮。時敵火東西環遶，本院隨遣內丁守備崔應舉、樊學仁等，各領撥丁十名東西哨探。崔應舉領撥丁哨至西北十五里，遇敵撥六七十騎，衝砍一處，敵見我兵拚命砍殺，隨即走去。砍傷賊虜約十餘名，黑夜不便割級，重傷撥丁二名。隨探知保定撫院張其平督兵從西北前來，各丁恐昏夜真假難辨，隨回南關報知。本院諭令紮營，嚴守竟夜。

　　次早忽報敵五六十騎在城南窺探，蒙本院即發各營精銳百騎馳撲敵處砍殺。敵見我兵人精馬壯，望風馳遁。有副將王根子下家丁擺賽拿獲剪毛一名，併馬一匹，審得本名楊自禮，山西澤州人，係保定府蠡縣知縣王寀家人。除將楊自禮發赴真定縣查給路引回籍訖，理合塘報。等情，到廳，塘報到道，轉報到職。

　　二十二日又據該道塘報，准本院標下副將趙大胤、王根子，參將李國政塘報：本月二十日我兵趕散敵撥之後，敵不敢零騎撲搶。二十一日俱紮營於府城東北一帶，以精騎數股於離城五七里內往來窺探，以防我兵襲擊，於本夜五鼓從東北起營南奔，塵土接天，行至日暮方盡，復紮營於城東南沿河一帶。是夜蒙本院同真定撫、按兩院城頭會議，選發標下火攻把總雷世英、真定撫院標下火攻千總王全，各領炮手襲至地名王家莊，直向敵營衝打，擊亂敵管，打死達賊不知多少，盡被拖入大河，止遺屍二軀，查係從賊剃頭漢人，不應作級。救回難民二名，奪獲牛三隻。敵於是夜南奔。等情，到道，轉報到職。

該職看得：職兵次柏井[二]，即聞真定告急，馳至獲鹿，而直隸按院及道、府請兵之使從間道相繼狎至。職念重地孤危，不暇自顧兵單，當發參將李國政精選塘撥先往。職將卷杠、吏書盡留獲鹿，介馬擐甲，親提副將王根子、趙大胤及參將郭清、都司張一貴等馬步官兵，從縱橫賊火中冒險衝突，直抵府城。時方一鼓，我之哨丁十人於府城西北遇敵撥數十騎，隨能鼓銳力敵，傷賊且多。旋報保撫兵至，敵伏出掩襲，保撫督火攻營兵擊打，敵退。職嚴諭各兵列陣城南，職率監軍道王公弼、監紀同知簡仁瑞，分投巡飭，露處達曙。敵復發塘撥迫瞰，職隨發精騎迎擊，敵驚還老營，我兵追十餘里而返。自是，敵不敢復發零撥分犯，以大營屯紮西北，以精騎數股往來於城北五六里之外聯絡遊逞，防我襲擊。我兵因遠涉山險，未遑食息，暫休一日。而敵於是夜之五鼓拔營而南，敵行竟日，塵土接天，至暮方盡，屯紮於濱河一帶。職與保撫張其平、按院張懋熺城頭會議，發火器兵數百，携西洋等炮，夜擊其營，敵驚遁南奔。據報，擊傷敵匪甚多，敵悉拉投河，內止遺二屍，驗有炮傷，一剪髮未久，或係新擄漢人；一髮係舊剃，綱痕俱無，必係久從遼人。職以既非真賊，俱不准級。然恒陽重地，獲保無恙，則職之冒險赴急非徒，而各將兵拚命解圍之功，似不可泯矣。幸督師大兵已至，正值敵飽而思歸之時，敵之授首當在旦暮矣。理合塘報。須至塘報者。

崇禎十一年十一月二十三日。

[一] 真定解圍的詳細過程報告。據下文"業將解圍情形於二十三日塘報閣部訖"，應是向劉宇亮爲首輔的内閣報告的塘文。

[二] 柏井：今山西平定縣柏井鎮。古爲通京大道的重要隘驛。相傳漢韓信曾在此築城屯兵，取名柏井城。

遵旨赴京已至保定，復接暫專真定之旨，移兵部代題請旨咨[一]

"爲塘報事"。

十一月二十六日，職率兵行近保定，於途間接准兵部咨，前事，該閣部楊嗣昌題，奉旨："孫傳庭如至真定，暫駐剿禦。張其平急宜回汛[二]，勿再逗遲取罪。督、監、撫、鎮仍一併再飭行。欽此，欽遵。"抄出到部，移咨前來。案照職十八日行次獲鹿，據報大敵環逼真定，職慮重地孤危，因將卷扛、吏書盡留獲鹿，介馬擐甲，親提官兵，於十九日冒險馳至真定。當夜我兵殺退北兵塘騎，又於二十日奪獲敵騎，二十一日夜擊敵營，敵即南遁。業將解圍情形於二十三日塘報閣部訖。職因准部文，催職星馳入衛，毋容俱滯南方，奉有俞旨，職隨於二十四日率兵北上。復奉今旨，職已離真至保，且督兵無多，況群敵已渡滹沱南遁，督師大兵緊隨追剿，保撫又經回汛，職因暫駐保定，應具疏請奪。緣職吏書、卷扛尚在獲鹿，繕寫無人，即職驚聞新命，揣分難勝，亦俟職抵京繕疏控辭。爲此合咨貴部，煩請查照，代題請旨，移職遵照施行。

崇禎十一年十一月二十七日。

【箋證】

[一] 已率軍到達保定，方接到兵部楊嗣昌題署的咨文，奉聖旨要求孫傳庭

駐軍真定指揮。鑒於離真至保，督兵無多，群敵南遁，要求暫駐保定，上書兵部，要其代題請旨。

〔二〕張其平：時任保定巡撫。終因兵敗受戮。《明史》卷二四八《顏繼祖傳》："終崇禎世，巡撫被戮者十有一人：薊鎮王應豸，山西耿如杞，宣府李養沖，登萊孫元化，大同張翼明，順天陳祖苞，保定張其平，山東顏繼祖，四川邵捷春，永平馬成名，順天潘永圖，而河南李仙風被逮自縊，不與焉。"

移兵部聞差官報敵出龍固，仍遵前旨赴京咨[一]

"爲塘報事"。

案照先於十一月二十七日，業該職將真定解圍、敵兵南遁、督師盧象昇兵至追剿、保撫張其平已經回汛及職離真至保情形咨本部，代題請旨去後，職暫駐保定候旨。本月三十日，有本部原差官黃學卿自真定回稱，西路敵聚已過龍、固兩關，督師親提虎總鎮、楊總鎮等兵，於二十八日由獲鹿赴山西追剿，又發總兵王樸由龍泉關赴大同扼防，則職自不應復返真定。除於十二月二日仍遵前旨赴京外，爲此合諮。

崇禎十一年十一月三十日。

【箋證】

〔一〕暫駐保定候旨，得兵部原差官黃學卿自真定消息：西路敵人已過龍泉關和固關，督師盧象昇率軍赴山西清剿。鑒於此，孫傳庭認爲無須再率軍回真定，而應按原計劃赴京。爲此上書兵部諮請。龍固，當指龍泉關與固關。龍泉關，長城重要關隘。在五臺山東南六十里，東距河北省阜平縣七十里。有上下兩關，相距二十里。明英宗正統二年（1437）建下關，明景帝景泰二年（1451）又於其西北建上關。關之南北，沿山曲折，各數百里，有隘口六十餘處。固關，明朝京西四大名關之一（其餘三關是居庸關、紫荆關、倒馬關）。關城初修於明正統二年（1437），當時叫"故關"，在今平定縣娘子關鎮舊關村。嘉靖二十二年（1543），"虜寇太原邇遍故關，其關雖地當衝要，而舊城險不足"，於是西遷十里築新城，取"固若金湯"之意，改"故"爲"固"，並於其後修復了關城兩側的長城。

回兵部送到糧單咨[一]

"爲敵報續至已真等事"[二]。

本年十一月三十日，准兵部咨："前事，合咨，前去，煩照來文事理，即將送到糧單一張、則例一張查收，照所領兵馬確數填單支給，仍希咨會户部查考"等因。准此，爲照：職奉調入援，官兵應用行糧，職携有餉銀，按日支發，並不取給於沿途地方。惟是馬騾料草，恐一時措買爲艱，行各領兵官，照原題數目於經過州縣支領。其官之廩給、兵之鹽菜及官與兵之食米，俱以原携餉銀折給，沿途並未支領。今兵馬已至保定，除俟事完將支過料草數目造册，同原送糧單及則例咨報外，合先回復，爲此合咨。

崇禎十一年十二月初一日。

【箋證】

［一］上報兵部，關於部隊餉銀糧草供應的處理和備忘。

［二］"爲敵報續至已真等事"：此句與主標題關於"糧單"的諸文内容不合，疑有誤。又"續至已真"，疑應作"續已至真"，"真"，或指真定。

再接部咨仍駐保定移部請旨咨[一]

"爲微臣冒險解圍，已抵真定，恭報沿途情形，仰祈聖鑒事"。

本年十二月初二日卯時，准兵部咨，該保定巡撫張其平題前事。十一月二十八日奉旨："知道了。張其平回鎮稽遲，且屬邑多陷，何得以解圍自詡？敵氛正棘，着益加策勵，與孫傳庭作速協力剿援。該部知道。欽此，欽遵。"抄出到部，移咨前來。同時，又准兵部咨，爲塘報事，准職咨前事，等因到部。准此，爲照

"真定暫駐剿禦，奉有明旨，似難徑行抵京。今既行次保定，應仍暫駐，候本部另行題請，仰取聖裁進止爲便。"等因，到職。准此，案照先於十一月三十日，有本部原差官黃學卿自真定回稱：西路敵兵已過龍、固兩關，督師親提虎總鎮、楊總鎮等兵，於二十八日由獲鹿赴山西追剿，又發總鎮王樸由龍泉關赴大同扼防，則職自不應復返真定，擬於初二日仍遵前旨赴京。業於初一日咨報本部去後，本日又准保定總兵官劉光祚塘報，内稱："十一月三十日，據職原差健丁營撥哨守備毛士英、王英席、陳瑭等報稱：英等探至真定府獲鹿地方，二十四日達兵攻獲鹿，三日火炮，打死達兵甚多。獲鹿無虞，達兵徑奔井陘山去訖，有欒城縣達兵亦奔西山去訖[二]。有大同鎮兵馬二十八日起身往倒馬關，探得敵兵自二十六日起陸續徑奔山西地方，稟報到職，理合塘報。"等因。准此，職於初二日自保定起行赴京間，今准前因，職仍應暫駐保定，聽候明旨進止。第今敵兵已於十一月二十六日從龍、固兩關西奔，離真定已遠，況職已抵保定，距敵愈遠，即追，敵現至何地，職亦不能遙度，又何能與保撫復圖協剿？爲此合咨貴部，煩爲酌題，仰請聖裁，恭候旨下行，職遵照施行。

　　十一年十二月初二日。

【箋證】

　　[一] 再次説明駐軍保定無須回真定的理由。按孫傳庭私意，心心念念，是要面見崇禎，陳其内外戰略見解，欲駐保定，或是因保定距京城較真定更近故。

　　[二] 欒城：春秋時晉中軍元帥、正卿欒書封於此，爲欒城之肇始。西漢置關縣，東漢改置欒城縣。三國魏并入平棘縣，北魏時復置欒城縣。北齊時廢欒城縣。隋設欒州，復置欒城縣。唐改欒城爲欒氏縣，五代時又改稱欒城縣。明清沿之。2014 年 9 月，撤銷縣級欒城縣，設立石家莊市欒城區。

聞舊督兵潰塘報[一]

　　"爲敵情事"。

職於十二月初九日督兵至真定，因犖營兵候旨未發，關遼兵始至定州[二]，職於十二日早携備行糧南下，本日至藁城。該縣用大炮擊兵，不容關厢住宿，官兵無奈，分投村舍。次早起行，於申時至賈氏莊，見有潰兵陸續北來。隨據保鎮並標下塘丁羅新氣等收來兵丁一名王振稟：係陽和鎮中營副將李重鎮營內左哨把總葉建開內司家丁，報稱：本月十一日，督師盧象昇統兵到鉅鹿縣地方賈莊，與敵大戰，擒獲賊一名，斬級一顆。十二日卯時，敵從四面齊來攻營，用火炮相打，至巳時將營攻破，兵馬四散，督師盧象昇與虎總兵俱在莊內，虎鎮要上馬往外衝砍，督師云應死守此地，兵潰後未知下落。有總鎮楊總兵先領兵馬往援順德，今聞現在內邱，等情。據此，除探有的確情形另報外，事關兵潰，理合先行飛報。須至塘報者。

崇禎十一年十二月十四日。

【箋證】

〔一〕向兵部具體報告盧象昇軍兵敗事。並及自己行軍途經藁城不被納事。

〔二〕關遼兵始至定州：定州，古中山國所在。北魏天興三年（400）改安州爲定州，治所在中山，管轄5郡：中山、常山、博陵、北平、鉅鹿。隋開皇三年（583）設定州總管府，駐紮鮮虞縣（即今定州市），管轄定州、冀州、瀛州三州軍事。唐沿之，管轄範圍擴大。後周廣順元年（951）設置定州義武軍節度使，管轄3州：定州、易州、滄州。北宋政和三年（1113），改定州爲中山府，治所在安熹（今定州市），管轄7縣。金元沿之，管轄範圍略有變化。明洪武九年（1376）仍設定州，州治定州，管轄4縣：定州、新樂、曲陽、行唐。

移兵部借陝西功賞充餉咨[一]

“爲州邑破殘已甚，官軍糧料俱無，祈發陝省斬級之賞功，暫充目前之實用事”。

竊照本部奉旨協剿，其兵單糧乏情形業已另疏專請矣。但今敵苗自鉅鹿而東，飄忽莫知所向，本部是以携帶標兵以及關、保兵馬，自晉州而趨束鹿、冀州，東西可以堵擊。惟是所在村落丘墟，民心風鶴，不惟官兵之鹽糧不繼，即一芻一束尤難，本部雖鼓舞而行，終難枵腹以待。查得先准本部以職任陝撫，原督標下各官兵征剿流寇，斬獲賊級，題准解發功賞銀一萬五千兩，已經委官領解，阻於敵氛未到，今尚在囷庫，似可借那軍前，以濟亟用。此以陝兵應得之賞功，暫充剿敵之糧料，於計最便，擬合咨請。爲此合咨本部，煩爲查照咨文內事理，希將陝省征寇賞功銀一萬五千兩借發軍前，暫充剿敵緊急糧料之用，完日具數銷算。其應給功賞，仍俟事平撥發餉銀補給施行。

崇禎十一年十二月十七日

【箋證】

[一] 鑒於沿途軍馬糧草餉銀無以爲繼，向兵部請示暫用陝西功賞銀充餉。

報敵情塘報^[一]

“爲敵情事”。

案照先於十二月十三日酉時，據陽和中營家丁王振口報督師兵潰大略，業於十四日丑時塘報訖。本日職抵晉州，據兵部原委傳報守備張國瑞報稱：“十一日夜二更，被敵圍住賈莊火營，至卯時，正南又來一隊萬餘，將莊圍三重。督師周圍巡視，虎總兵西面，楊總兵東面，南北二處副將等官。西南面，敵用大炮打數十炮，我營對打大炮百餘。西南敵眾，紅旗四面，頂頭就上，亂箭齊進營內。督師舞刀大叫，齊殺上去，坐馬前射二箭，營中對面不相見，一齊亂殺，遂不見督師，未知存否。卑職只得殺出正南，被敵三重圍住，又殺向東，被射二箭，又出東北，左肩一箭，齊殺出，官三員俱帶傷。”等因。職因候關遼兵未至，暫駐晉州，一面檄行總兵吳襄催兵速赴軍前，一面遣參將李國政統兵前往鉅鹿一帶哨探敵營。又聞潰兵沿途紛紛四散，隨差守備趙安攘執牌招聚。

續據宣鎮遊擊何鳴陛稟報："宣府總兵楊國柱、寧武總兵虎大威俱突出重圍。"職隨給牌付鳴陛，找探兩鎮，各收潰兵。去後，關遼兵於十七日到齊，職於十八日驗收隨征。

本日，據宣府總兵楊國柱塘報："十二月初九日至鉅鹿城南十二里賈莊，與督師合大營，隨奉檄催，就於賈莊紥營，安設大炮。山西陽和分西北面，本職分東南面，隨即同各鎮帶兵分頭進發，直撲敵營，於蒿橋遇敵。我兵奮勇，斬級四顆，收兵回營，隨驗督師賞功。酉時隨報敵調大隊四面圍攻，我兵箭炮齊發，攻打一夜，至丑時方退。十二日辰時復又來攻，自辰至未，攻打不退。兩日一夜，炮聲不絕，箭射已完，火藥俱盡，本職拚命統率馬兵，列營對射。敵從西北角衝入，本職大喊，官兵轉身內向攻打，迎頭死戰。奈眾寡不支，本職被敵連中四箭，又被刀砍中盔落馬，隨為親丁降敵救出，本夜至鉅鹿北莊方甦。當有在陣中傷副參張明禮、李國輔等，俱已責成各分要道，沿路招集兵馬，尚有本職印信并守護官丁猶未找獲，俟官兵招集及印信找獲另報。"等因。

又據陽和中營副將李重鎮、左營副將劉欽各報敵攻兵潰情形，與前大同小異。內李重鎮報稱："十三日申時，至新河縣南五里迎遇虎總兵，口稱營亂之時猶親手力牽督師馬首，救轉東面。督師奮不顧身，不肯出圍，用刀刺虎將之手，勒馬喊砍，衝冒流矢，忽然不見，不知下落等語。據平日督師指天誓為千古英烈，關帝斷頭，馬援裹屍，每不去口。苟旁有一人勸生，即着實怒罵，故臨難不能救轉耳。卑職雖負重傷，勉力找尋。十四日至關亭地方，遇左營副將劉欽並原差親丁黃智等，擡督師屍軀，面中一刀，頭中一刀，身中四箭。卑職先用布纏，俟至城池再行棺殮。"等因。又據宣鎮遊擊何鳴陛報稱："蒙差招集潰兵，卑職隨即差人招集，今已收完宣鎮各營兵丁馬步共一千八百一十一名，內陽和馬步兵，卑職交付陽和領兵官訖。"等因。又據宣府總兵楊國柱呈報："招集本鎮官丁共一千五百六十五員名，分別馬步各令入管整搠以後，兵丁隨到隨報。"等因。

十九日，據標下後左營參將李國政塘報："蒙本部憲檄，發卑職自賈莊前往戰陣地方，跟探敵眾向往情形飛報，以便督兵進剿。卑職帶領本營都司、守備李秀、李文奎、楊豹、李國艾、苗大勝、劉友元、吳養純、賀登第、羅國用、杜大捷、路哱囉、路着太、石登科、唐虎、王友倉、李應祥、劉光希、白光明、高棟、陳堯典、劉守信、汪得功等六十名，於十六日酉時至鉅鹿縣地方賈莊，忽見莊內達兵三四十騎，搜掠陣失器械，趕拉鄉民。卑職奮不顧身，即令各官兵撲砍。敵見我兵喊聲大振，隨即望南奔跑。卑職領兵追及一里，射中一賊，落馬竄入樹林，各敵救去，奪獲敵馬一匹，上馱紅包一個。欲再前追，天色將晚，又兼樹林叢密，不便深入。撤塘至鉅鹿縣，取看包裹，內有總督關防一顆。除先差人回報外，又據逃回隆平縣難婦張氏說稱："達賊內多半說話不真，其餘亦說漢話。說各賊於今年三月內會兵，至六月聚集，七月自寨起身，九月到邊，今各部落達賊願回，王子不肯。又因邊外草枯，路遠難行，須至天暖，邊外有草方回。"等情。卑職又到鉅鹿縣官亭村，據陽和副將李重陣說稱："自保定起至鉅鹿，沿途及戰陣之時二十餘日，兵馬未見升合糧料，又兼各處炮打，不容近城。順德府、廣平府有宣府楊總兵發兵去守，地方官云敵已遠去，將兵發回，取據該府印結。"等情。卑職探得："敵自戰後仍在鉅鹿縣南三十里外紮營，復撤塘來戰場撲掠人民，苗頭向東南行走。寧晉、鉅鹿一帶被敵殘破，進則難戰，退無可守。伏乞憲裁，今將探的情形開奪回印信、馬匹一併解驗。"各報到職。

該職看得：自賈莊師潰之後，敵勢益張，敵謀益狡。今據各報情形，固不無互異，至敵之苗頭復趨東南無疑矣。職現在所統之兵單薄實甚，必宜候兵力稍合，以圖防剿。但和應詔、曹變蛟等兵未審何日可到，又真屬地方一時無敵，便視兵如仇，不惟軍糧斷絕，求索無門，亦且訛謗繁興，釁端百出。職即欲審酌，彼已徐圖進發，不可得也。查冀州襟帶真、保，控引臨、河，我兵至彼，既可以犄角山左大兵，又可以還顧畿南重地，即敵出臨洺北竄，職亦由順廣躡敵之後，或折龍固以抄敵之前，而尾擊、迎擊之勢猶在，職遂於二十日望冀前發矣。俟抵之日，倘我兵漸集，分合進止，相幾爲之。職心原不敢稍有阻懈，職力實不能遽有恢張，此在聖明自有洞矚，舉朝必能體念，無俟職之多贅也。

至若參將李國政，領撥突敵，射馬奪印，勇往可嘉，除職量行犒賞，其督師關防暫發晉州寄庫，並檄令各鎮將將收回殘兵堪用者量選隨征，不堪者具數報部請示外，理合塘報，等因。

崇禎十一年十二月二十日。

二十五日本部題，奉聖旨："這報内李國政射馬奪印事情還確查，餘已有旨了。"

【箋證】

[一] 據直接參與盧象昇賈莊戰役的兵部原委傳報守備張國瑞、宣府總兵楊國柱、陽和中營副將李重鎮的描述，詳細報告賈莊戰役的經過。旁及戰後敵之動向，我軍之形勢處境，己之用兵戰略，李國政功賞與賈莊潰兵的安置等。

移督察酌定潰兵去留咨[一]

"爲潰兵急宜酌定去留，乞就近裁示事"。

爲照宣、晉潰兵，本部檄行宣鎮楊國柱等共招集一千八百餘人，業經塘報外，本部復行楊國柱，從新挑選堪用者隨征，不堪者具報兵部請示回鎮。此時該鎮諒已選定，第恐請示兵部，往返千餘里，若輩飢疲絕糧，勢難久待，擬合咨請。爲此合咨貴閣部，煩請查照咨文内事理，希將宣鎮楊國柱等下招集潰兵，挑堪用者隨征，不堪者填給糧單，委官統領回鎮，煩爲速賜裁酌施行。

十一年十二月二十日。

【箋證】

[一] 鑒於上報兵部往還須假以時日，請示閣臣劉宇亮，迅速解決賈莊潰兵的入編與回鎮問題。

哨探敵情塘報[一]

"爲哨探敵情事"。

十二月二十一日戌時，據保定總兵劉光祚報稱：自參將李國政奪印回營，敵尚在威縣，有職原差撥哨都司張登舉、劉永濬等，同標下後左營中軍守備李秀、楊豹等，領原選發撥丁五百名，遵本部面授方略，隨敵尾後，張聲襲探。今於十二月二十一日酉時，據張登舉等報稱：各官丁撒撥由鉅鹿探至威縣地方，縱馬往來，揚塵蔽日，遥張聲勢，隨復暗藏村落，若伏兵之狀，使敵驚疑。於十九日偵敵拔營，在臨清北五十里渡口驛搭浮橋三個，自午時，河西往東過渡，約四更過盡，俱在河東紮營。其臨清西南地名新集兒，還有達兵一營，前哨已到夏津縣地方，苗頭似向東北，等情，哨報到職。據此，又據鞏固右營千總白之鼎塘報相同，據此理合塘報，等因到職。

該職看得：自賈莊兵潰，敵意我西路無兵矣。比李國政射馬奪印，敵已稍稍恫疑，乃保鎮撥哨都司張登舉與標營守備李秀等，復能遵職指示，襲敵尾後，若進若伏，使敵不能窺我虛實。據報，敵大勢已過渡口驛，抵夏津縣，一營尚在新集，相去臨清不遠，其意或不忘臨清，仍思窺逞。或得志復由河間北折，俱未可知，然似已不復南下。職趨冀州，爲適中之地，計職現在兵力，張聲設疑之外，雖不能別有規恢，若用少用奇，苟有機會，亦不敢不惟力是視也。今具塘報前來，理合塘報，等因。

十一年十二月二十二日。

二十六日本部題，奉旨：“知道了。用奇用少，須有料敵實著。孫傳庭著遵屢旨，集師敵愾，不得畫地，以誤事機。卿部還即飛飭。欽此。”

【箋證】

［一］上報兵部的軍情塘報。偵察所得賈莊兵敗後敵人的動向問題，兼及用疑兵之計影響敵人的去留問題。結尾引崇禎對孫傳庭的指令，對孫之行兵舉措頗不滿意。

赴臨清防守易出監兵剿敵塘報[一]

……不得已分兵防禦①，河院趨濟寧，通鎮趨兗州，防院越青州，東院趨濟南、天津，關寧兵暫屯目前，俟樞貳臣至，立刻交付，托以萬全。職即統鎮將視敵馳擊，等因。除具題外，會揭到職。該職看得：初報敵從渡口驛過河而東，恐其得志飽揚，折而宵遁，職提兵趨冀州，謂可以控德扼瀛，且還顧真定。繼報敵越臨清，由高唐折入東南，職遂疾馳棗強，欲從武、德之間渡河防扼。行次和生店，復接總監揭帖，議職守臨清，使關寧大兵得以視敵馳擊，該監業已具疏矣。職即於二十六日抵臨清，將所携兵丁盡撥守城，以代防院之登兵、總監之戰卒。除再確探敵情相機守禦外，理合塘報，須至塘報者。

崇禎十一年十二月二十六日。

【箋證】

［一］因缺文，詳細始末難確，但塘報內容大致可知：對敵戰役部署已在執

---

① 不得已分兵防禦：本句前，民國三年版《孫忠靖公全集》用小字注：“前數行闕”。

行中，但接總監揭帖，要其駐守臨清，遂於二十六日趨臨防守，爲此報知兵部。

回總河請兵援省咨^[一]

"爲會城萬分危急事"。

正月初一日申時，准貢院咨前事，等因。准此爲照：本部院所督保鎮及關遼兵俱係步卒，已照總監高題疏派守臨城，其原帶秦中馬兵爲數無幾，已發防德州。至所調河南援剿總兵左良玉、臨洮總兵曹變蛟、大同總兵王樸、延綏副將和應詔、陝西副將鄭嘉棟等兵，俱已屢檄催促，奈途遙，一時未能遽至。今東省會城告急，發兵救援難緩，合無亟會總監高^[二]，速發現在兵馬，星馳應援，庶克有濟。爲此合咨。

崇禎十二年正月初一日。

【箋證】

[一] 回答總河官某請兵援省的咨文。"省"，當指山東省城濟南。時濟南在清軍的包圍之中，孫傳庭回此文的第二天，濟南即被攻陷，德王被擄。總河，總理河道之官。明設總河侍郎，簡稱總河。《明史·河渠志一》："成化七年命王恕爲工部侍郎，奉敕總理河道。總河侍郎之設，自恕始也。"清初曾稱河道總督，後復總河之名。《清史稿·河渠志一》："雍正元年六月，決中牟十里店、婁家莊，由劉家寨南入賈魯河。會鵬年卒，齊蘇勒爲總河。"此處總河具體爲誰待考。諮文告知：目前掌握兵馬已據總監指令防守指定城池，其他所屬各部兵將尚在集中途中。省城濟南危急，急需救援，已發文總監，當有兵馬派出。

[二] 合無亟會總監高：此句疑有誤，尤其"合無"難通。

移户部兑撥鹽課充餉咨^[一]

"爲州邑殘破已甚，官軍糧料皆無，祈發陝省斬級之功賞，暫充目前之實用事"。

崇禎十二年正月初六日，准户部咨，前事，合咨貴部，煩爲查照來文内事理，出給一萬五千兩，實收給差官前赴阜城兑領，以便日後該解委赴部持驗掣批，等因。又准兵部咨，同前事，等因。准此：查得阜城寄貯外解銀兩，昨據該縣申報，已經解運起行。今准前因，兑領無及，除移文催餉，户科葛樞於現在鹽課銀内兑撥一萬五千兩，凑支剿敵兵餉，完日具數銷算。其應給陝省斬寇官兵功賞銀一萬五千兩，仍照原議，俟事平聽户部撥發餉銀抵補施行。

崇禎十二年正月初七日。

【箋證】

[一] 軍隊兵餉糧料，業經户部批准，一萬五千兩由阜城兑領，但尚未解到，兑領無及。除移文催餉外，請以户部户科葛樞所收鹽課科一萬五千兩凑支，待阜城銀來後加以銷算。並再提陝西平寇功賞銀的抵支，以作備忘。

移總監會兵咨[一]

"爲軍務事"。

照得敵盤踞濟南，我兵進剿宜急，除先發云延參遊王鉞、王虎臣、蕭漢鼎等各官兵分防外，職於十一日親督官兵馳詣平原，檄行大同總兵王樸，會同保鎮總兵劉光祚，及陝西標下副將王根子等，並延鎮各將官，各挑選精健官兵，共足五千，俱令王樸親督，由禹城馳赴濟南，同東撫標兵相機進剿。如貴監大兵至彼，該總兵即約期並進。如兩兵不能會齊，遇有機會，亦不必拘執等待，各徑進剿外，擬合移會。爲此合咨貴監，煩爲查照，速督各鎮將一體約期進剿施行。

崇禎十二年正月十一日。

【箋證】

[一] 發給總監高起潛的咨文。敵盤居濟南，軍情緊急，爲收復省城，進剿

宜急。文中告知各路兵馬出兵情況，陳己之意：約期并進當然好，如不可能，兵貴神速，以爭取時間爲上，應迅速集兵於濟南周邊。

移督察趣東撫守臨咨[一]

“爲軍務事”。

頃接總監高疏，稱敵不忘情於臨，然本職或督察閣部以一守臨，托以萬全重任，易總監隨敵殲剿，等因。准此，爲照督察與本職俱無專守一臨之理，且彼中有一總河、三總鎮，集兵頗厚，亦足守矣。如以臨城遼闊卑薄，必欲更得一人爲之調度，查本職現駐平原，德州之防此時較緩，且有貴閣部駐節彈壓，宣大總督不日且至，似東撫宜移駐臨清調度防禦，以便總監提兵視敵擊剿。擬合咨會，爲此合咨。

崇禎十二年正月十三日。

【箋證】

[一] 以自己及督察之名發文總監高起潜。高意敵攻擊重點在臨，應作重點防禦。而據文中，孫與劉宇亮則認爲，臨已集中了過多軍事指揮機構，山東巡撫顏光祖應赴臨清防禦，以利總監的機動進兵。

回督察留用鹽課咨[一]

“爲敬陳目前喫緊機宜事”。

崇禎十二年正月十三日，准督察閣部咨，准户部咨，前事，該本部覆題，十一年十二月二十三日奉旨：“阜城寄銀也著一併支用，不必扣還。良鄉庫貯，各照數運留，所需本色，該督、監、撫、按即於附近州縣檄取接濟，事平銷算。欽此欽遵。”移咨轉行前來。案查，先於正月初六日准户部咨，同前事，等因。准此：查得阜城貯寄外解銀兩已經解運北行，兑解無及，業該職具疏題請，將户科葛樞催督兩浙鹽課銀八萬一百九十九兩零，盡數兑留，以充軍餉。其户部原撥阜城寄貯銀三萬兩、良鄉工銀一萬五千兩，併真定京場銀二萬四千餘兩，又職借兑陝西功賞銀一萬五千兩，除真定解到銀五千兩，其餘俱聽户部扣數撥抵，并移文催餉户科，及札行理餉主事查照兑解外，今准前因，擬合復。爲此合咨。

崇禎十二年正月十四日。

【箋證】

[一] 發督察劉宇亮留用鹽課充軍餉的報告。根據首輔劉宇亮、户部公文及崇禎聖旨，阜城、良鄉等地庫銀充軍餉，但因尚未解到，應將户科葛樞催督兩浙鹽課銀八萬一百九十九兩零，盡數兑留，以充軍餉。待阜城等地銀解到後扣銷。

報濟南敵遁塘報[一]

"爲馳報敵情事"。

正月十五日申時，據大同總兵王樸稟報，十五日據副將刁明忠差官黨鎮口稟：前發輕騎在濟南府西北羅口，離敵營二十里埋伏一日，敵未曾過河打糧。明忠等潛入齊河縣喂馬，相機擊剿，俟有情形另報。等因，到職。原蒙本部院憲牌，令職會同總監高，大兵進剿濟南大敵，如有機會可乘，徑自酌行。蒙此，職差官哨會去後，其合力進攻，遵照憲牌會期，一有定期，一面飛馳報聞，一面如期進發。其用奇用少，現在相機酌行，謹先報知，等因。

本日亥時，又據標下監營都司李遇春報稱，十五日申時，據新營都司趙祥、大同副將刁明忠報稱：於十四日四更，到濟南西北羅口，離城二十里埋伏一日，敵未出打糧。有刁副將發撥，令夷漢丁七八十名探至河口，水大難過。十五日寅時，各官兵俱赴齊河埋伏。本日又據敵營逃出難民說稱：紅旗、黃旗達兵於十三四日已起營往東北行走，止有白旗達兵在濟南城內，口風要在十五六日起營，未知的確。具報間，又據前探都司李汝庫報稱：十五日早辰探至齊河二十里遠，敵將庫等趕回，今帶撥丁移到羅口，探見敵往東北行走，有逃出難民説敵要上滄州，等情。又據旁撥守備任國柱、李國艾稟報："小的等於十五日在禹城縣東，迎遇逃出難民，説稱：敵營相議，聞得閣部劉領大兵，新軍門領西兵，行走二十日未盡，紅旗、黃旗達兵在十三、十四兩日起身，白旗達兵在十五六起身，往東行走。"等情。

十六日丑時，又據大同總兵王樸報稱，十五日戌時，據前探都司杜士祥報稱：十五日辰時，哨見濟南敵大營過河往北行走，留精兵殿後，等情。本日辰刻，又據王樸塘報："十五日午時，職兵在濟南府四十里齊河縣紮營，據前探都司杜士祥報稱：哨得濟南達兵十三四日先發哨馬前行，已經馳報外，十五日老營大敵俱往北行，盡離省城去訖。我前鋒在省城西關外紮營。"具報到職。

爲照：職兵至齊河，原遵本部院憲令，恐敵盤踞久持，一面會合關寧大兵約日進攻，一面相機截擊。今職兵方至，甫在會兵哨探間，報敵已出，除視其所向相機殲剿外，理合塘報。

又據稟稱，十六日五鼓，蒙本部院差官傳示鈞諭，職一一仰遵，即刻傳諭刁明忠等再加偵報。如十五日北行之敵往東，明忠等官兵不必西還，職當就之而前馳援東路一帶。如敵往西北行，趨吳橋、天津，即令明忠等盡將兵馬統回，與職合營，另聽本部院驅策。止留萬邦安馬兵緊追敵後，以張聲勢，謹具稟報，等因。本日申時，又據標下副將王根子塘報，據都司趙祥報稱："敵老營大股俱於十五日往北行走，盡離濟南去訖。卑職同各家兵馬在省城西關外紮營，視敵向往，相機截擊。"等因。又據監營都司李遇春稟報相同。

該職看得：敵盤踞濟南，恐或梗阻徐、淮，蹂躪青、兗，更勾回前□□□別有詭謀，可憂益大。故職會發應防之兵，密佈於濟之西北東南，分路邀截，使不得四出旁掠。而又挑選精騎，令王樸統領，由禹城期約合剿。樸等先於羅口、齊河一帶，或伏或前，偵伺進擊。

未幾，敵哨先行，今報大營亦北，我兵已抵會城西關矣。職隨馳諭王樸，分發一旅尾後，牽敵精騎，餘俱馳還，從間道星馳抄截。仍馳會總監之兵，從後合力緊促，更得津北之兵，撓掣於前，雖滅此朝食未可預期，然職鼓舞鋒銳，乘勢奮擊，必能勉圖一當。至職前所發分防之兵，正敵苗所向之地，頗爲得著。第苦地方不能納兵，頃報德平、商河已相繼拒阻，乃兵聲所及，敵謀定可少戢也。容再探確另報外，理合塘報，等因。

崇禎十二年正月十六日。

【箋證】

[一] 根據多方偵察所得，敵軍從濟南撤走的詳細迹象動態報告，及本軍根據變化了的敵情進行新的戰鬥部署的上報。

回東撫咨留云兵防濟陽咨[一]

"爲移會剿除土賊事"。

正月二十一日，據濟陽縣知縣丁應祚申稱：北兵逃遁，本縣土賊盛發，或二三百一群，或五六百一群，約數千餘，各處豎旗鳴炮，晝夜焚擄。蒙發大同王參將大兵經過本縣地方杜家水口，有土賊一起將大兵哨馬截劫，王參將領兵殺死數十名，活拿二名。即今四鄉稱王稱帥，意欲竊據城池。卑職待罪，衙役星散，不能料理。懇祈暫留防守剿捕，以救殘黎，以靖地方，等情。又據該縣鄉官、原任延慶知州邢其諫稟帖，内稱：濟邑因令君待罪無權，於是草寇蜂起，千百成群，晝夜焚掠，至於張蓋豎旗，無復天日，其害更甚於達兵。幸參將王鉞入境防禦，遇賊橫截奪馬，當場立戮幾賊，所得之腰牌開單及活口李天才具在。今臨城已懾威安靖，而四野尚爾跳梁，等情。據此，爲照濟邑當達兵殘破之後，奸民蜂起爲盜，有如該縣及鄉紳所言者，已跳梁無忌矣。本部院原遣大同參將王鉞防禦該縣，擒斬有據，近城雖稍安輯，而四野尚繁有徒。然虜已北遁，此輩原係乘機作亂，一行禁戢，自當解散。王鉞乃剿虜之兵，不能久留彼中，除檄調赴本部院軍前隨征外，其該縣土賊，應聽貴院就近遣發官兵，相機剿除，以靖地方。爲此合咨。

崇禎十二年正月二十一且

【箋證】

[一] 回答山東巡撫的公文。清軍北遁，濟陽縣土民叛亂，晝夜焚擄，竟至截劫軍隊哨馬，大同王參將適逢其事，以兵彈壓，山東巡撫發文要求王參將留守濟陽，以靖地方。孫認爲，王參將屬野戰部隊，任務是剿虜，地方治安問題，應遣發就近地方官兵解決。

回遵撫催兵赴邊口咨[一]

"爲軍務事"。

本月十七日，准順天巡撫楊塘報，内稱：敵自青山打斷之後，立馬東山，聞炮而却，其苗頭又往東行，或再闖青山，或直趨建、冷，固未可知，而鐵廠、三屯、黨峪三路爲扼剿追襲之要，等因。准此，爲照本部院與總……①貴院塘報前來，本院當即會同宣督陳督兵趨三屯矣。擬合會覆，爲此合咨。

崇禎十二年二月十七日。

【箋證】

[一] 遵撫，疑指遵化巡撫。或文中"順天巡撫"？待考。文有缺失，大意可

---

① 爲照本部院與總：本句"總"字後，民國三年版《孫忠靖公全集》用小字注："中闕數行。"

知：敵或趨建昌、冷口，"遵撫"求急派軍往該地。孫爲此作出回應：即會同宣督陳新甲率軍趨三屯。

移督察催買本色咨[一]

"爲軍務事"。

案照本職已行李餉司發銀一萬兩給遵化縣，買備本色五日，原備携帶以充征剿之用。昨據該餉司稟報：買完催令各營支領，乃復烏有。況今征剿急迫，兵馬勢難等待，除行該餉司以及該縣催買接消外，非籍……①刻期買完，運赴軍前，立等支給未領官兵施行。

崇禎十二年二月十八日。

【箋證】

［一］ 没有買到軍隊急需的"本色"，上書督察劉宇亮，請其督促執行，刻期運赴軍前。

回督察查敵拆牆出口咨[一]

"爲緊急敵情事"。

二月十七日，准督察閣部咨，准兵部咨："據薊鎮總兵陳國威塘報，前事，該本部具題。十四日亥時奉聖旨：'敵拆牆出口，各援兵何無追擊？該地方何無預備？該部查明即奏。欽此，欽遵。'備咨到閣部，合咨前去，希即作速查明，移覆以憑，咨部覆奏。"……初十日自搭浮橋②，渡河抵香河，敵於是日紮營打狗屯一帶，俱有塘報可據。今據陳國威報：敵於初十日在喜峰口之五號峰拆

---

① 非籍："籍"字後，民國三年級《孫忠靖公全集》用小字注："中闕數行。"
② 初十日自搭浮橋：本句前，民國三年版《孫忠靖公全集》用小字注："中闕。"

墻出口，其爲前股前哨之敵無疑。至後股之敵，於今十四五日猶盤旋於玉、豐之間，職兵尚與之相持，又安能於初十日即飛越喜峰口，以抄擊前股之敵也？擬合咨復，爲此合咨。

崇禎十二年二月十八日。

【箋證】

[一] 因敵一部拆長城墻順利北撤，内閣與兵部轉崇禎聖旨，追查諸將責任。孫傳庭爲之辯解：敵初十日在喜峰口拆墻出逃，而十四五日孫軍猶與清軍相持，是出逃者爲敵前哨。況與後敵相持，又怎能飛越喜峰口抄襲前出之敵？

移督察申飭邊口鎮將誘敵夾擊咨[一]

"爲軍務事"。

照得北兵剿掠已久，現圖飽揚。據報，苗頭向往似奔建昌、冷口。今職督率各鎮兵預伏於賊奔要路，惟待入山，掩其不催，出奇大創，期於殄滅奴孽，盡奪輜重，收救難民，雪耻除凶，仰慰宵旰。

第恐該口將領不知誘敵入伏，遠瞭敵苗將至，即放無益炮銃，致令驚疑，南逬潰決，貽禍内地。除嚴飭建、冷各該總兵及將領，嚴督官兵，一面速差偵探，一面密□□□□□勿動，惟令齊心扼守要口，靜待誘敵□□□□□，合力據險，出奇堵截。仍一面飛報本職督兵夾擊，使虜首尾受敵，進退兩難，困處深山，奔逃無路，即可盡殲奴孽，奪還被擄難民與所掠輜重。惟該將領恪遵，立期虜中我伏，大獲全功，以俟具題優叙。若見敵塘輒放無益銃炮，致令驚退内地，有誤事構，該將領定以軍法重究，等因，嚴飭外，擬合咨會，爲此合咨。

崇禎十二年二月十二日。

【箋證】

[一] 嚴飭各將，在敵北逃之際拚全力堵殺，盡殲奴虜，奪還難民與所掠財物。不得在其入伏之際虛張聲勢，使敵驚潰，再入內地。有違者軍法從事。

督兵赴建昌塘報[一]

"爲敵情事"。

二月十四日，職同督察閣部劉、宣督陳、提督閻、督理劉與總監高會兵薊州共議，總監兵由玉田、豐潤從敵後右躡追，職等於是夜馳行一百二十里，十五日丑刻抵遵化，發撥哨探。據報，敵營尚盤旋玉田一帶，恐突折大安、龍井等處，故職等暫駐遵化。十八日辰刻，據哨探守備倪光友等報稱：十七日戌時，哨得敵拔營盡行，至□□□□迆南地名妻兒莊及高麗鋪樓□□□□下營，等因。據此，職等共議，督察閣部、宣督、提督、督理暫駐遵化，職督總兵王樸、曹變蛟、楊國柱，副參鄭嘉棟、趙大胤、王根子等兵，暨贊畫楊廷麟、監軍道張京，於是日馳至三屯。酉刻，據山西總兵虎大威親領哨撥探至遷安、建昌等處，報稱："十八日，本職同閣部標下都司張師孔，帶領夷漢親丁百餘名，探至遷安縣二十里、建昌營十五里，並無虜賊消息，本職仍統官丁從西占子鎮、豐潤一帶相機偵探。"等因。十九日巳時，又據虎大威報稱："十八日晚，本職帶領親丁探至占子鎮地方過十里，並無虜賊消息。占子鎮離豐潤四十里，據鄉民説稱，虜在豐潤一帶紮營。"等因。據此，虜在豐潤，若犯青山口，必走鐵廠，我兵正可從三屯扼要邀擊。本日申時，據原任山西總兵王忠，副將劉欽、猛如虎稱：十□□□□兵丁前至灤河，探得虜前哨□□□□驛往北就是遷安縣，離冷口不遠，等因。准此，查冷口在建昌東北四十里，敵哨已至沙河，非突關門，則出冷口，我兵宜先抄建昌偵探邀擊。隨於本夜發大同總兵王樸、宣府總兵楊國柱、延綏副將和應詔等兵先往，職督曹變蛟等兵繼進，并移會宣督陳、提督閆、督理劉，各提兵前來馳擊。去後，因雨阻，王樸等兵俟黎明啓行。間四鼓，准督察閣部咨，催合力夾攻，盡清狂醜。准此，查得敵前哨既至沙河，在豐潤者必係後哨阻兵之敵。職復檄總兵王樸、楊國柱，督副將和應詔，挑發精銳千餘，馳赴豐潤，或協同總監大兵奮銳殲剿，或乘夜以少擊眾，襲營砍殺，務相機出奇，大挫敵鋒，並令視敵所向襲擊。隨又據總兵虎大威哨役古宗儒口報，敵營已至占子鎮。職即催王樸等星赴建昌，職亦督餘兵進發矣。

　　崇禎十二年二月二十日。

【箋證】

　　〔一〕會同劉宇亮、高起潛、陳新甲等發兵部的軍情報告，涉及督兵赴建昌與敵決戰的詳細軍事部署和戰鬥準備情況。

回督察選銳擊敵咨[一]

　　"爲合力夾攻，盡清狂醜事"。

　　二月二十日，准貴閣部咨前事等因到職，爲照：據報敵已至沙河驛，哨撥離遷安縣不遠，遷安離冷口四十里，其犯東協無疑。除一面會同宣督兩監兵及各鎮將兵三面襲擊外，本職即刻督臨、陝兵，向建昌進剿。今准貴閣部咨催，除檄大同王總兵、宣府楊總兵，督副將和應詔，挑發精銳千餘，除馳赴豐潤，或協同總監大兵奮銳殲剿，或乘夜以少擊聚，襲營砍殺，務相機出奇，大挫賊鋒，其臨時機宜，本職不能遙度。如或退怯觀望，軍法具在，屢旨甚嚴，斷難寬假外，擬合咨復。

　　崇禎十二年二月二十日。

【箋證】

　　[一] 回答督察劉宇亮對敵情的咨詢。報告敵人動向及我方戰斗準備與戰場部署。

回督察催兵赴口咨[一]

　　"爲敵勢逼口，闖突可虞事"。

　　二月二十日申時，准督察閣部咨前事，内開："據難民口稱，敵拔營東去，逼及遷安，離口甚近，在我官兵，相應星夜疾趨其前，相度險要，或多方設伏以逸待勞，或出奇以鋭邀惰。"等因。准此，爲照：今據探報，敵猶在沙河迤西王家店，離遷安四十里，苗頭似未有定向，本職未准咨催之先，業於二十日統各鎮將兵馬，自三屯馳一百二十里至建昌，偵探設伏，相機邀擊外，擬合咨復。

　　崇禎十二年二月二十日。

【箋證】

　　[一] 回答督察劉宇亮咨文指示，報告敵情動向及我方戰斗部署。

移督察約兵夾剿咨[一]

　　"爲軍務事"。

　　二月二十二日酉時，准督察閣部咨前事，等因。准此，爲照：自薊州會議之後，職與宣督之兵如議抄前併抵建昌，日圖設伏待敵，以收到頭之一著。乃敵久延玉、豐之間，爲謀叵測。職等惟望總監大兵驅敵早北，共圖夾剿。職等不能既前忽後，又安能以抄兼驅？今准貴閣部咨，云徒前枉抄，職等可勝惶愧。頃既有三路齊舉之旨，相應密訂師期，鼓鋭合擊。職與宣督由遷安還剿，各監兵在三屯，即應由三屯赴豐潤截擊。總監在玉田，即應由玉田馳赴豐潤躡追。其舉事應在某日，更煩貴閣部定期移會，明確咨示過職，以便遵行。至於兵還合劃，或致敵突兵，前距口已近，兵必不能再抄其前，惟有大家尾後，即能與殿後精賊一再格鬥，恐終不能得志於敵也。然敵在內地，又無遙望坐待之理，此亦事之無可奈何者也。爲此合咨。

崇禎十二年二月二十三日。

【箋證】

[一] 依文意，薊州之會，孫傳庭與宣督陳新甲任務爲抄前待敵，督察劉、監軍高爲躡后追擊。孫早已抄前待敵，劉、高之躡後追敵而敵久不至。在二十二日回答了劉之咨詢戰鬥準備情況后，再發咨文於劉，促其盡快躡敵，使其入縠。

又移督察挑選兵馬馳赴豐開邀擊咨[一]

“爲軍務事”。

照得狡虜久延豐、玉，飄忽靡常，職一面咨請貴閣部密訂師期，三路齊舉外，猶慮會師舉事必須數日。敵遷延內地，狡謀易滋，職復會同宣督行臨、宣、山、大四鎮，併職標下副將王根子等，共挑選精銳馬兵三千，星夜由遷安馳赴豐、開。視敵所向，出奇邀擊，務期逼敵北奔，就我到頭之著。各鎮將仍即馳抄敵前，併入大營合力驅剿。爲此合咨。

崇禎十二年二月二十三日。

【箋證】

[一] 似因劉宇亮久“驅敵不至”，孫傳庭派“臨、宣、山、大四鎮，併標下副將王根子等”，率精兵星夜馳赴豐、開，“代”劉宇亮驅敵，爲此照會劉宇亮。

回關撫請兵分援咨[一]

“爲急議分駐援兵以張聲勢以資糧食事”。

二月二十七日，准貴院咨前事，等因，到部院，爲照：敵盤旋開平，或北遁建、冷，或東窺關門，向往未定。總監大兵從玉、豐驅逼，本部院督兵抄伏建昌，籌算佈置已如期約。乃敵久延不動，以待接應。其我伏建兵馬糧料不繼，催運維艱。本部院議留總兵王樸、曹變蛟統各管兵，在建、冷伏剿。本部院携總兵楊國柱等，率領精銳馬兵，擬於二十七日馳赴永、灤，與總監兵合力夾擊。

本夜三鼓，太平路與冷口俱傳烽火，本部院因未啓行。及至已時以後，烽火又止，本部院業於二十八日南發矣。貴院速督、寧鎮將，從東南邀截，使敵勿窺關門。此尤喫緊機宜，刻不容緩者也。爲此合咨。

崇禎十二年二月二十八日。

【箋證】

[一] 回答關撫的請兵支援咨文。關撫，指關撫朱國棟，《題報督兵南剿疏》"隨接關撫朱國棟移咨"可證。敵久延內地，或北遁建、冷，或東窺關門，難以判斷，建昌伏兵糧草亦難以爲繼。接關撫朱國棟請兵咨文，敵或東窺關門。據此，孫改變戰略：除仍留建昌兵外，親率楊國柱等馳赴永灤，助高起潛夾擊敵人。爲此知會關撫。

又回關撫請兵分援咨[一]

"爲虜騎逼臨灤邑，亟請分兵援剿事"[二]。

本月二十八日，准貴院咨前事。准此，爲照：狡虜養銳待應，前此盤踞玉、豐，今且突臨灤、樂，益忌我三屯、建、冷之兵，故迂折而東。其欲闖冷口者，本情瞰關門者，變計也。二十六七兩日，冷口關外與太平路相繼傳烽，本部院業留曹、王兩鎮兵馳建扼擊，且塘報侯鎮又於二十七日申時寺抵冷，則本口自可無虞入。若灤、樂空虛，本部院已檄副參刁明忠、全守亮等率兵馳援，據報二十七日寅時抵灤州。二十八日本部院親率楊鎮等兵亦至永平，視敵擊剿。擬合咨復，爲此合咨。

【箋證】

[一] 再回關撫朱國棟的請兵咨文。報已檄副參刁明忠、全守亮等率兵馳援，大軍隨后即到。

[二] 灤邑：今河北唐山灤縣。地處河北省北部，灤河西岸，西北距北京 220 公里。古稱灤州，殷商時屬黄洛城舊址，春秋前爲孤竹國所在地。遼天贊二年（923），分平州地置灤州永安軍，爲灤州建置之始。明代灤州屬京師省（北平承宣布政使司）永平府（治所在今盧龍）所轄。

伏兵建昌量率馬兵趨永平防敵闖關塘報[一]

"爲馳報敵情事"。

職因内敵奔犯開灤，提兵南抄，於二月二十八日丑時拜發《微臣督兵南抄》一疏，即將建、冷伏擊機宜，一一密授總兵王樸、曹變蛟等。職率總兵楊國柱於本時啓行南發，中途接總監關寧内中軍太監劉國玉塘報，内稱敵攻松山，自二十四日四更時分環攻松城，至二十五日晝夜連攻，并今二十六日炮聲不絶，尚未解散等因……①

【箋證】

[一] 對伏兵建昌及趨永平防剿的軍事部署及敵情報告。按《御定資治通鑒綱目三編》卷三十七記崇禎十一年九月至十二年二月底清軍的入侵"戰果"曰："三月，我大清兵出青山口。是役也，我大清兵深入二千里，三十三戰皆捷。下畿輔州縣城四十有三，曰：趙州、深州、文安、慶都、博野、蠡、高陽、任邱、青興、濟寧、津、吳橋、東光、故城、南皮、鹽山、慶雲、獲鹿、元氏、靈壽、

---

① 尚未解散等因：本句後，民國三年版《孫忠靖公全集》用小字注："下關。"

樂城、無極、行唐、南宮、新河、安平、饒陽、隆平、高邑、臨城、寧晉、沙河、南和、任、內邱、唐山、平鄉、鉅鹿、廣宗、鷄澤、威、清河、魏。下山東府州縣城十八，曰：濟南府、高唐州、長山、濟陽、禹城、臨邑、陵、平原、海豐、商河、博平、荏平、萃清、平、邱、恩、夏津、武城。俘獲人口四十六萬有奇，乃自青山口旋師。"

卷十　試策與專論①

戊午試策[一]

策一

　　方今仁賢解散，積薪轉石之嘆處處而是[二]，廟堂之上苦無人矣；貢賦虛耗，池竭泉涸之憂在在而然，廟堂之上又苦無財矣。愚以爲非患無財也，患無人也；亦非患無人也，患無用人以理財之人也。夫財者天下之大命也，非有人以疏瀹之，經制之，則出虞其潰，而入又虞其壅。用人以理財者，天下之重柄也，非有位大責鉅之人以總持之，肩荷之，則獨任既滋弊，而眾任又滋棼。此《大學》並言用人理財而歸之“一介臣”[三]，則以相臣者，爲君用人以理財者也。而人君之能任相臣，正其能用人以理財者也。

　　歷觀漢唐之世，或以任相而財與人兩得，或以不任相而人與財兩失，則用人理財之法，固亦略可考見。至我國家列聖相承，芳規具在，而我皇上，凝精久道，獨握利柄。年來開採榷稅，歲無虛日，謂宜天下倉盈庾羨，粟紅貫朽，俾在位之臣濟濟穆穆，相與坐觀豐亨豫大之盛治，又何至使人嘆乏財，而理財又嘆無人乎？乃茲顧有可慨者：臺省累年不補，部院數歲猶懸，甚且南冠而縶，

---

①　本卷所載各文，系據民國三年版《孫忠靖公全集》補入。

覆盆無見日之期[四]；嚼指何歸，幽囹灑瞻雲之淚[五]，此於用人何如也？九塞之脱巾可虞，四野之剥膚堪憐[六]，甚且貂璫武弁察心計之津，鹽海金山關乾没之手[七]，此於理財何如也？而謂可無道以處之乎？愚以爲用人乃可以理財，人用而財自理矣；任相乃所以用人，相任而人自用矣。誠使以君之精神寄之相，相之精神寄之人與財，其究又且合君與相、相與人之精神悉注之理財，祇見君不以己之財爲財，而直合天下以爲財；相若人不以君之財爲財，而直視君財若己之財，安有一家之中主伯亞旅相爲竭蹶，而猶乏生之是虞乎？如是，則天下之財自足，天下之用、天下之人自足。理天下之財，將見朝有師濟之風，國有豐盈之象，又何難上比成周、而遠邁漢唐哉？至如開納之途，搜括之方，一切權宜之術可置之不問矣。不然，相有未任，則相處孤睽之地，無便宜之權，將相欲請而君故吝之，相欲塞而君故侈之，相欲溥爲恩膏而君故朽蠹之，相且無如君何，又安言用人乎？縱使桑孔握算，計然操籌[八]，未見財之能理也。

【箋證】

［一］戊午年，明神宗朱翊鈞萬曆四十六年（1618）。策文或爲孫傳庭科考鄉試之文。據《明史・選舉志》："三年大比，以諸生試之直省，曰鄉試。中式者爲舉人。次年，以舉人試之京師，曰會試。中式者，天子親策於廷，曰廷試，亦曰殿試。分一、二、三甲以爲名第之次。"孫下有《己未試策》，是其第二年會試與廷試之文。《策一》主論人才，尤其是理財之人才的重要性。

［二］積薪轉石之嘆處處而是：積薪，《漢書・賈誼傳》："夫抱火厝之積薪之下而寢其上，火未及燃，因謂之安，方今之勢，何以異此！"後以"積薪"喻隱伏危機。《後漢書・黃瓊傳》："前白馬令李雲，指言宦官罪穢宜誅，皆因衆人之心，以救積薪之敝。"宋莊季裕《鷄肋編》卷中："於戲！邦勢若此，念積薪之已然；民力幾何，懼奔駟之將敗。"轉石，《詩經・邶風・柏舟》："我心匪石，不可轉也。我心匪席，不可卷也。"該詩《序》謂："柏舟，言仁而不遇也。衛頃公之時，仁人不遇，小人在側。"後因以"柏舟"謂仁人不得志。

[三]此《大學》並言用人理財而歸之"一介臣"：按《大學》第十一章：
"《秦誓》曰：'若有一介臣，斷斷兮無他技，其心休休焉，其如有容焉。人之有
技，若己有之；人之彥聖，其心好之，不啻若自其口出。實能容之，以能保我子
孫黎民，尚亦有利哉！人之有技，娼嫉以惡之；人之彥聖，而違之，俾不通。實
不能容，以不能保我子孫黎民，亦曰殆哉！'……生財有大道，生之者眾，食之
者寡，爲之者疾，用之者舒，則財恒足矣。仁者以財發身，不仁者以身發財。"

[四]甚且南冠而繫，覆盆無見日之期：南冠，借指囚犯。用春秋時楚鍾儀
事。《左傳·成公九年》："晉侯觀於軍府，見鍾儀，問之曰：'南冠而繫者，誰
也？'有司對曰：'鄭人所獻 楚囚也。'"唐駱賓王《在獄咏蟬》："西陸蟬聲唱，
南冠客思侵。"覆盆，覆置的盆。漢王充《論衡·説日》："視天若覆盆之狀，故
視日上下然，似若出入地中矣。"晉葛洪《抱樸子·辨問》："是責三光不照覆盆
之內也。"後因以喻社會黑暗或無處申訴的沉冤。唐李白《贈宣城趙太守悦》詩：
"願借羲皇景，爲人照覆盆。"金元好問《秋夜》詩："春雷謾説驚坏户，皎日何
曾入覆盆。"

[五]幽圄灑瞻雲之淚：幽圄，牢獄。《宋書·孝武帝紀》："廷尉遠邇疑讞，
平決攸歸，而一蹈幽圄，動逾時歲。"《文選》載江淹《詣建平王上書》："迹墜
昭憲，身陷幽圄。"劉良注："幽圄，謂獄也。"瞻雲，《史記·五帝本紀》："帝堯
者，放勳。其仁如天，其知如神。就之如日，望之如雲。"後以"瞻雲就日"形
容臣下對君主的崇仰追隨。

[六]九塞之脱巾可虞，四野之剥膚堪憐：九塞，九個險阻的地方。《呂氏春
秋·有始》："山有九塞……何謂九塞？大汾、冥阨、荆阮、方城、殽、井陘、令
疵、句注、居庸。"脱巾，或指脱下軍裝，起來造反。《明季北略》卷之五"崇禎
二年己巳"："餉如不足，則士不宿飽，馬無餘芻，枵腹荷戈，即慈父不能保其
子，而撫鎮又安能制此洶洶驕悍之卒哉！今惟發三十萬餉以給之，庶可弭脱巾之
禍於旦夕。"剥膚，語本《易·剥》："剥牀以膚，切近灾也。"謂灾禍近身。唐
韓愈《鄆州溪堂詩序》："剥膚椎髓，公私掃地赤立，新舊不相保持。"《明史·
董基傳》："設奸人竄其中，一旦緩急，外廷不得聞，宿衛不及備，此公等剥膚
患也。"

[七]甚且貂璫武弁察心計之津，鹽海金山關乾没之手：貂璫，借指宦官。
宋梅堯臣《和謝希深會聖宫》："緼組恭來詣，貂璫肅奉承。"《明史·彭汝實
傳》："棄燕閒於女寵，委腹心於貂璫。"武弁，武冠，借指武官。《明史·熹宗

紀》：“國家文武並用，頃承平日久，視武弁不啻奴隸，致令豪杰解體。”乾没，侵吞公家或别人的財物。唐顏真卿《李司空碑》：“乾没之贓，一徵百萬；繕完之利，費省巨億。”《宋史·河渠志三》：“每興一役，乾没無數。”

　　［八〕縱使桑孔握算，計然操籌：桑孔，漢代著名理財家桑弘羊與孔僅。桑弘羊（？—前80），河南洛陽人，出身商人家庭，十三歲時以精於心算入侍宫中。自元狩三年（前120）起，在武帝支持下，先後推行算緡、告緡、鹽鐵官營、均輸、平準、幣制、酒榷等經濟政策，組織六十萬人屯田戍邊。歷任侍中、大農丞、治粟都尉、大司農等職。漢昭帝即位，遷任御史大夫，與霍光、金日磾等受武帝遺詔輔政。元鳳元年（前80）九月，因與霍光政見分歧，被捲入燕王劉旦和上官桀父子謀反事件，牽連被殺。孔僅，生卒年不詳，南陽人。武帝元鼎二年（前115），任大農令，領鹽鐵事，主管鹽鐵專賣。後任大司農。《宋史·李韶傳》：“就使韓白復生，桑孔繼出，能爲陛下强兵理財，何補治亂安危之數，徒使國家負不韙之名。”梁啓超《張博望班定遠合傳》：“舉文景數十年來官民之蓄積而盡空之，益以桑孔心計，猶且不足。”計然，亦作計兒、計倪。春秋末葵丘濮上人。一説姓辛，字文子，其先人乃晋之公子。計然博學，尤善計算，曾南遊於越，得范蠡以師事之，爲句踐謀，提出“知鬥則修備，時用則知物”，“農末俱利，平糶齊物，關市不乏”，“財幣欲其行如流水”等策。句踐據其策修之十年，越國兵强，遂報强吴。范蠡后用其策治產，富至巨萬。一説，計然爲范蠡所著書篇名。或説，即越大夫文種。

策二[一]

鼎之所以貴湛盧者[二]，以其能烹也。劍之所以貴昆吾者[三]，以其能斷也；試之而無當，則釜鬻、刀鋸得以其利格矣[四]。世之所貴於士者，以其能用也；試之而無當，則與睊目空腹者何異？世何賴於士，而士亦何以自重於世哉？第其用也！以才非才，則無以爲揮霍馳騁之具，而士庸；其所以善其用也，又以學非學，則無以爲經綸變化之本，而士淺；至其所以妙於才與學之間者，又以術非術，則才駁而不純，學滯而不通，而士亦終庸而終淺。顧才難言矣，學尤難言矣；才之術難言矣，學之術難言矣，而合才術於學術又更難言矣。才術猶爲表見之英華，有學術則攝英華以歸性命，而不虞其浮；才術猶爲外逞之技藝，有學術則陶技藝以還道德，而不虞其粗；才術猶爲各至之局幹，有學術則融局幹以會全體，而不虞其偏。至精而精之事業皆化也，微而微之才情亦不涉也。無論窺一斑、樹一節者未可輕與，即若往昔名儒碩輔，或能托百里之孤，或能却百年之虜，或能陳治安之略，或能著中興之論，議者猶謂其學術無聞，器識有歉。雖至留侯之善藏、武侯之盡瘁以及韓琦之能近二公[五]，猶不輕許，止謂其天性暗合，則學術之難不可概見哉？至於今，則人負管晏之猷，家傳鄒魯之脉[六]，猗歟！盛矣！而執事乃以才術、學術俯詢，豈今日之才非其才，而學亦非其學耶？愚以爲今日之士不病在無才也，而病在無學也；又不病在無才無學也，而病在無術也。無術則不惟不能化才以歸於學，而且欲借學以覆其才；不惟不能借學以練其才，而且欲因才以短其學。於是其才既偏，其學亦詭；其學既僞，其才亦不真；其才術與學術既未諧，而其才與學亦悉謬。故或曳朱門之裾，或指碧山之雲，或越位而旁通青鳥之術[七]，或攘臂而坐籌白猿之書[八]，或詭而標名柱下，或竄而問鼎天竺[九]，令天下不受其才之利，而轉受其才之害；徒訝其學之名，而莫究其學之實。則士之所以用於世，與世之所以用士者，又安在乎？誠欲化浮於淳，易躁於恬，消奔競之風，勵高尚之節，使可以追踪往哲，不至以躍冶守株爲天下輕者[十]，則在於賓興賢良而官使之者[十一]。

【箋證】

[一] 此策論士人之才、學、術，尤重士人之學與術，重其實以致用，經邦治國，批“今日之士不病在無才也，而病在無學也；又不病在無才無學也，而病在無術也”。

[二] 湛盧：寶劍名，傳爲春秋時歐冶子所鑄。漢袁康《越絕書‧外傳記寶劍》：“歐冶乃因天之精神，悉其伎巧，造爲大刑三，小刑二：一曰湛盧，二曰純鈞，三曰勝邪，四曰魚腸，五曰巨闕。”北魏酈道元《水經注‧河水三》：“古之利器，吳楚湛盧，大夏龍雀，名冠神都。”又泛指寶劍。唐杜甫《大曆三年春白

帝城放船四十韵》："朝士兼戎服，君王按湛盧。"

[三]昆吾：美石名。漢司馬相如《子虛賦》："其石則赤玉玫瑰，琳瑉昆吾。"《雲笈七籤》卷二六："（流洲）上多山川積石，名爲昆吾。冶其石成鐵作劍，光明洞照如水精狀，割玉如泥。"

[四]釜鬵：皆古代炊具。《詩·檜風·匪風》："誰能亨魚，溉之釜鬵。"宋范仲淹《閱古堂詩》："虎豹卷韜略，鯨鯢投釜鬵。"

[五]雖至留侯之善藏、武侯之盡瘁以及韓琦之能近二公：留侯，指張良。武侯，指諸葛亮。韓琦（1008—1075），北宋中期名相，字稚圭，自號贛叟，相州安陽（今河南安陽）人。宋仁宗天聖五年（1027）進士，歷任將作監丞、開封府推官、右司諫等職。奉命救濟四川饑民，得民心。宋夏戰爭爆發，與范仲淹率軍防禦西夏，享有頗高聲望，人稱"韓范"。又與范仲淹、富弼等主持"慶曆新政"。爲相十載、輔佐三朝，運籌帷幄，"朝廷清明，天下樂業"。在地方忠於職守，勤政愛民，成封建官僚楷模，與富弼齊名，並稱"富韓"。

[六]則人負管晏之猷，家傳鄒魯之脈：管晏，管仲和晏嬰的並稱，皆春秋時齊國名相。《史記·孟子荀卿列傳》："子之稱淳於先生，管晏不及，及見寡人，寡人未有得也。"《漢書·董仲舒傳贊》："劉向稱'董仲舒有王佐之材，雖伊吕亡以加，管晏之屬，伯者之佐，殆不及也。'"鄒魯，指孔孟。鄒爲孟子故鄉，魯爲孔子故鄉，後又以"鄒魯"指文化昌盛之地、禮義之邦。清錢謙益《河南河南府永寧縣知縣孫志元授文林郎制》："具官某服鄒魯之遺教，作江漢之名儒。"

[七]青烏之術：指風水堪輿之學。青烏，實即青烏，烏系"烏"字之訛。青烏子，傳説中的古代堪輿家。晋葛洪《抱樸子·極言》："（黄帝）相地理則書青烏之説。"孫星衍校："《藝文類聚》《御覽》引'烏'作'烏'。"孫人和校補："作'烏'是也。"唐楊炯《李懷州墓誌銘》："白馬旒旐，青烏墓田。"

[八]白猿之書：指劍術。白猿公，傳説古代善劍術的人，漢趙曄《吳越春秋·勾踐陰謀外傳》："處女將北見於王，道逢一翁自稱曰袁公，問於處女：'吾聞子善劍，願一見之。'女曰：'妾不敢有所隱，惟公試之。'於是袁公即杖箖箊竹，竹枝上頡橋未墮地，女即捷末，袁公則飛上樹變爲白猿。"唐李白《結客少年場行》："少年學劍術，凌轢白猿公。"亦作"白猿翁"。唐杜牧《題永崇西平王宅太尉愬院六韵》："授符黄石老，學劍白猿翁。"

[九]或詭而標名柱下，或竄而問鼎天竺：柱下，謂老子之學。相傳老子曾爲周柱下史，後以"柱下"爲老子或其《道德經》的代稱。《後漢書·王充王符

等傳論》："貴清靜者，以席上爲腐議；束名實者，以柱下爲誕辭。"李賢注："柱下，老子也。"南朝梁劉勰《文心雕龍‧時序》："詩必柱下之旨歸，賦乃漆園之義疏。"天竺，印度的古稱，這裏謂佛教。《後漢書‧西域傳‧天竺》："天竺國一名身毒，在月氏之東南數千里。"唐玄奘《大唐西域記‧印度總述》："詳夫天竺之稱，異議糾紛，舊云身毒，或曰賢豆。今從正音，宜云印度。"

[十] 不至以躍冶守株爲天下輕者：躍冶，《莊子‧大宗師》："今之大冶鑄金，金踴躍曰：'我且必爲鏌鋣。'大冶必以爲不祥之金。"成玄英疏："夫洪鑪大冶，鎔鑄金鐵，隨器大小，悉皆爲之。而鑪中之金，忽然跳躑，殷勤致請，願爲良劍，匠者驚嗟，用爲不善。"後以"躍冶"比喻自以爲能，急於求用。明湯顯祖《大司馬新城王公祖德賦》："異海蜃之幻物，豈躍冶而爲人。"守株，"守株待兔"的省稱。《孔叢子‧連叢子上》："然雅達博通，不世而出，流學守株，比肩皆是，眾口非非，正將焉立。"

[十一] 賓興賢良：周代舉賢之法，鄉大夫自鄉小學薦舉賢能而賓禮之，以陞入國學。《周禮‧地官‧大司徒》："以鄉三物教萬民而賓興之。"鄭玄注："興，猶舉也。民三事教成，鄉大夫舉其賢者能者，以飲酒之禮賓客之。既則獻其書於王矣。"

策三 [一]

愚嘗謂國家不能百年無事，則何可一日無人？第事之有也，不必於有事之日也，雖無事之時，而宜存有事之心；而人之有也，尤不必於需人之日也，雖似可無人之時，而宜存不可無人之慮。故處無事而若有事，則遇有事而可保無事矣；以無事而謂可無人，則當有事而竟不能有人矣。所貴識微慮遠者，深維而早計之，寧以人待事，毋以事待人；寧可有人而無事，不可有事而無人也。

執事蒿目時艱，鰓鰓以無人爲念 [二]，發策下詢，獨非爲遼事激耶！夫建酋之眾 [三]，不足當中國一大縣，乃俄而陷撫順，俄而據撫安，俄而剋清河，今開、鐵亦累卵矣。我皇上赫然震怒，拊髀思將，意非不殷，竟不聞有設伏制勝、果敢死力者，爲朝廷樹一奇、雪一恥，則天下尚可謂有人哉？噫！豈真無人也，則圖之不豫，鼓之無術耳。夫有文必有武，故武科之設，與文科並者也。乃文科轉難，而鉛槧之儒益濟濟[四]；武科轉易，而韜略之士益寥寥者，何也？蓋以武科爲豪傑奮庸之科，則武科重；以武科爲庸劣藏匿之科，則武科輕。以武科爲國家不可少之科，則武科爲實用之藉；以武科爲祖制不能廢之科，則武科爲故事之尋。今三年之舉幾爲虛設，而解額之數，則豪貴得其什三，巧營得其什五，僥倖又得其什一，其寒畯之負勇略、嫺組練者竟艱一售，即間一售而半級未叨，一籌莫效，又且碌碌終矣。至諸勛冑之裔、猴冠之輩[五]，賄賂夤緣，乃登壇授鉞，比比而是。甚有力不挽半石弓、目不識一丁字者，猶且挾肘後斗大印以傲人，彼英雄之偃蹇踡伏者從旁窺之[六]，又安能不氣短而心折也？夫無事則令若輩享之，有事則欲得人以爲之，而天下事豈有濟乎？故爲今日計，莫若用人；用人又莫如急清夫不可用之人，而始可以議用人矣。

然用人之術尤多也，二卵不棄干城，一眚不掩大德[七]，則功過當準。韓信拜於亡命，武穆拔於行伍[八]，則獎異宜超；間金不問陳平[九]，矯制不罪介子[十]，則便宜宜假；虒子喪師而元戎執咎[十一]，衛霍樹勛而從軍剖符[十二]，則賞罰尤宜明，而明賞罰爲尤急。蓋賞罰者，鼓舞之大柄。賞明則人知懋偉績，垂後胤者於是乎在：即不愛國家亦必愛功名，即不愛君父亦必愛子孫矣。罰明則人知受顯戮，殄身名者於是乎在：即欲畏敵威亦不能不畏國威，即欲畏死敵亦不能不畏死法矣。行見人勵請纓之志，眾懷裹革之心，又何有小醜哉？此愚生心拊心於今事之所最切者，故敢掇拾以進。若夫足糧糗、飭保障、選健卒、謹烽火、時簡練，諸凡經畫，當事者已慮之悉矣，愚何贅？

【箋證】

　　[一]《策三》論人才之選拔與儲備，并及武科考試歷年之弊端，認爲對人才不能求全責備，應造就人才盡展其能的機會。

　　[二]執事蒿目時艱，鰓鰓以無人爲念：蒿目，《莊子·駢拇》：“今世之仁

人，蒿目而憂世之患。”清馮桂芬《〈梵隱堂詩存〉序》：“泊爲和尚，袖手局外，蒿目時艱，一腔抑塞幽憤之氣，無所發紓，不覺見之於詩。”鰓鰓，恐懼貌。《漢書·刑法志》：“（秦）故雖地廣兵強，鰓鰓常恐天下之一合而共軋己也。”顏師古注引蘇林曰：“鰓，音‘慎而無禮則葸’之葸。鰓，懼貌也。”金王若虛《送彭子升之任冀州》：“鰓鰓然惟恐人之愈乎我也。”

〔三〕夫建酋之衆：建酋，指興起於遼東的後金女真，明謝肇淛《五雜俎》卷四《地部二》：“女真兵滿萬則不可敵，今建酋是也，其衆以萬計不止矣。其所以未暇窺遼左者，西戎、北達爲腹背之患，彼尚有内顧之憂也。防邊諸將誠能以夷攻夷，離間諸酋，使自相猜忌，保境之不暇，而何暇内向哉？不然，使彼合而爲一，其志尚未可量也。”

〔四〕鉛槧：古人書寫文字的工具。鉛，鉛粉筆；槧，木板片。語出《西京雜記》卷三：“揚子雲好事，常懷鉛提槧，從諸計吏，訪殊方絕域四方之語。”隋江總《皇太子太學講碑》：“外史所掌，廣内所司，靡不飾以鉛槧，雕以縑素，此文教之修也。”

〔五〕猴冠之輩：猴冠，《史記·項羽本紀》：“人言楚人沐猴而冠耳，果然。”後以比喻不相稱的官職。宋劉克莊《解連環·甲子生日》詞之二：“已發心懺悔，免去猴冠，卸下麟楄。”

〔六〕偃蹇跧伏：偃蹇，猶困頓。《新唐書·段文昌傳》：“憲宗數欲親用，頗爲韋貫之奇詆，偃蹇不得進。”跧伏，蜷伏。漢王延壽《魯靈光殿賦》：“狡兔跧伏於柎側，猨狖攀椽而相追。”元劉祁《歸潛志》卷三：“天興改元秋，飛伯忽過余别曰：‘吾跧伏陷阱，不自得，今將突圍遠舉，然生死未可知。’”

〔七〕二卵不棄幹城，一眚不掩大德：二卵棄幹城，《孔叢子·居衛》載：子思向衛君薦苟變爲將，衛君亦知變爲將材，但因他在一次征賦時食人二鷄子，故不予任用。子思說，用人應“取其所長，棄其所短”，“今君處戰國之世，選爪牙之士，而以二卵爲棄幹城之將，此不可使聞於鄰國者也”。後用以比喻因人有小過而忽其大節。明張鳳翼《紅拂記·奉征高麗》：“似娘兒，二卵棄幹城，救張蒼幸藉王陵。”一眚，一時的或一小點過失。眚本指目病生翳，引申爲過錯。《左傳·僖公三十三年》：“吾不以一眚掩大德。”

〔八〕武穆拔於行伍：武穆，指宋岳飛，卒伍出身，曾數次投軍。

〔九〕間金不問陳平：用陳平楚漢戰争時助劉邦行反間計之典。《史記·陳平傳》：“漢王謂陳平曰：‘天下紛紛，何時定乎？’陳平曰：‘項王爲人，恭敬愛人，士之廉節好禮者多歸之。至於行功爵邑，重之，士亦以此不附。今大王慢而少禮，士廉節者不來；然大王能饒人以爵邑，士之頑鈍嗜利無恥者亦多歸漢……大王誠能出捐數萬斤金，行反間，間其君臣，以疑其心，項王爲人意忌信讒，必内相誅。漢因舉兵而攻之，破楚必矣。’漢王以爲然，乃出黄金四萬斤，與陳平，恣所爲，不問其出入。”

［十］矯制不罪介子：介子，或指前漢傅介子不待君命而殺樓蘭王。《史記》卷二十《建元以來侯者年表》：“傅介子，家在北地。以從軍爲郎，爲平樂監。昭帝時，刺殺外國王，天子下詔書曰：‘平樂監傅介子使外國，殺樓蘭王，以直報怨，不煩師，有功，其以邑千三百户封介子爲義陽侯。’”

［十一］嵒子喪師而元戎執咎：嵒子軍敗而主帥承擔責任。嵒子，春秋晋國將領。《左傳·宣公十二年》：“夏六月，晋師救鄭。荀林父將中軍……及河，聞鄭既及楚平，桓子欲還，曰：‘無及於鄭而剿民，焉用之？楚歸而動，不後。’隨武子曰：‘善。會聞用師，觀釁而動……’嵒子曰：‘不可。晋所以霸，師武、臣力也。今失諸侯，不可謂力；有敵而不從，不可謂武。由我失霸，不如死！且成師以出，聞敵强而退，非夫也。命爲軍師，而卒以非夫，唯群子能，我弗爲也！’……韓獻子謂桓子曰：‘嵒子以偏師陷，子罪大矣。子爲元帥，師不用命，誰之罪也？失屬亡師，爲罪已重，不如進也。事之不捷，惡有所分。與其專罪，六人同之，不猶愈乎？’師遂濟。”

［十二］衛霍樹勛而從軍剖符：衛霍，西漢名將衛青和霍去病。三國魏曹植《與吴季重書》：“謂蕭曹不足儔，衛霍不足侔也。”明許自昌《水滸記·論心》：“自昔蕭曹任，難圖衛霍功。”

己未試策[一]

策一

人主以天下奉其身，即當以天下經其心，其必時操其心而後可。何也？心惟操則常以一身天下，而身之無痿痺、壅滯者[二]，日流於天下；亦惟操則又可以天下一身，而天下之無夭札、疵癘者[三]，還歸於一身。古帝王斂福錫極，道必繇此。我國家卜年無極，皇祖開基，御世最久。蕭皇帝益臻其盛[四]，至我皇上更閱而過之，海內沐浴王化，歌咏太平，厥惟盛矣。而執事勤思保泰，猶以君德清明、君身强固發策下詢。愚也素抱忠悃，未敢無說。

夫從古稱上壽之君，無逾舜、文。舜曰無爲[五]，文曰無逸[六]，操術若有不同。乃舜無爲矣，而當日競業之懷，則無一日與天下相馳；文無逸矣，而當日緝和之化，則又無一日不與天下相安。獨非無爲本於無逸，而無逸乃所以無爲耶？帝王心法之同，固可考見。皇上遠慕清净，深居静攝，倘欲托於無爲，抑知無爲必以無逸而成也。乃今求之無爲若可信也，而求之無逸實不可解也。求之無逸既不可解也，而求之無爲亦若不可據也。呼吸不通，陰晴互揣，萬幾莫由關心，累牘猶若瑣耳，皇上且習若故常，恬不爲怪，是所爲無逸者固非矣。衆口波揭，庶務瓦解，天災頻聞於四海，夷警告急於三韓[七]，皇上間側然深念，時介其衷，則所爲無爲者亦安在哉？雖聖慮淵微，未易仰窺，然愚思所以迓祉迎和，錫福臣民，當必有時操其心而不若今日之泄泄者。夫人主者，天下之腹心；天下者，人主之營衛也。世未有營衛已潰而腹心能安者，亦未有營衛既調而腹心不固者。故養莫善於養神而形爲下，壽莫大於壽國而身爲小。醉裾、女戒之念愻，則伐性役情之寶塞矣[八]；投珠、抵璧之懷惕[九]，則蕩心溺志之媒袪矣；赤渭、丹河之有戒[十]，則傷恩干和之事絕矣。以祖宗德澤爲元氣，以萬邦黎獻爲命脉，以耆儒宿德爲膏粱，以法家拂士爲藥石[十一]，以四夷八蠻占氣候[十二]，以三辰六符察精神[十三]。一德馨香，何必減於青城之隱[十四]；六龍時馭，何必減於白日之昇[十五]；細旃經史，何必減於素庭之書[十六]；庶事熙凝，何必減於丹砂之化。將見德日清明，身日强固，而以一身爲天下，即以天下爲一身，又何難過舜、文之算，而追無逸無爲之轍哉？

【箋證】

[一] 己未年爲明神宗朱翊鈞萬曆四十七年（1619），此年亦爲孫傳庭中進士之年。這幾道策文從時間上推應爲孫傳庭會試與廷試之文。按明神宗朱翊鈞（1563—1620）10 歲即位，在位 48 年，初十年張居正主持政務，實行了一些改革措施，經濟得以發展，國力得以恢復。萬曆十五年後，神宗實行無爲之政，不再上朝，後世歷史學家或評其怠政，致國家機器近乎停擺，使明朝逐漸走向衰亡。但此期間，也曾取得平定寧夏蒙古哱拜之亂、播州土司楊應龍之亂及抗倭援朝之戰的勝利。按《策一》專論君主，以舜之無爲、文王之無逸爲核心，從無爲與無逸的辨證關繫，談爲君應有之道，應是針對萬曆皇帝以"靜攝"爲名的"無爲"政治而發。

[二] 而身之無痿痺、壅滯者：痿痺，肢體不能動作或喪失感覺。《漢書·哀帝紀贊》："即位痿痺，末年寖劇，饗國不永。"唐李商隱《行次西郊作一百韵》："筋體半痿痺，肘腋生臊膻。"壅滯，阻隔、堵塞。《魏書·太宗紀》："九州之民，隔遠京邑，時有壅滯，守宰至不以聞。"

[三] 而天下之無夭札、疵癘者：夭札，遭疫病而早死。《左傳·昭公四年》："癘疾不降，民不夭札。"杜預注："短折爲夭，夭死爲札。"唐陳子昂《爲朝官及嶽牧賀慈竹再生表》："當夭札之凶年，致昇平之稔歲。"疵癘，亦作"疵厲"，指灾害疫病、灾變。《莊子·逍遙遊》："其神凝，使物不疵癘而年穀熟。"成玄英疏："疵癘，疾病也。"陸德明釋文："'癘'音厲，李音賴，惡病也。本或作'厲'。"

[四] 蕭皇帝益臻其盛：指明世宗嘉靖帝朱厚熜（1507—1567），明朝第十一位皇帝，1521 年—1566 年在位。早期英明苛察，嚴以馭官，寬以治民，整頓朝綱、減輕賦役，對外抗擊倭寇，重振國政，開創嘉靖中興局面。後期雖好道教，然牢牢掌控朝廷，也算有所作爲。

[五] 舜曰無爲《論語·衛靈公》："無爲而治者其舜也與？夫何爲哉？恭己正南面而已矣。"何晏集解："言任官得其人，故無爲而治。"漢劉向《新序·雜事四》："故王者勞於求人，佚於得賢。舜舉眾賢在位，垂衣裳恭己，無爲而天下治。"

[六] 文曰無逸：文，指周文王，無逸，勿貪圖安逸。《尚書·無逸》周公曰："嗚呼！厥亦惟我周太王、王季，克自抑畏。文王卑服，即康功田功。徽柔

懿恭，懷保小民，惠鮮鰥寡。自朝至於日中，昃，弗遑暇食，用咸和萬民。文王弗敢盤於遊田，以庶邦惟正之供。文王受命惟中身，厥享國五十年。”

[七] 夷警告急於三韓：指遼東後金女真的崛起。

[八] 醉裾、女戒之念愨，則伐性役情之竇塞矣：女戒，謂對嗜好女色的警戒。《漢書·杜周傳贊》：“以建始之初深陳女戒，終如其言，庶幾乎《關雎》之見微，非夫浮華博習之徒所能規也。”伐性，喻危害身心的事物。《呂氏春秋·孟春》：“靡曼皓齒，鄭衛之音，務以自樂，命之曰伐性之斧。”《韓詩外傳》卷九：“徼幸者，伐性之斧也；嗜慾者，逐禍之馬也。”

[九] 投珠、抵璧：投珠，《史記》卷八十三《鄒陽列傳》：“臣聞明月之珠，夜光之璧，以闇投人於道路，人無不按劍相眄者。何則？無因而至前也。”抵璧，擲璧。謂不以財寶爲重。晉葛洪《抱樸子·安貧》：“上智不貴難得之財，故唐虞捐金而抵璧。”南朝齊謝朓《三日侍宴曲水》詩：“抵璧焚翠，銷劍隳城。”

[十] 赤渭、丹河之有戒：典不詳，或指道教養生之類。

[十一] 以法家拂士爲藥石：法家，守法度的世臣。拂士，輔佐的賢士；拂，通“弼”。《孟子·告子下》：“入則無法家拂士，出則無敵國外患者，國恒亡。”朱熹集注：“拂士，輔弼之賢士。”《明史·楊爵傳》：“諍臣拂士日益遠，而快情恣意之事無敢齟齬於其間，此天下之大憂也。”

[十二] 以四夷八蠻占氣候：四夷，古華夏族對四方少數民族的統稱，含有輕蔑之意。《書·畢命》：“四夷左衽，罔不咸賴。”孔傳：“言東夷、西戎、南蠻、北狄，被髮左衽之人，無不皆恃賴三君之德。”《後漢書·東夷傳》：“凡蠻、夷、戎、狄總名四夷者，猶公、侯、伯、子、男皆號諸侯云。”八蠻，古謂南方的八蠻國。《禮記·王制》：“南方曰蠻。”孔穎達疏引《爾雅》漢李巡注：“一曰天竺，二曰咳首，三曰僬僥，四曰跛踵，五曰穿胸，六曰儋耳，七曰狗軹，八曰旁春。”後以泛指外族。唐王維《故右豹韜衛長史任君神道碑》：“授鉞以董八蠻，可傳首於魏闕。”

[十三] 以三辰六符察精神：三辰，指日、月、星。《左傳·桓公二年》：“三辰旂旗，昭其明也。”杜預注：“三辰，日、月、星也。”南朝梁沈約《齊故安陸昭王碑》：“昭昭若三辰之麗於天，滔滔猶四瀆之紀於地。”六符，謂三臺六星的符驗。《漢書·東方朔傳》：“願陳《泰階六符》，以觀天變，不可不省。”顏師古注：“孟康曰：‘泰階，三臺也。每臺二星，凡六星。符，六星之符驗也。’應劭曰：‘《黃帝泰階六符經》曰：泰階者，天之三階也。上階爲天子，中階爲諸侯

公卿大夫，下階爲士庶人。’”後用爲稱頌朝廷或輔臣之詞。南朝陳徐陵《陳公九錫文》：“膠庠宗稷之典，六符十等之章，還聞泰始之風流，重睹永平之遺事，此又公之功也。”明章懋《上洛陽劉閣老書》：“惟夜望六符之光，以致起居之頌而已。”

　　[十四] 一德馨香，何必减於青城之隱：一德，始終如一，永恒其德。《易·繫辭下》：“恒以一德。”孔穎達疏：“恒能始終不移，是純一其德也。”宋蘇軾《司馬温公神道碑》：“非至誠一德，其孰能使之？”青城，或指青城山。北周庾信《周車騎大將軍賀婁公神道碑》：“青城仙洞，黄石祠壇。”唐鄭巢《題崔中丞北齋》詩：“何年各無事，高論宿青城。”

　　[十五] 六龍時馭，何必减於白日之昇：六龍，《易》乾卦的六爻。《易·乾》：“大明終始，六位時成，時乘六龍以御天。”孔穎達疏：“乾元乃統天之義，言乾之爲德，以依時乘駕六爻之陽氣，以控御於天體。六龍即六位之龍也；以所居上下言之，謂之六位也。”白日之昇，指白日昇天，道教謂人修煉得道後，白晝飛昇天界成仙。晋葛洪《神仙傳·陰長生》：“後於平都山東白日昇天而去。”《魏書·釋老志》：“其爲教也，咸蠲去邪累，澡雪心神，積行樹功，累德增善，乃至白日昇天。”

　　[十六] 素庭之書：指素書，泛指一般道書。宋蘇軾《次韵回先生》之一：“但知白酒留佳客，不問黄公覓《素書》。”清黄鷟來《送田月樞歸隱王屋》詩：“底事披《素書》，無暇祀黄石。”

策二[一]

　　離婁稱明，公輸稱巧[二]，以其法耳。楮葉無用，棘猴罔功[三]，以其非法耳。法者垂永久，非法者炫目前，法顧不重歟？第法者法也，法法者君也。法之所創，必天下共奉之，不見有紐解網弛之患，而後法信；法之所持，必一人獨握之，不見有陽操陰誘之端，而後法尊。今天下不可以法守者可勝道哉！三載黜幽之典，而含沙得以反中[四]；四罪放流之黨[五]，而死灰尚冀復燃。且新任未至，而輒爲量移，是爲仕宦擇地；雜流貪緣，而每爲題授，是爲錢神乞靈。條編免役，斟酌良多，將無巨履、小履同價；榷務鈔關，網羅殆盡，將無攫金、胠篋同殘[六]。寅清者首在移風易俗[七]，彼縫掖亢長吏[八]，部民辱守令，悍宗凌重臣，何以聽之？邦禁者職在明刑弼教，彼罪前之荼毒，罪中之比附，罪後之科罰，何以置之？都官以竹頭木屑爲瑣務，而河渭之浪費、木石之虛估、工匠之侵漁弗覈矣；典戎以厲兵秣馬爲緩圖，而六師之疲敝、萬竈之蕭條、九邊之潰決弗振矣。曾不聞塞一弊端，行一實政，更一澆俗，竟一詔書，章奏沓出，每至萬言，題覆紛然，竟歸兩可。以故言不論是非，人欲化而爲台諫；權不當黜陟，人欲攘而爲端揆。時勢如此，又何言法哉？所以起玩愒之弊，開振刷之端[九]，固惟在皇上耳。

皇上魁柄獨握，籠駕千古，謂宜威靈遠暨，而内外大小咸不奉若惟謹，奈何使法之陵夷至此也？夫庸儒之主患在不法法，英明之主患在太法法。皇上以英明之主，而蹈不法法之弊，此天下之所以不能爲皇上解也。今欲起積弱而强之，則在不與天下相委靡；而不與天下相委靡，又在不與天下相隔閡。故臨御宜勤也，離照常懸[十]，則奸法者匿影矣；懸缺宜補也，庶職翼明，則敕法者布列矣；章牘宜閱也，睿覽悉照，則觟法者不敢濫嘗矣[十一]。而賞罰尤宜明也，功罪不貸，則奉法者知所趨，而枉法者不得逞矣。所謂化瑟而更張之，其在是矣。若曰懲積弱，而遂有以擊斷操切爲事者，亦愚之所不敢獻也。

【箋證】

　　[一]《策二》論法。專析法之重、法之尊，歷數法之混亂鬆弛諸象，要求人君負起整頓法紀的重任，"起玩愒之弊，開振刷之端"，最終達到："賞罰尤宜明也，功罪不貸，則奉法者知所趨，而枉法者不得逞矣。"

　　[二] 離婁稱明，公輸稱巧：《孟子·離婁上》："孟子曰：'離婁之明，公輸子之巧，不以規矩，不能成方圓。'"焦循正義："離婁，古之明目者，黄帝時人也。黄帝亡其玄珠，使離朱索之。離朱，即離婁也，能視於百步之外，見秋毫之末。"公輸，春秋時有公輸班。或稱魯班，爲魯國巧匠。班，或作"般""盤"。漢王褒《聖主得賢臣頌》："如此則使離婁督繩，公輸削墨，雖崇臺五層，延袤百

丈，而不涸者，工用相得也。"

[三] 楮葉無用，棘猴罔功：楮葉，《韓非子·喻老》："宋人有爲其君以象
爲楮葉者，三年而成。豐殺莖柯，毫芒繁澤，亂之楮葉之中而不可別也。"後用
爲模仿亂真的典故。宋米芾《硯史·用品》："楮葉雖工，而無補於宋人之用。"
棘猴，戰國宋有人請爲燕王在棘刺的尖端刻猴，企圖取得優厚的賞賜。燕王覺其
虛妄，乃殺之。事見《韓非子·外儲說左上》。後以"棘猴"喻徒費心力或欺詐
誕妄。唐李白《古風》之三五："棘刺造沐猴，三年費精神。"元貢師泰《寄静庵
上人》詩："世事同蕉鹿，人心類棘猴。"明謝肇淛《五雜俎·人部一》："棘猴
玉楮，非不絶人倫、侔化工，幾於淫矣。"

[四] 三載黜幽之典，而含沙得以反中：黜幽，斥免考績劣下的官員。宋王
禹稱《謝加上柱國表》："伏念臣因緣薄技，遭遇昌辰。承明四入於直廬，才非潤
色；淮甸三移於郡印，政昧循良。方俟黜幽，敢期受寵。"明張居正《考滿辭加
恩疏》："兹當課績，方俟黜幽，豈意聖慈，更加隆施。"含沙，含沙射影之蜮。
蜮，古代傳說中一種害人的怪物，后常比喻暗中作祟的小人。唐白居易《寄元
九》詩："山無殺草雪，水有含沙蜮。"

[五] 四罪放流之黨：四罪，《書·舜典》："流共工於幽州，放驩兜於崇山，
竄三苗於三危，殛鯀於羽山，四罪而天下咸服。"《後漢書·郅惲傳》："昔虞舜輔
堯，四罪咸服。"

[六] 將無攫金、胠篋同殘：攫金，《列子·説符》："昔齊人有欲金者，清
旦衣冠而之市，適鬻金者之所，因攫其金而去。吏捕得之，問曰：'人皆在焉，
子攫人之金何？'對曰：'取金時，不見人，徒見金。'"《莊子·胠篋》："將爲胠
篋、探囊、發匱之盗，而爲守備，則必攝緘縢，固扃鐍，此世俗之所謂知也。"陸
德明《釋文》引司馬彪曰："從旁開爲胠，一云發也。"成玄英疏："胠，開；
篋，箱……此蓋小賊，非巨盗者也。"

[七] 寅清：語出《書·舜典》："夙夜惟寅，直哉惟清。"後世多以"寅清"
爲官吏箴戒之辭，謂言行敬謹，持心清正。宋楊萬里《櫻桃》詩："天上薦新舊
分賜，兒童猶解憶寅清。"明李東陽《送董禮部尚矩還南京》詩："誰言省署寅清
地，不及經幃侍從勞。"

[八] 縫掖：亦作"縫腋"，一種大袖單衣，古儒者所服。亦指儒者。《後漢
書·王符傳》："徒見二千石，不如一縫掖。"李賢注："《禮記·儒行》：'孔子
曰：丘少居魯，衣逢掖之衣。'鄭玄注曰：'逢猶大也。大掖之衣，大袂單衣

也。’”漢桓寬《鹽鐵論·散不足》：“大夫士，狐貉縫腋，羔麑豹袪。”《舊唐書·文苑傳中·李邕》：“陛下若以臣之賤不足以贖邕，雁門縫掖有効矣。”

〔九〕起玩愒之弊，開振刷之端：玩愒，“玩歲愒日”的略語。謂貪圖安逸，曠廢時日。宋李綱《靖康傳信録下》：“（陛下）宜一新政事，以慰天下之望，而朝廷玩愒，日復一日，未聞有所變革。”《明史·曹凱傳》：“今中貴竊權，人心玩愒。”振刷，猶整肅。唐劉禹錫《上杜司徒啓》：“復蒙遠示，且曰浮謗漸消，況承慶宥，期以振刷。”明劉若愚《酌中志·内臣職掌紀略》：“如欲君德昭明，左右得人，須先振刷内書堂起。”

〔十〕離照：比喻帝王的明察。宋岳飛《辭男雲特轉恩命札子》：“伏望陛下揭離照之明，體乾健之斷，特賜睿旨，追還告命。”明唐順之《廷試策一道》：“臣願陛下離照旁通，乾剛獨斷，政績顯著。”

〔十一〕骩法者不敢濫賞矣：骩法，枉法。《新唐書·忠義傳上·李憕》：“尹蕭炅内倚權，骩法殖私。憕裁抑其謬，吏下賴之。”《明史·謝遷傳》：“孝宗晚年慨然欲釐弊政。而内府諸庫及倉場、馬坊中官作奸骩法，不可究詰。”

策三〔一〕

愚嘗觀天之愛君，其猶父之愛子也。父托子以家，而子不能有其家，必以督責爲裁成，而一念殷殷關切之意，甚有若不欲有其子者，然政其不能恝視其子也〔二〕；天托君以民，而君不能有其民，必以灾譴爲警告，而一念恧恧痛責之意，甚有若不欲有其君者，然政其不能漠視其君者也。故謂天心仁愛人君，輕則示灾，重則示異。夫人君苟識天所以示灾異之意，而猛爲懲艾，亟爲改圖，則妖孛何必非景星也〔三〕？祲氛何必非慶雲也〔四〕？怒號何必非和風也？嶽摧川振何必非山獻其珍而河呈其瑞也？是以《書》曰“克謹天戒”，《詩》曰“敬天怒逾”〔五〕，豈非萬年之明鑒哉！歷觀往世，灾異示警，而策士藎臣爭思補救〔六〕，或因水旱，請减大官織造，助司農以流恩者；或因慧見，請慎終如始者；或論天灾，請修政擇官節用弛利者；或論水灾，請近臣更直商略章奏者。修省之法固亦略具，是誠可爲後王法矣。

我國家重熙累洽，天心眷顧，有休無數。乃頃者物妖示異，河水流丹，蚩尤之旗揭於東方，妖彗之芒淩於北極，而鼠浮龍門，石隕竿焚，地裂懷折，諸凡變徵，皆有出於耳目睹記之外者。夫當奴酋猖獗之時，而變徵若此，識微慮遠之士固有不忍言者，乃天下有灾異也，聖心則無灾異也。噫！天下之有灾異，此非灾異；聖心之無灾異，此則真灾異也。而修祓挽回，誠今日之所最宜加意者。夫殿闕，天之重地，胡爲使若塵封之宇？言路，天之喉舌，胡爲使若無窮之匏？賢才，天之簡在，胡爲使有轉石之嘆[七]？財用，天之血脉，胡爲使爲朽蠹之藏？凡此孰非所以逆天意而來譴告者乎？至若天既爲民而立君，必惠愛民生而後可靈承帝眷。今則焚林竭澤，人懷萇楚之憂[八]；泣斗嗟箕，户切苕華之嘆[九]。隴蜀之生植盡矣，而饒造亦復不休；吳越之杼軸空矣，而洮賦亦復不罷。其他廣珠、滇金、潞織，種種未厭，其所謂惠愛斯民者安在？皇上誠穆然深思，舉一切弊政振刷而更新之，則愛民在此，回天亦在此，民之釋怨詈而歡忻在此，天之轉灾異而禎祥亦在此，吾未見大戊之桑不枯，而宋景之星不退也。不然，足寒傷心，枝枯萎幹，鳥窮則啄，獸窮則攫，萬一挺險而走者揭竿響應，則可畏又不在天而在民矣。此愚謂舍愛民別無畏天之法也。

【箋證】

［一］《策三》論天與君的關係。謂"天心仁愛人君，輕則示灾，重則示異"。針對目前天灾屢現示警，提出：開言路，簡賢才，節財用，惠愛民，"舉一切弊政振刷而更新之，則愛民在此，回天亦在此"。

［二］忍視：漠視。清李斗《揚州畫舫録·新城北録上》："蕭日曠之行孝，雖愚而情可憫，亦何忍概没之！爰因舊志所傳，録而存之，其餘則各書名於後，以警世之忍視其親者。"

［三］則妖字何必非景星也：字，彗星的別稱。《春秋·文公十四年》："秋，七月，有星字入於北斗。"杜預注："字，彗也。"《公羊傳·文公十四年》："字者何？彗星也。"何休注："狀如箒。"《楚辭》載王褒《九懷·危俊》："彌遠路兮悠悠，顧列字兮縹縹。"景星，大星、德星、瑞星。古謂現於有道之國。《文

子·精誠》："故精誠内形氣動於天，景星見，黃龍下，鳳凰至，醴泉出，嘉穀生，河不滿溢，海不波湧。"漢王充《論衡·是應》："古質不能推步五星，不知歲星、太白何如狀，見大星則謂景星矣。"《晋書·天文志中》："瑞星，一日景星。"

［四］祲氛何必非慶雲也：祲氛，邪惡之氣。漢王逸《九思·守志》："彼日月兮闇昧，障覆天兮祲氛。"慶雲，五色雲。古人以爲喜慶、吉祥之氣。《列子·湯問》："慶雲浮，甘露降。"《漢書·天文志》："若烟非烟，若雲非雲，鬱鬱紛紛，蕭蕭輪囷，是謂慶雲。慶雲見，喜氣也。"

［五］是以《書》曰"克謹天戒"，《詩》曰"敬天怒逾"：前引見《尚書·胤征第四》，後引《詩經》句未詳，疑有誤。

［六］藎臣：《詩·大雅·文王》："王之藎臣，無念爾祖。"朱熹集傳："藎，進也，言其忠愛之篤，進進無已也。"本謂王所進用之臣，後引申指忠誠之臣。唐白居易《韓愈等二十九人亡母追贈國郡太夫人制》："生此哲人，爲我藎臣，率由兹訓，教有所自，恩不可忘。"

［七］轉石之嘆：參《戊午試策·策一》"積薪轉石之嘆處處而是"。

［八］人懷萇楚之憂：《詩·檜風·隰有萇楚》："隰有萇楚，猗儺其枝。"萇楚，人謂即羊桃，野生，開紫紅花，實如小桃，可食。《毛詩序》曰："《隰有萇楚》，疾恣也。國人疾其君之淫恣，而思無情欲者也。"申培《詩説·鄶》："《萇楚》，鄶人困於賦役而作賦也。"朱熹《詩集傳·檜風·隰有萇楚》解題説："政繁武重，人不堪其苦，嘆其不如草木之無知無憂也。"

［九］戶切苕華之嘆：《詩經·苕之華》："苕之華，蕓其黃矣。心之憂矣，維其傷矣！苕之華，其葉青青。知我如此，不如無生！"表達灾年人民無以爲食，難以存活，痛感生不如死。

策四[一]

國家得百庸人不若得一豪杰，第豪杰非能自爲也，有用豪杰者而後豪杰可展也；豪杰亦非能自見也，有識豪杰者而後豪杰可用也。用之固難，識之尤不易；識之臨時不易，識之平日尤難。蓋豪杰而混之於庸人之中，則豪杰無以異庸人；庸人而置之以豪杰之概，則庸人安能識豪杰？今夫神龍馭雲，騰蛇游霧[二]，當雲霧之未遇也，與螮蛷何異？一日奮霆鞭風，淩九霄，潤九土，而天下始駭其靈異，實未有預知其靈異者。夫使人人而預知其靈異也，則亦何以爲靈異哉？是故豪杰不爲天下識，始獨成其爲豪杰；天下不能識豪杰，始悉成其爲庸人。愚嘗歷觀古今之數，治世不必多豪杰，有所以識之而用之也；亂世不必無豪杰，無所以識之而用之也。無所以識之用之，而漫以治亂之數責之豪杰，而又謂豪杰無益於治亂，不亦誣豪杰乎？夫豪杰有豪杰之識，故蕭酇侯入關中獨收圖籍[三]，范文子勝楚師獨虞内憂[四]；豪杰有豪杰之謀，故樂毅破齊而先結韓趙[五]，孔明伐魏而申好江東；豪杰有豪杰之勇，故祖逖誓清中原而江流擊楫[六]，相如力還趙璧而頸血濺衣[七]；豪杰有豪杰之望，故司馬既相而强虜縮舌，文正在軍而西虜膽寒[八]。夫彼之爲識、爲謀、爲勇、爲望，皆蘊於未有事之先，而見於既有事之後，乃猥於有事之日始識，而用之亦已晚矣。是以有能用者，必其能識者也，未有不識而能用者矣。然不識固不能用，亦必用之而始爲識也。故識其爲佐命之豪杰，則鼓刀可載，而版築可登[九]；識其爲定難之豪杰，則牧豕可收，而飯牛可舉[十]。豪杰在讐敵而識之，則射鉤不以爲怨，而封豐不以爲嫌[十一]；豪杰在親婣而識之，則祁不妨於薦午，而安不礙於引玄[十二]。又或有急於自見之豪杰，識之則爲之脫毛遂之穎[十三]，而高郭隗之臺[十四]；有難於自鳴之豪杰，識之則爲之解越石之羈[十五]，而罷公沙之杵[十六]。隨識隨用，即用即識，繇是豪杰之才情既不隳於牽制，而劾竭之意願又悉激於推誠。我以豪杰待彼，彼以跐弛自待，猶謂不能使天下安不復危、危可復安者，未之前聞，又孰謂豪杰無裨於治亂之數哉？然則今天下爲治乎，爲亂乎，有豪杰乎，無豪杰乎，則在於識而用之者乎！

【箋證】

　　[一]《策四》專論豪杰之才的識與用：國用豪杰，關鍵在識豪杰。"用之固

難，識之尤不易；識之臨時不易，識之平日尤難”。發現豪杰之識、謀、勇、望諸品格，是用豪杰之初步。推誠相待，放任豪杰去做，“豪杰之才情既不嗇於牽制，而効竭之意願又悉激於推誠”，則是使豪杰盡其所用、展其才能的關鍵。

〔二〕騰蛇：亦作“騰蚰”，傳說中一種能飛的蛇。《韓非子·難勢》：“慎子曰：‘飛龍乘雲，騰蛇游霧。’”唐楊炯《渾天賦》：“北宮則靈龜潛匿，騰蛇伏藏。”

〔三〕蕭酇侯入關中獨收圖籍：《史記·蕭相國世家》：“及高祖起爲沛公，何常爲丞督事。沛公至咸陽，諸將皆争走金帛財物之府分之，何獨先入收秦丞相御史律令圖書藏之。沛公爲漢王，以何爲丞相，項王與諸侯屠燒咸陽而去，漢王所以具知天下阨塞，户口多少，强弱之處，民所疾苦者，以何具得秦圖書也。”

〔四〕范文子勝楚師獨虞内憂：范文子（？—前574），即士燮。春秋時晉國人，士氏，名燮，士會子，晉景公時大夫。景公十一年，齊攻魯衛，晉救之，以上軍之佐隨郤克與齊戰於鞌，大勝。厲公時，又隨中軍帥欒書等與秦戰，大勝。厲公七年，在鄢陵與楚軍作戰勝利。因厲公驕横奢侈成性，憂鬱而死。謚文，稱范文子。

〔五〕樂毅破齊而先結韓趙：《史記·樂毅列傳》：“燕昭王問伐齊之事。樂毅對曰：‘齊，霸國之餘業也，地大人眾，未易獨攻也。王必欲伐之，莫如與趙及楚、魏。’於是使樂毅約趙惠文王，别使連楚、魏，令趙嚪説秦以伐齊之利。諸侯害齊湣王之驕暴，皆争合從與燕伐齊。樂毅還報，燕昭王悉起兵，使樂毅爲上將軍，趙惠文王以相國印授樂毅。樂毅於是并護趙、楚、韓、魏、燕之兵以伐齊，破之濟西。”

〔六〕祖逖誓清中原而江流擊楫：指晉祖逖渡江擊楫事。《晉書·祖逖傳》：“（逖）仍將本流徙部曲百餘家渡江，中流擊楫而誓曰：‘祖逖不能清中原而復濟者，有如大江！’”宋文天祥《賀趙侍郎月山啓》：“慨然有神州陸沉之嘆，發而爲中流擊楫之歌。”明何大復《滹沱河上》：“未識臨河意，中流擊楫歸。”

〔七〕相如力還趙璧而頸血濺衣：見《史記·廉頗藺相如列傳》。

〔八〕故司馬既相而强虜縮舌，文正在軍而西虜膽寒：司馬，指北宋司馬光；文正，指范仲淹。

〔九〕則鼓刀可載，而版築可登：鼓刀，指周初吕望。《楚辭·離騷》：“吕望之鼓刀兮，遭周文而得舉。”王逸注：“鼓，鳴也。或言吕望太公，姜姓也，未遇之時，鼓刀屠於朝歌也。”版築，指傅説。相傳商代賢者傅説版築（造土牆）

於傅岩，武丁用以爲相。事見《書·説命上》。

[十] 則牧豕可收，而飯牛可舉：牧豕，指西漢卜式。《漢書》卷五十八《卜式傳》：“卜式者，河南人也，以田畜爲事……是時漢方數使將擊匈奴，卜式上書，願輸家之半縣官助邊。……元鼎中，徵式代石慶爲御史大夫。”飯牛，指春秋時秦國百里奚或齊國寧戚。《管子·小問》：“百里奚，秦國之飯牛者也，穆公舉而相之，遂霸諸侯。”又《吕氏春秋·舉難》：“寧戚欲干齊桓公，窮困無以自進，於是爲商旅將任車以至齊，暮宿於郭門之外。桓公郊迎客，夜開門，辟任車，燭火甚盛，從者甚眾。寧戚飯牛居車下，望桓公而悲，擊牛角疾歌。桓公聞之，撫其僕之手曰：‘異哉！之歌者非常人也！’命後車載之。”

[十一] 則射鉤不以爲怨，而封齒不以爲嫌：前指管仲相齊仲公。《左傳·僖公二十四年》：“齊桓公置射鉤而使管仲相。”晋葛洪《抱樸子·君道》：“射鉤之賊臣，著匡合之弘勳。”封齒，待考。

[十二] 則祁不妨於薦午，而安不礙於引玄：前句指春秋晋國祁奚。據《國語·晋語七》《左傳·襄公三年》又《襄公二十一年》及《史記·晋世家》等，晋大夫祁奚告老，將辭中軍尉職事。晋悼公問誰可承接，祁奚先推薦仇人解狐。解狐卒，又薦其子祁午。時人譽其“外舉不棄仇，内舉不失親”。後句指東晋謝安薦謝玄。《晋書》卷七十九《謝尚傳》附謝玄：“於時苻堅强盛，邊境數被侵寇，朝廷求文武良將可以鎮禦北方者，安乃以玄應舉。中書郎郗超雖素與玄不善，聞而嘆之，曰：‘安違眾舉親，明也。玄必不負舉，才也。’時咸以爲不然。超曰：‘吾嘗與玄共在桓公府，見其使才，雖履屐間亦得其任，所以知之。’於是徵還，拜建武將軍、兗州刺史、領廣陵相、監江北諸軍事。”

[十三] 脱毛遂之穎：用戰國時毛遂之典。《史記·平原君列傳》：“秦之圍邯鄲，趙使平原君求救，合從於楚，約與食客門下有勇力文武備具者二十人偕……得十九人，餘無可取者，無以滿二十人。門下有毛遂者，前，自贊於平原君……平原君曰：‘先生處勝之門下幾年於此矣？’毛遂曰：‘三年於此矣。’平原君曰：‘夫賢士之處世也，譬若錐之處囊中，其末立見。今先生處勝之門下三年於此矣，左右未有所稱誦，勝未有所聞，是先生無所有也。先生不能，先生留。’毛遂曰：‘臣乃今日請處囊中耳。使遂蚤得處囊中，乃穎脱而出，非特其末見而已。’平原君竟與毛遂偕。”

[十四] 而高郭隗之臺：用戰國時燕昭王禮聘郭隗，築宮臺而尊事之典，見《戰國策·燕策一》。唐秦系《山中枉皇甫温大夫見招書》詩：“卧多共息嵇康

病，才劣虛同郭隗尊。"

[十五] 解越石之羈：越石，指越石父，春秋時齊國賢人。齊相晏嬰解左驂贖之於縲絏之中，歸而久未延見，越石父以爲辱己，要求絕交，晏嬰謝過，延爲上客。見《晏子春秋·雜上二四》。清吳嘉紀《歸東淘答汪三韓過訪》詩之二："嗟哉越石父！脫驂人安在？"亦省稱"越石"。

[十六] 而罷公沙之杵："公沙之杵"，典不詳，或指東漢公沙穆。北海膠東人，字文父。習《韓詩》《公羊春秋》，尤善推步之術。隱居東萊山。後舉孝廉，遷繒相。時繒侯劉敞多爲不法，乃上沒敞所侵官民田地。遷弘農令。桓帝永壽元年，三輔以東霖雨成災，穆預告百姓移居高地，得免水害。

策五[一]

執事發策，終篇而激於建酋之憤[二]，乃以兵餉俯詢，豈以習詩書者，不廢韜鈐。愚生目擊時艱，當不乏獻霍之忱乎[三]！生也，劍術兵符，愧未窮其際，夫何敢以書生之吻妄談天下事？然明問所及，不能無説，而處於此，竊願借箸籌焉[四]。

蓋自古建都定鼎，皆以天下守京師，獨我燕京，則天子自爲守，此豈祖宗以邊患貽子孫哉？蓋以居建瓴之勢[五]，當扼塞之衝，且使耳聞鉦鼓之聲，目接旌旗之色，欲令後世知寇賊伏於門庭，羌戎接於輦下，非凛凛預防不可者。夫天子自爲守，則不得不宿重兵，宿重兵，則不得不急餉，勢也。奠鼎之初，國賦充盈，威靈遐暢。至我皇上，神武獨奮，震聾窮荒，平夏、殄播、驅倭，不逾十年而弭三大釁[六]。則今日之建夷固可折鞭笞之已，何至今日而若有相顧莫措者？

夫國家盛衰之形，視於兵之強弱，而兵強弱之勢，又視於餉之虛盈。第策兵於兵弊之日，則利用振；而策餉於餉窮之時，則利用通。昔李廣夜行[七]，以石爲虎，射之没矢，察而復射，矢躍無迹，則前之氣競，而後之氣怠耳。田單守即墨[八]，燕人劓降者，掘墳墓，城中啼泣欲戰，單詳遣使約降，燕人益懈，乘夜奮擊，遂復齊七十城，豈非激其鋭而用之耶？宋仁宗聞狄青破賊[九]，謂宰相曰："急議賞，緩則不足勵矣。"穰苴將兵拒燕趙之師，莊賈後至，立斬以徇[十]，軍中大振。向使宥一莊賈，雖後殺千萬人何益？凡此者皆可爲今日振兵之喻，而兹四方之兵環集遼左，謀臣策士當必有計出於此者。而愚則以兵未集則憂在兵，兵既集則憂又在餉。乃今太倉之出日溢而司農詘，駝牝之供頻移而冏寺詘[十一]，匠作之需日發而水衡詘；欲加賦而賦額已增，欲括鍰而鍰金已盡。議者謂止有屯政之修可佐軍興，乃或以羽書旁午，萬竈呼庚[十二]，誠何時也？

屯田之舉似覺其迂，然先臣王鏊有言[十三]：《兵法》取敵一鍾，可當二十鍾；屯田得粟一石，可當轉輸粟二十石。屯政修明固今日之最急者，第不清其弊，則修舉未可期也。將帥請廉田自便，而膏腴在官，瘠薄歸私，是影射之弊，宜嚴也；徇所官各占軍丁，使薙蓑不時，污萊莫治[十四]，是擅役之弊，宜稽也；卒苦於饕吏之誅求，而逃亡相繼，有田在而人不知其主者，有糧在而地不知其所者，是朘削之弊[十五]，宜剔也；且聞清查不聞開免，聞增賦不聞減税，有田未成種而名已在册，苗未出土而吏已登門者，是催科之弊，又宜懲也。去此四弊，則屯政可復，屯復而餉漸以充，餉充而兵漸以振，威靈之赫葉，神氣之張皇[十六]，猶可旦暮幾之。若謂曠日持久非計之善，豈今日之事或可計日結乎？此愚生之所不敢信者也。

【箋證】

[一]《策五》專論軍餉與屯田。從明成祖建都北京天子守邊的獨特性，强調明王朝對軍隊的倚重性，由此引出軍餉的重要性："以兵未集則憂在兵，兵既集則憂又在餉。"再陳如今國家境況，引出唯有屯田才是根本解決之法。而欲重建屯田之制，其要在根除影射、擅役、朘削、催科四大弊。

[二]建酋：指後金，參前《戊午試策·策三》"夫建酋之眾"。

[三]當不乏獻藿之忱乎：獻藿，或指獻芹，謙指自己的建議與主張。參見《〈鑒勞録〉跋》"畢陳芹曝之悃"。《列子·楊朱》

　　〔四〕竊願借箸籌焉：借箸，參卷五奏疏三《恭聽處分兼瀝血忱疏》"正在席槀，又安得借前席之箸耶"。

　　〔五〕建瓴：語本《史記・高祖本紀》："譬猶居高屋之上建瓴水也。"謂傾倒瓶中之水，形容居高臨下、難以阻擋的形勢。《周書・韋孝寬傳》："竊以大周土宇，跨據關河，蓄席捲之威，持建瓴之勢。"唐陸贄《誥普王荊襄江西道兵馬都元帥制》："江、漢上游，建瓴制寇。"

　　〔六〕平夏、珍播、驅倭，不逾十年而弭三大釁：指"萬曆三大征"。萬曆二十年李如松平定蒙古人哱拜叛變的寧夏之役；萬曆二十一年李如松、麻貴抗擊日本豐臣秀吉政權入侵朝鮮之役；萬曆二十六年李化龍平定苗疆土司楊應龍叛變的播州之役。

　　〔七〕昔李廣夜行：見《史記・李將軍列傳》。

　　〔八〕田單守即墨：見《史記・田單列傳》。

　　〔九〕宋仁宗聞狄青破賊：見《宋史・狄青傳》。

　　〔十〕穰苴將兵拒燕趙之師，莊賈後至，立斬以徇：《史記》卷六十四《司馬穰苴列傳》："司馬穰苴者，田完之苗裔也。齊景公時，晉伐阿、甄，而燕侵河上，齊師敗績。景公患之。晏嬰乃薦田穰苴……景公召穰苴，與語兵事，大說之，以爲將軍，將兵扞燕晉之師。穰苴曰：'臣素卑賤，君擢之閭伍之中，加之大夫之上，士卒未附，百姓不信，人微權輕，願得君之寵臣，國之所尊，以監軍，乃可。'於是景公許之，使莊賈往。穰苴既辭，與莊賈約曰：'旦日日中會於軍門。'穰苴先馳至軍，立表下漏待賈。賈素驕貴，以爲將己之軍而己爲監，不甚急。親戚左右送之，留飲。日中而賈不至，穰苴則僕表決漏，入，行軍勒兵，申明約束。約束既定，夕時，莊賈乃至。穰苴曰：'何後期爲？'賈謝曰：'不佞大夫親戚送之，故留。'穰苴曰：'將受命之日則忘其家，臨軍約束則忘其親，援枹鼓之急則忘其身。今敵國深侵，邦內騷動，士卒暴露於境，君寢不安席，食不甘味，百姓之命皆懸於君，何謂相送乎！'召軍正問曰：'軍法期而後至者云何？'對曰：'當斬。'莊賈懼，使人馳報景公，請救。既往，未及反，於是遂斬莊賈以徇三軍。三軍之士皆振慄。"

　　〔十一〕駃牝之供頻移而囧寺詘：駃牝，語出《詩・鄘風・定之方中》："騋牝三千。"毛傳："馬七尺曰騋，騋馬與牝馬也。"後泛指馬。唐杜甫《沙苑行》："苑中騋牝三千匹，豐草青青寒不死。"囧寺，指太僕寺，主掌輿馬及全國涉及馬政之官署。《明史・王家彥傳》："南寺歲徵銀二十二萬，北寺五十一萬，銀入囧寺而馬政日弛。"

　　[十二] 乃或以羽書旁午，萬竈呼庚：旁午，亦作"旁迕"，交錯、紛繁意。漢王褒《洞簫賦》："氣旁迕以飛射兮，馳散渙以逼律。"《漢書・霍光傳》："受璽以來二十七日，使者旁午，持節詔諸官署徵發。"顏師古注："一從一橫爲旁午，猶言交橫也。"呼庚，即"呼庚癸"，軍中用於乞糧的隱語。語本《左傳・哀公十三年》："吳申叔儀乞糧於公孫有山氏……對曰：'梁則無矣，麤則有之。若登首山以呼曰：'庚癸乎！'則諾。'"杜預注："軍中不得出糧，故爲私隱。庚，西方，主穀；癸，北方，主水。"南朝梁劉勰《文心雕龍・諧隱》："叔儀乞糧於魯人，歌佩玉而呼庚癸。"省作"呼庚"。《明史・張鳳翼傳》："賊所至因糧於我，人皆宿飽，我所至樵蘇後爨，動輒呼庚。"

　　[十三] 然先臣王鏊有言：王鏊（1450—1524），字濟之，號守溪，晚號拙叟，學者稱其爲震澤先生，吳縣（今江蘇蘇州）人。成化十一年（1475）進士，授翰林編修。明孝宗時歷侍講學士、日講官、吏部右侍郎等職。明武宗時任吏部左侍郎，與吏部尚書韓文等請武宗誅劉瑾等"八虎"，但事敗未成。旋即入閣，拜戶部尚書、文淵閣大學士。次年，加少傅兼太子太傅、武英殿大學士。後辭官歸鄉，家居十六年，終不復出。死後追贈太傅，謚號"文恪"，世稱"王文恪"。王守仁贊其爲"完人"，唐寅贈聯稱"海內文章第一，山中宰相無雙。"博學有識鑒，經學通明，制行修謹，文章修潔。善書法，多藏書，爲弘治、正德間文體變革的先行者和楷模。黜浮崇古、尚經術、去險詭，影響一代文風。有《震澤編》《震澤集》《震澤長語》《震澤紀聞》《姑蘇志》等傳世。

　　[十四] 使薅蓑不時，污萊莫治：薅蓑，應作"薅蓑"，耕耘和培育。薅，通"穮"。污萊，謂田地荒廢。《詩・小雅・十月之交》："徹我墻屋，田卒污萊。"毛傳："下則污，高則萊。"王先謙《詩三家義集疏》："卒，盡也。田不治則下者污而水穢，高者萊而草穢。"唐白居易《息遊墮策》："至使田卒污萊，室如懸磬。"

　　[十五] 朘削：縮減、剝削意。語出《漢書・董仲舒傳》："民日削月朘。"唐劉禹錫《楚望賦》："故道朘削，衍爲廣斥。"宋李綱《理財論下》："猶之一家父兄之所以自奉養者不能節約，而日朘削其子弟以給足焉。"

　　[十六] 威靈之赫葉，神氣之張皇：赫葉，疑作"赫奕"，顯赫、美盛貌。漢應劭《風俗通・過譽・汝南陳茂》："謹按《春秋》，王人之微，處於諸侯之上，坐則專席，止則專館，朱軒駕駟，威烈赫奕。"唐豆盧回《登樂遊原懷古》詩：

"赫奕文物備，葳蕤休瑞繁。"張皇，亦作"張惶"，張大、壯大意。《書·康王之誥》："張惶六師，無壞我高祖寡命。"孔傳："言當張大六師之眾。"唐陸贄《誥賜尚結贊第三書》："遣使來往，足得商量；張惶師徒，是何道理！"

明君用人而不自用論[一]

帝王總攬宇宙，提衡萬靈[二]，則於其所用矣。顧得其用，則不必我尸其用[三]，而常有餘；不得其用，即日役其我以為用，而用益不足。蓋用一也，偏據之則用小，共效之則用大；旁拒之則用私，兼茹之則用公。其小而私也，常不見天下而見我，而孰知我之用必不可以盡天下，則天下必有滋其弊者；其大而公也，常不見我而見天下，而孰知天下之用無不可盡之於我，則天下乃悉於我而受其成。善哉乎，明君用人而不自用之說也！

請論之：

夫人君一人耳，而嘗君者百焉，待君者百焉，難君者又百焉，人君安能以藐然之身，輒投輒當，隨試隨周？亦烏有屏人不用而必自為用者？獨至於暗主，則謂吾儼然君也。吾儼然君，是儼然無所不可為之君也，又儼然無所不能為之君也。何事取人以裨我且舍我以任人乎？故其始也，以驕而謂人皆不足用；其繼也，又以疑而謂人皆不可用；其終也，又以忌惟恐人罄其用而且無以見我之用。以故人皆解體，人皆離心，有嘉謨不為進，有隱贊不為指，有深謀遠計不為籌，究至君孤處於上，而天下且日積日壞而至於不可支矣。噫！天下是我之天下也，人為我用，是其理我之天下也！我處於驕、處於疑、處於忌，使人不獲究其用，是非誤人而自誤我之天下也，不亦愚甚哉！

故惟明君不然，明君迥與暗主異者也。暗主無可以自用，而必不肯用人；明君可以不用人，而必不肯自用。其聰明之獨擅，則天下之聰明皆詘；而謂吾無聰明，天下之聰明即吾之聰明。其才識之獨優，則天下之才識皆詘；而謂吾無才識，天下之才識即吾之才識。其精神力量之獨饒，則天下之精神力量又詘；而謂吾無精神力量，天下之精神力量即吾之精神力量。天下之人無不受詘於明君，而明君之心必不獨伸於天下。惟明君之心必不獨伸於天下，則天下之所以爲明君用者，益無不殫且竭矣。繇是合天下人之聰明爲聰明，遂靡不照合天下人之才識爲才識，遂靡不效；合天下人之精神力量爲精神力量，遂靡不勝。人徒見明君之靡不照、靡不效、靡不勝，以爲明君別有非常不可測度之奇，抑知明君惟是用人不自用之，一念有以收攝一世而鼓動寰中也。

在昔舜之浚哲[四]，禹之無間，至今稱之曰大舜，曰神禹。夫大也，神也，可不謂明君也哉？乃推其所以大且神者，惟其闢門而受[五]，懸鐸而求，好問好察之[六]，雅懷善言則拜之，休風至今令人喜慕不已。知舜之大，禹之神，亦止以用人而不自用，有以成其大且神耳。人主尚可以自用乎？然用人固不可自用，亦必不自用，而後能用人也。君猶天也，君之所處曰大内，曰密勿[七]，天下人跂望之若天庭地闥，然苟非虛爾衷、怡爾色、鋤爾盛氣，人且望而驚，顧而走，又誰肯輕以其可用而爲自用者嘗也？君天下者，又胡爲而自用哉？雖然，自用不可也，而不可不自斷；不用人不可也，而不可并假人。倘其意念旁惑，權柄陰移，方將爲叢神，爲煬竈，狐鼠之隙啓，鹿馬之奸成[八]，是不自用而翻爲人用，欲用人而翻用於人矣，又不可不戒。

【箋證】

[一] 此文作年不詳，專就君主用人而立論。指出明君用人，要注重“共效”“兼茹”，要特別戒除驕、疑、忌等，方能舉天下聰明才識而爲我用。文中似由自己真實體會而發。

[二] 提衡：簡選官吏之謂。《文選》載任昉《王文憲集序》：“公提衡惟允，一紀於兹。”李善注：“言選曹以材授官，似衡之平物，故取以喻焉。”唐封演

《封氏聞見記・銓曹》：“吏部候人數滿百或二百，即引試，量書、判注擬，乃無被放者。故吏曹四時提衡，略無休暇。”

[三] 尸其用：尸，尸位，謂居位而無所作爲。

[四] 浚哲：亦作濬哲，深邃的智慧。南朝梁沈約《王亮王瑩加授詔》：“尚書左僕射亮，濬哲淵深，道風清邈。”宋范成大《東宮壽詩》：“中興歸濬哲，重慶啓元良。”

[五] 闢門：《書・舜典》：“闢四門，明四目，達四聰。”孔傳：“開闢四方之門未開者，廣致眾賢。”後遂以“闢門”指廣開賢路，訪求人材。漢應劭《風俗通・十反・河内太守廬江周景》：“蓋人君者，闢門開窻，號咷博求，得賢而賞，聞善若驚，無適也，無莫也。”

[六] 懸鐸而求，好問好察之：清李光地《榕村集》卷二：“故堯之舍己從人，舜之好問好察，禹之懸鐸懸鞀，周公之握髮吐哺，皆所以求交也天。”

[七] 君之所處曰大内，曰密勿：大内，指皇宮。唐韓愈《論佛骨表》：“今聞陛下令群臣迎佛骨於鳳翔，御樓以觀，舁入大内。”《明史・輿服志四》：“洪武八年改建大内宮殿，十年告成。”漢代又指京城的國庫。《史記・孝景本紀》：“以大内爲二千石，置左右内官，屬大内。”裴駰集解引韋昭曰：“大内，京師府藏。”《漢書・嚴助傳》：“越人名爲蕃臣，貢酎之奉，不輸大内，一卒之用不給上事。”顏師古注引應劭曰：“大内，都内也，國家寶藏也。”密勿，多指接近皇帝之機要、機密。《三國志・魏志・杜恕傳》：“與聞政事密勿大臣，寧有懇懇憂此者乎？”唐李德裕《謝賜讓官批答狀》：“承訏俞之命，或慮闕遺；奉密勿之機，實憂不逮。”

[八] 方將爲叢神，爲煬竈，狐鼠之隙啓，鹿馬之奸成：煬竈，《戰國策・趙策三》：“衛靈公近雍疽、彌子瑕。二人者，專君之勢以蔽左右。復塗偵謂君曰：‘昔日臣夢見君。’君曰：‘子何夢？’曰：‘夢見竈君。’君忿然作色曰：‘吾聞夢見人君者，夢見日。今子曰夢見竈君而言見君也，有說則可，無說則死。’對曰：‘日，併燭天下者也，一物不能蔽也。若竈則不然，前之人煬，則後之人無從見也。今臣疑人之有煬於君者也，是以夢見竈君。’君曰：‘善。’”謂在竈前向火，則蔽其光。後因以“煬竈”喻佞幸專權，蒙蔽國君。明陳汝元《金蓮記・廷譖》：“怕依叢煬竈出廷間，難免誅夷。”清侯方域《南省試策一》：“凜乎有煬竈之權，而又不敢盡其詞也。”狐鼠，城狐社鼠。《文選》載沈約《奏彈王源》：“雖埋輪之志，無屈權右，而狐鼠微物，亦蠹大猷。”李善注引《晏子春秋》：“景公問晏

曰：治國亦有常乎？對曰：讒佞之人，隱在君側，猶社鼠不熏也，去此乃治矣。"宋文天祥《御試策一道》："此何等狐鼠輩，而陛下以身庇之。"鹿馬，指鹿爲馬，《史記·秦始皇本紀》："趙高欲爲亂，恐羣臣不聽，乃先設驗，持鹿獻於二世，曰：'馬也。'二世笑曰：'丞相誤耶？謂鹿爲馬。'問左右，左右或默，或言馬以阿順趙高，或言鹿。高因陰中諸言鹿者以法，後羣臣皆畏高。"後以喻有意顛倒黑白，混淆是非。《後漢書·竇憲傳》："深思前過，奪主田園時，何用愈趙高指鹿爲馬？久念使人驚怖。"《舊唐書·僕固懷恩傳》："陛下必信矯詞，何殊指鹿爲馬？"

天生人才供一代之用論[一]

人主奉天而有天下也，必與天下之人才共理之，而後能治天下。而用天下之人才，又必識天所以生人才之意，而後能使天下之人才爲我用。蓋人才之挾持甚大，而人才之關係亦不小；人才之擔荷甚重，而人才之誕降亦不輕。其處則冥鴻也，出則儀鳳也[二]，然而非偶然也，有所以生之也。其生也，爲社稷之慶也，作宇宙之光也，然而非無自也，天生之也。其天生也，秉扶輿之精也，毓苞符之秀也[三]，然而非無爲也，供一代之用也。天爲一代，以生人才，則其愛人才也，正所以愛一代。人主擁一代以承天，則欲愛一代，自不得不愛人才。故自古明聖之君，奉天之意以用人，因用人之才以承天，人有心涵造化、性葆中和，不曰一代之純碩，而曰天供我以調爕一代者也[四]。人有忠回天日、氣作河山，不曰一代之氣節，而曰天供我以挺持一代者也。人有望薄青雲，操凜白雪，不曰一代之道義，而曰天供我以滌蕩一代者也。人有燦黼黻之菁，擅珪璋之藻[五]，不曰一代之文章，而曰天供我以潤飾一代者也。天供之，我安得置之？天爲一代而生之，我安得違天意而舍之？故人之未用則求爲用，而不使寄慨於沉淪；人之方用則專爲用，而不使致怨於籠絡；人之既用則又竟所用，而不使興嗟於約結[六]。遂鴻漸矣，浦輪日賁於丘園；振鷺充矣[七]，束帛歲馳於岩藪。毋陽收而陰棄，毋甫任而忽疑，毋過摘乎全瑜，毋苛繩乎寸朽。且也不以千羊輕一狐之腋，不以寒蟬薄鳴鳳之音。不重困乎囚山，不輕投乎瘴海，而一念殷殷，憐才之雅，雖至於人無遺用，而猶恐用有遺人。即人或指禄位爲桎梏，視廊廟爲檻籠，鑿壞垣以逃名[八]，焚山林而滅迹[九]。人愈不爲我用，而我愈欲爲之用。何也？人既負其才，則不得不爲天重其用；君欲收其用，則不得不爲天惜其才。雖以我用人也，實以天用人也；人雖受用於我也，實則受用於天也。其究也，人盡其才，才盡其用，造福生靈，貽休天下，至不可紀。

世必以爲明君之能用人，不知非能用人也。天之所用，明君能不舍之耳？則其所以善用人，正其所以善承天。惟人才用，而天所以生人才之心亦庶幾可以無負矣。不然，人君之位曰天位，職曰天職，權曰天權，命討曰天命討，天下之人莫不仰之曰天子，是人君無一不借天爲重也。無一不借天爲重，而獨於天之人委棄之，遏抑之，甚則摧折而禁錮之，不使之結綬彈冠，而使之枕流漱石[十]；不使之揚揚吐氣，而使之咄咄書空[十一]；不使之立朝而業建千秋，乃使之去國而身輕一葉：計不亦左乎？況人才曰天生，則天意屬之矣，用固可令其顯揚，不用亦不能令其湮没。桐江一綫，彭澤五株[十二]，雖苦無能用之者，而皆足以流清風而淑後世，此又人才之以不用爲用也。然至人才以不用爲用，於人才終無損，而國家已不可言矣，則人君之於人才，抑何爲而不用乎？

昔者黄帝生而能言，役使百靈，可謂神矣，猶不乏人才之用，故廣成、大塊、力牧、風后，皆於神明中啓之[十三]，豈非用人以承天，而天亦若爲之告也？洎後夢符帝賚，高宗來版築之夫[十四]；卜葉王師，西伯起渭釣之叟。而湯之舉天民於莘野[十五]，必曰“簡在帝心”，則誰非所以承天之意也？然用人固所以承天而不自用，正所以用人如或自智自神，獨雄獨斷，人才且望影而奔，裹足而去，誰肯吹竽而見斥，抱明月而輕投也？故用人以承天者，又在於不自用。

【箋證】

　　[一] 專論人才之宜重用，作年不詳。

　　[二] 其處則冥鴻也，出則儀鳳也：冥鴻，高飛的鴻雁。前蜀杜光庭《刁子宗勉太尉謁靈池朱真人洞詞》："伏惟仙君道逸冥鴻，壽逾遼鶴。"又用以喻避世隱居之士，漢揚雄《法言・問明》："鴻飛冥冥，弋人何篡焉。"李軌注："君子潛神重玄之域，世網不能制御之。"唐陸龜蒙《和寄題羅浮軒轅先生所居》詩："暫應青詞爲冗鳳，却思丹徼伴冥鴻。"儀鳳，鳳凰的別稱。《書・益稷》："簫韶九成，鳳皇來儀。"唐張正元《南風之薰賦》之一："始斯人之解愠，倏儀鳳以員來。"宋蘇軾《延和殿奏新樂賦》："歌曲既登，將嘆貫珠之美；韶音可合，庶觀儀鳳之來。"這裏借指爲人主所用之才。

　　[三] 秉扶輿之精也，毓苞符之秀也：扶輿，亦作"扶於""扶與"。猶扶搖，盤旋升騰貌。漢王褒《九懷・昭世》："登羊角兮扶輿，浮雲漠兮自娛。"唐韓愈《送廖道士序》："氣之所窮，盛而不過，必蜿蟺扶輿，磅礴而鬱積。"明劉基《滿庭芳・壽石末公》詞："收拾盡，乾坤清淑，爲瑞在扶輿。"苞符，清姚瑩《述憂》："羲皇闡苞符，天地相胚胎。陰陽有始終，序物徒盛衰。誰能問消息，悠悠使我哀。"

　　[四] 調燮：《漢書》卷七十四《魏相丙吉列傳》記丙吉："吉又嘗出，逢清道群鬥者，死傷橫道，吉過之不問，掾史獨怪之。吉前行，逢人逐牛，牛喘吐舌。吉止駐，使騎吏問：'逐牛行幾里矣？'掾史獨謂丞相前後失問，或以譏吉，吉曰：'民鬥相殺傷，長安令、京兆尹職所當禁備逐捕，歲竟丞相課其殿最，奏行賞罰而已。宰相不親小事，非所當於道路問也。方春少陽用事，未可大熱，恐牛近行用暑故喘，此時氣失節，恐有所傷害也。三公典調和陰陽，職當憂，是以問之。'掾史乃服，以吉知大體。"後謂宰相能調和陰陽，治理國事。又用以稱宰相。唐顏舒《刻漏賦》："罷衣裳之顛倒，配皇極而調燮。"宋沈遼《德相送荊公三詩用元韵戲爲之》："我昔造公室，公方任調燮。"

　　[五] 人有燦黼黻之菁，擅珪璋之藻：黼黻，禮服上所繡的華美花紋。《晏子春秋・諫下十五》："公衣黼黻之衣，素繡之裳，一衣而王采具焉。"宋葉適《故寶謨閣趙公墓誌銘》："黼黻爲章，宮徵成音，經綜緯錯，其行欽欽。"這裏借指華美的辭藻、文辭。《北齊書・文苑傳序》："其有帝資懸解，天縱多能，摛黼黻

於生知，問珪璋於先覺。”又指修飾文辭。唐楊炯《崇文館宴集詩序》：“黼黻其辭，雲蒸而電激。”珪璋，比喻杰出的人材。晋葛洪《抱樸子·安貧》：“贅幣濃者，瓦石成珪璋；請託薄者，龍驥棄林坰。”《舊唐書·齊物傳》：“故金紫光禄大夫、太子太傅、兼正卿齊物：宗室珪璋，士林楨幹。”宋蘇軾《二鮮於君以詩文見寄作詩爲謝》：“我懷元祐初，珪璋滿清班。”

[六] 約結：指結盟，訂約。《荀子·王霸》：“約結已定，雖睹利敗，不欺其與。”《漢書·匈奴傳贊》：“約結和親，略遺單于，冀以救安邊境。”唐李翱《兵部侍郎墓誌》：“言不妄發，與人有誠府，其相信不用約結。”

[七] 振鷺：《詩·周頌·振鷺》：“振鷺於飛，於彼西雝。”孔穎達疏：“言有振振然絜白之鷺鳥往飛也……美威儀之人臣而助祭王廟亦得其宜也。”又《魯頌·有駜》：“振振鷺，鷺於下。”毛傳：“鷺，白鳥也，以興絜白之士。”鄭玄箋：“絜白之士群集於君之朝。”後因以“振鷺”喻在朝的操行純治的賢人。宋王禹偁《送郝校書從事相州》詩：“金臺莫作多時計，非久應歸振鷺行。”

[八] 鑿壞垣以逃名：謂隱居不仕。語本《淮南子·齊俗訓》：“顏闔，魯君欲相之而不肎，使人以幣先焉，鑿培而遁之。”漢揚雄《解嘲》：“故士或自盛以橐，或鑿壞以遁。”亦作“鑿壞而遁”“鑿坯而遁”。唐元結《問進士》：“何人鑿坯而遁，何人終日掃門？”

[九] 焚山林而滅迹：或用春秋時介子推之典。《左傳·僖公二十四年》：“晋侯賞從亡者，介之推不言禄，禄亦弗及……遂隱而死。”後以“焚林”爲求取賢士的典故。《周書·蘇亮等傳論》：“既焚林而訪阮，亦膀道以求孫，可謂野無遺才，朝多君子。”唐韋蟾《上元》詩之三：“熏穴應無取，焚林固有求。”

[十] 不使之結綬彈冠，而使之枕流漱石：結綬彈冠，參《送別武子有感》“念亂有人爭解綬，懷才我輩始彈冠。”枕流漱石，南朝宋劉義慶《世說新語·排調》：“孫子荆年少時欲隱，語王武子當枕石漱流，誤曰漱石枕流。王曰：‘流可枕石可漱乎？’孫曰：‘所以枕流，欲洗其耳；所以漱石，欲礪其齒。’”後以喻隱居山林。明王錂《春蕪記·訪友》：“湖海伴漁樵，任塵埃暗寶刀，枕流漱石吾堪老。”

[十一] 咄咄書空：《晋書·殷浩傳》載殷浩雖被黜放，口無怨言，但終日書空作“咄咄怪事”四字。後以“咄咄書空”形容失志、懊恨之態。宋王楙《野客叢書·殷浩失望》：“浩之出，不惟一事無立，而喪師辱國，殆有甚焉。朝野於是大失所望，削爵貶竄，固其宜也，而咄咄書空，不能自遣。”

[十二] 桐江一綫，彭澤五株：前句用東漢嚴光隱居不仕之典。《後漢書》卷八十三《逸民列傳・嚴光》：“嚴光字子陵，一名遵，會稽餘姚人也。少有高名，與光武同遊學。及光武即位，乃變名姓，隱身不見。帝思其賢，乃令以物色訪之。後齊國上言：‘有一男子，披羊裘釣澤中。’帝疑其光，乃備安車玄纁，遣使聘之。三反而後至。舍於北軍，給床褥，太官朝夕進膳。除爲諫議大夫，不屈，乃耕於富春山，後人名其釣處爲嚴陵瀬焉。建武十七年，復特徵，不至。年八十，終於家。帝傷惜之，詔下郡縣賜錢百萬、穀千斛。”后句用陶淵明棄官之典。

[十三] 故廣成、大塊、力牧、風后，皆於神明中啓之：《史記五帝本紀・黄帝》：“舉風后、力牧、常先、大鴻以治民。”廣成，廣成子，晉葛洪《神仙傳・廣成子》：“廣成子者，古之仙人也。居崆峒之山石室之中。黄帝聞而造焉。”

[十四] 高宗來版築之夫：《史記・殷本紀》：“帝小乙崩，子帝武丁立。帝武丁即位，思復興殷，而未得其佐。三年不言，政事決定於塚宰，以觀國風。武丁夜夢得聖人，名曰説。以夢所見視群臣百吏，皆非也。於是迺使百工營求之野，得説於傅險中。是時説爲胥靡，築於傅險。見於武丁，武丁曰是也。得而與之語，果聖人，舉以爲相，殷國大治。故遂以傅險姓之，號曰傅説。”

[十五] 而湯之舉天民於莘野：指湯舉伊尹事。天民，指賢者。因其明乎天理，適乎天性，故稱。《莊子・庚桑楚》：“人之所舍，謂之天民；天之所助，謂之天子。”《孟子・盡心上》：“有天民者，達可行於天下而後行之者也。”宋陳師道《理究》：“賢而在下謂之天民，賢而在上謂之天吏。”莘野，《孟子・萬章上》：“伊尹耕於有莘之野。”趙岐注：“有莘，國名。伊尹初隱之時，耕於有莘之國。”後以“莘野”指隱居之所。五代齊己《贈白處士》詩：“莘野居何定，浮生知是誰。”宋曾鞏《寄致仕歐陽少師》：“耕稼歸莘野，畋漁返渭濱。”

擬永樂五年上與侍臣論民之休戚事之利害必廣詢博訪以盡群情謝表[一]

伏以念切窮黎，廣嘉謨於晋接[二]；神凛朽索，闢聰聽於咸虚[三]。期事治而民安，乃集思以廣益。愚忱可竭，聖德難名。臣等誠惶誠恐、稽首頓首上言：

竊惟立國以民爲先，勤民惟事爲要。駕四駆而考俗，《周詩》

博採群情；修六府以利生^[四]，《虞書》用熙庶績。孰是廟堂之大計，或可輕乎億人兆人？未有社稷之急圖，容稍忽於一日二日。慨自上下之交隔，則小民之艱苦誰陳？祗緣明良之遇疏，故眾事之叢脞以積^[五]。即前席勤鬼神之周，不念蒼生^[六]；縱中夜勞書石之衡，何裨政務？休戚置之不念，利害付於罔聞。民托事以生，事廢而民復何賴？事因民而立，民殘而事亦成虛。自非爲君者，實能懸鐸以求；行見在下者，終難叩閽而請^[七]。伏遇皇帝陛下垂裳奠世，定鼎開基^[八]。拓日月於重新，業兼創守；關乾坤於再造，德協天人。顧宇下方並戴其文治武功，而宸衷猶獨凜乎堯兢舜業。四海既登之清宴，而己治若未治，不啻有室嗟隅泣之悲^[九]；萬幾業奏於熙凝，而未難思圖難，猶若存紐解綱弛之慮。惟茲臨朝以御，忽睹巽命之頒，謂閭閻之情態宜窮，而宵旰之謀猷當計。千辛萬狀恒多，下受之而上不知；弊竇害端每有，上行之而下不許。苟堂廉遠隔^[十]，凡啼饑號寒之象渺不諮詢，則民其何堪？如宮府交睽，舉興利除害之方漫無商確，將事必大壞。爰希闢門之美^[十一]，惟恐聞不得實，而實不得聞；用冀補袞之忠^[十二]，切毋意不盡言，而言不盡意。覆盆隱穴^[十三]，必須一一直陳；細務宏猷，庶幾絲絲悉剖。臣等心懸撫字，才謝繩糾^[十四]。睿旨仰承，何異戴鰲山萬疊^[十五]；愚忠俯瀝，願無負魚水一堂。敢不日夜憂思，如己饑而己溺；始終將事，矢無怠以無荒^[十六]。德必宣，情必達，肯虛九重之懇懇；枯爲潤，滯爲疏，欲効一念之惓惓。伏願有大能謙，無微不照。內治與外寧交愆，塵清地雁天狼^[十七]；主聖以臣勞益彰，會合雲龍風虎^[十八]。臣等無任瞻天仰聖、激切屏營之至，謹奉表稱謝以聞。

【箋證】

[一] 題目中"永樂五年上與侍臣論民之休戚事之利害"，未在《明史·成祖紀》及相關文獻中查到，待考。文章借題以喻君臣遇合，立意：上開言路，下

獻嘉謀。勵精圖治，披肝瀝膽，方能共成天下之治。

　　[二] 念切窮嵒，廣嘉謨於晋接：窮嵒，即窮岩，指高峻的山崖，嵒，古通岩。《南齊書·高逸傳·杜京産》：“葺宇窮岩，採芝幽澗。”明高啓《煮石山房記》：“方士居窮岩絶谷之中，禁斥甘腴，啖粗糲之物，卒歲而不厭，亦難能之士哉！”嘉謨，即嘉謀。漢揚雄《法言·孝至》：“或問忠言嘉謨，曰：‘言合稷、契謂之忠，謨合皋陶謂之嘉。’”唐杜甫《奉贈太常張卿垍二十韵》：“能事聞重譯，嘉謨及遠黎。”晋接，進見、接見。語本《易·晋》：“晋，康侯用錫馬蕃庶，晝日三接。”孔穎達疏：“‘晝日三接’者，言非惟蒙賜蕃多，又被親寵頻數，一晝之間，三度接見也。”

　　[三] 神凛朽索，關聰聽於咸虚：朽索，朽腐的繩索。《書·五子之歌》：“予臨兆民，懍乎若朽索之馭六馬。”後因以爲典，比喻臨事慮危，時存戒懼。唐元稹《樂爲御賦》：“聽析招之什，冀絶迹於覆車；賦盤遊之詞，俾慮危於朽索。”明張居正《應制題畫馬》詩之一：“非緣愛物圖神駿，要識兢兢朽索心。”咸虚，待考。

　　[四] 六府：古以水、火、金、木、土、穀爲“六府”。《左傳·文公七年》：“六府、三事，謂之九功。水、火、金、木、土、穀，謂之六府。”《書·大禹謨》：“地平天成，六府三事允治，萬世永賴。”孔穎達疏：“府者，藏財之處；六者，貨財所聚，故稱六府。”《魏書·高閭傳》：“重光麗天，晨暉疊旦。六府孔修，三辰貞觀。”上古又爲六種税官之總稱。《禮記·曲禮下》：“天子之六府，曰司土、司木、司水、司草、司器、司貨，典司六職。”鄭玄注：“府，主藏六物之税者，此亦殷時制也。”《墨子·節葬下》：“五官六府。”孫詒讓閒詁：“六府，古籍無明文。《曲禮》‘六府’，鄭君以爲殷制，則非周法。《左傳·文公七年》《大戴禮記·四代篇》並以水、火、金、木、土、穀爲六府，亦非官府。《漢書·食貨志》説太公爲周立九府圜法，顔注謂即《周官》大府、玉府、内府、外府、泉府、天府、職内、職金、職幣等官。若然，天子有九府，六府或亦諸侯制與？”清高其倬《薊州新城》詩：“九門戒樓櫓，六府嚴關局。”

　　[五] 叢脞：瑣碎、雜亂。《書·益稷》：“元首叢脞哉，股肱惰哉，萬事墮哉！”孔傳：“叢脞，細碎無大略。”《舊唐書·李密傳》：“他日，述謂密曰：‘弟聰令如此，當以才學取官，三衛叢脞，非養賢之所。’”

　　[六] 即前席勤鬼神之周，不念蒼生：用漢文帝召賈誼之典，《漢書·賈誼傳》：“文帝思賈誼，徵之。至，入見，上方受釐，坐宣室，上因感鬼神事而問鬼

神之本。誼具道所以然之故。至夜半，文帝前席。"唐李商隱《賈生》詩："可憐夜半虛前席，不問蒼生問鬼神。"

〔七〕叩閽：臣民向朝廷直接申訴或進言。《資治通鑒·唐昭宗大順元年》："方且輕騎叩閽，頓首丹陛，訴姦回於陛下之宸座，納制敕於先帝之廟庭。"明陳汝元《金蓮記·生離》："麟愁鳳泣，弟兄固當叩閽；兔死狐悲，親戚亦宜伏闕。"

〔八〕垂裳奠世，定鼎開基：垂裳，垂衣裳，謂定衣服之制，示天下以禮。後用以稱頌帝王無爲而治。《易·繫辭下》："黃帝堯舜垂衣裳而天下治，蓋取諸乾坤。"韓康伯注："垂衣裳以辨貴賤，乾尊坤卑之義也。"漢王逸《機賦》："帝軒龍躍，庶業是昌。俯罩聖恩，仰覽三光。爰制布帛，始垂衣裳。"又王充《論衡·自然》："垂衣裳者，垂拱無爲也。"亦省作"垂衣""垂裳"。定鼎，舊傳禹鑄九鼎，以象九州，歷商至周，作爲傳國重器，置於國都。因稱定立國都爲"定鼎"。《左傳·宣公三年》："成王定鼎於郟鄏。"清侯方域《倪雲林十萬圖記》："明太祖定鼎金陵，建元於戊申。"

〔九〕不啻有室嗟隅泣之悲：隅泣，對著屋角哭泣。漢劉向《說苑·貴德》："今有滿堂飲酒者，有一人獨索然向隅而泣，則一堂之人皆不樂矣。"

〔十〕堂廉：殿堂的側邊。《儀禮·鄉飲酒禮》："設席於堂廉，東上。"鄭玄注："側邊曰廉。"《禮記·喪大記》："卿大夫即位於堂廉楹西，北面東上。"借指朝廷。《明史·劉宗周傳》："廠衛司機察，而告訐之風熾；詔獄及士紳，而堂廉之等夷。"清龔自珍《明良論四》："將見堂廉之地，所圖者大，所議者遠，所見者深。"

〔十一〕闢門：參《明君用人而不自用論》"闢門"。

〔十二〕用冀補袞之忠：補袞，補救規諫帝王的過失，語本《詩·大雅·烝民》："袞職有闕，維仲山甫補之。"漢阮瑀《爲曹公作書與孫權》："願仁君及孤，虛心回意，以應《詩》人補袞之嘆，而慎《周易》牽復之義。"宋司馬光《謝門下侍郎表》："逮事仁皇，備員諫省，容逆鱗之愚直，無補袞之嘉謀。"

〔十三〕覆盆隱穴：覆盆，參《戊午試策·策一》"甚且南冠而縶，覆盆無見日之期"。

〔十四〕臣等心懸撫字，才謝繩糾：撫字，撫養意。《後漢書·列女傳·陳文矩妻》："四子以母非所生，憎毀日積，而穆姜慈愛溫仁，撫字益隆，衣食資供皆兼倍所生。"又指上對下或對百姓的安撫體恤。《北齊書·封隆之傳》："隆之素得鄉里人情，頻爲本州，留心撫字，吏民追思，立碑頌德。"繩糾，糾正過失。

《魏書·高恭之傳》：“道穆繩糾，悉毀去之，併發其贓貨，具以表聞。”宋司馬光《言高居簡札子》：“臣職在繩糾，不敢不言。”明高明《琵琶記·丹陛陳情》：“是用擢居議論之司，以求繩糾之益。”

[十五] 鰲山，堆成巨鰲形狀的燈山。宋楊萬里《和陳蹇叔郎中乙巳上元晴和》：“買燈莫費東坡紙，今歲鰲山不入宮。”宋周密《乾淳歲時記·元夕》：“元夕二鼓，上乘小輦，幸宣德門觀鰲山。擎輦者皆倒行，以便觀賞。山燈凡數千百種。”又爲山名。在今湖南省常德市北。《大明一統志·常德府》：“鰲山在府城北七十里，本名獸齒山。相傳昔有僧宣鑒、義存、文邃三人同遊此悟道，故其徒稱‘鰲山悟道’。”

[十六] 無荒：謂不廢亂（政事）。《詩·唐風·蟋蟀》：“好樂無荒，良士瞿瞿。”鄭玄箋：“荒，廢亂也。良，義也。君之好義，不當至於廢亂政事。”《文選》載陸機《短歌行》：“短歌有咏，長夜無荒。”李周翰注：“言雖歌咏樂飲，無得廢於政事。”

[十七] 地雁天狼：流星的一種。《晋書·天文志中》：“若小流星色青赤，名曰地雁。”明王志堅《表異録·象緯》：“流星色赤，名曰地雁，其所墜者起兵。”天狼，恒星，屬於大犬座。古以爲主侵掠。《楚辭·九歌·東君》：“青雲衣兮白霓裳，舉長矢兮射天狼。”王逸注：“天狼，星名，以喻貪殘。”後以“天狼”比喻殘暴的侵略者。唐李白《幽州胡馬客歌》：“何時天狼滅，父子得安閒。”

[十八] 雲龍風虎：語本《易·乾》：“雲從龍，風從虎。”後世多用比喻君臣遇合。宋韓淲《滿庭芳·王寺簿生朝》詞：“功名事，雲龍風虎，行矣佩金章。”明宋濂《國朝名臣序頌》：“帝王之興，必有不世出之人豪，以自赴雲龍風虎之會。”

卷十一　鑒勞録

〔説明〕

《鑒勞録》主要記録孫傳庭受任陝西巡撫以來與民軍作戰的經歷，其與民軍的歷次作戰、陝西巡撫任内諸事，及與崇禎皇帝及兵部來往之奏疏報告，均以日記的形式總爲一體。《鑒勞録》的寫作或是想對自己一生這一重要經歷予以記録，或更重要的，是想起一種呈送皇帝備忘録的作用——封建時代最高統治者的無常喜怒，致使做臣子的時刻處於一種高度緊張的戒懼警惕狀態。這種情況下，對自己以往的"功業"作必要的記録，關鍵時刻或許能起到一定的作用。孫傳庭最終没有如袁崇焕那樣死在朝廷的法場上，這個《鑒勞録》是否起了作用亦未可知。《鑒勞録》所記，始於崇禎九年（1636）三月孫傳庭入秦到他六月正式發動對民軍的軍事行動，終結於崇禎十一年（1638）清軍從墻子嶺長城入侵京師、孫傳庭十一月奉詔帶兵入援。讀《鑒勞録》，我們得以窺知孫傳庭對民軍作戰完整過程的同時，亦可從中了解明王朝敗亡前夜朝臣内部的矛盾鬥争。透過《鑒勞録》所載奏疏和詔旨，我們對孫傳庭與崇禎皇帝獨特的個性性格、行事作風也能有一個較爲全面的了解——而這兩個人恰是事關明王朝最終命運的關鍵角色！本《鑒勞録》以《四庫全書存目叢書》影印本（齊魯書社 1997 年三月）史部第 128 册（193 頁開始）所收明崇禎十一年孫傳庭自刻本爲底本，參校浙江人民出版社 1983 年 10 月《孫傳庭疏牘》。底本原漫漶不清及缺損字句段落，酌情對照補齊。

序

丙子春三月，臣奉撫秦之命。夏四月六日，恭承召對，詢臣以剿撫方略。臣畢陳愚見，因以撫標無兵無餉爲請。欽蒙聖諭：

措兵難措餉更難，宵旰焦勞，形於天表。又諭臣以真心實意，期勉殷切。臣自矢殫力盡心實圖報稱。陛辭而西，以五月十有六日入關受事。爰及戊寅之十月廿二出關，北援拮据，凡三十閱月，巨寇悉平。兵強餉裕，視向之妖氛匝地，徒手罔措者又一秦矣。

自維臣履極難之地，肩極重之擔，當極敝之時，能無即於隕越，以爲簡書羞，且得通理京兆，前俸報成滿考，亦數十年來秦撫所未有也。非賴主上推誠委任，多方鼓勵，豈臣區區之愚僥幸至此？乃蒙聖明軫念，犬馬凡有効力，必賜褒嘉。溫綸之下，歲無虛月，月無虛旬，甚且風示各撫，以臣爲法，至臣以癡腸苦口，數爲樞部督過。因謂臣報兵後期，自請白衣領職以甚臣罪。聖明迄信臣無他，仍於臣奏剖疏中，嘉其實心辦理，臣之仰邀帝鑒可謂至矣！故臣每拜寵命，雖戎馬倥偬，感泣之餘，必略識顛末，手錄登簡，漸積成帙，名曰《鑒勞錄》。夫臣即捐糜頂踵，何勞敢言？顧聖明之鑒不敢忘也！敬付剞劂，惟志天恩罔極云。若夫叙錄，猶稽實所司，有意矜慎。在諸將士不無顒望，然非臣愚所及矣。

崇禎戊寅十有二月朔臣孫傳庭識

崇禎九年六月

時大寇整齊王等屯聚商洛數月矣，官兵憚險不入，臣履任未一月，嚴檄副將羅尚文選鋭馳擊，大獲奇捷，陣斬渠首整齊王。奪回擄去通判武位中[①]，餘黨奔逃。十九日，臣塘報兵部，"爲飛報大捷預解賊首功級事"。該部具題。

奉聖旨[②]："據報設伏出奇，殲渠斬級，具見該撫調度，將士用命，有功員役及傷亡官兵，查明叙恤。餘賊乞撫是否確情，還

---

① 奪回擄去通判武位中：據咸豐版《孫忠靖公遺集》《孫傳庭疏牘》，《四庫全書存目叢書》"武位中"作"武值中"。

② 奉聖旨：據《四庫全書存目叢書》，咸豐版《孫忠靖公遺集》《孫傳庭疏牘》作"奉旨"。以下文中均同，不再出校。

著詳察誠偽，相機操縱。並別股既稱勢孤黨渙，亟宜鼓銳殲掃，以底成績，武位中著。吏部議處具奏。"

七月

大寇闖王高迎祥由盩厔黑水峪出犯①，臣親提孤標，扼峪奮剿，四日三捷，生擒闖王等，餘眾殲散殆盡②。二十日，臣會同總督洪承疇塘報兵部，"爲據報奇捷生擒賊渠事"。該部具題。

奉聖旨："據報生擒闖賊及領嘖各目，具見該督撫調度將士用命，著即查明敘賚。賊勢已潰，餘孽尚存，仍著一面相機剿散，立奏廓清，毋再致通逭。該部知道。"

二十七日，總督洪承疇會同臣題"爲撫臣標兵先戰挫賊，狡賊窮遁出中，臣等再督官兵肆圖力戰，仰伏天威，生擒大賊頭闖王，剩黨散脅，恭報奇捷事"。

奉聖旨："已有旨了。奏內有功人員③，著即與覈敘，以示鼓勵：馮與京、李弘震並從優議恤。張買兒等姑准免死，聽於撫臣軍前自效。賊渠解京，著擇的當員役，沿途撥兵嚴防，毋致疏虞。該部知道。"

同日，臣會同總督題"爲官兵四日三捷賊渠成擒餘黨殲散，馳報掃蕩捷音事"。

奉聖旨："已有旨了。該部知道。"

九月

大寇蝎子塊、張妙手等因臣遵詔開諭，又聞闖渠就擒，由徽

---

① 大寇闖王高迎祥由盩厔黑水峪出犯：據咸豐版《孫忠靖公遺集》《孫傳庭疏牘》，《四庫全書存目叢書》無"高迎祥"三字。

② 餘眾殲散殆盡：據咸豐版《孫忠靖公遺集》《孫傳庭疏牘》，《四庫全書存目叢書》"散"作"敵"。

③ 奏內有功人員：據《四庫全書存目叢書》，咸豐版《孫忠靖公遺集》《孫傳庭疏牘》"人員"作"員役"。

秦赴鳳翔投臣乞撫，臣親詣面諭，兩渠搏顙感泣。當夜，張妙手率眾來歸。初六日，臣具題"爲微臣遵部行撫渠首率眾歸附謹述情形上聞事"。

奉聖旨："奏内遵詔行撫，及張文耀歸順情形知道了。還著同該督相機操縱，亟圖戡定，以底成績。所請剿兵及祖大弼事宜，該部著議速奏。"

十九日，臣遵旨選役押獻闕俘，具題"爲俘獻陣獲賊渠，仰乞聖明敕部訊審正法以快神人事"。

奉聖旨："該部知道。"

十二月

大寇過天星等乘剿兵屢衄，東犯涇三，臣親提標旅迎擊西遁。初四日，具題"爲大寇直瞰涇三，孤標迎頭堵擊鏖戰竟日，賊敗西奔事"。

奉聖旨："據奏賊突窺涇三，官兵奮銳扼堵，亦見用命。鄭嘉棟准與紀録。豫賊入秦，著即會督、理二臣，並檄催祖大弼兵合兵扼剿，其漢中之賊，星速移會蜀撫，即留該省入衛援兵協圖殲掃，毋得延誤。沔縣失事情形，還著詳查馳奏。餘已有旨了。該部知道。"

過賊被創甫遁，次日即報豫賊混世萬等擁眾闖關，踰渭逼潼，臣仍提孤標迎擊於渭南，擒殲甚眾，驅出關外。復合豫兵夾剿，大捷。二十二日，臣具題"爲豫賊擁眾西犯，秦兵迎頭堵擊殲賊幾半，賊復東遁，臣復約豫兵合剿，大創馳報捷音事"。

奉聖旨："據奏豫賊西犯，督兵扼擊。及賊東遁，復合豫兵夾剿，擒斬一千餘級，具見該撫鼓勵調動。有功員役及傷亡官丁，著即與查明叙恤。仍著豫中道將確偵賊向，合力蕩掃，毋得畫地諉卸，並狃捷少懈。該部知道。"

二十八日，兵部覆總督洪承疇題"爲撫臣標兵先戰挫賊等事"。

奉聖旨："這盡屋剿賊功次，既經覈議，洪承疇、孫傳庭著各先加一級，乃俟事平匯叙。孫守法免戍，仍復原官，再加實授一級。賀人龍免查議。趙光遠准復原級仍免戴罪。馬科、王根子、來胤昌俱另案酌議。馬友功、李建功俱免勘議。任國奇加都司僉書。孫承祖等三十員、鄭嘉棟等十員、董朝薦等十三員、羅尚文等三員各加實授一級。內孫鑒加實授二級，李世春准復原級，孫顯祖准復原降二級仍戴罪圖功。張京等六員，吏部分別優議。馮與京、李弘震各贈都司僉書。馮與京襲升正千戶，李弘震蔭一子外，衛小旗世襲。其餘有名各官，該督撫查明自行紀賞，仍著鼓勵將士速圖蕩掃，以底成績，不得少懈。該部知道。"

十年正月

十七日，臣以擒闖加級①，拜疏控辭，奏"爲寇魁雖獲餘孽猶存，猥蒙加級實難忝受，懇恩允辭以安臣分事"。

奉聖旨："孫傳庭擒闖著勞叙陞，已有成命，著即祗受，不必遜辭，仍一面速圖戡定以底成績。該部知道。"

二月二十七日，兵部復該臣題"爲豫賊擁眾東犯等事"。

奉聖旨："這潼關剿寇功次既經復覈，內孫傳庭、丁啓睿、戴東旻俟匯叙優議。李國政、張一貴著各加都司僉書職銜，依議管事。張文耀加實授守備，王永祥等二十員各與紀錄。藍承惠照舊管事。蔣有學贈遊擊將軍，襲陞副千戶世襲。李藝新查明另議。鄭嘉棟等三員免議。該部知道。"

混世萬等寇自臣驅剿東遁，提兵回省，復由閿靈峪口窺犯商

---

① 臣以擒闖加級：據《四庫全書存目叢書》，咸豐版《孫忠靖公遺集》《孫傳庭疏牘》"以"作"因"。

雛。臣發標兵併馬爲步，冒險進剿獲捷，收降寇一條龍等。十四日，臣具題"爲孤兵入山剿撫並効，馳報捷功事"。

奉聖旨："據奏官兵入山斬級俘渠，具見用命，有功員役，即與查明優敘，仍著該撫按先行賞賚。石有泉准收撫。混賊奔豫，著理臣嚴檄兵將，鼓銳奮擊，迅掃餘氛，以靖中原。叛兵既自拔逃歸，著確查同謀首惡正法，餘仍遵前旨赦免，責令殺賊自効。藍田焚劫情形，及疏泄各官還著查明馳奏。該部知道。"

混世萬等，自由靈閣復入商雒，招合諸渠結連叛寇。臣相繼出奇剿撫並用，除收降一條龍等外，復計斬大寇瓦背、聖世王、一翅飛等。收撫大寇鎮天王、紅狼、上山虎等。

十四日，臣具題"爲豫寇轉折入秦，官兵剿撫並用，頭目收殲幾盡，謹據實上聞事"。

奉聖旨："據奏招撫以敘等情形①，知道了。各賊渠目收殲强半，具見調度。蝎賊果投誠歸命，准審酌安插，仍加意撫戢，永消反側。張世强、張王謨俟查明敘賚，董鳳歧並與議恤。該部知道。"

三月

大寇蝎子塊自張妙手歸降之後，屢有稟至，望臣撫甚切，至是，遵臣檄示，遣散夥黨，親率頭目十二人，至會城乞降。臣收撫安插，十三日，具題"爲恭報蝎渠歸順情形仰祈聖鑒事"。

奉聖旨："據奏拓養坤輸誠投撫，已經安插，知道了。解散餘黨，仍著地方官加意綏輯，永消瑕釁。効勞各官，准與查核敘錄。該部知道。"

---

① 據奏招撫以敘等情形：據《四庫全書存目叢書》，咸豐版《孫忠靖公遺集》《孫傳庭疏牘》"以敘"作"吕敘"。

二十七日，臣因擒闖加級疏辭未允①，吏部議加臣服俸一級。覆奉欽依，臣復具奏"爲寇禍未滅臣級難加，謹再疏瀝陳，懇乞聖鑒允辭，以免冒濫事"。

奉聖旨："孫傳庭敘陞已有成命，著即遵祗受不必遜辭。寇氛未靖，仍速圖掃蕩，以奠嚴疆。該部知道。"

四月

秦省西安四衛，舊有額設軍屯，計地二萬四千餘頃，軍二萬四千餘名。廢弛既久，地歸豪右，軍則烏有矣。臣任怨清理，初清出課銀三萬五千餘兩。十九日，臣具題"爲經國當圖其大，裕餉無逾以屯，微臣力任愁勞，釐積敝以垂永利，要領既挈，裨益方鉅，謹據已經清出屯課數目，先疏具聞，仰祈聖鑒事"。

奉聖旨："這清出屯課數目並班軍抵價徵課事宜，深於兵食有裨，具見籌畫苦心，著殫力釐飭，以垂永利。王鼎鎮准與優異。該部知道。"

閏四月

大寇混天星等竄匿階成，合謀犯漢，又小紅狼等寇久擾漢沔，藩封岌岌。臣星移督鎮，趣兵馳往，又爲間道致餉，鼓勵奮擊，屢戰皆捷，漢危以舒②。十六日，臣具題"爲塘報成階剿賊級功並奏官兵入漢獲捷以慰聖懷事"。

奉聖旨："據奏成階兵將剿賊獲級，已有旨了。沔縣解圍，藩封奠安，具見調度，著即鼓勵各將乘勝殲擊，盡掃凶氛，以奏懋績。其各賊乞撫事情，該督撫隨宜操縱，毋致墮狡。並鎮臣移駐

---

① 臣因擒闖加級疏辭未允：據咸豐版《孫忠靖公遺集》《孫傳庭疏牘》，《四庫全書存目叢書》"加級"作"加叙"。

② 漢危以舒：據《四庫全書存目叢書》，咸豐版《孫忠靖公遺集》《孫傳庭疏牘》作"漢危以解"。

聲援事宜，俱聽相機酌行。所需勁旅，該部酌議速奏。"

五月

自屯政清釐有緒，奸豪無計抗阻，遂煽誘喊譟。臣迄不爲動，當擒首惡正法。復清出課銀七萬二千餘兩，並實在軍九千餘名。十七日，臣具題"爲微臣殫力清屯，群奸多方撓法，謹將續清軍數課數並處分事宜據實報聞以祈聖鑒事"。

奉聖旨："據奏續清軍課數目並處分謀亂事宜，知道了。豪右弁棍鼓煽撓法，殊可痛惡。今後再有隱占播弄的，不問何項權勢，該撫即指名參來，立從重治不宥。張彪等，李伸等，都著分別懲勸。所議增軍增課，務逐一實在，及官軍一例票收，不許仍前混冒，俱申飭行。該部知道。"

六月

初三日，因擒闖之叙①，蒙加服俸。再辭未允，乃恪遵祇承，奏"爲恭謝天恩事"。

奉聖旨："知道了②。"

七月

向來豫楚及秦之大寇俱倚商雒爲窠穴，已經臣次第驅除。尚有一二餘孽與土寇聯合爲祟③，名曰捍賊④。臣密檄該道出奇用間，

① 因擒闖之叙：據《四庫全書存目叢書》，咸豐版《孫忠靖公遺集》《孫傳庭疏牘》句前有"臣"字。

② 知道了：據《四庫全書存目叢書》，咸豐版《孫忠靖公遺集》《孫傳庭疏牘》"知道了"後加"該部知道"。

③ 尚有一二餘孽與土寇爲祟：據《四庫全書存目叢書》，《孫傳庭疏牘》"餘孽"作"遺孽"。

④ 名曰捍賊：據《四庫全書存目叢書》，咸豐版《孫忠靖公遺集》《孫傳庭疏牘》"捍"作"桿"。

縛斬渠首姚世泰、楊萬林、張大法等，並黨眾千餘殲散無遺。初七日，臣具題"爲剿撫商雒捍賊殲散已盡[1]，恭報情形仰祈聖鑒事"。

奉聖旨："據奏商雒一帶土寇，誅渠散脅，地方安謐，具見該撫調度方略，並道、州、縣各官俱著優叙錄，有功員役確查獎賞。仍將解散餘人善行安插，毋致失所。應守險隘嚴慎固防，不得以事平疏懈。該部知道。"

八月

總督洪承疇以題允甘兵二千餘名咨送臣標調度。適報巨寇大天王等賊過犯寶鷄。臣飛檄副將盛略等，馳赴迅擊，兩戰皆捷。十一日，臣具題"爲恭報甘兵兩戰獲捷事"。

奉聖旨："據報甘兵再捷，闖、過、混世萬等賊東西交遏[2]，已有旨了[3]。該撫須嚴加秣勵，相賊形勢，與督、理二臣協力夾剿，蚤奏蕩平。不得藉口弛卸。該部知道。"

九月

大天王等賊自甘兵連創，窮遁山峪。臣復提標旅親詣搜剿，涉渭入鳳，又報大寇猛虎、中斗星等，相繼出棧，欲圖出關犯豫。臣鼓勵各兵迎頭縱擊。賊敗，伏斜峪，依險窺逞。臣復期會督鎮，東西夾剿，殲降甚眾。初四日，臣具題"爲狡賊合股狂逞，微臣算賊殫力，戰必迎頭斬銳，撫能携黨收渠，賊窘西奔，復得督臣

---

① 爲剿撫商雒捍賊殲散已盡：據《四庫全書存目叢書》，咸豐版《孫忠靖公遺集》《孫傳庭疏牘》"捍"作"桿"。

② 東西交遏：據《四庫全書存目叢書》，咸豐版《孫忠靖公遺集》《孫傳庭疏牘》"遏"作"逞"。

③ 已有旨了：據《四庫全書存目叢書》，咸豐版《孫忠靖公遺集》《孫傳庭疏牘》前有"俱"字。

大兵夾擊，殲散尤多，恭報大捷事"。

奉聖旨："據報郿、寶合捷，具見督撫同心調度，將士僇力行間①。著乘勝極力夾剿，净此賊氛，毋氣盈弛懈，復縱他逸。兵部馬上馳諭。其有功傷亡員役，看議具奏。"

臣清屯告竣，通計清出實在官軍一萬一千八百五十五名，課銀一十四萬五千三百四十二兩，米麥豆一萬三千五百五十六石。又丁條草馬等銀四千五百八十一兩。十三日，臣具題"爲微臣清屯事竣，三秦永利已興，謹將前後清出實在兵糧數目彙報上聞，以祈聖鑒，並叙在事官員用示鼓勵事"。

奉聖旨："據奏清屯既竣，裕餉足兵，孫傳庭具見實心任事。著該部看議具奏。"

先是臣以實圖掃蕩，條上方略，屢拂部議。故該部因臣請明責成，駁臣方略，屢題不奉調度②，募練後期。該部自請以白衣領職，以甚臣罪。幸荷聖明鑒臣無他，未至遽干不測。部咨到臣。十七日，臣具奏"爲敬剖微臣苦衷並報募練兵數以祈聖鑒事"。

奉聖旨："奏内見在馬步各兵，通算已踰部數，且又另行調募，具見該撫實心辦理。會剿在即，著遵旨協圖掃蕩③，共建殊勳，不得分畛畫疆，更請別議。該部知道。"

---

① 僇：通"勠"。
② 屢題不奉調度：據《四庫全書存目叢書》，咸豐版《孫忠靖公遺集》《孫傳庭疏牘》"題"作"遷"。
③ 著遵旨協圖掃蕩：據《四庫全書存目叢書》，咸豐版《孫忠靖公遺集》《孫傳庭疏牘》"掃蕩"作"蕩寇"。

十月

蝎子塊並所部降丁，自受撫①，咸願爲臣效，臣調之標下，籍爲一旅，無不人人感奮。衹因總兵張全昌部參逮問②，全昌曾被陷蝎營，蝎未加害，後又數入蝎營招撫。蝎聞追諭全昌辱國，遂懷疑畏，又惑於腹黨黃巢之誘，乘發防豫寇，於華陰地方，劫眾西奔。臣於關門半夜聞變，即馳遣內役，授計降丁，次夜即斬蝎並縛黃巢歸獻。各降丁亦未有一人疑去者③。二十五日，臣具題“爲降渠懷畏復叛劫眾入山，群丁感恩遵計斬首，並擒腹惡歸獻正法，大害永除大信愈彰，謹具疏馳報以祈聖鑒事”。

奉聖旨：“該部看議具奏。”

十一月

初三日，戶部復臣題“爲微臣清屯事竣等事”。

奉聖旨：“李虞夔加一級，賈鶴年等俱紀錄。孫傳庭清屯充餉，勞怨不辭，著加一級，仍賞銀三十兩，紵絲二表裏，用昭激勵。今後各撫，務以秦撫真心實事爲法，不得自狃匱詘，徒頻仰請④。該部知道。”

清屯之役，臣以拚命實做，幸告成事。第取諸奸豪百十年久據之物，一旦還之公家，臣逆知有後來之變亂也。又臣舉於久廢，所得之數雖已不少，然較之國初屯額，尚不能什五。臣因詳列始

---

① 自受撫：據《四庫全書存目叢書》，咸豐版《孫忠靖公遺集》《孫傳庭疏牘》作“自受臣撫”。
② 衹因總兵張全昌部參逮問：據咸豐版《孫忠靖公遺集》《孫傳庭疏牘》，《四庫全書存目叢書》“逮問”作“遠調”。
③ 各降丁亦未有一人疑去者：據《四庫全書存目叢書》，咸豐版《孫忠靖公遺集》《孫傳庭疏牘》“疑”作“逸”。
④ 徒頻仰請：據《四庫全書存目叢書》，咸豐版《孫忠靖公遺集》《孫傳庭疏牘》“頻”作“煩”。

末，告之後來，則臣區區報効之忱，固未有已也。二十五日，臣具題"爲清屯之効已著，害屯之漸宜防，敬陳五當明之故、兩宜著之法，以維萬世永利事"。

奉聖旨："孫傳庭鋭意清屯課銀本色已徵實効，這所陳各款，該部看議速復。"

十二月

蝎寇之撫，臣心血爲嘔，及其復叛，臣遄發密計，立刻誅逆，不惟秦人共快，即各處安插降人，無不人人信服。樞部以臣疏報有"蝎忌張鎮被逮彼必難免道謀遂決"等語，故將按臣同在事官丁並行優叙，於臣特加貶駁，議以功過相準。初二日，復臣題"爲降渠懷疑復叛等事"。

奉聖旨："李國政加署銜一級①，張文耀加都司僉書，張守官加實授守備，劉俊儒、拓應卿、武養明、武大定、楊尚忠、苗有定、郭鳴鳳、崔應舉、任國柱各加署守備銜。黄世俊先給重賞，仍給千把總劄。趙大胤戍案量與湔除。孫傳庭功過相準。謝秉謙俟回道優叙。俱依議，該部知道。"

十一年正月

初九日，臣因清屯蒙恩賚，具疏控辭，奏"爲微臣清屯充餉雖効微勞，過蒙異叙殊恩②，萬難祗受，謹披瀝控辭仰祈聖鑒事"。

奉聖旨："孫傳庭清屯著勞叙賚，已有成命，不必辭免。該部知道。"

---

① 李國政加署銜一級：據《四庫全書存目叢書》，咸豐版《孫忠靖公遺集》《孫傳庭疏牘》"李國政"前有"是"。

② 過蒙異叙殊恩：據《四庫全書存目叢書》，《孫傳庭疏牘》"異叙"作"異數"。

三月

臣以癡忠，取忌當路甚衆。十年夏，總督統五總鎮兵剿賊徽漢之間，適有漢陰、石泉之失，部議乃責臣不遄發將領，與總督同降二級。先是臣以擒闖蒙加一級，部議都院無從三品職銜，擬加服俸一級。今以清屯再蒙加級，部議復云：部院無從三品職銜，遂折降免加。時並無折降之例，如守道副使李虞夔即因臣清屯叙加一級者。虞夔帶有舊降三級，該部復加參政。臣忝首事，而不得與道臣等，其臣節被之寵綸，則疆臣所未有也。二十五日，臣具疏稱謝，奏"爲恭謝天恩事"。

奉聖旨："該部知道。"

四月

自大寇入蜀，臣奉中樞調度，斷截商雒，總督洪承疇奏明，親提總兵左光先、曹變蛟等兵赴蜀援剿，佈置總兵祖大弼、王洪等兵於漢略徽秦之間防賊東返，專備夾擊。及各寇還秦，即由漢略徽秦長驅而東。各鎮不敢以一矢加遺，縱令直突慶鳳，闌入內地矣。臣得賊返秦之報，即據實奏聞，馳還西安，適中調度。初由徽秦犯慶陽者，爲大天王、六隊、爭管王、混天王等寇。臣率標兵迎擊於合水，陣斬馬上精賊百餘，擒獲大天王愛子三家保、雷神保，賊大潰東奔。監軍道王文清遵臣派信，復擊賊於甘泉，陣擒六隊孽子小黃鷹並精賊抓地虎等。

初七日，臣具題"爲官兵出奇扼要鹹斬當陣精賊，俘獲寇渠二子恭報捷音事"。

奉聖旨："該部看議速奏。"

楚之上津六郎關與秦之山陽接壤，向有一朵雲等寇盤踞六郎關，出沒肆擾，每爲秦害。因臣推誠招撫，率眾五百人赴商雒歸降。臣行監軍商雒二道審明安插，回報到臣①。同日，臣具題"爲寇渠率眾投撫，謹報解散安插確數以祈聖鑒事"。

奉聖旨："該部知道。"

大天王等寇被創之後，直奔延西。臣方督兵窮追，並期會臣原派郿宜防兵夾擊盡賊，忽報過天星、滿天星、米闖將、火焰斑②、劉秉義、就地飛等各夥大寇復從徽秦東來，由鳳寶出棧直犯西安，惟餘闖將一股搶馬番地。督鎮大兵隨之俱西，不遑東顧。臣因急督標旅，西馳迎擊。比臣抵郊、淳，賊已踰同、郃，突紮城矣。臣兼程遄至，豫伏一兵於黃龍山，餘兵從澄城合擊，五路並進，斬級千餘，擒降數百，死傷潰散無算，俘獲過天星親姊張氏，陣殲沒天星父老老掌。賊勢自此殆衰。

二十日，臣塘報兵部"爲飛報大捷事"。該部具題。

奉聖旨："據報楊家嶺等處擒斬千餘，知道了。有功員役先著軍前立賞，仍俟匯叙。孫傳庭即宜乘勝鼓勵，亟圖蕩平，爾部星夜傳飭。"

先是臣因剿寇與禦寇不同，必宜多用馬兵，新募土著必不能得志於寇，屢書忠告，樞部弗然也。司務陳繼泰爲樞部特疏題用，赴臣標下，專練土著殺賊，恢張踰歲，糜餉四萬餘，毫無實效。方賊至澄城，臣檄令赴剿，失期不至，臣因於報捷書中據實上聞。二十二日，臣具題"爲大寇合股東犯官兵齊力奮剿仰仗天威大獲全勝恭報奇捷事"。

奉聖旨："奏內有功及陣亡員役該部覈議叙恤，欽賞銀著即給

---

① 回報到臣：據《四庫全書存目叢書》，咸豐版《孫忠靖公遺集》《孫傳庭疏牘》"回"作"册"。

② 火焰斑：據咸豐版《孫忠靖公遺集》《孫傳庭疏牘》，《四庫全書存目叢書》爲"火焰班"。

發。陳繼泰並即看議題奏。”

五月

初五日，兵部復臣合水報捷疏，因議調晉將猛如虎赴秦協剿，題“爲官兵出奇扼要等事”。

奉聖旨：“是。即著猛如虎與秦撫會兵協剿，共圖蕩寇。奏内有功將士著監軍御史更作速看報，兵丁軍前立賞。該部知道。”

過、混等賊自涇縣敗潰俱奔延西①，彼中連歲奇荒，賊窘困旬餘，報從甘鄜繞出分突中宜。臣復督標兵馳赴截擊。賊聞風西竄。時總兵左光先等兵報至慶陽，臣馳約該鎮夾剿於羅山阜，擒斬三百有奇。十七日臣具題“爲狡賊聞兵先遁，我兵迎戰獲捷，恭報調度情況仰祈聖鑒事”。

奉聖旨：“知道了，該部知道。”

大天王以二子被獲未誅，率男婦腹黨潜出夥營投誠乞撫。臣行延安府審明安插。同日，具題“爲寇渠感恩投撫謹具疏奏報以祈聖鑒事”。

奉聖旨：“該部覈議具奏。”

自報各賊還突中宜，臣親蒞中部，計算鄜州百里之西，合水數十里之東，真寧百里之北，慶陽東川之南，橫豎約三四百里，彌望荒山，實賊受死之地。臣量提標旅東遏，馳會總兵曹變蛟等，從慶陽西堵。度賊困餒不支，必乘麥熟折三淳掠食喘息，乃圖西竄。臣盡發標甘精銳，豫伏三水，待賊於數百里之外，使賊殫力

---

① 過、混等賊自涇縣敗潰俱奔延西：據《四庫全書存目叢書》，咸豐版《孫忠靖公遺集》《孫傳庭疏牘》“涇縣”作“澄城”。

竄奔，自投機阱。三日之内，大小七戰，擒斬降散賊黨一空。方臣料賊入穴，率輕騎日行二百五十里，馳詣督戰。至趙和尚寺，賊衆迎臣乞撫，羅拜馬前。臣即下令止兵，盡與收撫，自此而全秦蕩平矣。惟闖將一股，是歲未敢東突，賴督臣驅剿出境，非臣力所及也。

二十二日，臣塘報兵部"爲飛報異常大捷事"。該部具題。

奉聖旨："知道了這大捷，俟詳報議叙。"

二十六日，臣具題"爲微臣算賊幸中，標兵依信合擊，擒斬千餘收降三千，死傷潰散無算，了完混天星、米闖將二大股，火焰斑三小股①。並收降過天星、三哨，謹具疏馳報上聞以紓聖明西顧事"。

奉聖旨："這剿除各股大寇②，允稱奇捷。孫傳庭具見方略勞苦，並獲功各官俱先行陞叙，仍俟事平匯叙。應賞者准動餉銀，軍前立賞，該部作速抵補。敗遁者即乘勝盡殲，已降者仍安插得所。該部知道。"

二十七日，兵部覆臣澄城報捷疏，題"爲大寇合股東犯等事"。

奉聖旨："孫傳庭著加授部銜，仍賞銀三十兩，紵絲二表裏。丁啓睿、王文清各加一級，仍行吏部優升。徐文泌等六員紀録，武清周該案另奏調度。鄭嘉棟等二十八員各加一級。王根子、趙大胤各復原職。張一貴免戴罪，王萬策另案酌擬。郭清末減，張承烈叙用。盛略等二十六員該部紀録。王國武贈武烈將軍，署副

---

① 火焰斑：據咸豐版《孫忠靖公遺集》《孫傳庭疏牘》，《四庫全書存目叢書》爲"火焰班"。

② 這剿除各股大寇：據《四庫全書存目叢書》，咸豐版《孫忠靖公遺集》《孫傳庭疏牘》"除"作"降"。

千總，蔭一子外衛小旗世襲①。”

二十八日，兵部題覆巡按陝西謝秉謙題“爲剿撫商雒捍賊②殱散已盡恭報情形仰祈聖鑒事”。

奉聖旨：“這商雒剿撫土寇功次，孫傳庭著賞銀三十兩，紵絲二表裏，著加陞一級③，仍與優擢。王文清賞銀十二兩，陳士猷、陳泰階、馬之麒、常吉各加一級。雷鳴時、虞懷智免叙。羅尚文、胡文華、范鼎燁、蘇州彥各加一級。羅國柱賞銀二十兩。譚階、羅光燦贈昭信校尉，署實授百户，各廳一子外衛小旗世襲。李康等七名④，各恤銀十兩。王仕晉等六名，各恤銀五兩。該部知道。”

六月

漢中因大寇連年逋逞，遺有零孽，糾合土寇饑民藏伏南山，不時出擾。臣嚴檄副將趙光遠、參將鄒宗武、遊擊韓進忠合力截擊，斬獲頗多。渠首二名一擒一殱，餘黨悉平。初二日，臣具題“爲漢中流孽突逞官兵奮勇獲捷謹具報奏聞以祈聖鑒事”。

奉聖旨：“兵部知道。”

臣受命撫秦，拮据剿事，三歷年所，臨、固二鎮之兵俱在督臣軍前。延、寧等鎮兵，臣又不得以鄰撫調用。臣標下官兵俱臣自募自練，安犒月餉，俱臣自行設處。其督臣題奉欽依給臣調度者僅甘兵二千，臣汰去五百，鼓勵隨徵，遂成勁旅。三水大捷後，臣

---

① 蔭一子外衛小旗世襲：據《四庫全書存目叢書》，咸豐版《孫忠靖公遺集》《孫傳庭疏牘》句後有“該部知道”。

② 爲剿撫商雒捍賊：據《四庫全書存目叢書》，咸豐版《孫忠靖公遺集》《孫傳庭疏牘》“捍賊”作“桿賊”。

③ 著加陞一級：據《四庫全書存目叢書》，咸豐版《孫忠靖公遺集》《孫傳庭疏牘》“著”作“邊崟”。

④ 李康等七名：據《四庫全書存目叢書》，咸豐版《孫忠靖公遺集》《孫傳庭疏牘》“李康”作“李康先”。

因督臣移咨力調，即盡行發還。先是臣憤寇禍決裂，底定無期，一切疏奏及與樞部總督書移，語多激切，惟圖共濟，非有他也。該部至以臣言總督自誤誤人且大誤軍國，形之章奏，臣心徒苦，未敢自明。秦寇既平，臣因歸還甘兵於督臣，併發新至晉兵回晉，乃於疏末附剖。十二日，具題"爲甘兵歸還督臣，晉兵發駐晉地，謹將收發兵數日期恭報上聞，並微臣苦衷再一略陳以祈聖鑒事"。

奉聖旨："據奏收發各兵事宜知道了。孫傳庭以實心任事，同力協剿，素所鑒知，不必剖陳。該部知道。"

三水之役，各股渠黨俱相繼投降，惟過天星率零賊無幾，竄入寶雞山中。臣遣內司守備任國柱單騎往諭。其臣先擒獲過寇姊張氏之夫二虎、子大星宿，皆驍勇敢戰，過寇倚之爲左右手者。見臣使至，感泣願降，與過寇率眾來歸。路經寶雞，任國柱引見督臣，因就便收撫安插。臣即發張氏付二虎收領。初八日臣具題"爲恭報過寇投降事"。

奉聖旨："該部知道。"

樞部四面六隅之議，應給臣剿餉二十三萬四千兩。以臣有清出屯課，首年少給臣四萬六千兩。次年戶部議派，先發給臣一十三萬兩，移咨到臣[1]。臣因標兵招練已完，無復前歲購募安犒及市駿繕器等費，臣興屯之利足以贍兵，遂將撥臣剿餉盡行辭免。臣又察得各邊鎮鹽引，弊竇叢多，虧儲無算，若一改爲官納，較之商納每歲可增本折二十餘萬兩[2]，寬減所餘之息不與。爲臣因議鹽糧

---

[1] 次年戶部議派，先發給臣一十三萬兩，移咨到臣：據咸豐版《孫忠靖公遺集》《孫傳庭疏牘》，《四庫全書存目叢書》無"次年戶部議派，先發給臣一十三萬兩"兩句。

[2] 每歲可增本折二十餘萬兩：據《四庫全書存目叢書》，咸豐版《孫忠靖公遺集》《孫傳庭疏牘》"兩"作"而"。

改爲官納①，剿餉借充鹽本。

二十一日，具題“爲聖明原諭暫累吾民一年，微臣不敢再累聖民，謹辭今歲給臣剿餉一十三萬還之户部，以見臣報效之微忱，並議借充鹽本裕國濟邊事”。

奉聖旨：“該部即與議覆。”

七月

二十六日户部復臣《聖明原諭暫累吾民一年等事》

奉聖旨：“這繳還剿餉，孫傳庭具見體國籌邊，其借留扣補，俱依議。清屯事理，著通行風示。該部知道。”

八月

先是臣以標兵募練告成，適值秦寇入蜀，因有出關夾剿之請，樞部謂臣任境外而卸境内，請旨責臣，俾臣斷絶商糴，及合剿三月之期竣，豫楚諸寇日益披猖，比蜀寇還秦，臣數戰掃蕩。忽報豫秦之曹、混、黄、左等寇十三營合逞窺關。臣星馳赴關截堵，賊逡巡東返。臣提兵出關，於豫之閿、靈、虢川山中，誓師縱擊，馘斬盈千，擒獲三百，潰散奔逃不可勝計。賊衆大恐，以爲往來豫楚數年，未有此敗。初七日，臣差官口報兵部具題“爲秦撫出關甚奇等事”。

奉聖旨：“據報出關大捷，具見該撫勇略。兵丁軍前立賞，仍具疏奏明。有功將士查明匯叙，餘著相機行。該部知道。”

次日，臣鼓勵官兵乘勝復進，忽接總理熊文燦招撫傳示：“戒毋加害！”臣因咨報兵部，返斾關門。十五日，具題“爲豫寇合營

---

① 爲臣因議鹽糧改爲官納：據《四庫全書存目叢書》，咸豐版《孫忠靖公遺集》《孫傳庭疏牘》“爲”作“焉”。

西犯，秦兵出關迎剿，殺潰九股擒斬千餘恭報奇捷事”。

奉聖旨：“該部看議具奏。”

自兵威大振，巨寇殲滅①，山箐零孽相率歸命，郿縣則收撫一條龍遺孽王三傑等一千一百名②。城固則收撫搖天動遺孽沈界等九百四十七名。臣俱行令遣散安插，具報到臣。同日，臣具題“爲奉詔諭解散難民事”③。

奉聖旨：“該部看議具奏。”

二十三日，臣因三水捷功，蒙恩著加授部銜，並商雒剿撫功次，疊賫銀幣，具疏控辭，題“爲剿賊夥多④，職分應效，賫陞大典，稠疊難勝，謹披瀝控辭仰祈聖鑒事”。

奉聖旨：“孫傳庭屢著勞績，加賫咸有成命，宜即祇受，不必遜辭。該部知道。”

九月

臣出關之兵，因總理傳示西還，而各寇於閿、靈之間日肆攻掠，迄不受撫。總理始約臣夾剿。方在期會，賊已暗由山徑折還西南，欲乘商雒之虛肆其狡突。臣業豫檄監軍道王文清督先發防兵及續發各兵摩厲以待。賊至，三戰皆捷。賊乃奔遁內浙。初三

---

① 巨寇殲滅：據《四庫全書存目叢書》，咸豐版《孫忠靖公遺集》《孫傳庭疏牘》“滅”作“除”。

② 郿縣則收撫一條龍遺孽王三傑等一千一百名：郿縣，據《四庫全書存目叢書》，咸豐版《孫忠靖公遺集》《孫傳庭疏牘》“郿縣”作“鄂縣”。一條龍，據咸豐版《孫忠靖公遺集》《孫傳庭疏牘》，《四庫全書》作“乙條龍”。

③ 臣具題“爲奉詔諭解散難民事”：據《四庫全書存目叢書》，咸豐版《孫忠靖公遺集》《孫傳庭疏牘》“爲”後加“遵”。

④ 爲剿賊夥多：據《四庫全書存目叢書》，咸豐版《孫忠靖公遺集》《孫傳庭疏牘》作“爲剿殲微勞”。

日，臣具題“爲豫寇擁衆犯雒，又值郾寇窺商，官兵分頭堵擊，五日三捷並獲全勝，賊衆潰奔恭報捷音事”。

奉聖旨：“該部嚴議具覆。”

十月

三秦自罹寇患，七易撫方，從未有逭於禍謫循例報滿者。臣承乏受命，幸無隕越，碌碌三年，獲告成事。初三日臣具題“爲給繇事”。

奉聖旨：“該部查例具覆。”

秦寇既平，窺關突雒之寇又迅擊遠遁。標下各管將領，以成功合例具呈，懇臣題請。臣念頻年血戰，蕩平大寇闖王、蝎子塊、混天星、過天星、整齊王、張妙手、瓦背、鎮天王、一條龍、大天王、米闖將、火焰斑①、就地飛、劉秉義、一朵雲等一十五股，而桿賊土寇及竊發零逞之餘孽不與焉。雖臣竭力募練，親臨調度，而諸將士拚命衝鋒，實不可泯。

節奉明旨：“有即與核叙仍俟匯叙者，有即與查明叙恤者，有即與查明優叙者，有俱著從優叙録者，有先著軍前立賞仍俟匯叙者，有該部嚴復叙恤者，有先行叙陞仍俟事平匯叙者。”

臣濫蒙聖恩，著加授部銜者一，著加一級者二，頒賚銀幣者四。溫旨褒嘉，應候即叙、匯叙者，難以枚舉。雖以部覆稽阻，然臣奔走疆場垂三載，犬馬馳驅，職分應然。已曾實加服俸一級②。臣之叨冒殊逾分涯，其諸將士血功，委應遵炤屢旨即與叙録。蓋

---

① 火焰斑：據咸豐版《孫忠靖公遺集》《孫傳庭疏牘》，《四庫全書》本爲“火焰班”。

② 已曾實加服俸一級：據咸豐版《孫忠靖公遺集》《孫傳庭疏牘》，《四庫全書存目叢書》“曾”作“有”。

撫標與督理不同。境內之寇既未逸出別省，又未留有一股，且未嘗借援邊鎮，或分督理大兵一旅，孤標獨立竟奠金城，臣實無辭以塞諸將求叙之口。且如三水之役，平十年不結之寇者臣也。奉有"這剿降各股大寇允稱奇絕。孫傳庭具見方略勞苦，並獲功各官俱先行叙陞，仍俟事平匯叙"之旨者，臣及臣標諸將也。該部獨摘叙督標，復總督原官，並督標鎮將而下升賞有差。以臣標新有澄城之叙，故停之。夫秦寇幸以臣標悉平之，臣標自擒闖以來，歷案之功，無論已叙未叙，俱應仍與匯叙，而反以前功礙後叙，並出關等功盡付懸闕，其何以示鼓勵耶？臣因據呈轉聞。初五日，具題"爲標兵成功合例，營將同辭援請，謹據呈代題，仰祈聖明敕部炤例議叙，以明信賞以鼓敵愾事"。

聖旨："該部嚴議速奏，本內應避諱字改正行。"

十一月

臣標各案功次，俱節經巡按御史分案查明。臣因各營將陳乞據呈代題，復開造總册，隨揭投部。該部乃稱臣册未到，宜行巡按御史確查。十七日，覆臣題"爲標兵成功合例等事"。

奉聖旨："這功次俟該撫册到另議，仍著巡按御史確查速奏，以憑叙恤。該部知道。"

跋

臣自陷法網，幽繫請室，悔罪愈深，感恩益厚。每手斯編，輒拊膺悲慟，不能自已。臣因是而深慨於疆吏之難也！蓄縮無論矣，即髪膚不敢愛，而濟事爲難，庸疎必及矣。即猷略可自効，而獲上爲難。幸而竪尺寸，微寵眷矣，而構忌轉叢，初終莫保，則毋自喪。生平仰負，知遇之爲尤難。臣於秦事一力擔承，剿撫幸有成緒，又悉在聖鑒叙錄，屢廑明旨，臣之遭際不爲不奇。祇以樸拙無似，動逢齟齬，意見之參差，固惟其可否，而蕩寇安秦之戰功，胡可掩也？臣一手足之勤劬，亦任其遏抑，而將士衝鋒陷陣之血績，何忍没也！猶曰臣實首事，不便偏舉。至若清屯之效，利在軍國，臣何與焉？且聖明加意屯政，方風示各撫爲法，而撓亂百出，不廢不已。又鹽政之議，臣考究有年，稽覈閲歲，一歸官納，利倍清屯。其官納之需，又取給於臣所辭還之剿餉。臣疏告詳明，仰蒙聖俞，已敕所司舉行。新撫因剿餉派在鄰省，請以秦餉通融挹注，攝部事者遂借端寢閣。夫司農方苦仰屋，乃以人廢言，坐棄富强之長策而不恤，是誠何心？噫，見之實效，奉有欽依，猶承望相阨，亦至於此。臣復妄談軍務，竊欲以禦敵管窺[①]，稽首御前，畢陳芹曝之悃，維宗社苞桑之計，何可得也。此實臣報國有心，致身無術，自階之厲，以至下貽鮮終之議，上累知人之哲，臣罪萬死莫贖矣。

　　　　　　　　　　　　　　罪臣孫傳庭再識

---

　　① 妄談軍務，竊欲以禦敵管窺：據《四庫全書》本《白谷集》卷四《鑒勞録跋》，《四庫全書存目叢書》"軍務"作"安攘"，"禦敵"作"制敵"。

卷十二　省罪録

〔説明〕

《省罪録》全文未載於《四庫全書》之孫傳庭《白谷集》中。《白谷集》卷四中，只把《省罪録》之引言題"爲省罪録序"列入（《四庫全書總目·孫白谷集》卷一七二集部别集類二五《孫白谷集》標明："六卷，江蘇巡撫採進本。"但《四庫全書·白谷集》提要則曰："臣等謹案：《白谷集》五卷，明孫傳庭撰"）。《省罪録》未編入孫傳庭《白谷集》的原因，是其在乾隆年間仍作爲清廷"不應存留書集"類作"奏繳銷毁"處理的。

按今出版之清代檔案史料《纂修四庫全書檔案》（上海古籍出版社1987年7月版）涉及乾隆三十七年正月初四日（乾隆帝第一道詔書《諭内閣著直省督撫學政購訪遺書》）到乾隆五十二年十月初十日（乾隆最後一道詔令《諭文淵文源兩閣書籍仍著派皇六子皇八子督同分辦》）關於編撰《四庫全書》的乾隆帝詔令與中央地方官員奏章合計1254道。其涉及孫傳庭《省罪録》一書的，載於第285道，題目是《閩浙總督鍾音等奏復行查繳不應存留書集摺》，時間爲乾隆四十年九月二十二日：

閩浙總督臣鍾音、福建巡撫臣余文儀謹奏，爲復行查出不應存留書集，恭摺奏繳銷毁事。竊照欽奉上諭，查繳違礙書集，經臣等飭令各屬，傳集地保，逐户曉諭，無論全書廢書，俱令呈繳，務期净盡，業經恭摺奏明在案。兹據各屬陸續呈繳書集共二十八種，臣等逐加翻閱，均有違礙字句，不應存留。内《夕陽寮集》《蘭臺遺集》二種，已經起有板片，另行委員解送銷燬，又《萬曆集》《萬曆後集》《天啓集》三種，查詢書板係存南京神樂觀，現在移咨江省，查起就近解繳。又《懶雲居士集》《甌安館詩集》《王忠端集》《數馬集》《百氏繩愆》《荷戟存稿》《明季遂志錄》《蘧編》《白毫菴集》九種，有無板片，現在飭查。應俟覆到，分別戮辦。以上各書，皆係閩人所著，其餘各集係從他省流傳，在閩並無書板。外有《博物典彙》一書，前已查出，不應存留，奏明在案。茲復起有書板，應俟委員一并解送燬銷，仍移咨各省，有無翻板及另有詩文別刻流傳之處，一體查辦外，臣等謹將違礙語句黏簽封固，另開清單，敬呈御覽。理合恭摺具奏，伏乞皇上聖鑒。謹奏。

奏章附查繳書清單共二十七部，孫傳庭《省罪錄》列第二十五："《省罪錄》一部，一本。黏簽二百零三條。孫傳庭著，山西代州人。"

崇禎十一年底孫傳庭奉詔入衛京師，是孫傳庭政治生命的重要轉折點，也是大明王朝歷史的重要節點。《省罪錄》一書對傳庭北援過程有詳細準確的記錄：軍發時間、軍行路徑，歷次與清軍遭遇作戰經歷，包括相涉人員的動向言論等。而《明史·崇禎本紀》對這一階段歷史記載十分簡略，故《省罪錄》所記歷史事件，可與《明史》的記載相發明，並糾補其疏漏不足。

又，孫傳庭遭人誣陷被逮入獄的主要原因，《明史·崇禎本紀》謂："十二年春正月……戊辰，劉宇亮、孫傳庭會師十八萬於晉州，不敢進。"按十二年"春正月……戊辰"為崇禎十二年正月初十，《省罪錄》對崇禎十二年正月初一（己卯）到初十（戊辰）以至十六日前事有詳細記載，但未出現"晉州"二字。據此可知，《明史·崇禎本紀》對這一階段的歷史記載有誤。而孫傳庭獲罪的真正原因，是他對楊嗣昌軍事戰略從開始實行就持反對意見。為了挽國運於既倒，改變明王朝內外兩個戰場上的不利局面，他乘北援進入京城地面，要求面見皇帝，面呈戰略："傳庭具密疏，有所糾舉，又言：'年來疆事決裂，總由制之失策，臣請面奏聖明，決定大計。'嗣昌聞之，謂將傾己而奪其位也，益大詫恨，於是日夜謀殺傳庭矣。傳庭既受事，移書嗣昌曰：'事勢異宜，兵形有變，宜用火器，用步兵，用土著，精器械，訓士卒，憑險自保，餉既省而軍法易行。'反覆數千言。嗣昌懼其說上聞無以解前罪而給後眚，謀殺之益急。"（清李因篤《明督師兵部尚書孫公傳》）而導致孫傳庭獲罪的導火索，是督察諸軍的首輔劉宇亮"誤糾總兵官劉光祚而復救之"，"帝大怒，削（劉宇亮）職需後命。宇亮皇懼不知所出，嗣昌謀諸閣臣薛國觀，令授意曰：'惟速參督師，可以自解。'傳庭遂奉部院勘議之旨。"李因篤《明督師兵部尚書孫公傳》又記曰："傳庭候議通州，不勝鬱憤，患耳症劇。嗣昌日夜偵伺，思所以文致之，而不得其端。見其且病廢，意稍

五八七

解，乃移傳庭總督保定軍務，趣之任。"傳庭倔强的性格始終不變，再次要求"具疏請陛見"，"嗣昌大驚，怒斥賫書者返通，改而上之。"傳庭不得已願，"至保定，念嗣昌方在事，己必不能有爲，引前疾乞骸骨"，要求解職歸家。"而嗣昌即以欺罔議革職，且引唐太宗斬盧祖尚事，勸帝亟殺之。帝雖爲嗣昌所動，而心惜傳庭才，因繫獄也。"

引

臣維今中外棘手，惟北敵與流寇。臣至謭劣，剿寇秦中，遽銷十載之烽。旋以北敵深入，奉召入援，尋被佐樞之命，祇遵遄赴，復改協剿。無何，賈莊兵潰，遂儼然承師中之乏，方受事集兵，濟陷已三越日矣。維時敵焰燎原，人心風鶴，臣始收餘燼以支殘局，不自意徼天之幸及臣之身，輒一無疏失，而靖二東，障陵京安內堵外①，於我皇上宵旰愍飭之廟謨，咸肅將罔墜。至臨口之戰，則又灑血誓衆，鼓鋭禦强，二十三年之積衰爲之一振。若夫枕戈擐甲，長徵六閱月，轉戰數千里，暨督援七十日之內，日與敵一彼一此，界生死於呼吸，臣未嘗少有退怯，亦可謂備嘗艱阻罔愛髮膚矣。乃敵將去，而求臣者遂多；敵既去，而厄臣者益力。臣盡瘁之餘，加以憂鬱，狗馬之瘁所自來也，何圖一疏籲陳，貽罪亦至此極？噫，保督需人誠急，胡虛懸五月，豫屬於臣督援之初？比臣席藁待譴，奚復任之敢望，顧己早爲規卸之地乎？況時已戒嚴，臣一身叢垢，又有母垂危，揆之臣義子情，俱有不得已者。伏思臣忠君報國，起念非誣，雪耻禦侮，殫心未謬，而得禍如斯，殊非無自！臣敢謂何幸於天，實命不同乎。因撮行間，始末成帙，名曰《省罪録》。吁嗟，臣惟不省，以至於罪。省而後知臣罪實深。第臣取罪之繇，雖死不變，如以今日之省，初志稍渝，臣

---

① 障陵京安內堵外：據《四庫全書·省罪録序》。《孫傳庭疏牘》"障陵京"後衍"驅陵京"三字。"安"字作"驅"字。

罪滋甚，尤臣之所不敢出也。

崇禎辛巳十月望日罪臣孫傳庭識

崇禎十一年十月

臣甫平秦寇，又出潼關，踰秦嶺，並豫楚各寇大創遠遁，返旆會城，即於十月初八日接兵部咨文並手書，因敵入牆路，題奉欽依調臣入援，俾臣以出關剿敵爲名，量帶所部兵北上。又據差官王建都禀稱：本部面諭，不必携帶多兵，惟宜星速前來。臣即回咨該部，挑選馬兵一千，步火五百，優給布花安家。其行糧俱臣措處携帶，惟馬騾草豆於經過州縣支給，刻期於二十二日啓行。十八日馳疏奏聞，並言破敵機宜與剿賊方略逈異。臣七年閏八月在籍，有敵情必有虛怯之處一疏。九年在秦，有《驚聞進邊》一疏，中言剿御之策，頗中肯綮。臣自信與臆決膚陳者不同，並祈皇上特賜省覽，敕部飭行。其題“爲微臣遵旨出關謹馳報上聞仰祈聖鑒事”。

奉聖旨：“知道了。孫傳庭著遵前旨星馳，其應用草料，所過州縣預備。該部知道。”

十一月

臣依疏報日期，自陝省啓行，出關北上，取道晉中。初二日晚宿平陽，多難疚心，中宵不寐，言念秦寇披猖十載，幸獲平定，宜急後圖善後。又憤敵眾深入，輒慮當事調度失宜。因草一疏，爲秦善後計，並言北兵勢如重大，我宜傳飭州縣，萬分嚴守。我兵不妨堅壁自固，敵謀我静，我無所失；敵眾自窘，狂逞不能，便當宵遁。如久持不去，我宜精選技勇，倮給壯騎，分道突騎，使忌疑恫駭。又或暗伏火器誘擊，或夜用飛炮驚擾，或購募死士襲劫，俟敵可狃，乘我氣日振，然後伺疏擊惰，計乃萬全。若不深維利害，凑合援師，結隊而往，忿與一決，勝未可期，敗則所失不少，非臣愚所敢知也。

初三日，具奏“爲微臣出關北上，亟陳地方善後之策，以祈聖鑒事”。

奉聖旨：“該部看議速奏。”

初九日，臣行踰徐溝，已取紫荊便道星馳赴京。忽接部咨，因敵騎南下真保，遂諱前量帶人馬之說，云：“出關剿賊，原應隨帶多兵，本部疏雖不及，豈有剿賊而不用兵之理？今馬步止帶一千五百，或者精選，一以當百，正堪鼓而用之。惟望星速前來，如過真保，有敵騎抄掠，即望相機出奇截殺。本部已調總兵左良玉提兵渡河，儻行次相及，就近調遣，亦一策也。”

臣因一面馳檄秦中，續調標兵一千；一面追還前隊，改指井陘。不顧兵單，迎敵北上。

十六日抵柏井，接直隸巡按張懋熺及井陘道李九華告急札稟，時敵圍真定五日矣。

十八日抵獲鹿，方選發官丁哨探，而按道府廳告急之文又到。

十九日，臣留吏書文卷於獲鹿，環甲介馬，督兵馳進。夜一鼓至真定，哨丁突遇敵塘，鼓銳力砍，敵乃引去，傷我二丁。時敵火環繞郡城，人心正在惶惑，臣至始恃以無恐，保撫乃自唐縣回鎮。

次日，敵塘復薄城南，臣發精騎迎擊，追十餘里而還。

二十一日，是敵拔營南突，郡圍以解。臣仍夜發火兵襲擊干橋南，敵大驚擾。

二十二日，督師盧象昇提兵亦至。

二十三日，臣具塘報達部，不敢以解圍居功，而解圍者實臣也。方臣至真之初，接兵部咨，該吏部題奉明旨，陞臣兵部添設左侍郎，又蒙明旨催臣星馳入衛，毋容俱滯南方。

二十四日，臣遂起行北上。

二十六日至保定，又接兵部咨，該部題奉明旨云：孫傳庭如至真定，暫駐剿御。臣謂敵已南下，有督師大兵尾之而南，臣既離真抵保，因暫止保郡，移咨兵部代題請旨：此臣駐保數日之繇也。

十二月

初三日，接兵部咨，該部題奉明旨，著臣以原銜會同督監協剿，撥犖固營兵一半及劉光祚、左良玉兩兵聽臣調度。時劉光祚兵見在保郡，馬僅五百，堪戰者不能什二，兵俱新募士民。其犖固營兵隸真定分監標下；左良玉兵遠在河南，尚未啟行也。初四日，臣具題"爲微臣佐樞非才，協剿應效，謹遵旨任事，恭謝天恩事"。

奉聖旨："知道了。孫傳庭著恪遵前旨，策勵圖功，以副委任。該部知道。"

初五日，臣躬督原帶秦兵及劉光祚兵，自保定南發，初六日次定州。臣見敵勢披猖，兵將畏怯，中外欺蒙，行間情形俱莫肯據實上聞，憂聞填膺，泣草密疏，直言：

北敵發難二十餘年，無一人爲皇上做實事說實話者，以致決裂至於今日。臣何敢效尤他人，朦朧耽閣？臣竊見各鎮之兵，聞敵膽落，必不能驅之使戰。凡言敵者，非愚昧，即欺罔。若真逼令一決，譁潰之形，瞬息立見。當此之時，豈堪更有他虞？至於不戰之故，非關兵寡。臣細察各兵情狀，即使衆敵十倍，蓄縮依然，稱兵寡者皆藉口也。臣又觀地方有司物力，實萬萬不能供兵：閉門罷市，到處皆然。雖日取所在守令加以重法，亦不能禁。若更增兵，無益於戰，徒自窘困。臣愚竊謂宜將各鎮援兵挑選精銳，督監及臣人各數千，隨敵犄角聲擊，務使敵知所忌，正不必輕言戰勝。餘兵俱宜分發敵近州縣守城，力圖捍御，使敵無垂涎之城，有礙手之兵，宵遁自可刻俟。至滅此朝食，須俟敵出口後，臣面請聖明，從長計議，另作良

二

圖。著數一定，辦此非難。具奏爲密奏事。

奉聖旨："知道了。北敵殘掠已極，孫傳庭著聯絡督監，盡力剿驅。其分發隨守，著各相機行。該部知道。"

自臣密疏下部，而當事遂有奪席之疑矣。臣惟知報主，遑恤其他？是日接兵部咨，該部題允增給臣關遼兵五千，其兵見在通州防守，係原任總兵吳襄管理。初九日，臣抵真定，移調鞏固營兵，分監陳鎮夷以題留未發；爲劉光祚兵求保撫給數日行糧，候二日始給。

時贊畫楊廷麟亦以督師屬令請糧在真，十二日同臣南發。

十三日過槀城，遂得賈莊兵潰之報，故臣暫詣晉州，招集潰兵，並候吳襄兵。

十四日塘報兵部。十五日以請月餉、調祖鎮二事，具疏上聞，奏"爲敬陳目前吃緊機宜事"。

奉聖旨："戶兵二部看議速奏。"

十七日，吳襄兵至，重趼疲頓，俱各營選餘之步兵也。是日接兵部咨，該部題允以臨鎮曹變蛟、延綏和應詔兵同左良玉兵俱聽臣調度，然俱遠不可待。其劉光祚兵，亦爲分監題留，宜赴正定戰守。又兵馬應支本色糧料，以經過州縣關門罷市，無處取給。臣憂憤之極，益無忌諱，因具疏直陳，云：

> 辦如此大敵，而兵如此單弱，餉如此艱窘。伏祈皇上速敕廷臣，從長酌議，務於萬難措手之中，確圖實可倚恃之著，毋不論兵之堪否剿禦，第撥給一兵，即日有兵；毋不問餉之能否接濟，第行文地方，即日有餉，以至耽誤不已，可憂益大。並請留劉光祚兵千餘隨征。

又言：

> 臣兵寥寥，似宜駐防畿南，環衛京都，具奏"爲敬陳微臣見在兵力並餉窘情形仰祈聖裁事"。

奉聖旨："知道了，左良玉、和應詔各兵著再飛檄嚴催。孫傳庭仍遵敕旨相機進剿，不得以駐附衛護爲辭。該部知道。"

十九日，標將李國政率塘撥，自鉅鹿探買莊敵情回，射獲彼塘一馬，並獲督師陣失關防，報敵猶在鉅鹿迤南搶掠。臣塘報兵部，東移冀州偵剿。

二十三日至冀，報敵東犯臨德。次日，臣即自冀州東發。

二十五日，過棗強，接總監疏揭，題臣赴臨防守，易出監兵剿敵。臣星速馳赴，於次日傍午至臨，當將吳襄步兵五千、劉光祚步兵一千、秦標步兵五百俱撥易守城。

二十八日，臣聞督師之命，符驗旗牌關防尚未頒到，臣拜受敕劍，具疏稱謝，中言：

> 向來悠忽玩延，誇張誕妄，秋毫罔績，貽憂君父者何人？臣甫任協剿，已無督可協；再改總督，已無兵可督；方束手待兵，已束身待罪。即使諸兵既合，而各兵伎倆，廟堂不知，臣甚知之。見今二東郡邑望風淪陷，已不知凡幾。祈皇上於臣兵未合時，憐臣原屬無辜；即臣兵既合後，鑒臣非甘有罪，第得薄命朝天，面請聖明確定大計，料理年餘，定有微效。若夫敵颺，度亦不遠，臣即聲疑驅逐，或可却走，不敢貪天功爲己力也。

具題"爲微臣祇承新命，拜受敕劍恭謝天恩事"。

奉聖旨："覽奏謝，知道了。符驗旗牌關防何尚未到？著嚴催。孫傳庭仍遵旨集兵，出奇殲滅，以副簡任。該部知道。"

崇禎十二年正月

臣以菲才膺鉅任，謝恩一疏，爲宗社憂危，故益迫切無忌。又因樞部內備之議，經畫未當，寓書冒言天下事不堪再誤，並投該部。覽之大恚，面詰差官云：臣何有意，督過若此？適樞貳臣傅永淳在坐，會爲臣待解數語。噫！臣豈得已哉！臣拜督師命二日，即爲己卯之元日。時臣所携步兵俱撥派守臨，馬兵千餘又以德州告急發援，其各鎮應督之兵無一旅見在者。

初二日，始接大同總兵王樸、宣府總兵楊國柱稟報云：於歲前十二月二十日，各提兵隨督察劉宇亮前來援剿。時前股敵已報瑜德逼滄，督與監分道援剿，臣何敢置京都緩急於不顧？因繕發北援一疏，云：

臣聞敵突東南，因有渡河之行。比接監臣高起潛疏揭，促臣移駐臨清，易監臣兵援剿，登撫兵防青，蓋知臣兵寡，且係步兵耳。臣於前月二十六日抵臨，將臣兵與監臣計議派防訖。今敵大營既報北折，其分掠東南者，監臣已次第發兵馳援。惟是北折之敵無兵驅剿，臣正切傍徨，忽報王樸兵與楊國柱收合之兵千餘，自真定前來，旦夕可至。臣當檄王樸徑赴德州，國柱尋間道馳入河間防守，臣亦即縣臨趨德，隨敵北援。其吳襄步兵五千，臣與監臣同河臣及監臣齊九皋商酌再四，監臣以臨城遼闊低薄，又為北敵久謀之地，不得不厚兵嚴備，故全留防臨。至北折之敵，臣既有王樸、楊國柱兵，但能及敵，自勉圖驅殲，不至重有決裂。若京通東南應防之地，臣兵不能無翼飛至。監臣兵又方並力東南，祈敕該部，於就近營兵或援兵酌量防扞，以保無虞。

初三日，具題“爲恭報雲、宣兩兵將至，微臣隨敵北援以祈聖鑒事”。比臣疏至都，樞部已有督監分路截抄之請，奉旨下部矣。

奉聖旨：“已有旨了。孫傳庭著恪遵剿擊出奇制勝。該部知道。”

臣拜疏後，即單騎赴德。從行者自援德選餘秦兵外，惟保鎮步兵一千，與執事官役十餘輩耳。初四日未刻，臣至德，王樸並延綏副將和應詔率前哨兵亦至，餘兵報於次日俱至。臣復具疏奏聞，題“爲恭報兵至日期並陳合分緣繇以祈亟聖鑒事”。

奉聖旨："臨濟既有分防，孫傳庭還相彼北遁大勢，合兵出擊，不得瞻顧墮狡。該部馬上馳飭行。"

初五日，督察携雲延兵及督餉主事李光宥俱至德州。初六日，東撫以濟陷報聞。初七日，督察同臣及德紳謝升、餉科葛樞會議，謂宜並力東南。臣謂北折之敵尚未知如何猖獗，況臣已兩報北援，未敢自便，因屬督察具題。臣於本日即發大同參將王鉞、王虎臣、延綏游擊杭陳、陳二典，又大同參將張鳴鶴、韓斗，都司李時華，保定都司蕭繼爵、傅朝紀等，領兵分防環濟州縣。因魯藩告急，又發延綏游擊蕭漢鼎，率延兵近千赴兖防禦。

初八日，臣具疏奏報，言各兵於初五日抵德，次日，臣檄餉司人給銀一兩，行糧十日。尚未鑿封，即促之起行，並請借兌兩浙鹽課充餉，及凡緊急軍情，奏請止具正本，塘報止及兵部。題"爲緊急軍情事"。

奉聖旨："已有旨了。軍機原不中制，即著督察督監協謀合力，相敵機勢，速靖二東。各餉該部看議即復。本章塘報依議。"

本日，臣因藩封告陷，憂憤欲絕。臣既叨承總督新命，不敢不以行間情實瀝血上聞，因草密疏奏稱。濟南去臨清二百四十里，使總監高起潛所發祖寬等兵，能間道馳入協守，可保無恙。即不然，能聲張設疑，出奇撓敵，敵當飽颺之時，亦必恫駭引去。乃俱不能！寬等發於去年十二月二十三、四等日，城陷於正月初二日，寬等之罪可勝誅哉！關遼兵頗稱勁旅，二十年來朝廷竭海內物力以供之，專爲備敵，尚且如此，他復何望？又稱：臣思臣等欲仰釋宵旰，惟有奮力擊剿，第度兵將情形，萬萬不能。至如恢復省城，自是目前正著。臣謂如敵飽掠而遁，無俟恢復。如生心久踞，宜俟諸路兵合，另圖攻圍。此時惟有如臣前奏，將見在之兵分發近省州縣，與士民協力共守，使敵不得肆出狂逞再生羽翼爲急著耳。具奏爲密奏事。留中。

初十日，臣續調秦標鄭嘉棟等兵一千至。十一日，臣復檄王樸，於各兵内挑選精鋭五千，繇禹城、齊河，同前發分防兵赴濟剿擊。臣介馬親至平原調度。十二日，接兵部咨，稱我督監援兵一當繇河東以截其後，如吳橋、東光、南皮、鹽慶一帶皆是；一當繇河西以抄其旁，如景州、阜城、肅寧、交河、青縣、静海一帶皆是。

奉聖旨："該督監著分路截抄。"

臣既南下，不能即繇河西抄截，因具題"爲微臣分路應然，南下殊非得已，謹備述情形，以祈聖鑒事"。

奉聖旨："知道了。孫傳庭著遵屢旨，協同驅剿，不得諉怯，致誤取罪。該部知道。"

十三、四日，臣原發赴濟兵，自禹城、齊河直逼濟南，偵哨截剿。十五日，敵拔營離濟，走商河、武定東路北遁。臣兵首抵會城，屯紮西關。

十六日，臣塘報兵部，該部具題"爲馳報軍情事"。

奉聖旨："知道了。"

是日，臨鞏總兵曹變蛟率兵四千至，報稱副將賀人龍兵一千餘，於中途謀逃還秦。十七日，臣因敵已北折，乃遵分路截剿之旨，馳返德州，抄前遮障。臣與督察面商，督察携提標營馬兵五百、雲鎮馬兵一千並延保火器兵二營，即繇德州渡河；臣統各鎮兵，繇吳橋、東光隨敵偵堵。

十八日，督察渡河行十里，復傳調宣鎮馬兵一千從行。臣以兵不能多分無敵之地，乃邀還督察同行。臣於當日抵吳橋。

二十日卯刻，督察亦至。王樸兵繇禹、齊，並曹變蛟新到新兵俱至。本日，臣等抵東光。

二十一日，接商河防兵却敵全城之報。先是，臣決策分防，發營將韓斗、李時華、王鉞等預赴商河、武定等處防禦，因商河知縣賈前席、德平知縣田瑄拒兵不納，臣一面具疏題參，一面復行檄諭。該縣乃遵檄留守。

及敵逼，首犯商河，苦攻兩日，賴我兵力御，獲保無恙。臣具疏奏報，謂敵不敢正視郡邑，必當駃啄北歸。臣於聖明速靖二東之旨庶幾無負。自滋以往，臣惟有鼓勵將士勉圖敵愾，儻徼皇上威靈，大殲外敵，泄憤神人，乃敢飛書告捷。若零星剿殺，無裨安攘，臣誓不飾功妄報，以欺君父，且貽愧同朝。具題「爲商令悔過納援，危城賴保，仰祈嚴諭通遵，並陳近日情形事」。

奉聖旨：「彼既北折，孫傳庭著即相機抄襲。田琯、賈前席著分另議處，餘知道了。」

先是兵部以敵深入東南，謂我兵能抄向南方，阻其深入，即爲首功。自元朔二日濟陷之後，初五日，臣方接兵任事。初六日聞變，次日即發兵南抄，不旬日而驅彼北折。臣固不敢自居首功，然亦可幸而無罪矣。彼既北折，二東遂靖，臣即繇德州蹴敵，星馳而北，及分防各將彙報到臣，始具疏上聞。內稱自濟南告陷，雲、宣、延綏等兵聽臣調度者，才萬餘耳。合之猶不見多，而臣復分之使少，非臣愚昧無知，或別有奸欺，妄力托卸，蓋臣濫役行間有日，實知各兵簡挑精銳十僅得三，即盡聚一處，而臨陣可發者，亦止此十分之三。若以不堪戰者驅之盡往，進必倡逃，退無善敗，不惟無益而且有害。何如挑堪戰者備戰，以不堪戰者分防，則餉既易供，守亦能辦。不惟無害而且有益。此臣區區之愚，即舉朝非之，臣終不敢謂無當也。今彼自我兵逼濟而北，臣商派之兵適當敵折之路，我兵羅列預待，彼瞻顧既多，啄駃乃決，二東州縣從此遂無一失，分防之效亦略可睹。若云彼飽必颺，無意攻掠，夫彼欲何厭之有？當獲鹿捆載，西窺龍固，及前營東折，已踰津滄之日，豈不飽哉？何復圖攻臨清，且有濟南之事？慶雲、鹽山，何以一到輒破，易於拉朽也？所有分防各將勞績，自應題明存案，以俟彙叙。題「爲環濟分防，二東已靖，謹據實奏聞以俟事平察叙事」。

奉聖旨："兵部知道。"

二十一日，臣同督察自東光北發。臣欲從泊頭徑抵滄州，而督察不從，遂走交河。是日接河南調援總兵左良玉正月初九回文云：該總兵已至河南歸德地方，俟安頓妥貼，即今嚴加蓐秣，刻日北渡。該鎮之兵，固兵部作數五千以給臣者，奉調四月，敵已北遁，猶淹河南，臣因咨部止之。

二十二日，督察暫止交河，臣先至滄州。二十三日，督察亦至。時彼營甫至舊滄州，臣欲倚滄憑城設伏待彼，以滄州斷橋拒阻，兵不得渡。臣塘報兵部，督兵馳赴青、大。

二十四日，敵於青縣窺河，我兵扼河截堵，敵乃繞青縣迤北蔡兒莊乘夜暗渡，次日逼犯大城。臣督各兵又先至大城，發李國政等領精騎出奇偵擊，卒與敵遇。以少敵眾，首斬彼撥，奪獲陝西巡按印信、山東督糧道關防及餉銀戰馬，力挫敵鋒，逼之東遁。臣於本日塘報兵部，復據各鎮詳報察確，具題"爲官兵抄前扼擊，力挫敵鋒，謹詳察題敘，以示鼓勵事"。

奉聖旨："已有旨了。銀兩即分別給賞將士，不必解進。有功及傷亡的，事平察明叙恤。該部知道。"

是日，督察不料軍實，下拜各鎮，逼之浪戰。時我之兵力誘伏截擊，尚在可辦，若欲倖勝忿逞，則萬有餘喪矣。故一時兵情莫不洶洶。臣爲密行曉諭，多方聯束，乃得無他。

二十七日，臣因敵奔東北，時總兵虎大威、副將猛如虎兵報抵通州，先准兵部咨，該部題准令大威等兵俱赴臣軍前，臣因檄大威等各統精健五百，急趨河西務聽候合剿。比臣檄至，兵部已題將二將聽宣督調度矣。二十九日，臣復移咨該部，仍令該鎮將各統兵五百赴軍前，而該督竟未之許。三十日，據閣部中軍徐鎮都塘報，副總兵周遇吉等率令官丁於蔡兒莊等處共斬獲敵級十顆。督察會臣塘報兵部。

二月

　　自敵北折，臣繇西路率兵緊蹴，惟期驅敵疾走，且不得旁突近郊，擾犯陵京，以仰副皇上遮障之明命。敵騎迫瞰大城，蓋欲躡前股北歸故道，由文霸一帶掠食而北，以我兵力堵，折渡鹽河，走兩河夾套沮洳荒涼之野，此即遮障京城第一義也。臣逼彼既東，度彼必走楊柳青、楊村一帶北渡，因星催各兵，馳赴東安截擊，遮障大城。士民慮敵折還，力懇留兵。督察爲之留兩日。至初一日，臣欲先往，督兵掌號將發，督察復力止之。

　　初二日，李國政等領哨撥至東安之黃花店。初三日，總兵曹變蛟、楊國柱等兵至東安之青頭兒，距河尚六十餘里，而彼營已於是日午時盡數渡河。初四日，臣與督察俱至東安。臣爲曹變蛟兵咨借衛輔營盔甲解至。臣所督各兵，悉前督潰散之餘，止有變蛟一兵新至可鼓。乃變蛟兵自剿寇來，未有盔甲，其所披帶，惟是壯帽絮襖耳。臣因咨部借題衛輔營盔甲給之。

　　是日，分監武俊始自備車腳，差官解到。初五日，准部咨，議處濟陷內外防援各官，以臣受事日淺，奉旨降一級戴罪。又先准部咨，推臣保定總督，奉旨仍以兵部侍郎總督保定等處軍務。維時保督需人既急，臣方督援，豈能分任保事？臣具疏陳謝，並言保督事任，俟敵出口，另疏懇辭。具題"爲微臣力竭重任難勝，罪深量罰猶幸，謹謝天恩兼陳愚悃事"。

　　奉聖旨："覽奏謝，知道了。孫傳庭著遵屢旨，鼓勵督剿，速圖狂氛，不必另辭。該部知道。"

　　是日，臣督發各兵悉索精銳，於東安之茨州、黃花店一帶，誘敵伏擊。臣與督察及贊畫楊廷麟、監軍道張京親詣行間鼓勵戒諭。彼見我誘騎，即率眾來迎，與頭敵官兵合戰，互有殺傷。我兵敵愾甚勇。總兵王樸等於二敵設伏，彼未至伏時，已薄暮，遂奔還大營。我兵雖斬級無多，而力戰却賊頭敵，固可言功。二敵亦可無罪。次日，臣據實奏報，適各鎮哨丁報斬彼撥七級，臣止另報兵部，不敢牽合湊入。具題"爲官兵再戰益力，謹據實奏聞以鼓勇敢事"。

奉聖旨："該部知道。"

方臣前報屬稿畢，督察索聞之，稱其確實，復手易數字，付臣繕寫奏聞，無異議也。次日拜發後，督察忽袖出一稿示臣，乃參各鎮及劉光祚疏，云已發矣。臣謂各鎮未有顯罪，可以無參。督云：韓城、武陵諸老皆有言，屬令參處。臣曰：兵情不能遙度，行間情形，廟堂未悉，但有罪不宜徇隱，豈可無罪遽參？因以各營兵情詳語督察。

自督察大城下拜各鎮後，臣已屢爲督察略言之，而督察不省。及兵至東安，曹變蛟復密以告臣。方臣等與各鎮俱集東安張家甫廟中，督察自詡能親身督陣。曹變蛟即舉手向神曰："非國家之福也。"贊畫、監軍俱聞之。故臣復以前後兵情爲督察委婉一言，即督察所謂沙偶之説也。臣於斯時，既不便扶同督察，又不可彼此矛盾，因草密疏馳告。草就，復質之督察，方發疏。云：

> 臣承命督師時，應統之兵，潰者未集，調者未來。濟南告陷，兵方稍集。臣商之督察，分發扼防，簡提精銳，逼濟馳逐。今日兵至，明日敵奔，所過之處，皆以防兵獲保無恙，二東遂靖。復隨敵抄襲，若滄若青若大城，以及今之東安、武清，皆兵先敵至，調度未嘗少謬。使實有勝兵滿萬，用正用奇，罔不如意，豈但遮障陵京驅敵出口而已乎？無奈兵將積怯，鼓勵徒傾心血，振作竟未可知。大城之役，雖能實與敵決，稍奪輜重，執訊獲醜，概未之聞，而力已竭矣。東安之役，勉圖再舉，偏裨尚力抗敵鋒，鎮師多甘心處後。臣從無贍徇，飛參正法，皆所饒爲。第若輩伎倆已窮，所部原無辦敵之兵，臣即遽假皇上三尺，爲之驅迫，安能責效目前？且恐致有償誤。故臣以

分別參處宜俟敵遁之後，今惟有於萬難鼓勵之中，更圖鼓勵。臣心良苦，臣無能亦概見矣。本日具奏爲密奏事，留中。

敵至夾河窘困之後，奔突東安，未及遊掠，因我兵誘伏奮擊，實有憚心，遂北走武清。臣又預發各鎮先至武清，偵襲遮障，初七日辰時戰敵於縣東，申時敵遁還營。是夜，我兵銜枚往襲，潛遶西南，出其不意，矢炮齊攻，驚敵亂竄，馘斬一十七級，奪獲銀四千四百餘兩，馬騾駝五十匹頭。次早，口報到臣，方候詳報察驗，督察已約略具疏，輒申救前參各鎮，有恕愆責效之請，亦發疏後以稿示臣。疏入，奉嚴旨下九卿科道看議，乃歸咎於臣，不亦謬乎？及各鎮詳報到臣，臣將所獲功級據報察確，仍駁退一級，解部復驗。具題"爲官兵晝戰夜襲斬獲敵級奪獲輜重事"。

奉聖旨："已有旨了。銀兩准半給將士，半留軍中賞功應用。傷亡的還著察明叙恤。該部知道。"

初八日接兵部密咨，以敵入夾河套，自走死地，欲我兵密訂巧乘，大圖創擊。時敵已渡河，然即未渡河，河套即爲死地，亦彼己共之。況彼先入待我，而我越河往擊，談何容易？至於扼之河東，是欲其折轉南侵，尤萬萬非策矣。臣因回咨該部，稱敵走夾河一帶，固敵之死地，第察彼中地利，在我兵進剿尤難。若欲據河東扼，則必反突文霸，肆擾河間。臣與督察審酌再四，我兵惟從東安、武清緊促遮擊，有利無害。連日大小數戰及夜襲，頗有斬獲，今敵已越楊村，除嚴飭各鎮將視敵所向鼓勵擊剿外，合先咨復，臣調度何敢少謬也。敵自我兵晝戰夜襲後，即緣河西務馳渡疾走，焚橋斷兵。

初九日巳刻，各鎮將兵俱抵河西務。臣星馳至河，購募土人，同官兵連夜成橋，於初十日飛渡追襲，當晚抵香河。是日，總兵王樸塘報，斬獲敵塘三級。

十一日至三河，宣督陳新甲、提督閻思印、督理劉元斌俱至。是日，副將周遇吉塘報，斬獲敵級三顆。陝西副將賀人龍率前逃回秦兵始至軍前。十二日，敵在薊州邦君店迤南屯紮。臣發王樸、曹變蛟等統領精銳，乘夜攻襲，敵遂拔營奔向玉豐。十三日，臣等俱至薊州。是日，副將周遇吉等塘報，斬獲敵級五顆。夜四鼓，總監亦至，臣於是有抄前之議。方臣與督察縣東安赴河西務也，途間接兵部密旨，爲飛報官兵大戰奇捷事，奉有劉光祚著督察總督立正軍法之旨。蓋因督察疏奏茨州之戰，各鎮不能接應，而又物指光祚庸碌，該部又因總監報捷，並責光祚等不能應總督渾河之夾擊，復疏特參，遂奉嚴旨。督察接旨，悵惘自失，隨向臣云：不意至此！臣謂茨州之役，各鎮無罪可誅。至臣兵自濟南驅敵北折，即縣西路遮障，監兵縣東路鹽慶滄州躡敵後，臣兵與監兵東西遠隔，敵間其中，聲息不相聞者將二十日。監兵至渾河及敵勇戰，各鎮不得而知，何縣夾擊？督察大城疏不云乎？此時僅臣等與敵逼近，餘尚未聞，可證也。大帥生殺，關係非輕，臣心知未當，豈敢默不上聞？因與督察商酌再四，暫發光祚於武清縣監候，合疏請裁，爲冒死合詞再祈聖裁事。

奉聖旨："朝廷大法，卿等何得諉藝？仍即遵旨行。該部知道。"

此臣等爲光祚合請聖裁疏也。

督察因前磚廠報捷疏，爲各鎮求寬，奉嚴旨看議，於臣何涉？至臣行間軍令，頗自凜然。方臣縣平原返德州，陝兵拆取民間田圃草棚煨火，臣立斬二人。及過大城，雲兵竊取居停一衣，亦立斬之。三軍無不聳服。劉光祚如果失律當誅，彼實榆林世胄，又所率堪戰家丁不及百餘，臣於光祚何愛何畏，敢不遵奉明旨立斬以徇？況臣既拿發光祚監候，又何難於正法耶？該部以臣爲不能奉行，過矣！

　　十四日，臣同督察劉宇亮、宣督陳新甲、總監高起潛、提督閻思印、督理劉元斌、總兵祖大壽於薊州公議。臣言：敵已過薊，必圖闖口，我兵尾後，既難取勝，惟宜稍設疑兵於後，餘兵盡抄敵前，於東、中兩協山口並馬而步，預先設伏，候敵至口，本口之兵拚死力戰，別口之兵合力援擊，到頭之著，庶幾有當。總監言：我兵如盡出敵前，糧草益難接濟，且敵謀最狡，萬一轉回西協，尤屬不便。因議臣兵同宣督及提督、督理兵抄前，總監原統關遼兵及總兵劉澤清、劉復戎總吳襄兵驅後。議後，總監有疏奏聞，臣有塘報達部。

　　臣自靖東之後，以獨力支持，勉圖遮障，自東光至薊州，無日不與敵一彼一此，並逐於平原曠野數十里或一二十里之內，塘報一一俱在。自臣而外，豈復有遮障之兵哉？敵過冀東，勢在必奔，遮障之事已畢。臣前以獨歷危險，使於此時稍或避難，擇便即同各兵並縶薊州因勢尾逐，豈不較易？而顧肯自認抄前獨當，敵節年熟走，今苗頭已指之建冷，扼其吭以犯其必爭哉？臣祇以到頭一著，樞部嚴請，聖明切望，不敢不實圖一當，故欲策駕當先，控據要害，舍短用長，拚命從事。臣之癡忠，二祖列宗實式鑒之！至於臣兵抄前，敵忽不動，豈臣意料所及？蓋敵自濟南北奔，止臣一兵與之緊蹴，敵未嘗有三日之留。即當夾河窘困之後，東武之間千倉萬箱，敵亦不敢因糧歇馬淹留信宿，豈有垂至出口，又多兵驅剿於後，而敵反盤踞玉豐之間，遲不發者哉？孰知臣之抄前，原爲報皇上以副明旨，而臣之罪端乃舉集於此矣。然自敵過薊州，試細按臣等先後疏報，詳察臣抄前之佈置，是否諉飾？諸人之求多是否構陷？與臣歷奉之明旨是否臣之所敢出？則臣孤孽情事，亦歷歷可睹而已。

　　是日議後，臣即率兵前驅，薄暮至石門驛，一飯即行。十五日丑刻抵遵化，據報敵營盤旋玉田，界在中、東之間，恐敵突大安、龍井等口，故臣暫止遵化，發銀該縣，備五日糧料。臣傳集各鎮兵，同督察、宣督於遵化城南演練步營，以圖大戰，詳在臣練步圖說中。是日，督察始聞九卿科道看議之旨。

十七日遵撫報敵東行，稱鐵廠、三屯、黨峪為扼擊追襲之要，總兵王樸報斬敵塘六級。

十八日，臣先赴三屯。

十九日阻雨，臣仍督各鎮演練步法。本日據總兵王忠，副將劉欽、猛如虎報，敵前哨已至沙河驛，離冷口不遠。臣隨發總兵王樸、楊國柱，副將和應詔等馳赴建昌。臣督曹變蛟等兵繼進，並移會宣督、提督、督理提兵前來合擊。夜四鼓，又接督察合力夾攻早清敵兵之咨。臣行王樸等挑發精銳千餘，還赴豐潤，同總監大兵奮剿。隨據總兵虎大威報，敵營已至榛子鎮。臣即塘報兵部，督催王樸等馳赴建昌。行三十里，復接督察催兵赴口咨，內稱敵拔營東去，離口甚近。在我官兵，應星夜疾趨其前，相度險要，出奇邀擊。臣於本日行一百二十里，督各鎮兵俱至建昌。二十一日辰刻，宣督亦至。臣因疏抵口，即以到頭實做之著披瀝直陳。內稱：臣維我兵禦敵，惟步兵乃能取勝。今之步兵不敢用者，以平時無選練之步兵，故不若馬兵猶可遇緊收還耳。敵用弓矢，我必宜用火器。今之火器亦不敢用者，以原未有精熟之火器，故不若弓矢尚可勉強一發耳。然以短角長，勢處必敗，欲行訓練，而敵在內地，日肆攻掠，豈能少待？此臣所以切齒腐心，自受事及今，痛憤而付之無可奈何者也。乃今敵將出口矣，樞輔楊嗣昌因有到頭一著之請，反敗為功，惟在此時。故臣謂我之兵馬弓矢堪勝與否，此時不暇計也；我之步兵火器堪用與否，此時亦不暇計也。蓋到頭一著，更無兩著。且此一著，勝則敵勢立摧，我氣大振，雪恥除敵即在此舉。萬一不勝，或一稍有損折，敵已離重地，亦不過闖關出口，然猶使敵知我將士忠憤所激，尚有不欲與敵俱生之意，少懷憚心，即損折猶愈於保全也。臣謂今敵飽我饑，敵驕我憤，敵欲全歸，我宜放膽之日。臣與宣督陳新甲所提剿兵，見在建昌，據報敵後哨尚在豐潤，前哨已至沙河，必奔冷口，我兵設伏建昌，自可出奇制勝。敵即突圍關門，我兵亦可馳抄永平，約會關門守兵暨總監大兵内外夾擊。臣等嚴令挑選，專用步兵，其馬兵止量用什二，以備誘追，餘者悉並爲步，分作三面。

昨在遵化，臣同督察閣部及宣督陳新甲，携贊畫楊廷麟、監軍道張京，親詣校場申飭，訓以陣法。及至三屯，臣復親行演練，以火器當先，弓箭繼後，悶棍居中，循環連絡，呼吸相應。三面之中，又復因敵變化，臣各諄諄密諭方略，諸將亦各以爲可恃，頗增鬥心。有大同前營遊擊蘭應魁列伍少有參差，臣當即以軍法責治。延綏副總兵和應詔素稱敢戰，今亦未顯有失律之罪，而志氣不揚，言行未副，臣復以衆中申嚴戒諭，責以拚命圖功。本弁願以死報，各兵將一時咸爲奮栗。臣與宣督預伏待敵，決計一戰，務如前習陣法，三面進攻。何處堅，則力抵牽制；何處瑕，則乘虛直搗。但能一面得手，即可立翻全局。其各鎮將，惟以率兵奮勇爲功，不以傷折論罪。所獲輜重首級，懸示計股均分，庶免貪利僨事。若復退怯不前，鎮帥遵照嚴旨，必置重典。協將而下，無論是否臣所統領，俱以皇上賜劍從事。

臣度敵出口尚須數日，臣等一面具題，一面期會舉事。至臣議專用步兵，以其遇敵勢在必爭，尚可牢定脚跟。若敵飄忽分逸，步兵不能追逐，則仍用馬兵馳擊，不敢拘執一途，以誤機會。具題“爲到頭一著，必宜拚命大做，謹馳疏奏聞仰祈聖”。

奉聖旨：“敵已臨邊，不聞大創，猶以空言塞責。孫傳庭著即遵屢旨，同援守各官上緊實圖抄擊，不許鋪飾誤事，自干重典。該部知道。”

臣之此疏，專爲敵已鄰邊，實圖創擊。後來臨口之戰，我兵一一如臣疏實行，乃獲有當。臣何敢以空言塞責，鋪飾誤事耶？是日，接兵部咨，該本部十七日題“爲軍前一日無報等事”，内稱青山之敵闖出復又闖入，建冷爲所必趨，聞援督、宣督、京勇諸兵俱集遵化，總監與關遼諸將俱走玉豐，雖曰分道而馳，總之俱在敵後，無肯拚命争前冒險決戰者。丙子官兵免送之嘲，將復見於今日。臣猶恐敵之狡計，乘我兵在後，直闖關門，計在玉豐遵薊之兵，必拚命争前，冒險決戰，爲朝廷立功，爲封疆弭患。臣激切申明，如其不遵，指參勿怨。奉有“京援各兵既分道而馳，著即密訂日時，三路齊舉，奮勇決戰，不許逗延遥尾，自干重典”之旨。該部此時蓋不知臣兵已抄至建昌，故謂我兵復在敵後，請旨嚴戒遥尾。及後知臣已抄敵前，而抄前遂爲罪端矣。

臣竊見該部疏中題飭之語，較前日異。夫我之兵力該部所知，濟陷以後，惟是望臣等驅敵北折早遁耳。比敵漸北，而該部之責成，遂不計我之兵力若何。臣已知從前靖東遮障微勞，俱無足録，向後拚命死戰，總無以塞該部之意矣。因冒昧具疏，奏稱今日之事，敵眾將圖出口，剿事已至到頭，聖明重典不宥之旨日下，樞部徒事尾逐之戒時申，滿朝之議論，旁觀最明，前人之罪戮，覆轍可鑒。其宜拚命決戰也，無論鎮將豈全無血氣？而臣輩亦尚有心知，矧調度遣發，豈遂攖鋒？逗怯自甘，是誠何意？故臣於部咨未到之先，已具有拚命大作一疏，正與樞輔楊嗣昌之疏互相發明，臣等隱憂惟一也。第臣辱臣死，實惟今日，則命不可不拚；反敗爲功，萬一有濟，則命尤不可不拚。如僥幸竟難，情知罔效，甘心冥目，益致決裂，則命不可徒拚也。即如臣議，並馬爲步，豈非置死求生！乃此用步之法，亦非可漫然而已也。各路烏合之眾，心志不能遽齊，可無問也；數十年養成之蓄縮膽氣，不能驟易，可無問也；即使壁壘忽新，神情胥奮，然非背附城郭，憑據山溪，設伏出奇，扼險縱擊，而故欲争衡於廣漠之野，奔跳於百里或數十里之外，以步格馬，敗則重傷，勝亦難收，臣何敢以封疆大事付之一擲乎？故臣疏謂若敵飆忽分逸，步兵不能追逐，則仍用馬兵精銳馳擊，不敢拘執一途，以誤機會。臣之心良苦矣。今臣已同宣督陳新甲抄敵之前，伏兵建昌。敵甫踰西中，應出建冷，勢險節短，可謂得地。乃敵前哨忽報南折開平，又似欲瞰關門。臣已將總監高起潛分發建昌總兵侯拱極、副將周祐等兵，檄赴關門防剿。如總監既從西悉眾緊促，關兵復從東張聲勢堵逼，敵直走建冷，得如臣等所算，發伏縱擊，此時此際拚命，庶幾有益。儻敵南淹數日，臣等懼貽觀望之罪，又不得不督兵南向，地利既不可知，野戰安敢嘗試？則惟有不拘馬步，挑選精銳，與之一再格鬥，能無大損，已屬厚幸；如欲大勝，似未可期。比敵突兵前去，口已近兵，安能復抄？敵一至口，精騎堵後，兵遂無如敵何，第靠口兵支撐，安能濟事？即備有伏火，亦當先難民受之，斃敵能幾？縱使伏火遍山，所斃惟敵，能令敵跬步難行，乃不拒之於外，而拒之於內，豈敵之害而我之利也？臣不敢負聖明，故不敢愛死；不敢誤封疆，故不敢徒死，則不得不矢臣不欺之衷，一一瀝陳於皇上。至臣所願以死報者，尤不敢不與行間將士罄竭以圖也。

並請留張天麟火器兵與曹鎮合營。

具題“爲拚命實切臣願，用命不可不審，謹因部疏申飭，冒死奏聞，以祈聖鑒事”。

奉聖旨：“已有旨了。孫傳庭不得飾諉取罪。調留事宜，著相機酌行。該部知道。”

二十二日，又接督察札，屬令兼顧建冷、關門。移時又接督察咨，云臣“徒前枉抄”，且言總監大獲全勝，臣與疑有竟無一捷，有“勿令委靡遜人，恬不知恥，自甘頑鈍”等語。臣殊不解意。時宣督適在臣所，怫然曰：“彼已謝事，不知是誰無恥耶？”

臣因答督察一札云：

建冷、關門兼顧，已非易事，若更以抄兼驅，何能既前忽後，三方齊舉？業奉明旨，惟有密訂師期，合力奮往云云。夫臣之抄前，與督察議定乃行，督察且隨臣抄前，與臣同至遵化者也。督察因聞看議之旨，故止遵化，臣乃辭督察赴建昌。二十日，臣行踰三屯，督察復有咨催臣赴口。本日臣抵建昌，二十一日宣督亦至。是日，兵部請旨飛檄，亦云敵前哨已至沙河驛。此明明奔冷口之路徑。該督繇三屯直走遷建，是沿邊捷徑，乃督察方有書屬令兼顧建冷、關門，隨移咨漫罵，云"徒前枉抄"，蓋祇為抄送閣部轉呈御覽，以脫己陷臣也。

二十三日，臣因督察移咨屢至，瞬息矛盾，恐玉豐之敵留處如故，必以徒前枉抄為臣罪柄，復移咨督察，會同宣督挑選精銳馬兵三千，令副將王根子等馳赴豐開，出奇邀擊，遏敵北奔。二十四日，臣復傳集各鎮將兵，繇遷安一帶親提迎剿。列隊將發，據建昌副將汪蕎塘報，冷口邊外敵兵在大戶店紮營，離邊約三四十里。移時，喜峰與冷口傳烽並至。臣等謂接應之敵已至邊口，因撤還前兵。臣與宣督面商，兩路俱有烽警，自應分兵兩應，因趨宣督兵趯反三屯，與禁旅及真保分監陳鎮夷、密雲分監邊永清併密撫劉日俊兵及中協主兵期會並舉。以內敵撥哨見窺建冷，臣仍獨任建冷。如敵兩路分出，臣於冷口一路鼓銳奮剿，宣督與各監於喜峰一路合力邀擊。如敵盡趨冷口，或盡趨喜峰，兩地之兵或間道會剿，或犄角出奇，力圖到頭一著，不敢有失機宜。總監仍率通鎮劉澤清、津門劉復戎緊躡敵後，共奮敵愾，仰慰宵旰。具題"為兩地傳峰並急，遣將分兵抄截，謹飛疏奏聞事"。

奉聖旨："知道了。敵謀甚狡，行間文武正宜遵旨乘機合擊，急圖剿驅。孫傳庭何得獨任一路？且此疏既任建冷，再疏欲趨永灤，是何機宜？如推避巧卸誤事，責有所歸。該部星速馳飭。"

臣之任建昌也，任敵必走之路也，非專任一路也。臣赴建之日，敵哨已逼遷安，距建昌止四十里耳。及臣抵建，而敵大營盤踞玉豐不行，非臣抄前者之咎也。乃督察竟昧前議，求多於臣！

該部又有寧使敵闖邊口毋撼關門之題飭，奉旨責令齊舉。故臣永
灤之趨，自抵建之日已刻不容得，豈臣得已也！維時敵勢孔棘，
處處險危。

　　未幾，總監復疏請合擊，關撫亦告急請兵，一處誤事，責總在
臣，何所容其推避巧卸乎？惟是臣卒未誤事，而竟不免於罪，爲
可憐耳！是日，宣督趨三屯。隨據各路塘報，內敵從冶里開營，東
逼灤州；外敵已至冷口關外及太平路口外。又報山海路土烟臺傳
峰三次。二十五日，又報內敵仍在冶里一帶紮營，分頭搶糧，晚
復回營。臣因外敵已至，內敵猶淹冶里一帶，東西叵測，乃檄副
將王根子等，仍率前抄永灤之兵星馳往抄，並檄侯拱極兵赴永灤
剿扼。本日，臣馳疏奏報，內稱：東、中協與關外之烽相繼見告，
則接應之敵已至。乃敵猶盤旋玉豐之間，若行若住，忽東忽西，
越一日而各處之烽復稍緩矣。蓋敵之所挾者重，故多方以分我之
防。乃其哨撥與老營既指東南，未幾折轉，則似土烟墩之犯，猶
是丙子歡喜嶺之故智。而敵之所專窺者，必在建冷，所竊忌者則
我建昌、三屯等處之兵也。臣以我兵欲實圖到頭一著，必預伏始
能半擊，若尾後則止有送還。建昌地處適中而當要害，故臣欲以
獨扼待眾驅，不敢分兵別往，稍圖零捷。即奉三路齊舉之明旨，
亦以聞烽馳約未果，無非欲專力此舉。頃又因匱糧斷絕，並馬匹
分發別城餧養。如臣決意步戰，蓋戰敵非步無當，用步此地獨宜
耳。乃敵停綏如故，再遲三二日，臣惟有南趨永灤，與總監高起
潛之兵東西犄角，逼敵北遁。蓋與其堵之於內，毋寧逐之於外；
與其嚴塞三面，使突關門，毋寧佯開一面，使出邊口耳。至如聖
諭三路齊舉，著數最大，但臣細思進兵之路，惟總監兵在後近敵
較便。其勁旅與宣督陳新甲等兵之在三屯者，欲求適中宿兵之處
不可得，而望其長驅曠野，直搗敵巢，殊非容易。如臣之轉折進
發，無論迎擊之取勝萬不可必，即能迎擊使西，則是欲重令深入
也，故臣萬不得已之計，惟有南抄永灤，多方驅擊。其臣先與宣

督同發一旅，昨亦因傳烽撤返。今臣復選協將督往，並檄侯拱極之一旅俱先赴永灤出奇奮扼矣。敢因塘報，備述以聞，具題"爲馳報敵情事"。

奉聖旨："知道了。孫傳庭督兵不圖扼剿，馬匹分養別城，何以制勝？且示開一面，是何籌策？明係逗留縱敵。該部看議速奏。"

以步格馬，乃制敵不易之著。臣甲戌在籍，因敵患條奏，已詳言之。矧敵臨邊口，我兵憑山伏擊，上下登陟，惟步最便。又敵自內出，勢必闖邊，我兵但能死戰，敵將自至，奚用馬追？況我兵死戰之氣，惟無馬乃決，一有馬，則軍中怯懦之輩，必至臨敵思逃，而眾志沮矣。臣爲此日夜嘔心，計慮最審。幸各兵將經臣詳悉訓諭，人人折服，皆以爲制勝在此。故臣行令發馬別城，一一唯命。不然，我兵二萬俱暴露建昌城外，待敵決戰，臣盡去其馬，使無退步，此二萬人安能戩志以從也？至佯開一面，即兵部寧令敵奔邊口毋使搖撼關門之意。且臣正於佯開之處伏兵奮擊，豈臣敢逗怯縱敵也？

二十六日接總監會疏，謂敵養銳待戰，監臣以孤軍而支敵之全勢，心有餘而力難逮，題令繇邊東上鎮將選有馬精銳迎頭沙河驛、榛子嶺、開平、豐潤奮力擊剿。臣因議將臣原練兵營留之建冷，令王樸、曹變蛟等統領伏剿，臣親督楊國柱並副將鄭嘉棟，率領精銳馬兵，於二十七日啓行南發。而二十六日夜，副將汪賚口報，太平、燕河等路傳鋒甚急。又報冷口邊外已至橫河，質明又報哨馬已至哈喇砍，離邊十七八里，至冷口即可望見。臣因未敢啓行，及遣旗鼓官楊豹往探，則並無所見。至巳時，烽火亦止。移時，關撫朱國棟移咨再至，稱強敵運結不動，突口可慮，闖關門更可慮，與兵部毋使搖撼關門之説同，期臣亟移一旅，分發永平扼敵東窺。臣因於二十八日拜疏，率楊國柱等南抄，仍將伏建截擊機宜，一一告授王樸、曹變蛟等確實遵行。具題"爲微臣督兵南抄馳疏奏聞事"。

奉聖旨："援守各兵儘多，總督事權原重，孫傳庭前後奏章，一味遊移躲閃，未見實力辦敵，成何調度？仍著戴罪圖功，如再縱怯，朝廷大法決不姑貸。該部知道。"

援守各兵不下十萬，屬臣統者才二萬耳，其餘各有專屬。即如虎大威、猛如虎之兵，該部方屬臣，又題屬宣督，臣安得調遣惟意乎？至總督事權，臣實不敢自輕，從來總督多矣，實力辦敵有如臣者，亦似可以仰副明命於萬一。今敵禍未已，既往勿論，後來固可以驗也。本日臣拜疏後，既督兵南抄，中途接關寧内中軍太監劉國玉塘報，云外敵晝夜力攻松山，自二十四日至二十六日炮聲不絶。據此，則内敵突關尤屬可虞。臣於巳時馳至永平，適真保分監陳鎮夷率兵亦至。臣因與面商拒堵，旋據各路塘撥報，敵起營至沙河地方，三營向北，四營向東，敵騎已至野雞坨，離永平三十里。臣會同分監發楊國柱等馳赴沙河設伏誘擊。

二十九日，報敵過灤河至遷安縣東。據此，則闖冷必矣。臣復會分監發火器千餘，並刁明忠等領原率精銳，間道回建，同王樸等兵合營伏擊，止留楊國柱同二三副將從東南緊促，於本日塘報兵部題知。

三月

初一日，據總兵楊國柱塘報，遵臣嚴諭，於二月十九日探得敵於遷安迤南河岸下營，該鎮挑選精銳，分四面衝殺，夜四鼓銜枚急進，拚命直撞敵營，炮矢交加，傷敵甚衆。因夜黑，止割六級，奪獲馬騾駝六匹頭，救出難民男婦數千，敵拔營北奔。我兵復追至分水嶺，斬獲三級。敵後哨在棗莊地方堵我追兵。該鎮復選壯馬官丁直薄棗莊，轉戰許時，我兵愈加勇奮，復陣斬一十三級。敵奔還老營，我兵亦掌號收還。又報敵過遷安，紆行西北，折窺青董。臣隨塘報兵部，併所獲功級解部覆驗，復嚴督各鎮將，確偵抄擊。初二日具疏奏報，題"爲官兵連戰獲捷馳疏奏聞事"。

奉聖旨："已有旨了。該部知道。"

初二日，據總兵王樸、曹變蛟差官口報，敵北折青董，我兵追擊於歸河川，大獲奇捷。臣隨催察功級數目，並略節塘報到臣，於初三日飛報兵部。本日酉時，臣自永平啓行，夜三鼓至建昌。初四日，據監軍道張京塘報，准總兵王樸、曹變蛟等塘報，探敵因我兵於灤永驅扼，轉趨沙河，繇遷安欲奔建冷，知我建冷准備難犯，折向青董北遁。兩鎮隨選精騎五千，於初一日一更時自建昌進發，四更逼近敵營，天尚未曉，稍屯黎明，我兵銜枚砍入，敵營大亂。我兵乘勝，連砍二營，敵齊掌觱栗，捉馬大隊從兩路抄底。我步兵列成率然陣勢，用火器迎敵，首尾衝殺，敵即西奔，我亦收兵回營。陣斬敵級五十一顆，敵器俱全。奪獲輜重銀六千一十四兩，馬騾駝驢一百二十一匹頭。同日，又據副將王根子塘報，內稱該將原發塘丁於青山口南河岸地方，突遇敵塘，撲砍斬獲敵級四顆，奪獲馬二匹。又據副將賀人龍塘報，斬獲敵級二顆。又據建昌副將王翥塘報，斬獲敵級六顆。臣俱察驗明白，內駁二顆，餘皆解部覆驗。於初五日具題"爲敵兵避冷趨青，官兵奮勇截剿，仰仗天威，大獲奇捷，謹具疏馳報，伏祈聖明敕部從優叙録，以鼓敵愾事"。

奉聖旨："據報斬獲多級，具見將士用命。有功並傷亡的，通俟事平叙恤。獲銀仍遵前旨行。該部知道。"

敵出中協走青山，宜扼太平寨，猶敵出東協走冷口，宜扼建昌也。敵因我建昌伏兵嚴肅，改奔青山，而中協主客官兵未有一旅扼太平寨者。臣自我兵歸河捷後，即嚴督各鎮將繇五重安截山西向，直赴太平扼剿，儘用步兵，佐以輕騎。敵據險列營迎敵，我兵賈勇同登，連奪四山，拚死狠殺，傷敵甚重。陣斬二十七級，敵大披靡。遵化道臣李鑒從城頭目擊，親語臣曰："如此狠戰，實所僅見，使向來官兵即能如此，敵何至深入無忌也？"即沿邊居守將士，亦莫不人人欽服，以爲西兵名果不虛者。至我之將士，以苦戰陣沒者一百一十九名，而帶傷者尤眾。若副將白廣恩，右腿箭傷刺骨；參將萬邦安，左臂箭傷，貫甲血淋；遊擊張立位，右胯箭傷，穿肉透鞍。臣皆親撫其瘡慰勞之。陣畢，臣即先以略節塘報兵部。比監軍道張京詳報到臣，具疏間，接邸報並部咨，始知臣前屢疏，俱奉嚴旨，且下兵部看議矣。臣因於疏內奏稱，此戰兵逾萬餘，而馬不及千，死地求生，故有進無退。前臣並馬之議，自臣七年家食時曾條奏及之，今疏猶在御前。敵在內地，曠野平原，新合之眾萬難嘗試。今扼隘邊口，勢險節短，利用步戰，故敢冒昧決策。昨奉聖旨，臣惶悚無地。然我兵欲圖制敵，必應出此。伏乞聖明終鑒臣愚，臣斷不敢有所諉飾於其間也。行間將士俱應破格敘賚，蓋苦戰卻敵，可以戢敵再犯之謀，而振我積衰之氣，故不宜以級少薄視。具題"爲官兵奮勇血戰，敵眾披靡北奔，恭報捷音，仰祈敕諭優敘事"。

奉聖旨："該部查明敘恤。"

自初五日太平寨創敵北遁，兵甫收營，又據王樸等撥馬馳報，後股濟南大敵，自豐潤起營，不繇鐵廠北遁，復屯遷安，苗向東北。臣恐敵乘虛復闖建冷，隨督曹變蛟等分統馬步官兵一半，復星赴建昌征剿。初七日，曹變蛟親領塘撥，抵敵於建昌南二十里之蟒山。次日，報敵復由擂鼓臺北奔，臣復嚴督曹變蛟兵截山星馳，於本夜四鼓，繇白羊峪銜枚馳至太平寨東十里，暗與王樸等兵期約於初九日黎明舉炮爲號，兩兵齊進夾擊。內曹變蛟奮臂疾呼，挺身破陣，以步兵當先，馬兵環擊，敵鋒始卻。是日，總監領關寧大兵亦自永平馳至合擊。敵且戰且走，連退數山。我兵追殺益緊，敵見馬不敵步，亦下馬步戰。我設伏兵於山溝奮出，矢棍交加，鎗炮齊發，敵死甚眾。自卯至申，轉戰十餘里，城頭士民聚觀如堵。日暮收兵，陣斬敵級二十九顆。臣隨馳報兵部。是夜臣與總監高起潛面商再舉。

初十日早，報敵紮營於太平寨二十里外。兩旁高山中間，一路甚窄。臣議我兵仍多用步，分路齊進。臣與總監親督陣後。至亂柴溝，敵老營前走，精兵佈滿山岡，攻打不入。賴我步兵從南攀援而上，分列四山，敵勢不能分應，乃並力南攻，力爭公樹臺，計圖憑高下擊。我步火官兵先至臺下舉放火炮，連中數敵。曹變蛟親領兵健接應夾擊。敵復增兵轉攻西北，鄭嘉棟等兵拚死格鬥，祖大壽、王樸又率三路兵並力北向，自卯至申，血戰愈勇。敵始帶死扶傷，踉蹡北遁。懼我兵追，乘夜趨關，沿路砍殺馬騾駝牛填塞隘口。

十一日，臣同總監仍督兵追擊。我兵直接敵塘，敵不敢反顧，於本夜二鼓俱從青山口遁訖。

十二日早，臣同總監至青山敵出處所親閱畢，於本日班師。

臣兵共斬獲敵級三十六顆，奪獲大旗十一桿，馬騾駝驢三百六十四匹頭，輜重據兵丁首出者二千餘兩。救回難民男婦無數，經臣散遣者二千餘人。臣一面行監軍道確查解驗，一面先以敵遁班師奏聞。內稱：

> 是役也，仰仗天威，敵氛迅掃，在臣等不敢言功，而將士連日血戰頗能用命，繇今視昔，敵兵始知有漢兵；舍短用長，我兵遂能格馬。崇朝喙駮，內地清平，應需叙錄，用鼓忠勤。除級功馳解兵部覆驗，捷報繕疏另題，其各鎮兵馬相應請旨發還本鎮，或有應留防者，仰祈聖明敕部酌議。

十四日，具題“爲馳報官兵驅敵出口班師西還事”。

奉聖旨：“敵遁出口，未聞大創，猶云舍短用長，崇朝喙駃，全無憤恥，虛事鋪張。孫傳庭溺職殊甚。其各兵著從便道還鎮，沿途照例支給糧草，不許軍丁騷擾百姓。如違，將領連坐。留防事宜，該部看議速奏。”

方敵圍真定，首至退敵者臣也。臣恥報解圍，而保撫報之。及敵據濟南，首至退敵者亦臣也。臣恥報恢復，而柬撫報之。即靖二柬、障陵京，臣爲聲防，爲拒堵，爲驅擊，殫厥心力，悉副明旨，而臣之所入告於皇上者，亦惟是如何聲防，如何拒堵，如何驅擊，以無没諸將士之血苦已耳。臣先事未嘗誇詡，後事未嘗欺飾也。蓋臣以癡忠報主，憤恥二字，臣實獨切。臣身可殺，臣必不敢自喪本心，以熒聖聽。出口之役，我兵用步得力，敵眾披靡北奔，情形實實如此。彼時各監提兵内臣與各邊鎮將領士卒同集邊口，臣如飾罪冒功，大言無實，皇上之斧鉞可逃，而萬眾之指摘奚逭也？且初十日之戰，曹變蛟遵臣步法，與敵轉戰衝擊，臣之步兵莫不一往直前，臣與總監諸臣在陣前，豈敢欺乎？至十一日之戰，以敵去漸遠，故從眾議用馬，遂不能摧陷如前，然我兵與敵騎力抵竟日，亦臣等所目擊者也。

十六日臣旋師薊州，據監軍道塘報到臣，繕疏具奏間，接邸報，見督察一再誣臣，意不可測，又見各部痛感天言泣領臣罪疏内，首指及臣云：“夫失群望之所歸，而推轂則名實不副。”又該部覆察沙偶疏，奉有“原係孫傳庭飾詞，不必行察”之旨。臣乃自痛才劣誠微，阨越竟至於此，遂於出口叙疏，趑趄不敢具報。已思各將士拚死力戰，敵愾之勇，實自罹敵禍以來所未有，豈可以臣故湮没？輒復據實勒陳，内云：

敵宵遁，臣身任剿務，殄滅無能，惟有引罪，何敢復

爲諸將士言功？第諸將士血戰創敵，昭昭在人耳目，臣不

得不據報轉聞。除總監原督關遼勁旅及山永巡撫與從西驅剿之薊督、宣督、京營提督、督理、分監、遵撫所獲功次，應聽各臣自行察奏，其臣所統各鎮官兵，與分監陳鎮夷兵合營同進，仰仗天威，頗知鼓奮。雖馘斬無多，而敵憚殊勇。總兵曹變蛟則揮刀當先，強敵辟易。方我軍戰勝，敵軍却走，祖大壽親語臣等曰"今日衆將中顯了一人，諸將皆服"，則變蛟也。此固大壽彝好之公，而變蛟之勇略冠軍，概可知已。王樸則親提步卒，力撼敵鋒，九日之役，敵以數千人來突，而能不爲動，敵氣遂阻。楊國柱則往來摧陷，矢捐麋以圖桑榆之收，均應並録。在將領，李國政則決策鼓衆，先後數陣，本將聯率之力居多。而全守亮、刁明忠、鄭嘉棟、王根子、趙大胤、李有功、劉忠、劉芳名、魯文彬、張天麟、張一貴、郭清、王國棟、王鋮、趙祥、賀人龍、郝崇胤、劉世爵、王希貴、蕭繼節等，恪遵師律，有進無退，均於行陣有裨，相應並録。其餘文武將吏應否分別議叙，俱候該部酌覆。至於戰殁之臺賴、李孟貞、王兩等，血濺沙場，俱應優恤。内李孟貞系臣標下劄委守備，以一人步逐五敵奮砍，忽中敵矢，貫腦而斃，亦祖大壽親見，爲臣等言之。曹變蛟遣材官身負其屍以歸，爲臣慟服不已者也，尤應優恤。被傷之劉成、吳宗迹、馬應騰、郭汝磐、武大定等，臣驗多對面之傷，足知近戰之勇。内郭汝磐即降寇之渾天星，武大定即殺蝎子塊、黃巢而堅不復叛者，今俱能報國忘身，尤宜風勸。至於從來捷報，率多誇張，臣矢志不欺，素邀聖鑒。頃以舉事謬妄，又爲舊輔劉宇亮兩次牽誣，至聖明屢責其諉飾，即同朝議莫保其初終。臣有身未死，無血可揮①，於此番叙疏，實惴惴然閣筆難下，止以諸將士戮力疆場，勞勩難泯②，輒敢詳述以聞，第祈皇上敕部密察，向來曾否有此兩三番之力戰？再察敵兵何以不敢肆然爲免送之嘲？是否逃死恐後？又道路之口，是否云如照今年出口之戰，敵又何敢犯邊？何敢深入？則諸將士血戰之苦得明，臣雖身受斧鉞，有餘榮矣。

十七日，具題"爲敵兵疾走宵遁，官兵雖有斬獲，不敢言功，但實實苦戰三日，臣不敢不據報轉聞，懇祈敕部察覆事"。
奉聖旨："兵部知道。"

方敵出口之日，臣於榆木嶺接兵部咨，該本部看議題奉欽依降臣三級戴罪，其議内所云"張網而鳥不入，刻舟而劍不存"，即督察前抄送閣部咨中語也。臣於是日附疏稱謝，因並督察牽誣之故及沙偶之説，略一剖陳，具奉"爲微臣負罪深重，荷蒙聖慈薄罰，恭謝天恩事"。
奉聖旨："該部知道。"

二十日，臣行次三河，接邸報，復見督察一疏，奏爲微臣大負特委等事。
奉聖旨："孫傳庭躲閃虛怳，全無調度，大負重任，該部院一併確議速奏。"

---

①　無血可揮：據《四庫全書》本，咸豐版《孫忠靖公遺集》《孫傳庭疏牘》作"有血可揮"。
②　勞勩難泯：據《四庫全書》本，咸豐版《孫忠靖公遺集》《孫傳庭疏牘》作"勞勛難泯"。

臣祇以任事過勇，做事太實，故致觸忌招尤，議者遂眾。躲閃虛恢，臣實非其人也。督察爲人嗾使，誣臣至再至三，非督察本意也。督察向在行間，殆不能一刻離臣，行間將吏士卒咸悉其狀，督察未嘗以臣爲不肖也。督察參救各帥，受誤有因，與臣何涉？即使陷臣於罪，於督察何補？顧於革職謝事之後，必欲得臣而甘心乎？督察曾屬宣督轉致臣曰：“若彼得脫然一去，斷不扯臣。”蓋因有挾之者，不扯臣，則不許其脫然去也。向臣辦寇秦中，欲以無兵無餉之巡撫，與總督各分四府，力圖翦滅，該部即指臣爲躲閃，而臣寬平秦寇。臣督師首疏，即言向來誇張虛妄，秋毫無績，貽憂君父者何人？而臣乃敢自蹈虛恢耶？臣復何言？

二十一日接邸報，該兵部題“爲請召薊保督臣”。

奉聖旨：“薊督著遵旨陛見，總兵員缺作速推補，陝西兵馬著洪承疇酌議速奏，孫傳庭已有旨了。該部知道。”

臣因內外多事，憂憤廿年，揣摩十載。懷忠思効，匪朝伊夕。初奉命協剿[1]，臣即有面請聖明另作良圖之奏；既奉命督師，臣又有面請聖明決定大計之奏。復以請見之意寓書閣部，不一而足，臣之率妄極矣！該部此請，蓋特爲臣，若薊督事竣陛見，前已有旨，無俟請矣。彼時臣方下部院看議，正在席藁，又安得借前席之箸耶？該部豈見不及此？噫！使臣於此時儻得蒙恩召對，罄所欲吐，無論於禦敵長策條畫，必當聖意。即議留陝兵，臣得一參末議，亦何至徒失剿寇家當，虛糜無限錢糧，而薊門竟未得陝兵絲毫之濟也[2]？顧薄命如臣，胡可得也！痛思臣自入援以來，萬苦備嘗，一著未錯。比敵將遁，臣罪遂多；及事甫竣，臣即束身待

---

① 初奉命協剿：據《四庫全書》本，咸豐版《孫忠靖公遺集》《孫傳庭疏牘》作“初奉命協理”。

② 而薊門竟未得陝兵絲毫之濟也：據《四庫全書》本，咸豐版《孫忠靖公遺集》《孫傳庭疏牘》“濟”作“計”。

議！雖欲碎首御堦，剖心無繇，臣因具疏瀝陳。內稱：臣三年遠役，半載入援，咫尺天顏，安冀一瞻睟穆，稍申犬馬戀主之私。

本月二十日，於三河接邸報，知原任督察閣部劉宇亮，又疏牽指及臣，奉有"孫傳庭躲閃虛恢，全無調度，大負重任，該部院一併確議速奏"之旨。又兵部請召薊保督臣，奉有"薊督著遵旨陛見，陝西兵馬著洪承疇酌議速奏，孫傳庭已有旨了"之旨。臣惟有席藁待罪，無能稽首瞻天矣。獨是躲閃虛恢，臣所萬萬不敢出。臣向剿寇秦中，無兵措兵，無餉措餉，能使十年之寇，數戰立掃。蒙皇上真心實心之褒，不一而足，臣豈初終相謬？其不能滿志於殺敵者，則以寇敵之勢異，又兵馬不皆臣所自練耳。皇上痛念藩封淪陷，郡邑丘墟，生民塗炭，無論是否臣任後之事，何敢置辯？但督察欲蓋己愆，誣臣不已，甚且舉經過州縣，駐宿時日①，一一可稽之事，惟其顛倒，不知何以任誕至此！臣報北援在濟陷之先，彼時前股北折之敵尤多於後股，東省有總監大兵，臣應否不顧陵京？及初六日，聞濟陷之變，臣等公議謂宜併力南向，屬督察具疏，臣於初七日即發兵分防，初八、九日即發總兵王樸等統兵，繇平原併趨禹齊。十一日，臣亦親赴平原，焉用督察之挽捉？且督察自聞濟陷，稱病臥榻，又何暇挽臣捉臣？豈病未真耶？抑祗任奚僮挽捉耶？欲遠繇河間者，督察欲遠繇也。督察不於十八日從德州過河赴河間行十里許乎？時河西無警，督察已攜延綏保鎮火器兩營及雲鎮馬兵一千，同提標營馬兵五百，可無虞矣。又欲攜宣鎮馬兵一千，臣以兵不能多分無戰之地，始邀還督察同行。督察逡巡不敢行，臣於本日夜至吳橋，督察止德州，囑令臣駐吳橋相候。

二十日早，臣遣兵迎督察至，始同抵東光。二十一日，臣欲繇

---

① 甚且舉經過州縣，駐宿時日：據民國十年版《孫忠靖公全集》，咸豐版《孫忠靖公遺集》《孫傳庭疏牘》作"甚乎且舉經過州縣，駐宿日"。

泊頭赴滄州，督察堅欲迂道交河。二十二日督察復駐交河，囑令臣先至滄州相候，二十三日督察始至滄州。今謂臣欲遠縣河間，獨不思經過州縣駐宿時日一一可稽乎！夫督察即遲行一二日，於事何礙？第督察止，亦不容臣行，即或容臣行，一必令臣相候以擁護督察爲誤事耳！若夫督察盡職於革職之後，咨札紛至，固欲補向來之缺陷，以爲抄送兵部之地，抑知刺謬多端，祇見心勞而日拙矣。他如偵探之不確，驗級之未真，即今偵探有報可考，而首級之經臣解與督察解者，司馬堂當自有定衡也！

又言督察參劉光祚，彈墨未乾，又復疏救。致奉嚴旨，忽指及臣。初但以沙偶之言略爲點綴，繼聞朝議頗嚴，復具瀝陳顛末一疏，謂臣當言不言，一味旁觀，專欲以督察卸擔。夫督察參後，始袖出一稿示臣。方參時臣不知也，何以謂臣卸擔？且督察前疏既云“若督臣白簡無靈，尚方空握，而必借臣代糾，督臣亦難自解”，反謂臣以督察之參卸擔，豈督察好爲此等不倫之語？祇以歸罪於臣，督察必可解釋耳？若臣之所以不參劉光祚者，非縱也。茨州之役，劉光祚等原未失律喪師，即怯懦委屬隱情，而參劾宜有顯罪。自大城督察爲各鎮下拜，各鎮將皆悚惕不安。臣以各鎮新合之兵，辦敵實非易易，恐繩之太急，別致僨誤。又行間之情形，左右之奸僞，督察殊未諳未知，臣實慮之。

正月二十七日，我兵大城戰敵後，報敵苗已向東北。臣謂宜量留火兵設防，先發戰兵馳赴東安扼擊。而督察不從，故臣止發刁明忠、李國政、劉芳名，領哨兵八百隨敵偵探，餘兵俱頓大城。

二十九日晚，臣勉發總兵曹變蛟、楊國柱等兵先往。次早，復約督察率餘兵同往，不然或臣獨往。掌號將發，督察遣家人力阻，復停一日。北兵兼程，於初三日寅時奔至東安，晝夜疲勞，距河猶六十餘里，敵即於是日午時盡數渡河，又安能爲半渡之扼擊？及敵掠黃花店等村，各鎮布置，敵兵設伏誘戰，各鎮俱在張家鋪一帶埋伏，臣等未嘗易各鎮於前敵而各鎮不遵。臣等歸後，前敵官兵遇敵接戰，互有殺傷，我兵僅斬敵二級。敵未至張家甫時已薄暮，敵放號火吹觱栗還，我兵亦收營。各鎮未嘗臨敵潰逃，無可罪也，乃督察遽行題參，發疏之後，以稿示臣。臣因以行間情狀爲督察微及，與臣所入告於皇上者無異也。未幾而有磚廠之役，督察不候報至，即行具奏，約略繕疏。如內云"首級在二十顆上下"，從來無如此報法。督察謬誤，當自有因，乃無端相尤，執定沙偶之言，爲下水拖人之計。督察即思陷臣章奏，督察顛倒乃爾，而毅然請纓，則臣等行間文武之不幸，於督察何責焉？若劉光祚鎮屬郡邑多陷，自有光祚應得之罪，臣始終非爲光祚寬也。臣蒙皇上委任不効，即靖二東，遮陵京，驅內堵外，前後零斬大戰屢捷，及敵出口實實苦戰數日，使敵狼狽而去，俱不敢言功。第臣即不才，亦不至遠遜督察，乃督察患失懼禍，厚誣臣以行其掩飾，臣即任受，將如清議何哉？臣見候議處，陝西兵馬遵明旨交薊督聽其酌議。具奏"爲微臣行近通州，忽接嚴旨，暫止中途，恭聽處分，兼瀝血忱，併請交割陝兵，以聽薊督酌議事"。

奉聖旨："郡邑失陷，孫傳庭任後不少，豈得諉卸？併所奏督察事情，該部院通行確議速奏。"

自敵眾深入，郡邑失陷，凡五十九城。試按臣接兵之期，與臣分抄之路，何處爲臣失援被陷者乎？臣凜承嚴旨，惟有手足莫措而已。臣待議通州，憂苦萬端，突感耳疾，雷霆不聞。巫傳醫官傅懋宰診視，謂肝火暴發，腎水枯竭所致。日服湯丸藥一二劑，甚至三四劑，毫無效驗，並水火時致結轖。及投以峻厲之劑，大便下皆血塊，小便色赤於赭，以手按臍下乃出。隨行僮僕及官役日環視垂涕，潞河供役人人目擊，督治監道分司州守時相慰問。臣得病於二十三日，病後日有分移差官到京，兵部兵科知之最悉。臣且數有書揭報之兵部。時臣方候議罪，豈知有官？奚竣託卸？至不肯自稱病，廢過之路不必言矣。

四月

臣感病踰十日，樞輔召對申救，謂臣才尚可用，初三日夜遣塘官李奇，持樞輔硃批手帖，傳鑰入城，至臣榻前密寫示臣。臣附劄稱謝，復力言病狀。至二十三日，始知皇上因都給事中張縉彥之議，准臣即赴保督新任。本日接兵部咨，該科都給事中張縉彥題"爲薊督擔荷甚重等事"，奉聖旨："這本説的是。再嚴行申飭孫傳庭著即赴任，作速料理抽練事宜，該部知道。"臣蒙恩復任，具疏稱謝，犬馬之私實不能自已，故仍及陛見之請。塘官李奇先以疏揭投之兵部兵科，樞輔覽揭大恚云："彼尚不省，又欲請見？"聲色俱厲，立叱疏回臣。因削去請見語上之。内稱臣自督師役竣，屢多舛謬，數奉嚴綸，九死餘生，不堪震叠，徬徨憂懼，無以自容，於前月二十三日突感耳症，遂至失聰，今已浹月。向臣甫任督師，皇上復允廷臣之請，俾臣總督保定等處軍務。臣綿薄無似，且已成廢物，自應具疏籲免，因見候議處，故不敢自請褫斥。何意聖明雷霆忽霽，雨露頓施，若暫寘臣前愆，且將責臣後効。臣感激思奮，敢不捐糜頂踵，稍圖報塞？即臣自絶於天，五官缺一，似不容靦顔於僚屬軍民之上！然臣年未五十，倘微靈藥餌，未必不調理漸痊。臣荷聖明如此特恩，其何能自甘暴棄！臣當勉强趨任，一面調養，一面料理，萬一竟不可瘳，臣始瀝血另陳，今不敢遽瀆宸聰也。

臣自丙子陛辭，忽越三載，迫欲一覲天顔。又臣竊見皇上虛懷下問於真保等屬，新設監司諸臣，且俱令星馳陛見，臣才略非能於諸臣有加，然巧不如習，言貴可行，臣似亦有一得，倘能續諸臣之後，跪伏御前，畢吐其愚，臣於内外安攘之間，必有一二肯綮之言，可以收事半功倍之效，用備採納。第恐聾廢蹣跚，趨承未便，故亦不敢妄有瀆請。并言保鎮兵馬錢糧應候部議，駐紮衙門宜在適中處所。具奏爲《恭謝天恩事》。

奉聖旨：“陛見不必行，保督練兵計餉，昨已有旨，孫傳庭著即星速遵行，真心實做，朝廷自有裁鑒。駐紮不必又議，該部知道。”

此臣謝恩疏也，與樞輔叱回請陛見前疏語意俱同。第見疏有“臣於一切軍國大計，竊嘗留心考究，稍窺約略。臣耳固廢，心尚存，舌猶在也，意懇聖明召臣入見，庶幾罄陳芻蕘。即皇上俯有諮詢，但令輔臣書示數字，臣亦能一一條對。如疲聾無當，斧鑕願甘。儻以臣聾廢蹣跚，趨承未便，或容臣赴闕一叩，敕樞戶部垣各出兵餉欵略，與臣籌議一二日，臣苟有一得，即令各臣酌議上聞，臣不敢謂輕塵墜露必無補於嶽海高深也”等語。因樞輔叱回削去，後臣被逮情急，遂將印封原疏並陳御前，今固可覆按也。

五月

臣濫蒙使任，驅馳罔效，又荐遭構陷，屢干譴責，節奉“是何機宜？是何籌策？明係逗怯縱敵，一味遊移躲閃，成何調度？全無憤恥，虛事鋪張，溺職殊甚！”及“躲閃虛恢，大負重任”之嚴旨，凜於斧鉞。揆以陳力就列之義，臣豈容蒙面昧心，恬然任事？第敵在之時，臣方臨敵，何敢引陳？敵退之後，臣即候處，何敢引陳？及蒙皇上許臣復任，固將舉畿內、河北、山東之社稷生靈屬臣保乂，文武將吏屬臣綱維。臣從前伎倆已見，向後施爲可知！臣即無病，胡可漫無一請！況臣病逢其適，加以溽暑塵勞，又臣自請見無繇，過都之日，目斷九閽，涕淚如潰。至保之日，又爲儒學奸劣匿名蜚謗，益增愧憤！緣是耳愈無聞，諸病悉作。臣因思臣庸誤宜罷，病廢宜罷，拂戾人情宜罷。又念臣母老多病，倚閭情切，臣自剿寇以至入援以來，因事具陳，凡一十二次。臣報主無能，徒失母養，臣心何安？因是具疏請斥，內稱：

臣負恩溺職，罪孽深重，自三月二十三日於通州感患失聰，了不聞聲，今已一月有半。前月二十三日，臣方席薰候議，復徼皇上使過洪恩，催赴保督新任。臣感激思奮，不暇深維，始終謬謂：臣年未衰暮，或可調養料理，漸需痊可。既具疏謝恩，刻期赴任，固臣區區犬馬報主之私也。孰意兩耳既廢，跬步難前，一至地方，始知不可旦夕容留。如不及早馳請斥更，以至耽延時日，虛負重寄，臣雖死不償責矣。

又言：

臣方新莅，於將吏參謁之末節，不能支吾，已無以肅體示觀。若臣任事之後，諸所經畫，俱不得不借聽於報帖，假手於開寫。就中藏奸啓弊，寧有既極？其何以使群然懾服乎？

又言：

即臣才力果堪，而聽而不聞，豈得尚言才力？即使三五月可愈，而保督之事，豈可耽閣三五月？況臣伎倆已竭，又廢病難痊，緣是煎憂之過，煩燥增劇。兩日已來，併水火結轄，頭目暈眩，手足時作麻木。延醫呂國賓診視，謂心腎不交，肝經火燥，故爾氣閉聲收。蓋緣累年勞役，受病已深，且恐轉生他症，殊非藥餌可能旦夕取效。

乃臣方擬繕疏瀝陳，而初七日之夜，已有匿帖黏臣署前云："軍民啞，總督聾，民有苦情，誰陳九重。"聞各巷口及各衙門亦黏有此帖，旋經揭毀。則臣之不孚衆望，拂戾軍民，已見其端。然使臣力或可勉，即人言奚恤？乃臣憒憒若此，烏得不早自裁決也？用是泣血哀鳴，冒死馳奏。至於臣罪原應罷斥，聖明因閣臣楊嗣昌之申救，科臣張縉彥之請裁，姑寬臣愆，趣令復任。今臣既不能復任督事，自應仍行褫革，庶國法明而臣心亦可自愜，非臣所敢辭也。伏祈皇上敕令該部推舉賢能，仰請簡用，俾其星馳受事。念臣已經聾廢，又憐臣積勞嬰病，萬非得已。及臣印敕俱未領到，無可交代，允臣即去，俾早獲回籍調理，又與臣老病之母早獲相依一日。倘不遽填溝壑，惟有偕山樵野牧共祝聖壽於億萬斯年矣。

具奏"爲微臣迫欲報主，已至地方，奈兩耳既廢，不能聞言，何以受事？又拂戾輿情，已見其端。展轉無計，不得不據實哀鳴，仰祈聖明敕部速議斥更，以無致貽誤事"。

奉聖旨："孫傳庭特任練兵，何得輒以病諉？著即遵旨，刻期料理，不許延誤取罪。著兵部查明速奏。"

臣拜疏後，旋於初十日接兵部咨，該本部題"爲功罪關封疆之重等事"，奉欽依實降臣五級，內議臣罪，曰："總督孫傳庭執著抄前二字，始終認定建泠，不知何爲？"臣不知該部日戒尾逐，且云敵已明明向泠口無疑，欲我兵專視其邊口之所必出，並力交攻者何謂也？曰："太平一戰後，仍調曹變蛟回建泠，不知何爲？"臣不知前股敵遁，後股敵復指建泠，臣奉此疏既認建泠，再疏欲趨永濼，如推避無事，責有所歸之明旨，臣敢不顧也？曰臣云："連戰三日，該按以十一日實未有戰。"察十一日之戰，以距敵稍遠，故用馬與用步有間，然豈得謂之不戰？該按出口察疏爲人所誤，於臣督鎮將俱叙有功，乃輕以"逗留"二字加臣。

臣於二十日抵建昌，該按謂二十五日抵建昌，其言尚可憑邪？曰"德州屢催而不動"，臣不知接兵最後，到濟最先者誰也。曰"平原暫往而即還"，臣不知敵已北遁，臣不急從德州遵旨抄擊，豈我兵悉宜尾後，當以何兵遮障耶？其爲臣寬曰"受事在賈莊大潰之後，提各鎮重整之兵，苦於殘局勉支，不能大有建樹"，殆亦非其本心，而磚廠、歸河川、西山、亂柴溝等處將士力戰，難以盡泯。至於靖二東，障陵京，恪奉明旨，幸無隕越，與夫驅內堵外，凡犬馬微勞之略有關係者，則盡置烏有，且並原旨不列矣。至敵已指建冷，收臣扼建冷，取奔青山，則全歸功於瓦窑坡千戶亭之埋伏火藥罐，皆與臣無涉矣。其臣原降三級戴罪，實因併馬用步，今議絕不一及，固已知我兵臨口之戰，全得力於用步，而何肯一爲昭雪乎？至曰"獨流、楊村，敵墮落水套爲第一可擊，玉田、豐潤周遭泥濘爲第二可擊"，固概責我兵，非專咎微臣。第我之兵力豈堪與敵同走水套，忿圖一決？又玉豐微雨崇朝，即果周遭泥濘，豈偏能窘敵而便我耶？其臣之抄前，曾經奏明，既前不能，復後又無論已，其總括臣罪，則云："委承殘局，不盡實心，例以督察之倫，亦應褫革，但一時保督需人，合擬再加重降。"噫！此案功罪，如止以分諸臣一身榮辱生死，固甚輕微；即爲定千載是非懲勸，猶非緊切；獨是敵猖獗二十三年，我之着數茫無一是，此實明廷懲前毖後以確圖一當之時，及疆吏偶有管窺，試之已效，輒爾內懷忌刻之私，外構讐憎之口，多方排阻，必欲盡歸抹殺，坐使忠義灰心，封疆日壞而不恤，豈不痛哉！臣具疏稱謝，抑鬱滿腔，不敢詳剖，惟云臣承局雖殘，矢心原實，第智勇俱困之日，殘局委屬難收，矧庸塞無似之人，實心何能自白云云。因復以病狀再申前懇。具奏"爲微臣幸徼寬政，恭謝天恩，並陳聾廢及病苦迫切情狀，萬乞聖明慨賜矜憐，急行斥革，另簡才能，亟爲料理，免誤封疆大計事"。

奉聖旨："孫傳庭已有旨了。該部知道。"

臣此疏方抵京，該部已據臣前疏，以革任行察具覆，課臣病果真即屬病廢，稍有不真即屬罪欺，而臣案即從此定矣！具題"爲耳病未可遙察，因循必至誤事，謹請聖裁立斷事"。

奉聖旨："是。這保督著作速就近另推來用。孫傳庭先著革了任，其稱病真僞，勒限監按察明奏奪。"

敵遁之後，凡行間督撫鎮帥俱有引陳。如宣督今兵部尚書陳新甲，宣撫劉永祚，雲撫今督餉侍郎葉廷掛，總兵王樸、劉澤清、侯拱極等，莫不具疏請斥，或允或留，皆得無罪。矧臣實病甚，乃明旨方責以料理，而該部輒特請革察，即聖度如天，欲寬臣以旦夕而不得矣。

六月

臣已革任，臣原任督援關防符驗尚未奏繳。又臣先繇秦撫入援，報陞樞貳，未遑復命。臣奏明俟援剿事竣補行。臣濫秉秦鉞，砭砭三載，一切贖鍰，除布馬制器外，未嘗以分毫取充私橐。又臣摘發鳳岐驛遞私派等弊贓贖，並行潼關京兆等驛站馬立法官應除省民間私幫無筭，而在官正項，仍各有節省。二項合計約四萬兩，臣在秦之日，已分檄布政使、西安府收儲充餉，俟臣復命列數上聞。其原卷因留寄獲鹿失毀，臣復檄行司府另造清冊報繳，尚未送到。

臣既罷事，恐致侵隱，遂因奏繳督援關防，約略具數，僅報三萬餘兩，並疏以聞。十八日，奏"爲敬繳微臣督剿符驗關防，兼報撫秦任內存積鍰站銀兩事"。

奉聖旨："該部知道。"

七月

臣自革任之後，移駐易州，方束身待察，而兵部復有敵騎西行一疏，云臣方請陛見，忽告耳聾，遂誤數月之事。噫！臣兩疏語意全同，何爲"方請""忽告"？至臣蒙恩許赴保任，在四月二十三日，請斥在五月初九日，僅及半月，隨蒙革任，而保督另推楊文岳矣，遂謂臣誤數月之事？御史楊一儁知臣取忌之深，瞻顧意亂，差役四出，鉤稽詗伺，不遺餘力。及已察知臣病真確，猶不敢不以教官尹三聘之讐訐並列疏中。疏入，御史遂與臣並逮矣。

臣方候命，二十三日，緹騎忽到，齎奉駕帖於易州公署開讀該巡按御史楊一儁題"爲遵旨察奏事"。

奉聖旨："孫傳庭託疾規避，顯屬欺罔，有旨責令監察按明。

卷十二 省罪録

六二七

乃扶同奏報，反以尹教官呈稱爲泄憤。内外官員好生徇蔽。孫傳
庭並楊一儁俱革了職，錦衣衛拿解來京究問。趙本政著革任回京
候處。其道府州縣推官，照本内職名俱著議處速奏。該衙門
知道。"

教官尹三聘見任保定府學教諭，乃眞定之晉州人也。先是臣因
赴京抵保，始接如至眞定暫駐防禦之旨，因咨部代題請肯駐保數
日。時總監方正化門禁過厲，居人苦之，以臣兵在保，歸咎於臣，
學劣唐俊、司芬遂有率眾喊譟之事。及兵過晉州，秦兵周太、許
漢因赴於家莊買草，當被徐應湖、賈思恭等殺死，奪去官騾二頭。
爲地方李應海首出，起獲原屍，臣行該州究問。又，保丁撥了左
讓等設塘該州，復被劫殺，爲屍親左引化舉告。又臣標丁守備李
棲鳳等奉差催調官兵，道經該州，被張應祥、周好玉等刺傷。該
州申報到臣，俱批行眞定府究問。其行兇各惡皆三聘原籍親黨也。
原案俱在，今不知兇犯曾否正罪，而臣已爲三聘含沙巧中矣。然
即無三聘之訐，臣禍豈能自免？方臣被逮至京，下部究擬，刑部
尚書甄淑，楚人也，徑以修怨晉人，明列章奏。

臣席藁請室，莫知死所，情急呼天，萬難自已。因以臣癡忠取
忌之繇，拚死草勒二疏，投之通政。通政使臣王心一披閱臣疏，
嘆惜久之，諭臣家人云："此疏如封，恐貽後悔。"家人歸悉之臣，
臣惶懼莫能自決，因另行竄改，止以樞輔奪席之疑，與阻回臣疏
及樞輔方請陛見，忽告耳聾之語稍爲辨白，並請見原疏進呈御前。
樞輔馳疏奏剖，一則曰厲語提塘，再則曰厲聲數語，固不諱叱疏
之事，亦不諱奪席之疑。第云恐臣請遷延，乃催其任事，非阻其
上本，而長安口實遂有奪席之疑。又云方爲臣疏請陛見，豈阻臣
陛見。噫！請見豈妨於任事？通州距京咫尺，如蒙允見，一二日可
了。叱回改疏，不反致遷延手？若代臣請見於看議之日，正所謂
欲入而閉之門也。樞輔以此自明其毫無疑忌，樞輔之心愈晦矣。
臣幽囚圄圄，荷蒙聖恩不即加誅，猶得偷生旦夕。乃臣母則已以

老病報，故臣原疏稱母老病，豈亦忍欺耶？臣爲臣思忠，爲子思孝，卒致忠孝兩虧，萬罪莫贖，臣惟有竊自悔艾而已。其臣取禍之繇，自章疏之外，不敢盡列，今列者不能百一也。

附　録

御定資治通鑒綱目・三編卷三十七①

（起丁丑明莊烈帝崇禎十年，盡己卯明莊烈帝崇禎十二年，凡三年）

以洪承疇總督薊遼軍務，孫傳庭總督保定、山東、河北軍務，尋下傳庭於獄。

帝從楊嗣昌議，移承疇薊遼，盡留秦兵之入援者屬承疇東守。傳庭言於嗣昌曰：“秦兵不可留也。秦中賊未滅，留則賊勢且張，是代賊撤兵也。況秦兵妻子俱在秦，久留於邊必譁而逃歸以合於賊，是驅官軍使從賊也，安危之機不可不察。”嗣昌不聽。傳庭疏爭之，帝亦不能用，不勝鬱鬱，耳忽聾。

初，傳庭入衛，盧象昇方戰歿，命代統諸鎮援軍。傳庭以疆事決裂，由計畫差謬，即請召對決大計。而嗣昌及高起潛與傳庭不協，從中沮之，竟不得入朝，至是有總督保定、山東、河北之命。復疏請陛見，嗣昌大驚，謂傳庭將領：已飭來役賚疏還之。傳庭憤甚，耳益聾，不能聽機事，遂乞休。嗣昌又劾其託疾，帝大怒斥爲民，下巡撫楊一儁覆真僞。一儁奏言傳庭實聾非託疾。並下一

---

① 《四庫全書》本。

儁獄。傅庭長繫待決。舉朝知其冤，莫敢言。

御定資治通鑒綱目·三編卷三十九①

（起癸未明莊烈帝崇禎十六年，盡甲申明莊烈帝崇禎十七年，凡二年）

冬十月，李自成寇潼關，督師孫傳庭死之。

自成既據承天，僭號新順王，集牛金星等議兵所向。金星請先取河北，直走京師。楊永裕請下金陵，斷燕都糧道。從事顧君恩曰：金陵居下流，事雖濟，失之緩。直走京師，不勝退，安所歸？失之急。關中山河百二，宜先取之建立基業，然後旁略三邊，資其兵力，攻取山西後向京師，庶幾進戰退守萬全無失。”自成從之。

初，傳庭之敗於柿關而歸陝也，力主固守潼關，控扼上游，益募勇士，使白廣恩、高傑將之。間屯田、繕器、積粟，三家出壯丁一，製火車三萬輛，俟賊間而擊之。會關中頻歲飢，苦徵繕，秦之士大夫以傳庭用法嚴，不樂其在秦，相與譁於朝曰：秦督玩寇矣。咸上章催戰。獨兵部馮元颷持議與傳庭合，謂官軍新募，未經行陣，宜致賊而不宜致於賊，乃於帝前爭之曰：“請先下臣獄，俟一戰而勝，斬臣謝之人！”貽書傳庭，戒毋輕戰，白、高兩將不可任。而廷議趣戰益急。帝加傳庭督師，命速出關。傳庭頓足嘆曰：“奈何乎？吾固知往而不返也，然大丈夫豈能再對獄吏乎？”不得已，遂再議出師。以總兵牛成虎將前鋒，高傑將中軍，王定官撫民將延寧兵爲後勁，白廣恩統火軍營。自新安來會，檄左良玉赴汝寧夾擊，陳永福將河南兵，秦翼明將川兵爲犄角。

是時自成已自楚至豫，盡發荊襄兵，令於汜水滎澤伐竹結筏，

---

① 《四庫全書》本。

人佩三葫蘆，將謀渡河。傳庭分兵防禦，以八月十日率師出潼關。師次汝州，偽都尉四天王李養純降。養純言賊虛實：諸賊老營在唐縣，偽將吏屯寶豐，自成精銳盡聚於襄城。遂破賊寶豐，斬偽州牧陳可新等。進搗唐縣破之，殺賊家口殆盡。賊滿營哭。

轉戰至郟縣，擒偽果殺將軍謝君友，斫賊坐纛尾，自成幾獲。

賊奔襄城，大軍遂進逼襄城。賊懼謀降，自成曰：「無畏！我殺王焚陵，罪大矣！姑決一死戰，不勝則殺我而降未晚也。」而官軍時皆露宿，與賊持久，雨道濘，糧車不能前，士飢。攻郟，破之，獲馬羸噉之立盡。雨七日夜不止，後軍譁於汝州，不得已退軍迎糧，留陳永福為後拒。前軍既移，後軍亂，永福斬之不能止。賊追及之南陽，傳庭令反轡還戰。賊陣五重，飢民處外，次步卒，次馬軍人，次驍騎，老營家口處內。官軍力鬥破其三重，傳庭復麾之進，賊驍騎殊死戰。官軍陣稍動，廣恩軍將火車者呼曰：「師敗矣！」脫輓輅而奔，車傾塞道，馬紲於衡不得前，賊鐵騎淩而騰之，步賊手白棓遮擊，中者首兜鍪俱碎。參將趙希魁戰歿，廣恩走汝州，傑隨傳庭走河北。自成空壁追躡①，一日夜，官兵狂奔四百里，至於孟津，死者四萬餘，失亡兵器輜重數十萬。

方傳庭退兵迎糧，偽侍郎邱之陶者大學士瑜子也，以蠟九書貽傳庭曰②：「督師當還兵戰，吾詭言左鎮兵大至搖其心，彼必返顧，督師擊其後，吾從中起，賊可滅也！」傳庭大喜，報書如其言，為賊邏者所得之，陶被害。傳庭恃內應，連營前進，遂至敗。

傳庭由山西渡河轉趨潼關，廣恩已先至，傑欲棄潼關徑入西安憑堅城固守。傳庭曰：「賊一入關，則全秦糜沸，秦人尚為我用乎？」已而自成攻關，廣恩力戰。傑以寶豐之敗，廣恩先走不救，已銜之，人憾傳庭不用其言，擁眾不肯救，廣恩戰敗。傳庭登陴

---

① 空璧：應為「空壁」。
② 蠟九：應為「蠟丸」。

固守，賊分兵從山後遶出其背，關城遂陷。傳庭躍馬揮刀大呼，衝入賊陣，與監軍副使喬遷高同戰死。衛指揮張爾猷、盛昶之、李繼祖，千戶袁化龍、潼關教授許嗣復皆殉節。帝聞潼間陷，召問諸大臣。大學士陳演言："賊入關中，必戀子女玉帛，猶虎入陷阱。"兵部侍郎余應桂曰："壯士健馬咸出關西，賊得之必長驅橫行，大臣安得面謾？"演股栗失色。帝旋命應桂總督三邊收邊兵剿賊，應桂以無兵無餉入見帝而泣。帝但遣京軍千人護行。時賊已充斥關中，應桂亦不能進也。

質實

孫傳庭出師時，自分必死，顧語妻張氏曰："爾若何？"曰："丈夫報國耳，毋憂我！"後西安破，張氏率二女三妾沉於井，揮其八歲兒世寧亟避賊去之。兒踰墻墮民舍中，一老翁收養之。長子世瑞聞之，自代州重跰入秦，得夫人屍井中，面如生。老翁歸其弟，世寧相扶携還，道路見者知與不知皆泣下。傳庭死不得其屍，或有言傳庭未死者，竟不予贈廕。邱之陶，宜城人，賊陷宜城，其祖民忠罵賊死之。陶被執陷賊中，欲得間以殺賊。謀泄，賊怒其為孫傳庭內應，支解之。趙希魁，渭南人；喬遷高，定襄人，妻史氏，子象觀，聞變縊死。張爾猷、盛昶之、李繼祖、袁化龍，並潼關衛人許嗣復，井陘人，分守關城之上。南門城陷被執，罵賊死，妻女殉之。

本朝乾隆四十一年，追謚孫傳庭忠靖，趙希魁、喬遷高、張爾猷烈愍，盛昶之、李繼祖節愍，邱之陶、袁化龍、許嗣復並入祠。

欽定四庫全書御批歷代通鑑輯覽·卷一百十五明莊烈帝

十二年春正月，以洪承疇總督薊遼軍務，孫傳庭總督保定山東河北軍務。尋下傳庭於獄。朝議移承疇薊遼，帥秦兵東守。傳庭言：秦兵不歸則流賊勢張，且軍士家在秦，久留於邊非嘩則逃，無益。帝不能用，尋又移傳庭於保定。傳庭疏請召見，爲楊嗣昌所阻，慍甚，引疾乞休。嗣昌復劾之。詔斥爲民，逮繫論死。

二月劉宇亮罷。

十五年春正月，起孫傳庭爲兵部侍郎，督京軍援開封。

李自成圍開封益急。開封故宋汴都，金人重築，厚數丈。賊用火攻法，於城壞處實藥甕中，火然藥發，當輒糜碎，名曰放迸。城土堅，火迸皆外擊，賊騎多殲。自成駴而去，南陷西華，尋屠陳州，副使關永傑、知州侯君耀、鄉官崔泌之、舉人王受爵，俱罵賊死。歸德、睢州、寧陵、太康數十郡縣悉被殘燬。商邱知縣梁以梓全家殲焉。已復還攻開封爲持久計。詔釋傳庭於獄，特召見，獎勞甚至，命督京軍赴援。

二月陝西總督汪喬年軍潰於襄陽，死之。

初，秦中精銳盡没於項城，喬年集散亡，得馬步三萬，使賀人龍等分將之，攻賊老砦於襄陽。自成解鄖圍來救，人龍等不戰而走，軍大潰。喬年收步卒二千入城拒守，賊盡銳攻，五晝夜城陷，喬年被執，罵賊死。賊惡諸生劉漢臣等助城守，劓刖幾二百人。時左良玉藉口剿張獻忠，不赴援，帝方命孫傳庭救開封。

傳庭兼程馳赴，陷喬年敗没，人龍潰入關中，帝即命傳庭往代，且密諭誅人龍。傳庭至，乃數其開城謀歸、新蔡襄城連喪二，督罪斬之，而撫定其部曲。……

（崇禎十六年）冬十月，李自成陷潼關，總督孫傳庭死之，遂陷西安、延安諸郡。

當是時，十三家七十二營諸大賊，降死殆盡，惟自成與張獻忠存。而自成在襄陽尤勁，議兵所向。從事顧君恩言："關中山河百二，宜先取之建立基業，然後旁略三邊，資其兵力攻取山西，以向京師，此上策也。"自成從之。

初，孫傳庭之敗於柿園而歸也①，力主固守潼關，控扼上游，益募壯士，繕器積粟，置火車三萬輛，俟賊間而擊之。適關中歲饑苦徵繕，士大夫日望其出關，咸上章催戰。帝亦屢詔趣之。傳庭不得已，率師束出。拔寶豐、唐縣，至郟縣。自成以萬騎迎戰，大敗幾獲之。會天大雨，道濘糧車不進，自成遣輕騎出汝州，要截糧道。傳庭乃分軍爲三：令白廣恩從大道，高傑親隨從間道迎糧，陳永福守營。傳庭既行，永福兵亦爭發不可禁，遂爲賊所躝。至南陽，傳庭還戰。賊陣五重，官軍克其三，已而稍却。火車奔，騎兵亦大奔，賊縱鐵騎踐之，傳庭大敗。自成空壁逐利一日夜踰四百里，官軍死者四萬餘人，失亡兵器輜重數十萬。傳庭奔河北轉趨潼關，傑、廣恩從之，賊遂至。傑曰：“我軍家屬悉在關中，不如徑入西安，憑堅城固守。”傳庭曰：“賊一入關，則全秦糜沸，秦人尚爲我用乎？”不聽。已而自成攻關，廣恩戰敗，傳庭登陴固守。賊分兵從山後遠出其背，關城遂陷。傳庭躍馬揮刀大呼衝入賊陣，與監軍副使喬遷高同戰死。賊遂陷華陰渭南。

明督師兵部尚書孫公傳②

孫傳庭，字伯雅，代州振武衛人，萬曆四十七年進士。初授河南永城縣知縣，再遷商邱。天啓五年擢吏部主事，歷陞稽勛司郎中。時逆奄魏忠賢方起搢紳之禍，傳庭念子身孤子，母老子幼，請假歸奉孀母，版輿遊晏，居恒則危坐讀書，若將終身焉。莊烈帝御極，魏奄伏誅，官方清矣，中外用兵迄無勝算。傳庭憂心世故，慷慨談兵，慨然有澄清天下志。崇禎八年，起驗封司郎中，已叙里居時功，曾繕垣犒士，定亂全城，超擢順天府丞。時求人孔

---

① 傳庭：原文爲“傅庭”，下文尚有幾處同誤。今更正。

② 清代李因篤撰。

呕，官華要者率捫舌避邊才如阱罟；傳庭談論風生，不少遜忌。又謝陞掌吏部，貴倨甚，傳庭常抗不爲下，銜之。屬陝西巡撫闕，遂推傳庭，然傳庭意亦願一當也。

帝召見便殿，期勉慰藉如家人。傳庭面奏："往者秦兵宿邊鎮，而秦撫治其腹，誠不煩置兵；今賊反在內，臣恐不能以徒手撲強賊。"帝頻顧曰："措兵難，措餉更難。朕給而今歲餉六萬金，後則聽若自行設處，不中制。"傳庭受命而西，以滅賊爲己任，簡募標旅，得勝兵三千人，自將之。

當是時，寇渠之最強者無如高迎祥，其最眾者無如拓養坤，所謂"闖王""蝎子塊"也。傳庭標營甫成軍，而迎祥自漢中取黑水峪出犯西安。傳庭心策賊來遠矣，路險阻，雨滂沱，人馬必憊，扼之於山可擒也。渡渭迎擊，大敗之。總督洪承疇聞捷報馳至合兵，明日復進戰，陣獲迎祥，俘獻闕下。帝大悅，爲之告廟行賞。養坤在鳳翔，震懼乞撫，而中懷猶豫。傳庭至鳳翔，以計招來其黨張文耀，養坤亦就降。

秦兵久驕而習剽，督撫率姑息吞聲。傳庭一裁以法，許忠、劉世傑等遂颺據藍田。檄刮衛軍備城守，不滿三百。傳庭曰："四衛屯軍額二萬四千，贍軍腴地二萬六千餘頃，地歸豪右，而軍籍遂虛至此，欲不貧寡得乎？"遂下令清屯：凡健丁一，授田百畝，區地三等，免其租課，量徵軍需。得守兵九千餘人，歲得餉銀一十四萬兩，米麥二萬餘石。疏上，帝褒獎備至，命諸撫以秦爲法。

時楊嗣昌爲司馬，條上方略，分十撫爲四正六隅，計兵十二萬，刻期合剿，剿餉之加派民間者至二百八十萬。兵合之後，期以百日盡殲賊，不則按信守行軍法。以粵撫熊文燦爲總理，承疇兼剿務如故。傳庭移書力爭，謂用多而不用精，非徒無益，且民竭矣，不堪重困，今但選關寧精騎八千人，屬督理及僕分將之，同心殫力，不數月賊自可滅也。嗣昌得書大忿恚。初部議秦撫當一正面，議兵萬人，給餉二十萬，以商雒一帶爲信守。傳庭知剿功必不成，疏辭曰：「臣有屯課贍兵，無需餉也。」嗣昌益銜之。傳庭又綜覈各郡帑積撫屬贖鍰，使鄭加棟、王根子市馬於番，募兵於邊，復調選邊鎮各道將親兵自辦賊，具不用部議。各撫咸疏報募兵已及額，傳庭獨不報。嗣昌恚益甚，上章自劾，謂軍法獨不行於秦撫，請褫其職。傳庭疏辯，謂：「使臣僅如各撫束郡邑民兵籍而上之，遂謂及信，百日之限，俱不敢諉。有如賊入臣信而不能追討，則治臣罪以伸部法。如剿功以限成，臣不敢貪；萬一逾限，而賊不滅，誤剿事者必非臣，請存臣疏爲驗。」

已而剿限既逾，賊勢不少殺，而傳庭所市之兵與馬先後至，自練自將，得精銳六千人。賊震其威名，卒莫有至其信地者，具如疏言。

傳庭兵既成，會大寇之在秦者，獨闖將與洪督相持，餘如過天星、混天星輩數十部合犯涇陽、三原諸內地，眾數十萬，傳庭親擊之於楊家嶺、黃龍山，大破之，俘斬二千餘，散降且萬人。賊引而北犯延安，傳庭計延地貧而荒，賊眾必不能留，而澄邠之西、三水之東中間三數百里無人烟水草，可以斃賊。於是悉發兵，預布險要，扼賊必走之途。不數日，賊果南返，因大張旗幟，鳴鼓角往迎。賊聞風西避，一日夜趨三百餘里，至職田莊遇伏，敗之；轉走寶雞，取棧道，再中伏，大敗之；折而走隴州關山道，又爲伏所敗。賊計窮蹙，且心服用兵如神，盡解甲降。闖將亦以勢孤失援，爲承疇殲幾盡，僅以二十餘騎逸入豫。秦賊遂平。

捷聞，帝大嘉悅，詔議加傳庭銜秩，而收嗣昌隙故，一僉都御史如舊也。秦賊既平，惟總理所剿之豫寇混十萬、老回回、曹操輩凡十三股，屯於殽函之間，聯營數十里。總理尾其後招之，賊要脅過當，傳庭曰：「天下之寇盡在是，我出而擊其西，總理擊其東，不降則滅矣。」提兵出潼關，邀擊於河南閿鄉山中，貫其營者再。賊大震懼，以總理手諭上曰：「旦暮即降。」傳庭曰：「爾曹日就總理講撫，而攻屠村堡不已，殆偽也。降即解甲，不且我復進兵。"明日躬擐甲胄，督兵而前。見總理傅檄，謂："吾撫功已就，毋妒功而害成！"不得已返旆，卒之爲賊所紿，迄不就撫，馴致後難焉。

時賊俱入楚，傳庭休兵長安，威名著中外，帝亦嘉其功，遂有督師之命。傳庭具密疏，有所糾舉，又言："年來疆事決裂，總由制之失策，臣請面奏聖明，決定大計。"嗣昌聞之，謂將傾己而奪其位也，益大恚恨，於是日夜謀殺傳庭矣。傳庭既受事，移書嗣昌曰："事勢異宜，兵形有變，宜用火器，用步兵，用土著，精器械，訓士卒，憑險自保，餉既省而軍法易行。"反覆數千言。嗣昌懼其說上聞無以解前罪而給後眷，謀殺之益急。

會首輔劉宇亮自出督察諸軍，誤糾總兵官劉光祚而復救之，帝大怒，削職需後命。宇亮皇懼不知所出，嗣昌謀諸閣臣薛國觀，令授意曰："惟速參督師，可以自解。"傳庭遂奉部院勘議之旨。時嗣昌已調洪承疇爲薊遼總督，欲盡留秦兵之入援者宿薊遼。傳庭以聽勘不得與議，移書力爭曰："是兵必不可留，留則徒張寇勢，而究無益於邊。且兵之妻孥蓄積皆在秦，强之在邊，非嘩則逃，是驅兵從賊也。天下安危之機在此。"嗣昌置弗省。

傳庭候議通州，不勝鬱憤，患耳症劇。嗣昌日夜偵伺，思所以文致之，而不得其端。見其且病廢，意稍解，乃移傳庭總督保定軍務，趣之任。傳庭具疏請陛見，嗣昌大驚，怒斥賫書者返通，改而上之。傳庭至保定，念嗣昌方在事，己必不能有爲，引前疾乞骸骨。而嗣昌即以欺罔議革職，且引唐太宗斬盧祖尚事，勸帝亟殺之。帝雖爲嗣昌所動，而心惜傳庭才，因繫獄也。

傳庭在獄二年，寇益大橫，嗣昌出剿經年，襄、福二藩相繼陷，憂怖死，國觀亦以受賕伏法。周延儒再相，悉反前爲，因言於帝，以兵部侍郎起傳庭。帝親御文華殿，問安天下計。傳庭每抵掌指陳，帝則嘉與太息，燕賚甚優，遣將禁旅往援汴。傳庭至汴，禁旅脆弱不可用，喟然曰："我思用秦人。"

秦將賀人龍，降賊也，兵最强，而心不爲國家用。秦督傅宗龍、汪喬年先後將入豫，人龍皆陷之於陣，而自行剽掠返長安。帝惡之，於是改傅庭總督陝西三邊軍務，密敕誅人龍。傅庭令總兵鄭加棟、牛成亮呼人龍入見，數其罪而斬之，得其所部萬餘人，兵威稍振。

朝議亟入豫，傅庭曰："兵未訓練，弗可用也。"弗聽。不得已將之出，戰於郟縣。前隊已大破賊，逐北三十里，而後軍無端潰。傅庭還長安，赫然曰："此輩復用人龍故智，獨不懼爲人龍續乎？"取倡潰將領悉斬之。上疏曰："兵無鬥志久矣，且賊大勢已成，今欲再舉，非數萬人不可。是宜大行調募，大行訓練，恩信既孚，賊尚可滅也。"帝一聽傅庭言，且賜劍以重其權。

十六年夏，練兵長安，馬步凡兵五六萬人。

秦紳之官京師者，意不能無厭苦，倡議於朝，謂兵已成，宜速出。帝雖不中制，亦日夜望傅庭出師，詔進銜兵部尚書，鑄督師七省印畀之。傅庭遂以八月出潼關，旌旗戈甲聯絡數十里，精强衆盛爲二十年餘所未有。

傅庭銳意滅賊，自調軍書籌機要外，一切不遑問。是時豫按監軍，豫撫轉餉，傅庭神意忽忽常在賊，揖讓高卑，不無疎略。監軍退而駴然曰："是不難莊買我！"傅庭又會疏豫撫不勝任，恐難緩急恃。帝命褫撫職，急轉餉自贖。豫撫亦深恨之。

傅庭至洛陽，大破賊衆。已連戰俱大捷，賊望見旌旗即引去。追至郟縣，逼其巢。賊畏迫襲，連夜築七堡，中貫以墻，而悉索精銳出戰，復大敗之。賊遁入墻，施火器自保。時寶豐爲賊城守，一鼓而克，不敢出救。賊婦女輜重之屯唐縣者，傅庭以千人走間道搗其虛，所獲牛馬金帛以萬計，紛紛潰入郟。賊大震懼，聚族謀降。李自成曰："吾屠王焚陵，罪大矣。姑支數日，決一戰；不勝，可殺吾以降。"

時官師露宿，與賊相持，淫雨大降，至一月不少止。糧糒露積河北，而三日不至，軍中馬足沒泥淖中尺餘，將士相顧無人色。雨稍霽，餉車微至，又爲賊所劫。傳庭念賊以今日出，則兵必不支，下令姑退師河畔，就糧養銳。命白廣恩先退四十里而營，高傑斷後防追襲。時廣恩方與傑不相能，兵既動，賊選驍渠數千人犯之。高兵且戰且走，望白爲援。而廣恩違令，已退九十里，至汝州矣。高兵失望，遂大潰。白兵聞之，亦大潰。傳庭引劍欲自裁，既思曰：「吾死，天下事益壞，吾疾趨潼關，收潰兵而守，萬一賊不入秦，則事猶可爲，此時束身司敗聽斧鑕未晚也。」傳庭馳至關，賊亦大至，乃收潰兵陣城外，而自起登坤督守禦。

自成率數十萬眾悉力來攻，城外兵復戰敗。是時，白兵之妻孥俱在關，廣恩率其眾保妻孥奪門出，潼關遂陷。傳庭揮刀躍馬陷陣死。

其配張夫人在西安，降將張文耀願保歸晉。夫人持不可，預以幼子世寧屬乳媼匿楊氏家。比城陷，而身率三妾二女赴井死。逾年，長子世瑞出夫人於井，衣履顏面猶如生。

傳庭肝膽智計，穎異絕倫，年十三，應童子試輒第一。及筮仕，值國家多難，一意以撥亂爲己任，毀譽禍福勿顧也。然而內掣肘於樞輔，外齮齕於總理。當其撫秦時，秦寇平矣，豫寇亦旦夕可盡，而總理以貪功受欺，致賊復蔓；樞輔以妒功修郤，代賊除仇。功臣長繫，賊焰彌天，始出之於圜扉，晚矣！

然其再舉逼巢，連戰連捷，賊勢亦岌岌。天若祐國，太平猶可望也。乃淫霖助虐，餉斷兵病，以致退師就食，一軍瓦解，豈非天哉！

而監軍以私嫌上疏，委糧於敵，歸罪傳庭，枉也！

自十六年十月丙寅賊破潼關，傳庭死，越五日遂陷西安。明年三月陷京師。傳庭一身實係天下存亡云！

明史·孫傳庭傳①

孫傳庭，字百雅，代州振武衞人。自父以上，四世舉於鄉。傳庭儀表頎碩，沈毅多籌略。萬曆四十七年成進士，授永城知縣，以才調商邱。天啓初，擢吏部驗封主事，屢遷稽勛郎中，請告歸。家居久不出。

崇禎八年秋，始遷驗封郎中，超遷順天府丞。陝西巡撫甘學闊不能討賊，秦之士大夫嘩於朝，乃推邊才用傳庭，以九年三月受代。傳庭莅秦，嚴徵發期會，一從軍興法。秦人愛之不如總督洪承疇，然其才自足辦賊。賊首整齊王據商、雒，諸將不敢攻，檄副將羅尚文擊斬之。

當是時，賊亂關中，有名字者以十數，高迎祥最強，拓養坤黨最眾，所謂闖王、蝎子塊者也。傳庭設方略，親擊迎祥於盩厔之黑水峪，擒之，及其偽領哨黃龍、總管劉哲，獻俘闕下。錄功，增秩一等。而賊黨自是乃共推李自成爲闖王矣。明年，養坤及其黨張耀文來降。已而養坤叛去，諭其下追斬之。擊賊惠登相於涇陽、三原，登相西走。河南賊馬進忠、劉國能等十七部入渭南，追之出關，復合河南兵夾擊之，先後斬首千餘級。進忠等復擾商、雒、藍田，叛卒與之合，將犯西安。遣左光先、曹變蛟追走之渭南，降其渠一條龍，招還脅從。募健兒擊餘賊，斬聖世王、瓦背、一翅飛，降鎮天王、上山虎，又殲白捍賊渠魁數人。關南稍靖。遣副將盛略等敗賊大天王於寶鷄，賊走入山谷，傳庭追之鳳翔。他賊出棧道，謀越關犯河南，還軍擊，賊走伏斜谷，復大敗之，降其餘眾。

西安四衞，舊有屯軍二萬四千，田二萬餘頃，其後田歸豪右，

---

① 《明史》卷二百六十二列傳第一百五十。

軍盡虛籍。傳庭厘得軍萬一千有奇，歲收屯課銀十四萬五千餘兩，米麥萬三千五百餘石。帝大喜，增秩，賚銀幣。

會楊嗣昌入爲本兵，條上方略。洪承疇以秦督兼剿務，而用廣撫熊文燦爲總理。分四正六隅，馬三步七，計兵十二萬，加派至二百八十萬，期百日平賊。傳庭移書爭之，曰：“無益，且非特此也。部卒屢經潰蹶，民力竭矣，恐不堪命。必欲行之，賊不必盡，而害中於國家。”累數千言，嗣昌大忤。部議，秦撫當一正面，募土著萬人，給餉銀二十三萬，以商、雒等處爲汛守。傳庭知其不可用也，乃覈帑藏，蠲贖鍰，得銀四萬八千，市馬募兵，自辦滅賊具，不用部議。會諸撫報募兵及額，傳庭疏獨不至。嗣昌言軍法不行於秦，自請白衣領職，以激帝怒。傳庭奏曰：“使臣如他撫，籍郡縣民兵上之，遂謂及額，則臣先所報屯兵已及額矣。況更有募練馬步軍，數且逾萬，何嘗不遵部議？至百日之期，商、雒之汛守，臣皆不敢委。然使賊入商、雒，而臣不能禦，則治臣罪。若臣扼商、雒，而逾期不能滅賊，誤剿事者必非臣。”嗣昌無以難，然銜之彌甚。傳庭兩奉詔進秩，當加部銜，嗣昌抑弗奏。十一年春，賊破漢陰、石泉，則坐傳庭失援，削其所加秩。

傳庭出扼商、雒。大天王等犯慶陽、寶雞，還軍戰合水，破走之，獲其二子，追擊之延安。過天星、混天星等從徽、秦趨鳳翔，逼澄城。傳庭分兵五道擊之楊家嶺、黃龍山，大破之，斬首二千餘級。大天王知二子不殺，遂降。賊引而北，犯延安。傳庭策鄜州西、合水東三四百里，荒山邃谷，賊入當自斃，乃率標兵中部遏其東，檄變蛟、慶陽拒其西，伏兵三水、淳化間。賊饑，出掠食，則大張旗幟，鳴鼓角以邀之，一日夜馳二百五十里。賊大驚，西奔，至職田莊，遇伏而敗；復走寶雞，取棧道，再中伏大敗；折而走隴州關山道，又爲伏兵所挫。三敗，賊死者無算，過天星、混天星並降。又逐賊邠、寧間，陷陣，獲其渠。河南賊馬進忠、馬光玉驅宛、洛之眾，箕張而西。傳庭擊之，賊還走。又設伏於潼關原，變蛟逐賊入伏。而闖王李自成者，爲洪承疇所逐，盡亡其卒，以十八騎潰圍遁。關中群盜悉平，是爲崇禎之十一年春也。捷聞，大喜，先叙澄城之捷，命加傳庭部衘。嗣昌仍格不奏。

當是時，總理熊文燦主撫。湖廣賊張獻忠已降，惟河南賊如故。羅汝才、馬進忠、賀一龍、左金王等十三部西窺潼關，聯營數十里。傳庭計曰：“天下大寇盡在此矣。我出擊其西，總理擊其東，賊不降則滅。此賊平，天下無賊矣。獻忠即狙伏，無能爲也。”乃遂引兵東，大敗賊閿鄉、靈寶山間，貫其營而東，復自東以西。賊窘甚，以文燦招降手諭上，言旦夕且降。傳庭曰：“爾曹日就熊公言撫，而日攻堡屠寨不已，是僞也。降即解甲來，有說即非真降，吾明日進兵矣。”明日擐甲而出，得文燦檄於途中曰：“毋妒吾撫功。”又進，得本兵嗣昌手書，亦云。傳庭怏怏撤兵還。然賊迄不就撫，移麀商、雒。文燦悔，期傳庭夾擊。屬吏王文清等三戰三敗之，賊奔内鄉、淅川而去。

傳庭既屢建大功，其將校數奉旨優叙，嗣昌務抑之不爲奏。傳庭懇請上其籍於部，嗣昌曰：“需之。”

十月，京師戒嚴，召傳庭及承疇入衛，擢兵部右侍郎兼右僉都御史，代總督盧象昇督諸鎮援軍，賜劍。當是時，傳庭提兵抵近郊，與嗣昌不協，又與中官高起潛忤，降旨切責，不得朝京師。承疇至，郊勞，且命陛見，傳庭不能無觖望。無何，嗣昌用承疇以爲薊督，欲盡留秦兵之入援者守薊遼。傳庭曰：“秦軍不可留也。留則賊勢張，無益於邊，是代賊撤兵也。秦軍妻子俱在秦，兵日殺賊以爲利，久留於邊，非嘩則逃，不復爲吾用，必爲賊用，是驅民使從賊也。安危之機，不可不察也。”嗣昌不聽。傳庭爭之不能得，不勝鬱鬱，耳遂聾。

傳庭初受命，疏言：“年來疆事決裂，由計畫差謬。事竣，當面請決大計。”明年，帝移傳庭總督保定、山東、河南軍務。既解嚴，疏請陛見。嗣昌大驚，謂傳庭將傾之，斥來役賚疏還之傳庭。

傳庭慍，引疾乞休。嗣昌又劾其托疾，非真聾，帝遂發怒，斥爲民，下巡撫楊一儁覈真僞。一儁奏言："真聾，非托疾。"並下一儁獄。

傳庭長繫待決，舉朝知其冤，莫爲言。在獄三年，文燦、嗣昌相繼敗。而是時，闖王李自成者，已攻破河南矣，犯開封，執宗龍，殺唐王，兵散而賊益橫。帝思傳庭言，朝士薦者益眾。

十五年正月，起傳庭兵部右侍郎，親御文華殿問剿賊安民之策，傳庭侃侃言。帝嗟嘆久之，燕勞賞賚甚渥，命將禁旅援開封。開封圍已解，賊殺陝督汪喬年，帝即命傳庭往代。大集諸將於關中，縛援剿總兵賀人龍，坐之麾下，數而斬之。謂其開縣謀歸，猛帥以孤軍失利而獻、曹出柙也；又謂其遇敵先潰，新蔡、襄城連喪二督也。諸將莫不灑然動色者。

傳庭既已誅殺人龍，威詟三邊，日夜治軍爲平賊計，而賊遂已再圍開封。詔御史蘇京監延、寧、甘、固軍，趣傳庭出關。傳庭上言："兵新募，不堪用。"帝不聽。傳庭不得已出師，以九月抵潼關。大雨連旬，自成決馬家口河灌開封。開封已陷，傳庭趨南陽，自成西行逆秦師。傳庭設三覆以待賊：牛成虎將前軍，左勷將左，鄭嘉棟將右，高傑將中軍。成虎陽北以誘賊，賊奔入伏中，成虎還兵而鬥，高傑、董學禮突起翼之，左勷、鄭嘉棟左右橫擊之。賊潰東走，斬首千餘。追三十里，及之郟縣之塚頭，賊棄甲仗軍資於道，秦兵趨利。賊覘我軍囂，反兵乘之，左勷、蕭慎鼎之師潰，諸軍皆潰。副將孫枝秀躍馬以追賊，擊殺數十騎，賊兵圍之，馳突不得出，馬蹶被執，植立不撓。以刃臨之，瞠目不答。一人曰："此孫副將也。"遂殺之。參將黑尚仁亦被執不屈而見殺，覆軍數千，材官小將之歿者，張溟奎、李棲鳳、任光裕、戴友仁以下七十有八人。賊倍獲其所喪馬。傳庭走鞏，由孟入關，執斬慎鼎；罰勷馬以二千，以勷父光先故，貸勷。是役也，天大雨，糧不至，士卒採青柿以食，凍且餒，故大敗。豫人所謂"柿園之役"也。

傳庭既已敗歸陝西，計守潼關，扼京師上游。且我軍新集，不利速戰，乃益募勇士，開屯田，繕器，積粟，三家出壯丁一。火車載火炮甲仗者三萬輛，戰則驅之拒馬，止則環以自衞。督工苛急，夜以繼日，秦民不能堪。而關中頻歲饑，駐大軍餉乏，士大夫厭苦傳庭所爲，用法嚴，不樂其在秦。相與譁於朝曰：“秦督玩寇矣。”又相與危語恫脅之曰：“秦督不出關，收者至矣。”明年五月，命兼督河南、四川軍務，尋進兵部尚書，改稱督師，加督山西、湖廣、貴州及江南、北軍務，賜劍。趣戰益急。傳庭頓足嘆曰：“奈何乎！吾固知往而不返也。然大丈夫豈能再對獄吏乎！”頃之，不得已遂再議出師。總兵牛成虎將前鋒，高傑將中軍，王定官撫民，將延、寧兵爲後勁，白廣恩統火車營，檄左良玉赴汝寧夾擊。當是時，自成已據有河南、湖北十餘郡，自號新順王，設官置戍，營襄陽而居之。將由內、淅窺商、雒，盡發荆、襄兵會於氾水、滎澤，伐竹結筏，人佩三葫蘆，將謀渡河。傳庭分兵防禦。

八月十日，傳庭出師潼關，次於閿鄉。二十一日，師次陝州，檄河南諸軍渡河進剿。九月八日，師次汝州，偽都尉四天王李養純降。養純言賊虛實：諸賊老營在唐縣，偽將吏屯寶豐，自成精銳盡聚於襄城。遂破賊寶豐，斬偽州牧陳可新等。遂搗唐縣，破之，殺家口殆盡，賊滿營哭。轉戰至郟縣，遂擒偽果毅將軍謝君友，斫賊坐纛，尾自成幾獲。賊奔襄城，大軍遂進逼襄城。賊懼謀降，自成曰：“無畏！我殺王焚陵，罪大矣。姑決一死戰；不勝，則殺我而降未晚也。”

而大軍時皆露宿與賊持，久雨道濘，糧車不能前。士饑，攻郟破之，獲馬騾啖之立盡。雨七日夜不止，後軍譁於汝州。賊大至，流言四起。不得已還軍迎糧，留陳永福爲後拒。前軍既移，後軍亂，永福斬之不能止。賊追及之南陽，官軍還戰。賊陣五重，饑民處外，次步卒，次馬軍，又次驍騎，老營家口處內。戰破其三重。賊驍騎殊死鬥，我師陣稍動，廣恩軍將火車者呼曰：“師敗矣！”

脱輨輅而奔，車傾塞道，馬絓於衡不得前，賊之鐵騎淩而騰之，步賊手白桴遮擊，中者首兜鍪俱碎。自成空壁躡我，一日夜，官兵狂奔四百里，至於孟津，死者四萬餘，失亡兵器輜重數十萬。傳庭單騎渡垣曲，由閿鄉濟。賊獲督師坐纛，乘勝破潼關，大敗官軍。傳庭與監軍副使喬遷高躍馬大呼而歿於陣，廣恩降賊。傳庭屍竟不可得。傳庭死，關以內無堅城矣。

初，傳庭之出師也，自分必死，顧語繼妻張夫人曰："爾若何？"夫人曰："丈夫報國耳，毋憂我。"及西安破，張率二女三妾沉於井，揮其八歲兒世寧亟避賊去之。兒逾牆墮民舍中，一老翁收養之。長子世瑞聞之，重跰入秦，得夫人屍井中，面如生。翁歸其弟世寧，相扶携還。道路見者，知與不知皆泣下。傳庭死時，年五十有一矣。傳庭再出師皆以雨敗也。或言傳庭未死者，帝疑之，故不予贈廕。傳庭死而明亡矣。

贊曰：流賊蔓延中原，所恃以禦賊者獨秦兵耳。傅宗龍、孫傳庭遠近相望，倚以辦賊。汪喬年、楊文岳奮力以當賊鋒，而終於潰債。此殆有天焉，非其才之不任也。傳庭敗死，賊遂入關，勢以愈熾。存亡之際，所係豈不重哉！

孫傳庭墓誌銘

崇禎十有六年十月之初六日，逆賊李自成陷潼關，督師孫公死之。越五日，遂陷西安，孫公配張淑人率其妾若女，盡室殉。又二年，公冢嗣世瑞歸張淑人之蛻於秦，而復公以衣冠，卜於十有一月之二十五日襄窆岁，介馮憲副如京狀，乞銘於余。余曩令繁峙，距公居兩舍許，知公頗稔，又痛公之不幸而遇害，固明狀所由敗，而天下所由易也。俯仰流連，曷能已已！論而次之，用志公千秋藏，以修太史之採，即不斐，烏得辭。

公諱傳庭，字伯雅，別號白谷，代之振武人也。明初，始祖諱成者，以從戎遷雁門，隷振武尺籍。四傳而生歧，舉孝廉，任莒州守。歧生宗派，復舉嘉靖甲午孝廉。宗派生汾秀，讀書不第，是爲公之曾祖考；生觀城公嗣約，配任淑人；生孝廉公元震，配吳太淑人，生公。是爲公之祖若考妣，皆以公貴，贈兵部侍郎，配皆贈封淑人。孫氏自莒守，至孝廉，凡四領鄉薦。觀城公及贈君父子，先后舉於鄉，每計偕之歲，聯鑣而比，鄉黨争榮之，然竟困南宮，不復第。公六歲就里塾，穎异絶倫；十有三歲，出應童生試，輒冠其軍，自是與郡諸生大小數十試，無弗冠軍者。以萬曆之戊午己未，聯第成進士。初授河南永城令，再調商丘令，所至著赫赫聲。每臺使薦牘，上必以公爲循卓者。天啓乙丑，朝正於王，留擢吏部主事，旋擢稽勛郎，以覃恩予誥命。時逆黨魏忠賢初用事，將起縉紳之禍。公心念獨子奉孀母，膝下一兒僅周歲，此身未敢蹈不測，搏名高也。於是請假歸，歸而大治第宅，辟園圃，穿溪叠石，種松栽荷。朱樓畫舫，花晨月夕，公偕張淑人，奉太淑人拔輿游晏，泄泄融融。次則招賓客，酌酒選奕，賦詩談笑，簫鼓之聲無虚日。間或閉户危坐，焚香讀書。里中間奇之士，從公受學者七八人。公時進而與之談性命、經濟暨舉子業。公於斯時怡然自得，若將終身焉。

端皇御極，大憝伏誅，官方清矣。然東鄙用兵，迄無勝算；而流寇之禍，漸蔓數省。公始慷慨談兵略，有澄清天下志。公之門人馮生容乘間進言曰："先生豈有意天下事乎？願先生無以天下事爲意也，天下事殆不可爲。"公喟然曰："是何言也？孰爲爲之，而遽曰不可、不可乎？爲之自吾始，濟不濟命也。"乙亥之秋，即家起公，司封司。時中外咸棘，求人孔殷，官華要者，率避邊才如阱罟。公談論風生，雄姿英發，毅然不少避忌。銓樞叙公里居時繕垣、犒士、定亂全城諸功，不待歷曾掌選事，以邊才超拜順天府丞，備督撫選。是時，德州掌吏部，貴，倨甚，公抗不爲下，意甚銜之。屬秦撫告闕，遂亟用公，辰啓事而申報可。然公私意，亦願一當也。端皇御便殿召見公，期勉慰籍如家人。公而奏："往事，秦兵宿邊鎮，而秦撫臣治其腹，誠不煩置兵。今賊反在內，臣恐不能以徒手撲強賊！"上頻蹙曰："措兵難，措餉更難，無復以乏兵爲言！朕姑措局寺六萬金，給而今歲餉后，則聽若自行設處，不中制！"公受命而西，以滅賊爲己任，簡募標旅，得勝兵三千人，自將之。是時，渠寇之最強者，無如高迎祥；其最衆者，無如拓養坤，所謂"闖王"、"蝎子塊"者是也。公標營甫成軍，而迎祥自漢中取黑水峪，出犯西安。公心策：賊之來遠矣，路險阻而雨滂沱，人馬必俱憊，迎戰於山，扼之俾無得出，賊可擒也。率孤標渡渭，先進逆擊，大敗之。總督洪公聞公破賊，率大兵以晝夜馳至，明日復進戰，生擒迎祥於陣，俘而獻之闕下。上大悅，爲之告廟，行賞如舊典焉。是時養坤在鳳翔，聞迎祥已就縛，震懾乞撫，而中遲回未即決。公馳至鳳翔，間其副賊張文耀，棄拓來奔，待之厚。養坤遂解散群賊，以親黨百余人如西安，叩轅就撫。后逾年，復叛去。公遣一騎持片檄追討之，其親黨斬養坤以獻，弗敢守。

　　西安四衛舊有屯軍二萬四千，田二萬余頃，其后標營之驍渠許忠、劉世杰輩劫其課，虛其籍。公檄闔司括衛兵，備守望，至求三百人不可得。乃黜許、劉等輩，得軍萬一千有奇，歲收屯課銀十四萬五千余兩，米麥萬三千五百余石。端皇大喜，增秩、賚銀幣。

　　會武陵人爲本兵，條上方略：洪公以秦督兼剿務，而用廣撫韓城熊文燦爲總理，分四正六隅：馬三步七，計兵十二萬，加派至二百八十萬。兵合之后，期以百日平賊，否則按汛守行。公移書力爭之，謂：用多而不用精，非徒無益，且害國病民。步兵發屢經潰蹶，且民力竭矣，恐不堪重困。今但選關寧精銳爲馬兵八千人屬僕，及總理分御之，同心殫力，惟賊是求，不數月賊可盡，烏用爾爾！矧爾爾必不盡也。書凡數千言，頗切直。武陵得之大忿恚。初，部議秦撫當一正面，議兵萬人，給餉二十萬有奇，以商洛一

带爲汛守。公知剿功必不成，辭於上曰："臣自有屯課足贍兵，無
需餉也。"武陵益銜之。而公復於屯課外，綜覈各郡帑積餘及盡發
撫屬贖鍰，得銀四萬八千兩余，屬副將鄭家棟、王銀子市兵於番，
募兵於夷，復調選邊鎮各道將親兵，自辦一旅。部議諭各撫限期
募兵，各撫咸疏報募兵已及額，公疏獨不至。武陵恚益甚，上章
自劾，謂：軍法獨不行於秦，請褫其職。以激上答。公疏曰："使
臣如各撫哀郡邑民兵籍而上之，遂謂及額，則前報屯軍九千餘已
及額矣。今臣募兵購馬，期爲具官效實用，尚未就緒，故弗報。然
商洛之訊，百日之限，臣俱不敢諉，如賊入臣汛而不能追討，則
治臣罪以伸部法！如剿功以限成，臣不敢貪萬一，逾期而賊不滅，
誤剿事者，必非臣。請存臣疏爲驗！"已而，剿限既逾，賊勢不少
殺，然亦無一賊至公□□□□加公□而公所募之兵與馬，先后至。
自練自將得勝兵六千人，騎四而步二，自募□□□月餉，俱不煩
將官一錢也。兵既成，會大寇之在秦者，獨"闖將"與洪公相持
兩極，餘如"過天星"、"混天星"等數十部，分股犯涇陽、三原
諸內地，衆數十萬人。公將兵擊之於楊家嶺黃龍山，大破之，俘
斬二千餘，降、散近萬人。賊引而北犯延安。公心念：延安地貧而
荒，賊衆矣，必不能作旬餘留，而澄郡之西、三水之東，中間三數
百里，無人烟、水草，可以斃賊。僅留親兵五百人自衛，餘兵發三
四百里外，奪賊所必走之途，而輕重佈之。不數日，偵賊果南返。
公大張旗幟，鳴鼓角往迎。賊聞風引避，疾趨而西，一日夜行三
百餘里，至職田莊，遇公伏，敗之。復走寶鷄，取棧道，再中伏，
大敗之。折而隴州、關山道，又爲公伏兵所敗。賊計無復之，且心
服公用兵如神，遂盡解甲降，無一股遁去者。"闖將"亦以勢孤失
援，爲洪公殲幾盡，以二十余騎由秦嶺之南遁入豫，秦賊遂平。
捷聞，端皇大嘉悦，詔加公部御。公先以擒"闖"、清屯功，再奉
旨加級，及今凡三晋秩，而一僉都御史，三年如舊，武陵故也。時
總理所剿之豫寇，曾摻混"十萬老回"之輩，凡十三股，聚而屯

峣函之間，聯營數十里。總理尾其后，招之使降，賊亦佯與之應。要挾過當，公投袂而起曰："天下之寇盡在此矣，我出而擊其西，總理擊其東，賊不降則滅矣。此賊滅，則天下遂無一賊！獻賊雖狙伏谷城，不敢獨反也！"提部兵出潼關，擊賊於河南之閺鄉山中，大敗之，貫其營而東，復自東殺而西，莫敢當者。賊大震懼，以總理手諭馳上，曰："公且回，旦暮即就降。"公曰："爾曹姑就總理講撫，而日攻屠堡塞不已，殆僞也。降即解甲來，不煩辭說，說即非降，吾兵且復進矣。"明日，公躬環甲胄，督兵往擊之。行不數里，得總理傳檄，右爲飭諭有司者，謂："吾撫功已就，毋妒吾功而害其成，縱部下相戕殺！"公不得已，怏怏返斾，賊迄不就撫，移窺商洛。公從關內發兵御賊至，擊走之，南入於楚。是役也，寇幾告平。惟是總理信賊過，且欲徼傳以就撫功，而獨居之，故爲賊所紿，旋遁去，馴致后難云。

時公威名著中外，休兵長安。洪公亦以秦寇平，議將出關與總理出事豫楚間。適清兵入墻子路，殺薊督阿衡。武陵於各撫無所居，獨亟召公將千騎勤王，且口語公役曰："吾急爾主人來，不急兵也。"公疾行至鳴謙，得武陵手書，謂："清兵已南下真保，即以迎頭一戰責公矣。"公再調留秦餘兵，而獨以千騎先進，次獲鹿，清兵已環正定而營。公乘夜趨入郡城，明日清兵引解去。適公佐樞之命下，北上次保定，復有后命，令公以樞貳協剿，毋入都。時高陽、慶都兩報虛捷，武陵即與敘賞，且亟趣督師盧公決一戰。公密奏端皇曰："清兵不可敵，我兵不能戰。人無肯爲陛下言，凡言戰者，非愚即欺；若逼令一決，嘩與潰且立見！"疏方入，而盧公潰歿之報至。公收兵而南，至棗强，得總監手書，謂："清兵已趨濟南，但得一人付以清源重任，易吾戰兵出，即往救。"公以半日夜趨入清源，代總監守其城，而總監竟弗往也，其所遣之將領又逗留不即進，濟南失守。是日，公聞"督師命"，遂具密疏糾舉，自是總監與公亦水火。公《受事謝恩疏》又言："年來疆事決裂，總由着數差謬。事竣之后，臣前請聖明決定大計，着數一定，辦此不難。"武陵得揭大詫恨，謂公將頃已而奪其位，日夜謀殺公矣。公受事於敗軍之際，收合餘燼，免支強撐。武陵又屢伏殺機以難公：一則曰"速靖"二東，再則曰遮障陵京。復令公以督師兼顧關門。比清兵以裹糇作十日留，此自驅后者責，而武陵又謂公："徒抄枉前，虛置寧誅。"已而清兵東走冷□，公拒險力戰，遂折而西走中協，公復遣兵戰之於太平寨。清兵由青山□出，則洪公、陳公分汛也，而武陵猶謂公"胡不趨救中協"云。先是，武陵以失事懼不測，及清兵未出口，即主"內備"，議歲加練餉五百余萬，募卒選騎以御再舉。公再移書武陵曰："事勢异宜，兵形有變，是與剿寇大不同，宜用火器、用步兵、用土着，精器械，訓士卒，憑險自保，餉既省而軍法易行。"反復數千言辯甚悉。武陵益大恚，懼公說聞於上，則無以解前罪而結后眷，謀殺公益亟。適綿竹以首輔出督察諸軍，誤糾總兵劉光祚，而旋救之，上大怒，褫其職，需后命，皇懼不知所爲。武陵、韓城咸授意曰："速參督師，可以自解。"公遂奉"部院勘議"之旨。時武陵已用洪公爲薊督，欲盡留秦兵之入援者宿薊遼。公以聽勘，不得與議，乃移私稿再一力爭曰："是兵必不可留，留則寇勢張而究無益於邊，是代寇除兵也。且兵之妻孥、蓄積皆在秦，日以殺賊爲利，必不能久在邊，非嘩則逃。兵至嘩且逃，則不復爲吾用，而爲賊用，后欲制賊，何所取材？是驅兵從賊也！"天下安危，其機如此，武陵弗省也。公侯議通州，不勝其鬱憤，而耳症作矣。武陵謀所以殺公而不得其端，聞公且病廢，意稍解，趣公之保督任。公復具疏請陛見。武陵大警，怒斥公役賚疏還通，改而上之。公至保定，念武陵方用事，已必不能有爲，引前病乞骸骨。而武陵即以"欺君"議革職，乃囑巡按御史查其真偽。比楊御史"真病"之疏上，公遂與御史并逮問。是時，武陵具密揭，引唐太宗斬祖尚事，勸上亟殺公。端皇雖爲武陵所動，而心實惜公才，僅長繫出。適韓城、德州、滑臺相次居，政府皆修郤於公而扼其出。雖賴端皇聖明，不至有他，然公在請室且二年，秦兵散而寇橫，一一如公議。武陵出剿經年，寇勢愈熾，福、□二藩相繼告陷，武陵憂怖死，韓城亦以受賕伏法。

宜興且入相，初政多引用"東林"正人。居鄉佐馮生亦間行入都，日夜走謁諸鄉佐，陳天下事非公不可狀。因以其說於宜興，宜興善之。自是，公論大明，竟回端皇之怒，以"佐樞命"召公於圜扉。然而晚矣！上親御文華殿，問公所以安天下者。公爲抵掌指陳，上嘉予嘆息者再四，燕勞賞賚甚渥。遣公將禁旅往援汴，公至汴而禁旅脆弱不可用，撫掌嘆曰："我思用秦人！"秦帥賀人龍，降賊也，兵最強，而心不爲國家用。秦督傅公宗龍、汪公喬年先后將入豫，皆陷二公於陣，而自行剽掠返長安。於是改公督秦軍。端皇密諭樞部，囑公急誅人龍。公令總兵鄭家棟、牛成虎呼人龍入見，數其罪而斬之，所部萬余人無敢嘩者。公撫而用之，自是，兵威遂振。朝議督公亟入豫，公曰："兵未訓練，安可用也？"弗聽。公不得已而將之出戰於郟縣，前隊已大破賊，逐北三千余里，而后軍復用人龍故智，無端潰。公還至長安，憤然曰："是欲傅、汪我也，此輩獨不懼爲人龍續乎？"取倡潰將領并其謀輩，悉斬之。上疏於朝曰："兵無斗志久矣，且賊勢已就，今欲再舉非數萬人不可。是宜大行調募而訓練之，恩信既孚，鼓行而出，孤注一決，天若祚明，賊尚可滅也。"端皇一聽公言之，賜劍以重其權。癸未夏，公練兵長安，馬步凡五六萬人。秦紳之官京師者，意不能□□□□□朝，詔公："兵已成，宜速出。"上意維不中制，然亦日夜望公出□□□公督師、兵部尚書爲"督師七省"印，界公於秦。公以八月出潼關，旌旗、戈甲懸絡數十里，精□□盛□二十年餘所未有。時公銳意滅賊，且謂賊必可滅。調軍畫籌機要，此外一切不存問。是時，豫□監公□豫撫爲公轉餉，公與之坐而談，神忽忽，常畏賊，揖讓高卑不與□監軍。退而然□曰：

"是不難莊、賈我！"公又以"豫撫不勝任，恐緩急難持"疏於上，上命褫撫職，轉餉急自□，否則□□□，於是豫撫深恨。公又至洛陽與賊戰，大敗之。自是，連戰俱大捷，賊望見旌旗輒引去矣。□□却縣，逼其巢，賊畏公追襲，連夜築七堡，中貫以墻，而悉索精銳與公戰，復大敗之。賊□□□□施火器以拒公師。時寶豐爲賊城守，公下令環攻，一鼓而克，賊逡巡不敢救。賊歸□□厘□，屯唐縣者，公以千人走間道搗其虛，獲牛馬、金帛以萬計，紛紛潰入郟。賊大震懼，□□謀降。自成曰："吾屠王、焚陵，罪誠大矣！姑支數日，決一戰，不勝則殺吾而降！"時公師露宿與賊持，暴雨大降，七日夜不肯止，糧糒露積河北而三日不至軍中，馬足陷泥淖中□□是將士相顧無人色。雨稍霽餉軍微至，又爲賊所劫。公念，賊以今日出，則兵必不支，遂命軍返師河南，就糧養銳。命白廣恩先退四十里而營，以高杰斷后，防追襲。時廣恩方與杰不相能，然獨無人爲公言者。兵既動，賊選驍騎數千人犯之，高兵且戰且走，望白爲援，而廣恩不聞公命也，□程退九十里，至汝州矣。高兵失望，遂大潰。白兵聞之，亦大潰。公引劍欲自裁，左右脅持之，公徐曰："天下事去矣！吾疾趨潼關，收潰兵而守，萬一賊不入秦，則事獨可爲！束身司敗以□斧鉞，未曉也！"於是監軍急上章，以委糧於敵歸罪公，爲豫撫解矣。公甫馳至關，賊亦大至。公收潰兵之未西者陳於城外，而自起登，睥睨督守御。時白兵之妻孥俱在關，賊以數十萬盡力攻竟日，城外兵復戰敗。廣恩率其衆保妻孥奪門出，潼關遂陷。公恐爲賊所執辱，揮刀躍馬入賊群，遂遇害。嗚呼，慟哉！李賊既人城，下令懸重賞，呕募生致公。害公者不敢自明。相□□匿，公尸遂不知其處。而秦晋之忠義士屬望無已，欲借公餘威攝强寇，揚言曰："孫公出潼關，且夕起大兵圖恢復。"李賊亦以破公喝郡邑，每至城下，即宣言曰："尚能用兵如孫督師與□者乎？無則何所恃而不降？"於是關以西無堅城。北，西安淪陷，內闈赴義，盡室以殉矣！

嗚呼！吾公肝膽智計迴絶人群，一意急國難，無論毀譽禍福，即身家性命不復顧。夫以端皇之聖明、公之忠，公才實可戡禍亂、定太平，竟不幸而爲亡國之君若臣。

嗚呼，慟哉！海内縉紳有不知公者，或謂公疏，或謂公傲而愎，自用而不肯用人，故及於敗。余雖未見公，然馮生爲知公悉矣。生常從公行陣間，述公每剿賊至地，必召問土人，圖畫山川，謀定而后戰；□□□論將領，寧失全功，無中賊伏；兵既出，則坐止無恒處，食不下咽，須鬢欲白。嗚呼！公其疏者哉？公折節一書生，又門墙士也，而嚴重如上賓，且其人才僅逾中人耳！公自居林，以至督陝，小則詩歌、疏牘，大則用人、決機，近則造膝籌謀，遠則飛書辯論，生意所不可，或者所規劃者，莫不欣然從改也。甚至鄉人之無足比數者，偶發一善言，公終身稱之不能忘。然則經□□□公者，或值公心有所屬而簡於周旋，又或其人庸庸無能，取重於公，而自以名位、體統居，欲如常式，則不得耳！嗚呼！公豈傲而愎、自用而不肯用人者哉？武陵之數數扼公，及韓城□□□總理，豫撫之□□掣肘公，皆天意也！使公得畢行其志，或得二三同心之人共功名，天下事胡遽至此？如以成敗摻短長，則文天祥、張世杰、陸秀夫曾何救於宋哉？天亦知所取已。

公生甚魁偉，性至孝而睦宗族，每處事必出人意表，揚歷中外，摘奸□若神。爲德於鄉，如定亂全城，犒軍賑饑，諸事甚多，以其非關於宗社存亡之故，故不書。公元配馮淑人，庚子孝廉明期公女，憲副娣也，温恭勤苦，佐公下闈以成名，蚤逝。繼配張淑人，南京通政使知節先生孫女，善持内秉而德能逮下，姻黨推爲禮宗。從公西安，聞潼關陷，即仰天呼曰："吾夫子死矣！吾誓不獨生！"寇且至，降將張文耀感公恩，願以死保淑人間道歸晋。左右勸從之，淑人持不可，曰："吾知死而已，不知其他也！"比城陷，率二妾二女赴井死，獨撫次兒，叮囑乳媪曰："長兒故多病，若幸保此！"爲之付，然后躍入井。嗚呼，烈哉！女子而有古士君

子行若是哉！逾一年，世瑞爲李賊執入秦，因得出淑人於井，衣
履面色若生。嗚呼，异哉！公生於萬曆癸巳之夏四月二十有一日，
卒於崇禎癸未冬十月之六日，年五十有一。馮淑人生於萬曆二十
二年三月二十日，卒於萬曆三十九年五月初七日。張淑人少馮淑
人七歲，以萬曆二十九年之五月十一日生，后公五日卒，年四十
三。有丈夫子二，長世瑞，郡庠生，娶太學生劉思霄女，即歸張淑
人於秦而大招公以合葬者，石氏出。次世寧，陸氏出，遇變匿西
安楊氏家，世瑞求之携歸者，未娶。女一，適兵科都給事中盧公
時泰次子煉，馮淑人出。公所著有《撫秦疏草》、《督帥奏折》、
《□□□集》、《風雅堂詩稿》若干卷，藏於家。銘曰：

蕭蕭者雁門之風兮，
吹大漠而撼長空兮。
我公之恫宗國之恫，
余曷宣於哀。
□□者□之□兮，
松磊柯而蘭幽妍兮。
我公之賢，厥配之賢，
天胡爲而俾然。
淵淵者沱之源兮，
泉沁泓而流潺湲兮。
松楸在原□令在□，
衍餘慶於往圍。

順治二年歲在乙酉之冬十有一月二十五